KIRSTEN SCHÜTZHOFER | Die Kalligraphin

Kirsten Schützhofer im Gespräch

Sie schreiben historische Romane – was fasziniert Sie gerade an diesem Genre?
Ich liebe es, Neues zu entdecken, zu lernen und meinen Horizont zu erweitern. Abgesehen davon, hat das Schreiben und Lesen von historischen Romanen auch etwas von einer Zeitreise, die in Ermangelung einer Zeitmaschine wohl nie wirklich möglich sein wird.

Wie sind Sie auf die Kalligraphie als Thema Ihres neuen Romans gekommen?
Eigentlich standen die »Beutetürken« an erster Stelle, die Kalligraphie kam danach. Als Beutetürken bezeichnet man Muslime, die im Verlauf der Türkenkriege, vor allem gegen Ende des 17. Jahrhunderts, nach Deutschland verschleppt wurden. Die (islamische) Kalligraphie erweckte mein Interesse, weil sie eng mit dem muslimischen Glauben verbunden ist und gleichzeitig für etwas universell Schönes steht.

Wie ist Ihre eigene Handschrift: fast schon kalligraphisch, normal oder eher unleserlich?
Sie changiert zwischen normal und unleserlich. Kalligraphisch ist sie leider ganz und gar nicht.

Über die Autorin
Kirsten Schützhofer, 1972 geboren, war als Englischlehrerin in der Erwachsenenbildung tätig, bevor sie 1999 in Leipzig den Studiengang Bibliothekswesen begann. Sie verbrachte längere Zeit am Goethe-Institut in Bordeaux sowie in Bibliotheken in Colmar und in den Archives de Paris. Heute arbeitet sie als Bibliothekarin.

KIRSTEN SCHÜTZHOFER

Die Kalligraphin

Roman

Diana Verlag

FSC
Mix
Produktgruppe aus vorbildlich bewirtschafteten Wäldern und anderen kontrollierten Herkünften

Zert.-Nr. SGS-COC-1940
www.fsc.org

Verlagsgruppe Random House FSC-DEU-0100
Das für dieses Buch verwendete
FSC-zertifizierte Papier *Holmen Book Cream*
liefert Holmen Paper, Hallstavik, Schweden.

2. Auflage
Originalausgabe 12/2008

Redaktion | Barbara Raschig
Herstellung | Helga Schörnig
Umschlagmotiv | © akg-images/Erich Lessing
Umschlaggestaltung | Hauptmann & Kompanie Werbeagentur,
München–Zürich, Teresa Mutzenbach
Satz | Leingärtner, Nabburg
Druck und Bindung | GGP Media GmbH, Pößneck
Printed in Germany 2008
978-3-453-35269-8

www.diana-verlag.de

ERSTER TEIL

1686–1688

1. Kapitel

Budin-Ofen, 1686

Der *şeytan* hatte den Vater getötet. Aus dem Versteck heraus konnte Ibrahim den reglos hingeworfenen Leib sehen, den Kopf, so viel weiter zur Seite gedreht, als es einem lebendigen Menschen möglich war, und das Blut, das von der Halswunde auf den Boden gespritzt war und sich von dort über den Teppich ausgebreitet hatte, beinahe bis hinüber zu dem Vorhang, hinter dem seine Schwester Habar und er kauerten. Das Summen von Fliegen war zu hören. In der Kehle des Jungen stieg ein Würgen hoch, und er hätte das schwarze Geschmeiß gerne verjagt, aber es war ihm unmöglich, sich zu rühren, oder auch nur den Blick abzuwenden. Wie gebannt fixierte er die Stelle, an der der Tote lag. Der Vater hielt die Augen geöffnet, doch nichts regte sich mehr in seinem Gesicht. Leblos war es, auf immer stumm. Keinen Laut hatte der Vater von sich gegeben, als die fremden Barbaren ihn bei seinem Bart gepackt hatten und er hinter ihnen her gestolpert war, während sie ihn lachend und in ihrer hässlichen Sprache grölend durch den Raum zerrten, um dann auf ihn einzuschreien.

Eine Fliege setzte sich auf ein starres Auge des Toten. Ibrahim unterdrückte ein Zittern. Von weiter entfernt hörte er die Stimmen der Barbaren. Ein Gezisch von Schlangen war ihre Sprache, traf das Ohr hart, wie den Körper die Schläge einer Peitsche, Laut um Laut mit einem Krummschwert abgehackt. Eine Bewegung an seiner Seite ließ ihn den Mund auf den Kopf des Mädchens in seinem Arm herabsenken. In seinen bemüht ruhigen Atemzügen vibrierte Habars Haar gegen seine Lippen.

Ruhig, dachte er, bleib ruhig. Noch enger zog er die Jüngere an sich heran, spürte, wie sie trotz der Wärme fröstelte. Nun war er es, der sie beschützen musste, er, der einzige Mann, der geblieben war.

Behutsam legte er eine schmale Hand gegen ihren dunklen Kopf, drehte ihr Gesicht zu seiner Brust hin, streifte über ihr Haar. Im nächsten Jahr würde sie zwölf Jahre alt werden. Ihre Mutter Esme *kadın* hatte kürzlich bemerkt, dass sie bald eine Frau werde, hatte von Veränderungen gesprochen und neuen Pflichten. Am Anfang des Sommers war das gewesen, als die Belagerung noch nicht begonnen hatte. Habar, erinnerte er sich, hatte ihn an diesem Tag am Arm nach draußen in den Hof gezogen. Zwischen den kleinen Mandelbäumen in ihren verzierten Töpfen hatte sie laut zu lachen begonnen: Sie, eine Frau? Sie, das magere Kind mit den knochigen Armen und Beinen, mit den Knien wie harten Äpfelchen, den Schrammen, dem zerzausten Haar, sie, die so gut reiten konnte wie er, der ältere Bruder – eine Frau?

Eine Frau … Ibrahim hielt inne, schlang den Arm erneut fest um ihre schmalen Schultern. Sie machte keine Anstalten, sich gegen seine Berührungen zu wehren. Seine Fingerspitzen auf ihren Wangen ertasteten Tränen. Er war überrascht und dankbar, dass sie nicht geschrien hatte, als die Barbaren das Haus gestürmt hatten. Jetzt lauschte er auf das Poltern und Klappern aus den Nachbarräumen, auf die Bande des Mörders, wie sie nach Beute suchte. Auch die Mutter musste tot sein, Esme *kadın, anneciğim,* die sie beide in den Schlaf gesungen, um deren Wärme sie gewetteifert hatten. Er wollte nicht darüber nachdenken, was diese bunt berockten Fremden ihr angetan haben mochten. Aus dem Nachbarraum waren erst Schreie zu ihnen gedrungen, dann schrille Klagelaute, aber das war nun schon so lange Zeit her, ein Menschengedenken, die längste Zeit, die man sich vorstellen konnte. *Ewig.*

Verdammte Barbaren. *Giaurs.* Er konnte sich gerade noch zurückhalten, die Worte zu zischen. In seinem Arm keuchte Habar Tränen gegen seine Halsbeuge. Ibrahim legte zwei Finger auf ihren Mund, machte eine verneinende Bewegung mit der anderen Hand.

Still, Habar, bitte, sei still.

Als habe sie ihn gehört, beruhigte sich der Körper in seinen Armen. Überall aus dem Haus klang das Lärmen der Fremden zu ihnen herüber. Metallenes schepperte, Münzen klirrten. Hin und wieder ertönten Jubelschreie, dann ging etwas zu Boden, etwas zerbrach, begleitet von einem wütenden Ausruf.

Und dann waren die Mörder zurück. Auch hinter dem Vorhang spürte, nein, roch Ibrahim ihre Anwesenheit in diesem säuerlichen, abstoßenden Gestank, den sie ausdünsteten, als handelte es sich nicht um Männer, sondern um alte Schafböcke. Vorsichtig bog er den Hals zurück, um die Schwester anzusehen, berührte seine Nase mit den Fingerspitzen der rechten Hand. Das Mädchen nickte. Nur einen Augenblick später spähte der Junge an dem Stoff vorbei, der ihre Körper verbarg, spürte Habars Beben an seiner Seite, sah die eigene Hand zittern, mit der er sich auf dem Boden aufstützte, um nicht den Halt zu verlieren.

Einer der Männer kniete auf der anderen Seite des Raumes, halb mit dem Rücken zu ihnen. Ibrahim konnte erkennen, wie er die von kostbaren Stoffen umhüllten Kissen, die rund um den niedrigen Tisch mit seinen kunstvollen Einlegearbeiten lagen, auseinanderriss und dann die große, schön geschnitzte Truhe durchwühlte, von deren Inhalt er von Zeit zu Zeit etwas in einem Ledersack verschwinden ließ. Auch den Vater, Hüseyin *beğ*, hatte er, wohl auf der Suche nach Beute, seiner Kleidung beraubt. Der Kaftan war aufgeschlitzt worden und an den Seiten herabgerutscht, ebenso die Hose. Im Bauch des Vaters steckte der Dolch, den er in seinem Gürtel verborgen gehalten hatte. Gleich, als die Mauern Budins gefallen waren, war er zu ihnen geeilt, bereit, sie mit seinem Leben zu verteidigen, doch es war zu spät gewesen.

Ibrahim starrte den Toten an. Hell setzten sich die von der Sonne verschonten Teile des Körpers gegen die dunkler gebräunten ab. Auch als Berater im Stab von Abd al-rahmman, Pascha von Budin, hatte der Vater stets darauf geachtet, seine Muskeln zu kräftigen. An manchem frühen Morgen hatten sie sich beide mit dem Krummschwert geübt. Hüseyin *beğ* hatte ihm auch die edle Kunst des Bogenschießens beigebracht und den Umgang mit den Jagdfalken. Seine Augen hatten vor Lebendigkeit geblitzt, wenn sie mit den geliebten Vögeln hinausgeritten waren, denn die *haydud*, wie man die umherstreunenden Räuber nannte und von denen es hieß, sie fingen brave

Reisende ein und verkauften sie auf den Sklavenmärkten, fürchtete der Vater nicht. Mutig war er gewesen, und um so erschreckender wirkten nun der schlaffe, tote Körper, die kraftlosen Schultern, der muskulöse Hals, von einem Säbelhieb fast durchtrennt.

Aufs Neue richtete sich Ibrahims Blick auf die rote Lache, die sich zum Ende des feingeknüpften Teppichs hin, bis kurz vor ihrem Versteck ausgebreitet hatte. Dann huschten seine Augen zurück zu dem Fremden. Der *giaur* bemerkte nichts. Grunzend widmete er sich seiner gierigen Suche, ein Schwein, das seinen Rüssel in den Boden steckte. Ja, das war er, ein dreckiges Christenschwein. Wie zur Trophäe knüpfte er sich eben ein buntes Tuch um seinen linken Arm. Wenn er sich in Richtung des Vorhangs drehte, konnte Ibrahim sein von roten Flecken verunstaltetes Gesicht sehen. Ein Ruf aus dem Nachbarraum ließ den Mann den Kopf drehen. Auf sein lautes Lachen hin fuhr Ibrahim zurück, beugte sich aber erneut nach vorne.

Der *şeytan* war zurück. Der Mann, der den Vater getötet hatte, hielt Esme *kadıns* Kleid mit einer Hand hoch und deutete mit der anderen kräftige Brüste an. Der Mann mit dem fleckigen Gesicht sagte etwas in der harten, zischenden Sprache der Fremden, dann brüllten sie beide, als stritten sie miteinander und lachten abermals. Ein dritter Mann kam in den Raum, hielt etwas am Arm schräg nach oben gestreckt, ließ es an langen, dunklen Haaren hin und her baumeln, ein Kopf, ein Frauenschädel, ein schmales Gesicht, die großen Augen halb geschlossen: Esme *kadın* … *anneciğim* …

Ibrahim spürte eine Bewegung an seiner Seite, ein Beben, dann ein unterdrücktes Keuchen. *Habar, nein …* Er wollte ihr die Hand auf den Mund legen, wollte nach ihr greifen, doch der Mädchenkörper entwand sich, glitt davon, wie ein Fisch, der zappelnd aus seinen Händen zuckte. Der Vorhang geriet in Bewegung. Jetzt mussten die Fremden auf sie aufmerksam werden, jetzt war es zu spät. *Habar, bitte, sei still, bitte …*

***

Doch Habar schrie. Sie schrie durchdringend und so schrill, dass die drei Männer im Raum wie einer zusammenfuhren. Während sie noch verwirrt um sich blickten, stürzte Ibrahim mit gesenktem Kopf aus dem Versteck hervor, rannte dem Nächststehenden mit aller Kraft gegen die Beine und brachte ihn aus dem Gleichgewicht. Er würde sie ablenken, damit die Schwester fliehen konnte. Jeder wusste, was diese Barbaren mit Frauen und Mädchen taten, dass sie sie schändeten und als Sklavinnen verschleppten.

»Lauf, Habar, lauf!«

Er hatte brüllen wollen, doch seine Stimme überschlug sich. Aus den Augenwinkeln nahm er wahr, dass Habar von Neuem stumm und schreckensstarr auf dem Boden kauerte. In die Fremden kam Bewegung. Der zuletzt Gekommene ließ den Kopf der Mutter fallen. Beim Versuch, an der Leiche seines Vaters vorbeizugelangen, rutschten Ibrahims nackte Füße in die Blutlache. Er drohte zu fallen, hatte sich eben gefangen, als ihn eine Hand beim Genick packte. Mit einem Ruck wurde er herumgerissen. Kräftige Finger umfassten sein Kinn, drückten unbarmherzig zu und zwangen ihn, in ein bleiches Gesicht zu blicken.

Die Augen des *şeytans* waren hell, wie Eis aus den Bergen. Seine Augenbrauen waren kaum zu sehen, die Haut glänzte rötlich. Er sagte etwas. Ibrahim zappelte, konnte sich aber nicht aus seinem Griff befreien. Der kleinere Mann an der Seite des *şeytans*, dessen Gesicht von roten Pusteln übersät war, lachte auf. Der Dritte warf etwas mit quäkender Stimme dazwischen und deutete in Habars Richtung.

Lauf, Habar, lauf!

Ibrahim versuchte, den Blick der Schwester zu fangen. Die sah durch ihn hindurch. Auf Knien war sie ein Stück weitergekrochen, presste nun die Hände ins Blut des Vaters. Der *şeytan* sagte etwas, lachte dann ebenfalls und ließ Ibrahims Kinn los. Jetzt hielt ihn der Mann mit den Pusteln fest im Griff, während der *şeytan* seinen Fang betrachtete.

Flieh, Habar!

Ibrahims Gedanken rasten, seine Augen huschten hin und her, dann spannte er kurz entschlossen den Körper an, spitzte die Lippen und rotzte dem *şeytan* den Inhalt von Mund und Kehle mit aller Kraft entgegen. Der Fausthieb traf ihn nur einen Atemzug später, ließ ihn durch den Raum schleudern, bevor er zu Boden krachte. Stöhnend versuchte Ibrahim sich aufzurappeln, aber da war schon der Mann mit den Pusteln über ihm, hielt die Säbelspitze an seinen Hals. Das Metall ließ den Körper des Jungen steif werden, sein Unterleib krampfte sich zusammen. Die Decke über seinem Kopf begann sich zu drehen, erst langsam, dann schneller und schneller.

Etwas Saures drang in seinen Mundraum vor, er zwang es hinunter. Kurz leuchtete es weiß vor seinen Augen auf, dann war es vorbei, und er sah alles so deutlich, wie in der erbarmungslosen Mittagssonne eines heißen Sommers.

Der Mann mit der quäkenden Stimme hob ein Stück Stoff vom Boden auf und reichte es dem *şeytan*, der wortlos die Spucke von seiner Brust rieb. Auf seinen Zuruf hin drückte der Mann mit den Pusteln den Säbel fester gegen Ibrahims Hals. Stocksteif lag der Junge da, ließ den *şeytan* nicht aus den Augen, der dem Pustelmann etwas zubellte. Als der Mann den Säbel zum Schlag hoch über den Kopf hob, wurde es feucht in Ibrahims Hose, dann lag ein schmaler Körper über ihm hingestreckt. Dunkle Locken streiften über sein Gesicht, Habars Stimme war zu hören. »Allah ist groß. Allah ist allmächtig. Allah wird uns beschützen. *Inshallah*.«

***

Die Sonne stand tief, überzog die Umgebung am Fuß des Burgbergs mit einem rotgoldenen Schleier und zeichnete die Spuren der Verwüstung weicher. Die Schlacht war vorüber, schon war der Prinz Commercy mit der Siegesbotschaft aufgebrochen. Über der zerstörten Stadt stieg noch immer Rauch auf, längst nicht alle Brände waren gelöscht worden, und doch schwärmten hier oben unablässig Soldaten auf der Suche nach Beute durch die Gassen, während sich andere am Flussufer versammelt hatten, um dem Wasser grölend die Leichen ihrer ausgeplünderten, getöteten Feinde zu übergeben.

Es war vorbei. Der Donau-Strom, der einen einfachen Reisenden binnen einer Woche nach Wien bringen konnte, glitzerte in den Sonnenstrahlen des späten Nachmittags. Man schrieb den 2. September 1686. Georg von Hartleben ließ die Augen schmaler werden. Es war nicht leichter geworden, auch wenn er diesen Wechsel aus Kampf und Tod nun schon seit Jahren sein Leben nannte. Zwar wurde ihm nicht mehr übel wie anfangs noch, aber das Gemenge aus Dreck, Blut und dem nicht endenden Stöhnen der Sterbenden und Verwundeten verfolgte ihn auch heute noch bis in den Schlaf. Der Schmerz mochte sich zurückziehen, aber er blieb da, immer bereit, ihn zu den ungünstigsten Gelegenheiten zu attackieren.

Auf ein gurgelndes Geräusch hin drehte er den Kopf. Wenig entfernt hielt ein junger Brandenburger einen blutigen Uniformrock fest gegen seine Brust gepresst und würgte den Schrei, der ihm in der Kehle sitzen musste, herunter. Georgs Fingerspitzen krallten sich fester in den Mauerfirst vor ihm. Wo man auch hinblickte, war Zerstörung. Auch dieser Wall hatte die Menschen der Stadt nicht retten können, und er hatte über die Monate der Belagerung unzähligen der eigenen Soldaten das Leben gekostet.

Vorübergehend konnte er dem Gefühl der Trauer nichts entgegensetzen. Seit Anfang des Sommers waren sie hier, kämpften und krepierten und verreckten in der Sommerhitze. Vielleicht waren es die Leichenberge in der Stadt, die die Erinnerungen daran umso stärker in ihm hochgetrieben hatten, die toten Kameraden, die Leichen der Stadtbewohner – Männer, Frauen und Kinder –, an denen man sich für eine zu lange, zu verlustreiche Belagerung gerächt hatte.

Ein leises Scheppern störte seine Aufmerksamkeit. Sein treuer Diener Hanns Nussbaum näherte sich ihm, eine Kupferkanne in der einen Hand haltend, den Sack mit den Beutestücken in der anderen schwenkend.

»Ihr könnt zufrieden sein, Herr!«

Georg nickte. Er konnte nichts sagen. Neue Bilder stiegen in ihm auf: das Gesicht der toten Frau aus den Gassen der Stadt, die, auf dem Bauch liegend, die Beine angewinkelt, die Arme zu ihrem wenige Schritte entfernten Säugling hingestreckt hatte. Verdammt, er wollte nicht mehr an sie denken.

Ein neuerliches, heiteres Lärmen drang zu ihnen. Spätestens, wenn die Dunkelheit hereinbrach, würden erste Tauschgeschäfte mit Handschlag beschlossen werden.

Er seufzte. Die Haare der toten Frau waren hell gewesen, weißblond, so wie die seiner Frau Theodora. Und die Karls, des gemeinsamen Sohnes. Georg spreizte die Finger und rieb sich über das Gesicht. Als er fortgegangen war, war das Kind gerade acht Jahre alt gewesen, und er hatte ihm ein neues Pony geschenkt, das er beim Glücksspiel gewonnen hatte. Vor seinem inneren Auge mischte sich Theodoras Gesicht mit dem der toten Frau und ihres Säuglings, dann schoben sich Karls Gesichtszüge dazwischen, dann wieder die der Toten. Er ließ die Hände sinken, schloss die Augen, um das Bild zu vertreiben, und doch blieb es da. Er öffnete sie, und es war immer noch da. Wieder schepperte es: Geschmeide, ein ziselierter Krummdolch, eine Kupferkanne, Weißlinge, kostbare Stoffe und vieles mehr.

Nein, er war kein feiger Mann. Wenn es galt, eine Mauer zu erstürmen oder eine Bresche in die Linien des Feindes zu schlagen, war er stets vorne dabei gewesen. Furchtlos hatte er geholfen, Wien vom anstürmenden Heer Kara Mustaphas zu befreien. Er hatte sich dem Christenheer angeschlossen und kein Verzagen gekannt, doch in den letzten Wochen hatte sich etwas geändert. Da war dieser Junge gewesen, aus einem Dorf, das er kannte, dem eine Kugel die Bauchdecke aufgerissen hatte und der trotzdem nicht hatte sterben wollen. Stunden, so kam es ihm vor, hatte er neben dem Lager des Verletzten zugebracht, hatte den Feldscher um Erlösung angefleht. Nichts zu machen, hatte der Mann gesagt, wir müssen beten und ihn der Gnade Gottes überlassen.

Gottes Gnade – er brachte die Worte nicht über die Lippen. Er hatte neben dem wimmernden Kind ausgeharrt, bis der Herr es endlich zu sich nahm, und die ganze Zeit über hatten sich das Stöhnen des Jungen mit dessen munterer Stimme aus seiner Erinnerung untrennbar miteinander verwoben: Wie schön war es, in die Welt hinauszufahren. Wie schön war es, die Türken das Fürchten zu lehren und die Christenheit vom Joch der Ungläubigen zu befreien. Ob der Herr von Hartleben glaube, dass man bis nach Konstantinopel vordringen werde? Er habe so viel von dieser Stadt gehört, die man, Gott sei's geklagt, an den Muselmanen verloren habe. Die Stadt am goldenen Horn hieß man sie, ein Ort voller Pracht und Reichtum und ansehnlicher Weiber, von denen die schönsten im Harem des Türkenkaisers eingesperrt waren.

Warum nur ließ Gott so etwas zu? Warum lagen Glück

und Leid beieinander wie ein Liebespaar? Georg drehte sich zur Seite, spie aus, bevor er mit müden Bewegungen einen Schmutzfleck von seinem Ärmel zu entfernen suchte. Zum Erbarmen erschöpft war er, für Dankbarkeit zu müde, aber auch diese Schlacht war vorbei, er lebte und würde sich sicherlich bald daran freuen.

Und jetzt würde ja alles anders werden. Unwillkürlich wanderte seine Hand zur linken Brustseite, wo es unter dem Stoff der Uniform leise knisterte und raschelte. Gestern war der Brief eingetroffen, noch am Vorabend der Erstürmung, und hatte die Nachricht gebracht: Alexander, der Bruder, war tot; vom Pferd gestürzt, das Genick sauber gebrochen, jede Hilfe zu spät und zwecklos.

Hatte er während des heutigen Kampfes Furcht verspürt, zum ersten Mal, seit er denken konnte? Nein, der Degen hatte immer noch unweigerlich sein Ziel gefunden, wie der Wolf den Nacken des Opfers. Der Bruder war tot. Er seufzte. Der Bruder war tot, und er ein gemachter Mann, etwas, was er sich nie zu träumen gewagt hatte. Es war vorbei. Der verlorene Sohn kehrte heim. Nun gab es kein Suchen nach Beute mehr, um aus eigener Kraft bescheiden ein paar gute Jahre zu leben. Nun würde er sich auf das Gut zurückziehen, das Alexander ihm zum Abschied in Wien versprochen hatte. Für einen kurzen Augenblick starrte er seinen Diener Hanns Nussbaum an, der dem jungen Heißsporn Georg so oft das Mütchen gekühlt hatte. Mit einem leichten Grinsen auf den Lippen holte der einen weichen Lederbeutel hervor und ließ die Münzen darin klirren.

»Gute Beute, Herr, nun seid Ihr wahrhaftig kein Habenichts mehr.«

Georg nickte. Hanns durfte das sagen. So hatte er sich selbst oft genannt, einen Habenichts, einen Glücksritter. Nun würde er nicht mehr mit leeren Händen dastehen, würde die Geschenke für seinen Sohn nicht mehr beim Spiel gewinnen müssen, etwas, für das ihn Theodora immer verachtet hatte. Er konnte immer noch nicht glauben, dass Gott ihm diese Gelegenheit bot. Er konnte immer noch nicht glauben, dass Alexander tot war. Seit jenem elenden Jahr 1683 hatten sie einander nicht mehr gesehen, nicht seit dem Tod der Schwägerin und der kleinen Nichte.

Aurora, die Morgenröte. Alexander, der Große. Er versuchte, sich das Bild des Bruders in Erinnerung zu rufen: kräftig und gewitzt, strahlend blond wie die Sonne, ein Mann, der von allen geliebt wurde.

Zurück nach Hause müsse er kommen, so schnell es ginge, hatte ihm der Verwalter geschrieben. Fast ein halbes Jahr lang war der Brief unterwegs gewesen, war ihnen hinterhergereist, auf falschen Fährten gelandet, als könne ihm das Glück nie auf geradem Wege begegnen. Aber so, wie es aussah, war dies der letzte Tag seines alten Lebens. Nach so langer Zeit hatte Fortuna endlich ein Einsehen. Morgen früh würden sie abreisen, die Briefe, die seine Rückkehr forderten, waren übergeben, der Abschied gewährt. Er blickte den alten Diener an, dessen lederartige Haut, von zahlreichen Falten durchzogen war und dunkel gebrannt von der Sonne: »Wir gehen nach Hause, Nussbäumchen, freut er sich?«

***

Habar hatte die Beine an den Leib gezogen und hielt sie mit den Armen eng umschlungen, so dass ihr Körper ein kleines Paket bildete, dem kein Laut und keine Regung entkommen konnte. Das Blut des Vaters klebte an ihren Händen, sie hatte keine Gelegenheit gefunden, es abzuwaschen, und eigentlich wollte sie das auch gar nicht. Sie wollte nicht vergessen: sein Lächeln, die Wärme seiner kräftigen Arme oder die Art, wie er von der Mutter gesprochen hatte.

Anneciğim, dadı, baba, wäret ihr doch nur hier. Ich vermisse euch. Sie biss die Zähne aufeinander. Mit einer entsetzlichen Explosion, von der ihnen noch lange die Ohren gedröhnt hatten, hatte der Sturm der fremden Barbaren begonnen. Nun war alles anders. Man hatte sie aus ihrem Haus fortgebracht, fort von dem Ort, wo der Kanonendonner allgegenwärtig gewesen war, das Geschrei der Verwundeten, die nervösen Stimmen von Männern, die sich zur Beratung versammelten. Hier, im Gefangenenlager, waren sie allein.

Habar drehte den Kopf. Ibrahim hatte sich auf dem bloßen Boden neben ihr ausgestreckt und gab vor, zu schlafen. Ab und zu hörte sie einen zitternden Ton in einem seiner schweren Atemzüge. Die linke Seite seines Gesichts, die Stelle, wo ihn der *giaur* erwischt hatte, war angeschwollen. Spätestens morgen würde sich die tiefe Rötung bläulich verfärben.

Seit sie hierhergebracht worden waren, war es niemals still gewesen. Irgendwo sprach immer jemand. Jemand schrie und wurde beruhigt. Jemand weinte. Stimmen von Frauen waren zu hören, von Kindern, vereinzelt Männerstimmen. Sie drehte den Kopf weiter, bis es schmerzte. Jetzt, da es dämmriger wurde, konnte man den Fleck kaum noch sehen, dort, wo der Bruder seine Hose besudelt hatte. Wieder wurden seine zitternden Atemzüge lauter, er drückte die Faust gegen seinen Mund. Er wollte nicht weinen. Sie konnte es nicht.

Anneciğim, dadı, baba … Sie reckte das Kinn vor. Wenn sie die Luft tief einsog, stieg Schweißgeruch in ihre Nase, eine dumpfe und zugleich scharfe Ausdünstung von Angst, die über den Köpfen der Gefangenen schwebte und längst auch in ihrer Kleidung hing. Sie fragte sich, ob ihnen die *giaurs* Wasser geben würden, damit sie sich waschen konnten. Sie fragte sich, ob sie wissen würde, wann es Zeit für das nächste Gebet war und in welche Richtung sie sich verneigen musste. Seit diesem Morgen war alles anders und stand auf dem Kopf. Alles war Angst.

Ein Windhauch ließ sie frösteln. Ihre Kleidung war nicht dazu gemacht, die Nacht im Freien zu verbringen. Das *gömlek*, das dünne Hemd aus Baumwolle, *entari* und *şalvar* wärmten so wenig, wie ihre *şişip*, die weichen, leichten Pantoffeln, die für den Hausgebrauch hergestellt worden waren. Sie hatten weder Decken noch Umhänge. Trotzdem versuchte sie, nicht zu zittern, um keine Aufmerksamkeit auf sich zu lenken, denn immer wieder bahnten sich die Fremden Wege durch die in Grüppchen kauernden Gefangenen. Immer wieder unterbrachen ihre harschen, unschönen Laute Gebete, Weinen, Stimmen, die einander Trost spendeten. Manchmal blieb einer der fremden Männer stehen und starrte eine der Frauen an. Manche wurde gepackt und fortgeschleift. Jedes Mal krampfte sich Habars Magen zusammen, auch jetzt, als sie die Gestalt bemerkte, die, ohne nach rechts oder links zu blicken, auf Ibrahim und sie zusteuerte. Unvermittelt drückte sie das Gesicht fester gegen die Knie, schob die Finger unter die Schuhsohlen, berührte mit den Daumen die Pantoffelspitzen.

Nicht auffallen. Zum ersten Mal in ihrem Leben hätte sie gerne etwas gehabt, um ihren Kopf zu bedecken. Zum ersten Mal wäre sie gerne im *haremlik*, dem Bereich der Frauen, gewesen, abgeschirmt und sicher in einem Haus, hinter einem Fenster, welches das Innere durch ein kunstvoll geschnitztes Holzgitter von der Außenwelt trennte. In ihrer Erinnerung tanzten Schatten aus Blumenranken im Wind, patschten die nackten Füße der Mutter über weißen, glatten Marmor und die Seide ihres Gewandes raschelte, als sie sich zu ihrer Tochter herabbeugte und diese mit dem Duft von persischem Rosenöl überströmte.

Am Anfang dieses Sommers war sie glücklich gewesen. Nun rissen sie laute, fremde Stimmen aus den Gedanken. Je näher der Mann kam, desto unzweifelhafter erkannte sie ihn: Es war einer der *giaurs* aus dem Haus, einer der Männer, die sie für den Rest ihres Lebens hassen würde. Sie spürte, wie sich ihr Körper versteifte, wie sie ihre Fußspitzen noch fester umklammerte und in Richtung ihrer Schienbeine drückte. Dann stand der Mann mit der rotfleckigen Gesichtshaut über ihr, packte sie grunzend beim Oberarm, zerrte sie auf die Füße. Ihr verschreckter Laut ließ Ibrahim aufspringen. Ein Flackern im Blick wollte er nach ihrem Arm greifen, wollte sie festhalten, gegen allen Widerstand. Doch sie schüttelte den Kopf, ließ ihn in der Bewegung erstarren. Der Fremde bellte etwas und nickte dem Bruder zu, bevor er sie hinter sich her zog. Zunächst stand Ibrahim wie betäubt, dann folgte er ihnen.

***

Hinnerk Knaup sah zu, wie Beckmanns fleischige Finger die Würfel in den Becher beförderten, wie er die Hand darüberlegte und kräftig schüttelte, bevor er einen Kuss auf das Leder des Bechers schmatzte. Korporal Knaup, er lachte unhörbar, ja, wenn man ihn zum Sergeanten machte, dann wollte er aufhören mit dem Spielen, Huren und Saufen. Heute aber brauchten sie alle Erholung, heute sollten sich alle etwas vom Leben nehmen, ob es nun die hohen Offiziere in ihren feinen Zelten waren oder die einfachen Soldaten hier unten.

Endlich kehrte Beckmann den Würfelbecher um. Leise klackend rollten die Würfel über den Tisch, wurden Augen gezählt, wurde geflucht, und schon war die Reihe erneut an ihm. Er würde Beckmann den Arsch aufreißen, wenn der Jüngere zu gewinnen wagte, würde ihm die Gedärme aus dem Maul herauszerren. Aber gerade lief es gut wie nie zuvor, er hatte Beckmann bereits all seine Münzen abgenommen. In den nächsten Runden würden sie um kleinere Dienste spielen, um Erleichterungen des Alltags, um Essen, Alkohol und Tabak.

Mit einem Ruck zog Knaup die kleine Türkin an seine Seite. Seit man sie aus dem Haus fortgebracht hatte, zeigte sich das Mädchen abweisend. Aber Mut hatte sie bewiesen, zweifelsohne. Er wickelte eine Locke ihres langen Haars um seinen Zeigefinger, riss daran, so dass es gerade ein wenig schmerzte, sah Tränen in ihre Augen schießen. Gut, dass er dem Jungen nicht die Kehle aufgeschlitzt hatte. Sicherlich ließ sich mit den beiden gutes Geld verdienen: ein Pärchen, kräftig und gesund, dunkel und fremdländisch, noch jung und damit formbar, aber alt genug für harte Arbeit. Gute Beute wollte er das nennen, Gott sei's getrommelt und gepfiffen, deren Erlös seine stets hungrige Geldkatze füllen würde.

Er warf einen kurzen Blick auf den Jungen. In seiner Kehle stieg ein glucksendes Lachen hoch. *Scheitan*, hatte der Bursche ihn genannt, das hatte er verstanden. Und ja doch, er war ein Teufelskerl. Grinsend schaute er das Mädchen an. Die Kleine war doch ein recht niedliches Ding. Ebenso schwarzhaarig wie der Junge waren ihre Augen dennoch weniger dunkel. Ihre Gestalt war schmal, aber in ein paar Jahren mochte sie zu einem hübschen Weib heranreifen; so ansehnlich ein kleines Türkenmädchen eben werden konnte, er hatte ja schon ein paar jeden Alters gehabt.

Zufrieden lehnte er sich zurück. Wahrlich, der Acker war gut bestellt; mit dem, was die Plünderung des Hauses eingebracht hatte, würde er sich ein paar gute Wochen gönnen. Was nützte es zu sparen, wenn man morgen schon tot sein konnte? Er machte sich nichts vor. Mit dem Sterben ging's oft schneller, als einem lieb war. Erst heute hatte er es gesehen, in den Gassen Ofens, wo der Schnitter reiche Ernte gemacht hatte: Leichen über Leichen, Türken und Juden, Männer, Frauen und Kinder, sämtlich der Wut der Angreifer zum Opfer gefallen.

Er fuhr dem Mädchen mit gespreizten Fingern durch die Locken, ließ dann den Daumennagel der rechten

Hand über ihre Wangen gleiten, zog endlich ihr energisch abgewandtes Gesicht am Kinn zu sich herum und bemerkte, mehr belustigt, das wütende Funkeln in ihren Augen. Als sie die Lippen spitzte, um ihn anzuspucken, hob er warnend die Hand. Im selben Moment rief der Junge ihr etwas zu, worauf ihr Mund sich entspannte, die Wut in ihrem Blick erlosch und bemühter Gleichgültigkeit wich.

Potztausend, eine kleine Teufelin, in der die Furcht hockte. Bis der Abend vorbei war, würde er sie noch viel mehr davon lehren. Mit einem Ruck zog er sie auf seinen Schoß. Ja, jetzt spürte sie es, spürte wie seine Männlichkeit unter ihrem kleinen Po wuchs und gegen ihren Körper pulste. Sie spannte jeden Muskel an. Auch der Junge ging in Stellung. Knaup sah es, denn er ließ ihn nicht aus den Augen, bedeutete Beckmann mit einem Kopfnicken, auf den kleinen Satan Acht zu geben, während die eigene, rechte Hand nach der Brust der Kleinen tastete.

Flach, fuhr es ihm durch den Kopf, während er über ihre Brustwarzen rieb. Die geballten Fäuste des Jungen ließen ihn grinsen. Dann rollten von Neuem die Würfel und forderten all seine Aufmerksamkeit. Seine Hände wurden feucht. Er hielt die Luft an, atmete aus: gewonnen, wieder einmal. Fortuna liebte ihn. Er nahm die Hand von der Brust des Mädchens und grub sie tief in ihren Schoß hinein.

»Nichts dran!«, bemerkte er lachend zu Beckmann hin, während er mit der freien Hand nach dem Würfelbecher griff. Sie versuchte, ihre Schenkel zusammenzupressen, er zwang sie auseinander. Er war ihr Herr und würde keine

Gegenwehr dulden. Für eine Weile ging es hin und her, dann hörte er sie leise schluchzen, saugte die herbeigesehnten Laute in sich ein, genoss sie wie süßen Balsam, wie ein gutes Bier, wie seine Gewinnsträhne. Ein Gefühl der Zufriedenheit breitete sich in ihm aus, das ihm keine Hure geben konnte; nur ein Mädchen wie dieses, nur diese kleine Teufelin. Er drehte ihr Gesicht zu sich hin, um sie zu küssen. War sie eben noch wie erstarrt gewesen, zappelte sie nun heftig. Gerade noch gelang es ihm, die zur Kralle gekrümmten Finger ihrer rechten Hand von seinem Gesicht wegzuschlagen.

»Ha!« Er drückte ihr Handgelenk zusammen, aber sie hörte nicht auf zu kämpfen. Er stieß sie von sich, drehte ihr einen Arm auf den Rücken. Sie schrie durchdringend, gab aber nicht auf. Wütend bog er den Arm weiter nach oben, bis sie zu kreischen begann. Noch ein Stückchen weiter und noch ein Stückchen. Sie heulte wie ein verwundetes Tier. Er würde dem verdammten Biest schon zeigen, wer der Herr war. Wenn er mit ihr fertig war, würde sie sich wünschen, sich niemals widersetzt zu haben.

»Wie viel willst du für sie?«

»Was?«

Knaup ließ den Arm des Mädchens los und schaute aus zusammengekniffenen Augen in das braunledrige Gesicht des Mannes, der wie aus dem Nichts neben ihrem behelfsmäßig aus Steinen und einem Brett errichteten Tisch aufgetaucht war. Als könnten ihre Beine ihr eigenes Gewicht nicht mehr tragen, gaben die Knie der Kleinen nach, und sie sank in sich zusammen. Leise schluchzend rieb sie sich den Arm, den Kopf tief herabgesenkt, so dass ihr

Haar wie ein Schleier vor ihr Gesicht fiel. Beckmann, der den Jungen in Schach gehalten hatte, bedeutete jenem mit wachsam erhobenem Säbel, sich neben das Mädchen zu kauern. Unwetterblicke aus schwarzen Augen, durchzogen von Blitz und Donner, trafen erst ihn, dann Knaup. Das Gemurmel rings um sie, bemerkte der, flaute kurz ab und schwoll an, als er einen scharfen Blick in die Runde warf. »Was gibt's denn da zu glotzen?«

Die meisten wandten sich auf seinen Zuruf hin ab, widmeten sich erneut den eigenen Geschäften, drehten dem weiteren Geschehen den Rücken zu.

»Mein Herr lässt fragen, wie viel du für die Kinder willst?«, fragte der Fremde.

»Dein Herr?«

Der Braunledrige nickte in eine Richtung. Hinnerk Knaup sah ein junges Gesicht im Schein einer Öllampe, halblanges, dunkelblondes Lockenhaar, und lächelte. Sie hatten einander heute schon gesehen, dort hinten, beim Beute machen, in den Straßen von Ofen. Eine tote Frau war da gewesen mit ihrem Säugling. Sicher erinnerte sich der Mann nicht, solche wie der erinnerten sich nie. Für solche wie ihn war man »er dort« und namenlos. Aber er war kein Offizier, möglich, dass er zu den jungen Adligen gehörte, die daheim nichts zu verlieren hatten, und hier auf ihre Gelegenheit hofften. Eilig stand er auf und erwies dem Fremden seine Reverenz, ließ dann einen abschätzenden Blick über das Gesicht des Dieners huschen. Ein altes Gesicht, dachte er, faltig, der Blick eines Tölpels, dem die Wachsamkeit des Überlebens fehlt.

»Spielt dein Herr?«

Ein Schatten des Unmuts glitt über das Gesicht des

Braunledrigen. Sicher war ihm die ungeheure Glückssträhne nicht entgangen, dachte Knaup, und wenn doch, so wollte er ihm die Kunde am liebsten entgegenschreien, aber er beherrschte sich, denn heute liebte ihn Fortuna, heute verließ sie ihren treuesten Anhänger nicht. Er hob die Augenbrauen.

»Also, spielt er?«

Der Diener schaute zu Boden. »Der Herr wollte damit aufhören. Die Herrin sieht es nicht gerne.«

Damit aufhören! Knaup unterdrückte ein Grinsen. Kein wahrer Spieler konnte jemals damit aufhören, und wenn er diesen Mann dort drüben sah, so sah er nichts weniger als einen solchen. Allein wie er die Hände bewegte, rasch und nervös, als fühle er schon Würfelbecher und Würfel zwischen den Fingern. Zweifelsohne waren seine Handflächen feucht, sicher sträubten sich ihm schon die Haare, und eine Stimme in ihm flüsterte: Ein Spiel, ein Spielchen nur.

»Ein Spiel, wenn er sie will.«

Knaups Augen glitten über die abgetragene Kleidung des Dieners: ein alter Rock, abgeschabte Kniehosen. Er bemerkte, wie sich der Mann mit einer Hand den mageren Bauch kraulte. Bestimmt hatte er schon unter den Eskapaden seines Herrn zu leiden gehabt, wenn der sogar das Essen verwettet hatte. Knaup kannte solche, die nicht aufhören konnten, wenn es Zeit war. »Geh, frag ihn!«

Er beobachtete, wie der Mann zurück zum Tisch seines Herrn ging, verfolgte den kurzen Wortwechsel, sah die beiden auf sich zukommen. Die zweite Reverenz an diesem Abend verbarg das aufflackernde Begehren in seinen Augen. Spielen würden sie, und er würde gewinnen.

»Hinnerk Knaup, zu Euren Diensten.«

»Georg von Hartleben. Korporal!«

Der Herr von Hartleben nickte ihm zu, zog einen Beutel hervor, ließ Münzen auf das Brett klimpern, das als Tisch diente. Knaup schüttelte den Kopf.

»Ich bitte Euch! Ich habe noch niemals mit einem von Euch gespielt. Gönnt mir also das Vergnügen und danach verhalten wir uns wie Ehrenmänner. Schlagt Ihr ein?«

Er streckte die Hand aus. Sein Gegenüber verzog keine Miene. Ein leiser Schauder überlief Knaup, seine Beine zitterten, so dass er die Knie fest durchdrücken musste. Plötzlich gierte er danach, das Geräusch der über den Tisch rollenden Würfel zu hören. Plötzlich verlangte es ihn jetzt sofort nach jenem Moment auf Messers Schneide, wo es innerhalb eines Augenzwinkerns gewonnen oder zerronnen hieß. Kurz warf Hartleben einen Blick auf die Kinder, dann schlug er ein.

»Wir müssen spielen, nicht wahr, Herr Korporal? Auch wenn's der Herr nicht gerne sieht, wie man sagt.«

»Der Herr wird für uns arme Sünder ein Auge zudrücken, Herr von Hartleben.«

»Gut gesprochen.«

Sie sahen einander an, und jetzt hatte Knaup Gewissheit. Es war das Strahlen im Blick des Anderen, das den wahren Spieler ausmachte, jenen, der nicht aufhörte, wenn ihn das Glück am Kragen packte und der sich ein Liedlein pfiff, wenn ihm Frau Pech ins Gesicht spuckte. Auf ein Kopfnicken holte der Diener einen Würfelbecher hervor. Hartleben ließ ihn kippen und sorgsam gearbeitete, elfenbeinfarbene Würfel auf den Tisch purzeln, rief »Lasst das Spiel beginnen!« und warf schon die erste Runde. Eine niedrige Zahl, aber nicht zu niedrig, um der Situation die Würze zu nehmen. Hinnerk Knaup spürte, wie seine Hände feucht wurden, schüttelte den Becher, ließ die Würfel rollen und jubelte aus voller Kehle.

***

Die begeisterten Rufe der Spieler draußen ließen Charles Herbel innehalten. Seufzend schüttelte er den Kopf, las das Geschriebene, während er die folgenden Zeilen im Geiste formulierte: »Ofen wurde eingenommen und der Plünderung preisgegeben. Die Soldaten begingen dabei tausenderlei Exzesse …« Er tauchte die Feder in die Tinte. »Aufgebracht wegen das langen und hartnäckigen Widerstands, der eine erstaunliche Menge ihrer Kameraden das Leben gekostet hatte, sahen sie weder auf Alter noch Geschlecht«, schrieb er weiter und fügte hinzu: »Der Kurfürst von Bayern und besonders mein Herzog von Lothringen, in dessen Gefolge ich reise, durch das Seufzen der Männer, die man umbrachte, und der Weiber, die vergewaltigt wurden, gerührt, erteilten so gute Ordres, dass dem Morden Einhalt geschah und noch einige Türken am Leben blieben.«

Er legte die Feder zur Seite und stützte den Kopf in die Hände. Da, zwischen seinen Fingern, mit denen er sanft seine Schläfen massierte, pulsierte es, doch die Bilder wollten einfach nicht weichen. Vielleicht später, vielleicht wenn er alles, was dort in seinem Schädel war, auf die Leinwand gebannt hatte? Unter seinem achtlos hingeworfenen Rock holte er verschmutzte Skizzenblätter hervor. Womöglich würde man es ihm leiden, aber heute sah er keine Triumphgebärden und keine Helden. Den Tod hatte er gesehen, das Schlimmste, was Menschen einander antun konnten. Während er gegen die Zeltwand starrte, sah er das Bild vor sich, das er noch nicht gemalt hatte. Er sah die fahle Dämmerung dieses Tages, brennende Häuser, Rauchwolken, die den Himmel verdunkelten und inmitten dieses gespenstisch stillen Infernos die nackten Leiber der Leichen. Er sah Soldaten, die Toten wie Lebenden die Kleider vom Körper rissen, die Männer, Frauen und Kinder ohne Unterschied niedermetzelten; sah Menschen, die aus ihren Häusern gezerrt wurden, Soldaten, die Beute wegschleppten oder da und dort auf einen sich noch regenden Türken einschlugen, Soldaten, die herrenlosen Pferden nachjagten, vorne ein vornehmer Türke, der gefangen abgeführt wurde. Als er die Augen öffnete, fröstelte er. Dann begann er zu zeichnen.

***

Hinnerk Knaup zählte die Augen einmal und noch einmal, aber es war und blieb dabei: verloren, alles verloren – das Mädchen und gleich noch den Jungen dazu. Warum hatte er nicht aufgehört im rechten Moment? Ihm wurde eiskalt. Wo war nur sein Glück geblieben? An welcher Stelle hatte sich Fortuna gegen ihn gewandt? Wie von einer unsichtbaren Schnur gezogen, richtete sich sein Blick auf den Herrn von Hartleben, der eben die kleine Türkin musterte. Sein Diener, dieser Hanns Nussbaum, reichte seinem Herrn den Würfelbecher zurück, den dieser umgehend verstaute. Ein blasses Abbild von Wut huschte über Knaups Gesicht, die er sofort unterdrückte, als sich Hartleben ihm zuwandte. Indem er ihn genauer betrachtete, bemerkte er, dass der Mann nicht mehr so jung und unerfahren war, wie er auf den ersten Blick gewirkt hatte. Nein, das Leben hatte sich längst in feinen und auch tieferen Linien in sein Gesicht eingeprägt, auch wenn er auf seine Weise zu jenen Menschen gehörte, die sich womöglich stets eine gewisse unschuldige Jungenhaftigkeit bewahren würden.

Er hat mit mir gespielt. Er hat mich betrogen. Knaups Augenbrauen zogen sich enger über der Stirn zusammen. Dabei ging es den Herren doch gut. Sie nahmen sich, was ihnen gefiel und ließen den Dreck für die anderen zurück. Hartleben bedeutete dem Jungen aufzustehen. Knaup räusperte sich. »Wollt Ihr kein Erbarmen zeigen?«

Mit fragender Miene drehte sich der feine Herr zu ihm hin. Knaup hielt seinem Blick stand.

»Solche wie wir haben's nicht leicht. Mein Bestes hab ich nun verspielt.« Und indem er die Schultern hob, fuhr er fort: »Ohne Zweifel meine eigene Schuld, aber da Ihr so viel gewonnen habt, da könntet Ihr …«

Er presste die Lippen aufeinander. Er hasste den weinerlichen Tonfall seiner Stimme. Er hasste es, hier zu stehen und zu betteln. Er war Korporal, einer der Befehle gab. Einer, der es aus dem Dreck seines Elternhauses bis zum einfachen Offizier gebracht hatte, und der es eines Tages noch weiter bringen würde.

Hartlebens rechte Augenbraue zuckte ganz leicht. Zum

zweiten Mal an diesem Abend warf er den Beutel auf den Tisch. Auf Knaups Nicken hin begutachtete Beckmann dessen Inhalt und pfiff leise durch die Zähne.

»Solche wie wir müssen sehen, wo wir bleiben«, fuhr Knaup fort.

Um Hartlebens Mund grub sich Verachtung ein, dann legte er noch zwei Ringe dazu.

»Hat er damit genug?«

Knaup verbeugte sich.

»Hast du nicht gesagt, die zwei würden uns was einbringen?«, fragte Beckmann, als sie gemeinsam Herrn und Diener hinterherblickten. Laut stieß Knaup den Atem aus und verschränkte die Arme vor der Brust. Seine zitternden Hände ballten sich zu Fäusten. Am liebsten hätte er dem jungen Mann an seiner Seite in die dumme Fratze gehauen, aber er tat es nicht, schwieg stattdessen und schwor sich zum wiederholten Mal, nie wieder zu spielen. Vor allem aber würde er die beiden dort niemals vergessen.

***

An Georg von Hartlebens Seite kauernd hielt sich Hanns Nussbaum am Bootsrand fest und spähte zu dem kleinen Fischerdorf hinüber, welches auf der rechten Flussseite im Abendsonnenlicht lag. Der Kapitän und seine Mannschaft hatten sich zurückgezogen, ab und zu waren ihre Stimmen zu hören. Die anderen Mitreisenden – zwei Männer, die Georg von Hartleben einst für diesen Feldzug begeistert hatte, fünf Händler und weitere Gefangene aus Ofen mit ihren neuen Herrn – hatten längst ihre

Schlafplätze aufgesucht. Zu den Füßen Hartlebens und seines Dieners lagen die beiden kleinen Fremdlinge zusammengerollt und gaben vor zu schlafen. Keines der Kinder hatte bisher ein Wort gesprochen. Das Gesicht des Jungen verunstaltete ein großer, blauer Fleck, das Mädchen litt immer noch Schmerzen wegen ihres verletzten Armes, aber sie hatte niemanden an sich herangelassen.

»Warum sie?« Hanns Nussbaum musterte seinen Herrn von der Seite. Der fuhr sich mit gespreizten Fingern durch das dunkelblonde Haar und setzte dann seinen Hut wieder auf.

»Ich fand sie hübsch, sie sind ein ansehnliches Pärchen. Ich dachte, Theodora würde es freuen.« Georg schluckte. Das Bild einer toten Frau schob sich vor sein inneres Auge und ließ sich nicht mehr verjagen. »Ich glaube, sie sind etwa in Karls Alter«, fügte er mit rauerer Stimme hinzu.

Hanns Nussbaum nickte. »Ich bin froh, dass Ihr ihm die Kinder nicht einfach abgenommen habt«, sagte er dann. »Der Herr muss die Hände über Euren Würfeln gehabt haben.«

»Meint er? Da muss ich ihn wohl enttäuschen, Hännschen.«

Georg hatte seine Stimme gesenkt. Von irgendwoher drehte er mit einem Mal den Würfelbecher in den Händen, streifte mit den Fingerspitzen über das feine Muster aus Gold und bunt gefärbtem Leder, nahm einen der Würfel in seine linke Handfläche. Fein und hell waren sie und so gleichmäßig, dass der Handwerker einige Zeit zu ihrer Herstellung gebraucht haben mochte. Langsam brachte er einen davon näher an seine Augen, musterte ihn aufmerksam. Als er die Hand sinken ließ, starrte Hanns ihn ungläubig an: »Nicht wahr, Herr!«

Georg lachte unterdrückt.

»Doch.« Geschickt ließ er zwei der Würfel in seiner Handfläche umeinander kreisen.

»Aber Ihr seid ein Ehrenmann, Herr von Hartleben.«

Der Andere grinste. »Nachdem ich bemerkt hatte, was es mit einigen dieser Würfel auf sich hat, habe ich sie selbstverständlich auch nicht mehr im ehrenhaften Spiel eingesetzt. Und was diese beiden Lumpen angeht … Die hatten nichts Besseres verdient. Was hätte ich denn tun sollen? Mehr als eins der Kinder hätte ich kaum bezahlen können. Was blieb mir also übrig?«

»Ehrlichkeit?«

Hanns Nussbaum schaute seinen Herrn ernst an.

Das leichte Grinsen, das sich auf Georgs Lippen gestohlen hatte, verschwand. Dann sah er über den Fluss hinaus. Hanns durfte das sagen. Er war der Narr, der seinem Herrn die Wahrheit sagte. Der letzte Gefährte seines jüngeren Ich, das er nun hinter sich lassen musste. *Par bleu*, sie kannten einander schon so lange. Er vertraute dem Alten wie keinem sonst auf Gottes Welt. Er kniff die Augen zusammen, ließ die Uferlandschaft vor seinem Blick verschwimmen, dann schleuderte er Würfel und Becher weit übers Wasser hinaus. »Wäre das Antwort genug?«

Georg drehte den Kopf, um Hanns Nussbaum anzusehen. Der schaute zu der Stelle hin, wo der kleine

Becher noch kurz auf den Wellen tanzte, und nickte knapp.

Zunehmend wurde es dämmriger. Der Rauch, der über den Hütten des nahegelegenen Dorfes aufstieg, war bald kaum mehr zu sehen. Auch der letzte Fischer, der am Ufer sein Netz geflickt hatte, stellte seine Arbeit ein und verschwand bald darauf in einer Hütte. Georg schloss die Augen. Noch vor dem Winter würde er zu Hause sein, zum ersten Mal seit drei Jahren.

Mitten in der Nacht erwachte er. Helles Mondlicht versilberte den Fluss, floss über die Felder und Wälder und das Dorf hinweg. Ruhig schliefen die Kinder unter den wachsamen Augen Hanns Nussbaums. Georg schaute zum Ufer hinüber. Ein Schauder überlief seinen Körper. Es war nicht die Helligkeit, die ihn geweckt hatte. Nein, er hatte geträumt.

»Theodora«, flüsterte er tonlos. Mit einem Mal hatte er Angst.

2. Kapitel

Gut Hartleben, Herbst 1686

Rupert hatte sie kommen sehen – zuerst die Kutsche mit Onkel Georg und dessen Diener Nussbaum sowie den beiden Fremden, dann ein wenig später zwei der Männer, die gemeinsam mit dem Onkel aufgebrochen waren. Eine Bewegung war da durch die Schar der erwartungsvollen Bauern, Mägde, Knechte und Tagelöhner gegangen, die sich aus den nächsten Dörfern und Weilern eingefunden hatten, fast hatte man ihre Unruhe mit Händen greifen können: Zwei waren zurückgekehrt, nur zwei, deren Blicke umherirrten auf der Suche nach bekannten Gesichtern.

Mit einem Ruck löste Rupert die Augen von den Männern und starrte in die dunklen Gesichter der beiden Kinder: Türken, verdammte Heidenbrut. Vom Eckfenster des alten Gutshauses aus, in das er sich zurückgezogen hatte, konnte er die beiden beobachten. Seit im Auftrag seines Vaters, Alexander von Hartleben, vor etwa einem halben Jahr der Bau des neuen, prächtigeren Hauses beendet worden war, hielt er sich häufig in den vereinsamten Räumen des alten Gebäudes auf. Zwar war das neue Haus noch nicht vollkommen fertig gestellt, aber der Vater hatte den Umzug veranlasst, kaum dass die äußere Hülle und die wichtigsten Zimmer bezugsfertig gewesen waren. Keine drei Wochen vor seinem Tod hatte man die Übersiedlung abgeschlossen.

Kurzfristig ließ er den Schmerz zu, der sich in seinem Unterleib ausbreitete und von dort in seinen Kopf vordrang. Der Vater sei vom Pferd gestürzt, hatte man ihm gesagt. Dass er ihn vermissen würde, damit hatte anscheinend keiner gerechnet. In den ersten Wochen, so schien ihm, war er der Einzige gewesen, der an den Herrn von Hartleben erinnert hatte. Niemals würde er vergessen; niemals würde er den Onkel an der Stelle des Vaters dulden. Georg von Hartleben war ein Nichtsnutz, ein Tunichtgut, der keinerlei Verantwortung kannte. Früher hatten es alle gesagt, er, der Zwölfjährige, erinnerte sich noch gut daran.

Ein leises Pochen ließ ihn zurückschrecken. Er hatte

nicht bemerkt, dass er der Fensterscheibe immer näher gekommen war. Im Hof stand die Türkenbrut wie erstarrt.

Rupert biss sich auf die Lippen. Wie oft hatte der Vater davon gesprochen, wie man 1683 in Wien den Sieg gefeiert, wie man gejubelt, gebetet und Salut geschossen hatte, und wie es trotzdem zu spät gewesen war, die Mutter tot und mit ihr das kleine Geschwisterchen. Auch die Dienerschaft hatte von den Tataren gewispert, laut genug, dass er es hören konnte, davon, wie diese Barbaren armen Christenmenschen den Leib aufschlitzten und Frauen Gewalt antaten, wie sie die kräftigen unter ihnen versklavten und die Schwachen ausnahmslos abschlachteten. Zwar hatte er die tote Mutter und die tote kleine Schwester nicht mehr gesehen, aber damals hatte sich in seiner Vorstellung etwas eingebrannt, ein Bild aus Vorstellungen und Geschichten, aus den Zeichnungen, die sich auf Flugblättern fanden und den Erzählungen, vor denen ihn niemand bewahrte: Christenschlächter, Frauenschänder, Kindermörder … Er hatte sie gesehen, die Bilder von aufgespießten Säuglingen und geköpften, geschändeten Frauen. Mit einem Mal schmeckte er Blut auf den Lippen, fuhr sich mit dem Handrücken darüber und drückte dann den Hemdsärmel gegen die verletzte Stelle.

Im Hof stand die Mörderbrut immer noch wie verlassene Kälbchen beieinander und starrte großäugig umher. In seinem Rücken lief jemand mit großen Sprüngen die Treppe hinauf, gleich darauf pochten schnelle Schritte den Gang entlang. Rupert wandte den Kopf gerade rechtzeitig, um seinen Cousin Karl auf sich zukommen zu sehen. Der knapp ein Jahr Jüngere war in den Hof gerannt, kaum dass die Kutsche eingetroffen war, und hatte sich seinem Vater vor aller Augen in die Arme geworfen, wie ein Kind, das noch nicht den Windeln entwachsen war. Ruperts Lippen zitterten im Bemühen, die abfällig herabgezogenen Mundwinkel zu verbergen, doch Karl bemerkte nichts. Ein strahlendes Lachen zeichnete sein sommersprossiges, von wirren hellblonden Strähnen umstandenes Gesicht.

»Hier bist du! Dacht ich's mir doch. Komm, Vater will dich sehen. Unglaublich, was er uns mitgebracht hat, nicht wahr?« An Rupert vorbei warf Karl einen Blick in den Hof. »Sie nennen sich selbst Osmanli, habe ich gelesen«, fuhr der Cousin nach einer kurzen Pause aufgeregt fort. »Ich wüsste zu gerne, wie es ist, dort, wo sie herkommen.«

Rupert antwortete nicht. Unten machte man sich gerade daran, ins Haus zu gehen. Knechte und Mägde, Diener und Dienerinnen huschten zurück an die Arbeit. Der Verwalter stand bei den Dörflern, die immer noch die Heimkehrer umringten. Onkel Georg hatte der Türkenbrut die Hände rechts und links auf die Schultern gelegt. Der Junge hielt sich steif, das Mädchen hatte sich etwas näher zum Onkel hingeschoben. Von Neuem stieg Wut in Rupert auf, stärker und mächtiger als zuvor. Ein Mühlstein lastete auf seiner Brust, der ihm den Atem nahm. Er ballte die Fäuste, dann drängte er Karl unwirsch beiseite. »Ich will aber nicht wissen, wo sie herkommen. Ich hasse sie, verstehst du das? Ich hasse sie!«

***

Nicht weinen – Habar biss sich auf die Lippen –, nicht weinen. Aber die letzten Wochen hatten so viele Eindrücke mit sich gebracht, dass ihr der Schädel vor Schmerz und Trauer schier zerspringen wollte. Nach einer langen Reise über den Fluss von Budin fort, waren sie gegen Nachmittag des heutigen Tages an ihrem Ziel, einem großen *giaur*-Haus, angekommen. Scharen von Menschen hatten sie im dazugehörigen Hof erwartet, hatten sich um eine große, alte Linde versammelt oder in deren Ästen gesessen und auf sie herabgeblickt. Blasse, tote Frankenaugen hatten sie unverhohlen angestarrt, Augen, vor denen die *dadı*, die Amme, sie stets gewarnt hatte. Frauen, deren Köpfe von seltsamen Hauben bedeckt waren, glotzten und tuschelten miteinander. Einige wichen zurück, andere berührten sie hastig. Ein Mädchen in einem grauen Kittelchen, die Augen vor Furcht weit aufgerissen, brach in schrille Tränen aus, und über allem hing das fremdartige Gemurmel, das sie nicht verstand.

Alles hier war fremd, umso dankbarer war sie, Ibrahim dicht bei sich zu spüren. Sie hatte seine erste behutsame Berührung kaum bemerkt, doch nun auf dem Weg, der sie eine enge Wendeltreppe herunter tiefer in das Gebäude hineinführte, spürte sie deutlich seine Hand an ihrem Rückgrat. Er war da, er hielt sie. Sie würden beieinanderbleiben, sich halten und schützen und von ihrem Zuhause reden, das sie niemals, niemals vergessen wollten, und zu dem sie eines Tages zurückkehren würden.

Sie besann sich auf den Weg. Sie musste vorsichtig sein, es war so düster hier. Mühsam tasteten ihre Füße über den unbekannten Boden, ihr Körper versteifte sich vor Angst, gleich zu stürzen. Ab und an gab das Mädchen in seinem graublauen Kleid mit der weißen Schürze, das ihnen vorauseilte, zischend ihren Unmut zu verstehen, und bedeutete ihnen, schneller zu gehen.

Wo waren sie, und wo brachte man sie hin? Oben im Hof hatte sie den Blick über die Gebäude ringsum irren lassen. Viel hatte sie schon auf der Reise von den Städten und Dörfern der *giaurs* gesehen. Ansammlungen schäbiger Holzhütten, zwischen denen fauliger Dunst hing, gab es ebenso, wie riesige verzierte Steinhäuser, die den Himmel berührten, und die die Ungläubigen zu Ehren Allahs bauten. Auch in Budin hatte es solche Häuser gegeben, die man nach dem Sieg über die Christen in Moscheen umgewandelt hatte. Plötzlich musste sie an die Bilder denken, auf die Ibrahim sie oben in der Halle aufmerksam gemacht hatte. Figuren um Figuren hatten dort die Decke bevölkert, Flügelwesen und sehr viele nackte Männer und Frauen. Weiter unten an den Wänden hatten große Bilder von *giaurs* gehangen: Männer in Uniformen, Frauen in wogenden Kleidern, Menschen, kräftig in der Mitte des Bildes thronend, sitzend, liegend; lachende Gesichter, ernste Gesichter, verschmitzt lächelnde Gesichter. Genau vor ihnen hatte eine sehr breite Steintreppe in ein höheres Stockwerk geführt. Den Boden hatte ein Muster aus schwarzen und weißen Quadraten geziert. Sie hatte versucht, ihre rechte Fußspitze genau an der Kante eines Quadrats zu platzieren, hatte Ibrahims flüsternde Worte vernommen, doch nicht, was er sagte.

Wieder einmal stolperte sie, wieder hielt er sie. Er würde sie nicht verlassen. Sie hatte keine Angst. Sie war Habar, die so gut ritt und mit dem Bogen umging wie der Bruder. Sie war die Furchtlose, die im nächsten Jahr einen eigenen Jagdfalken geschenkt bekommen hätte.

Aber jetzt war alles anders. Sie biss sich auf die Lippen, bis sie Blut schmeckte. Es war besser, den Schmerz zu ertragen, als daran zu denken, was sie verloren hatten.

Ihr war kalt. Auf dem Pflaster draußen hatten ihre bestrumpften Füße gefroren, die Luft dieses Landes schmeckte nach Winter. Mit jeder Bewegung raschelte der Stoff des Kleides, das ihr Entführer für sie in Bec, das die Ungläubigen Wien nannten, hatte anfertigen lassen. Der Panzer, in dem sie eingeschnürt war, nahm ihr den Atem. Schnürten die *giaurs* alle Frauen dergestalt ein? Waren sie jetzt Sklaven? Wenn sie Sklaven waren, dann hieß ihr Herr Georg, denn diesen Namen hatte er ihnen genannt und dabei auf sich gezeigt. Erneut stolperte sie, erneut hielt Ibrahim sie fest.

»Pass besser auf«, zischte er von hinten in ihr Ohr, aber er würde sie immer halten, immer. Das wusste sie.

Sie waren unten angekommen. Das Mädchen bedeutete ihnen, schneller zu laufen. Ein Junge – er mochte in Ibrahims Alter sein – trat durch eine Seitentür in den Gang, worauf das Mädchen jene seltsame Bewegung machte, mit der die *giaur*-Frauen ihre Herren begrüßten. Der fremde Junge musterte das Grüppchen kurz, aber eindringlich. Auf seine knappe Handbewegung hin setzten sie ihren Weg fort. Als sie auf seiner Höhe waren, konnte Habar nicht umhin, den Kopf zu heben und schrak zusammen: Augen, grau wie Flusswasser an einem Regentag, durchbohrten sie unter sandfarbenem, tief in die Stirn hängendem Haar hervor. Es war nur ein Atemzug, bevor das Mädchen sie unerbittlich weitertrieb, aber sie fröstelte.

In der Küche des Hauses kamen sie endlich zum Stehen. Das muntere Geschwätz, das den Raum erfüllt hatte, verstummte mit ihrem Erscheinen. Ein noch sehr junges Mädchen quiekte, ließ seinen Kochlöffel fallen und rettete sich in den hinteren Teil des Raumes. Eine hagere Frau, unter deren Häubchen ein langer brauner Zopf hervorkam, legte den Fisch, den sie geschuppt hatte, vor sich auf das Brett. Zwei Jungen, die sorgsam einen Braten über dem Feuer drehten, verharrten, um die Neuankömmlinge aus weit aufgerissenen Augen zu beglotzen. Eine Frau, unter deren schmutzigem Häubchen krauses, rotes Haar hervorquoll, sagte etwas in der harten Sprache der Fremden, eine zweite lachte, und dann bewegten sich alle auf die Geschwister zu. Habar wollte sich herumwerfen und aus der Tür hinausrennen, doch kräftige Arme hinderten sie daran, und der schweißig-fischige Geruch, der vom Rock der Rothaarigen in ihre Nase drang, nahm ihr gleich darauf den Atem. Mit fliegenden Fäusten versuchte sie, sich zu wehren; der Griff der Frau war eisern. Ihre Ohrfeige ließ Tränen in Habars Augen schießen.

»Zeig ihnen deine Angst nicht, Habar, zeig sie den dreckigen *giaurs* nicht!«

Ibrahims Stimme verklang zitternd. Habar gab ihren Widerstand auf. Niemand regte sich. Die Anwesenden starrten die Kinder an, so wie man etwas Unbekanntes anschaute, von dem man sich nicht sicher war, ob man es näher untersuchen wolle. Dann überschlugen sich die Stimmen. Erste neugierige Finger betasteten die Kleidung der beiden, bohrten sich in ihre Haut, zupften oder rissen gar an Habars und Ibrahims Haaren. Unablässig rasselten die Worte, quäkten und zischten fremde Laute durch den Raum. Habar wollte die Augen schließen, sie konnte es nicht. Die mit dem braunen Zopf hatte sich vor Ibrahim aufgebaut, eine Blonde, an deren Schürze Blut und Federn klebten, stand an ihrer Seite. Sie stanken, diese *giaurs* stanken aus jeder Pore. Die Frauen sprachen miteinander, während ihre Augen zwischen Habar und Ibrahim hin und her huschten. Die Braunhaarige deutete mit einem spitzen Zeigefinger auf den Jungen.

Dann ging alles sehr schnell.

Bevor Ibrahim noch daran denken konnte, sich zu wehren, hatten die beiden ihm den Kaftan über den Kopf gezerrt und die Hosen heruntergerissen, so dass er nackt vor allen stand.

Wieder verstummten die Stimmen. Das Gesicht des Bruders zeigte sich schreckensstarr. Habar wollte schreien, doch es war, als habe man sie in eiskaltes Wasser geworfen, das ihr auf ewig den Atem nahm. Sie konnte nicht sprechen, nicht schreien, nicht klagen. Kein Laut drang über ihre Lippen, nur Keuchen. Ibrahim öffnete den Mund, doch erst als ihn grobe Hände hin und her zu drehen begannen, entfuhr ihm der erste Schreckenslaut. An seinen zu Fäusten geballten Händen traten die Knöchel weiß hervor. Stumm sah Habar zu, wie sich die Finger der beiden Frauen in seine Haut bohrten, wie sie daran zupften, wie sie neugierig sein Geschlecht anhoben, ihm endlich die Pobacken spreizten, ihm danach durch seine Haare fuhren, ihn zwangen, den Mund zu öffnen und mit den Fingerknöcheln gegen seine Zähne klopften. Entsetzt sah Habar, wie seine Lippen zitterten, doch er weinte nicht.

Noch während die Braunhaarige mit ihm beschäftigt war, wandte sich die Blonde Habar zu. Zum zweiten Mal öffnete das Mädchen den Mund, nichts kam heraus. Ein Schauder überlief sie. Allah strafte sie. Allah hatte ihr die Stimme genommen.

Geschickt löste derweil die Blonde die Bänder des Überkleides, bedeutete Habar, selbst weiterzumachen. Zitternd gehorchte das Mädchen. Als sie den letzten Rock und das letzte Hemd erreichte, suchte sie Ibrahims Blick, doch der schien sie überhaupt nicht zu bemerken. Mit den Bewegungen eines alten Mannes schlüpfte er zurück in seinen Kaftan, bevor er auf dem Boden zusammensackte.

Habar zögerte. Die Blonde bellte ihr etwas entgegen und deutete auf den Rock. Mit steifen Fingern bemühte sich das Mädchen, die Schnürung zu lösen, ließ das Kleidungsstück endlich über ihre Beine raschelnd zu Boden rutschen und stand im Hemd da. Fort wünschte sie sich, weit fort. Wenn sie doch nur sterben könnte, hier und jetzt. Wenn der Vater sie doch nur getötet hätte, um sie vor dieser Schande zu bewahren. Kaum hörte sie die laute Stimme, die Bewegung in die Menge um sie brachte. Eine Hand packte sie am Arm. Als sie den Kopf drehte, sah sie einen Mann in einen langen schwarzen Kaftan gehüllt, sah kohlschwarze Augen in einem hageren Krähengesicht mit Hakennase und schrie auf.

Der Fremde ließ sie los und warf einen Blick in die

Runde. Die Laute, die gleich darauf über seine schmalen Lippen kamen, waren schnell, laut und hart. Unter ihnen senkten sich die Köpfe der Frauen und Männer in der Küche. Während Habar in das mantelartige Oberkleid schlüpfte, sah sie die ersten zurück an ihre Arbeit huschen. Die Köpfe gesenkt, nestelten die Braunhaarige und die Blonde an ihren Schürzen, bevor der hagere Fremde auch sie an ihre Plätze schickte.

Dann wandte er sich Habar und Ibrahim zu. Stumm starrten sie einander an. Endlich winkte er sie beide zu sich und legte ihnen nacheinander die Hände auf die Schultern. Er sagte etwas zu ihnen. Sie verstanden nicht. Er sagte wieder etwas, beugte sich herunter, sprach langsamer, ging endlich ein paar Schritte und bedeutete ihnen, ihm zu folgen.

Aus der Küche hinaus ging es ein Stück den Gang entlang bis hinüber zu einem schmucklosen Raum, in dem Strohsäcke auf dem Boden als Schlafplätze dienten. An ein paar Stellen hatte jemand etwas zum Schmuck hinterlassen, einen vertrockneten Blumenkranz, eine angeschlagene bunte Tasse. Der Fremde deutete auf zwei unbenutzte Schlaflager. Die Kinder hockten sich darauf. Eine Weile noch stand er über ihnen, bevor er nickte und verschwand.

Geraume Zeit saßen sie stumm nebeneinander. Dann öffnete Habar den Mund, doch der Bruder kam ihr zuvor: »Das wird diesen Hunden noch leidtun«, presste er hervor. »Es wird ihnen leidtun.«

***

Unbehagen. Theodora von Hartleben hatte nicht lange überlegen müssen, welchen Ausdruck das Gesicht ihres Mannes zeigte, und es überraschte sie nicht: Sie waren zu lange getrennt gewesen und sich auch vorher nie wirklich nahegekommen. Als ein Bote an diesem Morgen Georgs Rückkehr angekündigt hatte, war sie zuerst reglos auf ihrem Bett sitzen geblieben, die Finger in die weichen Decken vergraben. Dann hatte sie in der Schublade des kleinen Nachtschränkchens nach dem Medaillon gesucht, das die Gesichtszüge ihres Mannes zeigte; dieses so jungenhafte, so harmlose, längst vergessene Gesicht. Endlich hatte sie die Zofe gerufen, die der Herrin eilig das schönste Kleid hervorholen und die Haare frisieren sollte. Manchmal, wenn sie sich kurz vergaß, spielten Theodoras Finger nervös mit der Stickerei auf ihrem linken Ärmel. Es war kein neues Kleid, längst gab es modischere, aber es war eines, in dem sie einige der erinnernswertesten Stunden ihres Lebens verlebt hatte, damals in Wien, als sich so viel geändert hatte.

Sie zupfte einen Faden von ihrem Ärmel, suchte Georgs Blick, doch der wich ihr aus. Man hätte glauben wollen, dass sie einander etwas zu sagen hätten, nach einer so langen Trennung, aber da war nichts. Draußen, unter den Augen der Dienerschaft, des Verwalters, der Bauern aus der Nachbarschaft, der Knechte und Mägde hatte er ihr die Hand geküsst und gesagt, dass er sie vermisst habe, draußen ... Theodora drehte den Kopf zum Fenster.

Es war ein schöner Herbsttag, einer jener Tage, die man golden nannte. Vor einem halben Jahr etwa, im April – ihre Lippen zitterten –, war es den ganzen Tag über brütend heiß gewesen. Am späten Nachmittag hatte es ein furchtbares Gewitter gegeben. Sie hatten alle Hände voll zu tun gehabt, die Schafherde sicher in den Stall zu bringen und die panischen Pferde zu beruhigen. Im Dorf über den nächsten Hügel hatte der Blitz eingeschlagen. Der Feuerschein war weithin zu sehen gewesen. Auch sie hatte Wasser und Sand bereitstellen lassen, für den Fall des Falles. Als sie zum ersten Mal innehalten konnte und erschöpft in einen Sessel fiel, hatte sie befürchtet, nie wieder aufstehen zu können. Sämtliche Glieder schmerzten. Die Kleidung klebte ihr schweißnass am Leib, an den Händen hatte sie sich Schrammen geholt. Dann war ihr aufgefallen, dass sie Alexander seit Stunden nicht gesehen hatte. »Hat einer von euch den Herrn von Hartleben gesehen?« Die eigene Stimme schrillte noch in der Erinnerung in ihren Ohren. »Sagt, wer von euch hat den Herrn von Hartleben gesehen?« Aber niemand hatte ihn gesehen. Sie fanden ihn erst im Verlauf des nächsten Tages, das Genick gebrochen, halb versunken in einem Straßengraben voller Schlamm.

Mit der Erinnerung unterdrückte sie ein Seufzen. Das Alleinsein war ein anderes, wenn man sich einmal jemandem nahe gefühlt hatte. Dabei hatte sie kein Begehren gekannt, bis sie den Verlobten ihrer Schwester kennen gelernt hatte. Eine schöne Stimme hatte der gehabt, einen noch schöneren Mund. Wie oft hatte sie einfach auf diesen Mund gestarrt, wenn Alexander etwas erklärte. Als er sie zum ersten Mal dabei erwischte, hatte er sie verwirrt angeschaut, dann hatte er gelächelt. Vielleicht hatte er sie da zum ersten Mal gesehen. Bald darauf sprachen sie miteinander, als würden sie sich schon Jahre kennen. Trotzdem hatte er seine Pflicht getan und Aurora geheiratet, deren jüngere Schwester vielleicht sogar vergessen.

Anfang 1683, in Wien, war er zum zweiten Mal auf sie aufmerksam geworden. Zuerst hatte er ihr nur erzählt, wie schwer sich Aurora von der Geburt des zweiten Kindes erhole. Später, während der Belagerung, als die schrecklichen Nachrichten durchgedrungen waren, suchte er ihren Beistand, umklammerte ihre Hand und fragte sie, was zu tun sei.

Und auch am Tag der Todesnachricht war er bei ihr gewesen, und sie hatte zart eine Hand auf seinen bebenden Rücken gelegt. Sie hatte gewusst, dass sie warten musste. In dieser Nacht waren sie sich noch nicht nähergekommen, aber von diesem Zeitpunkt an hatten sie einander nicht mehr aus den Augen verloren.

Der dumme Unfall hatte allem ein Ende bereitet.

Ihr rechter Arm sank herab, wieder suchten ihre Finger nach dem losen Fädchen. Georg hatte bisher mit keinem Wort nach seinem Bruder gefragt, vielleicht war es gut so. Meine Rose, meine rosenrote, rosenzarte, rosenwahre Rose … Nein, sie hatte Alexanders Kosenamen nicht vergessen. War es schlecht, immer noch voller Glück an ihn zu denken? Menschen sollten nicht allein sein. Sie waren alleine gewesen und hatten einander gebraucht, wie man einander nur brauchen konnte. So einfach war das.

Georg räusperte sich. »Man hat mir berichtet, dass die Flüsse im letzten Jahr über die Ufer getreten sind. In Dresden, sagt man, stocken die Brückenbauarbeiten auch diesen Herbst wegen des Hochwassers.«

Theodora nickte. Auch seine Stimme war ihr unbekannt, als habe sie sie niemals zuvor gehört. Alexander hatte eine warme Stimme gehabt. Es war ihr gleichgültig gewesen, dass er nicht ihr Mann war. »Schenk mir ein Kind«, hatte sie ihm ins Ohr geraunt, »ich will etwas aus deinem Fleisch, etwas, auf das ich stolz sein kann.« Aber sie hatte den Knaben verloren, noch am Abend des Tages, an dem sie Alexanders Leichnam fanden. Einsam in ihrem Zimmer, ein Kissen in den Mund gestopft, damit ihre Schreie sie nicht verrieten, hatte sie ihn in die Welt gepresst: Alexanders Kind, das Gott nicht hatte leben lassen, den Säugling, dessen winzigen, toten Körper sie im Kamin verbrannt hatte, ohne eine Träne vergießen zu können. Vielleicht war es gut so. Vielleicht bedeutete große Lust zwangsläufig großes Leid, so, wie man es von den Dichtern hörte. Nein, sie hatte nichts behalten von dem, was er ihr geschenkt hatte, es war alles verbrannt, bis auf ein paar Kleinigkeiten und das Medaillon, das sie seit heute Morgen in der hintersten Ecke der Schreibtischschublade verbergen musste.

Wir werden über Schulden reden müssen, dachte sie.

»Ihr habt mir gefehlt«, sagte Georg.

Sie lächelte. »Karl«, sprach sie den Namen ihres Sohnes aus, setzte sich auf einen Stuhl und ordnete ihr Kleid um sich, »hat Euch sehr vermisst. Ich habe ihm versprochen, dass Ihr heute noch einmal zu ihm kommt.«

Für einen Moment sahen sie einander an. Als die Kutsche vorhin in den Hof eingefahren war, war eine Bewegung in die Menge geraten, wie das Kräuseln der Wasseroberfläche auf einen leichten Windstoß hin. Hälse wurden gereckt. Sie hatte ihren Sohn kaum bändigen können, der dem Vater am liebsten gleich um den Hals gefallen wäre. Kaum konnten sie den Jungen von seinem Vater trennen.

Vielleicht war es der Gedanke daran, der Georgs Gesicht jetzt weich werden ließ. Flüchtig fragte sie sich, was er erlebt haben mochte, doch es bekümmerte sie nicht wirklich.

Älter war er geworden, sie entdeckte es nach und nach. Das schmale Gesicht erschien ihr härter und faltiger, als sie es in Erinnerung hatte. Nur die Augen blitzten hell und jung wie eh und je aus der etwas zu sonnengebräunten Haut, und sein dunkelblondes Haar lockte sich ungebärdig.

»Ihr habt mir gefehlt, Theodora«, wiederholte er.

Sie nickte, bemerkte, wie sich ihre Lippen wie von selbst bewegten, wie sie Worte formten: »Ihr mir auch.«

Lügnerin. Sie hielt seinen Blick fest.

»Wie gefällt Euch mein Geschenk? Die feinsten Familien nennen heute wenigstens einen kleinen Türken ihr Eigen.«

Theodora senkte den Kopf. Darüber wollte er also reden, über sein Geschenk, nach ihrem Lob lechzte er, wie ein kleines Kind. Aber sie brauchten keine Türkenbälger. Sie würden über Schulden reden müssen. Langsam spreizte sie die Finger, legte die Hände dorthin, wo sich unter dem Stoff die Knie befinden mussten.

Georg trat näher zum Fenster. Das Abendrot tauchte die Hälfte seiner Gestalt in Licht, während die andere Seite im Schatten blieb. Hatte sie sich vorgestellt, dass er ihr so fremd sein würde, nach nur drei Jahren? Noch nicht einmal das Kleid, das sie einst gemeinsam ausgesucht hatten, konnte etwas daran ändern. Sie erinnerte sich noch gut an jene Tage, als sie nach Beendigung der Belagerung von Wien auf Festen und Empfängen gefeiert hatten, als könnte das Leben am nächsten Tag doch noch vorbei sein. Jene Tage, in denen sie dachte, dass sie es mit ihm vielleicht doch nicht so schlecht getroffen hatte. Jene Tage, bevor Alexander zurückgekommen war und sie vom Tod der Schwester erfahren hatte.

Sie holte so scharf Luft, dass ihr Mann sie besorgt ansah, schüttelte lächelnd den Kopf. Es waren die Schulden, über die sie reden mussten, und dann war da noch das Testament, das seiner Eröffnung harrte.

Sie wollte eben sprechen, als es klopfte. Auf Georgs Zuruf trat Rupert ein. Unmerklich sank Theodora in sich zusammen. Die Haare des Neffen waren zerzaust, Schuhe und Culotte von Schmutz überzogen. Er war spät zur Begrüßung gekommen, und auch jetzt ließ er sich Zeit. Sie erschauerte. Rupert würde seinem Onkel nie verzeihen, dass er überlebt hatte.

***

Ibrahim war vor ihr eingeschlafen. Habar lauschte seinen gleichmäßigen Atemzügen. Zuerst hatten sie keine Worte gefunden, für den Schrecken, der ihnen widerfahren war, dann hatte sie leise zu sprechen begonnen. Lange Zeit hatte er ihr zugehört, endlich ihr Gesicht zwischen seine rauen Jungenhände genommen.

»Ich werde dich nicht verlassen, Habar, niemals. Wir werden gemeinsam zurück nach Hause gehen. Wir werden unsere Verwandten suchen und finden.«

Das Mädchen kreuzte die Arme über der Brust und lehnte den Kopf gegen den warmen Körper des Bruders. Er würde sie nicht alleine lassen, das würde er nie tun.

3. Kapitel

Gut Hartleben, Frühjahr 1687

»Christenschlächter!«

Ibrahim hatte die Stallburschen kommen sehen; zwei näherten sich von vorne, einer rückte von hinten heran. Der Vierte sprang aus der Luke, die zu dem Dachboden führte, auf dem die Jungen ihren Schlafplatz hatten. Er war ein großer, kräftiger rotblonder Kerl, der Anführer, wie Ibrahim seit seiner Ankunft mehrfach schmerzhaft hatte erfahren müssen. Er war es, der ihn in den ersten Nächten kaum ein Auge hatte zutun lassen, der den ersten Winter im Land der *giaurs* zur elendsten Zeit seines bisherigen Lebens gemacht hatte. Ganz nahe kam er heran. Fast berührte sein Gesicht dasjenige des jungen Türken. Der spürte seinen Atem feucht auf seiner Haut. Stille – für wenige Atemzüge lang: »Christenschlächter!«

»Christenschlächter, Christenschlächter«, fielen die anderen Jungen ein.

Ibrahims Nacken versteifte sich. Christenschlächter – dieses Wort hatte er inzwischen gelernt, so oft hatte er es schon hören müssen: Dreckige Ungläubige ... Er verschränkte die Arme vor der Brust und versuchte, sein Gegenüber zur Seite zu schieben. Der Rotblonde stand, ohne zu wanken. Einer der anderen Jungen sagte etwas. Alle lachten, dann packte der Anführer Ibrahim beim Hemdkragen und schob ihn in einen leeren Einzelstall hinein.

Als sich Ibrahims Gegenüber abermals in Bewegung setzte, ging der junge Türke geschmeidig mit, so wie es Hunde taten im Bemühen, einander den ersten Biss zu versetzen. Weich schmierte der Boden unter seinen Füßen. Ein scharfer Geruch von Urin stieg in seine Nase. Der erste Faustschlag in einem Moment der Unaufmerksamkeit schleuderte ihn gegen die Futterkrippe. Mit einem Schmerzensschrei ging er zu Boden.

Gelächter brachte ihn zurück auf die Füße. Er spuckte aus. Über Monate hinweg hatte er den Hochmut dieser Burschen ertragen, hatte sich beschimpfen lassen von diesen dreckigen Sklaven, die ihm in Budin nicht einmal einen Blick wert gewesen wären. Er hasste sie, hasste ihre schmutzigen, stinkenden Leiber, ihre hässlichen Stimmen, die blasse, fischbäuchige Haut. Wenn es Allah nur gefiel, dann würden Habar und er hier fortkommen. Jeden Tag betete er darum; seit ihrer Ankunft hatte er nichts anderes im Sinn als das: Flucht.

Eine Bewegung des Rotblonden brachte ihn zurück in die Gegenwart. Er biss die Zähne aufeinander. Mit einem Aufschrei schmetterte er die Faust in den Unterleib seines Gegners. Der riss Ibrahims Kopf mit festem Griff bei den Haaren zurück. Einer der anderen Jungen eilte seinem Kumpan zur Hilfe. Als sich der junge Türke stöhnend aus seiner gekrümmten Haltung nach oben gekämpft hatte, landete eine Faust ungebremst mitten in seinem Gesicht. Er keuchte vor Schmerz. Blut rann von Mund

und Nase über sein Kinn herab. Er versuchte, sich loszureißen, doch es gelang nicht. Die Stallburschen waren vorsichtiger geworden. Während ihn nun zwei festhielten, bearbeitete ihn der Rotblonde mit den Fäusten. Ibrahim biss die Zähne aufeinander, um nicht zu schreien, und doch konnte er nicht alle Schmerzenslaute unterdrücken.

Wie lange würde es dauern, bis er die Schreie nicht mehr zurückhalten konnte? Wann würde er ihnen unter einem besonders heftigen Schlag weinend Genugtuung geben? Dreckige Ungläubige, dreckige, dreckige Ungläubige. Wenn er sich mit der Zungenspitze über die Lippen fuhr, schmeckte er Blut. Blut und Rotz lief ihm aus der Nase und tropfte auf das Hemd herab. Ein erneuter, kräftiger Schlag ließ ihn keuchen. Er hätte sich gerne zusammengekrümmt, doch die Burschen hielten ihn unbarmherzig aufrecht.

Wieder ein Schlag. Er blinzelte. Er musste an etwas anderes denken. An den Vater, wie er den Bogen spannte. An Pfeile, die jedem einzelnen dieser Knechte durch die Gurgel fuhren. An das Blitzen des Krummschwerts im hellen Morgenlicht. An prächtige Waffen; auch ihr Entführer hatte solche Beute mitgebracht. Ibrahim hatte sie eines Abends auf einem Tisch in einem der großen Zimmer gesehen: Helme, Messer, Ruhmesabzeichen, eine Kupferkanne, feine Lederpantoffeln, ein bestickter Kaftan, so wie der Vater ihn getragen hatte.

Jemand schrie. War er das gewesen? Ibrahim blinzelte neue Tränen fort, spuckte aus und erhielt einen Tritt in den Rücken. Sich nähernde Schritte ließen seine Gegner innehalten. Der Griff lockerte sich so weit, dass er eine

Hand frei bekam. Mit dem Handrücken wischte er sich über Mund und Nase, während er zum Eingang des Stalls hinüberspähte.

Rupert … Er wollte sich ein zweites Mal das Blut abwischen, aber jetzt hielt man ihn fest.

Der neu Angekommene näherte sich langsam, die grauen Augen auf die Gruppe gerichtet. Bisher hatten sie nichts miteinander zu tun gehabt. Niemals hatte Rupert von Hartleben die Arbeitskraft der beiden Türken in Anspruch genommen, hatte sie zumeist sogar geflissentlich übersehen. Nun sagte er etwas zu den anderen Jungen, und zum ersten Mal verfluchte Ibrahim die Tatsache, dass er die Sprache der *giaurs* nicht beherrschte. Unruhig schossen seine Blicke unter halb gesenkten Lidern hervor. Der Rotblonde machte seinen Herrn darauf aufmerksam und brachte diesen zum Lachen. Ibrahim schaute zu Boden, auf seine eigenen, nackten Füße, die in den hässlichen Holzschuhen der *giaurs* steckten. Sollte Allah ihnen allen die Zunge aus dem Hals reißen und sie mit Stummheit strafen.

Eine neue Bewegung ließ ihn aufblicken. Rupert hielt eine schmale Gerte in der Hand. Als die Stallburschen Ibrahim auf seinen Zuruf hin unter Gelächter die Hose herunterziehen wollten, rührte der sich zuerst nicht, stieß den Rotblonden dann mit aller Kraft gegen die anderen beiden Burschen. Während er die schon halb heruntergerissene Hose mit beiden Händen nach oben raffte, stürzte Ibrahim aus dem Stall hinaus, den Gang entlang und auf den Hof des Gutes hinaus. Zwei Mägde kreischten bei seinem Anblick auf. Er wich ihnen aus, stolperte gegen eine Schubkarre und stürzte hart auf das

Pflaster. Der Hosenbund entglitt seinen Fingern. Gleich darauf traf ein Gertenhieb seinen nackten Hintern. Das darauf folgende Gelächter war schlimmer als die weiteren Schläge. Immer mehr Menschen sammelten sich um sie. Er kämpfte sich auf die Knie hoch, versuchte, die Hose hochzuziehen und wurde erneut in den Dreck gestoßen. Ein Tumult entstand in der Menge ihm gegenüber. Dann hörte er Habars Stimme und die vertraute Sprache.

»Ibrahim! Bei Allah, lasst meinen Bruder in Ruhe!«

Von einem Moment auf den anderen hörten die Schläge auf. Ibrahim hob den Kopf höher, sah Habar in dem graublauen Dienstmädchenkleid, das sie tragen musste, die Hände in die helle Schürze verkrallt. Der Hieb, der ihr einen tiefroten Streifen an der linken Halsseite beibrachte und sie aufschreien ließ, kam ohne Warnung.

»Dreckiges Tatarenweib!« Ruperts Blick war starr auf das Mädchen gerichtet. Ibrahim sprang auf. Ihre Schimpfworte kannte er, ihre Beleidigungen, den Schmutz, den sie über Habar und ihm ausgossen. Diesen Hunden würde es eines Tages leidtun, die Schwester auch nur angesehen zu haben.

Eine weitere Stimme mischte sich ein. Für Karl von Hartleben, der nun an Habars Seite trat, hatte sich die Menge ohne Mühe geteilt. Hier und da knickste ein Dienstmädchen und eilte dann ins Haus zurück. Die drei Stallburschen warteten unschlüssig. Karl sagte etwas zu Rupert. Dieser hob die Augenbrauen und lachte kurz, bevor er die Gerte erneut zum Schlag hob. Doch noch bevor Ibrahim die Schwester rückwärts zerren konnte, schubste Karl Rupert so heftig, dass dieser gegen das

Mädchen stieß. Mit einem Aufschrei ging Habar zu Boden. Rupert fiel über sie, war aber gleich auf den Beinen und stürzte auf Karl los. Unter Keuchen und heiseren Schreien wälzten sich die Jungen im Dreck des von Hufen und Wagenrädern aufgewühlten Bodens vor dem Stall hin und her, jeder im Bemühen, dem Gegner einen Schlag zu versetzen.

Ibrahim zog seine Hose nach oben. Aus weit aufgerissenen Augen schaute Habar den Kämpfern zu. Rupert rief etwas. Karl versuchte, sich von ihm loszumachen. Zu spät bemerkte Ibrahim, dass der Rotblonde die Schwester gepackt hatte und ihr mit der Gerte drei unbarmherzige Hiebe auf den Rücken versetzte. Karls Stimme überschlug sich. Mit aller Kraft stieß er Rupert von sich weg und sprang auf die Füße. Mit zwei Sätzen war er bei Habar, wollte das Mädchen wegzerren, als auch Ibrahim nach dem Arm der Schwester griff. Der kleine Spaten, den einer der anderen beiden Stallburschen von der Schubkarre gegriffen hatte, knallte auf alle drei nieder. Ohne noch einen Laut von sich geben zu können, knickte Habar in den Knien ein und brach zusammen.

***

Rupert von Hartleben … Georg konnte nicht sagen, wie oft er die wenigen, so eigentümlichen Zeilen studiert hatte, mit denen der Bruder seine Angelegenheiten regelte und die in der Nennung seines einzigen Erben gipfelten: *Rupert von Hartleben* … Vorübergehend verschwamm die Kupferkanne vor seinen Augen, die er als eines seiner Mitbringsel auf das Tischchen in dem kleinen Erker seinem Arbeitsplatz gegenüber abgestellt hatte. Wie eine Erinnerung an bessere Tage erschien ihm das Stück inzwischen, eine Erinnerung an Zeiten, als seine Hoffnung noch ungetrübt gewesen war. Wo hatte Alexander nur den verdammten Vertrag gelassen, den er dem jüngeren Bruder versprochen hatte? Noch immer hörte er die Stimme des Älteren deutlich: »Rupert wird unser Lehngut erben und dem Fürsten dafür Gefolgschaft schwören, aber natürlich werden wir auch für dich etwas finden. Du bist mein Bruder, *mon cher Georges*, hab also keine Angst. Ich vergesse dich nicht.«

Aber Alexander hatte ihn vergessen. Für einen Augenblick starrte Georg gegen die Wand. Er war zu müde, um dem Tumult draußen Aufmerksamkeit zu schenken. Sollte sich der Verwalter darum kümmern. Er selbst hatte den ganzen Tag und die halbe Nacht damit zugebracht, zu verwalten, zu notieren, zu schlichten und Geld für Rechnungen aufzubringen, das es nicht gab. Von früh bis spät war er inzwischen damit beschäftigt, Papiere und Unterlagen zu ordnen, denen Alexander offenbar nie viel Aufmerksamkeit gezollt hatte. Längst glaubte er nicht mehr, dass sich der versprochene Vertrag irgendwo dort fand. Alexander hatte sich Zeit mit seinem Testament gelassen – womöglich aus den üblichen Ängsten, die Menschen bei diesen Dingen befielen –, er mochte den Jüngeren darüber einfach vergessen haben. Bis zu dem Tag, an dem Rupert seine Lehnspflichten übernehmen würde, würde er also die Güter verwalten, danach …

An Georgs fest ineinander verschränkten Fingern traten die Knöchel weiß hervor. Sollte er also immer bleiben, was er gewesen war, ein Habenichts, ein Zweitgeborener? Er starrte die Kupferkanne an, kratzte sich leise seufzend den Haaransatz. Und Theodora? Er hatte sie immer geliebt. Aber auch in Wien damals, als sie sich für einen kurzen Augenblick nahe gewesen waren, hatte er tief in seinem Inneren stets gewusst, dass seine Frau Höheres für sich vorgesehen hatte. Wenn er es zuließ, ätzte längst Misstrauen wie eine scharfe Säure in ihm. Erst gestern hatte er sich in ihrer Abwesenheit vor ihrem privaten Kabinett eingefunden, erst gestern hatte seine Hand den Türknauf berührt, und er war bereit gewesen, in ihr Reich einzudringen. Er kannte sie nicht. Würde er sie kennenlernen, wenn er ihren Schreibtisch durchsuchte? Wenn er – das war doch sicherlich möglich – die Dinge sah, die ihr etwas bedeuteten?

»Narr.« Er rieb sich die brennenden Augen. Auch gestern war sie zurückgezuckt, als er ihren Arm berührt hatte. In der ersten Nacht nach seiner Rückkehr hatte sie leidenschaftslos vom Leben erzählt, wie es sich in seiner Abwesenheit gestaltet hatte. Von Höhen und Tiefen. Von Gottvertrauen. Vom Tod seines Bruders.

Wieder schaute er auf den Bogen mit Alexanders Zeilen, und bittere Galle stieg in ihm hoch. Nichts – ein klopfender Schmerz tauchte hinter seiner Stirn auf –, er hatte nichts. Er schloss die Augen. Vielleicht sollte er einfach fortgehen, auf einem Schiff anheuern, wie er es sich als Junge vorgestellt hatte, statt hier unter zu vielen Papieren nach einem Schriftstück zu suchen, das es womöglich gar nicht gab.

Schon beim Anblick der ersten Rechnungen war ihm

speiübel geworden. Und noch immer waren überall in den Flügeln des viel zu großen Hauses Handwerker zu Gange, werkelten, schnitzten und malten Alexanders Fantasien. Er hatte die entlassen, die er entlassen konnte und mühte sich, die anderen nicht zu bemerken. Sollte sich das Gerücht verbreiten, dass man auf Hartleben in Schwierigkeiten steckte, war es zu spät. Was hatte sich der Bruder nur dabei gedacht: Das Personal in neuen Livreen, die Ausstattung der Zimmer, der Garten von einem französischen Architekten angelegt, ein Glashaus mit Orangenbäumen. Italienische Künstler für die Deckengemälde, eine neapolitanische Sängerin am vergangenen Weihnachtsfest?

Warum hatte niemand bemerkt, dass der Karren über dem Abgrund hing? Wenn er still über den Rechnungsbüchern saß, meinte er bisweilen Alexanders Gelächter zu hören, und er erinnerte sich an die begeisterten Briefe, die dieser von seiner Grand Tour an den kleinen Bruder geschickt hatte. Der erste hatte ihn aus Nancy erreicht, wo Alexander nach Nürnberg und Straßburg Quartier bezogen hatte, die folgenden aus Versailles. Nach Michaelis hatte er Marseille und Toulon besucht, die berühmten Seehäfen im Süden, um danach weiter nach Rom zu reisen. Er hatte viel geschrieben, begeistert und überschwänglich, wie es seine Art war. Wie reinstes Silber waren ihnen diese Briefe zurück in der Ländlichkeit von Gut Hartleben erschienen. Heute war das kostbare Metall angelaufen.

Verantwortungsloser Hund. Georgs rechte Hand ballte sich. Wieder der Schmerz. Er drückte die Fingerspitzen seiner Linken gegen seine Nasenwurzel. Manchmal erwischte er sich bei der Vorstellung, vor Rupert knien zu müssen, wie man vor einem Herrn kniete. Auf dem kleinen Lehnsgut nordwestlich von hier, das Zeuge des ersten Aufstiegs der Hartlebens geworden war, hatte Alexander die Huldigungen seiner Bauern jedenfalls gerne entgegengenommen. Später lachte der Ältere wohl darüber, aber Georg wusste, dass es ihm gefallen hatte. Tradition, hatte er es genannt, und dann hatten sie gefeiert.

Ich will nicht knien. Georg presste die Fingerknöchel an seine Schläfen.

Draußen im Hof verstummte die Vielzahl der Stimmen schlagartig. Zu rasch hob er den Kopf. Der Schmerz pochte vorübergehend so heftig, dass ihm übel war. Aus den Augenwinkeln, noch bevor er aufstand, fiel sein Blick auf den Brief seiner Tochter: Wilhelmina hatte sich für die nächsten Tage angekündigt; kehrte nach dem Tod ihres Mannes vorübergehend, wie es hieß, ins Haus ihrer Eltern zurück. Er schluckte. Gestern erst hatte Theodora davon gesprochen, ihr einen neuen Ehemann zu suchen.

Komm nicht, Wilhelmina, meine Taube, mein Goldstück.

Er schwankte mit einem Mal so stark, dass er sich am Tisch festhalten musste. Dann stürmte Karl ins Zimmer.

»Papa«, rief er, »Papa, man hat die kleine Türkin verletzt.«

***

In Habars Schädel hämmerte es. Als sie die Augen öffnete, blieb alles verschwommen. Sie hatte sich übergeben, das verriet ihr der bittere, scharfe Geschmack in ihrer

Mundhöhle. Nur langsam nahm die Welt Konturen an. Sie erinnerte sich an einen Arm, der sich um ihre Taille gelegt und sie gehalten hatte, an eine Hand in ihrem Haar. Zart strichen ihre Fingerspitzen über den feinen Stoff, der die Liege bespannte, auf der sie lag. Ja, es war eine Liege und nicht der grobe Leinensack, der ihr für gewöhnlich als Schlaflager diente. Sie hörte Stimmen, die jedoch verstummten, als sie sich bewegte.

Behutsam drehte sie den brummenden Kopf. Georg von Hartleben schaute besorgt auf sie herab. Ihr Blick fiel auf seine Hand, die er auf Ibrahims Schulter gelegt hatte, und sie erkannte, dass der Bruder die Berührung am liebsten abgeschüttelt hätte.

»Ibrahim«, flüsterte sie. Er gab keinen Laut von sich. Draußen, im Hof, da hatte er sie noch schützen wollen. Jetzt war er wütend auf ihre Ungeschicklichkeit.

Ich würde ihm etwas sagen, wenn wir alleine wären, dachte sie, ich würde ihn bitten, nicht mehr wütend zu sein. Er ist doch der Einzige, den ich habe. Sie starrte auf seine weißen Lippen. Wahrscheinlich dachte er an ihre gemeinsame Flucht, von nichts anderem hatte er gesprochen, seit sie hier angekommen waren. Und jetzt war sie verletzt und … *Aber er würde mich ja niemals alleine zurücklassen, niemals* … Sie suchte seinen Blick, er wich ihr aus. Mit einer halben Umdrehung tauchte er unter dem Arm Georg von Hartlebens weg, dann war eine andere Stimme zu hören, *giaur*-Sprache. Karl hatte den Raum betreten. Habar horchte. Sie musste diese Sprache endlich lernen, ganz gleich, was Ibrahim davon hielt.

***

Im Westen versank die Umgebung von Gut Hartleben im rotgoldenen Gefunkel der Abendsonne. Die Äste der alten Linde bewegten sich leicht im Abendwind. Auf dem Tisch, der sich rund um ihren Stamm schmiegte, lagen Blätter vom letzten Windstoß. Mit beiden Händen schaufelte Habar sich eiskaltes Brunnenwasser aus dem Eimer ins Gesicht und verharrte dann mit geschlossenen Augen. Das Wasser perlte von ihrer Stirn, kitzelte an den Nasenflügeln entlang und über die Wangen hinab und verlor sich am Kinnbogen, an Hals und im Nacken. Sie hatte den Hemdkragen etwas weiter geöffnet, ließ die verkrampften Schultern kreisen. Mit der Schürze rieb sie sich das Gesicht trocken, bevor sie die Augen wieder öffnete. Ihr Körper juckte, und sie hätte gerne ein Bad genommen, aber sie wagte es nicht, es Ibrahim gleichzutun und den Teich, der zum Gut gehörte, zu nutzen.

Nachdenklich schürzte sie die Lippen. Dass sie sich kaum wuschen, war das Erste gewesen, was ihr an den *giaurs* aufgefallen war. Anfangs war ihr der Gestank unerträglich erschienen, inzwischen bemerkte sie ihn kaum mehr.

Wieder ging ein Tag zu Ende. Man hatte ihr aufgetragen, für heute zum letzten Mal den Wasservorrat aufzufüllen. Vom vielen Schleppen hatte sich der Griff des Eimers längst in einem schmerzenden, roten Abdruck in ihrer Hand verewigt. Vom Küchentrakt flog ein Duft von gebratenem Fleisch zu ihr herüber. Sie sog ihn durch die Nase ein. Auf der Jagd hatte der Herr von Hartleben heute ein Wildschwein zur Strecke gebracht, das im kleinen Hof hinter dem Kuhstall ausgeblutet worden war und nun für den Tisch der Herrschaften vorbereitet wurde. Sie schaute zur Luke über dem Pferdestall, von der aus Ibrahim ihr manchmal zuwinkte. Heute war der Bruder zur großen Weide aufgebrochen, wo er und zwei andere die kommende Nacht mit zwei fohlenden Stuten verbringen sollten.

Ob er wirklich daran gedacht hatte, sie alleine zurückzulassen? Sie schluckte. Er hatte ihr nicht gesagt, dass er ihr verziehen hatte, machte kein Hehl daraus, dass es ihre Schuld war, dass die Flucht nicht gelingen wollte.

Seit gestern hatte sie keine Schmerzen mehr, dafür war sie in der letzten Nacht wieder einmal vom eigenen Schreien erwacht, und Ibrahim hatte sie beruhigen müssen. Oft fragte sie sich in solchen Nächten, was mit ihrer *dadı* geschehen war, ob man *anneciğim* und *baba* beerdigt hatte. *Allah gib, dass ihre Körper nicht verbrannt sind, so dass wir uns als gute Muslime wiedersehen.* Sie war eine gute Muslima. Jeden Abend sagten Ibrahim und sie die *al-Fatiha* auf, zum Zeichen, dass sie nichts vergessen hatten. An keinem einzigen Tag, seit dem sie hier waren, hatten sie auch nur eine der fünf vorgeschriebenen Gebetszeiten ausgelassen. Auch wenn sie eigentlich nichts anderes erwartet hatte, war es entsetzlich gewesen, zu entdecken, dass es im Reich des Christensultans tatsächlich keine Moschee gab. Noch nicht einmal die kleinste *mescid* hatte sie entdecken können, wo man doch auch den Christen ihre Gebetsnische in Pest zugestanden hatte. Aber der mächtige *padişah* war eben gerecht zu allen, welcher *millet* sie auch angehörten.

Ein Geräusch – Habar horchte. Irgendwo, aus den Stallungen heraus drang ein Klappern zu ihr herüber.

Kühler Abendwind ließ einen Schauder über ihren Rücken laufen.

Die Schatten des Abends waren stetig länger geworden. Hinter den Fenstern des großen Wohnhauses leuchteten die ersten Lichter auf, aber sie wollte noch nicht hineingehen. Rasch schlüpfte sie aus ihren Schuhen, bewegte ihre nackten Zehen über das Steinpflaster, aus dessen Mitte der Brunnen erwuchs. Sie konnte die Schuhe der *giaurs* einfach nicht ertragen; weder die feinen Schuhe, die der Herr ihr in Bec gekauft hatte und die man ihr gemeinsam mit dem Kleid genommen hatte, noch die Holzschuhe und groben Strümpfe, die alle Mägde trugen.

Oben im Haus leuchteten weitere Lichter auf, bald zog sich der Schein durch das ganze Gebäude, so dass alles in Bewegung schien und das Haus an ein lebendiges Wesen gemahnte. Es war die Herrin, die jeden Abend gemeinsam mit der Beschließerin durch die Gänge ging und entschied, wo es an Licht mangelte und welche Lampen oder Kerzen an diesem Abend nicht entzündet werden mussten. Es war die Herrin, die jeden Abend die letzten Aufgaben verteilte. Gleich würde man sie vermissen …

Habar zog die Schuhe an und wollte gerade zum Dienstboteneingang huschen, als … Sie versicherte sich: die Tür des Gotteshauses stand offen; und tatsächlich drang die flüsternde Stimme eines Mannes zu ihr – und darauf, heller und etwas eindringlicher, die einer Frau. So vorsichtig wie möglich schlich sie näher heran. Bald berührten ihre tastend ausgestreckten Fingerspitzen Stein. Überlaut erschien ihr mit einem Mal das eigene Atmen.

Innen flüsterten die Stimmen weiter. Das Knarren von Holz war zu hören, dann scharrte etwas über den Boden. Die Stimmen wurden lauter und sanken erneut zu einem Flüstern herab.

Als sie durch die Türöffnung spähte, klopfte Habar das Herz bis zum Hals. Wilhelmina Reynard war in einen grauen Umhang gehüllt, dessen Kapuze sie sich tief ins Gesicht gezogen hatte, doch die junge Türkin erkannte sie sofort an ihrer ungewöhnlichen Größe. Auf Gut Hartleben überragte die junge Frau auch die meisten Männer um gut einen Kopf. Der hagere Mann an ihrer Seite war ihr ebenfalls nicht unbekannt.

Die rechte Hand Ludwig Vosskamps verschwand auf der Höhe von Wilhelminas Gesicht im Schatten ihrer Kapuze und bewegte sich dort vorsichtig. Dann beugte er sich vor und küsste sie, bevor sie beide ein Stück auseinanderrückten. Der Imam der *giaurs* flüsterte etwas, doch schon im nächsten Augenblick ließ lautes Klappern das Paar zusammenfahren. Wilhelmina Reynard schrie leise auf. Habar, die horchend den Halt verloren hatte, schnellte auf die Füße und sprang noch im Aufstehen rückwärts. Hände griffen zu kurz. Ohne noch einen Laut von sich zu geben, glitt die junge Türkin aus den Schuhen und raste auf Strümpfen über den Hof davon.

***

Wo bin ich? Bei Allah, wo bin ich? Habar blieb stehen und versuchte, über ihren keuchenden Atem hinweg zu horchen – Stimmen, die Schritte ihrer Verfolger: Aber da war nichts. Erneut hämmerte ihr das Herz in der Brust und bis in den Hals hinauf. Im Gebäude hatte sie nicht den gewohnten Weg genommen, sondern war in die entgegengesetzte Richtung gelaufen. Nun befand sie sich in einem Flügel des Hauses, den sie nie zuvor betreten hatte. Es war eine Zimmerflucht ähnlich jener, in der sich das Leben der Hartlebens abspielte, mit einem Unterschied: Diese Zimmer waren leer. Hier und da mussten einmal Handwerker beschäftigt gewesen sein, aber sie hatten ihre Arbeit unterbrochen. Überall war Staub. An einigen Stellen lag so viel Dreck auf dem Boden, dass er auch noch im Dämmerlicht gut zu sehen war. An einer Wand war ein Gemälde begonnen, jedoch nicht beendet worden.

Sie beschleunigte ihre Schritte, lief weiter immer weiter, von Raum zu Raum, scheuchte Mäuse auf und bemerkte endlich einen schwachen Lichtschein, der durch weit geöffnete Flügeltüren aus dem letzten Zimmer zu ihr drang. Im Eingang angekommen, blieb sie stehen und sah sich um, unschlüssig, ob sie nicht doch noch davonlaufen sollte. Hier war etwas anders als in den anderen Räumen. Hier stand ein Gerüst und ganz oben, auf der obersten Plattform, hockte ein Mann und pfiff laut vor sich hin. Der Blick des Mädchens huschte über die Decke. Im Schein einer Öllampe konnte sie erkennen, dass auch diese von Teilen eines Gemäldes geschmückt war. Kurz überlegte sie, kehrtzumachen, aber sie konnte nicht. Etwas nahm sie in den Bann. Sie schnupperte, roch die Farben, stellte sich ihre Pracht vor, so wie sie sich im hellen Tageslicht darbieten würde. Der Mann sang jetzt, laut und unmelodisch nach Art der *giaurs*. Bemerkt hatte er sie immer noch nicht. Erst als Habar einen Schritt nach vorne machte und gegen ein Stück Holz stieß, das lautstark über den Boden klapperte, schreckte er hoch.

»Madonna!«

Gerade noch hielt er die Öllampe neben sich vom Absturz ab. Habar erstarrte. Dann hörte sie den Fremden lachen. Wenig später kletterte er geschickt nach unten. Als er vor ihr stand, sah sie, dass er sich einen Pinsel hinter das Ohr geklemmt hatte. Die Worte, die er an sie richtete, verstand sie nicht. Seine Laute waren kehlig und melodiöser, als die, die sie bisher gehört hatte. Mehrfach wiederholte er etwas, wurde lauter, wurde langsamer, deutete endlich auf sich.

»Mario.«

»Habar.«

Sie ahmte seine Bewegung nach.

»Venezia.« Er klopfte sich lächelnd gegen die Brust, zeigte dann auf sie. »Osmanli?«

Sie riss die Augen auf. Wie lange war es her, dass ein Fremder ein Wort in ihrer Sprache gesagt hatte? Sie legte den Kopf in den Nacken, ließ die Augen über die Bemalungen huschen, die nun kaum mehr zu erkennen waren. Plötzlich musste sie an die Miniaturen denken, die ihr Vater geliebt hatte, dachte an die warme Stimme, mit der er ihr Geschichten zu den Bildern erzählt hatte, dachte an raschelndes Papier und dunkle schwungvolle Linien darauf. Sie suchte nach Worten, aber es wollten keine kommen, und so berührte sie Brust, Stirn und Mund, so wie man es sie gelehrt hatte und verneigte sich tief.

***

Wann immer möglich stahl sich Habar in den nächsten Wochen zu dem Maler. Jeden Tag lehrte er sie neue Wörter der *giaur*-Sprache. Ein-, zweimal schien es ihr, als beobachte Wilhelmina sie. Einmal hielt Ludwig Vosskamp sie am Ärmel fest, ließ sie aber los, als Theodora von Hartleben auftauchte. Sie hätte ihn gerne beruhigt, aber sie kannte die Worte dafür nicht. Der Venezianer – sie erinnerte sich an Besucher aus diesem Ort, Händler, die der Vater in das Haus nach Budin gebracht hatte – hatte ihr mit Händen und Füßen erklärt, dass es andere Maler gegeben hatte, dass aber nur er geblieben war.

An der Decke über ihnen ließ Mario überlebensgroß einen Mann in prächtiger Rüstung inmitten eines tosenden Wolkenhimmels erstehen. Er hatte ihr erklärt, dass er seine Arbeit rasch ausführen müsse, da sich die Farben nach dem Trocknen unlöslich mit der Putzschicht verbanden. Für jeden Abschnitt verwandte er Vorlagen, auf denen das Bild in Originalgröße festgehalten war und die ihr mit jedem neuerlichen Betrachten vertrauter wurden.

Zuerst allerdings – Habar stützte die Hände nach hinten und legte den Kopf in den Nacken – hatten ihre Augen wenig Bekanntes gefunden. Die Bilder der *giaurs* unterschieden sich von denen im Haus ihrer Eltern. In manchen Räumen fand man Gemälde, die eine Landschaft oder Häuser täuschend echt nachahmten, an anderen Stellen hatten die Maler den Gips in Marmor verzaubert. Wieder dachte sie an die Miniaturen und die schönen Schriftzüge, Suren die Allah priesen, mit denen der Vater sich die Zeit vertrieben hatte, abends, wenn er nach einem langen Tag Ruhe gesucht hatte. Ihn dabei zu beobachten, war eine ihrer liebsten Beschäftigungen gewesen. Kaum bemerkte sie, wie sie die Finger bewegte: Auch ich kann das, so wie Scheicha Zaynab Schuhda al-Katiba, Fatima bint Ibrahim und Mariyam bint Mustafa, so wie jene Frau Mohammeds – Allahs Segen und Frieden sei über ihm – und die anderen Frauen, die zu Ehren Allahs schrieben und von denen der Vater ihr erzählt hatte. Ihre Neugier war ihm nicht entgangen. Als er einen Lehrer für sie eingestellt hatte, war sie überglücklich gewesen. Unter dessen Anleitung hatte sie gelernt, das *kalem*, die Rohrfeder, über das Papier zu führen. Bald hatte man sie für ihre Fähigkeiten gelobt, für ihre sichere Hand. Es gab nichts Schöneres, als Allahs ewiges Wort würdig niederzuschreiben. Sie malte ein paar Linien in den staubigen Boden. Marios Stimme riss sie aus den Gedanken. Er sagte etwas. Sie verstand nicht.

»Pinsel«, wiederholte er, hob den Gegenstand in seiner Hand hoch und deutete auf etwas an ihrer Seite.

»Pinsel«, ahmte Habar ihn nach und nahm ebendiesen hoch.

Mario lachte. Er lachte oft. Er sang auch oft. Einmal hatte er sie bei den Händen genommen und ihr einen *giaur*-Tanz beigebracht. Es hatte eine Zeit gegeben, da hatte sie sich selbst nicht vorstellen können, jemals wieder zu lachen, aber mit ihm tat sie es. Auch jetzt fiel sie in die kehligen Laute ein, die seinen ganzen Körper zum Beben brachten, bis ihr der Bauch schmerzte und sie nach Luft ringen musste.

»Mädchen, meine Kleine«, sagte er wie immer zwischen keuchenden Atemstößen.

Mädchen, kleine Frau, ergänzte sie bei sich. Irgendwann würde sie die *giaur*-Sprache gut genug sprechen, um ihm die Geschichten von Nasreddin Hodscha zu erzählen, und dann würden sie wieder lachen.

Sie beeilte sich, ihm den Pinsel zu bringen. Manchmal durfte sie ihm auch beim Mischen der Farbe helfen. Drei Sorten von Weiß gab es: Kalkweiß, das mit anderen Farben gemischt werden konnte; Weiß, das mittels ungelöschtem Kalk aus Eierschalen gewonnen wurde, und das Weiß aus Marmorstaub, ebenfalls mit Kalk und Wasser gemischt. Für Rot gab es Zinnober oder gebranntes Vitriol. Rotgebrannte Erde ließ Fleisch lebendig werden. Am ersten Tag hatte sie Ibrahim davon erzählt, doch der runzelte nur die Stirn, wenn sie davon sprach. Häufiger sah sie dieser Tage den blonden Karl von Hartleben in der Nähe ihres Bruders, aber Ibrahim wich dem neugierigen Jungen hartnäckig aus.

Wenn Mario nichts für sie zu tun hatte, nahm Habar ihre alten Übungen auf Holztafeln und Resten von Papier auf, die Bögen und Linien der Schriftzeichen, in deren Fertigung ihr Vater Entspannung gefunden hatte und die sie der Lehrer wieder und wieder hatte ausführen lassen. Sie hatten keinen Talisman retten können, überlegte sie, der Vater hatte stets einen kleinen Koran mit sich herumgetragen. Hilfreich waren auch die 99 Namen Gottes, und am Haus in Budin hatten die Worte *Ya Allah, ya Hafiz,* oh Allah, oh Beschützer um Schutz gebeten. Sie waren die ersten, die Habar auf ein kleines Stück Papier malte und in ihrer Kleidung verbarg. Manchmal ahmte sie auch nach, was Mario vorgezeichnet hatte, einmal sogar das Muster, das sein Zeichen zu sein schien. Als sie ihn neben sich bemerkte, lief sie tiefrot an. Schon einmal hatte man sie dafür gescholten, dass sie die *tughra*, das Zeichen eines *padişah* nachgeahmt hatte. Mario schnalzte lediglich mit der Zunge.

4. Kapitel

»Ludwig.« Wilhelmina ließ ihre Fingerspitzen über das Rückgrat des Pfarrers wandern, erspürte Knochen durch das dünne Hemd und seine Haut, die wie im Fieber glühte. Seinen Rock hatte er abgeworfen, kurz nachdem sie in diesem Zimmer im verlassenen, alten Gutshaus angekommen waren. Auf dem staubigen Boden vermengten sich ihre Fußspuren mit anderen. Sie hatten zuerst nur geredet, waren endlich dazu übergegangen, einander mit Händen zu liebkosen. Nun stand er mit dem Rücken zu ihr, schaute auf den Boden, und sie wusste, dass er die Fußspuren betrachtete.

»Die Jungen …«, sagte er in halblautem Tonfall.

»Sie werden nicht kommen«, erwiderte sie leise, drückte eine Hand gegen sein Rückgrat und bemerkte, wie er zitterte. »Ich habe sie im Garten gesehen.«

Er antwortete nicht. Sie dachte an die Spuren, die sie auf dem Weg nach oben entdeckt hatten, einen Apfelgriebsch auf dem ersten Treppenabsatz, zwei Zinnsoldaten in einer Nische, aber hier oben, unter dem Dach, waren sie sicher. Sie hielt die Hände nun ganz still, und auch Ludwig bewegte sich nicht mehr. Es dauerte eine ganze Weile, dann drehte er sich um. Sein ernster Blick ruhte auf ihr. Seine Gesichtszüge erschienen schärfer gezeichnet als gestern noch. Ohne nachzudenken drückte sie die Lippen auf sein Kinn, bemerkte wie ein neuerliches Beben seinen Körper in Besitz nahm, bevor er es wagte und die Liebkosung erwiderte. Auch nachdem sie sich voneinander gelöst hatten, ließ er sie nicht aus den Augen: »Dein Vater möchte, dass du wieder heiratest. Er will, dass ich dich davon überzeuge.«

Wilhelmina lachte so leise, dass es kaum zu hören war. Mit den Fingern zupfte sie sein Hemd aus dem Hosenbund und legte beide Hände auf seinen warmen Leib. Sie hatte Ludwig Vosskamp geliebt, bevor sie geheiratet hatte und war doch gehorsam die Ehefrau Heinrich Reynards geworden. Sie hatte den Wünschen der Eltern Genüge getan. Sie bewegte die Hände. Er hielt ihre Rechte fest.

»Mein Vater? Und er hat dich gefragt?« Sie lachte, dieses Mal lauter.

Ludwig runzelte die Stirn. »Und wenn sie uns doch verrät?«

»Die kleine Türkin?« Ihre Hand glitt unter dem Hemd hervor. Mechanisch machte Ludwig sich daran, seine Kleidung zu ordnen. Wilhelmina beobachtete ihn. »Ich bin mir sicher, sie hätte es längst getan, wenn …« Sie brach ab. »Sie ist ein Kind«, fuhr sie nachdenklich fort. »Gestern habe ich sie im Garten beobachtet …«

Mit jedem Wort war die eigene Stimme leiser geworden, nun verstummte sie ganz. Sie hatte Habar, einen Korb mit Blumen am Arm, den Weg entlangtanzen sehen. Wie der Junge war auch sie gewachsen, seit das Geschwisterpaar hierhergekommen war, ein wenig nur, doch zweifelsohne war sie immer noch ein Kind. Ein Kind, das schlecht träumte. Ein Kind, das schreiend aus dem Schlaf fuhr. Der Vater hatte nie davon gesprochen, wie er zu den beiden gekommen war. Wilhelmina kniff die geweiteten Augen enger zusammen, die Farben der Umgebung gewannen ihre Klarheit zurück. Behutsam fasste Ludwig sie beim Kinn, hob ihr Gesicht gegen seines.

Traurige Augen, dachte sie, eine hohe, etwas zu stark gewölbte Stirn; grauschwarzes Haar, das an den Seiten zurückwich und in der Mitte in einer Spitze zulief, wie die Kappe eines Mephisto. Wenn er heftig lachte, verschwanden die zu dünnen Lippen. Er war zweifelsohne hässlich, aber wenn er von Gott sprach, hätte man weinen können vor Glück. Sonntags war die Kapelle stets gut gefüllt, die man nach dem langen Krieg von dreißig Jahren in unmittelbarer Nachbarschaft des Gutes eingerichtet hatte. Häufig war sie unter den Ersten, die eintrafen. Mit den Gesprächen danach hatte es angefangen, damals, als er seine Stellung auf Gut Hartleben angetreten hatte.

»Was hat mein Vater noch gesagt?«

»Er hat von seinen Pferden gesprochen. Er will Pferde züchten, so, wie es früher hier Brauch war.«

»Er hat über mich gesprochen und über Pferde?«

In ihr neuerliches Lachen herein knarrte eine Fußbodendiele, und Wilhelminas erster Gedanke widmete sich der Frage, wie sie den Jungen hatten überhören können. Knarrten nicht mindestens drei Treppenstufen auf dem Weg nach oben? Aber vielleicht wusste ihr kleiner Cousin das ja? Stumm starrten sie einander an. Rupert trug seinen liebsten Rock, den, der einer Uniform nachempfunden war.

Vielleicht hat er mich lachen hören, fuhr es ihr durch den Kopf, vielleicht ... Sie starrte ihn an. Dass auch er in den letzten Monaten gewachsen war, bemerkte sie erst jetzt. Vielleicht übersah man ihn zu leicht. Er war oft so still. Aus den Ärmeln seines Rocks jedenfalls ragten seine Handgelenke ein Stückchen zu weit hervor. Sein Gesicht war schmal, die kindlich runden Wangen gingen allmählich verloren. Die Knochen zeichneten sich deutlicher unter der Haut ab.

»Rupert ...«, setzte Ludwig Vosskamp an und verstummte.

Die Lippen des Cousins verzogen sich zu einem spöttischen Lachen, das zu alt für sein Gesicht wirkte. Er war nicht mehr der Junge, der bei der Beerdigung des Vaters mit den Tränen gekämpft hatte. Damals hatte man ihn in den Arm nehmen wollen, heute hatte sich etwas verändert in seinem Ausdruck, etwas, das sie nicht fassen konnte.

»Rupert!« Sie fand die eigene Stimme zu grell. »Ich wollte Herrn Vosskamp gerade ...«

»Halt mich nicht für dumm, Cousinchen.«

Der Junge sprach leise. Wilhelmina leckte sich über die zu trockenen Lippen. Ihr rechter Fuß zuckte über den Boden.

»Rupert, ich ...«

Der Junge entfernte sich vom Treppenaufgang, stellte sich rechts neben das Fenster und verschränkte die Arme hinter dem Rücken. Es war, als genieße er es, die Augen zwischen den beiden Älteren hin- und herwandern zu lassen. Lange Zeit sagte er nichts. Als er einen Schritt auf Wilhelmina zutrat, lief der jungen Frau ein Schauder über den Rücken.

»Du kannst mir helfen.«

Er ist doch ein Kind, dachte sie, er ist mein kleiner Cousin. Eine Gänsehaut bildete sich auf ihren Armen.

»Rupert, ich …«

Sie wollte ihm die Hand auf eine Schulter legen. Er schüttelte den Kopf.

»Ich habe mich wohl nicht klar ausgedrückt: Ich werde nichts sagen, vorausgesetzt, du hilfst mir.«

Er ist kein Kind mehr. In der Stille hörte sie die harschen Atemzüge Ludwig Vosskamps und war beinahe überrascht, als sie ihn kurz darauf sprechen hörte.

»Was wollt Ihr?«

Rupert richtete seine Augen flüchtig auf den Pfarrer, als nähme er ihn zum ersten Mal wahr. »Die beiden Christenschlächter will ich loswerden.«

»Aber, wir …«

Der Cousin schüttelte den Kopf, drehte sich um und ging zur Tür.

»Keine Angst, das nehme ich schon selbst in die Hand. Ihr solltet mir nur keinesfalls im Weg stehen. Liebe Cousine …« Die Reverenz, die er ihr erwies, sprach mehr von Hohn als von der Höflichkeit, die der Benimmlehrer lehrte. Dass er sich gleich darauf kindlich-ungestüm auf dem Fuß umdrehte und durch die Tür verschwand, machte es nicht leichter. Auch als er längst pfeifend die Treppe heruntergesprungen war, sagten sie kein Wort.

»Ich kenne ihn nicht«, flüsterte Wilhelmina dann, »ich kenne meinen eigenen Cousin nicht. Ich weiß nicht, was mit ihm geschehen ist.«

»Mina«, flüsterte Ludwig Vosskamp. Ohne es zu bemerken, hatten sie sich einander genähert. Sie legte eine flache Hand gegen seine Brust. Mit beiden Händen hielt er diese fest. Im Rhythmus seiner Atemzüge bewegte sie sich auf und ab. Auf und ab. Auf und ab.

***

»Rupert!« Die Stimme seines Onkels eilte hinter ihm her, während er schneller und schneller rannte. Er würde sich nicht einholen lassen, unter keinen Umständen. Scharf brannte der Atem in seiner Kehle, aber er rannte, ohne innezuhalten, rannte so schnell er konnte. Die nächste enge Kurve ließ ihn fast ins Schleudern kommen, er hielt sich aufrecht. Er war Rupert, der Bote. Rupert, der dem Feind entkommen musste. Rupert, der alleine kämpfte. Mit einem Satz setzte er zwischen zwei Büschen hindurch. Äste schlugen gegen sein Gesicht, er schenkte dem Schmerz keine Beachtung. Auf dem Weg durch den Obstgarten hindurch rannte er einen Eimer voller Gartenabfälle um, doch kein Knecht und keine Magd wagte es, sich zu beschweren. Sie kannten ihn, Angst hatten sie vor ihm, eine dreckige, kleine Angst. Er wusste, wie er sich zur Wehr setzte. Niemand war sicher vor ihm, niemand konnte seine Geheimnisse bewahren, also sagten sie besser nichts. Erst im hinteren Teil des Gemüsegartens wurde er langsamer. Eine Hecke bot hier Schutz vor Blicken, die ihm möglicherweise vom Haupthaus aus folgten. Trotzdem lief er geduckt weiter.

Erst kurz vor der alten Eiche hielt er an und richtete sich auf. Seine Brust hob und senkte sich rasch, doch es wollte nicht genügend Atem in seine Kehle strömen. Er schmeckte Blut, wäre mit dem nächsten Schritt fast über den Holzkasten gestolpert, den jemand mitten auf dem Weg hatte stehen lassen. Jemand, der hinter dem großen Baum saß, der, wie die Linde im Hof von Hartleben, schon lange vor dem ersten Bauerngut hier gestanden hatte. Aus dem letzten Krieg, erzählte man sich, das marodierende Landsknechte eine ganze Familie in seinen Ästen aufgeknüpft hatten. In Vollmondnächten, hieß es, höre man die Mutter immer noch nach ihren Kindern schreien.

Er räusperte sich. Hinter dem Baum kam ein struppiger hellblonder Haarschopf zum Vorschein: Karl. Rupert stieß mit dem Fuß gegen den Holzkasten. Der Cousin sprang hinter dem Baum hervor.

»Wo warst du? Ich habe dich gesucht.«

Er winkte mit einer Hand. Wortlos folgte Rupert dem Cousin auf die andere Seite des Baumes. Noch immer versuchte er das Bild aus seiner Erinnerung zu vertreiben, das die Hand seines Onkels auf Habars Schulter zeigte, aber es war ja eben erst geschehen. Jetzt wollte er dem Onkel umso weniger trauen, der offenbar gemeinsame Sache mit dem Erbfeind machte. Er schaute auf den Cousin herunter, der vor ihm auf dem Boden kauerte, schürzte die Lippen. Karl hatte eine Reihe kleiner Zinnfiguren zur Schlacht gegeneinander gestellt. Er kannte die Anordnung. Die Schlacht am Kahlenberg war's, sie hatten sie oft gekämpft und noch häufiger darüber gesprochen. Dort auf der Anhöhe waren die Befreier, unter ihnen das in Pulverdampf gehüllte Wien und davor das türkische Lager mit seinen prachtvollen Zelten.

»Ich habe deine da drüben aufgestellt«, sagte Karl und wedelte mit der Hand, »und dort wären die Truppen des Kara Mustapha.«

»Ich weiß.«

Rupert ging in die Knie und ordnete ein Grüppchen Kavalleristen neu an. Die polnischen Panzerreiter Lubomirskis stürmten schon unter erheblichen Verlusten den Abhang herunter. Auf dem linken Flügel, dort, wo die Kaiserlichen und die Sachsen kämpften, würde später der Vorstoß gelingen.

»Ich habe dir von meiner Infanterie gegeben«, fuhr Karl fort, dieses Mal ohne den Kopf zu heben, »du hattest ja keine.«

Kinderkram. Rupert stand auf, setzte seinen Fuß gegen eine den Hügel herunterstürmende Fußtruppe. Sicherlich hatte es Karl viel Mühe und Zeit gekostet, alle Figürchen aufzustellen. *Kinderkram.* Er musterte die präzise Anordnung, dachte an eine Männerhand auf der Schulter eines kleinen Mädchens. *Kinderkram.* Ein leichter Stoß mit dem Fuß ließ ein paar der Figürchen umstürzen.

»Pass doch auf!« Karl beugte sich herüber, um den Schaden zu beheben, dann schaute er seinen Cousin an. »Machst du mit?«

Rupert biss die Zähne aufeinander, schüttelte den Kopf. Nein, er hatte keine Zeit. Er musste endlich etwas unternehmen gegen das Türkenpack, das sich auf Hartleben eingenistet hatte.

***

Zum zweiten Mal änderte sich Habars Leben im September eines Jahres.

»Ich muss gehen«, hatte Mario gesagt, während er ihr eine widerspenstige Haarsträhne aus der Stirn gestrichen hatte. »Hier bin ich fertig. Jetzt brauche ich neue Aufträge, am besten einen, der mich über den Winter bringt.«

Stumm hatte sie ihn angestarrt, dachte an die schönen Tage, die sie gemeinsam verbracht hatten, daran, wie sie Allahs ewiges Wort auf Papierfetzen geschrieben hatte, die Mario ihr überließ. Ihre Hand war mit jedem Tag sicherer geworden, und irgendwann hatte ihr auch die Feder der *giaurs* gehorcht, wie zuvor nur das *kalem*. Es war ein besonders schöner Tag, als sie Abschied nahmen. Noch jetzt sah sie Marios Lächeln vor sich, spürte seine warme Hand an ihrer Wange.

»Eines Tages besuchst du mich in Venezia, kleine Habar«, hatte er gesagt, »du kommst zum *carnevale*, wenn alle großen Leute kommen, und ich zeige dir, wie wir Venezianer feiern. Ich zeige dir die *palazzi* und die schönen Frauen und die prächtigen Kleider und die Schiffe und das Meer.«

Beim Gedanken daran stieg ein kleines Schluchzen in ihrer Kehle hoch, sie drängte es zurück. Es war der dritte Tag nach Marios Abreise, an dem sie diesen Ort aufsuchte, auch wenn man sich längst über das faule Dienstmädchen beschwert hatte, das einfach verschwand, wie es ihm gerade bequem war. Hier war sie glücklich gewesen. Hier hatten sie gelacht und getanzt. Wenn man sie fand, würde man sie zweifellos züchtigen, aber sie konnte keine Angst davor empfinden. Sie hatte von Neuem alles verloren.

Was würde sie jetzt machen? Nicht mehr malen. Den Tag wie die anderen Mägde verbringen. Waschen, spülen, Kamine reinigen. Bei Tisch bedienen. Als sie die Hände über das Gesicht legte, spürte sie, dass ihre Haut feucht war vor Tränen. Wer würde ihr nun zuhören, ihre Fragen beantworten? Ibrahim? Der Bruder, der ihr längst fremd geworden war, dessen spitze Zunge überall etwas auszusetzen fand. Wie konnte er sich so sicher sein, dass sie in das Haus nach Budin zurückkehren würden?

Sie konnte die Tränen nicht mehr zurückhalten. Schluchzend rollte sie sich an der Stelle zusammen, wo der Venezianer Abend für Abend sein Lager aufgeschlagen hatte. Mitten in der Nacht erwachte sie. Da war ein seltsames Geräusch, das sie nicht einordnen konnte. Dann roch sie etwas: Feuer.

***

Die Feuerhitze brannte noch auf seiner Haut, als Rupert sich längst ins Haus zurückgezogen hatte, um die weiteren Ereignisse durch ein kleines Fenster neben dem Dienstboteneingang zu verfolgen. Anfangs drang nur ein diffuser Schimmer durch die geöffnete Tür nach draußen. Geduldig verharrte er in seinem Versteck. Er hatte zuerst in der hintersten Ecke Feuer gelegt und dann an verschiedenen Orten, bis er den Eingang des Stalles erreicht hatte. Er hatte darauf geachtet, dass das Gebäude nicht sofort in Flammen stand, darauf, dass sich der Brand langsam vorwärtsfressen würde. Für eine kurze Zeit gab er sich der Faszination der Flammen hin, beobachtete das Glimmen, mit dem der züngelnde Brand neue Nahrung suchte. Er hatte alles bedacht, jedes Detail seines Planes, wie ein General vor der Schlacht. Zwei der Pferdeburschen waren heute auf einem Dorffest in der Nähe und würden erst spät wiederkommen, einer hatte seine kranke Mutter besuchen müssen. Der Türke war da, aber es gab kaum etwas Unwesentlicheres.

Niemals sollte dem Onkel gelingen, was dem Vater nicht gelungen war.

Aus dem Stallgebäude drang ein erstes lauteres Wiehern. Rupert ballte die Fäuste. Er hatte seinen Fuchs hinausführen wollen, sich dann aber dagegen entschieden. Zweifelsohne würde man misstrauisch werden, wenn ausgerechnet dieses Pferd fehlte. Er lehnte die Stirn gegen die kühle Mauer. Erneut war das Wiehern zu hören. Kurz sah er den Wallach vor sich, wie er den Kopf zurückwarf, die Augen angstvoll verdreht, so dass man nur noch das Weiße sah. Sein Vater hatte ihm das Tier geschenkt, ein großes Pferd, keines für kleine Kinder. Sein Magen krampfte sich zusammen, und er hätte nun gerne doch Alarm geschlagen, aber das war unmöglich.

Ich muss dieses Opfer bringen. Er bemerkte erst, dass er sich auf die Lippen biss, als er Blut schmeckte. *Es war nicht recht, wenn dem Onkel gelang, was dem Vater nicht hatte gelingen wollen.*

Er sah nach draußen. Erste Rauchschwaden kamen aus dem Eingang. Mehrere Pferde wieherten mit einem Mal so laut, so unüberhörbar, dass er die Schritte beinahe nicht gehört hätte, die den Gang entlangschlugen. Gerade noch drückte er sich in eine Nische und hielt den Atem an. In ihrer Aufregung bemerkte ihn die kleine Türkin nicht, als sie dicht an ihm vorbei hinaus in den Hof stürzte. Dann schrie sie.

***

Die letzten Rufe verstummten. Irgendwo knisterte, knackte und züngelte noch ein letzter Brandherd. Seit Stunden war kein Wiehern mehr zu hören gewesen, aber die Rauchschwaden hingen noch dicht über Hartleben, als es plötzlich zu regnen begann. Zuerst blieben alle wie erstarrt stehen, dann reckten einige jubelnd die Arme über den Kopf. Von der Feuchtigkeit beschwerte Rußpartikel fielen nach unten, klebten an Haut und Kleidern fest. Freudenschreie waren zu hören, dazwischen immer wieder Husten. Rupert saß auf dem Boden und schnappte nach Luft, in seiner Kehle brannte es. Mit beiden Armen hielt er seine Knie umschlungen und drückte sie gegen seinen Leib. Seine Handrücken waren schwarz verschmiert, am rechten Daumen glühte roter Schmerz dort, wo ihn ein brennendes Holzstück getroffen hatte. Der Fuchs war tot. Er musste an etwas anderes denken, um nicht in Tränen auszubrechen, ließ den Blick wandern, sah die kleine Türkin, die ebenso dasaß wie er, und rappelte sich mühsam hoch.

Männerstimmen in seiner Nähe wurde lauter. Der Onkel, auf einen Stock gestützt, den ihm irgendjemand gereicht hatte, hustete, spuckte aus und krächzte dazwischen Anweisungen. Er lebte. Beinahe hatte ihn ein niederstürzender Balken erschlagen, und seine Atemzüge gingen hastig wie die aller hier, als wolle die Luft nicht rasch genug in Kehle und Lungen gelangen, aber er lebte.

Es musste weitergehen. Beinahe mechanisch nahm Rupert einem Diener einen Becher und einen Krug gewässerten Weins ab und trat selbst an die Seite des Onkels. Jetzt, wo die Gefahr vorbei war, begann es wieder zu arbeiten in ihm, folgte Gedanke auf Gedanke, Einfall auf Einfall. Der Onkel drehte sich in seine Richtung. »Rupert?«

Rupert reichte ihm den Becher und schenkte ein. Ohne zu zögern trank Georg hastig, aber das Schlucken schien ihm Schwierigkeiten zu bereiten. Ein Teil der Flüssigkeit rann über sein Kinn in den Kragen seines Hemdes. Trotzdem setzte er nicht ab, ließ sich sogar nachschenken.

»Guter Junge«, sagte er endlich und streckte die Hand nach dem Neffen aus. »Ohne dich hätten wir das Feuer niemals gelöscht.«

Rupert schwieg. Sein Onkel vertraute ihm, das war gut so. Der Regen war stärker geworden, ein stetiges, feines Rauschen, das auch noch dem letzten Brandnest den Garaus machen würde. Er spürte Tropfen auf seiner erhitzten Haut. Etwas klapperte zu Boden – ein Eimer, dessen Inhalt sich in den Dreck ergoss. Ein Schatten flog an ihm vorüber und warf sich an die Brust des Onkels. Dessen Hand rutschte von der Schulter des Neffen.

»Karl, Junge, es geht mir gut. Es geht mir gut. Ich bin stolz auf dich. Sie haben gesagt, dass du Wassereimer geschleppt hast. Dass du keine Pause gemacht hast.«

Vorerst kam kein Laut aus Karls Kehle. »Ich, ich …«, stotterte er dann.

»Du warst Wasser holen. Ich weiß.«

Georg strich seinem Sohn eine verschwitzte Haarsträhne hinter das Ohr. Rupert rückte von den beiden ab. Der einträchtige Anblick von Vater und Sohn durchfuhr ihn plötzlich wie ein scharfer Schmerz, ein Bild, das er mit Freuden zerstört hätte. War das einmal anders gewesen?

Hatte er die beiden geliebt? Er konnte sich nicht daran erinnern. Sein Blick fiel auf den jungen Türken, der wenige Schritte entfernt schwer atmend auf dem Rücken lag. Unter der schwarzen Rußschicht waren seine Gesichtszüge kaum zu erkennen. Kleine Brandwunden bedeckten seinen Handrücken. Am Hals, wo das Hemd ein wenig verrutscht war, erkannte man einen blutigen Kratzer. Seine Schwester kauerte nunmehr an seiner Seite, streifte mit den Fingern durch sein Haar und sprach leise auf ihn ein.

Sie war es. Rupert starrte das Mädchen wütend an. Ihre Schreie hatten die Ersten geweckt. Wenn sie das Feuer nur ein wenig später entdeckt hätte … Wenn der Onkel und der Cousin den Türken nicht just an diesem Abend zu sich gerufen hätten … Sie war schuld. Er biss die Zähne so fest aufeinander, dass es knirschte. Es war ein guter Plan gewesen. Wenn er es nur geschickt angestellt hätte, hätte jeder geglaubt, dass es die verhassten Fremden gewesen waren, die den Brand gelegt hatten, der Erbfeind, dem man die Köpfe zerschmeißen musste.

Er wandte den Blick ab. Karl stand immer noch neben seinem Vater. Der hatte mittlerweile den Arm um seine Schultern gelegt, der Sohn barg den Kopf an seinen Leib. Rupert schlang zitternd die Arme um sich. Georg streckte die freie Hand nach ihm aus, der Neffe ignorierte die Geste.

»Rupert!«, rief Karl.

Rupert hustete. Der Türke stand auf. Der verdammte Bastard hatte wie ein Löwe um die Pferde gekämpft. Alle hatten es gesehen. Sie nennen sich Osmanli, hörte er mit einem Mal die Stimme seines Cousins in seinem Kopf, ich würde zu gerne wissen, wie es bei ihnen zu Hause aussieht. Noch einmal winkte ihn der Onkel näher. Rupert gehorchte. Vom Haus kam der Verwalter auf sie zugelaufen, das zerzauste Haar ohne Perücke, der Rock voller Brandlöcher.

»Sie haben es bestätigt«, rief er aus. »Die Mägde haben es bestätigt. Man hat fahrendes Volk in der Gegend gesehen. Gestern mussten wir ein paar von den Gaunern fortjagen.«

Georg blieb so abrupt stehen, dass beide Jungen ins Stolpern gerieten. »Fahrendes Volk?«

Er drehte sich um, warf einen Blick auf die Ruine. Erst jetzt kam Rupert der verstörend angenehme Geruch von geröstetem Fleisch in die Nase. Nur schwankend hielt sich der Onkel aufrecht, klemmte Zeige- und Mittelfinger unter seinen Hemdkragen und riss daran.

»Schickt Leute aus«, keuchte er dann, »vielleicht sind die Bastarde ja noch zu finden.«

Er machte eine halbe Bewegung, zerrte die Jungen mit sich herum, als wolle er auf das zerstörte Gebäude zugehen, unterließ es dann aber.

»Sag er«, wandte er sich an den Verwalter, »haben wir ein Tier retten können?«

Der Mann schüttelte den Kopf. »Es tut mir leid, Herr.«

Georg senkte den Kopf. Eine ganze Weile sagte er gar nichts. »Nicht seine Schuld«, murmelte er dann, »nicht seine. Der Herr gibt, und der Herr nimmt. Ist es nicht so?«

***

Mit dem flackernden Licht der niederbrennenden Kerze tanzten die Schatten umeinander. Rupert kniff die Augen zusammen und öffnete sie weit, kniff sie zusammen und öffnete sie weit. Vollkommen gerade hatte er sich in seinem Bett ausgestreckt, die Arme hinter dem Kopf verschränkt, mit den Zehen das Holz des Bettrahmens ertastend. Drei Wochen mochte es jetzt her sein, dass der große Pferdestall von Hartleben abgebrannt war. Drei Wochen, in denen die Wunde an seiner Hand verheilt war, und man unablässig über den Mut des Türken gesprochen hatte.

Er nahm die linke Hand hinter dem Kopf hervor und schob die Finger in das Versteck an der Seite zwischen Bett und Matratze. Es war das Medaillon seines Vaters, das er dort verborgen hielt. Jenes kleine Schmuckstück, welches Alexander von Hartleben an seinem Todestag getragen hatte, mit einem Bildnis der Mutter und ihrer Haarlocke darin.

Alexander von Hartleben – manchmal bedrückte es ihn, wie schnell die Erinnerung an seinen Vater verblasste. Nicht nur die Dienerschaft wusste keine Geschichten mehr über ihn zu erzählen, auch ihm selbst war der blonde Mann längst nicht mehr so deutlich vor Augen wie anfangs noch. Kaum mehr Erinnerungen nannte er sein Eigen, und auch sonst nichts, außer einem Brief, den der Vater in den Tagen vor seinem Tod begonnen und nicht beendet hatte. Eines Tages würde er das väterliche Lehngut erben, aber bis dahin mochte Alexander von Hartleben vergessen sein, so wie er auch die Mutter im kleinen Rund des Medaillons kaum mehr erkannte. Was er auch tat, die Erinnerungen gingen verloren. Unmöglich war's, auch nur eine davon festzuhalten.

Aber das durfte nicht sein. Er durfte nicht vergessen.

Er stieß die Finger tiefer in das Versteck, erspürte das harte Schmuckstück. *Ich war es, der ihn in sein Verderben reiten ließ, nur ich.* Der Gedanke kam nicht zum ersten Mal, aber er würde nicht weinen, er nicht. Er weinte niemals.

Während er an die Decke starrte, tanzte das gelbliche Licht der Flamme ein letztes Mal, bäumte sich auf, bevor es in sich zusammensank und den Raum in Dunkel tauchte. Vom Bett des Cousins kamen bereits gleichmäßige Atemzüge herüber. Rupert drückte die Fingerknöchel der rechten Hand gegen seinen Mund. Er würde nicht weinen, er nicht. Er hatte Pläne. Er musste den Onkel im Blick behalten, der gemeinsame Sache mit dem Erbfeind machte. Er würde immer wachsam sein müssen.

5. Kapitel

Hat er schon einmal der Medusa ins Auge gesehen? Georg zog die Tür hinter sich zu. Der schmale, modisch gekleidete Herr, der vor dem Tischchen im Erker stehend auf ihn gewartet hatte, drehte sich um. Obwohl dies keinesfalls sein erster Besuch war, wirkte er nicht im Mindesten entspannt; eher wie jemand, der sich unsicher darüber war, was ihn erwartete. Der gestreckte Rücken ließ ihn weniger aufrecht als steif wirken. Eine Faust hielt er gegen sein Rückgrat gedrückt, der andere Arm hing an der Seite herab. Beinahe unmerklich schabte die feine Mappe mit Dokumenten in seiner Hand über seinen rechten Oberschenkel.

Georg blieb stehen. Wieder kam ihm Theodora in den Sinn, der Augenblick, in dem er ihr gestanden hatte, dass die Pferde nicht mehr ihnen gehörten. Dass er sie etwas günstiger vorab verkauft hatte, vielleicht auch teurer – man wusste ja nicht, was aus den Tieren noch werden würde. Dass er gespielt hatte, mit ihrem Hab und Gut. Er hatte erklären wollen, doch sie hatte ihn nur angesehen, und er hatte sich abwenden müssen, um nicht zu Stein zu erstarren.

Seit je rang er um ihre Bewunderung. Auf dem kleinen Tischchen an ihrer Seite sah er noch die Unterlagen liegen, die er ihr gegeben hatte, Schriftstücke über die Pferdezucht, die Ernte, die zu erwartenden Einkünfte. Nur von ihr wollte er hören, dass es gut war, was er tat.

Kurz verharrte sein Blick an dem Bild über dem Kamin, das Alexander im Stile Mignards von der Schwägerin hatte malen lassen. Unter starkfarbigem Stoff ließ Theodora ein Füßchen hervorblitzen. Er machte einen weiteren Schritt ins Kabinett hinein. Eine Diele knarrte unter seinem Gewicht. Der Mann am Fenster drehte sich um. Georg musterte dessen gut geschnittenen Rock, die Kniehose und das Hemd aus feinem Stoff. Noch immer hatte er sich nicht daran gewöhnt, dass der Jude keine entsprechende Kleidung trug, keinen Kaftan, keine Schläfenlocken. Wie er so dastand, das blonde Haar gut frisiert, sah er aus, als sei er ein gewöhnlicher Mensch. Ein Stich durchfuhr ihn, aber es hieß, der Fürst habe ihm erlaubt, sich zu kleiden, wie es ihm genehm sei.

»Hat er Neuigkeiten für mich, Weiß?«

Itzhak Weiß nahm die Arme vor die Brust und legte die Hände gegeneinander. Georg sah keine schmalen, eleganten Finger, wie sie einem anstanden, der den Tag mit Papieren und Geld verbrachte, sondern kurze, breite, mit spatelartigen Fingernägeln, die im Widerspruch zu seinem zarten Gesicht, den weiblichen Lippen, den leicht vorstehenden Augen und den stets geröteten Wangen standen.

»Euer ergebener Diener, mein Herr. Ich konnte weitere Schuldscheine Eures Bruders für Euch aufkaufen.«

Er hat Wimpern wie ein Weib, dachte Georg, während er den Mann unverhohlen anstarrte. Durch Itzhak Weiß ging ein Ruck, dann hielt er sich noch gerader und steifer als zuvor.

Itzhak – warum ihm die Eltern wohl diesen Namen gaben? Er sah doch aus, wie einer, dem man trauen könnte, wie ein rechtschaffener Mensch. Ein wenig zögerte Georg noch, dann ging er um seinen Schreibtisch herum und musterte den anderen aus der Entfernung. In Ofen hatte man die Juden erschlagen und alle anderen, die den Türken unterstützt hatten. Er senkte den Kopf, starrte auf die Papiere auf der Tischplatte, auf Briefe, Forderungen, auf Rechnungen über Rechnungen. Zwei Kutschen hatten sie schon verkauft, vorsichtig, damit niemand Verdacht schöpfte. Aber das neue Haus war ja da und ließ sich nicht einfach aus der Welt schaffen. Er nahm den letzten Schuldschein hoch, den er hatte zurückkaufen können, faltete ihn einmal und noch einmal.

Es war Zeit, den neuen Weg zu gehen. Er hatte den Verwalter angewiesen, die letzten Papiere zu ordnen und ihn zu rufen, wenn es irgendetwas Ungewöhnliches gab. Alles war in seiner Hand. Er musste nur warten, sie würden ihn rufen, dafür hatte er gesorgt.

Draußen war ein helles Wiehern zu hören. Georg schloss die Augen. Zwei Tage nach dem Unglück hatten sie ein kleines Hengstfohlen gefunden, einen Falben von fast goldener Farbe, der sich losgerissen haben musste. Ein Hohn, er spürte, wie sich Speichel in seinem Mund sammelte und hätte beinahe auf das Parkett gespuckt. Als er die Augen wieder öffnete, schien die prächtige Anlage des neuen Hartleben vor ihm auf, und dann musste er doch lachen. Er konnte es einfach nicht zurückhalten, spürte, wie das Lachen seine Kehle hinaufquoll, lachte erst leise, dann lauter und lauter. Hatte Alexander sich für einen Fürsten gehalten, für jemanden, der es dem *roi soleil* in Frankreich gleichtun konnte? Es war dieser verdammte Besuch in Versailles gewesen, der ihn so vollkommen verändert hatte. *Mon cher Georges* … Noch jetzt hörte Georg seine Stimme. Er lachte lauter und heftiger, bis sein Blick auf Itzhak Weiß fiel, der ihn verwirrt anschaute.

Sofort rollte sich das Lachen in seiner Kehle zusammen. Von Neuem glitt sein Blick über den feinen Stoff, in den sich sein Gegenüber gehüllt hatte. Vor dem Brand hatte er mit dem Gedanken gespielt, sich auch einen solchen Rock anfertigen zu lassen. Der Jude hatte eine gute Hand für die Finanzen des Gutes gehabt. Vorbei, alles vorbei … Am Ende dieses Tages würden dies seine eigenen, seine neuen Schulden sein, und nicht die seines Bruders. Am Ende würde er seinen Neffen um das betrogen haben, was ihm gehörte. *Aber Alexander hat mir etwas versprochen, etwas, was mir gehören sollte …*

Itzhak Weiß' Froschaugen leuchteten ihn wie zwei blasse Sterne an. Es war nicht lange her, da hatten sie von der Hochzeit für die verwitwete Tochter gesprochen und davon, dass die Ernte prächtig auf den Feldern stand. Sie sprachen auch von den Pferden und von den beiden kleinen Türken. Der venezianische Maler hatte etwas entdeckt, was sein Leben ändern würde: In dieser Woche hatte Georg die kleine Türkin fast jeden Abend in sein Kabinett bestellt und ließ sie erst gehen, wenn sie vor Übermüdung kaum noch die Augen offen halten konnte. Sie kopierte Unterschriften für ihn, kleine Abfassungen, einen Vertrag. Täglich wurde sie besser.

Zuerst hatte sie kein Wort gesagt, doch am dritten Tag grüßte sie ihn bereits auf Deutsch, wenn auch auf unverkennbar türkische Weise.

Georg knöpfte seinen Justaucorps auf, hakte die Finger in die kleinen Westentaschen. Fast meinte er, sie vor sich zu sehen, auf dem Boden, die Beine gekreuzt, ein Blatt Papier vor sich. Er sah die Bögen und Schnörkel seines Namens, die sie nachahmte, ohne zu wissen, was sie da tat: Georg von Hartleben. Alexander von Hartleben. Er hatte ihr auch gezeigt, wie man den eigenen Namen schrieb. Gestern hatte er sich kurz gefragt, warum er das Blatt nicht sofort weggeworfen hatte, auf dem die Kleine seine Unterschrift nachgeahmt hatte, so perfekt, dass er selbst nahezu keinen Unterschied hätte bemerken können. Es war ein Leichtes gewesen, den Vertrag zu fälschen, und doch hatte er sie das Dokument mehrfach neu schreiben lassen, bis er vollkommen zufrieden damit gewesen war. Den Namen seines Bruders ließ er darunter setzen und die zweier Freunde. Der eine war im letzten Herbst gestorben, der zweite in die Dienste des Preußenkönigs getreten und damit ebenso aus der Welt.

Georg holte tief Luft.

»Also, was bringt er mir?«

Er schaute Weiß an. Der holte ein Schreiben aus seiner Dokumentenmappe und überreichte es.

»Schwarzbach?« Georg ließ das Blatt sinken.

»Er hat ein Gebot für einen Türken gemacht.«

Georgs Hand zitterte leicht, als er das Schreiben vor sich auf den Tisch legte. Seinem ersten Antrieb folgend, hatte er das Dokument zurückreichen wollen. Reglos saß er nun da. Ich habe es Weiß gesagt, habe ihm gesagt, dass mir alles recht ist, was Geld einbringt. Er fuhr sich mit der Zunge über die Lippen, erst dann begann er zu sprechen: »Ich habe gehört, dass eine schwangere Türkin zur Messe in Leipzig im letzten Jahr genauso viel kostete wie ein Zentner Zucker?«

»Möglich.« Weiß hielt die Mappe wie ein Schild vor sich. »Ich kann mich danach erkundigen.«

»Tu er das.« Georg drückte seine Fingerspitzen auf das Papier. »Und sag er Schwarzbach, ich erwarte ein sehr gutes Angebot.«

»Wie Ihr wünscht.«

Sie setzten ihre Arbeit schweigend fort. Weiß suchte eben neue Unterlagen hervor, als der Verwalter ins Zimmer stürmte.

»Wir haben den Vertrag gefunden, Herr! Wir haben

ihn endlich gefunden.« Er wedelte mit dem Papier in seiner rechten Hand.

Georg musste sich anstrengen, das Zittern zu unterdrücken, das von seinem ganzen Körper Besitz ergreifen wollte: *Falsi crimen ist ein Verbrechen, durch das man andern an ihren Gütern Schaden zu tun sucht, und statt der Wahrheit sich der Lüge befleißigt, welches vornehmlich auf viererlei geschieht und zwar in persona, in verbis, in scriptis und in abusu rei.* Er atmete tief durch, doch in Anbetracht der Lage würde es kaum verwunderlich sein, wenn seine Stimme zitterte.

»Wovon spricht er?«

»Euer Bruder hat Euch dieses Gut hier übertragen.«

Der Verwalter wedelte erneut mit dem Dokument. Georg starrte ihn an, barg dann in einer Bewegung das Gesicht in den Händen.

»Schau er es sich an, Weiß«, war undeutlich zwischen seinen Fingern hervor zu hören. Dann horchte er. Wenn er etwas bemerkt, dachte er, dann ist es hier zu Ende, wenn nicht … *Falsi crimen ist ein Verbrechen, durch das man andern an ihren Gütern Schaden zu tun sucht …*

6. Kapitel

Rupert duckte sich tiefer zwischen die Büsche, doch Karl lief an seinem Versteck vorüber, ohne ihn zu bemerken. Am Tag zuvor hatten sie sich zum Spielen an der alten Eiche verabredet, doch gestern Abend war der Herr von Schwarzbach eingetroffen, was alle Pläne änderte. Eben hatte man die zweite Mahlzeit des Tages zu sich genommen, nach der Morgensuppe, die gegen fünf Uhr serviert worden war. Bisher war noch keine Gelegenheit gewesen, den Gast alleine zu sprechen. Nun aber wollte Schwarzbach einen Spaziergang durch den kleinen Park machen, während Georg noch einige Posten mit seinem Verwalter durchging, Dinge, die er nicht aufschieben wollte, jetzt, da er der Besitzer Hartlebens war.

Erst im letzten Monat hatte sich herausgestellt, dass er das Gut von seinem Bruder zum Geschenk erhalten hatte, und über die Aufregungen der letzten Wochen hatte Rupert fast sein Ziel aus den Augen verloren. Nun jedoch war die Gelegenheit günstig. Zuerst wollte er das Mädchen loswerden, an dem der Onkel einen Narren gefressen zu haben schien.

Vorsichtig richtete sich der Junge auf, um Emmanuel von Schwarzbach, von Deckung zu Deckung huschend, eilig zu folgen. Ungesehen ließ er Theodoras kleinen Garten hinter sich und beschleunigte seine Schritte, denn der Herr von Schwarzbach war schon auf dem Weg über das kleine Wiesenstück hin zu dem Birkenwäldchen. Danach würde er gleich den Teich erreicht haben. Gut möglich, dass er sich dann nach links wandte, um den kürzeren Weg zurück zu nehmen, und Rupert damit die Gelegenheit verpasste, mit ihm zu sprechen.

Der eigene Atem drang plötzlich lauter an seine Ohren. Ohne sich dessen recht bewusst zu sein, war er ins Laufen geraten. Der Fußgänger vor ihm musste etwas gehört haben, denn er drehte sich um. Rupert verlangsamte seine Schritte. »Herr von Schwarzbach«, rief er und legte das letzte Stück des Weges zurück. »Herr von Schwarzbach«, wiederholte er noch einmal, als er ihn erreicht hatte, und verbeugte sich.

Emmanuel von Schwarzbach zog die Augenbrauen hoch. Die feine Haut unter seinen Augen zeigte sich unerwartet auch im hellen Licht dunkel verfärbt. Eine Schweißschicht glänzte auf seinem Gesicht. Die Pausbacken waren gerötet. Offensichtlich war der wohlbeleibte Mann auf seinem Weg ins Schwitzen geraten. Nun starrte er sein Gegenüber sinnend an.

»Rupert?«

Der Junge nickte. Der schnaufende Schwarzbach zog ein feines Leintuch hervor und wischte sich über Gesicht und Nacken, wodurch seine Perücke ein wenig in Unordnung geriet. Mit beiden Händen rückte er sie an ihren rechten Platz.

»Ich kannte deinen Vater.« Schwarzbach schaute ihn an. »Willst du mich ein Stückchen begleiten?«

Rupert nickte. Die ersten paar Schritte verstrichen schweigend.

»Mein Arzt hat mir Spaziergänge empfohlen, man stelle sich vor«, sagte Schwarzbach dann und schnaufte wieder. »Ich dachte an eine Purgierkur, schließlich will jeder Zoll meines Leibes erhalten sein, aber davon wollte er nichts hören. Spaziergänge und eine Diät – nun, mit seiner Hilfe hat mein lieber Vater das Alter Methusalems erreicht, also will ich ihm glauben …«

Mit einem neuerlichen Schnaufen setzte er seinen massigen Leib in schnellere Bewegung. Wieder schwiegen sie.

»Was führt dich zu mir?«, fragte Schwarzbach endlich, ohne Rupert anzusehen, während der grobkörnige Sand des Weges unter seinen schweren Schritten knirschte. Mit einem raschen Blick versicherte der Junge sich, dass niemand in der Nähe war.

»Ihr wollt einen Türken kaufen?«

Schwarzbach warf einen so knappen Blick auf ihn, dass er sich nicht sicher war, ob er sich das Ganze nicht eingebildet hatte. Wieder liefen sie ein Stück. Zwischen den letzten Bäumen tauchte schon der Teich auf, als Schwarzbach erneut anhielt. Wieder fuhr er sich mit dem Tuch über Gesicht und Nacken. Als er den Hemdkragen öffnete, quoll graues Haar aus der Öffnung hervor.

»Und was willst du mir dazu sagen?«

Rupert schaute auf seine Schuhe. Vorne, an den Schuhspitzen, war das Leder abgeschabt, weil er die Angewohnheit hatte, diese gegen den Boden zu stoßen, wenn er nachdachte. Ein leichter Wind ließ das helle Birkenlaub des Wäldchens flirren. Ganz deutlich spürte er mit einem Mal jedes Härchen seines Körpers, das sich sträubte. Eine Ente zog auf dem Teich ihre Kreise. Schwarzbach holte gewichtig Luft.

»Euer Onkel verlangt einen stolzen Preis«, sagte er dann so unbetont nebenher, dass man meinen konnte, er habe nichts Wichtiges gesagt.

Rupert kratzte sich den Nacken, spürte Feuchtigkeit. Auch er schwitzte. Das Sonnenlicht, das durch das Blätterdach fiel, malte goldene Flecken auf den Boden. Schwarzbach hatte sich so zu ihm gestellt, dass kein Vorbeikommen mehr war, und schloss nun mit einem festen Griff am rechten Oberarm eine Flucht nach rückwärts aus.

»Also, was willst du mir sagen?«

Rupert starrte auf den Boden, auf seine Schuhe, auf

die Lichtflecken. Hemd und Rock lagerten plötzlich zu schwer auf seinen Schultern. Seine Knie waren weich. Er dachte an den Onkel, der das schlafende Türkenmädchen in seinen Armen getragen hatte. Als Schwarzbach eine Hand auf seine linke Schulter legte, zuckte er zusammen.

»Sag schon, Junge, wen von den beiden soll ich nehmen?«

Die Türkin hatte den Kopf an die Brust des Onkels gelehnt; der Türkin hatte der Onkel über das Haar gestrichen; die Türkin hatte der Onkel zu sich gerufen, sie hatte er freundlich angelacht. Es würde ihm wehtun, sie zu verlieren. Rupert räusperte sich.

»Das Mädchen.«

»Die Kleine?«

Der Junge nickte heftig. »Ja, sie. Sie hat unsere Sprache gelernt. Sie ist den Mägden zur Hand gegangen.« Er schluckte an den nächsten Worten. »Sie ist fleißig.«

Schwarzbach ließ das Tuch über sein Gesicht tanzen.

»Sie wäre wohl ein hübsches Geschenk für meine Amalia«, überlegte er laut. Rupert schaute zu Boden. Er wusste, wann es besser war zu schweigen.

***

»Die will ich.«

Schwarzbachs fleischige Wangen zitterten, als er mit dem Zeigefinger auf Habar deutete. Wilhelmina an ihrem Platz am Fenster hob den Kopf und wechselte einen langen Blick mit Rupert, bevor sie sich erneut ihrer Stickerei widmete. Georg von Hartleben öffnete den Mund.

Ibrahim krampfte die Finger in die Seiten seiner Hosen. Theodora saß vollkommen reglos. Es war Georgs Stimme, die als erste schwach in die Weite des großen Kaminzimmers flatterte: »Aber, der Junge, Herr von Schwarzbach …«

»Euer Neffe Rupert hat mich auf das hübsche Dingelchen aufmerksam gemacht, Herr von Hartleben, andere Stimmen bestätigten, dass sie außerordentlich liebenswert ist. Ihr müsst zugeben, dass so ein Mädchen als Geschenk für meine Tochter viel passender ist als ein junger Kerl, der einem oft nur Ärger macht.«

»Rupert …?«

Rupert drückte sich fester gegen die Wand neben dem Fenster. Jemand brachte mit einer Bewegung den Boden zum Knarren. Irgendwo im Haus schlug eine Tür zu. Herr von Schwarzbach streckte seinen Spazierstock aus und klopfte gegen Habars Oberarm. »Dreh sie sich.«

Habar drehte sich, den Blick auf das Parkettmuster gerichtet, während Ibrahims Blick durch ihre Haut drang und sich wie ein glühendes Stück Kohle einbrannte, bis sie hätte schreien wollen vor Schmerz. Nur halb bemerkte sie, wie sie anhielt. Der Stock klopfte zum zweiten Mal gegen ihren Arm und wieder drehte sie sich um ihre eigene Achse. Und dann verwandelte sich der Raum in eine der Miniaturen, die der Vater so gerne gemocht hatte; winzige Figuren auf immer in der Tätigkeit gebannt. Während sie dem Blick des fremden Mannes Schwarzbach auswich, schickte sie ihre Augen auf Wanderschaft: Teppich, wiederholte sie die Worte, die sie gelernt hatte, Chaiselongue, Tisch, Stuhl, auch Chaise genannt. Der Stock tippte gegen ihren Arm, sie drehte sich weiter und weiter, dann gab der Mann ein grunzendes Geräusch von sich, und sie verharrte.

»Ich will sie.«

Schwarzbach warf einen gebieterischen Blick in die Runde. Vorübergehend sah es aus, als wolle Georg von Hartleben die Hände nach ihr ausstrecken und sie auf seine Seite ziehen.

»Georg«, sagte Theodora sehr ruhig.

Er trat einen Schritt zurück. »Wie Ihr wollt«, murmelte er, »so soll es sein.«

***

Georg hatte seine Frau fortreiten sehen, kurz nachdem Schwarzbach aufgebrochen war. Nun stand er in ihrem Kabinett und horchte. Nein, kein Geräusch, er hatte sich getäuscht. Langsam ließ er den Blick durch den Raum schweifen. Mit kaum drei Schritten hatte er den kleinen Schreibtisch erreicht, ging um ihn herum. Hier waren also die Briefe entstanden, die ihn sporadisch erreicht hatten. Indem er nur einen halben Schritt zurücktrat, stieß er gegen die Wand.

Es war so eng hier, wie hielt sie das nur aus? Er zog den Stuhl zurück und setzte sich vorsichtig auf das zerbrechliche Möbel. Beide Hände legte er auf die polierte Tischplatte mit ihren Intarsien aus hellerem und dunklerem Holz. Ein dünner Stapel Papier lag vor ihm, sorgsam ausgerichtet, ein Tintenfässchen, eine Feder und ein kleines, schmales Messer zum Anspitzen derselben – Theodora war immer schon ordentlich gewesen, zielgerichtet, ein kluges, ein beängstigendes Weib.

Er kannte sie nicht. Mehr als einmal in den letzten Monaten hatte er sich vorgestellt, ihre Habseligkeiten zu durchsuchen, um nur irgendwas zu finden. Irgendetwas, das ihm verriet, was sie liebte, was sie hasste und was ihr von Bedeutung war. Da musste doch etwas sein hinter dieser leichtfüßigen Fassade einer Frau, die scherzte und plänkelte, ihre Leidenschaften unter Kontrolle hielt und sich niemals, aber auch niemals, in die Karten schauen ließ.

Mit einem Ruck zog er die Schublade auf. Manchmal wollte er ihr sagen, dass sie aus seiner Kraft zur Gutsbesitzerin geworden war, aber er tat es nicht.

»Wolle«, hatte Itzhak Weiß gesagt, »vergrößert eure Herde, Wolle wird immer gebraucht.«

Vielleicht war es gut, dass das kleine Türkenmädchen fort war. Vielleicht würde er jetzt neu beginnen können.

In der Schublade war noch mehr Papier, sauberes und tintenfleckiges, dazwischen Federn, Siegelwachs, Korrespondenz mit den umliegenden Gütern, die Einladung zu einem Fest, ein grünes Band. An wenigen Stellen hatte sich Tinte darauf abgefärbt, als sei es mit einem noch feuchten Schreiben in Berührung gekommen. Geistesabwesend wickelte er das Band um seine Finger. Erst ein tauber Schmerz machte ihn darauf aufmerksam, was er getan hatte. Schritte draußen ließen ihn zusammenzucken, doch sie eilten vorüber.

»Ruhig«, sagte er leise zu sich selbst. Er würde es unweigerlich hören, wenn sie zurück in den Hof ritt, das Klappern der Hufe, die Begrüßung durch die Knechte.

Er hatte die Schublade noch weiter aufgezogen. Zwischen Papier und Schreibmaterialien glänzte ihm etwas entgegen. Er bewegte die rechte Hand darauf zu, zögerte, ehe er die Kette zwischen zwei Finger nahm und ein Medaillon hervorzog. Unschlüssig ließ er das kleine silberne Rund mit den kunstvollen Ziselierungen hin und her schwingen. Dann schob er den Daumennagel unter den Verschluss. Mit einem kaum hörbaren Knacken sprang der Deckel auf. Obwohl er das Antlitz gleich erkannte, drehte er das Bildchen gegen das Licht. Seine Lippen bewegten sich: »Alexander.«

Er hatte es geahnt und hatte versucht, nicht mehr daran zu denken. Als junger Mann hatte er von derlei gelesen, vielleicht konnte er sich darauf besinnen ... *Ich schwamm in Freude, / Der Liebe Hand / Spann mir ein Kleid von Seide* ... Er hatte sich vorgestellt, dass sie, genau wie er, von vorne beginnen wollte. *Das Blatt hat sich gewandt, / Ich gehe im Leide* ... Eine eiserne Faust grub sich in seine Eingeweide, und der Schmerz war schlimmer, als alles, an das er sich erinnern konnte. Er hatte versagt, er würde Theodora niemals für sich gewinnen können.

Später am Nachmittag holte er Würfel und Würfelbecher aus der Truhe und ließ sein Pferd satteln.

»Wann werdet Ihr zurück sein, Herr?«

»Erinnert er sich, Nussbaum?« Georg schaute den Diener an. »Als Jungen haben wir es mit den Herzen gelernt: *Ich weiß itzund, daß Lieb und Sonnenschein / Stets voller Angst und Wolken sein.*« Mit einem Schnalzen trieb er sein Pferd zum Tor hinaus. Er hatte Fortuna zu lange nicht mehr herausgefordert.

***

Habar hatte das Gesicht gegen die Scheibe gedrückt, bis das Haus vor ihren Augen verschwunden war und hatte sich dann erst zurück in den Sitz fallen lassen. Bestimmt hatten sie Ibrahim eingesperrt, aber er würde sie alle überlisten, würde sich befreien, fortlaufen und sie retten. Noch einmal drückte sie sich fester gegen die weichen Polster der Kutsche und musterte den Mann mit den fleischigen Wangen ihr gegenüber unter gesenkten Lidern hervor. Er war sehr dick. Wie Korinthen in einem Hefekuchen hockten die Augen in seinem Gesicht. Wie die meisten *giaurs* trug auch er keinen Bart, wie es sich für einen Mann geziemte. Er hatte noch nicht mal ein Kinn; nur einen fetten Hals, der knapp unter seiner zu kleinen Nase und dem Mund, der viel zu fein, spitz und zu rot war für einen Mann, seinen Ausgang zu nehmen schien.

»Emmanuel von Schwarzbach«, hatte er gestern so überdeutlich und langsam zu ihr gesagt und dabei das Gebiss gebleckt, dass ihr seine Zähne wie die eines Raubtiers erschienen waren. Natürlich stank er, alle *giaurs* taten das.

Im Licht, das durch die Kutschenfenster hineinfiel, tanzte Staub. Vorsichtig, jeden Laut vermeidend, beugte sich Habar vor und spähte hinaus. Die Landschaft draußen zeigte die üblichen Hügel und Täler, aber sie sah nichts Bekanntes mehr. Zum ersten Mal seit Langem stiegen Tränen in ihre Augen, und sosehr sie sich auch mühte, dagegen anzukommen, wollte es einfach nicht gelingen: *Anneciğim, dadı, baba, wäret ihr doch nur hier. Ich vermisse euch. Jede Nacht träume ich von euch. Ich vermisse euch so. Anneciğim, dadı, baba, helft mir doch.*

Sie vergrub das Gesicht im Ärmel ihres Kleides. Manchmal suchte sie nach Zeichen, aber es gab keine. Vielleicht hatte Allah aufgehört, zu ihr zu sprechen. *Anneciğim, dadı, baba, wäret ihr doch nur hier. Ich vermisse euch so.*

ZWEITER TEIL

1693–1698

1. Kapitel

Gut Schwarzbach, Sommer 1693

Habar kauerte auf der Erkerbank und blätterte in einem schwer auf ihrem Schoß lagernden Buch. Der Foliant war so groß, dass er sich kaum mit einer Hand halten ließ. Jedes Mal, wenn sie eine Seite umschlug, musste sie darauf achten, dass nicht das Ganze aus dem Gleichgewicht geriet. Viele Karten befanden sich in dem Buch, und nicht zum ersten Mal überkam sie der Wunsch, Budin auf einer davon zu suchen. Auf der betreffenden Seite angelangt, fuhr sie mit dem rechten Zeigefinger den Lauf der Donau nach – Danubius, wie dort stand – buchstabierte die Ortsnamen an den Ufern: Pest; und dort Ofen – ihr Finger ruhte auf dem Schriftzug –, so nannte man Budin in diesem Land. Sie hielt inne, sah die prächtige Burg vor sich, schlanke Minarette, die sich in einen tiefblauen Himmel erhoben, Weinberge und den breiten silbrigen Fluss, an dessen Ufern es heiße Quellen gab, die die *hammams*, die Badehäuser, speisten.

Sie hatte lange nicht mehr daran gedacht und ebenso lange nicht an Ibrahim. Während der ersten Tage auf Gut Schwarzbach hatte sie sich noch mit kaum etwas anderem beschäftigt. Sie hatte sich ausgemalt, dass ihr Bruder sie holen würde, dass er sie zurück nach Hause brachte. Doch gab es dieses Zuhause noch, gab es das, was sie damals zurückgelassen hatten? War das Haus noch da, die immer geschäftige Dienerschaft? Würde sie sich an jemanden erinnern und würde man sie in der jungen Frau erkennen, zu der sie gereift war? Lebte überhaupt noch einer von jenen, die sie damals hatten zurücklassen müssen?

Sieben Jahre in einem fremden Land, in diesem Jahr würde sie achtzehn Jahre alt werden. Die Sprache der Kindheit kam ihr inzwischen langsamer über die Lippen, für manche Gegenstände fehlten ihr die Worte.

»Woran denkst du?«

Amalia von Schwarzbach beugte sich zu ihr herüber, die hübsche Stirn kraus gezogen und legte eine Hand auf Habars Arm. Habar starrte auf die zierlichen Finger der Fünfzehnjährigen, auf die Haut so weiß, dass sie ihr fast durchsichtig erschien. Ihre eigene Haut war zu dunkel, die Augenbrauen zu stark, die Nase zu krumm. Was schön war, sagte ihr ein Blick auf Amalia. Schön waren das durchscheinend weiße, etwas pausbäckige Gesicht des Mädchens, die Grübchen, wenn es lächelte, die blonden Haare, die dunkelblauen Augen. Schön war ihr kleiner rosiger Mund, dessen Lippen sich so allerliebst zwirbelten, wenn sie lächelte, und die stets leicht geröteten Wangen. Schön war ihre weiche Haut, schön waren die speckigen Arme, die von Wohlstand sprachen.

»Also, was nun?«

Amalia, die Augen rund, beugte sich fordernd näher. Manchmal erinnerte sie Habar an eine zu groß geratene Puppe. Sie war wie diese Spielzeugfrauchen, mit denen sie beide sich an langen Kindertagen die Zeit vertrieben hatten.

»Ach, nichts.« Die junge Türkin machte eine wegwerfende Handbewegung. Achselzuckend wandte sich Amalia ihrer Poudreuse zu. Der mittlere, innen verspiegelte Teil war hochgekippt und gab den Blick auf ihr Antlitz frei. Auch die seitlich befindlichen Flügel hatte man aufgeklappt. Eine beträchtliche Anzahl Flakons, Töpfchen und Tiegel fanden sich dort: Wässerchen, Pasten, Puder und Cremes für die Schönheit. Den ganzen Vormittag schon, seit man die frühe Morgensuppe eingenommen hatte, saßen sie hier in Amalias Zimmer, und der Tag breitete sich ebenso träge vor ihnen aus, wie es der morgige zu tun versprach und die Tage darauf. Bald war Mittag. In den Fenstern des südöstlichen Flügels schimmerte die Sonne inzwischen durch das Fensterglas. Habar unterdrückte ein Gähnen. Zuerst hatten sie heute Morgen längere Zeit über die Wanderschauspieler gesprochen, die vor Tagen eine Vorstellung in der großen Halle gegeben hatten. Dann hatte Amalias Kammermädchen von einer Paste gegen Sommersprossen berichtet, hergestellt aus Eiern, Bleiweiß, Aquavit, Schwefelblumen und Brombeeren, die die junge Herrin zur Vorbeugung anzuwenden gedachte und die sie auch ihrem dunklen Türkenmädchen antrug. Nun ließ Amalia die neuen Ohrringe klimpern. Durch die Bewegung ihrer Arme warf die Haut an den Ellenbogen Falten wie bei einem wohlgenährten Kleinkind.

Habar senkte den Blick erneut auf ihr Buch, konnte sich aber nicht mehr auf die Bilder besinnen. In den letzten Tagen war die Sprache mehr als einmal auf die würdigen Familienväter gekommen, die im Namen ihrer Söhne ihr Interesse an Amalia bekundeten. Bei nicht wenigen Namen hatte die junge Frau die Nase gerümpft, einmal war sie errötet. In nicht zu ferner Zukunft würde sie heiraten, das stand fest. Ihre zwei älteren Schwestern waren schon aus dem Haus und kamen nur selten zu Besuch. Ein Bruder lebte bei Hof in Dresden, der andere lag seit seiner Geburt krank in einem Flügel des Gutshauses gebettet. Man mag sich um ihn kümmern, aber mich liebt man, ich bin die Schönste, hatte Amalia ihr einmal abends zugeflüstert, und ihre Augen hatten geleuchtet: Nur für mich werden sie die beste Partie finden.

Und was wird dann aus mir? Der Gedanke kam unvermittelt. Habar ließ das Buch mit einem Knall zuklappen.

Amalia hob die Augenbrauen. »Ich weiß gar nicht, was du mit diesen staubigen Büchern willst.«

Habar zuckte die Achseln. Amalia hatte es auch nicht verstanden, als sie sich während des Unterrichts, den man der jungen Dame erteilte, hinten ins Zimmer gesetzt hatte. Voller Erstaunen hatte das Mädchen dem Vater davon berichtet, und der hatte Gefallen an der Idee gefunden, die kleine Türkin auszubilden.

Und Habar hatte gelernt. Sie hatte ihre Kenntnisse der fremden Sprache verfeinert. Sie hatte von Malern gehört, von Musikern, von Dichtern und Entdeckern. Ebenso hatte sie gelernt, wie man in diesem Land tanzte und wie sich eine Dame zu geben hatte. Sie wusste alles, und doch stach sie heraus wie eine struppige Ziege unter lauter wolligen Schafen.

Und das wird immer so sein. Sie betrachtete ihre Hände, die das Buch nunmehr fest umklammert hielten, die dunkle Haut, die allen Mitteln zum Trotz wohl niemals so zart und weiß aussehen würde, wie die Amalias. Ihre Herrin gab einen kleinen Laut von sich, lehnte sich zurück und stieß mit den Fingerspitzen an ihre leere Tasse, so dass der Löffel darin klirrte.

»Hol uns doch noch etwas Schokolade, Habar.«

***

Allein – damals im Unterricht, gemeinsam mit Amalia von Schwarzbachs Lehrer, als sie die Sprache der Fremden besser verstehen gelernt hatte, hatte Habar begriffen, dass dieses Wort ihre ersten Jahre auf Schwarzbach am vollkommensten beschrieb. Manchmal, so auch jetzt, während sie die Fingerspitzen gegen das kühle, gelbe Scheibenrund legte, den Blick auf den Hof richtete, kam es ihr wieder in den Sinn. Der Sommer war da, und sie stellte sich vor, wie warm sich das dunkle Dielenholz unter den nackten Sohlen anfühlen musste. Unruhig bewegte sie die Zehen in den engen Schuhen. Sie dachte an die verzierten Pantoffeln, die sie als Kind getragen hatte, an den wunderbar weichen, seidigen Stoff mit seinen aufgestickten Blumenranken. Heute ging sie nicht mehr so oft auf Strümpfen wie in den ersten Jahren. Unschicklich, nannte Amalia es, die Augen jedes Mal vor Entsetzen weit aufgerissen, so etwas könne sie von ihrer Gesellschafterin nicht dulden.

Unschicklich – Habar bemühte sich um einen tieferen Atemzug, spürte, wie sich das beengte Fleisch hilflos gegen den Schnürleib drängte. *Hol dies, hol das, mach dies, mach jenes.* Amalia, nach dem Tod der Mutter des Vaters liebstes Kind, war ein unerschöpflicher Quell von Befehlen.

Unten im Hof ließ ein Diener den Blick über die Fensterfront schweifen und grinste, als er sie sah. Mit einer ruckartigen Bewegung trat Habar vom Fenster zurück. Gestern im Gang hatte ebendieser junge Bursche seine Hand wie unabsichtlich an ihr Dekolleté geführt. Als würde er es gerade noch einmal tun, spürte sie seine zupackenden Finger, sah das breite Lachen auf seinem Gesicht. Eine Gänsehaut kroch über ihren Rücken. Sie war älter geworden, kein Kind mehr. Sie musste vorsichtig sein. Ihre Handflächen waren schweißfeucht, als sie ihren Weg fortsetzte. Eilig lief sie die steile Wendeltreppe herunter, die zur großen Küche des Hauses führte.

Der Küchentrakt befand sich im untersten Stockwerk des Gebäudes, mit Blick auf den Gemüsegarten. Wenn die Flügeltüren weit offen standen – und dies geschah oft, denn der große Raum war der bei Weitem heißeste Ort auf Schwarzbach –, verirrte sich zuweilen ein Huhn zwischen Herd und Spülstein. Einmal waren die Jagdhunde des Herrn Schwarzbach über ein frisches Rinderviertel hergefallen. Mit der Schulter stieß Habar die Tür auf, die hölzern gegen die Wand klapperte, und stellte das Tablett mit der leeren Kanne, Tassen und Untertassen auf dem Arbeitstisch ab.

»Mehr Schokolade?« Die alte Josefine ließ die mit dem Auslesen von Erbsen beschäftigten Hände ruhen. »Die kleine Herrin hat einen erlesenen Geschmack.«

Habar nickte. Auf dem schweren Arbeitstisch, den jahrelange Nutzung glatt gescheuert hatte, lagen die Überreste des Frühstücks. Daneben warteten frisch ausgenommene Forellen auf ihre Weiterverarbeitung, die runden, beige-grauen Augen mit dem dunklen Mittelpunkt blicklos gegen die Küchendecke gerichtet. Am

Spülstein waren die beiden Spülmädchen noch mit dem Frühstücksgeschirr beschäftigt. Süße Brotsuppe hatte es gegeben, Gebäck, Fleischpasteten und Räucherfisch. Kurz entschlossen griff Habar nach einem Gebäckstück. *Çörek*, süße Brötchen – so hatte die Köchin in Budin sie genannt.

Josefine legte den Kopf schief. »Sind sie so, wie du es aus deiner Heimat kennst?«, fragte sie nicht zum ersten Mal.

Habar nickte kauend, leckte sich dann die Finger ab. Sie hatte der Schwarzbachschen Köchin die Brötchen beschrieben, aus einer Erinnerung heraus, die mit den Jahren immer blasser wurde. Sie hatte auch von *helva* gesprochen, von *şerbet* aus Granatapfelsaft, *baklava* und *lokum*.

Wie Ibrahim wohl heute aussehen mochte? Manchmal versuchte sie, sich sein Jungengesicht vorzustellen, die dichten, geraden Augenbrauen, das feste dunkle Haar, das seinen Kopf kurz geschoren wie ein Helm umschlossen hatte.

Schon wieder Ibrahim. Sie schüttelte den Kopf, als könne sie den Gedanken auf diese Weise vertreiben. Zu Anfang hatte sie ihn hinter jedem Hufschlag vermutet, hinter jedem nächtlichen Geräusch. Aber er war nicht gekommen. Sie hatte die Fremde alleine entdecken müssen, hatte neugierigen Mägden und Knechten vom Harem des *padişah* erzählt und von den *hammams*, staunte heute nicht mehr darüber, dass die Christen ihr Gotteshaus mit Schuhen betraten, hatte mehr als einmal die Frage verneint, ob ihr Vater wohl ein Sultan gewesen sei, denn hier im Land gab es viele kleine *padişahs*.

»Nein, bei uns gibt es nur einen *padişah*, nicht mehrere«, hatte sie geduldig erklärt.

»Und dein Vater?«

»Mein Vater ist tot.«

Nur ein kurzer, harsch gesprochener Satz – die meisten hatte sie damit zum Schweigen gebracht. Noch immer betete sie fünfmal am Tag. Noch immer sprach sie die *al-Fatiha* und auch den Thronvers vor dem Schlafengehen. Die Albträume quälten sie seltener, verschwunden waren sie nicht.

»Nun gut.«

Josefine erhob sich ächzend, um die Schokolade zuzubereiten und goss dann etwas davon in die silberne Kanne, die sie, nebst zweier neuer Tassen und Untertassen, zurück auf das Tablett stellte. Mit einem Stöhnen ließ sie sich endlich zurück auf den Schemel fallen und streckte die Beine von sich.

»Den ganzen Tag«, rief sie aus, »vom frühen Morgen an, treppauf, treppab, bis es einem bis in die Knochen schmerzt.« Unter tiefen Seufzern massierte sie ihre Gelenke, rieb erst die Ellenbogen, dann die Knie. Schweigend holte sich Habar einen zweiten Schemel heran und nahm der alten Magd gegenüber Platz. Josefine lächelte wohlig, als die junge Türkin ihren rechten Fuß in ihren Schoß nahm und den Knöchel durch die groben Strümpfe hindurch massierte.

»Diese Schmerzen«, murmelte sie zwischen tiefen Atemzügen, »du kannst es dir nicht vorstellen.«

»Hm.« Der Strumpf unter Habars Fingern fühlte sich feucht und schmierig an. Die Spülmädchen hielten in ihrer Arbeit inne und schauten zu ihnen herüber. Habar musste lächeln, während sie sich den Anblick vorstellte: Josefine in der Kleidung, die die Schwarzbachs ihren Mägden zur Verfügung stellten, und sie selbst in einem von Amalias abgelegten, feinen, wenn auch stets zu weiten Kleidern.

»Vielleicht würde dir ein warmes Bad helfen.« Sie nahm sich den linken Fuß der alten Magd vor. »Es entspannt die Glieder, lässt den Schmerz schwinden und stiftet Wohlbehagen. Dort, wo ich herkomme …«

Josefine unterbrach sie mit einem unwilligen Geräusch und schüttelte dann heftig den Kopf.

»Du glaubst doch nicht, dass ich mit solcherlei meine Gesundheit gefährde? Zu viel Wasser verursacht Gliederreißen, außerdem ist besonders das heiße Wasser gefährlich, da es die Haut durchlässig für Krankheiten macht. Ich aber habe keine Zeit, mich nach dem Bad ins Bett zu legen und mich zu schonen, wie es die kleine Herrin tut. Nein, ich werde zum Bader gehen, und der wird mich zur Ader lassen. Meine Säfte sind im Ungleichgewicht, das ist es.«

Sie stöhnte leise, als die junge Türkin schließlich auch den linken Fuß absetzte und aufstand.

Unnötig, weiter darüber zu sprechen. Habar streckte und beugte die Finger und streifte sie dann mit knappen Bewegungen an der Seite ihres Rockes ab. Ein wenig Schokolade hatte sich an der Tülle der Kanne gefangen und eine dunkle Spur hinterlassen. *Sie waschen sich nicht. Sie meiden das Wasser, als fürchteten sie, ein böser dschinn wohne ihm inne.* Wer hatte das noch gesagt? Ibrahim … Ibrahim hatte das gesagt.

***

Da war jemand. Schon auf das erste Geräusch hin hatte Habar hastig die Kerze gelöscht. Nun drehte sie den Kopf – die einzige Bewegung, die sie sich zugestand –, um zur Tür zu spähen. Im helleren Licht, das durch den Eingang fiel, konnte sie die Konturen eines Mannes erkennen. Reglos stand er da, hielt die schwere Tür mit einer Hand aufgestemmt. Sie konnte ihn einmal tief ein- und ausatmen hören. Dann seufzte er leise. Habar duckte sich tiefer hinter den Sessel. Ihre Fersen stießen gegen die unterste Reihe Bücher. Sie roch den Ledergeruch der Einbände und noch etwas anderes … Sie presste ihre rechte Hand gegen ihre Nase. Amalia hatte sie heute etwas von einem neuen Duftwasser ausprobieren lassen, aber das konnte doch wohl nicht … Eine neuerliche, unvorsichtige Bewegung ließ die Dielen unter ihren Füßen knarren. Der Mann zuckte zusammen, dann trat er einen großen Schritt in den Raum hinein, den nach hinten gestreckten, rechten Arm an der Tür.

»Wer da?«

Abermals holte er tief Atem, schnupperte. Nein, das konnte nicht sein. Er konnte sie nicht … riechen …

»Da ist doch jemand.«

Der Fremde tat einen weiteren Schritt in den Raum hinein. Die Tür fiel hinter ihm zu. Dämmerlicht legte sich über die Bibliothek. Er verharrte, dann bewegte er sich auf den Tisch zu, zog die Kerze zu sich heran.

»Pink, pink«, machte es. Zweifellos konnte er spüren, dass das Kerzenwachs noch weich war. Sie hörte ärgerliches Murmeln, sah endlich ein Glimmen, dann ein Flämmchen. Das Kerzenlicht schälte einen jungen Mann aus dem Dunkel heraus. Sein hellbraunes, glattes Haar war wohl einmal kurz geschnitten worden, reichte ihm aber nun schon bis über die Ohren. Im Spiel von Licht und Schatten tanzten die Umrisse einer sehr geraden Nase. Reglos blickte er auf das Buch mit den türkischen Miniaturmalereien herunter, welches sie auf dem Tisch zurückgelassen hatte. Dann blätterte er einige Seiten um, hob endlich den Kopf und spähte genau zu ihrem Versteck hinüber: »Habar?«

Woher kannte er ihren Namen? Sie rührte sich nicht, sah undeutlich, wie er die Augenbrauen zusammenzog, wie sich seine Stirn kräuselte.

»Mein Vater hat mir von dir erzählt. Komm schon heraus.«

Immer noch zögernd richtete sie sich aus der gebückten Haltung auf, kam hinter dem Sessel hervor. Nun, da sie einen freien Blick auf ihn hatte, bemerkte sie, dass sein Gesicht schmal war, der Mund im Vergleich dazu viel zu breit. Er war äußerst modisch gekleidet, in einen hellgrauen Rock, eine goldgelbe Weste, weißseidene Kniehosen und ein Hemd von ebensolcher Farbe. Das Kerzenlicht warf sich in den silbernen Schnallen wider, die seine Schuhe schmückten. Als sie vor ihm stand, lächelte er sie an. Seine Augen waren haselnussbraun.

»Du bist also Habar? Mein Vater sprach von seiner kleinen Türkin, aber es schien uns zu spät, und man wollte dich nicht stören … Ich wusste ja nicht, dass du noch wach bist.« Vielleicht hatte er ihren fragenden Blick bemerkt, denn kurz wurde sein Lächeln breiter, wodurch es schien, als teile sein Gesicht sich in zwei Hälften. Er hatte einen wirklich sehr großen Mund. Und große Augen.

»Emmanuel von Schwarzbach ist mein Vater«, erklärte er.

Sie schwieg weiter, den Blick nunmehr auf seine Lippen gerichtet.

»Victor Amadeus von Schwarzbach, Mademoiselle Habar«, er machte ihr eine Reverenz, »V-i-c-t-o-r, der Sieger …« Sein Lächeln fiel etwas zaghafter aus. »Auch wenn mir mein zweiter Name lieber ist: Ama Deus … Das heißt nämlich ›liebt Gott‹. Leider nennt mich niemand so.«

Liebt Gott … Habar bemerkte zu ihrem Erstaunen, dass ihr immer noch kein Wort gelingen wollte. Sie senkte den Kopf, sah hinunter auf die perlenbestickten Pantöffelchen. Fremde Heidentracht, durchfuhr es sie wie mit Nadelstichen. Ihre Augen wanderten über die weiten Hosen, *şalvar* genannt, über *gömlek* und *yelek*. Abends, in ihrer kleinen Kammer, zog sie derlei gerne an. Auch zu Feiern oder Besuchen von Freunden und Besitzern umliegender Güter hielt man sie an, sich türkisch zu geben: den Kaffee zu kochen – die *giaurs* wussten ja nichts davon – oder zu singen, obwohl sie sich nur an ein Kinderlied erinnerte und ein schwermütiges Lied, das sie von der Mutter kannte.

Victor Amadeus deutete auf das aufgeschlagene Buch. »Hast du dir diese Bilder angeschaut?«

Sie nickte. Im ersten Jahr auf Gut Hartleben war es der venezianische Maler gewesen, der dem verschreckten Kind Bilder und Farben wieder nähergebracht hatte. Von ihm hatte sie die ersten Worte der fremden Sprache gelernt. Dank ihm hatte sie sich an die schönen Stunden an der Seite Hüseyin *beğs* erinnert, wenn der Vater das *kalem* über das Papier geführt hatte und an den Unterricht, der ihre Kinderhand stetig sicherer gemacht hatte, bis auch die Alten sie gelobt hatten. Aus den Augenwinkeln bemerkte sie, wie der junge Mann ansetzte, etwas zu sagen, dann innehielt.

»Sah es so aus«, fragte er endlich, »bei dir zu Hause?«

Habar schüttelte den Kopf. Er deutete auf die Darstellung einer Stadt mit Kuppeln inmitten von Meer, auf Hausdächer, Gärten, eine Dame mit einer Blume in der Hand.

»Das sind Gärten bei Istanbul«, stieß sie hervor. »Konstantinopel, wie es hier heißt.« Ihre Stimme klang dunkel, rau, etwas verschnupft.

»Das goldene Horn …« Er tippte auf das Bild. »Sag, wie ist es dort? Ich habe davon gelesen, allein, man sollte es wohl mit eigenen Augen gesehen haben.«

Mit seinem rechten Zeigefinger fuhr er die Konturen einiger Gebäude nach, tanzte mit der Fingerspitze über blaue, rote und goldene Farbe.

»Ich komme aus Budin.« Habar zog in einer Bewegung die Schultern hoch, »Ofen, hierzulande. In Istanbul war ich niemals.«

Er schaute sie nachdenklich an. Mit einem Mal musste sie die Arme um ihren Leib schlingen und seinem Blick ausweichen, starrte an ihm vorbei gegen die Bücherwand, und jäh war er zurück, der Sommer des Jahres 1686 mit seinen Explosionen, mit den Schreien der Verwundeten, den plündernden Soldaten.

Damals hatte es überall nach Blut gerochen. Und nach verbranntem Fleisch. Ihre Zähne knirschten aufeinander. Er musterte sie. »Du sprichst unsere Sprache gut.«

Habar antwortete nicht. Vorsichtig blätterte Victor eine weitere Seite des Buches um. Eine *tughra* mit ihren kunstvollen Bögen und Schleifen füllte das nächste Blatt fast vollständig aus.

»Es ist das Zeichen des *padişah*«, erklärte Habar. Röte stieg in ihre Wangen.

»Hm, der padişah … Ich habe lange Zeit in Dresden verbracht, war Page bei Hof, dann …« Der junge Mann kratzte sich am Hinterkopf. »Wie lange bist du schon hier?«

»Sieben Jahre.« Habar schaute zu, wie er eine weitere Seite umschlug. *Ya Allah, ya Hafiz*, war dort zu lesen. Sie konnte den Blick nicht davon nehmen. Wie lange war das her, dass sie ein *kalem* in der Hand geführt hatte? Nicht mehr seit … Zuletzt hatte Georg von Hartleben sie für die Kunst gelobt, mit der sie auch die Zeichen der *giaurs* nachgeahmt hatte. Sein zufriedenes Lächeln hatte sie glücklich gemacht, seine warme Hand auf ihrer Schulter. Es waren die ersten Tage gewesen, in denen die Schrecken der Vergangenheit verblasst waren.

»Vielleicht könntest du mir ein paar Dinge über unser liebes Schwarzbach erzählen«, fuhr Victor mit einem kleinen Lächeln in ihre Gedanken, »ich war so lange nicht mehr hier. Und später berichtest du mir von Ofen. Ich erzähle dir dafür vom Hof unseres Fürsten in Dresden. Wäre das etwas?« Kurz vermeinte sie eine leichte Brüchigkeit in seiner Stimme zu vernehmen, dann war sie auch schon fort: »Morgen, gegen vier Uhr in der Bibliothek, Mademoiselle Habar?«

Sie nickte. Eine weitere, kurze Reverenz, dann drehte

er sich um und war durch die Tür verschwunden. Für einen Augenblick stand sie reglos, dann ließ sie sich in den Sessel fallen. Morgen in der Bibliothek. *Inshallah*.

***

Dresden, der Hof und der Fürst, der niemals einen besonderen Blick für den Pagen gehabt hatte, der unweigerlich in seinen Diensten alterte. Mit dreizehn Jahren war Victor aus den Sachsen-Zeitzer Diensten, von denen sich der Vater wenig versprochen hatte – als ein schriftsässiges Gut, pflegte er zu betonen, sind wir hauptsächlich unserem Herrn in Dresden verpflichtet – zum alten Fürsten gekommen, dem dritten Johann Georg. Mit zweiundzwanzig, nunmehr unter Johann Georg IV., fühlte er sich zu alt, um noch etwas zu erreichen, zu alt, um das zu erreichen, was er ohnehin nie hatte erreichen wollen. So viele Jahre hatte er an diesem Hof verbracht, so viel Zeit mit Festen vertan, mit Warten, mit gähnender Langeweile, mit den Auseinandersetzungen und Gehässigkeiten unter den Pagen, die gegeneinander intrigierten, sich rücksichtslos und unerbittlich vorwärtskämpften. Über Jahre hinweg hatte er keine Liebe gekannt, nur weißgeschminkte Gesichter, Masken, hinter denen sich alles verbergen konnte, sogar der Tod.

Victor seufzte. Auch der Vater ließ ihn warten, aber an derlei hatte er sich gewöhnt. Man hatte ihn schon gestern warten lassen und am Tag zuvor. Mit dem Daumen rieb er eine Lücke auf dem beschlagenen Fenster frei, fuhr dann heftig mit dem Ärmel darüber und schaute in den Hof hinunter. Es regnete. Schwere Tropfen klatschten auf das Pflaster, hinterließen große Flecken im Staub. Für ein paar Tage war es sehr warm gewesen, aber dieser Sommer war einfach zu regnerisch. Die Elbe und auch die Oder waren über die Ufer getreten, schwere Ernteschäden standen zu befürchten. Ohne den Blick von draußen abzuwenden, tasteten seine Finger nach der kleinen Bibel in seiner Rocktasche. Was, wenn er keine Gleichgesinnten gefunden hätte? Was, wenn er ohne Hoffnung geblieben wäre?

Als der Vater viel später zur Tür hereinpolterte, schrak er zusammen. Kurz schauten sie beide einander an, dann holte Emmanuel von Schwarzbach tief Luft: »Werdet Ihr zurückkehren, seid Ihr endlich zur Vernunft gekommen?«

Victor schüttelte den Kopf: »Ich glaube nicht, dass unser Fürst meiner bedarf.«

»Was soll das heißen?«

Er zögerte. »Das heißt, nein«, sagte er dann leise.

»Nicht mehr zurück nach Dresden?«

Wieder schüttelte er den Kopf, während er den Vater nicht aus den Augen ließ. Fassungslos – so könnte man den Gesichtsausdruck des Älteren präzise beschreiben. Der Zeiger einer Uhr schnarrte eine Position weiter, gleich drauf schlug ein feines Glockengeläut die neue Stunde an. Unter dem ernster werdenden Blick Emmanuel von Schwarzbachs brach seinem Sohn der Schweiß aus. Einige energische Schritte lief der Vater auf und ab, bevor er sich ihm erneut zuwandte: »Aber Ihr seid der Einzige, der's kann. Soll ich Eure Schwester schicken, oder Euren tumben Bruder? Ihr seid es, der unsere Familie nach oben zu bringen vermag.«

»Nein«, Victor schüttelte den Kopf, »dazu fehlt mir wirklich jegliche Begabung. Gott hat anderes mit mir vor.«

»Gott?«

»Ja, Gott.«

Mit leichtem Schaudern dachte er an den Hof zurück, an Jagdgesellschaften, an Lever und Coucher, an viel zu viele Regeln und viel zu viele Menschen, an ständiges Gewirr, Überfluss, der einem die Kehle verstopfte, wie süßer, klebriger Brei. Wie von selbst bewegte sich eine Hand zum Hals, ruckten die Finger am Hemdkragen. Er war froh, dass er nicht mehr dort war, und er würde unter keinen Umständen dorthin zurückkehren. Er sah den Vater an. Der bewegte den Mund, blieb aber stumm.

Es sollte ihn wohl kaum überraschen, dass Emmanuel von Schwarzbach älter geworden war, und doch tat es das. Die Falten, die von der Nase zum Mund führten, waren tiefer ausgeprägt. Das mächtige Doppelkinn sprach von zu reichlichem Genuss. Er ließ sich heute häufiger purgieren, einer Prozedur, der Victor selbst, trotz aller ihm durchaus bekannten Vorteile, wenig abgewinnen konnte. Auch am Abend seiner Ankunft hatte sich der Vater inmitten einer solchen Behandlung befunden: Noch während er sich den väterlichen Fragen stellte, hatte der Arzt ein Klistier zwischen die väterlichen Pobacken geschoben und wenig später hatte sich dessen Darm lautstark entleert.

Mit einem abwesenden Ausdruck massierte sich Emmanuel von Schwarzbach die geschwollenen Handgelenke. In der letzten Woche war er sogar der Jagd ferngeblieben.

Vergänglichkeit, schoss es Victor durch den Kopf, *Tod*. Doch ein Blick ins Gesicht des älteren Mannes, und er entschied sich zu schweigen. Emmanuel von Schwarzbach goutierte solcherlei Themen nie. Gottes ewiges Leben – das Gelächter des Vaters dröhnte in seinen Ohren. Victor verschränkte die Arme.

»Was ist mit Konrad?«

Emmanuel von Schwarzbach wirkte abwesend, während er in einer Schale mit Pralinen nach einer passenden Leckerei suchte. »Euer Bruder schläft viel«, sagte er dann. »Anfälle hatte er kaum welche in letzter Zeit, jedenfalls, soweit ich weiß.« Der ältere Mann seufzte tief. »Geht zurück an den Hof, Sohn, tut mir den Gefallen, Euch nicht zwingen zu müssen.«

Victors Blick wanderte zu einem Bild oberhalb des väterlichen Kopfes, das einen jüngeren Emmanuel von Schwarzbach in Uniform zeigte. Und in der Ecke da hinten, im Schatten kaum zu erkennen, hing ein Stich vom alten Stadthaus in Dresden, eine stete Erinnerung daran, wie es gewesen war, bevor man alles verloren hatte. Dabei hatte ihr Vorfahr wohl tatsächlich froh sein können, nur vom Hof verbannt worden zu sein. Allerdings war auf Schwarzbach nie darüber gesprochen worden, und so wusste er es nicht. Wichtig war allein der Wiederaufstieg, die richtigen Leute zu kennen. An einer weiteren Uhr, die die Stunden immer zu spät anzeigte, sprang ein Türchen auf. Ein winziges goldenes Tanzpaar kam heraus und begann sich im Kreis zu drehen. Victor schüttelte den Kopf. »Nein, ich kann nicht«, sagte er langsam.

2. Kapitel

Gut Hartleben, Spätsommer 1693

Die sterbende Frau lag rücklings auf dem Holzfußboden, ihr kleines Kind gegen die Brust gedrückt, während ihr Blut aus unzähligen Wunden zwischen den Ritzen gen Boden sickerte, und diesen dumpfen, alles durchdringenden Geruch zurückließ. Mal standen ihre Augen offen, mal waren sie geschlossen. Mal hielt sie eine schützende Hand über das Köpfchen ihres schreienden Säuglings, während ein Tatar den Säbel zum Schlag hob und ein anderer ihren Unterleib entblößte.

Mit einem Aufschrei fuhr Rupert von seinem Bett hoch und begann, noch während er auf dem Bettrand saß, am ganzen Leib zu beben. Nur ein Traum, wiederholte er fortwährend, die Hände um seine Knie krallend, damit das Zittern aufhörte, nur ein Traum, aber vor diesen stets wiederkehrenden Bildern war er neun Jahre alt und hilfloser, als je zuvor oder je danach in seinem Leben.

»Nur ein Traum, ein Hirngespinst …«, murmelte er halblaut, aber in diesem Traum sah er, wie seine Mutter und die kleine Schwester starben.

Nur ein Traum. Die Stimmen hörten auf, das Zittern nicht. Fest verkrampfte er die Hände ineinander und holte mehrmals tief Luft. Ja, vielleicht hatte er die beiden niemals gesehen, aber auch wenn der Vater seinem Sohn nichts erzählt hatte, so hatte er doch die Berichte über die Gräuel vernommen. Die Geschichten und Bilder waren allgegenwärtig gewesen, er hatte ihnen ebenso wenig entkommen können, wie Mutter und Schwester ihren Mördern. Und während in der Dienerschaft jede grausige

Einzelheit sofort weitergetragen wurde, hatte er sich auf Gassen und Plätzen herumgetrieben, hörte, wie man die Menschen in Hainburg, Perchtoldsdorf und Mödling abschlachtete; wie Männer, Frauen und Kinder an den Händen zusammengebunden, die Füße in Ketten gelegt, ins türkische Kriegslager und in die ewige Dienstbarkeit getrieben wurden; wie man nutzlose Alte, Kranke und zu kleine Kinder in Stücke gehauen hatte. Alles hatte er in sich aufgesaugt und nichts vergessen: Niemals würde er in den Türken und ihren tatarischen Verbündeten etwas anderes sehen als Tiere und blutsaufende Ungeheuer, denen man nicht trauen durfte. Das war er seinen Eltern schuldig. Und der kleinen Schwester. Er durfte nicht vergessen. Niemals.

In einer Bewegung legte er die gespreizten Finger der rechten Hand über sein Gesicht, ließ den Arm dann sinken. Dass es heute, mit neunzehn Jahren, immer noch so wehtun konnte wie damals, verblüffte ihn zuweilen. Endlich hatte er das Zittern überwunden, nun musste er nur noch die Tränen herunterdrängen, war mit ein paar Schritten beim Fenster und musterte die Gestalt in der Uniform des Kadettencorps, die ihm undeutlich entgegenschimmerte. Das war seine Zukunft: Offizier in den Diensten des Fürsten, Korporal, Sergeant, Cornet – er würde die Standarte mit seinem Leben verteidigen –, Lieutenant, Capitain, Obrist-Lieutenant, Maître-de-Camp … Neue Bilder stiegen in ihm auf: Karl und Ibrahim am Tisch lümmelnd, die laut lachend von ihrer Zukunft in einem Dragonerregiment sprachen, und dann der verdammte Türke, der etwas ernster sagte: »Im nächsten Jahr werde ich mich taufen lassen.«

Sich taufen lassen – Rupert kniff die Augen zusammen –, auch das würde die Geburt nicht von ihm nehmen, ein türkischer Bluthund war und blieb er, wie auch immer er sich schimpfte. Im ersten Jahr hatte er ihm mehr als einmal eine Tracht Prügel verpassen lassen. Einmal war er mit nacktem Arsch, die Hose um die Knöchel, in den Hof gestolpert, wo ihn die Stallburschen windelweich geschlagen hätten, wenn der Cousin nicht dazwischengegangen wäre.

Karl und der Türke waren inzwischen gute Freunde und kaum voneinander zu trennen. Wie hatte das kleine Türkenmädchen noch geheißen? Habar. Ein hässliches Ding mit zu starken Brauen, die über der Nase zusammenwuchsen, und zu dunkler Haut. Er wollte an etwas anderes denken, und doch sah er sie jetzt vor sich, wie sie sich mit einem schweren Wassereimer abmühte. Wie ihre Hände rau und rot waren von der großen Wäsche. Wie sie beim Servieren die Morgensuppe verschüttete und dafür von Theodora gezüchtigt wurde.

Er lehnte die Stirn gegen die Scheibe, spürte das Holz des Fensterrahmens. An einer Stelle in einem der unteren Scheibenrechtecke hatte sich eine Blase im Glas gefangen, auf die er einen Finger legte. Er hatte schon als kleiner Junge vom Soldatenleben geträumt, im Kadettenkorps hatte er sich stets hervorgetan, zweifelsohne würde er ein guter Offizier werden. Er konnte es kaum mehr erwarten. Er spähte über die Mauer des Gutes und entdeckte eine von Hartlebens Schafherden. Im letzten Jahr hatten sie viel Wolle verkauft, und man hatte damit begonnen, das alte Gutshaus von Tagelöhnern abtragen zu lassen. Neue Stallungen sollten an seiner statt entstehen.

Langsam wanderte sein Blick über die Anlage des Gutes und über die Felder hinweg, nahmen jede Einzelheit auf: vom großen Haus mit seinen Nebengebäuden, den Obst- und Gemüsegärten, den Feldern, Gewässern, sanften, grünen Hügeln und dunklen Wäldern. Dann dachte er an die vielen Menschen, die hier lebten, vom Herrn bis zum kleinsten Siedemädchen. Heute stand Georg von Hartlebens Name für alles, vergessen war der des älteren Bruders, so, wie man den schlechten Zahn vergaß, den der Bader gezogen hatte. Aber Rupert hatte den Vater nicht vergessen. Der junge Mann lockerte die Fäuste, die er so fest zusammengeballt hatte, dass sie schmerzten. Er würde Alexander von Hartleben niemals vergessen, genauso wenig, wie er seine Mutter und die kleine Schwester vergessen hatte. Niemand würde sie vergessen, dafür würde er sorgen.

***

Karl hielt den Blick auf Ibrahims Rücken gerichtet, verfolgte, wie geschmeidig der Freund mit den Bewegungen des Pferdes mitging. Sein Haar setzte sich dunkel von seinem roten Rock ab. Obwohl die Sonne an diesem späten Sommertag heiß brannte, zeigte er kein Anzeichen von Anstrengung. Mit gespreizten Fingern strich Karl sich das Haar zurück und seufzte leise. Wieder schaute er Ibrahim an. Der neue Rock stand dem Freund wirklich prächtig. In den letzten Wochen war mehr als ein junges Mädchen seiner Gestalt mit Blicken gefolgt. Auf Straßen, Gassen, am Brunnen und auf Dorffesten hatte sein Anblick ungeteilte Aufmerksamkeit auf sich gezogen. Er ritt auch gut, und tanzte, als habe er nie etwas anderes getan. Ein guter Freund war, der ohne Fehl dafür sorgte, dass auch für den Getreuen auf jedem Fest eine Schöne abfiel. Karl grinste in sich hinein. *Ich bin vielleicht etwas schüchtern, aber mit seiner Hilfe* ... Das Pferd, dem er auf dem letzten Stück wohl etwas zu viel Freiheit gegeben hatte, versuchte, seinen Kopf mit einem Ruck zu befreien, und hieß ihn, die Zügel fester zu nehmen. Als Ibrahims Brauner in leichten Galopp überging, folgte er.

Ihre Freundschaft hatte zögerlich begonnen, das Ergebnis einer Mischung aus mürrisch akzeptierten Hilfestellungen, Neugier, Misstrauen und viel Geduld. Wieder und wieder war Karl dazwischengegangen, wenn sich die Stallburschen auf Ibrahim gestürzt hatten, doch der hatte über lange Zeit hinweg kein einziges Wort des Danks gefunden. Das war später gekommen. Christenschlächter nannte ihn heute keiner mehr. Seit Kurzem sprach er davon, sich nach der Taufe zu einem Dragonerregiment zu melden, und Karl hatte durchgesetzt, ebenfalls noch zu warten und sich dem Freund dann anschließen zu dürfen. Niemand zweifelte, dass Ibrahim das Zeug zum Soldaten hatte. Er war ein guter Schütze und hatte Georg dazu gebracht, ihnen beiden den Umgang mit dem Degen zu lehren. Es gab keine Zeit, in der sich ihnen die Brust weiter öffnete, und auch der Vater wirkte entspannter, wenn er sein Pferd im Wettkampf gegen die Jüngeren einen Hügel hinuntersprengen ließ. Von seiner Kindheit sprach Ibrahim niemals, und Georg hatte sich ebenso wenig ausfragen lassen, wie sein treuer Diener Nussbaum. Eines Tages, erinnerte sich Karl, hatten Ibrahim und er gemeinsam die Beute des Vaters betrachtet – Pantoffeln, eine Kupferkanne, zwei Säbel –, aber auch da hatte Ibrahim sich geweigert zu sprechen.

»Wir sind Freunde«, hatte er gesagt, »belassen wir es dabei.«

Belassen wir es dabei … Mit der bloßen Kraft seiner Schenkel brachte Karl sein Pferd dazu, noch schneller zu laufen.

»Es war ein schöner Sommer«, sagte Ibrahim wie aus heiterem Himmel.

Karl hob die Schultern. »Ich glaube, meine Schwester wäre gerne an einem anderen Ort gewesen.«

»Wilhelmina? Frauen müssen heiraten, ist es nicht so? Es bietet ihnen Schutz und Sicherheit.« Ein Stirnrunzeln verlieh Ibrahims Gesicht flüchtig einen düsteren Ausdruck, dann lächelte er. »Deine Eltern werden den richtigen Kandidaten aussuchen, und sie wird glücklich sein. Sie wird ein eigenes Haus haben, das ist es, was Frauen glücklich macht.«

Karl zog die Stirn kraus. »Weißt du es? Kennen wir die Frauen so gut? Wilhelmina hat seit sieben Jahren zu keinem einzigen Kandidaten ihre Zustimmung gegeben. Vater weiß sie gerne bei sich, aber Mutter würde sie liebend gerne aus dem Haus wissen.«

Der Freund antwortete nicht. Schweigend ritten sie weiter. Überall auf den Feldern rund um Hartleben waren Menschen beschäftigt. Gras lag gebündelt zum Trocknen, würde Heu für die Winterfütterung bringen. Manchmal richtete sich einer der Feldarbeiter auf und schaute zu den beiden Reitern herüber. Ein kleines, blondes Mädchen mit einem Krug, den es kaum halten konnte, blieb am Wegrand stehen und glotzte Ibrahim großäugig an.

Karl zwinkerte der Kleinen zu, und dann waren sie auch schon vorüber. Ein leichter Wind kam auf und kühlte ihre erhitzten Gesichter. Solche Tage, dachte Karl unvermittelt, sollten ewig dauern.

Sie waren schon am frühen Morgen aufgebrochen und in den nächsten Ort geritten, wo Ibrahim ein feines Leinentaschentuch als Geschenk für Georg hatte abholen wollen. Von dort aus waren sie ein wenig kreuz und quer geritten, bis die Sonne zu stark gebrannt hatte. Schon auf dem Rückweg kam Ibrahim der Einfall, in einem nur wenig abseits der Straße liegenden Fischteich zu baden. Auch Karls Protest konnte ihn nicht davon abhalten. »Sie werden sich nur wieder bei Vater beschweren«, wandte Karl zuletzt ein, »und heute sind wir keine kleinen Kinder mehr.«

Ibrahim grinste nur breit.

»Wir sind hier nicht bei den Wilden, Herr von Hartleben«, ahmte er die Stimme des Fischteichbesitzers nach, »Euer Sohn und das Türkenbalg verdienen eine Tracht Prügel.« Und während er schon im Wasser schwamm, richtete er sich noch einmal auf und lachte: »Meinst du, er wird uns züchtigen, wie damals?«

Karl gab keine Antwort, setzte sich auf die Uferböschung und sah dem Freund zu, der sich zwischen den silbrigen Fischen geschmeidig bewegte, als wäre das Wasser sein ureigenstes Element. Urplötzlich hatte der Freund einen der Fische gepackt und ihn grinsend in die Höhe gehalten: »Hast du auch solchen Hunger?«

»Ibrahim!«

»Beruhige dich, ich habe nur gescherzt.«

Scherze – manchmal verblüffte es Karl immer noch,

wie leichtfüßig sich Ibrahim auf dem Parkett eines Empfangs oder eines Balls bewegte, wie er witzelte, Neuigkeiten austauschte und sich überhaupt gab, als habe er so etwas von Kindesbeinen an gelernt.

In der Sommerhitze trocknete Ibrahim schnell, und schon bald saßen sie wieder auf ihren Pferden.

»Denkst du manchmal an Habar, Ibrahim?«, fragte Karl unvermittelt. Er dachte nicht, dass es eine schnelle Antwort geben würde, und tatsächlich zog das Schweigen sich in die Länge. Für eine Weile hörte er auf das Geräusch der Hufe auf dem harten Boden. Aus der Ferne drangen Rufe zu ihnen herüber. Ein Hahn krähte, irgendwo blökten Schafe. Ein dicker Schweißtropfen perlte über seine Stirn und an der Nase herab. Karl wischte ihn mit dem Handrücken fort.

»Nein«, erwiderte Ibrahim endlich. Es folgte wieder längeres Schweigen, dann brachte er sein Pferd zum Stehen und wendete es so, dass es Karls Tier blockierte. »Ich habe alles hinter mir gelassen. Ich schaue nach vorne, nicht zurück. Ich werde mich taufen lassen. Pfarrer Vosskamp sagt, spätestens im nächsten Jahr bin ich so weit. Das ist alles, was es zu wissen gibt, mehr nicht.«

***

Im ersten Empfangszimmer von Gut Hartleben standen die beiden Frauen einander gegenüber, und Theodora bemerkte ärgerlich, dass sie fröstelte. In diesem Raum befanden sich weder Kamin noch Kachelofen, und die Wände schienen die Feuchtigkeit geradezu störrisch zu halten. Es war kein Zimmer, in dem man sich wohlfühlte, dazu war es nicht gemacht. Trotz seiner hohen Decke wirkte es drückend eng, die Ahnen der Hartlebens schauten streng aus ihren geschnitzten Rahmen herab und gaben einem das Gefühl ständiger Beobachtung. In diesem Raum ließ man unerwünschte Bittsteller warten. Theodora war sich sicher, dass es das bei Weitem kälteste Zimmer im ganzen Haus war. Das schwache Licht, welches das einzige Fenster zuließ, nahm der Umgebung die Konturen. Immer noch krümmte Wilhelmina die Schultern nach vorne im Versuch, die eigene Größe zu verbergen, so wie sie es schon als junges Mädchen getan hatte.

Wer hat mir nur dieses Wechselbalg in die Wiege gelegt? Die Schlüssel in Theodoras Hand klirrten. Der Abend nahte, gemeinsam mit der Beschließerin würde sie in kurzer Frist alle derzeit benutzten Räume des Hauses abschreiten. Später würde sie Alexander besuchen, Alexander im Gewand seines berühmten makedonischen Namensvetters im Deckengemälde eines Venezianers. Sie hielt inne. Manchmal war sie sich tatsächlich sicher, dass Georg diesen Raum aus dem einzigen Grund für die Lagerung seiner Wolle ausgewählt hatte, um sie zu verletzen. Weil er wollte, dass sein Bruder auf die Banalität dieser Arbeit herunterblickte, weil er wollte, dass sich die Darstellung eines heldenhaften Kampfes mit dem Gestank von Schafswolle mischte und den Stimmen gewöhnlicher Menschen, als könne er so die Erinnerung an den Älteren zerstören. Aber die Erinnerung saß fest in ihr und würde sich nicht zerstören lassen: meine Rose, meine rosenrote, rosenzarte, rosenwahre Rose …

Sie betrat den Raum immer als Letztes, weil er Alexander der liebste in der Planung gewesen war. Und jedes Mal nahm sie sich Zeit, den Geliebten in seiner Rüstung auf dem Schlachtfeld anzusehen, wie er auf den Raum herunterblickte. Und auf sie. Der Venezianer hatte gute Arbeit geleistet.

Wilhelminas Räuspern holte sie zurück aus dem Dickicht lähmender Bilder.

»Ich werde nicht wieder heiraten, Madame Hartleben.«

Theodoras Finger klammerten sich fester um die Schlüssel in ihrer Hand. Das Metall drückte sich in ihre weiche Haut.

»Was Ihr nicht sagt! Aber Ihr könnt Euch nicht ewig verweigern, mein liebes Kind, das seid Ihr uns schuldig!«

Langsam schüttelte Wilhelmina den Kopf. »Ich bin Euch nichts schuldig. Ich war verheiratet, ich habe Eure Wünsche erfüllt. Mein Mann ist tot, Gott hab ihn selig.«

Sie widerspricht mir. Theodora bewegte ihre Finger, um sie zu lockern. Das gute Kind, das nie ein Widerwort gekannt hatte, widersprach ihr. Sie leckte sich über die trockenen Lippen, spürte Hautfetzchen.

»Und wovon gedenkt Ihr zu leben, meine Liebe? Von uns?«

»Ich lebe seit Jahren nicht von Euch. Mein Mann hat mir eine kleine Rente hinterlassen, wie Ihr sehr wohl wisst.«

Wilhelmina straffte die Schultern. Ihre Wangen röteten sich, was gut zu sehen war, weil sie sich wieder einmal nicht geschminkt hatte. Theodora kniff die Augen zusammen. Ihre Tochter war ein Klappergestell. Glaubte sie etwa, es war einfach, geeignete Heiratskandidaten zu finden? Da war nichts Weiches an ihr, nur verhungerte Haut und Knochen.

»Seit meiner Heirat habe ich nicht von Euch gelebt.«

Wilhelminas Stimme klang belegt. Theodora widmete sich einer Falte ihres Kleides.

»Ihr lebt unter Eurem Stand«, murmelte sie, ohne ihre Tochter anzusehen. »Die Schulden Eures Mannes …«

»Sind meine nicht. Mein Geld blieb unangetastet.«

Kurz herrschte Schweigen, dann hob Theodora den Kopf so schnell, dass ihre Tochter zusammenzuckte: »Ihr seid naiv, *ma chère*, ohne unsere Hilfe wird niemand mehr um Eure Hand nachfragen. Ihr seid zu jung, um Euer Leben fortzuwerfen. Heiratet!«

»Nein.«

Die beiden Frauen sahen einander an. Dunkel war es draußen geworden und – fuhr es Theodora durch den Kopf – sicherlich kälter. Ein Windstoß ließ etwas gegen die Mauer klappern, dann prasselte ein Regenschauer gegen die Scheiben.

»Nun«, die Schlüssel in ihrer Hand klirrten leise, »das werden wir ja sehen.«

***

Er suchte. Er suchte, seit ihn der Krieg als untauglich ausgespuckt hatte, seit seine rechte Hand verstümmelt war und im Maul die Schneidezähne zum Aufbeißen der Patronen fehlten. Korporal Knaup – wie verdammt lange war das jetzt her? Mehrmals hatte man ihn aufgegriffen und in Arrest gesetzt. Mehrmals hatte er sein Ziel aus den Augen verloren. Er war durch die Lande gezogen, hatte gearbeitet, gestohlen, war geflüchtet. Er hatte überlebt, aber zu welchem Zweck? Knaup streckte die Hand nach dem Bierhumpen aus, zuckte zurück. Das letzte Bier war getrunken, zu wenig Eintopf und altes Brot hatten den Magen nur mäßig gefüllt. Niemand spendete gerne für einen alten Soldaten, sie wurden am liebsten von hinten gesehen. Die elendsten Unglücksraben bezogen sogar Prügel. Am Schanktisch wurde es kurz lauter, dann kam Beckmann zurück, ließ sich schwer auf die Bank fallen.

»Sie wollen nichts mehr geben. Zahlen sollen wir, oder unsere Ärsche trollen.«

Er versuchte, auszuspucken, doch besoffen wie er war, gehorchten seine Lippen nicht. Speichel lief über sein Kinn. Er wischte ihn mit dem Rockärmel fort. Knaup drehte sich in Richtung des Schanktischs. Ein paar Neugierige starrten ihn unverhohlen an. Andere wandten ängstlich den Blick ab. Wahrlich, bemerkte er grinsend, sein Gesicht sah nicht ansehnlich aus. Schön war er niemals gewesen, aber mit dem Narbendelta und den dunklen Punkten, die das Pulver hinterlassen hatte, war es nicht besser geworden. Als er aufstand, polterte der Stuhl hinter ihm zu Boden.

»Uns wollt ihr nichts geben? Ihre feigen Handwerker, ihr Bauernpack, das wir vor dem blutdürstigen Türken gerettet haben? Ihr könntet heute alle Mohammed anbeten, wenn wir nicht gewesen wären.« Er hob die Rechte, bewegte die verbliebenen gesunden Finger. »Mein Leben habe ich gegeben, einen gesunden Körper, und was ist mir geblieben?« Er sah einen nach dem anderen an, bevor er tief aus der Kehle Rotz und Speichel hochholte und ausspuckte. »Eure Frauen wären heute im Harem des Türkenkaisers, und der Türken-Papst, der hätt sich eure Töchter genommen …«

Rechts scharrte ein Schemel über den Boden. Jemand stieß gegen den Tisch und brachte das Geschirr zum Klirren.

»Was, du bist Eugen von Savoyen?«, rief eine kecke, junge Stimme. »Sag das doch gleich, dass du die Türken bei Mohács besiegt und Ungarn dem Kaiser zurückgewonnen hast!«

Gelächter war zu hören. Knaup musterte den Redner stumm. Der, ein rothaariger wandernder Dachdeckergeselle, grinste ihn an. Vorübergehend konnte Knaup den Blick nicht von ihm nehmen. Übermächtig wurde der Wunsch, ihm die Finger um die Gurgel zu legen und zuzudrücken, bis dem da die Augen aus dem Schädel springen würden und ihm die Zunge aus seinem dreckigen Maul quoll. Es kostete ihn Mühe, den Blick abzuwenden. Er konnte seinen eigenen harschen Atem hören, hinter seinem Schädel hämmerte und klopfte es, als wären da Trommeln, die zum Angriff schlugen, und dann hörte er das Flötenspiel, und die Soldaten setzten sich in Bewegung ... Knaups Hände krampften sich um die Tischplatte. Er schüttelte den Kopf, im Versuch, die Erinnerungen zu vertreiben. Aus den Augenwinkeln sah er, wie die Wirtin hinter dem Schanktisch hervorkam. »Ihr verschwindet jetzt hier«, keifte sie, »oder ich lasse die Wache holen.«

Nur wenige Schritte von ihm entfernt, blieb sie stehen, die Hände in die Hüften gestemmt. Ihr breiter Busen wogte. Schmutzig blondes Haar kam unter ihrem Häubchen hervor. Knaup musste die Augen zusammenkneifen, um sie klarer in den Blick zu bekommen, so wild wirbelte der Schmerz jetzt hinter der Stirn. Als sein Magen vernehmlich knurrte, lachte jemand auf. Der Rothaarige, er wusste, dass er es war.

Als Beckmann und er wenig später auf der Straße standen, regte er sich zuerst nicht, dann stapfte er los. Es würde bald dunkel werden, er wollte nicht schon wieder arretiert werden. Irgendwann drohte das Arbeitshaus, und das war ganz sicher nichts für ihn. Der Jüngere folgte ihm, ohne ein Wort zu sagen. Er war froh darum. Immer noch machte Wut seine Kehle eng. In einem Waldstück, im Gestrüpp, fanden sie einen Schlafplatz.

Frühmorgens brach er auf, ließ jedoch seine Decke zurück, so dass Beckmann wissen würde, dass er sich nicht davongemacht hatte. Von seinem Versteck aus hatte er die Straße nach Dresden gut im Blick. Es dauerte ein wenig, aber seine Geduld wurde belohnt: Am frühen Vormittag verließ der rothaarige Geselle den Ort.

***

Es war nicht das Töten, das ihm gefiel. Hinnerk Knaup zog das Messer hervor. Es war die Macht, die er verspürte, wenn er über dem Gegner stand. Sicher, der Rothaarige war leichte Beute gewesen, aber die Angst, die nun in seinen Augen glimmte, war ausreichende Entschädigung dafür. Ihm eins über den Schädel zu ziehen, war kaum Aufwand gewesen, ebenso wenig den Bewusstlosen tiefer in den Wald zu schleifen. Auf einer kleinen Lichtung angekommen, hatte er ihn nackt ausgezogen, an einem Baum festgebunden und geknebelt. Nach einer Weile war der junge Mann zu sich gekommen. Zuerst hatte er sich seine Lage wohl nicht erklären können, hatte verwirrt an sich herabgeblickt. Dann hatte er vergeblich versucht, die Arme zu bewegen. Endlich hatte er seinen Entführer entdeckt.

Knaup verschränkte die Arme vor der Brust. Aus weit aufgerissenen Augen starrte der Dachdeckergeselle ihn an. Die Sonne, die durch das Blätterdach fiel, verwandelte die Haare des jungen Mannes in ein Gewirr aus Gold und Kupfer.

Was für ein hübscher Knabe. Knaup, der mit einer Schulter an einen kleinen Baum gelehnt gestanden hatte, löste sich davon und kam näher. Der Körper seines Gefangenen war noch jungenhaft schlank, die Muskeln fest, die Haut hell. Nirgendwo schien es einen Tadel oder Fehler zu geben, sah man mal von dem großen blauroten Muttermal an seiner Hüfte ab. An den Händen hatte ihm die Arbeit Verletzungen zugefügt: Schrammen, kleinere Kratzer. Nichts, was ins Gewicht fiel. Er zog das Messer hervor. Der Rothaarige ruckte an seinen Fesseln.

»Ruhig, schön ruhig bleiben.«

Vorsichtig ließ sich Knaup auf die Knie fallen. Alt war er, jemand, dem die Knochen schmerzten, während der da noch alles noch vor sich hatte. Die Messerspitze wanderte über das Brustbein des Gesellen, die Rippen, die Handflächen und schließlich rund um das Geschlecht. Eine Gänsehaut spross auf dessen Körper. Wieder versuchte er den Knebel auszuspucken. Knaup lachte.

»Ich werde dich töten, das weißt du, oder?«

Der junge Mann starrte ihn an.

»Unser Herr Pfarrer hat immer gesagt«, fuhr Knaup fort, »dass es ein Gutes ist zu vergeben und zu vergessen.

Für mich gilt das nicht. Ich halte es so: Auge um Auge, Zahn um Zahn, wie es im Alten Testament steht.«

Er hielt inne und vollzog einen schmalen Schnitt am rechten unteren Rippenbogen. Der junge Mann zuckte, so weit ihm das möglich war, ließ ein Stöhnen hören. Blut sickerte rot über seine weiße Haut.

»Ich fand es immer schwer, zu vergeben.«

Ein zweiter Schnitt am linken, unteren Rippenbogen. Mehr Blut. Knaup schaute in die Augen des jungen Mannes, sah die feinen Schweißperlen, die sich auf dessen Stirn gebildet hatten. Der da wusste, was auf ihn zukam, und er selbst würde sich Zeit damit lassen. Und dann würde er das tun, was er schon lange hatte tun sollen. Er würde Georg von Hartleben finden.

3. Kapitel

Gut Schwarzbach, Frühjahr 1694

Der Fürst war tot. Die Nachricht hatte sich bereits auf dem ganzen Gut herumgesprochen, schneller, als mit Flügeln bewehrt. Ein paar Jungen hatten die Neuigkeiten vom Stalldach gerufen. Auch im Dorf, dessen Häuser sich über die nächsten Hügel verstreuten, wusste man es längst. Ein Händler hatte es dem Müller erzählt, dessen Mühle ein Stück Wegs außerhalb lag. Dessen Sohn hatte die Nachricht weitergetragen, noch bevor ein offizieller Bote vom nächsten Gut sie hatte überbringen können. Nur drei Jahre nach Beginn seiner Herrschaft hatten die Pocken Johann Georg IV. dahingerafft. »Weil er die kranke, sterbende Geliebte geküsst hat«, wusste einer zu berichten. »Wegen Zauberei«, erzählte ein anderer. Man habe die Hexe, die Mutter der Neitschützin, auch schon festgenommen, die den Herrn der Tochter mit Liebestränken gefügig gemacht habe.

Habar drehte den Kopf und suchte das eigene Profil von der Seite zu erhaschen. Mit einem Finger fuhr sie sich über den Nasenrücken. Je älter sie wurde, desto kräftiger zeigte sich die Nase, messerscharf der Nasenrücken, und mit jedem Jahr schien sich ihre Spitze stärker zu krümmen. »Eine Adlernase«, hatte Amalia einmal leichthin gesagt, und sie war zusammengezuckt. Kräftige Augenbrauen, eine Adlernase, darunter ein etwas schmaler, aber wenigstens geschwungener Mund; ein herbes Gesicht war es, im Sommer zu schnell gebräunt, sosehr sie sich auch mühte, die Sonne zu meiden.

»Du wirst immer eine Schwarze bleiben«, pflegte Amalia zu sagen, »wirst an meiner Seite immer dunkel aussehen.«

Ein Geräusch schreckte sie auf. Die Tür öffnete sich, und Victor trat ein. Wie so häufig in letzter Zeit war er einfach gekleidet, in braunen Kniehosen, Leinenhemd und dunklen Strümpfen, und wie so oft kam sie sich in der türkischen Kleidung, die er so sehr an ihr mochte, fremd und bunt vor: ein Paradiesvogel, der hier niemals seinen Platz haben würde.

»Der Fürst ist tot«, sagte er anstelle einer Begrüßung und dann, ihr zunickend, als habe sie ihm eine Frage gestellt: »Friedrich August folgt seinem Bruder.«

So nahm also der jüngere Bruder die Stelle des Herrschers ein. Habar senkte den Blick auf den Tisch vor sich, ordnete Pinsel und Farben mit eckigen Bewegungen neu an. Dass Victor sie dabei beobachten könnte, verunsicherte sie mit einem Mal. Sie lenkte ihre Gedanken auf Mario. Ob sie Venedig irgendwann einmal besuchen würde, wie er es gesagt hatte? Ob sie die *palazzi* sehen würde, den *carnevale* erleben, die schönen Frauen? Auf Gut Hartleben hatte Ibrahim ihre Besuche bei dem venezianischen Maler missbilligt. Ibrahim ... Sie hielt inne. Es war so lange her, warum musste sie ausgerechnet jetzt ständig an ihn denken?

Mit wenigen Griffen hatte sie Blau, Rot und Grün nebeneinander aufgestellt und etwas abseits davon das teurere Gold, dann hob sie abermals den Kopf. Seit Victor hier war, hatte er keine Gelegenheit ausgelassen, sie nach dem Leben auszufragen, das sie geführt hatte, bevor man sie hierhergebracht hatte. Zuerst fielen ihre Antworten knapp aus, dann fand sie Gefallen daran, die Vergangenheit nachzuzeichnen. Sie beschrieb ihm Zimmer, deren Wände und Böden mit weichen Teppichen geschmückt waren, den *diwan*, der sich ringsherum an den Seiten eines Raumes entlangzog, bedeckt mit kostbar bestickten Kissen und, je nach Jahreszeit, dickeren und dünneren Decken. Sie berichtete von verziertem Silber- und Kupfergeschirr und von buntem Porzellan mit einem Muster aus grünen Ranken und roten Blüten. Sie erzählte ihm vom *selamlik*, dem Teil des Hauses, der den Männern vorbehalten war, und vom *haremlik*, dem Reich der Frauen. Sie schilderte, wie sie zu Füßen ihrer Mutter sitzend Reispudding mit Rosenwasser, geeiste Fruchtsuppe, *lokum* oder *şerbet* genascht hatte, während jemand unter Gelächter eine der Geschichten Nasreddin Hodschas zum Besten gab.

Abrupt löste Habar sich von ihren Gedanken und ging zu der Stelle hinüber, an der sie mehrere kleine Papierbögen auf der Tischplatte ausgebreitet hatte. Nach ihrer Begegnung mit Mario damals hatte sie sich, wann immer möglich, zu ihm gestohlen. Er hatte die Fremde vertrauter werden lassen. Unter seiner Anleitung hatte sie sich mit der Verwendung von Feder und Tinte geübt, die die *giaurs* zur Herstellung ihrer Zeichen benutzten.

Schreiben. Sie betrachtete die Vorlagen auf der Tischplatte. Sorgfältig hatte sie den Hintergrund gestaltet für die Miniaturen, die sie sich gemeinsam angesehen hatten und welche sie nun nachzeichnen wollten. Sie würde es Victor zeigen, so gut sie es eben vermochte. Dem kleinen Mädchen Habar waren das Malen und die Stunden mit *kalem* und ihrem Lehrer das Allerliebste gewesen, die einzige Zeit, zu der es freiwillig stillgesessen hatte. In bunter Farbe und Details, in Bögen, Linien und Rhomben konnte sie sich verlieren, so wie sie sich in den Bildern des Vaters hatte verlieren können und in seinen Geschichten aus der Zeit, in der er in Istanbul in der Nähe des *padişah* gelebt hatte.

Einen Augenblick zögerte sie noch, nahm dann zwei Bögen Papier und ging zu Victor hinüber. Wenn er die Oberlippe kräuselte, wie jetzt, schien sie fast seine Nase zu berühren. Bleich sah er aus und müde, als habe er in den letzten Tagen wenig Schlaf gefunden. Im Licht, das durch das Fenster fiel, sah sie ein paar verlorene dunkle Bartstoppeln auf Kinn und Wangen. Sie wollte ihm dafür danken, dass er da war, doch dann biss sie sich auf die Lippen und schluckte die Worte herunter. Sie war Habar, die Dienerin.

Dennoch konnte sie den Blick nicht abwenden. Sie konnte sich vorstellen, dass es solche Männer waren, mit denen Frauen geheime Botschaften austauschten: eine Rose, die sagte, Ihr seid die Schönste, eine Birne, mittels derer man sich ein Zeichen der Hoffnung erbat. Als Kind hatte sie diesen Geschichten keine Beachtung geschenkt, verstand erst jetzt, und würde derlei selbst doch niemals erleben dürfen.

Sie bewegte den Kopf leicht, als könne sie so die nagenden Gedanken abschütteln, tastete mit einer Hand nach ihrem Zopf. Als Victor sie anlächelte, breitete sich Wärme in ihr aus. Kurz fühlte es sich an, als würde sich sein Blick an ihre Wange schmiegen. Er berührte die Hand, die sie auf den Tisch gestützt hatte. Sie beide zuckten im selben Augenblick zurück.

Fast an jedem Abend in dieser Woche hatten Victor und sein Vater sich gestritten. Seit seiner Ankunft auf dem Gut vor etwa einem Jahr wünschte Emmanuel von Schwarzbach beharrlich, der Sohn möge nach Dresden zurückkehren. Von Einflussmöglichkeiten war die Rede gewesen, von der Gelegenheit, dem Fürsten nahe zu sein, ihm nützlich zu sein und Vorteile für die Familie zu erringen. »Ist nicht beispielsweise auch die Neitschützin damals zur Reichsgräfin Rochlitz erhoben worden, weil sie die Liebe des Fürsten errungen hatte?«

»Und was ist aus ihr geworden, Vater? Wünscht Ihr unserer Familie etwa dieses Schicksal?«

Zuerst waren die Stimmen stets leise, doch irgendwann im Laufe jeder Auseinandersetzung begann der alte Schwarzbach unweigerlich zu brüllen.

»Ich werde Euch zur Armee schicken«, hatte er gestern gedonnert, »dort bleut man Euch ein, was Gehorsam heißt.«

Leise folgte Victor von Schwarzbachs Erwiderung, und nur einen Atemzug später war etwas mit einem lautem Schlag gegen die Wand geflogen; ein Zinnteller, wie später eines der Mädchen zu berichten wusste.

»Der alte Schwarzbach wird seinen Sohn niemals zur Armee lassen«, warf Josefine noch am gleichen Abend mit wichtiger Miene ein, als die Kammermädchen das Geschwätz, wie gewohnt, von oben nach unten weitertrugen. »Das sind leere Drohungen. Es wäre schließlich nicht gut, wenn ihm etwas geschähe.«

Alle pflichteten ihr bei, und Habar spürte eine Erleichterung in sich, die ihr sowohl neu als auch ungewohnt war.

Sie schaute auf Victors Hand, die sich behutsam über das Papier bewegte. Auch gestern hatte er den Gehorsam verweigert. »Gott«, hatte er gesagt, »hat mich nicht an diese Stelle gesetzt.«

Habar runzelte die Stirn. Aber woher konnte er das wissen, lag nicht alles in Allahs Hand? Wer konnte schon sagen, was Allah für einen bereithielt?

***

Als die Uhr auf der Kommode in der Galerie die elfte Stunde zeigte, schlich Habar sich mit der Kerze in die Bibliothek und atmete tief durch. Für einen Moment war es, als würde das Papier auf dem Tisch sie ansehen. Sie hatte es vorbereitet über die letzten Tage, hatte es glatt geschabt, bis es sauber und weich genug war, für die Worte, die es aufnehmen sollte. Über Wochen hinweg hatte sie ihre Utensilien zusammengesammelt, hatte heimlich die Tinte angesetzt und das *kalem* zurechtgeschnitten. Sicherlich war es nicht das Beste, aber es musste gehen.

Sie hatte schon früher daran gedacht, das erste Mal, nachdem Victor auf Gut Schwarzbach eingetroffen war, dann in den Tagen, in denen sie zu ihm von Budin gesprochen hatte. Zuerst erzählte sie nur vom Haus, dann von den Eltern, von Ibrahim, davon, wie sie die Tage verbracht hatten und davon, wie sehr sie anfangs den Gebetsruf vermisst hatte. Aufmerksam hörte er ihr zu, anfänglich zögerlich sprachen sie von Gott und blätterten endlich gemeinsam in der Familienbibel, in der Generationen von Schwarzbachs ihre Einträge hinterlassen hatten, in der sich Name an Name, Begebenheit an Begebenheit reihte.

»Ohne Gottes Hilfe wäre ich immer noch bei Hofe und würde Gott zuwiderhandeln«, sagte er.

Aber war nicht alles von Allah bestimmt? Sie rückte die Tusche aus Ruß näher zu sich hin und nahm das *kalem* auf. Auch der Vater hatte die Rohrfedern eigenhändig zugeschnitten, hatte die Tinte angesetzt, das Papier selbst vorbereitet. Es hatte Übungsblätter gegeben, auf denen jedes Stückchen, jede Ecke, zur Verfeinerung der Fähigkeiten, kunstvoll beschrieben worden war. *Karamala* nannte man dies – schwärzen –, und die Meister taten es ebenso, wie die, die ewig Schüler bleiben würden.

Habar schaute auf das Papier, das nur darauf wartete, die Tinte aufzunehmen. Behutsam drehte sie das *kalem* zwischen den Fingerspitzen ihrer rechten Hand. Sie hatte das obere Ende sorgsam abgerundet, der Schaft lag rund und griffig in ihrer Handfläche. Die auf einen Punkt zulaufende Spitze der Rohrfeder wurde durch eine Rille in zwei Lippen gespalten. Sie kniff die Augen zusammen. Es gab Gewohnheiten, die man selbst entwickeln mochte, Erfordernisse, die sich aus dem zu schreibenden Text ergaben. Es gab Unterschiede, die sich durch die Breite der Federspitze bestimmen ließen. Nie, hatte der Vater sie gelehrt, durfte man Allahs ewiges Wort oder einen seiner Namen unbedacht schreiben. Für einen Augenblick noch saß sie reglos, den Kopf zur Seite gelegt, zögerte, dann beugte sie sich vor, tauchte die Rohrfeder in die Tinte. Ein Schauder überlief sie. Sie musste darauf achten, das *kalem* ruhig zu halten. Wenn sie nicht sorgsam arbeitete, würde sie alles verderben.

»Im Namen Allahs des Erbarmers, des Barmherzigen«, murmelte sie, wie es der Vater stets getan hatte. Etwas Tinte tropfte auf das Papier, sah dort wie ein Schmutzfleck aus, bevor sie den Tropfen in einen schwungvollen Bogen verwandelte. Mit wenigen Strichen legte sie die Maße für das zu Schreibende fest. Am Ende würde Allah auf diesem Blatt stehen und daneben der Name des Propheten. Am Ende würde sie dem Barmherzigen für einen Lidschlag nahe gewesen sein.

Als es dämmerte, verbarg sie das Papier in einem schweren Folianten. Behutsam reinigte sie das *kalem* und versteckte die Utensilien in einem der hinteren, wenig genutzten Regale.

4. Kapitel

Gut Hartleben, Winter 1694

Der Schneesturm wurde heftiger, warf sich wie mit eisigen Nadeln auf jedes ungeschützte Stück Haut. Am Morgen, als Rupert, Karl und er zur Jagd aufgebrochen waren, hatte sich das Wetter noch mild, fast regnerisch gezeigt, doch es war stetig kälter geworden. Ibrahim schauderte. Anfangs waren sie den Spuren eines Fuchses gefolgt, die sich in der dünnen Schneedecke der letzten Tage abgezeichnet hatten, bald jedoch auf größere Abdrücke gestoßen. Sie mussten von dem Wolf stammen, der kürzlich in einem der Dörfer für Aufregung gesorgt hatte. Sie alle dachten es, Rupert schließlich sprach es aus. Das Tier aus den Wäldern Böhmens, hatte, wie es hieß, ein Kind angefallen, das nur knapp mit dem Leben davongekommen war. Die Schilderungen seiner schweren Wunden sorgten über sein Heimatdorf hinaus für Aufsehen. Der Wolf war danach auch noch an anderer Stelle aufgetaucht, verbreitete Angst und Schrecken. Manche sprachen von einer riesigen Bestie, die sich auf zwei Hinterbeinen vorwärts bewege, ein Wesen halb Mensch, halb Wolf. Schnell machte die Geschichte vom Werwolf, der sich in den Wäldern Hartlebens herumtreibe, die Runde, so dass Georg von Hartleben sich gezwungen sah, Pfarrer Vosskamp auszuschicken, den Menschen Gottes Schutz zu versprechen und sie an das nötige Vertrauen in den Herrn zu gemahnen. Manche vermuteten, die Getreideschmuggler, die schon im schweren, letzten Hungerwinter ihr Unwesen getrieben hatten, hätten die Geschichte im Umlauf gebracht.

Die drei jungen Männer hatten sich nach kurzer Überlegung entschlossen, den Spuren zu folgen. Weiter und weiter hatten sie die Abdrücke von Hartleben fort, tiefer ins Dickicht hinein geführt. Spät bemerkten sie, dass es merklich kälter geworden war. Schließlich kam Wind auf.

Zitternd, die Finger längst taub vor Kälte, überprüfte Ibrahim zum wiederholten Mal den Sitz des Tuches, das er sich um den Kopf geschlungen hatte und das doch keinen ausreichenden Schutz bieten wollte. Seine rissigen Lippen schmerzten auf die Berührung hin, sein feuchter Atem hatte eine verhärtete, eisige Stelle auf dem Wollstoff gebildet. Er wusste nicht, warum, aber er musste an seinen ersten Winter in diesem Land denken. Nur wenige Wochen nach ihrer Ankunft damals war die Umgebung unter einer weißen Decke verschwunden. Über Monate hatte Raureif wie Zuckerwerk an Gräsern, Ästen und Blättern gehangen. In jener Zeit hatte er noch an jedem Tag an Flucht gedacht, hatte alles auf dem Gut, in den Gärten, in der ganzen Umgebung daraufhin überprüft, ob es dafür taugen mochte. Damals hatte er noch abgelehnt, was von den dreckigen Ungläubigen gekommen war. Heute war er froh darum, Karl zum Freund zu haben. Dies hier war sein neues Leben.

Ruperts Pferd schnaubte. Ibrahim warf Karls Cousin einen kurzen Blick zu und krümmte sich wieder zusammen. Es war entsetzlich kalt. Jeder Versuch, dem Wind möglichst wenig Angriffsfläche zu bieten, war vergebens. Der Frost war zuerst in die Finger und Fußzehen gekrochen und übernahm nun langsam die Gewalt über den Rest des Körpers. Wann immer er den Kopf drehte, um sich nach Karl oder Rupert umzuschauen, fand die Kälte ein neues Schlupfloch. Jeder ungeschützte Atemzug brannte in seiner Kehle.

Wieder einmal raffte er den Umhang enger über seinem Jagdrock zusammen. Die Füße in den Reitstiefeln waren kaum noch zu spüren. Nicht weit von ihnen krachte ein Ast herunter. Sein Brauner warf den Kopf hoch, wollte ausbrechen, doch der Schnee verhinderte jede zu rasche Bewegung. Dumpf drangen Ibrahims beruhigende Laute unter dem Wollstoff hervor.

Sie mussten vorsichtig sein. Schneeverwehungen hatten sie schon mehr als einmal zum Stolpern gebracht, Hindernisse und Löcher, die unter der dichten Schneedecke nicht zu sehen waren, bedeuteten weitere Gefahren. Hinzu kamen Äste und ganze Bäume, die unter der Last des Schnees zusammenzubrechen drohten. Zwischen den düsteren Tannen heulte der Wind. Äste peitschten oder knarrten im Sturm. Als wäre die wilde Jagd unterwegs, als würden Geister in der Luft tanzen, hatte Karl irgendwann zu Anfang gesagt, als sie sich gegenseitig versichert hatten, dass es kaum schlimmer werden könne.

Wieder drehte er den Kopf und sah zu seinen Begleitern hinüber. Das Schneetreiben war dicht, so dass man sie nur undeutlich erkennen konnte. Karl, der Ibrahim am nächsten war, saß ebenso zusammengekrümmt auf dem Pferd wie er selbst. Von Rupert waren nur dunkle Schemen zu sehen, dann, ganz kurz, bevor der Flockenwirbel wieder heftiger wurde, lugte sein bleiches Gesicht unter der Kapuze des Umhangs hervor. Unermüdlich folgte eine kleine Meute Jagdhunde den Hufschlägen der Pferde, die Spuren nutzend, die die größeren Tiere geschaffen hatten. Wir haben keine Beute gemacht, schoss es

Ibrahim durch den Kopf und kurz verspürte er ein wehmütiges Gefühl. Der Wolf oder wer auch immer würde weiterhin sein Unwesen treiben.

»Ich bin mir sicher, irgendwo hier in der Nähe muss diese Köhlerhütte sein«, schrie Karl zum wiederholten Mal gegen den heulenden Wind an.

»Was ist mit der Jagdhütte?«

Ruperts Stimme war vor Zähneklappern kaum zu verstehen. Abrupt schloss er den Mund, als könne er sich dieses Zeichen der Schwäche nicht verzeihen. Karl schüttelte den Kopf.

»Zu weit«, presste er zwischen bebenden Lippen hervor, »zu gefährlich.«

»Ich denke auch«, brüllte Ibrahim, »dass dieser Schneesturm nicht so schnell nachlassen wird.«

Er hob prüfend den Kopf und zupfte dann mit eisigen Fingern das Tuch um seinen Kopf zurecht. Rupert lenkte sein Pferd an seine Seite.

»Woher willst ausgerechnet du das wissen? Hast du jemals einen solchen Schneesturm erlebt?«

Ganz in der Nähe krachte erneut ein Ast herunter, keiner der drei jungen Männer reagierte. Ibrahim hatte kaum bemerkt, wie er sein Pferd gezügelt, es zum Stehen gebracht hatte. Sein düsterer Gesichtsausdruck stand dem Ruperts um nichts nach.

»Mein Vater hat mich öfter in die Berge mitgenommen, bevor ihn die Christen abgeschlachtet haben. Außerdem war es auch bei uns im Winter kalt.«

Ruckartig bewegte er seinen Kopf zur Seite, starrte vor sich, wo es nichts zu sehen gab, außer schemenhaften Bäumen, Schnee und Dämmerung. Kalt im Winter und heiß im Sommer. Mit einem Mal sah er das vor sich, was er vergessen geglaubt hatte, sah die schmalen Minarette, Weinberge auf den Hügeln ringsum, den Fluss mit seinen Handelsschiffen, die Fischer am Ufer. Die Fischer beim Flicken ihrer Netze. Händler. Den alten Pascha, den Freund des Vaters. Ein Reiher, der einem Jagdfalken zu entkommen suchte. Und er hörte die Stimmen der Menschen auf den Gassen, hörte Osmanisch, Ungarisch, Deutsch, Rumänisch, Bosnisch, sogar Armenisch, das Persisch der Gebildeten. Er sah auch das *hammam* vor sich, mit seinem roten Boden aus christlichen Grabsteinen, an jenem letzten Tag, an dem er gewusst hatte, dass er die Frauen niemals wieder dorthin würde begleiten dürfen, weil er nun ein Mann war. Er erinnerte sich an die Brücke aus Schiffen, die die Angreifer zwischen Pest und Budin gebaut hatten, an die Belagerung, an Explosionen, die Schreie der Verwundeten, das Gemetzel danach. Drei Tage Plünderungsfreiheit. *Denk nicht daran. Es ist vorbei.*

Er wechselte einen Blick mit Rupert. Es schien, als wolle der eine Antwort geben, doch dann runzelte er nur die Stirn, wandte sich ab und trieb sein Tier weiter auf dem unsichtbaren Pfad voran. Ein Ruck ging durch Ibrahims Körper, den sein Pferd zum Anlass nahm, ebenfalls wieder Huf auf Huf zu setzen. Schneeflocken hatten sich an Ibrahims Wimpern gefangen. Er blinzelte, um sie loszuwerden. Karl lenkte das Pferd an seine Seite, legte eine zitternde Hand auf den Arm seines Freundes und versuchte sich an einem Lächeln.

»Hör nicht auf ihn, er wird es nie lernen.« Seine Stimme war gegen das Heulen des Sturms schwer zu hören, dann machte er eine knappe Handbewegung. »Komm, ich erinnere mich jetzt. Dort drüben geht es entlang. Wir sollten Schutz suchen.«

***

Die Hütte, mehr ein Verschlag, wie Rupert feststellte, mit einem Zugang zu einem nach zwei Seiten offenen Unterstand für die Tiere an der linken Seite, bot gerade Platz für die drei jungen Männer und die Hundemeute. Der Köhler musste den Ort schon lange verlassen haben. Weder Gerätschaften noch ein Schlafplatz waren auszumachen, nur gestampfter Waldboden und das modrige Laub des letzten Jahres. Auf der linken Seite befand sich eine einfache Feuerstelle nebst magerem Holzvorrat. Ruß hatte dort die rohen Bretter der Hütte schwarz verfärbt. Es gab keine Tür. Dass der Wind Schnee in den Eingang trieb, ließ sich nicht vermeiden, aber zweifellos war dies ein angenehmerer Aufenthaltsort als die Pferderücken.

Kaum hatten sie sich hingekauert, da rollten sich die Hunde zusammen und bildeten unregelmäßige, manchmal bebende Erhebungen im Dämmerlicht. Karl schichtete Holz auf und brachte mit Zunder und Stahl aus seiner Satteltasche ein Feuer in Gang. Zwar ließ sie der Rauch husten, aber indem sie näher an die Flammen rückten, fiel es leichter, die Kälte aus ihren Körpern zu treiben. Unablässig rieben sie sich über Arme und Beine, bewegten die schmerzenden Finger und Zehen. Stumm verfolgte Rupert die tanzenden Schatten und Lichtflecken auf den Wänden und Gesichtern der anderen beiden. Es war Karl, der das Schweigen brach. »Wir werden wohl hier übernachten müssen.«

Rupert sog die Luft durch die Zähne.

»Der Sturm lässt einfach nicht nach«, murmelte Ibrahim und hielt die Hände nahe gegen das Feuer, zuckte dann mit einem knappen Schmerzensschrei zurück und hielt daraufhin größeren Abstand.

Eine Weile schwiegen sie. Dann ließ Rupert eine leichte Berührung an der Seite hochschrecken. Erst jetzt bemerkte er, wie nahe der Türke war und rückte so weit wie möglich von ihm ab. Gefangen in einer elenden Köhlerhütte, mit Karl und seinem Türkenhund. Er zog die Knie an und stützte das Kinn auf die verschränkten Arme. Die Füße in den feuchten Stiefeln erwärmten sich langsam. Er tastete nach dem Messer an seiner Hüfte, die Jagdflinten hatten sie bei den Pferden gelassen. Weihnachten stand vor der Tür, seine Tage beim Kadettencorps neigten sich dem Ende zu, aber sein Onkel machte keine Anstalten, über die Zukunft des Neffen nachzudenken. Verdammt, er nahm einen Stock auf und stieß ihn in die Flammen, dass die Funken stoben. Bald würde er alt genug sein, das Erbe seines Vaters anzutreten, doch die Aussicht auf ein Landleben voller eintöniger Tage und frommer Gebetsübungen, in denen Weiber ihre Erfüllung finden mochten, bereitete ihm nichts weniger als Magengrimmen, je mehr er darüber nachdachte. Er hatte schon im Sommer darauf gehofft, dass sein Onkel ihn bei der Suche nach einem geeigneten Regiment unterstützen würde. Er war schließlich alt genug, fast schon zu alt, ein Methusalem unter den Anfängern. Dabei war er ein guter Kadett gewesen, einer, den man lobte, aber der Onkel fand einfach keine Zeit für ihn. Seit der Kurfürst gestorben war, hatte er ständig neue Verpflichtungen wahrgenommen. Im Juli 1694 waren sie gemeinsam nach Dresden gereist, wo Hofadel, Standesvertreter und die Stadt dem neuen Kurfürsten den Untertaneneid geleistet hatten. Zur Herbstmesse des Jahres war Friedrich August I. nach Leipzig gekommen, wo sie ihn wiedergesehen hatten, auch zur Neujahrsmesse hatte er seinen Besuch angekündigt. Seit der erste Landtag im November eröffnet worden war, zogen sich die Verhandlungen über die Bewilligung zusätzlicher Steuern hin. Der Onkel hielt sie, so gut es ging, auf dem Laufenden.

Ich bin eben nicht sein Sohn. Die leise murmelnden Stimmen der beiden anderen drangen wieder in sein Bewusstsein. Er zog die Knie noch enger an. Friedrich August selbst war schon als Achtzehnjähriger an der Seite seines Vaters im Kampf gegen den Franzosenkönig zum Mann gereift; er selbst würde, wenn das so weiterging, wohl noch als Tattergreis im Lehnstuhl enden.

Eine Bewegung ließ ihn aufblicken. Ibrahim hielt ein kleines Stück Reisig in die Flammen und verfolgte, wie es Feuer fing. Rupert beobachtete ihn aus den Augenwinkeln. Wie lange war das jetzt her, dass der Onkel mit dem da aus dem Krieg gekommen war? Am ersten Tag, als er Ibrahim und seine Schwester im Hof beobachtet hatte, hatte er nichts als Abscheu verspürt. Am Tag, an dem Habar verkauft wurde, hätte er vor Freude jubeln können. Karl dagegen hatte beharrlich die Nähe des Fremden gesucht, ließ sich von keiner Frechheit zurückschrecken. Freunde nannten sich die beiden heute – Rupert hätte auflachen wollen –, und er saß nun hier mit seinem schwachsinnigen Cousin und dem türkischen Bluthund und konnte nicht fort. Niemand wusste, wie lange dieser verdammte Sturm noch andauern würde. Ein Hund jaulte leise. Karl brummte beruhigend, dann setzte er sein leises Gespräch mit Ibrahim fort. Einzelne Worte ließen Rupert vermuten, dass sie über die Schmuggler sprachen, den schweren Winter dieses Jahres und wie lange er sich noch hinziehen würde.

Als das Feuer schwächer brannte, wurde es dunkel in der Hütte. Draußen heulte immer noch der Wind. Nach und nach legten sich alle zum Schlafen nieder. Ein paar der Hunde suchten die Nähe ihrer Herren. Karl und Ibrahims Flüstern verklang. Als Rupert die Augen schloss, sah er die Mutter und die kleine Schwester so deutlich vor sich, wie er sie schon lange nicht mehr gesehen hatte.

Es war der Tag der Abreise gewesen, er erinnerte sich genau. Die Mutter hatte die Hand schon am Kutschverschlag und sich noch einmal umgedreht, um suchend über das Gebäude zu schauen. Sie hatte nicht gewusst, dass er sich in dem schon verlassenen Haus auf der anderen Straßenseite versteckt hatte, deren Besitzer bereits am frühen Morgen geflohen waren. Der Vater hatte noch einmal ihre Hand geküsst und sie dann in die Kutsche gedrängt, die bald am Ende der Gasse verschwand. Als Rupert abends, nachdem er den ganzen Tag lang durch die Stadt gestrolcht war, wieder auftauchte, hatte es eine Tracht Prügel gesetzt, aber das Glück darüber, nicht mit den Frauen und Kindern fortgeschickt worden zu sein, wie ein hilfloser Säugling, hatten ihn unempfindlich gegen die Schmerzen gemacht. Auch in den folgenden Wochen bereute er es niemals, an der Seite des Vaters geblieben zu sein. Er erlebte das Einschlagen der ersten Geschützkugeln und fürchtete sich nicht. Er half beim Löschen von Bränden und sah bei der Abdeckung von Schindel- und Holzdächern zu, die eine zu große Feuergefahr bedeuteten. Er horchte im Keller auf Klopfen und Grabgeräusche, die eine Annäherung der türkischen Blutsäufer verraten konnten.

Für einen Augenblick sah er den Vater und die Mutter vor sich, als noch alles wie immer gewesen war, wie sie sich in den Armen hielten und hastig auseinanderstrebten, wenn sie ihn in der Tür bemerkten.

Der Schlaf schlich sich unbemerkt an. Irgendwann – Rupert schätzte, dass es früher Morgen war – schreckte er hoch. Das Feuer war niedergebrannt, aber die anderen Körper spendeten Wärme. Vorsichtig setzte er sich auf, dann begann er unvermittelt zu zittern. Auch in dieser Nacht hatte er von Mutter und Schwester geträumt. Als sei es gestern geschehen, hatte er verfolgt, wie der Kaiser die Stadt gemeinsam mit seiner Frau verlassen hatte, gefolgt von den Karossen des Adels, von Wagen, Karren und einfachem Volk, das sein Hab und Gut in Bündeln bei sich trug. In den Tagen darauf waren die Flüchtlinge in die Stadt geströmt, Menschen, die den Schrecken gesehen hatten und das Schlimmste zu berichten wussten von den Tataren, die dem türkischen Heer voraus waren, von Kundschaftern, die man auch Renner und Brenner nannte, von Dörfern und Weilern, Klöstern und Marktflecken, die ihren erbarmungslosen Brandfackeln zum Opfer fielen.

Draußen war es still. Im Laufe der Nacht hatte der Sturm nachgelassen. Mit weit aufgerissenen Augen starrte Rupert dorthin, wo schneeglitzernde Helligkeit durch die Tür der Hütte fiel. Vorsichtig erhob er sich von seinem Lager und kroch in den Unterstand der Tiere hinüber. Die Pferde hoben die Köpfe. Als er leise pfiff, blähte sein Fuchs die weichen Nüstern. Ein schwaches Wiehern war zu hören, Karls Rappe und Ibrahims Brauner schnaubten. Prüfend schaute er jedes Tier an. Sie hatten die Kälte gut überstanden. Der Rappe und der Fuchs standen dicht beieinander. Auf der Suche nach Futter versuchte der Braune eben mit dem rechten Huf den Boden aufzuscharren. Jedes unnötige Geräusch vermeidend, band Rupert sein Tier los, legte dann kurz die Hand auf dessen dichtes Winterfell. Früher hatten er und Karl sich manchen Wettritt geliefert, meist hatte er gewonnen. Irgendetwas war da, was dem Cousin fehlte, etwas, was ihn zum ewigen Zweiten machte. Einmal waren sie während eines solchen Ritts auf Ibrahim gestoßen, der gerade ein Bad im gutseigenen Teich genommen hatte. Damals hatte die Hufe seines alten Fuchses Ibrahims Kleidung in den Uferschlamm getrampelt. Christenschlächter, Blutsauger. Das Pferd stieß seine warmen Nüstern gegen Ruperts Hand. Nochmals wieherte es leise. »Ruhig«, murmelte Rupert und streichelte über seine Blesse, »ruhig, mein Guter. Wir gehen nach Hause.«

Sie mussten sich durch eine Schneewehe kämpfen, um von der Hütte fortzukommen. Frühes Morgenlicht tauchte die Umgebung in Farben aus Grau und Rosa. Erste Spuren waren in der Schneedecke zu entdecken: Vögel, ganz sicher ein Fuchs, vielleicht ein Reh. Noch einmal drehte Rupert den Kopf, hinter ihm in der Hütte blieb es still.

Zeit, zu gehen. Wenn es heller wurde, wenn sich die Schatten der Nacht vollkommen verloren hatten, würde der Schnee noch unbarmherziger blenden. Er zog den Umhang zurecht, griff die Zügel seines Pferdes fester. Er musste vorsichtig sein. Der Schnee hatte alles unter sich begraben, hatte Bäume zum Stürzen gebracht und verbarg Abgründe.

Als er die Lichtung hinter sich gelassen hatte, stieg er auf. Achtsam, die Augen nach Möglichkeit überall, trieb er den Fuchs voran. Manchmal stürzte Schnee von einem Tannenzweig herab und hüllte ihn in eine weiße Wolke. Bald fror er wieder. Schnee knirschte unter den Pferdehufen, ansonsten war es so still, als sei er der letzte Mensch auf diesem Erdenrund.

Er war schon ein gutes Stück vorangekommen und ritt eben einen weiteren steilen Hang hinunter, als etwas in unmittelbarer Nähe lautstark zerbarst. Gerade noch rechtzeitig riss er das Pferd herum, bevor ein mächtiger Ast knapp neben ihnen niedersauste. Schrill wiehernd brach der Fuchs aus, verlor rutschend den Halt. Während Rupert die Zügel festzuhalten suchte, bemühte er sich, die Füße aus den Steigbügeln zu reißen, doch es war zu spät. Das Pferd krachte zu Boden. Der Schmerz, der sein rechtes Bein im nächsten Moment durchzuckte, nahm ihm den Atem. Dass er nicht hatte schreien wollen, wusste er, sobald sein Schmerzgebrüll die Stille zerriss. *Du bist ein Soldat, ein Kämpfer, kein Weib*, doch als sich der Fuchs aufrappelte, jammerte er unter Tränen. Die Zügel entglitten seinen klammen Händen. Die Pferdehufe verfehlten sein Gesicht nur um wenige Fingerbreit. Mehr rutschte der Fuchs den Abhang hinunter, als er lief, aber dann gelang es dem Tier, Tritt zu fassen, und wenig später war es zwischen den Tannen verschwunden.

Fassungslos starrte Rupert ihm hinterher. Es dauerte eine Weile, bevor er sich rührte. In seinem rechten Bein pochte, schrie und tobte der Schmerz. Aufzustehen, begriff er sofort, war unmöglich. Es schien, als habe jemand einen glühenden Eisstab in seinen Unterschenkel gestoßen. Verletzt und allein – sein entsetzter Schrei schreckte etwas auf, das raschelnd im Unterholz verschwand. Dann war wieder alles still. Allein. Sonne ließ den Schnee glitzern. Das Tannengrün wirkte dagegen fast schwarz. Als er sein linkes Bein betrachtete, wurde ihm schlecht. Zuerst wollte er nicht verstehen, dann überkam ihn erneut eine solch namenlose Angst, dass er zu rufen begann: »Karl!« Seine Stimme verlor sich irgendwo zwischen Himmel, Schnee und Bäumen. »Karl!«

Er horchte. Nichts, da war nichts.

Als er den Umhang enger um seine Schultern zog, durchzuckte neuerlicher Schmerz sein Bein. Aber er konnte nicht liegen bleiben. Er sah sich um, entdeckte in kurzer Entfernung einen frisch umgestürzten Baum, dessen Wurzel ein wenig Schutz bieten mochte. Tränen liefen über sein Gesicht, während er auf dem Bauch dorthin robbte, endlich Schutz fand in der Kuhle zwischen Lehm, Dreck und Wurzelwerk. Übelkeit stieg in ihm auf, gefolgt von Schwärze in Wellen. Dann begann er zu zittern.

***

Ich bin eingeschlafen, fuhr es Ibrahim als Erstes durch den Kopf, gefolgt von: Rupert ist nicht da. Er überzeugte sich, aber tatsächlich, der Körper, den er während der Nacht immer wieder neben sich gespürt hatte, war verschwunden.

»Karl?« Ein Grunzen, dann verschwand das Gewicht auf seinen Beinen.

»Ibrahim?« Der Freund gähnte. Von draußen drang der Warnschrei eines Vogels herein. Ibrahim rappelte sich hoch. »Weißt du, wo Rupert ist?«

»Hm?«

»Wo ist Rupert?«

»Was?«

»Hast du bemerkt, dass er die Hütte verlassen hat?«

Karl wälzte sich gähnend auf die Knie, bevor er sich mit den gespreizten Fingern durchs Haar fuhr. »Nein …«

Die ersten Hunde sprangen auf. Einer stieß winselnd seine feuchte Schnauze gegen Ibrahims rechte Handfläche. Im Stall begrüßten sie die zwei verbliebenen Tiere mit einem Wiehern. Karl streckte die Hand aus und streichelte seinem Hengst den Hals. Ibrahim bot seinem Braunen die Handfläche dar, spürte, wie dessen Atem leise schnaubend darüberblies. Die Erleichterung darüber, das Tier wohlauf anzutreffen, breitete sich wie Wärme in ihm aus. Aus einer Tasche holte er einen Winterapfel hervor. Weiche Lippen klaubten das Obst aus seiner Hand.

Nachdem sie die Tiere aus dem Unterstand hinausgeführt hatten, blieben sie kurz stehen. Ibrahim hob den Arm, um sich gegen die blendende weiße Fläche zu schützen. An seiner Seite kniff auch Karl die Augen zusammen im Versuch, sich gegen die gleißende Helligkeit zu schützen.

Nur langsam gewöhnten sich die beiden jungen Männer an das Licht, wobei sie unablässig blinzeln mussten. Die Sonne hatte die Umgebung in eine glitzernde Märchenlandschaft verwandelt. Manche Schneeverwehungen waren so hoch, dass die Fortbewegung Mühe machte. Unter ihren Füßen knirschte es, ab und zu knackte es im Wald, dann wieder prasselte Schnee herab und das Geräusch berstender Äste durchbrach die fast vollkommene Stille. Einer der Hunde jaulte leise. Erneuter Schneefall begann die Spur zu verdecken, die Stiefelabdrücke und die Hufe eines weiteren Pferdes hinterlassen hatten.

»Er ist wohl alleine nach Hause geritten.« Karl schüttelte den Kopf so heftig, dass sein ganzer Körper bebte. »Das sieht ihm ähnlich.« Er vergrub eine Hand in der Mähne seines Rappen, deutete dann dorthin, wo die Spur zwischen den Bäumen verschwand. »Folgen wir ihm.«

Ibrahim, der die Arme vor der Brust gekreuzt und die Hände unter die Achselhöhlen geschoben hatte, um sie gegen die Kälte zu schützen, nickte. Nach dem Stand der Sonne zu urteilen, musste es immer noch Vormittag sein. Niemand konnte sagen, wann sich Rupert davongestohlen hatte.

»Ja, beeilen wir uns.« Er schauderte. Seit sie die Hütte verlassen hatten, stieg die Kälte wieder durch jede Lücke seiner Kleidung. Entschlossen nahm er die Zügel seines Braunen. »Ich könnte ein gutes Feuer und etwas zu essen vertragen. Dein lieber Cousin lässt es sich wahrscheinlich längst gut gehen.«

***

Obwohl sie die Pferde im Wald reiten konnten, kamen sie nur langsam voran. Ruperts Spur hatte sich sehr bald schon verloren. An einem steilen Abhang plädierte Karl dafür, den sichereren, wenn auch längeren Weg zu nehmen, der seitlich am Berg entlangführte, und Ibrahim stimmte ihm zu. Es war vernünftiger, vorsichtig sein. Immer wieder brachen ganze Äste herunter, und manchen entgingen sie nur um Haaresbreite. Als sie endlich aus dem Wald heraus auf das freie Feld gelangten, jubelten sie vor Freude.

»Gut gemacht!« Ibrahim klopfte seinem Pferd den Hals. Im Sommer hatte er die dieser Tage unter glitzernden Schneemassen liegenden sanften Hügel und Täler rund um Hartleben als schön empfunden, heute kamen sie ihm feindselig vor. Ewig schien es zu dauern, bis die Mauern des Gutes vor ihnen auftauchten. Man musste die beiden dunklen Flecken im endlosen Weiß der Landschaft schon aus der Ferne wahrgenommen haben, denn als Karl und er in den Hof einritten, wurden sie erwartet.

Rupert war nicht da.

Energische Stimmen füllten den hellen Winterhimmel, als sie wenig später erneut aufbrachen. Karl hatte sich dagegen verwehrt, während der folgenden Suche auszuruhen. Ibrahim schloss sich dem Freund an. Keiner blieb ohne den anderen, so waren sie es gewohnt. Zudem kannten nur sie den Weg.

Am späten Nachmittag hatten sie Rupert immer noch nicht gefunden, und es war merklich kälter geworden. Verflogen war die fast regnerische Stimmung, die sich gegen Mittag ausgebreitet hatte. Dunkelgraue, satte Wolken ballten sich über ihnen. Der immer stärker aufkommende Wind ließ einen neuen Sturm befürchten. Der Suchtrupp hielt sich nur noch schlotternd im Sattel. Der Verwalter hatte einen Schlitten einspannen lassen und war an einem Platz am Waldrand zurückgeblieben, wo sie sich alle immer wieder sammelten, um sich an einem kleinen Feuer aufzuwärmen. Als Ibrahim und Karl kurz pausierten, reichte der Verwalter den beiden jungen Männern einen silbernen Flakon mit Branntwein, von dem beide dankbar einen tiefen Schluck nahmen. Trotz des schlechten Wetters hatte man einen Boten nach Dresden geschickt. Ibrahim schauderte vorübergehend so heftig, dass ihm fast die Zügel entglitten, und auch die Beine ließen sich nicht geschmeidig anlegen, wie er es gewohnt war. Karl an seiner Seite erging es nicht besser. Als sie einander ansahen, öffnete er den Mund, doch Ibrahim kam ihm zuvor: »Wir geben nicht auf.«

Er klopfte dem Freund auf die Schulter. Der nickte, bevor er den Flakon für einen letzten kräftigen Schluck zur Hand nahm.

Wenig später hallten lautere Stimmen durch den Wald. Man hatte Ruperts Pferd gefunden. Als sie sich gerade anschickten, sich den Suchenden anzuschließen, lenkte Karl seinen Rappen an Ibrahims Seite. »Was meinst du, würde er dich suchen?«

Ibrahim schaute auf seine Hände. Einmal während dieser Suche hatte er tatsächlich daran gedacht, jetzt lieber vor dem Kamin zu sitzen, heißen Würzwein zu trinken, Karls Cousin zu vergessen und jene Kälte, die rote Flecken auf die helle Haut des Freundes zeichnete.

»Ja, das würde er.«

Die Stimmen um sie wurden lauter. Der Rest des Suchtrupps beratschlagte, wo das Pferd hergekommen war, und wo man suchen wollte.

***

Rupert hatte darum gekämpft, wach zu bleiben, doch es wollte immer weniger gelingen. Eine Zeit lang hatte er damit zugebracht, zu schreien und zu horchen. Nun schob er unter Zuhilfenahme des gesunden Beins den Schnee um sich zu einer kleinen Barriere zusammen. Vermutlich würde man die Zeremonie am Lehnshof in Dresden verschieben müssen, in deren Verlauf er mit dem Gut seines Vaters belehnt werden sollte. An dem Ort, an dem die Hartlebens ihren Anfang genommen hatten, war er zuletzt als kleiner Junge gewesen. Der Vater hatte ihn dorthin mitgenommen, kaum noch konnte er sich daran erinnern: viel Wald, eine Mühle, Land, auf dem Steine wuchsen, ein zu kleines Haus. Das Gut war nicht prächtig zu nennen und bot sich nicht an für eine stilvolle Repräsentation. Die hügelige, schroffe Umgebung erlaubte noch nicht einmal die Anlage eines Parks. Auch deshalb hatte sein Vater nie zu viele Gedanken daran verschwendet. Es war Hartleben gewesen, das Bauerngut, dem sein ganzes Sehnen und Wünschen gegolten hatte … und das er seinem Bruder hinterlassen hatte.

Bin ich enttäuscht? Die Arme unter seinem Umhang um den Leib geschlungen, starrte Rupert durch den Wurzelvorhang hindurch auf die Schneeflocken, die erneut zu tanzen begonnen hatten. Er war erleichtert, seine Hände noch zu spüren. Das verletzte Bein schmerzte, ob er es bewegte oder nicht. Vorerst tat ihm wenigstens der Schnee gut. Er fragte sich, wie lange noch. Im Wechsel hielt er das gesunde Bein an den Leib gezogen oder streckte es aus, um es beweglich zu halten. Um den immer stärker werdenden Durst zu stillen, hatte er Schnee gegessen, aber es wollte sich keine Linderung einstellen. Wenigstens verspürte er keinen Hunger. Zwei Rehe staksten in nächster Nähe vorbei, wenig später folgte ein Fuchs. Dann vermeinte er das längliche Dreieck eines Wolfsgesichts zwischen den schwer herabhängenden Tannenästen zu erkennen. Gelbe Augen leuchteten ihn an. Von hochgezogenen Lefzen tropfte Wolfsspeichel auf sein Gesicht. Ein tiefes Knurren kam aus der Wolfskehle.

Er riss die Augen auf. Schneeflocken waren durch das dünne Wurzelwerk über ihn gefallen und auf seinem Kopf geschmolzen. Er versuchte, sich mit dem Rücken enger in die feuchte Erde zu pressen. Ein tiefes Knarren und Knarzen erfüllte die Luft, bevor in unmittelbarer Nähe ein weiterer Baum zu Boden krachte. Inmitten von Eis und Schnee war ihm mit einem Mal warm und kalt zugleich. Eigentlich war es an der Zeit, wieder einmal zu rufen, aber es war so unendlich schwer, auch nur den Mund zu öffnen. Er spürte, wie er den Halt verlor, zur Seite rutschte, atmete den Geruch feuchter Erde ein, der Wolf leckte ihm Stirn und Wangen.

Wie lange er ohne Bewusstsein gewesen war, konnte er nicht sagen, doch als er die Augen öffnete, schneite es immer noch. Fester drückte er sich gegen die Wurzelwand, krallte die Finger in den klammen Boden. *Wach bleiben. Wach bleiben. Wach bleiben.*

Aber es ging nicht, immer wieder verlor er den Kampf.

Immer wieder schreckte er hoch. Der Wolf leckte ihm über das Gesicht. Schmuggler hasteten an ihm vorüber und verschwanden zwischen den Büschen. Er war im Lehnshof in Dresden, und Friedrich August I. von Sachsen legte ihm persönlich den roten Lehnsmantel um. Auf Knien gelobte er Treue, und die Anwesenden schrien, als habe er eine Schlacht gewonnen. Dann war plötzlich der Vater da, der dem Sohn ein Pony schenkte. Gleich darauf begleiteten Hufgetrappel und Geschrei seine erste Jagd.

Er öffnete die Augen. Er hörte tatsächlich etwas. Dann war die Übelkeit zurück.

***

»Sei vorsichtig, hier ist es überall glatt.« Ibrahim stellte sich im Sattel auf, um einen besseren Überblick zu erhalten. »Er könnte diesen Weg genommen haben, Karl, den Abhang hinunter.«

Der Angesprochene beugte sich vor und klopfte seinem Tier den Hals, während er in die Richtung sah, in die Ibrahims Hand wies. Nicht zum ersten Mal schüttelte er den Kopf.

»Aber das wäre Wahnsinn. Es ist viel zu gefährlich.«

Ibrahim ließ sich zurücksinken. »Es sähe ihm ähnlich, oder etwa nicht? Es *ist* halsbrecherisch.« Er schwang sich aus dem Sattel, warf dem Freund die Zügel zu und bewegte sich vorsichtig hangabwärts. »Was also, wenn er es getan hat?« Er drehte sich zu Karl um. »Dort hinunter, da drüben entlang, und man ist in kaum einer Stunde auf Hartleben, so wie ich das sehe.«

Karl runzelte die Stirn, glitt dann ebenfalls zu Boden.

Seite an Seite band er die Pferde an einer jungen Tanne fest, um Ibrahim zu folgen. Sie mussten vorsichtig sein. Im schwächer werdenden Licht des aufziehenden Sturms übersah man leicht manches Hindernis. Immer wieder kamen sie ins Straucheln. Immer wieder blieben sie stehen und orientierten sich neu. Rings um sie breitete sich dunkler Wald aus, Baum an Baum an Baum, ohne Ende, wie es schien.

Womöglich werden wir ihn niemals finden. Ibrahim schaute zu Karl hinüber, der sich konzentriert vorwärtsbewegte, endlich den Blick des Freundes bemerkte und mit den Achseln zuckte. Dieser Wald war einfach zu groß. Ibrahim rückte an den Rand eines besonders steilen Abhangs vor. In kurzer Entfernung lag ein großer Ast quer über dem Weg. Etwas weiter unten war ein ganzer Baum entwurzelt worden.

»Herr Karl, Herr Ibrahim!«, war hinter ihnen die Stimme des Verwalters zu hören. »Wir brechen ab und suchen morgen weiter. Gleich wird ein neuer Sturm losbrechen.«

Karl und Ibrahim blieben stehen. Der Verwalter hatte Recht. Windig war es und düster, und ein Knistern lag in der Luft, das ihnen nicht unbekannt war. Karl zuckte die Achseln und wandte sich rückwärts, um dem Ruf Folge zu leisten. Ibrahim legte eine Hand auf seinen Arm.

»Nur noch ein Stückchen weiter. Wenn wir ihn heute nicht finden …«

Es war unnötig, den Satz zu vollenden. Karl blickte den Abhang hinauf, dorthin, wo der Rest des Suchtrupps wartete, dann in die andere Richtung. In einiger Entfernung waren zwei Bäume umgestürzt. Dunkel stach das erdige Wurzelwerk gegen die weiße Umgebung ab. Er fröstelte, legte seine Hand auf Ibrahims, die sich kurz fester um sein Handgelenk legte.

»Wir müssen zurück, der Sturm … Uns bleibt nichts anderes übrig.«

***

Verdammte Stimmen … Warum hörte er nur diese verdammten Stimmen? Und Schritte: Schnee, der unter Füßen knirschte. Jemand, der rutschend den Halt verlor. Holz, das zerbrach. Gelbe Wolfsaugen. Er war in einer Wolfshöhle und trug den roten Lehnsmantel. Wo war der Onkel? Der Onkel durfte ihm nicht entkommen. Rupert riss die Augen auf. Es schneite. Er wollte den Kopf heben, aber es gelang ihm einfach nicht. Ihm schwindelte. Er wusste nicht, wo er war, und er hatte entsetzlichen Durst. Er krallte die Finger in den Boden, spürte etwas Weiches zwischen seinen Händen. Erde, ein umgestürzter Baum. Jede Bewegung schmerzte. Sein Kopf dröhnte. Suchte man ihn? Würde man ihn finden? Schüttelfrost überfiel seinen Körper. Der Schmerz in seinem Bein begann erneut zu stechen, wurde so übermächtig, dass er aufschreien musste.

***

»Karl!« Ibrahim fuhr auf dem Fuß herum. »Hast du das gehört?«

Der Freund nickte, unfähig einen Laut von sich zu geben. Nur wenig später waren sie auch den nächsten steilen Abhang hinab und über den schweren Ast hinweggeklettert. Ruperts Wimmern leitete sie auf ihrem Weg, doch als sie die Baumwurzel erreichten, war Karls Cousin schon nicht mehr bei Bewusstsein. Er kam erst wieder zu sich, als sie ihn mittels eines Seiles nach oben zogen. Wenig später scharte sich der Suchtrupp um den Verletzten. Der Wind riss an ihrer Kleidung. Rupert hielt die Augen geschlossen. Der Schmerz hatte sein Gesicht weiß werden lassen. Die Zähne presste er so fest aufeinander, dass seine Kiefermuskeln zitterten, doch kein Laut drang nunmehr über seine Lippen. Karl war an seiner Seite in die Knie gegangen und hielt seine Rechte mit beiden Händen fest.

»Rupert«, sagte er immer wieder, »Rupert!«

»Durst!«, wisperte der unvermittelt.

»Hab nur ein wenig Geduld. Wir bringen dich nach Hause.« Karls Stimme zitterte. Durch die dunklen Bäume näherte sich das Glöckchen des Schlittens. Mit vereinten Kräften hoben sie den Verletzten hoch und betteten ihn in das vorbereitete Felllager. Ibrahim bemerkte nicht sofort, dass Rupert ihn ansah. Dann versicherte er sich. Tatsächlich, Ruperts Lippen bewegten sich, formten ein Wort: Danke.

Danke – Ibrahim runzelte die Stirn, und dann kam es noch einmal, wie zur Bestätigung – danke.

Irgendwo auf dem Weg nach Hartleben verlor Rupert das Bewusstsein. Diener trugen ihn ins Haus. Sein rechtes Bein, fiel Ibrahim erst jetzt auf, war in einem seltsamen Winkel verdreht. Er musste es sich gebrochen haben.

Eine leichte Berührung an der Schulter riss ihn aus den Gedanken. Karl deutete auf die hell erleuchtete Tür. Wilhelmina führte sie in das kleine Kaminzimmer, wo die Freunde die nächsten Stunden damit zubrachten, aufzutauen. Alles war gut. In den nächsten Tagen würden sie Weihnachten feiern.

***

»Ihr müsst eine Entscheidung treffen. Wenn Ihr keine trefft, wird er gewiss sterben.«

Wie Schläge auf einen Amboss vibrierten Theodoras Worte in ihm nach. Georg spürte, wie er die Zähne fester und fester aufeinanderbiss, wie der Kiefernbogen zu zittern begann. An den Wänden hinter dem Bett des Kranken hatten sich ihrer beider Schatten riesenhaft aufgetürmt. Als Theodora ihn berührte, zuckte Georg zusammen, verschränkte dann die Arme vor dem mit den Jahren weicher gewordenen Leib.

Rupert hatte das Bewusstsein nur kurz zurückerlangt, nachdem er in Sicherheit gebracht worden war. Noch in der Nacht war das Fieber gestiegen. Am nächsten Morgen hatte er keinen von ihnen mehr erkannt.

Georg senkte die Lider. Das nächste Schlucken kam härter, schmerzte in der Kehle. Aber ich liebe ihn, dachte er, während er eine Hand löste, den anderen Arm aber umso fester an seinen Leib presste. Er ist der Sohn meines Bruders. Ich liebe ihn doch.

Während seine Augen weiter auf dem Neffen ruhten, dröhnte sein Schädel. Dunkel vor Schweiß klebte Ruperts Haar an seinem eingefallenen Gesicht fest. Stoppelige Barthaare bedeckten Wangen, Hals und Kinn. Kurz schwebte Georgs ausgestreckte Hand über ausgetrockneten, rissigen Lippen. Dann stöhnte der Neffe, warf den Kopf nach links, dann nach rechts.

Ihr müsst eine Entscheidung treffen. Georgs rechte Hand klammerte sich um den Bettpfosten. Weiß traten die Knöchel hervor. Heute Morgen hatte ihn der Arzt angesprochen, hatte das Gespräch noch einmal auf das Bein gelenkt, das kein Anzeichen von Heilung zeigte. Er fuhr sich mit dem Handrücken über den Mund, spürte Schweiß auf der Oberlippe.

»Wir sollten schneiden, Herr von Hartleben. Der Wundbrand hat begonnen. Seht hier … Wir …«

Und wenn er nicht mehr zu retten wäre? Georg hob den Kopf, sah seine Frau an und war sich sicher, dass sie den Blick die ganze Zeit über nicht von ihm genommen hatte. Woran sie wohl denken mochte? An den Bruder?

Seine Hand klammerte sich fester um den Bettpfosten. Der Unterschenkel war also nicht mehr zu retten, man würde amputieren müssen. Wie oft hatte er das nicht erlebt, den Geruch von Blut in der Nase, die entsetzlichen gequälten Schreie der Männer in den Ohren. Wie oft hatte er nicht die starren, aufgerissenen Augen derjenigen gesehen, die Gott abberufen hatte, als ihnen die Knochensäge noch mitten im Bein steckte; abgetrennte Arme und Beine, auf Haufen zusammengeworfen, wie das vergessene Zubehör eines grausigen Marionettenbauers. Saures stieg in seine Mundhöhle. Er zwang es herunter.

Und wenn er starb? Würde nicht vieles einfacher werden? Für einen Moment verfing Theodoras Blick sich in seinem. Verdammt, woran dachte sie? Georg leckte sich über die Lippen. Er verstand sie nicht, hatte nie auch nur eine Ahnung davon gehabt, was in ihr vorging. Hatte sie ihn je begehrt, wie er sie begehrt hatte? Nein, niemals … Er öffnete den Mund, seine Lippen bewegten sich wie von selbst, aber kein Ton kam heraus: Alexander und Theodora … Wären die beiden nicht ein schönes Paar gewesen? Alexander und Theodora …

Abermals senkte er den Blick auf den Neffen herab. Man hatte ihn zur Ader gelassen, um das Fieber zu senken. Nun, hatte der Arzt gesagt, würde man schneiden müssen und das kranke Bein abnehmen, um den restlichen Körper zu retten.

Und wenn er bei der Operation starb? Wären dann nicht alle Sorgen von mir genommen? Unwillkürlich streckte Georg die Hand aus und strich Rupert das verschwitzte Haar aus der Stirn. Mit der Berührung öffnete der junge Mann die Augen. Sein Blick glitt suchend umher, dann schlossen sich die Lider, als hingen Gewichte an den Wimpern. Dichte, blonde Wimpern waren es, wie kleine, gerade Pinselhaare. Georg berührte die Narbe, genau in der Mitte der Stirn des Neffen. Damals war er im Spiel gegen einen der niedrigen Türpfosten im alten Keller gerannt und hatte sich eine Platzwunde zugezogen. Sacht zeichnete Georgs Zeigefinger die gezackte Linie nach. Der Junge hatte nicht geweint. Das Blut war ihm von der Stirn über das Gesicht gelaufen, aber er hatte nicht geweint.

»Ich stimme zu«, wisperte er über den Kranken gebeugt. Wie ein warmer Wind schien die Hitze von Ruperts Körper in seine Hand zu kriechen. Vielleicht würde er überleben. Er würde dafür beten. Er durfte nichts anderes denken.

***

Ruperts erste Gedanken drehten sich um Schmerz. Die Erinnerung kam in Bruchstücken zurück. Er war gestürzt, hatte über Stunden hinweg hilflos unter einer Wurzel im Wald gelegen. Karl hatte ihn gefunden. Und Ibrahim. Das Gesicht des Türken – er stemmte sich hoch – war einer der letzten Eindrücke, bevor tiefe, alles umfassende Schwärze einsetzte.

Er fühlte die Schmerzen vor allem im rechten Fuß und Unterschenkel, es war, als sei sein Bein in einen Schraubstock gezwängt worden. Tränen traten in seine Augen, als er sich nur leicht bewegte. Zischend sog er die Luft durch die Zähne, die Finger in die Bettdecke gekrampft.

Ein wenig ließ der Schmerz nach, mischte sich mit dem Gesang, der von draußen hereinkam. Weihnachten? Rupert ließ sich zurücksinken, atmete ein und aus, während er gegen die Decke starrte. Sein Zimmer – es war tatsächlich schön, hier zu sein. Trotz der Schmerzen lächelte er. In der linken oberen Ecke bewegte sich ein altes Spinnennetz in einem Luftzug. Er drehte den Kopf und spähte auf den Boden. Es hatte Zeiten gegeben, da hatte er Armeen aus Zinn über diese Holzdielen geschickt. Astlöcher und Flecken waren zu Seen und Flüssen geworden. Dort hatten die einen Aufstellung genommen, dort die anderen. Sonnenstrahlen fielen durch das Fenster, führten einen Tanz auf dem dunklen Holz auf. Waren dort nicht gestern noch Eisblumen zu sehen gewesen?

Die Christnacht hatte vor der Tür gestanden, zu der sie sich stets alle versammelten. Zeit des Vergessens und Vergebens. Er runzelte die Stirn. Ja, er hatte sich bei Karl und Ibrahim dafür bedankt, dass sie ihn nicht zurückgelassen hatten.

Sein erster Versuch, sich aufzurichten, scheiterte. Ein zweiter Versuch – er wollte den rechten Fuß gegen das Bettende stemmen – ließ ihn aufschreien.

Etwas stimmte nicht. Wieder lag er auf dem Rücken. Am ganzen Körper war ihm der Schweiß ausgebrochen. Er atmete schwerer. Durch den Gang draußen kamen eilige Schritte näher. Rupert rang nach Atem, fuhr sich mit dem Handrücken über das Gesicht, ertastete Schweiß und Tränen. Er achtete nicht darauf, dass jemand die Tür aufriss. Stück um Stück, alle Kraft aufwendend, schob er sich gegen das Kopfende des Bettes, stemmte sich in eine sitzende Haltung. Dann warf er die Bettdecke beiseite. Mit einem Klirren fiel ein metallener Becher um, den jemand neben seinem Bett hatte stehen lassen. Sein Atem stockte. Mit weit aufgerissenen Augen starrte er dorthin, wo etwas nicht mehr war.

***

Rupert sah ihnen an, dass sie nicht hier sein wollten. Sie wollten nicht mit ihm in diesem Raum sein; wollten den Stumpf nicht sehen, an dem gerade der Verband gewechselt wurde. Sie vermieden es geradezu, Blicke auf die Wunde zu werfen, die sich Zeit ließ zu heilen, wie alles von nun ab langsamer gehen würde für ihn. Aber er würde es ihnen nicht leicht machen – er kniff die Augen zusammen, schaute zu, wie die Wunde gesäubert wurde –, es war sein Leben, das sich ins Nichts verkehrt hatte, sein Leben, dass nie mehr so sein würde wie zuvor. Er musste sie nicht schonen.

Der Gehilfe des Chirurgus wickelte den neuen Verband straffer. Rupert gab keinen Ton von sich. Er würde sie um nichts bitten, weder darum, dass sie sich setzten, noch um irgendetwas anderes. *Auf dem Gottesacker Hartlebens zu ruhen, ist besser als das hier.* Der Gedanke war unmittelbar in seinen Kopf geschossen, und das nicht zum ersten Mal. Warum war er ihnen dankbar gewesen? Sie hatten ihn zum Leben eines Krüppels verdammt, ein Leben, von dem er nichts gewusst, das er sich nicht einmal hatte vorstellen wollen. Während der ersten Tage, als er sich wieder besser hatte bewegen können, befahl er einem Diener, die Holzkisten mit den Zinnsoldaten zu bringen, mit denen er als Junge gespielt hatte, damals, als er sich eine Zukunft ausgemalt hatte. Noch ein letztes Mal ließ er sie zwischen den Kissen und den Falten seiner Decke zur Schlacht aufmarschieren, bevor er Anweisung erteilte, das Spielzeug in den Ofen zu werfen. Eine verwunderte Magd hatte die Zinnklumpen am nächsten Morgen aus der Asche gesammelt.

Der Verband saß wieder fest, unschuldig und hell, würde sich bis zum nächsten Wechsel mit dem mischen, was die Wunde neuerlich an Blut und Säften absonderte.

Ich wäre ein guter Offizier geworden. Ich war ein guter Reiter, ein treffsicherer Schütze und wusste den Degen zu führen. Gelernt habe ich, wo ihr euch vergnügt habt. Ich kenne mich in der Rechenkunst aus, in der Attaque, der Fortification und der Defension, keine Marsch- oder Gefechtsordnung ist mir unbekannt. Warum hat man mich nicht sterben lassen? Warum hat man mich zu einem solchen Leben verdammt? Nach und nach erinnerte er sich an die ersten Tage, nachdem er das Bewusstsein wiedererlangt hatte, an Gespräche, die geführt worden waren, als sei er nicht vorhanden. Anfangs hatte insbesondere die Blutstillung Schwierigkeiten bereitet. Die Wunde war immer wieder aufgebrochen. Der Chirurgus hatte schließlich die Behandlung mit den Sporen des Bovist vorgeschlagen.

Rupert senkte die Lider. Neben der Unbeweglichkeit waren die Schmerzen in dem verlorenen Unterschenkel das Unerträglichste. Er wünschte sich, sie einfach anbrüllen zu können, wenn sie ihn zu seiner guten Erholung beglückwünschten, aber er tat es nicht. Alles zu verlieren, was man sich jemals gewünscht hatte, davon ahnten der Cousin und sein Türkenfreund nichts. Junge Männer waren sie, denen die Welt immer noch offenstand, während er sich mühsam auf Krücken durchs Haus, treppauf und treppab und über den Hof kämpfte. Seinen geliebten Fuchs hatte er seit dem Unglückstag nicht mehr gesehen.

»Verkauft ihn«, hatte er dem Onkel gesagt. Hilflos hatte Georg die Achseln gezuckt.

Schwächling. Rupert hob den Kopf, sah zu Karl hinüber, der verlegen an seinem Rock zupfte, dann zu Ibrahim. Die Silhouette des Türken zeichnete sich dunkel vor dem Fenster ab. Seine Gesichtszüge waren nicht zu erkennen. Rupert spürte, wie sich etwas in ihm zusammenkrampfte. Beinahe wäre ich weich geworden, beinahe.

In dieser Nacht schlief er nicht. Zwischen Schmerzen und Erinnerungen an die Zukunft bewegten sich seine Gedanken wie in einem Laufrad.

5. Kapitel

Gut Schwarzbach, 1696

»Und?« Amalia hielt die Arme geziert angewinkelt und schaute ihre türkische Gesellschafterin erwartungsvoll an. Schon seit dem frühen Vormittag huschten und flatterten Baptiste Chatigny und seine Helfer in diesem hellsten Zimmer auf Gut Schwarzbach um die kleine Herrin herum, steckten hier etwas fest und entfernten dort ein Fädchen. Nun hielt der Schneidermeister erstmals inne, legte die Fingerspitzen gegeneinander und wackelte mit dem Kopf.

»Und?« Amalias Tonfall hatte sich verschärft.

»Ihr seht wunderschön aus.« Habar unterdrückte ein Gähnen. Auch in der letzten Nacht hatte sie sich unbemerkt in die Bibliothek schleichen können. Ihre Striche, Linien, Abstände wurden stetig sicherer. Sie hatte nichts verlernt. Spät erst war sie ins Bett gekommen, zu früh hatte man nach ihr verlangt. Erneut drehte Amalia sich vor dem großen Spiegel hin und her. Vor Tagen schon hatte die Aussicht auf die Jagdgesellschaft sie in Hochstimmung versetzt, nichts anderes gab es seitdem zu bereden. Modekupfer und der *Mercure galant* wurden konsultiert, unzählige Frisuren bereits verworfen. Aus Auerbach waren die Handschuhe geliefert worden, die Amalia zu ihrem dunkelblauen Jagdkostüm tragen würde. Auch die treue Habar hatte ein Paar zum Geschenk erhalten. Früher, erinnerte die sich, hatte auch Esme *kadın* gerne die Händlerinnen empfangen, die Perlen und Seidenstoffe, Parfums und warme Schals aus den Geschäften in den *haremlik* gebracht hatten, wo sich die

Frauen in aller Ruhe dem Angebot widmen konnten. Es war lange her, dass sie sich darüber verwundert hatte, dass im Land des Christen-Sultans sogar die vornehmsten Frauen aller Welt ihr Gesicht zeigten. Draußen dröhnten Schritte den Gang entlang. Dann war Emmanuel von Schwarzbachs laute Stimme zu hören, darauf leiser die Erwiderung Victors. Amalia strich das Kleid über ihren Beinen glatt.

»*Fabuleuse!*«, rief der Schneidermeister aus. Die junge Frau nickte huldvoll. Baptiste Chatigny hielt die Fingerspitzen immer noch gegeneinander gedrückt, neigte den Kopf nun leicht zur Seite. Den ganzen Morgen über waren seine Worte wie ein Wasserfall über sie niedergegangen. Der Streit draußen verstummte, jemand trampelte die Treppe herunter. Habar musterte das Ensemble, das die Silhouette ihrer Herrin streckte, die enge Taille betonte und ein aufregendes Dekolleté aufwies. Das tiefrote Mantelkleid, der Manteau, gab den Blick auf den etwas helleren Stecker und die gleichfarbige Jupe mit der weißen Zierschürze aus Spitzen frei. Der Manteaurock bauschte sich nach rückwärts gerafft über die Bouffanten. Einer von Chatignys Begleitern verhalf, auf das Zischeln seines Meisters hin, einer Fältelung zu besserem Ausdruck. Baptiste Chatigny, Schüler der bedeutendsten Pariser Schneider, wie er nicht müde wurde zu betonen, nahm die Gelegenheit wahr, auf jene modischen Neuerungen hinzuweisen, die *den Damen* entgangen sein mochten.

»*Charmante, très charmante … vraiment*«, rief er endlich aus und klatschte in die Hände. »Dieses Modell ist das neueste aus Paris, Demoiselles, denn Maître Chatigny weiß schon jetzt, was man auch morgen noch in Versailles trägt!« Sein Gelächter perlte in den Raum, ein Abbild der Eleganz seiner Kreationen, die dicke Unterlippe zitterte. »Dieses Kleid steht Mademoiselle einfach *fabuleuse*.« Zur Bekräftigung nickte er heftig mit dem Kopf, wobei kaum ein Härchen seiner Lockenperücke in Bewegung geriet, wie Habar fasziniert feststellte. Das falsche Haar. Einst hatte sie sich furchtbar erschreckt, als sie bemerkt hatte, dass die *giaurs* falsche Haare trugen. Amalia brachte den kostbaren Stoff in einer Drehung zum Knistern. Glatt schmiegte sich die Seide an ihren Oberkörper.

»Seht Ihr, Mademoiselle, unnachahmlich, nicht wahr?« Die Finger des Schneidermeisters tanzten über das Oberteil, ohne die junge Frau zu berühren. »Es ist ganz glatt und bietet damit vollendeten Schutz vor allen giftigen Einflüssen, vor Pestilenz und Wurmgezücht.«

Habar sah, wie Amalia kaum merklich zusammenzuckte, und dann mit beiden Händen über den Manteau streifte. Die kleine Herrin fürchtete sich ganz besonders vor Würmern. Wie oft hatte sie ihrer Gesellschafterin nicht von Herz-, Zahn-, Finger- und Ohrwurm erzählt. Sogar die Pest, jene Geißel der Menschheit, vermutete man, könnte durch Würmer weiterverbreitet werden. Vorstellen konnte Habar sich dies jedoch beim besten Willen nicht. Sie fragte sich, ob sich ein Herzwurm wohl von einem Zahnwurm unterscheiden mochte, oder ob sich alle langen, dünnen, durcheinander wirrenden Maden ähnelten, so, wie sie sie vor sich sah, wenn sie die Augen schloss. Jemand räusperte sich. Sie hob den Kopf. Zum ersten Mal seit Langem richtete sich Baptiste Chatignys Blick auf Amalia von Schwarzbachs Türkin.

»Und Eure Türkin, Mademoiselle de Schwarzbach? Hat man sie inzwischen getauft?«

»Nein, unser Herr Pfarrer hat gesagt, sie sei noch zu unverständig. Ganz, als habe es ihr Luzifer eingeflüstert, hält sie an ihren türkischen Wegen und ihrem falschen Glauben fest.« Amalia ließ ihr Kleid erneut mit kleinen Tanzbewegungen rascheln.

»Sie wird den richtigen Weg finden, meine teure Mademoiselle de Schwarzbach, sie wird ihn finden.« Chatigny starrte Habar unverhohlen an, bis diese den Blick abwendete. Während sie sich den mitgebrachten Stoffballen und Stoffmustern auf dem Tisch widmete, stieg Röte in ihre Wangen. Sie würde sich nicht taufen lassen. Solange ihr Allah Kraft zum Kämpfen gab, würde sie ausharren. Sie hatte es ihrem Bruder versprochen. Nur kurz hob sie den Kopf. Auch Baptiste Chatignys Gehilfen musterten sie neugierig. Sie hörte sich lauter atmen, etwas wie Ärger stieg in ihr auf. Rot, blau, grün, rief sie sich die Gewänder ins Gedächtnis, die Esme *kadın* getragen hatte; im Sommer weiche, bunte, leichte Gewänder mit kostbaren Stickereien, die dem Körper geschmeichelt hatten, im Winter mit Zobel, Marder, Fuchs oder weißem und schwarzem Grauwerk verzierte Stoffe.

Sie drängte Amalias und Chatignys Stimmen von sich fort. Härter kamen ihre Atemzüge nun, drängten das Fleisch gegen den Schnürleib, so dass sie sich das Kleid – ein Geschenk Amalias – am liebsten vom Leib gerissen hätte. Dabei hatte sie sich noch gefreut, als die kleine Herrin ihr heute Morgen aufgetragen hatte, die Türkenkleidung beiseitezulassen. Auch das dunkle Haar hatte man ihr nach Art der Christen hergerichtet. Auf ihrem Kopf saß dazu ein weißes Häubchen, doch darunter würde sich auf ewig das immer gleiche, zu dunkle Gesicht zeigen.

Sie biss sich auf die Unterlippe. So war das eben: Niemals würde sie den jungen Frauen hierzulande ähneln. Sie hatte gelernt zu tanzen. Sie konnte Konversation betreiben. Sie stickte und half Amalias Zeichnungen zu vollenden, wenn diese die Lust daran verloren hatte. Ob sie wirklich so hässlich war, dass ihr kein junger Mann jemals einen Blick schenken würde, wie Amalia sagte? Ob sie sich je daran gewöhnen würde, dass man sie anstarrte und über sie redete, als habe Allah sie mit Taubheit geschlagen?

»Ich bin mir sicher, Ihr werdet sie bald taufen können, Mademoiselle de Schwarzbach«, drang Baptiste Chatignys Stimme erneut an ihr Ohr, »und Ihr einen guten christlichen Namen geben, *n'est-ce pas*? Ich habe schon von prächtigen Türkentaufen gehört und selbst an einer ebensolchen teilgenommen. Es tut wahrlich gut, eine Seele vor dem Teufel zu retten.«

»Natürlich, Vater wird darüber entscheiden. Selbstverständlich kann sie in einem guten, christlichen Haus nicht auf Dauer ihrem Aberglauben anhängen …«

Habar spürte, wie ihr Gesicht versteinerte. Amalia war zum Tisch mit den Mustern herübergegangen und spielte mit einem Stück nachtblauer Seide. Mit wenigen Schritten war der Schneidermeister bei ihr. »Dieser Stoff ist wie gemacht für Euer Haar, wenn ich das so sagen darf, und wenn Ihr mir einen weiteren Ratschlag erlaubt …?«

»Ja?«

»In Paris trägt man die Fontange heute schmäler und stuft sie ab, wie …«, er überlegte, »wie Orgelpfeifen.« Indem Chatigny die Hand an seinen Hinterkopf legte, fuhr er fort: »Die Commode wird also ungefähr so angebracht, darüber kommen dann wie üblich das Haar, die Spitzen und die Schleifen. Wenn ich es Euch zeigen dürfte?«

Amalia nickte. Der Schmeidermeister klatschte in die Hände, so dass sich seine Gehilfen wie ein schnatternder Schwarm Gänse um ihn sammelte. Die Stoffreste in den geballten Fäusten, senkte Habar den Blick. So war es. Sie würde immer fremd bleiben.

***

Konrads Augen waren offen, als er den Raum betrat, aber Victor hätte nicht sagen können, ob der Junge ihn bemerkt hatte. Zuerst war er zum Fenster hinübergegangen und hatte die Vorhänge aufgezogen. Sonnenstrahlen ließen den Schmutz auf den Scheiben deutlicher werden. Zweifellos war hier schon lange nicht mehr geputzt worden. Als er sich umdrehte, starrte Konrad noch immer gegen die Decke. Eine Weile lang beschäftigte sich Victor damit, Gegenstände im Zimmer zurechtzurücken. Zwei Stühle nahmen ihren ursprünglichen Platz an der Wand ein. Er sammelte mehrere tote Fliegen von der Fensterbank und wischte den Staub vom Porträt ihrer Mutter, das an der rechten Seite von Konrads Bett an der Wand hing.

Es war die Geburt des jüngsten Bruders gewesen, die ihr das Leben genommen hatte. Wie stets, wenn er vor dem Bild stand, versenkte sich Victor im Anblick ihrer braunen Augen. Seinen ähnlich, waren ihre dunkler gewesen. Eine andere, jüngere Frau tauchte vor seinem inneren Auge auf, eine zierliche Gestalt in türkischer Kleidung, die mit gekreuzten Beinen auf einem Stuhl saß.

Dann schüttelte er den Kopf, kniff die Augen zusammen und fuhr fort, das Gemälde zu betrachten. Fröhlich war die Mutter gewesen, oft zu Scherzen aufgelegt, und er erinnerte sich heute daran als sei es gestern gewesen, wie sie in seinem Zimmer auf dem Boden gesessen und mit ihm gespielt hatte. Auch Feste hatte sie gerne gefeiert, und Jagdgesellschaften geliebt. Einmal war sie das schönste Mädchen für Meilen rund um Schwarzbach gewesen. Er betrachtete ihren rosigen Mund, die Mundwinkel, die sich leicht nach oben bogen. Ob es der Vater gewesen war, der ein solches Lächeln auf ihre Lippen gezaubert hatte? Heute schien das unvorstellbar. Seit er aus Dresden zurückgekehrt war, hatte Emmanuel von Schwarzbach jeden Tag und unerbittlich die Sprache auf die Nützlichkeit der Anwesenheit seines ältesten Sohnes bei Hofe gelenkt. Erst die Einkünfteüberprüfung, die sich in diesem Jahr 1696 schon seit zwei Jahren unter heftigen Protesten hinzog, hatte ihm eine Atempause verschafft. Seit Juli des letzten Jahres nahm der junge Kurfürst zudem als Oberbefehlshaber des kaiserlichen Heers in Ungarn am Kampf gegen die Türken teil, was zu neuen Geldforderungen und mehr Unmut in diesem Jahr geführt hatte.

Victor setzte sich an die Seite des Bruders, zog ein Tuch hervor und wischte ihm Spucke von den Lippen. »Über die nächsten Tage sind Gäste da«, sagte er mit kaum erhobener Stimme. »Ich werde dich nicht besuchen können, aber danach komme ich wieder.« Er schwieg kurz. »Ich gehe nicht weg«, fuhr er fort. Nein, er faltete das Tuch neu, betupfte Konrads Mund mit einer trockenen Stelle, er würde hierbleiben. Er würde Gott suchen und ein Gott gefälliges Leben mit Gott gefälligen Taten leben. Er war nicht mehr wie früher, war keiner mehr, den nur das eigene Fortkommen interessierte. Er las jetzt noch häufiger in der Bibel. Mit der Rechten streifte er über seine Westentasche. Kaum hörbar knisterte es. Seine Freunde hatten ihn eingeladen, einige Tage mit ihnen zu verbringen, gemeinsam zu beten und über Gott zu sprechen. War es nicht so, dass der Herrgott das ganze Leben durchdringen sollte? Dass man seinen Glauben nur im tätigen Christentum bewies?

Konrads Kehle entstieg ein Laut. Victor schaute den Bruder an, suchte nach einer Bewegung in dessen Gesicht, doch nichts geschah. Nur dieses gurgelnde Geräusch, Speichel, der auf Konrads Lippen Bläschen warf. Victor stützte die Ellenbogen auf seine Oberschenkel.

Das erste Mal hatte er Konrad nach der Beerdigung ihrer Mutter gesehen. Er streckte die Hand aus und strich dem Jungen über den stoppeligen Schädel – alle zwei Monate ließ Emmanuel von Schwarzbach seinem Jüngsten die Haare scheren, um unnötige Arbeit zu vermeiden –, berührte dann die Wangen des Jungen, die ein Ausschlag rau und rot hatte werden lassen. Der Geruch, der von seinem Bett aufstieg, war scharf, doch er hatte sich daran gewöhnt.

Vorsichtig legte er eine Hand auf Konrads Rechte. Der kleine Bruder war ein deutliches Stück gewachsen. Seit Neuestem hatte man seine Füße mit Lederriemen am Ende seines großen Bettes festgeschnallt, gleichfalls hatte man beide Hände fixiert.

»Er würde sich verletzen.«

Die Stimme seines Vaters ließ Victor von seinem Sitz auffahren. Er hatte kaum bemerkt, dass er nach dem Riemen getastet hatte, der Konrads rechte Hand fesselte. Der Bruder gab einen neuerlichen gurgelnden Laut von sich. Mehr Speichel quoll aus seinem Mund. Victor hielt den Riemen fest, ohne den Vater aus den Augen zu lassen. Der verschränkte die Arme vor der Brust. »Schaut nicht so. Ich sorge für ihn, auch wenn er ein, ein …«

»Darauf wird der König ihnen antworten: Amen, ich sage euch: Was ihr für einen meiner geringsten Brüder getan habt, das habt ihr mir getan«, entgegnete Victor ruhig.

Beide sahen sie zu dem Jungen hin, während das Schweigen zwischen ihnen wuchs. Nach einer Weile erst räusperte sich der ältere Schwarzbach.

»Wenn Ihr nicht zurück nach Dresden geht und dafür sorgt, Euren Platz bei Hof zurückzuerlangen, notfalls auf Knien, dann sehe ich mich gezwungen, Eure Schwester dorthin zu schicken.«

Victor starrte ihn an. Für einen Moment war es ihm, als habe man ihm die Sprache geraubt. »Aber das könnt Ihr nicht tun«, stotterte er dann. »Ihr kennt … kennt den Ruf unseres Herrn … Er … Amalia ist achtzehn Jahre alt. Sie ist ein Kind.«

»Ein hübsches Kind. Sie erinnert mich an Eure Mutter, Gott hab sie selig.«

Draußen war das Geräusch von Wagenrädern zu hören, die durch das Tor in den Innenhof rumpelten. Der Vater machte eine Bewegung zum Fenster hin: »Wir müssen unser Gespräch hier abbrechen. Die ersten Gäste sind eingetroffen. Ich erwarte Euch unten. Zweifelsohne werdet ihr heute sicherlich noch einige Zeit haben, hierüber«, er machte einen Schlenker mit der Hand, »nachzudenken.«

Victor gab kein Zeichen, dass er verstanden habe. Kurz vor der Tür drehte sich sein Vater noch einmal um: »Es wäre eine Ehre, wenn der Fürst unserer Dienste bedürfte, oder nicht? Wir waren lange nicht mehr mit Ehren überhäuft.« Um seinen Mund spielte ein schiefes Lächeln. »Und habt Ihr etwas dagegen, wenn sich unser Fürst als wahrer Mann zeigt? Denkt darüber nach, was geschehen würde, wenn sein Auge auf Eure Schwester fällt.« Er machte eine Pause. »Wohlwollend auf Eure Schwester fällt«, ergänzte er.

Als er verschwunden war, spürte Victor, wie ihm der Schweiß ausbrach. Ein helles Frauenlachen drang an sein Ohr: Amalia. Nein, sie war zu jung, zu unschuldig. An den Hof geschickt zu werden, würde sie zerstören, deshalb ... Er barg das Gesicht in den Händen. *Aber ich kann nicht zurück, ich kann nicht. Es würde mich umbringen.*

***

Als die Jagdgesellschaft am frühen Abend zurückkehrte, arbeitete das Küchenpersonal längst nach Leibeskräften. Im Hof kümmerten sich Knechte um die dampfenden Pferde, während die Jagdbeute zur Verarbeitung in die Küche gebracht wurde. In den Empfangsräumen begrüßten zurückgebliebene Damen die siegreichen Jäger. Laut kläfften Hunde ihre Aufregung heraus. Überall, in jedem Gang, in jeder Ecke begegnete man Fremden.

Schon im Hof hatte Habar erfrischende Getränke reichen müssen. Nach Türkenart gekleidet, wie man es zu solchen Gelegenheiten von ihr erwartete, hatte sie einige Aufmerksamkeit erregt. Die dunkel umrandeten Augen, rotgefärbten Lippen und das zu schmalen Zöpfen geflochtene Haar betonten ihre Fremdheit ebenso wie die langen Ohrringe, die ihre Wangen umschmeichelten, und der feine, durchsichtige Schleier auf ihrem Kopf. Ihre weichen, bestickten Pantoffeln ließen ihre Schritte kaum hören, so dass es immer wieder geschah, dass Leute aufschreckten und sie dann großäugig musterten, bevor sie ihre Gespräche erneut aufnahmen.

Manche vermuteten eine Nachfahrin der Skythen oder Trojaner in ihr, andere sprachen den Türken eine alttestamentarische Herkunft zu: Der jüngste Sohn Noahs habe nach der Sintflut acht Söhne gezeugt, von denen einer Turk geheißen habe.

»Dreh dich einmal, Kind«, sagte eine kleine, rundliche ältere Dame und schlug mit dem Gehstock gegen Habars Beine.

»Entzückend, entzückend«, war eine zweite Stimme zu hören, und eine dritte bekundete, dass man sich einen kleinen Mohren kaufen wolle.

Stumm hielt Habar nach Amalia Ausschau. Gestern hatten sie beinahe den ganzen Nachmittag im Park von Schwarzbach zugebracht. Unzählige Male waren sie den gekiesten Weg an den kugelig beschnittenen Büschen vorbei zu dem kleinen Brunnen gegangen, und mit jedem Mal war die junge Herrin ungehaltener geworden.

Ferdinand von Trottdorf. In letzter Zeit sprach Amalia viel von ihrem neuesten Verehrer, aber Habar hatte sich nicht vorstellen können, dass der junge Mann auf dem Bildchen, welches die Herrin stets bei sich trug; jenes blasse Gesicht unter der gewichtigen, blonden Perücke eines Tages Wirklichkeit werden würde. Amalia zweifelte jedenfalls nicht daran, dass sie den Herrn von Trottdorf mit der angenehmen Stimme, der gestern im Park so unverfänglich zu ihnen gestoßen war, eines Tages heiraten würde.

Heirat – Habar straffte die Schultern –, ob sie wohl selbst schon verheiratet wäre, wenn sie noch in Budin lebte? Vielleicht würde sie schon ein Kind in ihren Armen wiegen. Immerhin war Esme *kadın* bei ihrer ersten Geburt jünger gewesen, als sie jetzt.

In einem Pulk bunten, wogenden Stoffs und wippender Köpfe sah sie Amalia die Tür zum Esszimmer erreichen und beschleunigte die Schritte, um ihren Platz bei der Dienerschaft einzunehmen. Was würde mit ihr geschehen, wenn ihre Herrin heiratete? Sie schluckte. Würde sie mit ihr gehen? Würde sie auf Schwarzbach bleiben und getauft werden? Ein stetiges Gemurmel war zu hören, durchzogen von Gelächter und hier und da einer lauteren Stimme, so dass es ihr unmöglich war, sich auf ihre Gedanken zu besinnen. Jeder der Anwesenden schien in ein Gespräch vertieft. Obwohl es noch recht hell war, hatte Emmanuel von Schwarzbach Kerzenleuchter aufstellen lassen. An einer Seite des Zimmers waren üppige Speisen aufgebaut worden: Weinbergschnecken in einem Sud aus Burgunder, Südwein, Lorbeer, Thymian, Knoblauch, Pfeffer, Salz und Petersilie gekocht und dann paniert; Schnepfen, denen man nichts als den Magen entnommen hatte, im Ganzen am Spieß gebraten, damit der berühmte, würzige Schnepfendreck mit Scheiben weißen Brots aufgefangen werden konnte; einige Hasen, die den Jägern vor die Flinten geraten waren, wurden noch rasch in der Küche zubereitet. Desgleichen gab es gebratene Krammetsvögel, und ein am Vortag in Buttermilch eingelegtes Wildschein nach Vogtländer Art wurde mit frischen Pilzen gereicht. Im gutseigenen Teich hatte man Forellen gefangen und mit Butter und Petersilienwurzeln zubereitet. In der Mitte des Tisches prunkten vier ungarische Gänse, zubereitet in Wein, Essig, Knoblauch, Zimt, Ingwer, Safran und Muskat, so wie es Mode war. Branntwein und Bier wurde ebenso gereicht wie süßer, goldschimmernder Tokajer. Aufmerksam las man den Gästen jeden Wunsch von den Augen ab. Auch Habar ließ ihren Blick wandern, entdeckte Amalia, die vorgab, den Worten der älteren Dame an ihrer Seite zu folgen, während ihre Augen nicht von Ferdinand von Trottdorf ihrem Platz schräg gegenüber wichen.

Die junge Schwarzbach sah schön aus, in ihrem zartgrünen Kleid mit den abgesetzten Stickereien in dunklerem Grün. Emmanuel von Schwarzbach hatte eine Augenbraue gehoben, als ihm das großzügige Dekolleté seiner Tochter vor die Augen gekommen war, dann aber wohlwollend gelächelt. Zwei appetitliche Halbkugeln wölbten sich gleichmäßig wie die Kunstwerke eines begabten Elfenbeinschnitzers aus dem Stoff und lenkten nicht wenige Blicke auf sich.

Jetzt hatte Amalia ihre Gesellschafterin entdeckt.

»Meine gute Habar, bring mir doch ein paar von diesen süßen Brötchen ... du weißt schon.«

Çörek, dachte Habar, während sie sich beeilte, dem Auftrag Folge zu leisten. Einmal hatte sie auf dem Schoß der Köchin gesessen und sich selbst mit *çörek* füttern lassen, einmal hatte sie sich um nichts sorgen müssen, nicht um diesen Tag und nicht um den nächsten.

»Ah, unsere kleine Jüngerin Mohammeds.«

Ferdinand von Trottdorf hob die dünnen Augenbrauen, als sie einander wenig später gegenüberstanden. Seine rotgefärbten Lippen formten sich zu einem Lächeln, das auch die kreisrunden Apfelbäckchen tanzen ließ. Das hellblaue Ensemble, das er trug, passte perfekt zur Farbe seiner Augen. Die Locken seiner heute dunklen, aber nicht minder prachtvollen Perücke tanzten über seine Schultern herab. Kurzzeitig konnte Habar die Augen nicht von ihm nehmen. Ob Herr von Schwarzbach wusste, welche Pläne dieser Mann mit seiner Tochter verfolgte? Gestern im Park hatte Amalia sie einander vorgestellt, und Trottdorf hatte die türkische Gesellschafterin mehr als eingehend gemustert. Auch jetzt spürte Habar, wie sein Blick genüsslich über ihren Körper wanderte. Ein weiterer Diener tauchte an Trottdorfs Seite auf und bot herzhafte Lerchenpasteten an. Der junge Mann ließ sich einige davon auf den Teller geben. Habar senkte den Kopf, um seiner Aufmerksamkeit zu entgehen.

Später am Abend fanden sich alle im großen Saal wieder. Noch großzügiger verteilte Kerzen tauchten den Raum in tanzendes Rot und Gelb. Die Temperatur stieg stetig. Der Schweiß, der manchem von der Stirn perlte, ließ sich auch durch zarte Leinentüchlein nicht in Schach halten. Mancher Fächer flatterte in vergeblichem Bemühen um Kühlung schneller. Habar hatte sich in eine Fensternische zurückgezogen und beobachtete das Geschehen von dort aus. Was sie betraf, war die Neugier der meisten Gäste befriedigt. Blicke trafen Schwarzbachs kleine Türkin zu diesem Zeitpunkt seltener. Nach der kurzen Pause, die auf das Ende des letzten Musikstückes gefolgt war, setzte eben das neue an. Tänzer und Tänzerinnen wiegten und bewegten sich zu den strengen Regeln des Menuetts. Fingerspitze berührte Fingerspitze. Amalias Tanzpartner hieß wieder einmal Trottdorf, sie hatte kaum einen Blick für andere.

Nur einen Moment für sich sein. Habar lehnte den Kopf gegen die Wand und sah zu, wie sich ihr Schleier in ihren Atemzügen bewegte. In Budin hatten Männer und Frauen getrennt gefeiert, und sie hatte die Eigenheiten beider Feste geliebt, denn als Kind durfte sie zwischen diesen beiden Welten hin und her wechseln. Als wäre es eben geschehen, erinnerte sie sich an das übermütige Lachen der Frauen, an Gesichter, die unter Schleiern hervorkamen; an junge Dienerinnen, die tanzten, während Esme *kadın*, auf den flachen, verzierten Sitzkissen ruhend, Süßigkeiten von einem Silbertablett naschte. Sie hatte sich so sehr gewünscht, einmal als erwachsene Frau an diesen Feiern teilzunehmen, aber dazu würde es wohl nie kommen.

Die Musik setzte aus. Murmeln war zu hören, die Tänzer tauschten Komplimente aus. Eine neapolitanische Sängerin sorgte für kurze Erholung, danach begann alles von Neuem, wie ein unablässiger Kreislauf. Einige erinnerten sich nun wieder an die kleine Türkin, kamen zu Habar herüber und defilierten stumm an der Fensternische vorbei. Die ersten Male konnte sie sich kaum beherrschen, die Zähne nicht zu blecken, wie sie es einmal bei einem kleinen Affen gesehen hatte. Sie kannte die Geschichten, die man sich über sie und ihresgleichen erzählte. Sie wusste, dass der Türke die Geißel der Christenheit war, die Zuchtrute, der blutdürstige Hund, der Erbfeind, der Todbringer, der plünderte, brandschatzte, mordete und ohne Barmherzigkeit Junge und Greise niedermachte. Sie spürte, wie ihre Wangen zu glühen begannen. Nach einer Weile senkte sie einfach nur den Kopf. Als sie mit einem Mal beim Arm gepackt und rückwärts gegen Fenster und Wand gedrängt wurde, hätte sie aufgeschrien, wenn ihr nicht eine breite Hand den Mund verschlossen hätte.

»Pst, Habar«, sagte eine samtige, nunmehr verstörend angenehme Stimme. Die Kante des gemauerten Sitzes hinter ihr drückte sich in ihre Waden. Sie öffnete den Mund, aber ihr Kopf war leer. Sie konnte nicht mehr tun, als in Ferdinand von Trottdorfs Gesicht zu starren. Lächelnd streifte der an der Außenlinie ihres Gesichts entlang. »Weißt du, dass du ein interessantes Dingelchen bist, Kleine?«

Habar bekam immer noch keinen Ton heraus. Kräftige Hände hielten ihre Oberarme umspannt, so dass sie sich kaum bewegen konnte. Mit einem leisen Lachen begleitete er ihre Versuche, sich zu befreien. Eine Weile ließ er sie gewähren, dann stieß er sie zurück, hielt sie gerade noch, bevor sie stürzen konnte. Noch im selben Moment wirbelte er sie herum, so dass sie nunmehr die Mauer in ihrem Rücken spürte.

»Sag, wo kommt so etwas Appetitliches wie du wirklich her? Aus dem Harem des Sultans?«

Ihre heftigeren Bemühungen, ihm zu entkommen, führten zu einem zweiten, lauteren Lachanfall: »Nein, nein, so kommst du mir nicht davon. Einen Kuss will ich. Küss mich, Mädchen!«

»Nein.«

Sie zerrte heftiger im Bemühen, von ihm loszukommen. Seine Finger bohrten sich fester in ihr Fleisch. Das Lächeln hielt sich auf seinem Gesicht. Sein Kuss kam ohne Warnung, und kurze Zeit bekam sie keine Luft mehr. Dann ließ er sie los. Sie konnte sich gerade noch halten. Das Erste, was ihr auffiel, als sie ihn wieder ansah, war sein verschmierter Mund.

»Danke«, sagte er in ihr starres Gesicht hinein, während er die verräterischen Spuren tupfend entfernte.

Habar antwortete nicht. Würde sie sich je wieder rühren können? Kalt war ihr, der ganze Körper fühlte sich steif und schwer an. Erst ein Raunen, dann einzelne Laute ließen sie den Kopf drehen. Mehrere Menschen hatten sich vor der Nische versammelt und starrten sie beide an. Ferdinand von Trottdorf nahm schnell wieder Haltung an, machte eine kleine Reverenz und schob sich dann lächelnd durch die Menge davon.

Habar blieb stehen. *Vater wird mir eine Tracht Prügel versetzen. Ich werde das Haus nicht mehr verlassen dürfen. Ich bin eine Hure. Aber er ist ja tot, er ist gestorben, weil er uns schützen wollte. Mich, eine Hure …* Als sei es eben geschehen, sah sie, wie der Vater die *giaurs* von dem Vorhang ablenkte, hinter dem seine Kinder kauerten. Nein, sie wollte das nicht sehen. Sie wollte das Gesicht in den Händen vergraben, aber sie konnte sich nicht rühren. Sie konnte nicht fort. Sie war Dienerin auf Gut Schwarzbach, eine junge Frau, kein Kind mehr. Inmitten der Menge erkannte sie Amalia, stieß und schob sich auf die bleiche junge Frau zu. Wispern begleitete ihren Weg. Sie verstand keines der geflüsterten Worte.

»Amalia«, sagte sie nur, als sie einander gegenüberstanden.

Die junge Frau schien zuerst wie erstarrt, dann schüttelte sie den Kopf. »Bleib mir vom Leib«, ihre Stimme zitterte, »bleib mir vom Leib, du dreckige Hure.«

***

Wohl hätte man ein Blatt fallen lassen können, und jeder hätte den Aufschlag gehört. Bevor erste Laute durch den Raum zitterten, bevor Stimmen zu zischeln und raunen begannen, war die Stille allumfassend. Dann geriet Bewegung in die ersten Reihen, von hinten drängten die Neugierigen nach. Inmitten bleicher, apfelwangiger Gesichter, auf denen Mouches tanzten, tauchte das puterrote Antlitz Emmanuel von Schwarzbachs auf.

»Amalia!«, donnerte er und streckte die Hand nach seiner Tochter aus.

»Aber ich habe doch recht«, Amalias Blick hielt sich an Habar fest, »wo hattet Ihr das Weib noch einmal her, aus dem Harem von ...«

»Amalia!«, war nun auch Victors Stimme zu hören, und sie klang um einiges strenger, als die des Vaters.

Amalia sah ihn kurz an, straffte die Schultern. Ihr Dekolleté bebte. Wie eine Welle gingen geflüsterte Worte durch die Menge. Dann war es erneut so still, dass man sogar das Zischeln der Kerzen hörte. Entschlossen ruckte Amalias Kinn nach vorne.

»Amalia«, sagte Victor leiser, aber umso eindringlicher.

Mit einem Kopfnicken rief Emmanuel von Schwarzbach einen Diener herbei. »Ich wünsche, dass Ihr Euch zurückzieht«, sagte er und vermied es, seine Tochter anzusehen.

Erste lautere Stimmen waren zu hören. Ein Gewisper, ein Auf und Ab der Töne, das Neugier markierte. Stoffe raschelten. Schritte entfernten sich über das Parkett. Habar holte tief Luft, und es schien ihr, als habe sie die ganze Zeit nicht geatmet. Es schmerzte. Ihr Brustkorb wollte zerspringen. Das Herz hämmerte bis in den Hals hinauf. Mit einer Hand suchte sie nach Halt, fand keinen, und dann stand Victor neben ihr: »Geh auf deine Kammer, Habar.«

Im Wegdrehen streifte seine Hand ihre rechte. Hoch erhobenen Kopfes ging sie zur Tür. Einiges würde sich ändern, dessen war sie sich sicher.

Erst, als sie neben ihrem Bett stand, bemerkte sie, dass sie die Hand, die Victor berührt hatte, mit der anderen umklammert hielt. Einiges würde sich ändern. Amalia würde ihr niemals verzeihen.

6. Kapitel

Gut Schwarzbach, 1697

Habar hatte sich in den Sessel gekauert, die Beine angewinkelt, und beobachtete Victor. Seit er durch die Tür der Bibliothek gekommen war, hatte sie kaum mehr einen Blick von ihm genommen. In den letzten Wochen schien er ihr noch schmaler geworden zu sein, seit Weihnachten war seine Kleidung, obwohl ihr das kaum möglich erschien, noch schmuckloser. Einmal hatte sie beobachtet, wie er einen Boten vor dem Tor abgefangen hatte. Gestern hatte er ihr von der Heiligen Nacht erzählt, von der

Geburt des Heilands. Heute sprach sie zu ihm vom *şeker bayramĭ*, dem Zuckerfest, das den Fastenmonat Ramadan abschloss.

Sie musste vorsichtig sein: Seit jenem Ereignis im letzten Herbst erregte sie Amalias Missfallen bei jedem kleinsten Anlass. Wenige Wochen nach dem Fest hatte die kleine Herrin eine zweite junge Frau mit Namen Christiane von Thann in ihre Dienste genommen, ohne auf ihr Türkenmädchen zu verzichten, und doch war es, als wäre Habar nicht mehr vorhanden. Von einem Tag auf den anderen hatte man ihr die alten Aufgaben genommen, ohne ihr neue zu geben. Mal verrichtete sie die Arbeit einer Magd, mal gab man ihr gar nichts zu tun. Sie war immer noch gehalten, morgens zur üblichen Zeit aufzustehen. Sie war gehalten, die beiden jungen Frauen zu begleiten, und doch wurde niemals ein Wort an sie gerichtet.

Eines Nachts – Amalia hatte sie um eine Tasse Schokolade geschickt, da sie Fräulein von Thann unmöglich wecken könne – hatte sie der junge Diener abgefangen, dem bisher jede Gelegenheit recht gewesen war, sie zu berühren.

»Und?« Er grinste breit. »Lässt du mich jetzt ran?«

»Verschwinde!«, presste sie zwischen den Zähnen hervor und hielt das Löffelchen in der Tasse in ihrer Hand fest, da es überlaut gegen den Tassenrand klirrte. Das Grinsen des jungen Mannes wurde noch breiter.

»Wirst dich nicht ewig zieren können, meine Hübsche«, sagte er. »Deine Tage oben sind gezählt. Besser, du erkennst jetzt, wer deine Freunde sind.«

Mit einem leisen Seufzer fuhr Habar aus den Gedanken. Ihre Hände rutschten zu den weich bestrumpften

Füßen, sie umfasste die Zehen, bewegte sie leicht, während ihre Augen auf Victor gerichtet waren, auf den Schwung seines großen Mundes glitten. Er hatte seine Haar zurückgekämmt und zu einem einfachen Zopf gebunden, doch eine kürzere Strähne war herausgerutscht und tanzte mit jeder seiner Bewegungen. Hatte er den Blick eben noch auf die Tischplatte gerichtet gehalten, schauten sie seine weichen haselnussbraunen Augen nun an. Sie umfasste ihre Zehen fester, atmete ein und aus.

»Ich habe es geliebt«, beendete sie ihren Bericht leise. »Ich habe es geliebt, wenn alle zusammenkamen. Ich liebte die Süßigkeiten und die kleinen Geschenke.«

Er nickte langsam. Sie ließ ihre Füße los, rieb über einen blauen Fleck an ihrem Handgelenk, den ihr eine wütende Amalia zugefügt hatte. Die junge Frau würde nie vergessen, was geschehen war. Sie musste ihr aus dem Weg gehen, und doch war es kaum möglich, ihr zu entkommen. Es war ihre Aufgabe, Amalia von Schwarzbach zu dienen. Man hatte ihr keine andere zugeteilt. Erneut seufzte Habar leise: Bei allem war sie noch dazu sicherer an der Seite der kleinen Herrin. Sie brauchte sich nicht auszumalen, was geschehen würde, wenn sie alleine zurückblieb. Zwei Finger ruhten noch auf dem dunklen Fleck, dann streifte sie den Ärmel des *entari* zurück über das Handgelenk.

»War sie das?«

Habar zuckte zusammen. Sie hatte nicht bemerkt, dass Victor aufgestanden war und nun an ihrer Seite stand.

»Es ist …«, sie schluckte, weil ihre Stimme so rau klang und befeuchtete die trockenen Lippen, »nicht der Rede wert.«

Victor schaute sie kurz an, dann ging er wortlos zurück an seinen Platz. Mit einem Mal hatte er wieder die Bibel in der Hand, mit der er in das Zimmer gekommen war. Sie wusste, dass er häufig im Buch der Christen las. Dass er manchmal ganze Abschnitte daraus auf kleine Papierstücke notierte und in seinen Taschen mit sich herumtrug. Je höhnischer sich der Vater über den Betbruder äußerte, desto entschlossener hielt der Sohn daran fest.

Sie stritten immer noch miteinander, ganz, als hätten sie sich daran gewöhnt und könnten nicht mehr davon lassen. Manchmal sah sie Victor fortreiten, und immer öfter fragte sie sich, was sie tun würde, wenn er eines Tages nicht zurückkäme. Häufiger sah sie ihn dieser Tage in die Kirche gehen.

»Die Welt meines Vaters ist einfach«, hatte er einmal gesagt. »Es gibt keinen Bedarf an guten Taten.«

Sie bemerkte, wie seine Finger über den Ledereinschlag des Buches glitten.

»Würdest du meine Schwester nach Dresden begleiten?«, lenkte er das Gespräch auf eine Angelegenheit, die das Haus Schwarzbach in den letzten Tagen beschäftigt hatte.

»Hätte ich eine Wahl?«

Sie versuchte, in seinem Gesichtsausdruck zu lesen. Er starrte gegen die Buchreihe über ihrem Kopf: die Bibliothek, der Ort, an dem sie sich immer trafen. Ein scharrendes Geräusch; er hatte den Stuhl zurückgeschoben und war aufgestanden. Kaum einen Atemzug später spürte sie seine Hand auf ihrer Schulter, Finger, die sich bewegten, leicht zudrückten und sich lockerten. Vor Kurzem noch hätte sie daran gedacht, was der Vater getan hätte, hätte er solches beobachtet. Heute tat sie es nicht. Victor wollte ihr nichts Böses. Er war der Erste, der mit *ihr* gesprochen hatte. Der Erste, für den sie kein exotisches Tier darstellte. Als sie den Kopf drehte, ließ er sie los.

Groß war er. Sie reichte ihm etwa bis zur Brust, als sie aufstand. Um ihn in den Blick zu nehmen, legte sie den Kopf in den Nacken. Sie waren sich so nahe, dass sie jede Unebenheit seiner Haut wahrnehmen konnte, auch die kleinste der Narben, die die Pocken hinterlassen hatten, Barthaare, die bei der Rasur verfehlt worden waren, ein kleiner Schnitt auf der linken Wange. Sie sah, wie sich sein Mund bewegte, sah eine feine, weiße Linie am rechten Mundwinkel und krampfte die Finger ineinander, um nicht danach zu tasten.

»Mein Platz ist an Amalias Seite, ich habe keinen anderen.«

Kein anderer Platz – das ist mein kismet. Da war eine Berührung an ihrem Kopf, er fuhr durch ihr Haar, wie es der Vater früher getan hatte, eine Hand lud sie ein, sich dagegen zu lehnen, die Augen zu schließen.

»Habar?«

Obwohl die Stimme leise war, zuckte sie zusammen.

»Ich werde mit meiner Schwester sprechen. Ich werde sie daran erinnern, wie sich eine Schwarzbach zu verhalten hat.«

Der Druck der Berührung verschwand. Das pulsierende Gefühl der Wärme in ihr ließ nach und machte Leere Platz.

***

Die kräftige Hand, die Habar an der Kehle packte, hinderte sie am Schreien. Das erste Gefühl, das sie überkam war nicht Angst, sondern Ärger über die eigene Unaufmerksamkeit. Ein muskulöser Arm griff um ihre Körpermitte herum, sie sah eine wohl bekannte, behaarte Hand, die die Tür zu dem kleinen Zimmer öffnete, in dem sich nichts befand außer alten Möbeln. Sie zappelte. Ihren Versuch, schreiend auf sich aufmerksam zu machen, verhinderte ein noch festerer Griff um den Hals.

»Halt's Maul«, flüsterte der junge Diener in ihr Ohr, der sie immer und immer wieder, zu jeder Gelegenheit begrapscht hatte.

Warum hatte sie nicht aufgepasst? Weil sie Victors und Amalias streitende Stimmen gehört hatte und den eigenen Namen. Weil sie gelauscht hatte, während sie mit den Pantoffeln über das Parkett streifte, das bei Helligkeit wie goldfarbener Honig schimmerte. Weil sie, als sie Schritte im Zimmer hörte, die sich der Tür näherten, kopflos davongestürzt war.

Und hier war sie nun. Ein kräftiger Stoß in den Rücken, sie stolperte einige Schritte in den Raum hinein. Gerade noch hielt sie sich aufrecht. Als sie sich umdrehte, grinste der junge Diener sie breit an. »Und? Was machst du nun?« Feixend kam er näher. »Sie werden dich vor die Tür setzen, wenn sie uns erwischen, also sei schön still, meine Kleine. Alle wissen, dass die Türkenweiber lüstern sind.«

Habar wandte den Kopf ab, bemerkte bald seinen Körper zu dicht bei sich. Trotz ihrer Gegenwehr zog er sie am Kinn zu sich herum. Eine Gänsehaut bildete sich auf ihren Armen. Schweiß brach ihr aus, und doch sah sie alles ganz deutlich, so, als habe sich ihre Wahrnehmung geschärft. Unablässig nahm sie alles auf, prüfte jedes Stück in diesem Raum auf seine Tauglichkeit. Sehr vorsichtig wischte sie ihre schweißnassen Hände an ihrem Rock ab. Der Atem des Mannes war auf ihrer Haut, sie roch den fauligen Geruch aus seinem Mund. Während er ihre Wange tätschelte, streiften die Finger ihrer rechten Hand die eingenähte Rocktasche. Mit einer Hand umfasste er ihren Nacken, ließ sie für einen Augenblick daran denken, wie unglaublich zart und verletzlich dieser Hals war.

»Ich weiß gar nicht, wo ich bei dir anfangen soll?«

Eine Hand hielt sie immer noch am Kinn, die andere drängte unter ihren Schnürleib. Als er sich nach vorne beugte, um sie zu küssen, riss sie ihren Kopf mit aller Gewalt zur Seite. Er unterdrückte einen Wutschrei, stieß und schob sie sogleich gegen die Wand, wo er sein rechtes Knie zwischen ihre Beine stieß. Sie erstarrte. Wieder streifte sein Atem ihr Gesicht. Er hatte vor nicht allzu langer Zeit Bier getrunken. Die Wut in seinen hellen Augen verblasste, das Grinsen gewann wieder die Oberhand.

»Es geht hier nicht um ein Ja oder ein Nein, meine Kleine. Ich habe lange genug gewartet.« Er küsste sie, löste sich von ihr. »Na, wie gefällt dir das? Das ist es doch, was ihr Weiber wollt!«

Habar ließ ihre Augen weit werden. Ausdruckslos starrte sie durch ihn hindurch. Als er seine Lippen erneut auf ihren Mund drückte, glitt ihre rechte Hand in die Rocktasche, ihre Finger umschlossen einen Gegenstand. Ruhig, sie musste ruhig bleiben. Noch war die Hand zu schwitzig. Mit kaum merklichen Bewegungen trocknete sie ihre Finger. Der Mann drängte seine Zunge in ihren Mund, löste sich von ihr. »Und, war das nichts?«

Sie sah immer noch in die Ferne, versuchte seinen Geschmack zu vergessen. Als er sie wieder küsste, riss sie die Hand aus der Tasche hervor. Zu spät bemerkte er die Bewegung, mit der sie das Federmesser an seinen Hals brachte. Victor hatte es ihr zum Schneiden der Papierbögen geschenkt, und sie hielt es nun fest umklammert. Der Körper des Dieners erstarrte. Sicherlich waren es die Geschichten, die man sich über sie und ihresgleichen erzählte, die die Schweißtröpfchen auf seine Stirn zauberten. Sie hatte nicht vor, ihn vom Gegenteil zu überzeugen. Wortlos drückte sie die Klinge fester gegen seine Haut.

»Nein«, krächzte er.

So nahe wie sie sich waren, konnte sie sein leichtes Zittern spüren. Um zur Tür zu kommen, würde sie ihn loslassen müssen, doch da war etwas in seinen Augen, dem sie nicht traute. Ja, er wagte immer noch, sie anzusehen, wartete darauf, was sie als Nächstes machen würde.

Was sie tat, geschah so schnell, dass sie schon an der Tür war, als er vor Entsetzen röchelte. Ein Blick zurück, und sie sah eine Hand, die die andere umklammerte, dann hetzte sie auch schon die Treppe nach oben. Sie hatte nur einmal kurz zugestochen, aber die Erinnerung daran, wie die Haut seines Handrückens unter der Schneide nachgegeben hatte, ließ sie würgen. Sie streckte die Hand nach dem Treppengeländer aus und zog sich die letzten Stufen nach oben. Das Federmesser verschwand in der Rocktasche. Ihr Brustkorb hob und senkte sich, während sie mit zitternden Fingern ihre Kleidung ordnete. Heute war sie noch einmal entkommen, aber in ihrer Aufmerksamkeit würde sie nun niemals mehr nachlassen dürfen.

7. Kapitel

Victor sah auf seine Hände. Überkreuz ruhten sie vor ihm auf dem Sattel. Schwarzes Leder schimmerte im Sonnenlicht. Die Handschuhe waren so fein gearbeitet, dass sie sich wie eine zweite Haut über seine Finger zogen. Die Nähte bestanden aus kaum sichtbaren Stichen. Als er sie zum ersten Mal in den Fingern gehalten hatte, hatten sie nach Lavendel gerochen, und er hatte den Blick nicht von Amalia nehmen können, die ihm dieses Geschenk gemacht hatte. Was war nur mit ihr geschehen in den Jahren seiner Abwesenheit? Schon damals, als er aus Dresden zurückgekehrt war, war sie ihm fremd gewesen, und daran hatte sich seither nichts geändert.

Oder lag es an ihm? Zu steif hatte er sich für das Geschenk bedankt und sie damit wohl verletzt. Wenn er dieser Tage den Kopf zu ihr drehte, wich sie ihm häufig aus. Dass er wiederholt ein Wort für Habar eingelegt hatte, nahm sie ihm übel. Wohin war das kleine Mädchen verschwunden, mit dem er gespielt hatte? Wo war Mali, die sich in die Speisekammer geschlichen hatte, um Zucker zu stibitzen? Mittlerweile ähnelte sie eher den jungen Damen bei Hof, hübsche Larven, die ein näheres Hinschauen nicht lohnten und die er gerne hinter sich gelassen hatte.

Er riss den Blick von seinen Handschuhen und sah zu seiner Schwester. Amalia erwiderte seinen Blick nicht. Die Haltung, mit der sie zu Pferde saß, war untadelig. Unfehlbar zeigte sich auch Christiane von Thann an ihrer Seite. Wie stets hatten die beiden jungen Frauen etwas zu besprechen. Gemeinsame Erinnerungen, die Töchter ihres Standes teilten, brachten sie einander nahe: Handarbeit, Mal- und Zeichenunterricht, der Tanzlehrer. Während Amalia eine Halbwaise war, hatte Christiane beide Eltern bei der Dresdner Pest von 1680 verloren, der sie selbst nur entronnen war, weil sie zu diesem Zeitpunkt die Großeltern besucht hatte. Die Vorsehung beschritt unbekannte Wege. Victor legte die rechte Hand gegen die kleine Bibel in seiner Rocktasche, während er das Pferd mit den Schenkeln und der linken lenkte. Kurz nur fiel sein Blick auf Habar, die den beiden anderen Frauen auf einem deutlich kleineren Pony folgte – wie hatte Amalia darüber gelacht –, bevor Emmanuel von Schwarzbach sein Pferd mit einem Schnalzen an die Seite seines Sohnes lenkte.

»Folgt mir!« Der ältere Schwarzbach trieb sein Pferd an. Victors Tier warf den Kopf hoch. Die Frauen und die Dienerschaft hinter sich lassend, legten sie eine Strecke des Wegs in schnellerem Trab zurück. Noch etwas weiter, und der alte Schwarzbach zügelte sein Pferd und überzeugte sich mit einem Blick davon, dass sie alleine waren.

»Friedrich August wird polnischer König werden«, setzte er an, während er nun Schritt gehen ließ. Victor zerrte so unvermittelt an den Zügeln, dass es sein Schimmel mit ruckartigen Kopfbewegungen quittierte.

»Aber, woher? Die Wahl ... Prinz Conti ...« Er holte tief Luft. Der Vater starrte zwischen den Bäumen hindurch. Stumm betrachtete ihn der junge Mann von der Seite. Anfang Juni dieses Jahres hatte es wenig anderes zu besprechen gegeben, als den Umstand, dass Friedrich August zum Katholik geworden war und Sachsen damit seiner Führungsrolle unter den evangelischen Reichsständen beraubt war. Noch immer herrschte Unruhe im Land, insbesondere unter den strengen Lutheranern. Hier und da hörte man sogar von Agitatoren, die die Bevölkerung zur Auswanderung aufforderten.

»Vater?«

»Prinz Conti!« Emmanuel von Schwarzbach lachte leise. »Ihr wisst doch, Gold hat schon manche Wahl beeinflusst. Es heißt, unser Fürst habe sich nicht lumpen lassen und wurde auf dem Feld von Wola zum Sieger erklärt.«

»Aber Conti ...«

»Der Hofkalender, den du ja nie liest, hat die Erhebung unlängst verlauten lassen. Friedrich August wird gekrönt werden.« Mit einem kräftigen Hieb seiner Peitsche schlug der Vater einen herabhängenden Ast zu Boden. »Natürlich werden die Landstände Versicherungen darüber von ihm verlangen, dass niemand zur katholischen Religion gezwungen werde, aber der Krönung selbst steht nichts mehr im Wege.«

Wieder hieb er einen Ast zu Boden. Victors Pferd begann zu tänzeln. Einen Moment lang war sein Reiter damit beschäftigt, es unter seine Gewalt zu bringen. Es war Sachsens Graf Flemming gewesen, berichtete der alte Schwarzbach unterdessen weiter, der die Konkurrenz durch das Aufstellen immer neuer Bewerber zersplittert habe.

»Unser Fürst wird sich also demnächst in Krakau krönen lassen. Er kann in kurzer Frist da sein, Conti aber … Sein Weg ist zu weit.« Der Vater zuckte lächelnd die Achseln. »Kommt, lasst uns weiterreiten, bevor uns die Weiber einholen.«

Mit einem Schnalzen trieben sie ihre Pferde in den Trab.

»Eines bleibt abzuwarten«, raunte der alte Schwarzbach nach einem weiteren Stück Weg mit gesenkter Stimme. »Der neue König wird demnächst viel Geld benötigen. Angeblich soll nun sogar eine Kommission zur Überprüfung der Steuerzahlungen eingesetzt werden.« Sein Pferd nur noch mit einer Hand lenkend hatte Emmanuel von Schwarzbach die andere in die Hüfte gestützt, als befände er sich auf einem Empfang und wolle seinen prächtigen Rock besser zur Geltung bringen. »Ihr werdet also noch besser verstehen«, fuhr er dann fort, »dass ich unter keinen Umständen auf Eure oder die Anwesenheit Eurer Schwester an einem königlichen Hof verzichten kann.«

Victor antwortete nicht.

»Es ist ein König, der nun in Dresden regiert«, der alte Schwarzbach zog die Augenbrauen hoch, »versteht Ihr, was ich Euch damit sage?«

Victor starrte auf seine Hände. Wie viele Jahre hatte er dem Vater jetzt widerstanden, hatte ihn hingehalten, sich nützlich gezeigt und sich doch nicht fassen lassen? Und warum überkam ihn gerade jetzt die Befürchtung, dass es damit endgültig vorbei war? Es war ihm immer schwergefallen, sich zu entscheiden. Vielleicht war das der Fehler. Vielleicht hätte er niemals hierher zurückkehren sollen. Er musste sich räuspern, bevor er sprechen konnte.

»Amalia ist zu jung.«

Der ältere Schwarzbach machte eine knappe Handbewegung.

»Sie ist ein hübsches Ding, das uns endlich nützlich sein mag. Ihr könnt ja auf sie aufpassen.« Der Mund des Vaters verzog sich zu einem Lächeln. Noch niemals zuvor war Victor aufgefallen, wie schmal seine Lippen waren, dünn und blutrot gefärbt. »Und glaubt bitte nicht, dass ich mir von Euch noch länger auf der Nase herumtanzen lasse! Die letzten Jahre waren schwer, die Ernten schlecht. Mein Blick war getrübt, damit ist es jetzt vorbei ... Sohn.«

Das letzte Wort zischte wie ein Peitschenschlag durch die Luft. Victor fröstelte. »Ich will nicht zurück an den Hof. Das habe ich Euch stets gesagt.«

Ohne es zu bemerken, hatten sie ihre Pferde zum Stehen gebracht. Vater und Sohn schauten einander an. Dann lächelte der Ältere. »Habt Ihr Eure Schwester in letzter Zeit einmal angeschaut? Sie ist schön, und doch habt Ihr Recht. Sie ist ein Kind. Wollt Ihr sie wirklich alleine nach Dresden gehen lassen?«

***

Irgendwie hatten sie zueinandergefunden, standen nebeneinander, den Blick auf den Felsen gerichtet. Die Diener waren bei den Pferden geblieben, Dienerinnen bereiteten das Picknick vor. Victor hatte Habar von allen weggeführt. Nun spürte sie, wie sein Arm kurz den ihren streifte, bevor er zur Seite rückte. Da war ein Geruch nach Pferd und Schweiß an ihm. Als sie den Kopf drehte, bemerkte sie eine Reihe feiner Schweißperlen an seinem Haaransatz.

Er sah sie nicht an, so wie er es auch den größten Teil der Wegstrecke nicht getan hatte. Sie musterte den festen Bogen seines Kinns. Ein Windstoß brachte Bewegung in die Äste über ihren Köpfen. Indem sie die Arme vor der Brust verschränkte, spürte sie den eigenen, bebenden, warmen Körper.

Ich bin alleine ohne dich. Ihre Atemzüge kamen kurz und nervös. Irgendwo, auf der anderen Seite des Felsens hörte sie Amalias Stimme. Heute, beim ersten Hahnenschrei, hatte man sie gerufen, damit sie der jungen Herrin bei der Toilette helfe, die dann doch Christiane von Thann an ihr vorgenommen hatte. Mittels eines Pudermessers war weißer Puder über Amalias ganzes Gesicht verteilt, danach Rouge aufgetragen worden. Das Haar hatte man ihr in eine Fontange frisiert. Während sie dasaß und den beiden Frauen zusah, erinnerte Habar sich daran, wie sie selbst einmal Amalia von Schwarzbachs Haar gekämmt und ihr das erzählt hatte, was sie von früher erinnerte. Die Zeit, in der sie keine Perücken gekannt hatte, kam ihr mittlerweile mehr als ein Menschenalter entfernt vor.

In ihren ersten Tagen auf Schwarzbach hatte sie noch darauf gehofft, dass Ibrahim kommen würde, den Bruder, den sie eingesperrt hatten, als der ältere Schwarzbach sie gekauft hatte. Sie erinnerte sich daran, im großen Kaminzimmer auf Hartleben gestanden zu haben. Sie erinnerte sich daran, wie sie sich im Kreis drehen musste und wie man über sie redete, als sei sie ein Tier, das zum Markt geführt werden sollte. Ganz besonders deutlich sah sie das kräftige Sonnenlicht vor sich, das durch die Fenster zu ihnen hineingedrungen war und helle Flecken auf dem Parkettboden hinterlassen hatte. Um Ruhe zu finden, hatte sie ihre Augen auf Wanderschaft geschickt: Teppich, Chaiselongue, Tisch, Stuhl, auch Chaise genannt, wiederholte sie die zuerst gelernten Worte. In der Kutsche und noch lange danach war sie sich sicher gewesen, dass Ibrahim kommen würde, um sie zu holen. Sie verlebte einen zweiten Winter im Land der *giaurs*, Tage, in denen die Hügel graubraun wurden, erst von glitzerndem Eis bestäubt und dann von Schnee bedeckt. Um die klare Kälte zu spüren, lief sie einmal sogar barfuß hinaus. Im folgenden Frühling dachte sie daran, alleine zu fliehen, fand eine schmale Tür, die in den Garten hinausführte. Damals war früher Morgen gewesen, die Sonne war gerade über den bewaldeten Hügeln rings um Schwarzbach aufgegangen. Ein warmes, goldenes Gefunkel hüllte lange Reihen von Obstbäumen ein. Etwas weiter entfernt hatte sie zum ersten Mal den schwarzen Bach gesehen, der sich durch die Wiese schlängelte. Sie tat einen ersten Schritt hinaus, die nackten Füße berührten feinen Kies. Von irgendwoher waren die ersten Stimmen zu hören. Ein Hahn hatte gekräht, Hunde gebellt. Über den Kies hinweg hatten sich ihre Füße auf nasses Gras bewegt. Sie war über einen Ast gestolpert, der unter der Last seiner Früchte gebrochen war. Schneller und schneller war sie gelaufen, eine Furcht in sich, die sich immer weiter ausgedehnt hatte, bis sie stehen blieb, weil sie keinen Fuß mehr vor den anderen setzen konnte. Es gab kein Zuhause mehr, sie hatte keinen Schutz mehr als jenen, den ihr das trutzige Haus mit seinen fremden Bewohnern in ihrem Rücken bieten konnte. Aber dank Allah lebte sie noch. Und da war sie auf die Knie gefallen, hatte die *al-Fatiha* gesprochen und zum ersten Mal seit Langem geweint.

Mit einem Zucken fuhr Habar aus den Erinnerungen. Es war damals überhaupt das erste Mal gewesen, dass sie den Tod ihrer Eltern hatte beweinen können. Gestern hatte Amalia sie geohrfeigt, weil sie zu spät gekommen war. Es ist nur noch eine Frage der Zeit, hatte sie gesagt, bis Victor nach Dresden zurückmuss.

Nur eine Frage der Zeit, dann bin ich allein.

Habar senkte die Lider. An ihrer Seite räusperte sich eine Männerstimme und holte sie endgültig aus ihren Gedanken.

»Ich finde, er sieht aus wie ein steinerner Pilz«, sagte Victor. Habars Augen folgten seiner Armbewegung. Der Felsen, der hier mitten im Wald wie aus dem Nichts aus dem Boden erwuchs, zeichnete sich hellgrau gegen den blauen Himmel ab.

»Wer Glück hat, findet hier die schönsten Steine«, sagte er, immer noch, ohne den Kopf zu ihr zu drehen. »Die Einheimischen wissen das.«

Habar trat einen Schritt vor, schwankte zur Seite und bemerkte Victors festen Griff an ihrem Arm. Die türkische Kleidung, die sie auf Amalias Geheiß angezogen hatte, war dünn. Deutlich spürte sie die Wärme, die von seinen Händen ausging. Dieses Mal ließ er sie nicht los. Es schmerzte, aber sie beschwerte sich nicht. Dankbar spürte sie jede einzelne Fingerspitze, und jede löste einen Klang in ihr aus, ließ etwas in ihr vibrieren, wie die Saite einer *bağlama*, einer Laute.

»Als Kind«, sein Atem streifte über ihren Nacken, »war ich manchmal mit meiner Mutter hier. Sie war eine gute Reiterin.«

»Und ich mochte es, wenn Esme *kadın* mich auf den Schoß nahm und mir von ihrem Rosenkonfekt gab.« Sie biss sich auf die Lippen, aber er hatte sie schon so zu sich gedreht, dass sie einander ansehen mussten. »Esme *kadın*?«

Sie schüttelte den Kopf. Nichts sagen, nichts sagen … Ein Frauenschädel, der an langen Haaren hin und her geschwenkt wird. Nein, sie würde nichts sagen. Davon hatte sie niemals sprechen wollen.

Er wartete, strich dann über ihre Wangen. Kurz war es ihr, als stolpere ihr der Atem in der Brust. Die Haare auf ihren Armen richteten sich auf, ein flaues Gefühl breitete sich in ihrem Magen aus.

Sie verbrachten den Rest des Tages damit, in der Nähe des Felsens herumzuspazieren. Victor erging sich unablässig in Erklärungen, sogar Amalia erzählte kichernd von früheren Ausflügen. In der Dämmerung kehrten sie zurück. Habar war so müde, dass sie am liebsten sofort zu Bett gegangen wäre, aber Amalia erlaubte es nicht. Als sie nach Stunden, wie es Habar schien, noch eine Weile im Flur stand und sich den steifen Nacken massierte, war plötzlich Victor da.

Sie öffnete den Mund, um etwas zu sagen. Er legte den Finger auf die Lippen. Er musste sich mit beiden Händen durchs Haar gefahren sein, denn es stand in alle Richtungen ab. Er trug keinen Rock mehr. Sein Hemd war offen. Sehr langsam kam er näher und legte dann die rechte Hand gegen ihre linke Wange. Mit einem Mal gab es so viel, was sie ihm erzählen wollte, so viel, was es zu fragen galt, doch er kam ihr zuvor: »Geh zu Bett, Habar, ruh dich aus.«

So viel war geschehen. Sie starrte auf seine Lippen, als könne sie die Laute davon pflücken. Sein Lächeln verschwand. Warum sah er so ernst aus, wo war die Vertrautheit, die sie heute gespürt hatte? Sie knickste zum Abschied, er nickte ihr zu. Wenn sie sich ausgemalt hatte, dass er sie küssen würde, hatte sie sich getäuscht. Man würde sie niemals küssen. Sie war ein dunkles Türkenmädchen, hässlich wie die Nacht, keine, die man lieben konnte, keine, die geküsst wurde.

Früh am nächsten Tag zerriss Hufgetrappel die Stille. Noch im Nachthemd schlüpfte Habar in den Flur hinaus, riss eines der gelbglasigen Fenster auf, durch die man die Welt nur schemenhaft wahrnehmen konnte. Als habe er etwas gehört, wandte der Reiter den Kopf. In der Bewegung rutschte die Kapuze seines schwarzen Umhangs zurück. Erste fahle Morgenstrahlen ließen Victors Gesicht grau erscheinen. Er hob die Hand, ließ sie dann sinken, ohne seinen Gruß weiter auszuführen, und trieb sein Pferd zum Tor hinaus. In Habars Rücken knarrten Dielen unter entschlossenen Schritten.

»Ich wusste, dass er gehen würde«, sagte Amalias zu sanfte Stimme. »Mir hat er es gesagt.«

8. Kapitel

Gut Hartleben, 1698

In Ibrahims Rücken schwoll das Gemurmel an. Das Knarren von Holz und scharrenden Füßen, gefolgt von raschelnden Kleidern und Schritten auf dem Steinfußboden zeigten, dass der Gottesdienst vorüber war. Worte schälten sich heraus, Gespräche, Männer- und Frauenstimmen. Er hörte den Pfarrer Vosskamp. Im nächsten Moment öffneten Diener die Türen, ein blendendes Rechteck zeichnete sich vor seinen Augen ab, kurzfristig so hell, dass er sich mit dem erhobenen Arm dagegen schützen wollte. Reglos blieb er stehen. Die Laute verklangen mit der wieder zufallenden Tür. Wahrscheinlich verteilten sich die Gäste nun im Hof, wo Erfrischungen gereicht wurden, doch er wollte sich noch nicht zu ihnen gesellen.

Es war lange her, dass sich so viele Menschen in der Kapelle von Gut Hartleben gedrängt hatten. Mit angespannter Aufmerksamkeit hatte man die Predigt und die folgende Taufe verfolgt, die die Aufnahme des Türken Ibrahim in die Gemeinschaft der Christen besiegelte. Aus allen umliegenden Dörfern waren sie gekommen und von weiter her. Auch adlige Damen und Herren waren der Einladung gefolgt, hatten sich zahlreich als Paten zur Verfügung gestellt.

Ibrahim hob den Kopf und richtete den Blick auf den Heiland an seinem Kreuz. Isa ibn Maryam. Auch in der Kindheit hatte man von ihm gesprochen, er war einer der Propheten und ein Vorläufer Mohammads, Allahs Segen und Frieden sei über ihm. Das fiel ihm jetzt ein, während sein Kopf über die ganze Zeremonie hinweg wie leer gefegt gewesen war, er jeden Handgriff mechanisch vollzogen, jede Antwort gegeben hatte, ohne wirklich daran teilzuhaben. Aber das war nun vorbei. Mit Ludwig Vosskamps letzten Worten hatte sich eine Schleuse in seinem Kopf geöffnet, und alles, was er je sorgfältig dahinter verschlossen hatte, drohte augenblicklich hervorzubrechen.

Es war Habar, an die er sich vor allem erinnerte, die kleine Schwester, die er so lange Jahre nicht gesehen hatte. Er hatte nicht mehr an sie gedacht, seit ihm diese Dinge zu Ohren gekommen waren … Dinge, die man sich über Herrn von Schwarzbach erzählte. Nun war sie zurück in seinen Gedanken, schaute ihn an aus ihren hellbraunen Augen, klemmte eine Strähne ihres dicken, störrischen Haars hinter ihr Ohr, und er saß wieder hinter dem Vorhang, den Arm um sie geschlungen, und betete darum, dass man sie nicht entdeckte.

Fort damit. Er spannte den rechten Arm an, ballte die Faust, dass die Fingerknöchel weiß hervortraten. Einmal hatte er sie niemals vergessen wollen, einmal hatte er sich geschworen, niemals etwas von den *giaurs* anzunehmen, gemeinsam mit der Schwester von diesem Ort hier zu fliehen, aber alles war anders gekommen. Allah … der Herrgott entschied darüber, was dem Menschen widerfuhr. Er ließ den Blick über die Beine des Heilands nach oben wandern, sah die Wunde, die ihm der Speer beigebracht hatte, sah die Dornenkrone und das Blut, das aus vielen kleinen Wunden über sein Gesicht rann. Dies war jetzt sein Leben. Bald würde er gemeinsam mit Karl Aufnahme in einem Dragonerregiment finden. Dort würden sie ihre Waffenkünste verfeinern, und er würde noch besser reiten lernen.

Schritte. Eine Berührung an der Schulter ließ ihn zusammenzucken. Als er sich umdrehte, stand Georg vor ihm und lächelte: »Kommst du? Man will auf deine Gesundheit trinken und wartet auf dich.«

Ibrahim senkte die Augenlider. *Ich habe Allah verlassen. Das ist nun mein Leben. Es gibt keinen Weg zurück.* Er schaute noch einmal auf den leidenden Christus, ließ sich mit sanfter Gewalt in den Mittelgang und dann zum Eingang hinüberziehen.

Heute früh schon, ging es ihm durch den Kopf, während er Fuß auf Fuß setzte, gerade als er sein Bad beendet hatte, war Georg beim Teich aufgetaucht. Auch wenn er ihn nach dem Bad längst nicht mehr zur Bettruhe aufforderte, war ihm die Vorstellung, sich solcherart zu gefährden, wohl immer noch nicht behaglich, aber er hatte nichts gesagt. Bäder, erinnerte sich Ibrahim, als er den dünnen, schwarz gekleideten Pfarrer in einer kleinen Menschentraube kurz vor der Tür bemerkte, insbesondere heiße Bäder, hatte ihm Vosskamp eines Tages erklärt, weichten die Haut auf und machten sie durchlässig für Krankheiten.

»Ich freue mich über deine Entscheidung«, wiederholte Georg leise etwas, was er auch heute Morgen schon gesagt hatte, »du bist längst wie ein Sohn für mich.«

Ibrahim sah den Älteren von der Seite an. Unter der Perücke, so wusste er, befand sich mittlerweile dünneres Haar. Die Locken hatten sich geglättet, während Georgs Gesicht mit jedem Jahr zerfurchter aussah. Falten zogen sich in vertikalen Linien von den Augenwinkeln zum

Mund. Am Kinn war das Fleisch weich geworden. Er hatte kräftig zugelegt, seit sie gemeinsam aus dem Krieg gekommen waren. Arme und Beine waren fleischig und schwer, der Bauch wölbte sich über den Hosenbund. Irgendjemand hatte einmal erzählt, in seiner Jugend sei dieser Mann ein Tunichtgut gewesen. Aber dies war anders geworden, nachdem er das Gut geerbt und Verantwortung übernommen hatte. Heute stand Hartleben in seiner Blüte, die gutseigene Wolle, von geschickten Händen zu feinem Garn versponnen, genoss einen guten Ruf, die Spitze, die arme Häuslerfrauen aus dem nächsten Dorf in Georg von Hartlebens Auftrag herstellten, war ein gefragtes Produkt aus der Gegend.

Gemeinsam traten sie aus der Kapelle. Im Hof brannte die Sonne so hell, dass einige Gäste ihre Augen beschatten mussten. Ibrahim ließ den Blick wandern, lächelte, neigte hier und da grüßend den Kopf, ohne wirklich jemanden zu sehen. Aus dem Menschennebel kam Karl auf ihn zu, packte ihn ungestüm beim Arm, als wolle er den Freund vor Freude herumwirbeln.

»Jetzt bist du endlich einer von uns, ein Bruder in Christo!« Er packte Ibrahims Hand und drückte sie gegen seine Brust. »Spürst du, wie mein Herz trommelt?«

Lachend schlang Ibrahim einen Arm um seine Schultern. Eine Magd bot ihm ein Tablett mit einem Glas dar. Als er es hob, wurde es erst still, dann brandete Jubel auf.

»Auf Christoph Ibrahim von Hartleben«, sagte Georg langsam, jede Silbe des Namens mit besonderem Bedacht aussprechend.

»Auf Christoph Ibrahim von Hartleben«, fielen andere ein.

Ibrahim spürte Karls Herz und lachte.

***

Stunden später war die Luft zwischen den Feiernden stickig. Es war lange her, dass auch die Namen der letzten Gäste ausgerufen, von Gemurmel und nickenden Köpfen gegrüßt worden waren. Frisuren, die einstmals bewundernde Blicke geerntet hatte, rutschten längst müde hängenden Schultern entgegen. Schminke verflüssigte sich in der Hitze und troff in schmutzigen Schlieren vom Gesicht herab. Auf prächtigen Roben zeichneten sich Schweiß- und Fettflecken ab, und die Kunst der Parfumeure kämpfte zunehmend vergeblich gegen den Ziegengeruch des Schweißes an. Die ersten Tänze waren noch strengen Regeln gefolgt, doch im Laufe des Abends und mit steigendem Alkoholspiegel hatte sich die Anordnung aufgelöst, so wie sich alles in Auflösung befand. In größeren Bögen umkreiste man sich unablässig. In kleinen Gruppen stand man beieinander und redete über die Königskrönung des letzten Jahres und die Einführung der Revisionskommission zur Überprüfung der Steuerzahlungen und der Finanzverwaltung, die mit ihrer Absicht, selbst hohe Würdenträger nicht zu verschonen, immer noch für Unruhe sorgte. Namen von möglichen Betroffenen, von Verhafteten gar, schwirrten durch die Luft: von Haugwitz, von Gersdorf, von Lerche, von Knoch, von Bose und sogar der Erbmarschall von Löser. Der kleine Landadel werde verschont, hatte einer angemerkt. Ein Anderer hatte berichtet, man strenge sogar Untersuchungen gegen bereits Verstorbene an und zeige sich besonders gegenüber den Städten streng. Mancherorts sei man den Revisoren mit Gewalt entgegengetreten. Wie viel beruhigender war es da doch, davon zu sprechen, dass zur Ständeversammlung niemand mehr zugelassen werde, der nicht acht adlige Ahnen von Vater- und Mutterseite vorzuweisen hatte. Damen ließen ihre Fächer aufschnappen. Junge Mädchen hofften, der älteren Begleitung zu entkommen, die man ihnen zum Schutz und zur Wahrung des Anstandes zur Seite gestellt hatte. Kleidung raschelte. Jemand nutzte ein Gerät in Form einer verlängerten kleinen Hand, um Jagd auf Flöhe zu machen. Füße huschten über den Boden. Das Feuer unzähliger Kerzen sorgte dafür, dass die Raumtemperatur unbarmherzig weiterstieg. Ein paar Frauen hatten sich um einen weit geöffneten Fensterflügel gesammelt und schnappten, die Köpfe in die Nacht gereckt, nach Luft. Auch Karl von Hartleben hatte sich in eine Nische zurückgezogen und hielt seine blasse Schwester beim Ellenbogen. Die hatte einen Arm über ihren Bauch gelegt, als versuche sie, ihre schmale Taille zu umfassen.

»Hat sie dich bedrängt?« Er hatte die Stimme kaum gehoben, hielt seinen Mund dicht an ihr Ohr.

Wilhelmina wollte den Kopf schütteln, aber sie konnte sich nicht bewegen. Draußen durchzog vereinzelt Fackelschein das Dunkel von Park und Garten. Männer aus dem zukünftigen Regiment ihres Bruders zeigten den Mädchen aus der Gegend die Annehmlichkeiten der Nacht. Eben stand einer schräg unter ihnen vor einer kleinen Nebentür, die farbenfrohe Uniform beleuchtet von der am Türsturz hängenden Laterne. Das Mädchen hatte ihm ihr rosig-rundes Gesicht zugewandt. Sie war sauber und ordentlich gekleidet, aber bis auf die Bänder in ihren Haaren war nichts Besonderes an ihr – eine Bauerntochter war sie, oder die Tochter eines Handwerkers. Ganz sicher hatte sie dem Gottesdienst in der Kapelle des Gutes beigewohnt, war Zeugin der Türkentaufe geworden und hatte sich danach im Garten an den mit Speisen beladenen Tischen gütlich getan.

Wilhelmina selbst hatte es sich nicht nehmen lassen, den Mägden beim Eindecken der Tische zu helfen, hatte Tischdecken aus grobem Leinen herbeigeschleppt, frisches Brot, Würste und Schinken aus den Vorratskammern. Ein- oder zweimal standen Ludwig Vosskamp und sie einander direkt gegenüber, wagten kaum, die Köpfe zu heben, lächelten sich jeweils im Weggehen zu. Dann war Theodora erschienen, und sie hatte sich kaum mehr rühren können. *Ich beobachte Euch, mein Liebes, hatte der mütterliche Blick gesagt. Ich mache mir meine Gedanken. Ich zähle eins und eins zusammen.*

Sie wusste nicht, warum sie an den Tag vor so vielen Jahren denken musste, an dem sie nach Hartleben zurückgekehrt war. Damals hatte sie aus dem Kutschenfenster schauen müssen, um ja nichts von der Landschaft zu verpassen, in der sie so viele glückliche Tage verbracht hatte. War es die richtige Entscheidung hierherzukommen? Aber sie hatte das Leipziger Haus ja verlassen müssen, das nicht mehr ihres gewesen war und in dem bereits von Stoff verhangene Möbel auf ihre neuen Besitzer warteten.

Aber ich kann nicht fort von Ludwig. Sie ließ die Hand sinken und drehte sich zu ihrem Bruder hin. Er war inzwischen größer als sie, ein schlaksiger Kerl, doch in seinem offenen Blick war etwas, das sie daran erinnerte, wie sie an seinem Bett gesessen und ihm aus dem *Grimmelshausen* vorgelesen hatte. Er sah ihrem geliebten Vater heute ähnlicher, als er es noch als Kind getan hatte, und sie war froh darum.

Das Mädchen unter ihnen kicherte. Wilhelmina verschränkte die Finger ineinander, knetete sie, dass es schmerzte, bis Karl seine Hand über ihre legte, sie festhielt und wärmte.

»Es war eine schöne Predigt, findest du nicht? Es ist bewundernswert, wie Vosskamp immer die richtigen Worte findet.«

Wilhelmina sah nach draußen. Vosskamp hat drei Muttermale in seinem Nacken, die aussehen wie winzige Tintenflecke. *Ach, Karl, wenn du wüsstest, was ich von ihm weiß … Gestern hätte Ibrahim uns beinahe erwischt. Wir waren beide in der Kirche. Als er sich bei Ludwig für seine Geduld bedankte, da kauerte ich links im Schatten hinter der Kirchenbank und spürte seine Küsse noch auf meiner Haut.* Ja, Ludwig ist ein guter Prediger. Das war schon immer so. Er hatte immer die Stärke und den Mut für die richtigen Worte gefunden. Und sie? Wilhelmina runzelte die Stirn. Sie log. Sie leugnete. Sie sprach die Wahrheit nicht aus. Aus einem plötzlichen Gefühl der Schwäche heraus tastete sie um Halt suchend nach der Wand. Sofort stützte Karl ihren Ellenbogen.

»Es ist schon gut, es ist gut …« Wilhelmina leckte sich über die Lippen. »Mir ist nicht ganz wohl. Vielleicht sollte ich mich zurückziehen.«

***

Rupert hatte einen Platz gefunden, von dem aus er das Geschehen in Ruhe beobachten konnte. Solange er sich nur wenig bewegte, das wusste er, sah er makellos aus in dem maßgeschneiderten Rock, in Hemd und Hose. Er hatte schwarz gewählt, er trug heute selten etwas anderes als dunkle Töne. Auch die Haare seiner neuen Perücke waren dunkel, lockten sich bis weit über die Schultern herab und ließen ihn, so hoch, wie sie über dem Kopf aufgetürmt waren, größer erscheinen. Aus dem Hemdkragen ragte sein schmales, weiß geschminktes Gesicht hervor, in dem der Mund wie ein blutiger Schnitt wirkte. Er hatte auf zu viel Wangenrot verzichtet, an dem er noch nie Gefallen gefunden hatte, und sah sich im Anblick einer Reihe fetter Männer mit tiefroten Apfelwängchen bestätigt. Abscheulich, er verschränkte die Arme hinter dem Rücken, berührte mit dem Daumen geradeso die Stofftapete hinter sich. Als ihre Freundschaft noch ungetrübt gewesen war, hatten Karl und er einen Code in diesen Mustern vermutet und schließlich im Garten zwischen den prächtig blühenden Tartuffeln nach dem Schatz gesucht. Seltsam, sich ausgerechnet jetzt daran zu erinnern, wie der Vater gelacht hatte, als sie über und über mit Dreck besudelt vor ihm gestanden hatten.

Er hatte tatsächlich gelacht. Rupert bewegte die Finger, erspürte die Unebenheiten des Musters mit den Daumenspitzen. Dabei hatte der Vater, nach dem Tod der Mutter und der kleinen Schwester, nur noch sehr selten Freude gezeigt, so selten, dass diese Augenblicke kostbar gewesen waren. Wie gerne hatte er dafür die Tracht Prügel in Kauf genommen, die unweigerlich auf die Zerstörung des Beets folgte.

Mit einem Ruck löste Rupert sich von der Wand, sah, nicht zum ersten Mal, zu der Reihe großer Fenster hinüber, in denen sich das Kerzenlicht vielfach spiegelte. Karl hatte auf einer breiten Fensterbank dort Platz genommen, Ibrahim stand neben ihm, und er fragte sich, was sie wohl zu besprechen hatten. Natürlich hatten sie ihn gebeten, sich zu ihnen zu gesellen. Natürlich hatte er abgelehnt. Er mochte die Unsicherheit, die sich in solchen Momenten in ihren Gesichtern abzeichnete, aber nun schienen sie ihn längst schon vergessen zu haben. So wie sie alle hier auch den Vater vergessen hatten, der einmal der strahlende Mittelpunkt ihrer Feste gewesen war.

Ein Mann blieb vor der Fensternische stehen. Mit einer Verbeugung nahm Ibrahim die Glückwünsche entgegen, die einfach nicht abreißen wollten. Gut, so hatten sie ihm also Wasser auf den Kopf geschüttet – Ruperts Mund verzog sich –, so hatte er also bezeugt, dass er christlichen Glaubens sei, aber für ihn würde dieser Christoph Ibrahim von Hartleben niemals etwas anderes sein als ein verdammter, blutdürstiger Türke. Er kannte die Geschichten, die sie hier alle vergessen wollten. Er hatte sie am eigenen Leib erfahren. Man durfte diesen Heiden nicht trauen. Man sollte Krieg gegen sie führen, sie aus dem Christenreich jagen, wie es gerade geschah. Mohács war in die Hände der Christen gefallen, Weißenburg war gewonnen und wieder verloren worden. Bei Zenta hatte Prinz Eugen die Christenschlächter das Fürchten gelehrt.

Ich sollte Uniform tragen, so war es ausgemacht. Er schauderte, während er den Blick über seinen feinen Rock schweifen ließ, nahm sich ein Glas Branntwein von einem Tablett, das ein Diener durch den Raum trug. Seltsam dachte er, während er den ersten Schluck trank, wie er sich einmal nicht hatte vorstellen können, wie viel Zeit man damit verbringen konnte zu schauen; wie viel mit den eigenen Gedanken. Es gab nichts Unbarmherzigeres als den eigenen Kopf, das hatte er lernen müssen in den langen Monaten der Genesung. Er zwang den zweiten Schluck herunter, beließ beim dritten den Branntwein kurz in seinem Mund und schluckte dann erst. Das Gefühl der Wärme in seinem Hals reizte zum Husten, aber er beherrschte sich. Er hatte auch gelernt, die Blicke zu ignorieren, die sein Holzbein trafen.

Darum ging es: sich zu beherrschen, Blicken mit einem Lächeln zu begegnen und nichts preiszugeben. Das war sein Leben, er würde nicht mehr unter den Feiernden sein, ihr Vergnügen niemals mehr teilen. Im Holzbein saß der Schmerz, der ihn nicht mehr verlassen hatte, seit er aus seinen Fieberträumen erwacht war. Nun sah er alles so klar, wie schon lange nicht mehr. Durch den Saal hindurch erkannte er Georg an Theodoras Seite, und doch war es, als stünden sie Meilen voneinander entfernt. Gut möglich, dass der Onkel wieder zu spielen begonnen hatte. Er hatte ihn aus den Augen verloren, in den Wochen und Monaten der Krankheit. Das war jetzt vorbei. Bedächtig nahm er einen weiteren Schluck Branntwein. So würde es von nun ab immer sein: Er würde sehen, was die Leute machten, hören, was sie sagten. Er würde Wissen sammeln, mit dem Zweck, es irgendwann für sich zu gebrauchen. Er hatte sein Leben mit diesem Bein geplant, sein Leben als Krüppel. Für einen Moment spürte er dem

Schmerz in sich nach, den er längst überwunden geglaubt hatte. Es half nichts, er musste lernen, gleichgültiger zu sein.

***

Er hatte mit seinen Dämonen gekämpft, ganz sicher, er hatte es getan. Der Festlärm drang dumpf von draußen herein. Hier drinnen, in diesem Raum, an diesen Tischen war nur das Gemurmel der Spieler zu hören: Rufe der Freude, des Ärgers, der Ungeduld. Karten wurden zum Pharao-Spiel gemischt, zum Bassette, Passo-Dieci oder Trento. Würfel klackerten unablässig.

Zuerst war Georg einfach von Tisch zu Tisch gegangen, hatte hier einem Kartenspiel zugeschaut und dort den über den Tisch fliegenden Würfeln. Eben zog ein Mann einen dicken Ring von seiner rechten Hand und legte ihn als Einsatz auf den Tisch.

Die Kette um Theodoras Hals. Georg runzelte die Stirn. Vielleicht wäre er nicht darauf aufmerksam geworden, wenn die Ohrringe nicht wie mit kleinen Pfeilen darauf gezeigt hätten. Einst hatte dieses Collier Auroras Hals geschmückt. Theodora musste es von der Schwester geerbt haben … oder aber Alexander hatte es ihr geschenkt.

Alexander – warum eigentlich konnte er Theodora nicht mehr ohne ihn denken? Hatte er jemals geglaubt, dass der ältere Bruder sich auch noch als Toter zwischen sie drängen würde? Sollte er sich endlich damit abfinden, dass er stets nur die zweite Wahl gewesen war? Dass sie ihn geheiratet hatte, um Alexander nahe zu sein? Die Kehle wurde ihm eng, wenn er an den Älteren dachte, diesen aufgeblasenen, eingebildeten, unverwechselbaren, geliebten Bruder. Am Tisch neben ihm war ein dankbarer Seufzer zu hören. Der Mann, der den Ring gesetzt hatte, hatte gewonnen und spielte weiter. Ja, so war Fortuna – sie liebte die, die etwas wagten.

Georg kratzte sich nachdenklich die Stirn. Hanns war nicht hier. Er hatte den alten Diener ins Kabinett geschickt, damit er dort etwas Ordnung schaffte. In den letzten Tagen hatten Nussbaum Schmerzen auf der linken Brustseite geplagt. Er sollte sich schonen. Außerdem war es gut, dass er nicht hier war, um seinem Herrn Vorhaltungen zu machen. Georg seufzte. Hier war sein Zuhause, nicht zwischen den Zahlenkolonnen, nicht bei der Verwaltung des Gutes. Dies hier war der Ort für jüngere Söhne, von denen man nichts erwarten konnte. Er schaute den Pharao-Spielern beim Ausgeben der Karten zu, rasche, zielgerichtete Bewegungen, mit denen er sich auskannte. Der Mann mit dem Ring setzte ein besticktes Leinentüchlein. Aber Fortuna liebte die, die etwas wagten. Und Theodora trug das Collier ihrer Schwester. Georg atmete tief durch, dann verbeugte er sich zu den beiden Herren hin: »Ist hier noch ein Platz frei?«

***

Theodoras Füße brannten. Stunden hatte sie stehend zugebracht, hatte Glückwünsche entgegengenommen, auf Komplimente hin gelächelt. Nun hatten sich die letzten Gäste in ihre Zimmer zurückgezogen, die Bauern waren in ihre Dörfer zurückgekehrt, Mägde und Dienerschaft hatten ihre Schlafstätten aufgesucht. Sie griff nach der großen Flasche mit Duftwasser. Der Hausmantel rutschte zur Seite und gab eine runde Schulter frei. Zögernd suchte sie ihr eigenes Gesicht im Spiegel, sah das Antlitz einer gealterten Frau, in deren Haut sich feine Linien eingeprägt hatten. Flüchtig berührte sie die Falten neben Nase und Mundwinkeln, fand endlich eine bequemere Position in ihrem Stuhl. Längst hatte man ihr aus dem Festkleid geholfen. Trockene, saubere Tücher hatten Schweiß und Schmutz von ihr genommen, die Zofe wartete auf die nächsten Anweisungen. Im Fenster warf sich der Schein der Kerzen wider, die Welt dahinter würde noch für wenige Stunden schwarz und unfasslich bleiben.

Flüchtig versuchte sie, sich darauf zu besinnen, wann sie gelernt hatte, die Nacht zu lieben, die Schattenseite des Tages, die Zeit, in der sie sich unbelastet fühlte. In der Nacht verschwand der Ehrgeiz, in der Nacht war sie der Liebe begegnet. Theodora stellte das Duftwasser auf der Poudreuse ab und griff nach einem kleineren Fläschchen. Die Zofe beschäftigte sich gerade mit der Perücke, die sie auf den Halter gesetzt hatte, zupfte Locken zurecht und entfernte Perlen und Schleifen. Mit der freien Hand fuhr Theodora sich durch das eigene Haar. Einmal war es dick und hellblond gewesen und so lang, dass es bis zu den Hüften reichte. In den letzten Jahren war es dünner geworden, dann hatte sie begonnen, Strähne um Strähne zu verlieren, nun war es kurz und struppig, wie der Schopf einer Verurteilten.

Nun, in der Tagwelt mochte sie durch ihr Begehren schuldig geworden sein, aber das kümmerte sie nicht. Vorsichtig hob sie das Fläschchen an die Nase und schnupperte: Rosenöl, der letzte Gruß von ihm. Wenn sie die

Augen schloss, spürte sie immer noch, wie seine Finger es auf ihrem Hals verstrichen, wie er den Duft auf ihre Schlüsselbeine auftrug und in ihre Brüste einmassierte: meine Rose, meine rosenrote, rosenzarte, rosenwahre Rose ... Sie umfasste das Fläschchen mit beiden Händen, barg es an ihrem Körper wie einen Schatz. Nur das war ihr geblieben, das Medaillon und das grüne Band, mit dem sie seine Grüße zusammengebunden hatte.

Es waren glückliche Tage gewesen, in denen sie seine Botschaften erreicht hatten. Alexander hinterlegte sie stets in der alten knorrigen Eiche für sie, hinten am Ende des Gartens, beim Teich. Alle waren so sicher gewesen, er würde nach dem Tod seiner geliebten Frau kein Glück mehr finden. Sie hatten ihn nicht gekannt. Er hatte sie atmen lassen, zum ersten Mal seit so vielen Jahren.

Und doch wäre vielleicht gar nicht mehr geschehen, wenn sie im Wald nicht den Weg verloren hätten. Vielleicht hätten sie die Grenzen niemals überschritten. Im strömenden Regen hatte er sie von ihrer Stute gehoben und in die kleine Kate mitten im Wald geführt. Eine Weile lang taten sie geschäftig, schlichen umher, aber ihre Augen fanden sich stets wieder, und irgendwann wichen sie einander nicht mehr aus.

Er hatte breitere Schultern gehabt als Georg, so wie alles an ihm breiter, größer und so viel prächtiger gewesen war, als habe Alexander sich in Überfülle genommen, so dass für den Jüngeren nichts geblieben war.

Es war das erste, dreckige Mal gewesen, dort im Wald, hingestreckt auf dem bloßen Boden, Momente der Lust, die sie niemals vorher erlebt hatte. Niemals zuvor hatte sie sich so lebendig gefühlt, und auch als die Nacht hereinbrach, hatte sie keine Furcht verspürt. Zwischen ihnen war eine Vertrautheit gewesen, als würden sie einander jahrhundertelang kennen. Auch danach tauschten sie keine Schlagfertigkeiten aus, keine Scherze, keine Spitzfindigkeiten. Sie saßen nur da, Körper an Körper, die Finger ineinander verflochten. *Amour fou.*

So war das Schicksal, es gefiel sich darin, stets zu spät zu kommen. Theodora betupfte ihren Hals mit Rosenduft, ließ die Fingerspitzen der linken Hand zum Schlüsselbein gleiten und dann zum Ansatz ihrer Brüste. Vorbei, niemals wieder. Meine Rose, meine rosenrote, rosenzarte, rosenwahre Rose …

»Herrin?«

»Ja …«

Ohne Mühe glitt sie aus ihren Gedanken. Gleich würde sie zu ihrem Mann gehen, den sie nun schon seit Stunden nicht gesehen hatte; zu einem Mann, der ihr fremd war, es immer gewesen war und der für sie nie etwas anderes sein würde als fremd.

9. Kapitel

Neustadt-Ostra bei Dresden, 1698

Am hinteren Teil des großen, bei Dresden gelegenen Anwesens der Familie Schwarzbach zog sich ein Fußweg wie ein schlammfarbener Bach entlang. In seiner Mitte befand sich, wenn doch kein Rinnsal, doch zumindest ein feuchter Streifen. Links und rechts an den Mauern wuchsen Grasbüschel, zuweilen auch Blumen. Während sich das

Gebäude nach vorne in voller Pracht präsentierte, zeigte sich zur anderen Seite hin das unverputzte Mauerwerk. Wie an anderen hochherrschaftlichen Gebäuden bot auch hier eine schmale Tür Einlass ins Haus. Dort hinten huschten die Boten vorbei, Bedienstete kamen und gingen, ungesehen von den Herrschaften, die ihrer bedurften. Als das Haus gebaut worden war, war es eines der ersten an dieser Stelle hier gewesen. Heute stand mehr als ein prächtiger Bau dort und zeugte vom Reichtum seiner Bewohner. Einst war Neustadt-Ostra zur Verbesserung der wirtschaftlichen Situation westlich von Dresden entstanden. Gegen den heftigen Widerstand des Dresdner Rates waren Handwerker zur Ansiedlung eingeladen worden, doch allen Privilegien und Steuerbefreiungen zum Trotz hatten bis 1680 erst siebzehn Personen Grundstücke erworben, darunter nur vier Handwerker. Eine Seidenmanufaktur war gegründet worden, wenige Jahre später gesellte sich eine Wollmanufaktur dazu. Seit 1692 befand sich die kurfürstliche Salpeterhütte an diesem Ort, in den letzten Jahren hatten der Adel und reiche Bürger die Gegend für sich entdeckt. Inmitten ausgedehnter Gartenanlagen ließ es sich höchst angenehm wohnen.

Tag und Nacht – Habar war in der Mitte des Raumes stehen geblieben und horchte. Einmal nicht in Amalias Reichweite, einmal nur für sich sein. Sie trat zu einem der Fenster hin, die hier kleiner waren, aber doch einen Blick auf die hintere Gasse ermöglichten. Ein Krämer stapfte mit seinen Waren vorbei, eine Landfrau hatte gerade an der Tür geklopft. Ein räudiges, zerzaustes Hündchen folgte ihr auf dem Fuß. Zwei kleine Mädchen in ihrer Begleitung waren in die Hocke gegangen und spielten mit dem feuchten Dreck, der sich nach dem letzten Regen dort angesammelt hatte.

Unten klopfte es. Auf eine kurze Stille waren eilige Schritte zu hören, eine Tür wurde geöffnet. Gemurmel folgte. Sie horchte. In diesem Haus herrschte ständiges Kommen und Gehen. Freunde ließen sich sehen, Verbündete, Schuldner und Bittsteller. Anfangs hatte sie gehofft, Victor hier zu treffen, aber er hatte sich weder sehen noch von sich hören lassen.

Mit einem Seufzer trat Habar vom Fenster zurück. Keinesfalls durfte sie zu lange fernbleiben. Den gewünschten *Mercure galant* in der Hand eilte sie zurück zur vorderen Seite. Von dort aus konnte man die prächtigere gepflasterte Straße sehen, die vorne am Haus vorbeilief. Auf dieser Seite kamen die Gäste an, und es fuhren vornehme Kutschen vor, Reiter zeigten ihre schönsten Pferde, während dort sonntags manchmal Bürgerfamilien flanierten. Hier waren sie nach einer zwei Tage währenden Kutschenfahrt angekommen, und sie war wie geblendet gewesen von der Pracht, wie schon von der Schönheit des Flusstales auf dem Weg in die Stadt: Dresden, die königliche Stadt.

Ihre Hand zitterte, als sie die Tür öffnete, doch als sie den Raum betrat, hatte sie sich gefangen. Schweigend legte sie den *Mercure galant* vor Amalia auf den Tisch, bevor sie sich setzte und die Stickarbeit wieder zur Hand nahm. Vom Tisch her konnte sie das feine Klingen der Silberlöffelchen hören, mit denen Amalia und Christiane von Thann in ihrer Schokolade rührten. Ab und zu spitzte Amalia die rosigen Lippen und kostete schmatzend etwas von dem süßen Getränk. Sie war in den letzten Monaten deutlich rundlicher geworden.

Habar starrte auf ihre Stickerei. Seit sie in Dresden waren, hatte sie die Handarbeit als einen Zeitvertreib entdeckt, der ihr von niemandem verboten wurde und ihr durchaus zusagte. Eine Bibliothek gab es nicht – Amalia wurde nicht müde, zu betonen, dass im früheren Stadthaus in Dresden sehr wohl eine existierte, aber bis es hier wieder eine gäbe, mochte es noch dauern. Habar beugte den Kopf nach vorne und stach die Nadel in den Stoff, schuf mittels einer Reihe blutroter Punkte einen Schnabel, verknotete den Faden und suchte nach einem für das Gefieder ihres Vogels. Ein Pfau würde es werden, so wie sie ihn erinnerte: wie in dem Garten, in dem sie als kleines Kind an der Hand ihrer *dadı* spazieren gegangen war, ein blau-grün schillernder Riesenvogel, bei dessen Anblick sie abwechselnd Angst und Bewunderung empfunden hatte. War der Vogel fertig gestellt, würde sie den Stoff ringsherum mit Blumenranken und Blütenmustern verzieren, verschlungen und kunstvoll, wie sie sie aus den Büchern kannte. Und von früher. Sie klappte den Deckel des Körbchens auf, in dem sie ihre Fäden aufbewahrte.

»Sag es noch einmal«, bat Amalia, während Christiane von Thann ihr Lächeln hinter ihrer Untertasse mit Schokolade verbarg.

»Also«, setzte die an, »ein Türke, der sich taufen lassen will, muss sagen: Ein verdammter Türk bin ich.«

»Ein verdammter Türk«, wiederholte Amalia und lachte etwas lauter, als es einer jungen Dame zustand. Habar spürte, wie sich ihr Blick auf sie richtete, während sie die Worte noch einmal wiederholte: »Ein verdammter Türk.«

Habar ließ die Nadel in den Stoff gleiten und daraus hervorkommen, blaue Pünktchen dieses Mal, die die äußeren Linien des Vogels darstellen würden. Mit einem leisen Scheppern stellte Amalia ihre Tasse auf den Tisch. Vielleicht hätte sie noch etwas gesagt, aber sie kam nicht mehr dazu, denn ein Diener trat ein und gab den Namen eines Gastes weiter, der darum bat, empfangen zu werden.

»Aber natürlich!« Amalia sprang auf und klatschte in die Hände. »Wie schön. Wir haben uns ja so lange nicht gesehen.«

***

Karl von Hartleben. Habar konnte später nicht sagen, warum sie ihren Sessel verlassen hatte, um sich zu den schweren Vorhängen zurückzuziehen, wo sie flüchtigen Blicken verborgen blieb. Sie hatte es getan, wie sich eine Taube vor dem Falken in Sicherheit bringen würde. Karl hatte sich kaum verändert. Natürlich war er größer geworden; sein Gesicht war kantiger, sein hellblondes, leicht krauses Haar fiel offen bis auf die Schultern herab, und er trug lederne Kniehosen und einen roten Dragonerrock mit blassgelben Dublüren. Und doch waren ihr seine Bewegungen ebenso vertraut wie die bedächtige Art zu sprechen. Man bot ihm Schokolade an, die er dankend annahm. Er richtete Grüße aus, verteilte Komplimente, fragte nach dem Befinden der Familie und bestätigte, dass alle wohlauf seien auf Hartleben. Als sich das Gespräch um Dresden zu drehen begann, wurde er munterer. Er fragte Amalia und Christiane, ob ihnen die Stadt gefalle, ob sie den König schon gesehen hätten, scherzte über den Karneval, an dem er im letzten Jahr teilgenommen hatte und empfahl den Damen die nächsten Feierlichkeiten nicht zu versäumen.

»Unser König weiß, wie man Feste feiert.« Karl nippte an seiner Schokolade. »Vor bald zwei Jahren gab es einen Götteraufzug, der vom Wagen des obersten Gottes Jupiter bis zu jenem Lavernas reichte, der Göttin der Diebe, den mit Einbrecherwerkzeugen ausgerüstete Spitzbuben zogen. Unsere Königsmarck trat als Göttin der Morgenröte auf.«

»War sie sehr schön?« Amalia spitzte das Mündchen. Karls Blick hing einen Moment lang daran fest.

»Sehr schön«, bestätigte er, »aber sie ist nicht mehr die Jüngste.«

Vorübergehend rührte sich Amalia nicht, dann lachte sie auf, sprach weiter, verneinte, hakte nach. Mühelos schien sie Karls Aufmerksamkeit auf sich zu ziehen. Wo aber war Ibrahim? Habar spürte, wie ihre Hände mit einem Mal schweißfeucht wurden. Würde sie den Bruder endlich wiedersehen?

»Und das ist meine Türkin«, drang Amalias Stimme in diesem Moment an ihr Ohr. »Aber Ihr kennt sie, nicht wahr?«

Sehr langsam drehte sich Karl zu Habar um. Als sie auf ihn zukam, sah sie, wie er die Augenbrauen runzelte. Auf türkische Art verbeugte sie sich, richtete sich dann kerzengerade auf. Seine Augen waren immer noch die gleichen: groß und blaugrau mit etwas zu viel Braun darinnen. Falls sie erwartet hatte, dass er etwas zu ihr sagen würde, so hatte sie sich geirrt. Er drehte sich zu Amalia um.

»Ja, ich erinnere mich.«

Amalia wedelte Habar mit einer Handbewegung an ihren Platz zurück. Die nahm ihr Stickzeug zur Hand. Das Gespräch fand zum gewohnten Muster zurück. Gerüchte und Neuigkeiten wurden ausgetauscht. Man erinnerte sich an gemeinsam verbrachte Feiern, an gegenseitige Besuche zu Kindertagen.

Es war Nachmittag, als Karl sich verabschiedete. Amalia wies einen Diener an, ihn zur Tür zu bringen. Sobald er den Raum verlassen hatte, sprang Habar auf.

»Du bleibst«, sagte Amalia, die Hände um ihre leere Tasse gelegt.

Habar warf das Stickzeug auf die Sitzfläche. Die Tür stieß sie so heftig auf, dass sie laut gegen die Wand krachte.

»Du bleibst«, wiederholte Amalia.

Habar horchte. Längst schon waren Karls Schritte im Gang verklungen, sie waren nun auf der Treppe zu hören.

»Habar!«

Amalias Stimme klang scharf. Habar zögerte keinen Augenblick länger, hatte den Treppenabsatz in einem Atemzug erreicht und eilte die Stufen nach unten. Karl und der Diener waren eben dabei, die Halle zu durchqueren.

»Karl!«, rief sie. Er stockte. Erst, als sie vor ihm stand, bemerkte sie, dass sie vollkommen außer Atem war. »Karl«, wiederholte sie keuchend.

»Habar«, er starrte sie an, »was ist denn?«

Ein Geräusch über ihnen brachte sie dazu, die Köpfe zu drehen. Amalia stand am oberen Treppenaufsatz und fächelte sich Luft zu. Habar fasste nach seinem Rockärmel, um seine Aufmerksamkeit auf sich zu ziehen.

»Wo ist Ibrahim? Wie geht es ihm?«

»Gut, ich …« Er wich ihrem Blick aus, sah nach oben, hob nochmals grüßend die Hand.

»Entführt mir meine Kleine nicht.« Amalias Tonfall war liebenswürdig. »Ich habe durchaus Gefallen an ihr gefunden.«

Habar zupfte erneut an seinem Ärmel.

»Ibrahim – er weiß nicht, dass ich hier bin. Ihr wusstet es ja auch nicht. Würdet Ihr …«

Irgendetwas in seinem Gesicht hieß sie innehalten.

»Ihr wusstet es?« Wie trockene Wackersteine bewegten sich die Worte in ihrem Mund. Sie schluckte einmal, zweimal. Schritte waren auf der Treppe zu hören. Amalia näherte sich unaufhaltsam.

»Wo finde ich Euch?«

»Aber das kann ich …«

»Wo?« Sie drückte seine Hand. Das Geräusch von über den Boden schleifendem Stoff verriet ihr, dass Amalia sie in wenigen Augenblicken erreicht haben würde. Sie ließ Karl nicht aus dem Blick: »Bitte«, flüsterte sie.

***

Noch als Habar an diesem Abend in einem kleinen Raum im Keller lag und auf das leise Schnarchen zweier Dienerinnen horchte, pochte ihre Lippe. Amalia hatte gewartet, bis sich die Tür hinter Karl geschlossen hatte. Schon als sie sich umgedreht hatte, die Augen zusammengekniffen, hatte die junge Frau gewusst, was sie erwartete. Mit voller Wucht schlug die kleine Herrin zu. Einer ihrer Ringe riss Habars Lippe auf. Blut lief über ihr Kinn. Zwei weitere Schläge trafen rechts und links ihre Wangen.

»Tu das nie wieder, hörst du mich? Nie wieder!«

Amalia hatte die Hand ein viertes Mal erhoben, sie dann aber sinken lassen.

»Ab heute schläft sie unten beim Gesinde«, hatte sie wenig später der Beschließerin mitgeteilt.

Über die nächsten Tage war es, als habe es die Türkin nie gegeben. Keiner rief sie. Habar blieb im Bereich zwischen Küche und Speisekammer, nahm die Lieferungen am hinteren Eingang an, putzte und wusch Gemüse und half, die Süßigkeiten anzufertigen, auf die man oben so versessen war. *Helva*, verlangte Amalia, *lokum* und vor Zucker triefendes *baklava*. Häufiger als vorher noch dachte Habar an Ibrahim und daran, was Karl ihr gesagt hatte. Sie lernte es, Küchenarbeiten rascher auszuführen, immer auf der Hut davor, zu missfallen. Warum war er nicht zu ihr gekommen?

Als man sie spät eines Abends noch einmal aus dem Bett holte, war sie sofort auf den Beinen.

»Der Herr ist hungrig«, befand ihr die Beschließerin, »du sollst ihm etwas Süßes bringen, bevor er zu Bett geht.«

Habar band sich die Haare zurück und wickelte ein Kopftuch darum. In der Küche hing noch die Wärme des Tages. Im großen gusseisernen Herd knisterte die Glut. Die Beschließerin hatte ihr eine Kerze gereicht, die sie auf dem Tisch abstellte. Dann schaute sie sich um. Zibeben, überlegte sie, es würde Zibebenspieße geben, die sich schnell zubereiten ließen und einen kleinen Hunger zu stillen vermochten. Rasch holte sie Mehl und ein Ei aus der Speisekammer, fand auch einen kleinen Krug Weißwein und bereitete einen Teig. Während sie die Zibeben auf Holzstäbchen spießte, erhitzte sie das Baumöl in der großen Pfanne auf dem Herd. Als wenig später der Duft der teigummantelten Trockenfrüchte in ihre Nase stieg, zog sich ihr Magen begehrend zusammen. Rasch holte sie einen Zinnteller aus dem Schrank und richtete die Spießchen darauf an.

Als sie gleich darauf Emmanuel von Schwarzbachs Zimmer betrat, hatte der schon seinen Rock ausgezogen, stand in Strümpfen, Culotte, Hemd und Weste da und setzte gerade seine Perücke auf den bereitstehenden Holzkopf. Sein Lächeln hieß sie willkommen.

»Ah, Zibeben«, murmelte er.

Er kaute bereits mit vollen Backen, bevor sie den Teller hatte abstellen können. Verstohlen sah sie ihn an. Er war ein schwerer Mann mit schon etwas schütterem Haar. Der Stoff seines Hemdes fältelte sich großzügig über breite Schultern, die mächtigen Kinnbacken zitterten, während er kaute.

»Meine Tochter sagt, du bist ein störrisches Wesen, das nicht zu gehorchen versteht«, bemerkte er, nachdem er den dritten Spieß gegessen hatte und den vierten zur Hand nahm. Habar schwieg, während Emmanuel von Schwarzbach eine Zibebe mit den Spitzen von Daumen und Zeigefinger vom Spieß rupfte und sie sich in den Schlund warf. »Ich aber habe dich als gelehriges kleines Ding kennen gelernt, das zwar seinem Aberglauben noch nicht abgeschworen hat …«

Habar konnte ein Zusammenzucken gerade so verhindern.

»… aber sicherlich zu Jesus Christus finden wird … So, wie wir alle den wahren Glauben finden müssen. Denn das ist es, was uns das Leben in diesem Land gelehrt hat. Der König ist für die Krone katholisch geworden, unsere Familie gehörte damals zu den ersten Lutheranern. Auch wenn du davon nichts verstehst, kennst du doch den Unterschied …«

Er schaute eine Weile in die Ferne, dann kehrte sein Blick zurück zu ihr. Während er den vierten Zibebenspieß aß, schob er den Teller mit dem fünften zu ihr hin. Habar zögerte.

»Iss.« Er stocherte sich mit dem Holzspieß zwischen den Zähnen herum, sog Speichel durch die Zahnlücken. »Meine Tochter hat mir auch gesagt«, fuhr er dann fort, »dass Karl von Hartleben hier war.« Er machte eine Pause. Dann setzte er hinzu: »Du vermisst deinen Bruder?«

Habar schluckte die letzte Zibebe unzerkaut hinunter. Erst wagte sie es nicht, sich zu rühren, dann nickte sie.

»Gut, gut«, Emmanuel von Schwarzbachs Blick wanderte von ihr fort. »Wir werden sehen, was wir machen können.«

***

Vielleicht hatte Schwarzbach Gefallen daran gefunden, seine kleine Türkin vorzuzeigen. In jedem Falle begleitete Habar ihn über die nächsten Tage hinweg auf seinen Besuchen, auf Ausflügen mit der Kutsche und zu Fuß, bei denen er Kontakte knüpfte und Neuigkeiten erfuhr. Amalia sagte kein Wort dazu, zog sich mit Christiane von Thann zurück, studierte Modekupfer und trank Schokolade.

Außer, dass sie sich türkisch kleiden solle, verlangte

Schwarzbach nichts von Habar. Sie musste ihn nicht unterhalten, auch nicht singen. Häufig sprach er noch nicht einmal mit ihr. Es genügte, dass sie da war, hinter ihm herging, schwieg. In den ersten Tagen hatte sie voll gespannter Aufmerksamkeit auf das gewartet, was geschehen mochte. Aber es geschah nichts. Schwarzbach traf Leute, mit denen er sich unterhielt. Die Revision, die in diesem Jahr 1698 einen Höhepunkt erreichte, sorgte immer noch für Aufregung. Einmal hielt eine Kutsche Fenster an Fenster mit ihrer. Ein gut gekleideter Mann saß darinnen, mit dem Schwarzbach einige unverbindliche Worte wechselte. Namen fielen: der König, von Löser, von Haugwitz.

Habar blieb stumm und hörte zu. Manchmal verlor sie sich auch in Gedanken, beschäftigte sich minutenlang nur damit, auf die Spuren zu schauen, die Schwarzbachs Schuhe auf ungepflasterten Wegen hinterließen, dann wieder ließ sie den Blick über den Schmuck der Häuser wandern, an denen sie vorbeikamen, spähte in geöffnete Tore hinein, oder schaute dem Treiben auf der Elbe zu, wo Handelsschiffe an- und ablegten. Dresden war die Stadt des Königs. Hier tummelte sich die Welt. Hier gingen Botschafter ein und aus. Hier tanzte und sprang man und fatigierte sich in endlosen Festen. Jeden Tag sah sie mehr Menschen: Vornehme Herren und Damen waren da, Bürger und Handwerker; Besitzlose, die in der Hoffnung auf ein besseres Leben in die Stadt drängten, ebenso wie Soldaten. Arme und Reiche begegneten einander täglich auf Straßen, Wegen und Plätzen. Manchmal stießen auch die prächtigen Kutschen der Vornehmsten – auch im Reich des *roi soleil* konnte es nichts Beeindruckenderes geben, so hatte sie gehört – in zu schmalen Gassen aufeinander, was Schwierigkeiten bereiten konnte, denn in der Regel wollte keiner zuerst zurückweichen.

Der Tag, an dem sie zu einem Ausflug in den großen Garten östlich der Stadt aufgebrochen waren, wo in den letzten Jahren ein künstliches Jagdgelände von bisher nicht gekannten Ausmaßen entstanden war, begann schon früh am Morgen mit Sonnenschein. Wie stets hatte Schwarzbach sie angewiesen, sich kurz nach dem Mittagsmahl bereitzuhalten, das für gewöhnlich gegen elf Uhr eingenommen wurde. Als sie in die Kutsche stieg, die im Hof wartete, begrüßte er sie mit einem Lächeln.

»Ich bin zufrieden mit dir«, sagte er, während sie noch im Begriff waren, zum Tor hinauszufahren.

Durch das Fenster beobachtete Habar, wie die Sonne Pflaster und Häuser in ihr gleißendes Licht hüllte.

»Man bewundert mich für meine Türkin«, fuhr Schwarzbach fort, »keiner von meinen Freunden hat so ein entzückendes Dingelchen aufzuweisen, wie du eines bist.«

Sie zuckte zusammen, als er sich zu ihr hinüberbeugte, eine Strähne ihres festen Haars unter dem Kopftuch hervorzupfte und um seinen Zeigefinger wickelte. Er hatte das Duftwasser so reichlich aufgetragen, dass ihr kurz die Luft wegblieb. Ihr Körper spannte sich an. Schwarzbach ließ stirnrunzelnd von ihr ab, klopfte mit dem Spazierstock gegen das Kutschendach und rief dem Kutscher das Ziel zu.

Für ein gutes Stück des Wegs fuhren sie schweigend. Schwarzbach hielt seine Hände über dem Bauch gefaltet und starrte aus dem Fenster. Habar beobachtete ihn unter gesenkten Lidern hervor. Die Haut unter seinen Augen war dieser Tage dunkler geworden. Die tief ausgeprägten Falten neben Mund und Nase sprachen von Anstrengung. Sie dachte daran, dass sie ihn meist am Schreibtisch antraf, wenn er sich nicht gerade kreuz und quer durch die Stadt bewegte.

»Ich habe dich aufwachsen sehen«, sagte er unvermittelt, ohne den Blick von dem zu nehmen, was er draußen sehen mochte.

Ich war zwölf Jahre alt, dachte Habar, mein Vater hätte mich in jenem Jahr eine Frau genannt, meine Mutter hätte mir Kleidung geschenkt, die einer Frau geziemte, ich hätte mein Haar bedeckt. Vielleicht hätte ich von den ersten Geheimnissen gehört, die nur Frauen einander erzählen. Ganz sicher hätte Ibrahim mich beneidet, weil ich die Mutter und ihre Freundinnen weiter ins Bad hätte begleiten dürfen.

Ein Geräusch riss sie aus den Gedanken. Schwarzbach hatte eine Hand von seinem Bauch rutschen lassen, stemmte sich hoch und schob sein Gesicht näher zu ihrem hin. Habar wollte zurückweichen, doch da war kein Platz. Fahrig verschränkte sie die Hände vor dem Körper. Sie hatte gewusst, dass es so weit kommen musste. Röte stieg in ihre Wangen, vertiefte sich, als er so nahe kam, dass sie seinen Atem wie einen feucht-heißen Hauch auf ihrem Gesicht spürte. Dann ließ er sich abrupt zurückfallen, schnaufte einige Male ein und aus.

»Gute Güte, meine Kleine«, er lachte in ihr ängstliches Gesicht hinein, »ich mag meine Mädchen draller. Weißt du das nicht?«

Habars Mund war zu trocken, um etwas sagen zu können. Eine Hand stützte sie fester gegen das Sitzpolster, damit sie nicht zitterte. Schwarzbach sah wieder aus dem Fenster.

»Das Einzige, was ich will, ist, dass du zum rechten Herrgott findest«, fuhr er endlich leiser fort.

Sie nickte, öffnete den Mund, doch er wischte die Worte mit einer Handbewegung beiseite.

»Wir sind da.« Wieder klopfte er mit dem Spazierstock an die Decke. Die Kutsche wurde langsamer. Schwarzbach deutete nach draußen. »Schau dich um, hier wird der König die nächste Jagd veranstalten. Ich hoffe sehr, dass Amalia dann sein Gast sein wird.«

***

Es war falsch gewesen zu kommen. Inmitten der Menge kam Habar sich einsam vor, wie eine, die nichts vom Menschengeschlecht wusste. Sie hatten zu den Ersten gehört. Im Laufe der Zeit gesellten sich noch mehr hinzu. Ein stetiger Strom von Kutschen spuckte Neugierige aus. Manche hielten nur kurz und fuhren dann weiter. Wispernde Stimmen setzten davon in Kenntnis, wer sich sehen ließ. Man bewunderte die Aufbauten, die man für das Ereignis hatte zimmern lassen, umkreiste den kleinen Tempel aus Holz, der, kunstvoll bemalt, an besten Marmor aus Carrara gemahnte.

Sie hatte sich vom gekiesten Weg auf die Rasenfläche bewegt und ein paar Schritte auf dem weichen Untergrund genossen. Wie üblich achtete sie besonders auf die Soldaten. Ein paar von der sächsischen Artillerie waren da. Sie kannte den graublauen Rock, der sich durch die grüne Dublüre von den Uniformen anderer Regimenter unterscheiden ließ. Sie sah auch Leibgardisten in ihren roten Röcken mit bleumouranten Aufschlägen und goldenen Tressen und junge Offiziersanwärter aus dem Kadettencorps.

Dann war er aufgetaucht. Zuerst erkannte sie den jungen Mann in seiner Dragoneruniform mit den schwarzen, knapp schulterlangen Haaren nicht, der sie anstarrte. Verwirrt erwiderte sie seinen Blick, dann fiel ihr Karl an der Seite des Fremden auf.

Ibrahim.

Emmanuel von Schwarzbach erlaubte ihr mit einer Handbewegung, sich zu entfernen, bevor er sich wieder seinen Gesprächspartnern widmete. Langsam näherte sie sich den Männern, blieb endlich unschlüssig stehen.

»Schau mal, die kleine Türkin will etwas von dir«, sagte ein zweiter junger Soldat an Ibrahims Seite vernehmlich. Der Bruder erblasste für einen Moment, dann ging ein Ruck durch seinen Körper.

Als er vor ihr stand, wollten sich keine Worte finden. Überlaut hörte sie das Summen eines Insekts, das Gemurmel der anderen, eine Kutsche, die anhielt, eine, die weiterfuhr. Sein Gesicht war kantiger geworden, seit sie ihn zum letzten Mal gesehen hatte. Die dichten Augenbrauen, die, wie ihre, über der Nase zusammenwuchsen, runzelten sich.

Unschlüssig versenkte sie die Hände in den weiten Ärmeln ihres *yelek*. Auf ihre Bewegung hin schweiften seine Augen über ihren Körper, seine Lippen verzogen sich. Fieberhaft suchte sie nach Worten. Sie hatte lange Zeit gehabt, sich auszumalen, was sie einander sagen würden. Sie hatte sich gedacht, dass er seinem Vater ähnlicher sein würde. Sie hatte sich vorgestellt, wie sie einander ansehen würden, wie sie das Vertraute in den Zügen eines Fremden entdeckte. Geschehnisse wirbelten durch ihren Kopf, die sie gemeinsam durchlebt hatten, Fetzen voller Schönheit, Glück und Angst.

Sie lächelte. Sein Gesichtsausdruck verdüsterte sich.

»Was machst du hier?«

»Wir werden Rupert ein wenig Gesellschaft leisten.« Karl bedeutete dem anderen Soldaten, ihm zu folgen. Erst jetzt bemerkte Habar eine Kutsche, die in einiger Entfernung wartete. Ein bleiches Gesicht schwebte im Dunkel der geöffneten Tür.

»Komm.«

Obwohl niemand in ihrer Nähe war, führte Ibrahim seine Schwester noch einige Schritte weiter fort von allen. Als er anhielt, zupfte sie den Schleier mechanisch tiefer in ihre Stirn. Schweigend starrte er sie an.

»Ich habe auf dich gewartet«, sagte er endlich, »ich habe lange gewartet.«

Nicht lang genug. Habar senkte den Kopf, sog seinen Geruch ein. So roch Ibrahim, so roch aber auch Hartleben. Der Geruch war ihr eingebrannt, von jenem Tag an, als ihr Bruder und sie dort eingetroffen waren. Sie würde ihn nie mehr vergessen.

»Wir …« Ihre Lippen zitterten, sie verstummte.

»Ich habe mich taufen lassen«, sagte ihr Bruder. »Ich bin nun Christoph Ibrahim, angenommener Sohn Georg von Hartlebens.«

Die Bedeutung der Worte drang nicht sofort zu ihr vor, dann durchströmte sie Kälte. Ihre Knie wurden weich.

»Aber wir wollten gemeinsam zurückkehren«, stieß sie atemlos hervor. »Du hast mir immer gesagt, wir würden eines Tages gemeinsam zurück nach Budin gehen.«

Ihre Stimme war mit jedem Wort schriller geworden. Er legte den rechten Zeigefinger auf ihre Lippen.

»Budin gibt es nicht mehr, Habar, die Stadt heißt Ofen. In den letzten Jahren sind noch mehr Städte gefallen. Hast du nicht davon gehört? Was wir kannten, gibt es nicht mehr. Wir können nicht zurück. Wirst du jetzt still sein?«

Sie schaffte es zu nicken. Der Finger verschwand von ihrem Mund.

»Ich muss den Weg annehmen, den Gott mir vorgezeichnet hat«, flüsterte Ibrahim.

Sie legte den Kopf in den Nacken, um in das Gesicht des Bruders schauen zu können. Er war groß geworden, ein Mann. Seine Gesichtszüge erinnerten tatsächlich an die des Vaters, die Augen hatte er von der Mutter. Die Uniform passte wie angegossen. Sie hatten einen Pakt geschlossen, als sie hierhergekommen waren. Wusste er nichts mehr davon, wusste er nichts mehr von der gemeinsamen Kindheit? Nichts vom Herumstreunen im Bereich des Palastes, wenn der Vater beim Pascha gewesen war, oder davon, zu Esmes Füßen zu sitzen, die Münder voller Süßigkeiten, begehrlich auf neue Geschichten lauschend: Sherezerade, Nasreddin Hodscha und die vielen, vielen anderen. Noch jetzt hatte sie sein glucksendes Lachen im Ohr. Noch jetzt spürte sie Stolz in sich, weil er sie an seiner Seite geduldet hatte. Sie starrte auf das lebendige Pulsieren an seinem Hals, auf Barthaare, die dem Rasiermesser entkommen waren.

»Warum?«

Er wich ihrem Blick aus.

»Warum?«, bohrte sie nach, berührte seinen linken Oberarm, dessen Muskeln sich hart anspannten.

Endlich sah er sie an, seine Augen wurden schmal: »Weißt du nicht, was man sich von Emmanuel von Schwarzbach erzählt? Man sagt, dass er noch jede Frau zur Hure gemacht hat.«

DRITTER TEIL

1699–1706

1. Kapitel

Leipzig, Frühjahr 1699

1696 hatte Rupert die Leipziger Messe erstmals gemeinsam mit seinem Onkel besucht, zur diesjährigen Ostermesse des Jahres 1699 bot er Hartlebens Wolle in eigener Verantwortung feil. Bisher war alles ohne größere Aufregungen vonstattengegangen. In der Böttcherwoche hatten die Großhändler ihre Geschäfte gemacht. Auf die Messwoche würde die Zahlwoche folgen. Er hatte sich das Angebot der anderen Händler genauestens angeschaut und sich insbesondere über die Preise für das stets nachgesuchte Garn in Kenntnis gesetzt. Über den langen Messetag hinweg feilschte man vor Ort, danach ging es in Gaststätten, auf Empfängen und in den Stuben Leipziger Bürger weiter. Er liebte es, mit Händlern aus ganz Europa zusammenzutreffen, mit hugenottischen Seidenhändlern aus Lyon, mit Italienern, Ungarn, Griechen, sogar Türken. Die jüdischen Rauchwarenhändler aus Polen und Russland waren, obwohl ihr Angebot stark nachgefragt war, weiterhin strengsten Vorschriften unterworfen. So war es beispielsweise keinem von ihnen gestattet, über die Messe hinaus, in der Stadt zu bleiben, oder – Rupert runzelte die Stirn – dort zu sterben. Tausend Taler, hieß es, hatten jüdische Kaufleute unlängst bezahlen müssen, um den Leichnam eines der ihren auf den jüdischen Friedhof nach Dessau überführen zu dürfen.

Zeitweilig verlor er sich in Gedanken, dann besann er

sich erneut auf das einzig Wesentliche: den Handel, der die Gesichter der Menschen zeichnete, der Gefühle höchsten Glücks und tiefster Verzweiflung brachte. Hätte man ihn gefragt, so hätte er sagen müssen, dass er dieses Leben liebte. Er liebte das Geräusch vieler sich überbietender Stimmen, die den Preis ihrer Waren sangen, das Lärmen, die Musik von den Drehorgeln, liebte den Geruch zwischen den Buden, die über allem schwebende Aufregung und das Gefühl, das ihn durchströmte, wenn er ein gutes Geschäft gemacht hatte. Und doch ließ er sich niemals mitreißen. Es war eine Schlacht wie viele andere, die es im Leben zu schlagen galt, und Schlachten schlugen sich am besten mit kaltem Herzen.

Die erste Messe, die auf den elenden Unfall gefolgt war, hatte er kurz nach der Zeremonie besucht, zu der man ihm in Dresden den roten Lehnsmantel umgelegt hatte. Erst einmal war er danach auf seinem Gut gewesen. Er kannte es ja nicht, und auch der Vater hatte sich nie näher damit beschäftigt. Jenes ferne Gut war kein schöner, eher ein trostloser Ort, der weder angenehme noch hässliche Erinnerungen für ihn barg, sondern gar keine. Lieber half er Georg bei der Verwaltung von Gut Hartleben, das er liebte, wo er aufgewachsen war und das ihm niemals gehören würde. Manchmal kam ihm der Gedanke, dass dies in gewisser Weise nur zu gut auf ihn passte: Er hatte seine Gesundheit verloren und besaß ein Gut, an dem ihm nichts lag. Alles hatte der Vater ihm hinterlassen, die Dresdner Wohnung, Mühlen, nur Hartleben nicht, für das das Herz des Sohnes jährlich stärker schlug. Mit zitternden Fingern zupfte Rupert eine dunkle Fluse von einem hellen Stoffballen, ließ dann prüfend die Hand darüber fahren. *Alles, nur Gut Hartleben nicht.*

Er gab sich einen Ruck und humpelte weiter. Die Messe war ein geeigneter Ort, Neuigkeiten zu erfahren, Antworten zu sammeln, Kenntnisse zu mehren. Dieser Tage war Karlowitz im Gespräch, wo Frieden mit dem Türkenpack geschlossen worden war, und der neue Kalender, der nach sich zog, dass man Mitte Februar des Jahres 1700 in den März springen würde. Nach 118 Jahren würde endlich auch in Sachsen der gregorianische Kalender gelten. Schon hatten sich einige fremde Kaufleute besorgt gezeigt, dass die Leipziger Messzeiten nun mit anderen kollidieren mochten. Bei sich befand Rupert, dass die kaiserlichen Marktprivilegien die Termine eindeutig festgelegt hatten, und dass deshalb kaum zu erwarten war, dass in aller Welt bekannte Messregeln abgeändert wurden. Nichts würde sich ändern, so wie der Handel auch in jedem Krieg allen Verboten zum Trotz seine Wege fand.

Er humpelte weiter. Auch an diesem Abend würde er sich unweigerlich in Auerbachs Hof einfinden, beobachten und sammeln, was irgendwann von Nutzen sein mochte. Über die Jahre hinweg war auf dem ursprünglichen Hofgelände ein ganzer Komplex aus Gebäuden emporgewachsen. An die hundert Gewölbe gehörten dazu, hieß es, die Messebuden nicht eingerechnet. Zusätzlich bot der Hof Einzelzimmer, Knechtestuben und sogar Familienlogis sowie einen Stall zur Unterbringung der Pferde. Manche sagten, man sei nicht in Leipzig gewesen, wenn man die Anlage nicht gesehen habe. Ihm war das gleich. Es gab nichts, woran er sein Herz hängen wollte, lediglich Dinge, die von Nutzen waren und solche, die es nicht waren. Einzig das Geschäft lockte, ob nun in Auerbachs oder in Bräunigkes Hof, und was es da noch so gab; die feinen, farbigen Tuche und schimmernden Brokate, Teppiche, Keramiken, herrliche Bijouterien, kunstvoll geschmiedetes Gold und Silber, Gemälde und seltene Kupferstiche, der Besuch des Königs.

Er hatte wie jedes Jahr dasselbe kleine Zimmer in der Nähe des Gewandgässchens gemietet, wenig entfernt von der Stelle, wo die Tuchmacher einst ihr erstes festes Haus errichtet hatten. Ein wenig war ihm seine Unterkunft über die Jahre schon zum Zuhause geworden. Abend für Abend kräftigte er dort seine Armmuskeln mit Übungen. Stunde um Stunde arbeitete er daran, seinen Körper geschmeidig zu halten. Nie hörte er auf, bevor ihm nicht der Schweiß über das Gesicht rann und salzig auf den Lippen schmeckte. Er legte Wert darauf, seinen Körper bis in die letzte Faser zu beherrschen, und was er sich selbst körperlich nicht mehr abverlangen konnte, versuchte er über den Geist zu kompensieren. Er übte sein Gedächtnis und seine Beobachtungsgabe, er kalkulierte schneller als mancher, der von Kindesbeinen an im Kontor gestanden hatte. Das Schlimmste war die Untätigkeit dazwischen, wenn er alleine im Zimmer war und es nichts zu tun gab, wenn er das künstliche Bein abgeschnallt hatte und den vernarbten Stumpf betrachtete. Wenn er innehielt. Wenn er sich den Schmerzen hingab und den Augenblick, als er seinen Verlust entdeckt hatte, wieder und wieder erlebte. Dann wollte er sterben. Dann spielten seine Finger mit dem Pistolenlauf, musterten seine Augen den festen Deckenbalken, oder seine Gedanken kreisten um das Fläschchen Gift in seiner Rocktasche, das er sich kurz nach der

Lehnszeremonie besorgt hatte. Aber ihm fehlte der Mut. Häufig verachtete er sich dafür.

Kurz blieb er nun stehen, um die vorüberschlendernden Messebesucher zu betrachten: Neugierige, adliges Volk, Händler auf der Suche nach Ware. Ihre Stimmen schwirrten und flirrten, der Geräuschpegel war ihm auch noch im Kopf, wenn er nachts im Bett lag und die schmerzenden Glieder sortierte. Unablässig waren Geschichten im Umlauf, deren Wahrheitsgehalt ein guter Händler auf Anhieb erkannte und für sich zu nutzen wusste. Ein Herr, war zu hören, hatte kostbare Stoffe ballenweise gekauft, um sie danach sofort zu verschenken. Ganze Fässer Honig hatten ihre Besitzer gewechselt, teure Weine, und auch der König hatte sich, wie üblich, nicht lumpen lassen. Am Tag zuvor erst hatte er seine geliebte Messe besucht, so wie er gleich nach Regierungsantritt zur Herbstmesse gereist war. Da ihm der alte, düstere Festungsbau der kurfürstlich-königlichen Pleißenburg nicht behagte, logierte er in einem Bürgerhaus. In der ganzen Stadt hieß es während solcher Tage zusammenrücken, und so wie alljährlich Weihnachten und Ostern kamen, klagte der Rat über die Kosten für Empfänge und Gastgeschenke. Auch er hatte die Leute wispern hören, wie viel Geld der König die Stadt koste. Aber ging es nicht bei jedem Einsatz darum, was unterm Strich herauskam? Die Frage war nicht nur, was man erreichen wollte. Die Frage war auch, was man dafür zu zahlen bereit war.

Rupert ließ den Blick über das Angebot des nächsten Standes schweifen. Die Stoffe waren von guter Qualität, aber nicht fein genug. Er humpelte etwas weiter, schaute dann zu dem Mann herüber, der ihn nun schon seit geraumer Zeit beobachtete. Heute Morgen hatte er ihn schon einmal gesehen. Er fiel auf, so einer gehörte nicht hierher, so einer kaufte nicht: ein narbiger Söldner, der im Krieg zu wenig Beute gemacht hatte und sich nun durchschlug. Ihre Blicke trafen sich. Als hielte er es für eine Aufforderung, kam der Mann auf ihn zu.

»Herr von Hartleben?«

Rupert nickte, während seine Augen ein schmales, von strähnigem Haar umstandenes Gesicht absuchten. Der Fremde verzog die dünnen Lippen zu einem Lächeln. Die Unterlippe musste einmal von einem Säbelhieb getroffen worden sein, war gespalten worden und wulstig zusammengewachsen. Auf der linken Seite befanden sich in Höhe des Auges weitere Narben, gleich einem Flussdelta heller Linien, die zwischen den Haaren verschwanden.

»Hinnerk Knaup, ehemals Korporal in der Armee unseres Königs«, sagte der Mann. Er trat noch einen unnötigen Schritt näher: »Habt Ihr schon einmal von einem Ort namens Ofen gehört, Herr?«

***

Im Jahr, als der Unfall passiert war, hatte Rupert damit begonnen, neue Sprachen zu erlernen. Sein Französisch war längst makellos, in Schwedisch, Polnisch und Russisch parlierte er zufriedenstellend. Aber es genügte nicht. Er musste mehr lernen, er musste vorbereitet sein, weil das Bein immer fehlen würde, weil er ein Krüppel blieb, auf die Hilfe anderer angewiesen. Er schloss die Augen. Der ziselierte Silberknauf seines Krückstocks schmiegte sich in seine Handfläche. Der Gedanke an Habar kam unvermittelt, wie der Traum, der sich in einer der letzten Nächte um sie gedreht hatte. Er hatte sie sofort wiedererkannt, damals im Park, als habe er sie jeden einzelnen Tag gesehen in den letzten Jahren, als sei sie nie fort gewesen.

Er stieß das dunkle polierte Holz des Krückstocks in den Boden, humpelte einige Schritte weiter. Von der Messe hatte ihn sein Weg am neuen Rathaus vorbeigeführt. In linker Richtung lag mit dem Peterstor Leipzigs südliche Eingangspforte, wo die alte *via regia*, die Reichsstraße, auf die Stadt zuführte. Heute mied er den Burgkeller, wo zu Messezeiten auch noch spät am Abend Geschäfte mit einem kräftigen Schluck Bier besiegelt wurden. Erst morgen würde er sich wieder auf dem Brühl einfinden. In den Gassen rund um das dortige Messegeschehen reihte sich Gasthof an Gasthof, und Namen wie Dresdnische oder Wittenbergische Herberge, Plauenscher Hof, oder Stadt Frankfurt versprachen jenen Bekanntes, die die Heimat vermissten.

Entschlossen humpelte er weiter. Je länger er unterwegs war, desto weniger Menschen begegnete er. Im Schatten der Thomaskirche, zu der er nun zurückkehrte, hatte er schon auf dem Hinweg ein paar Jungen beim Spielen gesehen und dabei an früher gedacht: an Karl, den Freund, und an Georg, den er gehasst hatte, weil er überlebte, und den er geliebt hatte, weil er für ihn da gewesen war. Es war sein Vater, Alexander von Hartleben, der ihn verlassen hatte, und an den er sich immer weniger erinnern konnte, dessen Gemälde er regelmäßig anstarrte, damit er den Mann darauf nicht vergaß.

Georg ist ein Betrüger. Er lehnte sich gegen die nächste Hauswand, presste den Rücken dagegen, bis alles schmerzte, dachte an Hinnerk Knaup, der ihm heute kaum mehr von der Seite gewichen war; der von Ofen erzählt hatte und davon, wie Georg von Hartleben ihn mittels gezinkter Würfel, so vermutete er jedenfalls, um die Beute gebracht hatte. Der Onkel und gezinkte Würfel – Rupert schlang die Arme um den fröstelnden Leib –, Georg ein Betrüger, war das möglich? Vielleicht hätte er empört sein sollen, aber ja, es klang *möglich*. Vielleicht hatte er es auch immer schon geahnt. Was Georg in seiner Verantwortungslosigkeit noch getan haben mochte, dem wollte er von nun an nachspüren. Nie wieder wollte er den Onkel aus den Augen lassen.

Zuerst eher uninteressiert, hatte er Hinnerk Knaup schließlich immer aufmerksamer zugehört. Er kaufte ihm Essen und mehrere Humpen Bier. Er beschrieb ihm den Weg nach Hartleben. Knaup, den Teller mit den fetten Bratwürsten umschlungen, als könne ihn jemand stehlen, das frische Brot mit den verbliebenen Zähnen zermalmend, hatte ihn irgendwann eindringlich angesehen.

»Einmal Betrüger, immer Betrüger«, hatte er gesagt.

Zum wiederholten Mal ließ Rupert die Worte in seinem Kopf herumgehen, und das Misstrauen war wie eine kalte Messerspitze an seiner Haut.

2. Kapitel

Gut Hartleben, Frühjahr 1699

Am ersten Tag hatte Hinnerk Knaup das Gut aus der Ferne beobachtet, hatte Bauern kommen und gehen sehen, früh am Morgen einen Hirten, der seine Herde Schafe durch das Hoftor hinausgetrieben hatte. Später brachten Stallknechte Pferde fort, wohl zu einer der entfernter liegenden Weiden, die er auf dem Weg bemerkt hatte. Gegen Mittag aß er grobes Brot und den letzten Rest harte Wurst aus seinem Beutel, um sich danach etwas auszuruhen. Seit er im Krieg gewesen war, konnte er überall schlafen und erwachte beim kleinsten Geräusch. Dieses Mal war es das helle Lachen einiger Mädchen gewesen, die auf dem Weg unterhalb seines Versteckes in Richtung Gürth liefen.

An einem der folgenden Tage hatte er das Gut umrundet, hatte Felder, Gärten und einen Park begutachtet. Im Obstgarten, der unter einer zarten Frühlingssonne beinahe noch winterlich anmutete, aß er alte Nüsse, deren Schalen er in seinen Fäusten zerspringen ließ. Wieder einmal waren es Mägde gewesen, vor denen er sich hinter einen Baum hatte retten müssen; lachende, scherzende, schnatternde Mädchen, die ihn an seine jüngste Schwester erinnerten. Der junge Hartleben hatte ihn zur Vorsicht ermahnt.

Und wieder ein neuer Tag. Zum zweiten Mal suchte er den Obstgarten auf, um den knurrenden Magen zu beruhigen, trank Wasser aus einem Bach. Der Gemüsegarten mit seinen sauber angelegten Beeten war vom Haus gut einsehbar, aber noch legte er es nicht darauf an, entdeckt zu werden. Etwas entfernt hörte er Mädchenstimmen. Vierzehn Jahre alt war die Schwester gewesen, als er sie zuletzt gesehen hatte, damals, als ihn der Vater aus dem Haus geprügelt hatte. Soldat war er darauf geworden, denn wenn man eine prächtige Uniform trug, so hatte er gedacht, da schaute einen wenigstens das ein oder andere

Weib an. Da liefen sie nicht fort vor einem, wollten wissen, wo man gewesen war und was man gesehen hatte und hockten einem auf dem Schoß. Und er hatte durchaus Erfolg gehabt, wäre fast noch zum Fourier geworden, wenn er nicht den rechten Ringfinger und zwei Glieder seines Zeigefingers verloren hätte. Manchmal malte er sich auch heute noch aus, was hätte sein können, und wollte brüllen vor Wut. Das Bauern- und Bürgerpack konnte seine eigenen alten Soldaten fast genauso wenig leiden wie fremde. Wie oft war er fortgejagt worden, wie oft …

Er strich sich eine Haarsträhne aus dem Gesicht, die sofort an ihren alten Platz zurücktanzte. Den Arm gegen einen Baum stützend, fiel ihm ein Loch in seinem Rockärmel ins Auge. Er war geschickter geworden seit jenen ersten Tagen nach dem Krieg. Wohl auch deshalb schaute heutzutage wenigstens das ein oder andere Weib, beglotzte seine Narben, roch das Abenteuer.

Wie lange noch? Wieder fuhr er sich mit den gespreizten Fingern seiner verstümmelten Hand durchs Haar, ließ mit einem leisen Pfiff des Bedauerns einen Blick über den fadenscheinigen Rock wandern. Vor Tagen schon war ihm das Geld ausgegangen. Aber deshalb war er ja hier: um sich das zu holen, was ihm zustand. Zu lange war er am Abgrund entlanggeirrt, halbwegs gut war es ihm das letzte Mal gegangen, bevor der junge Beckmann sternhagelblau in einem Abwassergraben ersoffen war. Er runzelte die Stirn, brach mit kräftigen Fingern einen Ast vom Baum. Recht erinnern konnte er sich nicht mehr. Sie hatten sich in einer dieser Schenken betrunken, an einem Ortsausgang, dort, wo sich die Wege kreuzten und querten, wo durstige Reisende Neuigkeiten brachten, und es immer hoch herging. Gespielt hatten sie und dem Alkohol zugesprochen, waren in Streit geraten und auf die Straße geworfen worden, wo sie sich weitergeprügelt hatten. Am nächsten Morgen war er auf dem Rücken liegend am Rand des Grabens aufgewacht. Zitternd vor Kälte, vollkommen durchweicht und von Schlamm überzogen, hatte er sich aufgerappelt, um etwas tiefer, im Graben selbst, Beckmann mit dem Gesicht im Dreck zu entdecken.

Armer Tropf. Hinnerk zog die Nase hoch, sammelte Rotz in seinem Mund und spuckte einen dicken Batzen aus, bevor er sich erneut seine dünnen Haare aus der Stirn strich. Zwischen den Büschen hindurch sah er ein Mädchen den Weg entlangeilen. Sie war noch jung, sprang und hopste mehr, als sie rannte, so wie die Schwester damals. Wie hatte sie noch geheißen? Na, ganz gleich. Heute war sie ohnehin längst tot, oder ein hageres Weib, wie die Mutter es gewesen war mit einer greinenden Kinderschar am Rockzipfel.

Es war Zeit. Er würde tun, was sie besprochen hatten. Im Schatten von Büschen und Bäumen huschte und schlich er sich weiter, bis er erstmals auf der hinteren Seite direkt vor dem großen Gutshaus stand, bis er die Mauer mit den Händen berühren konnte. Hinter seiner Stirn begann es zu klopfen, seine Haut glühte. Er legte den Kopf gegen die Wand. Hass durchströmte ihn bis in die kleinste Ader, so wie einem das Blut durch den ganzen Körper floss. Er hatte dies einmal auf einem schmutzigen Druck gesehen, den ein Wanderkrämer in einem Wirtshaus feilgeboten hatte. Der nächste tiefe Atemzug ließ seine Schultern beben. Wie nahe war er dran – er kannte das Leben auf dem Gut schon so gut, als gehörte das Anwesen ihm selbst. Er wusste, wann sich die ersten Bewohner regten und wann die letzten Lichter verloschen. Er kannte die besten Pferde, die Webstühle, die Zahl der Schafe, die die Wolle lieferten. Er kannte jeden einzelnen Baum im Garten, den Teich, das Haus, die großzügigen Ställe. Er hatte den Herrn ausreiten sehen und war der Herrin beim Gang durch den kleinen Park gefolgt. Er kannte die Diener, die Knechte und Mägde, die ganze graue Schar, in der er untergehen würde. Er stellte sich vor, durch das Haus zu streifen, eine Spur zu hinterlassen, die diesen Georg von Hartleben wissen lassen würde, dass etwas nicht stimmte, dass er, Hinnerk Knaup, zurück war, um ihn zu jagen.

Jetzt schmeckte er Blut. Ohne es zu bemerken, hatte er sich die Lippen aufgebissen. Er hatte den Namen Georg von Hartleben nicht vergessen, seitdem er ihn in Ofen erstmals gehört hatte, und es hatte seine Zeit gedauert, bis er auf der Messe in Leipzig wieder auf ihn gestoßen war. Der junge Hartleben – der Bursche hatte das ungesunde Aussehen eines Mannes, der zu viel Zeit mit sich allein auf der Stube verbrachte – hatte seine Geschichte gerne gehört. Sicher, er hatte versucht, gleichmütig dreinzublicken, aber dazu kannte er, Knaup, die Menschen zu gut. Wer sich durchschlug, musste die Menschen kennen. Man musste ihnen die Vorlieben am Gesicht ablesen können, den Hass, das Begehren. Man musste wissen, was man den Weibern sagte, für eine warme Suppe und eine Nacht in ihrem Bett.

Wieder gurgelte der Hass in ihm hoch, legte sich ihm um die Brust wie eiserne Ringe. Ein Geräusch riss ihn aus den Gedanken. Als er sich umdrehte, gewahrte er das

Mädchen, das an ihm vorbeigerannt war. Nur wenig entfernt von ihm stand sie, die Augen aufgerissen. Ja, er wusste, wie er aussah: ein Soldat, der dem Krieg entkommen war, der großen Bestie. Seine Kleidung war dreckig und abgerissen, das Gesicht vernarbt. Er ließ die Augen blitzen, lächelte sie an. Sie entspannte sich etwas, blieb aber wachsam, denn als er sich ihr nähern wollte, wich sie zurück. Er machte eine Handbewegung in Richtung des hinteren Gartens.

»Ich habe mich verlaufen und komme einfach nicht mehr auf dem rechten Weg. Dem Georg von Hartleben soll ich etwas bringen.« Noch einmal ließ er sein Lächeln aufblitzen und fingerte ein Beutelchen von seinem Gürtel. »Ist das dein Herr?«

Sie nickte und schien nun beruhigt. »Er ist heute auf die Weide geritten«, sagte sie, »ein paar junge Hengste sollen verkauft werden.«

Ihr Mund klappte zu, als habe sie schon zu viel gesagt. Er runzelte die Stirn.

»Würdest du ihm das hier später geben? Ich möchte noch vor Einbruch der Nacht zurück sein. Es ist so viel Gesindel unterwegs.« Er hatte ihr den Beutel in die Hand gedrückt, noch bevor sie etwas entgegnen konnte. »Hab Dank, und Gott beschütze dich, Mädchen.«

Er lief bis zu der Stelle, an der er die ersten Tage verbracht hatte, wickelte sich in seinen Umhang und warf sich unter den Baum.

Georg von Hartleben kehrte spät am Abend zurück, inmitten einer Meute junger Burschen. Hinnerk Knaup ließ ihn nicht aus den Augen, bis das Torhaus ihn verschluckt hatte. Jetzt würde er vom Pferd springen. Ein

Bursche würde ihm die Zügel abnehmen, denn feine Herrschaften wie er hatten stets jemanden zur Hand, der ihnen die Arbeit besorgte. Jetzt würde er ins Haus gehen. Man würde ihm ein Essen bereitet haben, natürlich mehrere Gänge Fleisch- und Süßspeisen und dazu Wein. Knaup starrte durch die Äste nach oben. Erdgeruch stieg in seine Nase. Aber vielleicht hatte er den Beutel auch schon entdeckt, vielleicht hatte er die Nachricht verstanden.

3. Kapitel

Dresden, 1699

Habar kämpfte gegen den Wunsch an, auf dem Fuß kehrtzumachen und den Gang entlang zurückzueilen, zu laufen, bis sie nicht mehr konnte und niemand mehr um sie war: kein Mensch, keine Stimme, niemand. Sie hatte die Blicke bemerkt, das steife Lächeln der Pagen. Sie war als Begleitung Amalia und Emmanuel von Schwarzbachs hier und hatte nicht erwartet, Ibrahim ausgerechnet auf einem Empfang des Grafen von Beichlingen zu treffen, von dem man sagte, er habe eine noch glänzendere Karriere vor sich, als schon die letzten Jahre gezeigt hatten. Noch hatte Ibrahim sie nicht bemerkt. Er und Karl befanden sich im Gespräch mit anderen jungen Männern; und der Klang von Ibrahims Stimme glitt mühelos vorwärts, als habe er nie etwas anderes gesprochen als die Sprache dieses Landes. Sie hatte ihn sofort bemerkt, hatte bemerkt, wie Füße in seiner Gegenwart langsamer trippelten, sich Fächer ungeschickter öffneten und tuschelnde Mädchen Zeit fanden, stehen zu bleiben. Ab und an schenkte er einer der vorüberflanierenden Frauen einen Blick, ab und an erntete er ein wissendes Lächeln.

Auch Habar konnte die Augen nicht von ihm abwenden. Das Rot der Uniform war wie für ihn gemacht. Er bewegte sich nicht einmal mehr wie der Junge, den sie gekannt hatte. Einer der ihren war er. Als er sie bemerkte, erstarrte er flüchtig. Kurz darauf waren Amalia, Christiane von Thann und sie auf einer Höhe mit ihm angekommen.

Ich war ein Türk und war verdammt. Emmanuel von Schwarzbach hat bisher noch jede zur Hure gemacht.

Habar schob fröstelnd die Hände in die Ärmel ihres Hemdes, spürte seine Augen auf *şalvar*, *yelek* und den Pantoffeln, in denen ihre nackten Füße steckten. Türkenkleidung hast du auch einmal getragen, dachte sie, und wolltest nie etwas anderes tun; wolltest mich auch niemals alleine lassen. Ihre Augen bohrten sich ineinander. Keine Begrüßung, nur Fragendes stand in seinem Ausdruck, als wolle er sich versichern, dass sie einander noch kannten. Aus den Augenwinkeln bemerkte sie, wie Amalia von Schwarzbach ihren Fächer aufschnappen ließ und sich mit schnellen Bewegungen Luft verschaffte. Plötzlich musste Habar an den Schmetterling denken, den sie am Ende eines Jahres im Park von Schwarzbach gesehen hatte, dessen Farben verblasst waren und der sich nur noch mühsam fortbewegt hatte.

Denkst du noch an Budin?

Sie schaute ihn an. Ibrahims dunkle Augen waren wie kleine Schilde, die jeden Eindringling abwehrten. Amalias Fächer bewegte sich zierlich im Versuch, seine Aufmerksamkeit zu erhaschen, verbarg und enthüllte das Gesicht der jungen Frau, hob die blitzenden Augen hervor, verwies auf ein lächelndes Mündchen. Endlich wandte Ibrahim sich ihr zu und lächelte ebenfalls. Amalias Bewegungen beschleunigten sich.

»Wer seid Ihr? Ich habe Euch hier noch nicht gesehen.«

Flatterhafte, lügenhafte Gans. Habar schaute auf die Spitzen ihrer Pantoffeln.

»Christoph Ibrahim von Hartleben«, hörte sie ihn sagen.

Ich war ein Türk und war verdammt.

»Amalia von Schwarzbach.« Amalias Fächer wurde langsamer.

Ibrahim deutete eine Verbeugung an.

»Würdet Ihr«, setzte die junge Frau an, und mit einem Mal spürte Habar ihren Blick auf sich, »mich morgen zum Gottesdienst begleiten, Herr von Hartleben?«

Er gab seine Zustimmung mit einer weiteren Verbeugung. Amalia schwebte davon. Habar folgte wortlos auf Christiane von Thann.

Die Feierlichkeiten wollten an diesem Tag kein Ende nehmen. Viel zu viele Stimmen ließen einen schier ertauben. Man bewunderte die Ausstattung des Hauses und lobte das Essen. Man tauschte Rezepte aus, berichtete von Kuren. Eine Frau war gerade aus Teplitz zurückgekommen. Eine andere sprach davon, dass man sie solcherart mit Kalbsbrühe purgiert habe, dass ihr ganz elend gewesen sei. Habar befürchtete schon, sie könne den maskenhaften weiß geschminkten Gesichtern mit ihren scharf abgegrenzten roten Wangen und den blauen toten Frankenaugen, die sie so unverhohlen anstarrten, niemals mehr entkommen, als sie durch eine offene Tür einen Gang erblickte und einfach hinausschlüpfte. Allein, dachte sie, endlich allein. Doch sie irrte, jemand war ihr gefolgt.

»Habar!«

Ibrahim. Sie wollte nicht auf seine Stimme hören, nur weitergehen, als sei nichts geschehen, als habe sie ein Geist gerufen, dem es zu entkommen galt. Doch ihre Füße bewegten sich nicht, ihr ganzer Körper war wie erstarrt. Endlich griff sie nach einem der bunten Bänder, die ihr Gewand schmückten, wickelte es so fest um Zeige- und Mittelfinger, dass es schmerzte.

»Habar!«

Sie wollte sich nicht umdrehen und tat es doch. Ihre Füße bewegten sich, schabten über den Boden. Sie hatte sich nur kurz erholen wollen. Wenn sie sich nicht beeilte, würde man sie ohnehin vermissen. Dann war ihr Amalias Ärger sicher.

Nun war Ibrahim ihr gegenüber, wickelte das Band von ihren Fingern, und sie rieb sich die Knöchel. Warum, dachte sie, ist eine zu einfache Frage und zu direkt. Sie senkte den Kopf, starrte ihre Hand an, auf der sich das Band in Form einer Strieme in Erinnerung rief.

Ibrahim räusperte sich. »Ich habe nicht erwartet, dich ausgerechnet hier zu treffen.«

Habars Kopf ruckte nach oben. »Und ich habe einmal geglaubt, du würdest kommen und mich holen.« Ihr Mund sprühte Speichel vor Aufregung. Sie fuhr sich mit dem Handrücken über die Lippen. Die Finger hörten langsam auf zu schmerzen, die Strieme verblasste. »Ich dachte …«, setzte sie neu an.

Ein Geräusch ließ sie beide hochschrecken. Zwei kichernde junge Pagen liefen vorüber, dann ein Dienstmädchen, den Mund gespitzt, die Augenbrauen vor Anstrengung verzogen, ein Tablett vor der mageren Brust balancierend.

Ibrahim stützte eine Hand neben ihrem Kopf gegen die Wand.

»Habar, ich wusste ja nicht. Ich …« Er holte tief Luft. »Du musst mir verzeihen, aber man erzählt sich einiges über den alten Schwarzbach. Was hätte ich machen sollen? Du gehörst ihm, ich kann dich ihm ja kaum wegnehmen.«

Habar erwiderte nichts. Dass ein Mensch dem anderen gehören konnte, erschien ihr plötzlich ein wunderlicher Gedanke, aber so war es ja, und auch sie hatte früher nie darüber nachgedacht. Als sie bemerkte, dass er mit einer Locke ihres Haars spielte, die unter ihrem Schleier hervorgerutscht war, wich sie zur Seite aus. »Warum hast du dich taufen lassen?«

»Weil es ein Gott ist, Habar, wie ich ihn nenne, ist sicherlich unwesentlich.«

»Aber sie wissen nichts von Mohammed, Allahs Segen und Frieden sei über ihm.« Sie wich noch ein Stück zur Seite aus und verschränkte die Arme vor der Brust. »Du hast gesagt, wir wollen nichts von den *giaurs* nehmen. Wir wollen sie nicht beachten.«

»Hast du das gemacht?« Er hatte sie beim Kinn genommen und zwang sie, ihn anzusehen. »Nein, das hast du nicht. Du weißt, dass wir uns geirrt haben, dass wir hierbleiben werden.«

»Ich will immer noch zurück nach Budin.« Sie ließ die Lippen schmal werden. Ibrahim schüttelte den Kopf.

»Nein«, er hielt sie immer noch fest, »das willst du nicht. Unser Leben geht weiter, Gott, meinetwegen Allah, wenn du ihn so nennen willst, gibt ihm eine andere Richtung.«

»So einfach ist das?«

»So einfach.«

»Was ist mit Vater, willst du ihn nicht mehr rächen? Bist du ein Feigling?«

Er zuckte unter ihren Worten zusammen, als seien es Peitschenhiebe, und sie hätte gerne weitere folgen lassen, aber ihr Kopf war mit einem Mal leer. Es war sein Gesicht, das trotz allem so ruhig war, das sie ihn am liebsten geohrfeigt hätte.

»Feigling«, zischte sie noch einmal. Für einen kaum greifbaren Augenblick veränderte sich sein Gesichtsausdruck, und schon erwartete sie den Abdruck seiner fünf Finger auf ihrer Wange. Sie wich seinem Blick nicht aus. Reiten, Bogenschießen, sie hatte es ihrem Bruder stets gleichgetan, war vor nichts zurückgeschreckt. Vielleicht tat sie ihm unrecht, aber das war ihr jetzt gleichgültig. Sie hatte gewartet, so viele Jahre lang. Die Wut, die erst so klein in ihr gewesen war, stieg höher und höher, bis sie so vollkommen von ihr ausgefüllt war, dass ihre Zähne aufeinanderknirschten.

»Habar«, sagte er. Seine Hand berührte ihren Arm.

»Fass mich nicht an.« Ihre Stimme überschlug sich.

»Habar«, versuchte er es noch einmal. Sie schüttelte ihn ab. »Ich habe mein Versprechen gehalten, du nicht.« Sie wunderte sich, dass ihre Stimme nun wieder so ruhig klang. Ibrahim biss sich auf die Lippen, dann lächelte er. Wahrlich, er hatte gelernt, wie man sich in diesen Kreisen bewegte.

»Habar«, sagte er leise, »du hast mir gefehlt. Lange wusste ich nicht, wie es ohne dich weitergehen ...«

Da war etwas in seiner Stimme, vielleicht sprach er tatsächlich die Wahrheit. Sie schob den Gedanken beiseite, drehte sich aus seiner Berührung. Ein paar Schritte und sie hatte die Tür erreicht, die sie zurück in den Saal bringen würde. »Meine Herrin erwartet mich.« Sie zögerte. »Und was den alten Schwarzbach angeht: Er hat mich niemals angerührt.«

***

»Willst du gehen?« Inmitten des Festtrubels hatte Karl den Freund wieder gefunden und sich an seine Seite geschoben. Seit Habar ihn dort hinten im Gang hatte stehen lassen, bewegte Ibrahim sich ziellos und unaufmerksam zwischen den Gästen. Ein Mädchen, das ihm fast am Arm hing, war er nur mit einiger Mühe losgeworden. Er hatte einige Abenteuer hinter sich gebracht, seit der zu kurze Urlaub begonnen hatte, konnte sich aber nicht erinnern, ob sie darunter gewesen war. Ein tiefer Seufzer hob seine Schultern: Wenn sich die Gerüchte zum Krieg verdichteten, würde dafür bald ohnehin keine Zeit mehr sein. Verteidigungsbündnisse waren mit Dänemark und dem Zarenreich geschlossen worden. Wieder tauchte Habars Gesicht vor ihm auf. Ibrahim runzelte die Stirn. Wollte sie ihm vorwerfen, dass er sich verändert hatte? Nur der Dumme veränderte sich nicht. Er nahm das Glas, das Karl ihm anbot, und schüttete den süßen Tokajer in einem Zug herunter.

»Und?« Der Freund grinste ihn an. Ibrahim ließ den

Blick über die Menge schweifen. Eigentlich war es richtig, hier zu sein, und nicht in der Stube, die er mit Karl teilte. Hier fand sich Abwechslung, der Wein war gut und die Frauen schön. Karl und er waren ein paar Schritte gegangen und standen nun neben einem Guéridon, den Ibrahim für einen Moment nachdenklich anstarrte. Etwas Wein hatte sich auf die von einem kleinen Mohren gehaltene Tischplatte ergossen. Mechanisch zeichnete Karl eine grinsende Fratze in die Flüssigkeit. Ibrahim lächelte. Wo er ging und stand und sich die Gelegenheit bot, fertigte Karl solche Gesichter an. Am Abend ihres Eintreffens in Dresden hatte er eines in die Tischplatte geritzt. Auch auf Hartleben gab es Stellen, an denen man ein solches, kleines Gesicht entdecken konnte. Er kniff die Augen zusammen im Versuch, das Bild seiner Schwester zu verjagen. Karl nahm ihm das Glas aus der schlaff herabhängenden Hand und stellte es ab.

»Entschuldige«, Ibrahim zuckte hilflos die Achseln, »ich bin wohl keine gute Gesellschaft.«

»Und wenn!«

Dankbar spürte Ibrahim den Druck seiner Hand auf der Schulter. Erst in den letzten Monaten hatten Karls Wangen die letzte kindliche Rundlichkeit verloren. Die breiten Wangenknochen und der starke Kiefer, die sich herausgeschält hatten, ließen ihn grober, aber auch männlicher wirken, wobei der Blick aus seinen ein wenig zu weit auseinanderstehenden, meist etwas verträumten Augen, dem Ganzen die Härte nahm. Er hob die Rechte, legte sie auf Karls Hand und erwiderte den Druck. Dieser Mann dort war ihm zum Freund geworden, hatte ihn lachen gelehrt, als er sich allein gewähnt hatte; war da gewesen, als man ihn für einen seiner vielen Fluchtversuche ausgepeitscht hatte.

Ich habe es ihm nicht leicht gemacht. Nochmals drückte Ibrahim die Hand des Freundes. »Erinnerst du dich an damals, als ich nur Weißbrot und Zimtwasser essen wollte?«

Karl nickte. »Natürlich, ich hatte unter Lebensgefahr ein Brathühnchen aus der Küche stibitzt, und du wolltest es nicht einmal anrühren.« Er verschränkte die Arme vor der Brust und sah sein Gegenüber düster an. Ibrahim drehte sich mit dem Rücken zur Wand und sah in den Saal hinein. Man hatte ihm gesagt, dass er seine Schwester vergessen solle. Irgendwann hatte er vergessen. Er gehörte jetzt hierher. Er war zu einem der ihren geworden.

Habar. Er senkte den Kopf, sah ihren Nacken vor sich und den widerspenstigen Wirbel in ihrem schwarzen Haar, als kniete sie direkt vor ihm. Im ersten Jahr hatte sie schneller gelernt als er, und er hatte sie dafür verachtet.

»Hier.« Karl reichte ihm ein weiteres Weinglas, nahm selbst einen großzügigen Schluck aus dem seinen. Schräg gegenüber war ein hitziges Wortgefecht darüber ausgebrochen, ob es gelingen würde, einen Damenschuh mit Wein zu füllen und auszutrinken. Nicht wenige hatten dem Alkohol längst so ausgiebig zugesprochen, dass sie den Saal nur von ihren Dienern gestützt verlassen konnten.

»Von unserem König erzählt man sich, er sei einmal zu Pferd in einen Festsaal eingeritten und habe dann einen ganzen Stiefel geleert.« Karl lehnte sich neben Ibrahim. Die beiden jungen Männer wechselten einen Blick. Plötzlich musste Ibrahim an die Nachmittage denken, die Karl und er gemeinsam am Teich verbracht hatten; Nachmittage, während derer er dem Freund das Schwimmen beigebracht hatte. Aus den schlaksigen Jungen, die durch die Wälder und über die Hügel rings um Hartleben gestreunt waren, die gemeinsam versucht hatten, einer Frau unter den Rock zu blicken, waren kräftige Männer geworden.

»Jeder verändert sich«, stieß er unvermittelt zwischen den Zähnen hervor.

»Hm?« Karl setzte sein Glas ab.

»Frauen!«, entfuhr es Ibrahim, dann straffte er die Schultern: »Ach, verdammt, lass uns über den Krieg sprechen.«

***

Sie maß dem Geräusch der Kutschenräder auf dem Pflaster hinter sich wohl keine Bedeutung bei, vielleicht hörte sie es unter dem Umhang auch nicht, den sie sich zum Schutz gegen den Regen über den Kopf und tief in die Stirn gezogen hatte. Zwar war der heftige Regen inzwischen einem kaum merklichen Nieseln gewichen, aber nun tropfte es von Erkern und Giebeln herunter, und es galt, Pfützen zu umrunden und Rinnsalen auszuweichen, die an einigen Stellen zu kleinen Strömen angewachsen waren. Erst als die Kutsche ganz nahe herangekommen war, sah Rupert, wie die Türkin einen Schritt näher zur Wand ging, um Schutz vor dem aufspritzenden Wasser zu suchen. Ihr Blick streifte sein Gesicht hinter der Scheibe flüchtig. Noch ein paar Längen ließ er die Kutsche weiterrollen, bevor er dem Kutscher klopfte, damit dieser anhielt. Durch die geöffnete Tür winkte er Habar zu sich heran.

»Herr von Hartleben!«

Sie knickste und beantwortete damit die Frage, die er sich schon selbst gestellt hatte.

»Habar.« Er musterte sie. Heute trug sie, anders als vor ein paar Tagen auf dem Fest, ein Dienstmädchenkleid. Das dunkle Haar war zu einem Zopf geflochten und fiel ihr weit über den Rücken herab. Auf dem Kopf thronte ein Häubchen.

»Besorgungen?« Er nickte zu dem Paket hin, das sie unter den Arm geklemmt trug.

»Handschuhe für meine Herrin.« Mit dem Ärmel wischte sie sich einen Regentropfen von der linken Wange, schaute ihn abwartend an.

»Von diesem Handschuhmacher, der auch für den Hof arbeitet, nicht wahr? Normalerweise holt deine Herrin Ihre Handschuhe doch stets selbst ab.«

»Der Regen.« Habar wich seinem Blick nicht aus. Er konnte ihren Ausdruck nicht deuten. Endlich senkte sie den Kopf. Er lächelte zufrieden.

»Und Herr von Schwarzbach?«, fuhr er fort. »Du hast ihn doch eine Zeit lang fast täglich begleitet?«

»Er hat dieser Tage keine Verwendung für mich.«

Sie sah ihn wieder an. Seit sie Gut Hartleben verlassen hatte, war sie nicht sehr viel größer geworden. Wie es ihr wohl ergangen war? Er dachte an den Bruder, den sie vor so vielen Jahren oft so energisch verteidigt hatte. Vielleicht hatte er sich selbst damals, im Dreck des Hofes, sogar etwas Bewunderung für sie abgerungen, aber daran wollte er sich nicht erinnern.

Schweigen breitete sich zwischen ihnen aus. Beinahe fühlte er ihre Augen jetzt auf sich, ganz, als taste sie mit den Fingern über sein Haar, das Muster der Weste, die Aufschläge des Rocks, um dann zu seinem Holzbein zu gleiten, das auch im Dunkel der Kutsche gut zu sehen war. Ohne Zweifel wartete sie auf das, was er als Nächstes sagen, fordern, tun würde. Er rückte das gesunde Bein nach vorne, an dem sich der Hosenstoff eng um den Oberschenkel schmiegte, genau wie sich unter dem Strumpf der Schwung seiner kräftigen Wade abzeichnete. Aber, sosehr er sich auch mühte, da war auch das andere Bein, das polierte Holzbein, das an den Stumpf geschnallt war. Ein Schauder kroch über seinen Rücken. Er sah, wie sich ihre Lippen bewegten und kam ihr zuvor: »Ein Unfall. Im Winter, vor fünf Jahren.«

»Das tut mir leid.«

Ihre Stimme klang ruhig. Wieder wartete sie; ein Dienstmädchen, das seinen Platz kannte. Seine Kehle wurde enger, noch einmal dieser kalte Schauer, der über und in ihn kroch wie ein winterlicher Regenguss. Es tat weh, und er musste sich beherrschen, nicht nach dem Stumpf zu tasten, nicht seine Finger in das vernarbte Fleisch zu krallen, wie er es zuweilen tat, wenn er alleine war. Er zwang ein Lächeln auf seine Lippen, während sein Blick ihren Mund streifte, der ihm fein abgesetzt schien, wie bei einer sorgfältig gearbeiteten Statue. Ein wenig verwunderte es ihn, dass er nicht die gleiche wütende Abneigung verspürte wie bei anderen, die ihn anstarrten. Er straffte den Rücken, positionierte die Beine neu. Der polternde Laut des Holzbeins ließ sie beide zusammenzucken. Die Handwerker hatten ihr Bestes getan, aber der Mangel ließ sich eben weder übersehen noch überhören, und er empfand es ganz gewiss nicht als schönen Anblick. Er winkelte das Bein leicht an, setzte das Holzbein mit einem sanften Pochen auf den Boden. Von Neuem wichen ihre Augen seinen aus, fingen sich an dem dunkel polierten Holz des künstlichen Beins, tasteten sich bis über das Knie hinauf nach oben. Mit einem Mal musste er an einen Morgen denken, an dem er eine von einer dünnen Eisschicht bedeckte Scheibe angehaucht hatte, während sie sich unten mit einem vollen Eimer kalten Wassers abgemüht hatte. Ihr erster Winter in diesem Land war das gewesen. Sie hatte nicht aufgegeben damals, hatte den Eimer quer über den Hof geschleift, um den Schaftrog aufzufüllen.

Er hob den Kopf. Ihre Augenbrauen sind zu kräftig, dachte er, ihr Gesicht ist zu kantig, um es allgemein als hübsch zu bezeichnen, grob wie der Entwurf einer Holzfigur. Nein, sie war nicht schön. Er betrachtete das Häubchen auf ihrem dunklen Haar, das raue Leinen ihres graublauen Kleides, den wollenen, schmutzbespritzten Umhang, der für Wärme und Schutz vor dem Regen sorgen sollte. Ein breites Wolkenband zog über sie hinweg und hüllte alles in Dämmerlicht.

»Wie geht es Ihrem Onkel?«, fragte sie.

»Gut.« Seine Augen hefteten sich auf ihren Hals, der sich unter ihren Atemzügen bewegte, hörte die nächsten eigenen Worte fast mit Verwunderung: »Er spricht immer noch von dir.«

Über ihren Köpfen wirbelte Wind die Wolken weiter. Sie zeigte mit keiner Regung, ob sie es gehört hatte.

»Mein Onkel wüsste sicher gerne, wie es dir geht«, fuhr er fort.

Die ganze Zeit über hatte sie sich nicht gerührt, nun schüttelte sie heftig den Kopf. »Aber er war es, der mich damals verkauft …«

Erschrocken schaute sie ihn an.

Eine Gefühlsregung … Er betrachtete das leicht gerötete Gesicht der jungen Frau interessiert. So war es ihr also nicht gleichgültig gewesen. Es war immer gut zu wissen, was andere in ihrem Herzen umtrieb. Habar war die, um die man Knaup betrogen hatte. Sie gehörte mit zum Spiel. Sie würde eines Tages wichtig sein. Das Lächeln, das Rupert dieses Mal auf sein Gesicht zauberte, war feiner und ein wenig wehmütig.

»Er musste, es gab keine andere Möglichkeit. Jetzt ist alles anders.« Sie schwiegen, dann straffte er die Schultern. »Werde ich ihm eine Nachricht überbringen dürfen? Einen Gruß?«

Eine leichte Röte breitete sich auf ihren Wangen aus.

»Ich bin nichts als eine Dienerin, Herr von Hartleben.«

Indem sie in sein Gesicht blickte, suchte sie wohl nach einer Antwort, aber er verzog keine Miene. Er war der Junge, der sie mit brennendem Hass empfangen hatte; der, der geritten war, wie der Teufel und sich mit ihrem Bruder geprügelt hatte.

Rupert lächelte sie an. *Sie sollte sich Gedanken machen.*

»Ich werde ihm also sagen, dass es dir gut geht.«

Er sah, wie sie die Schultern unter dem feuchten Umhang straffte. Dann senkte sie wieder den Kopf.

»Sie warten auf mich«, brachte sie heraus.

***

Am Abend dieses Tages fand sich Rupert bei seiner Hure wieder. Einst hatte er sie ausgewählt, weil sie nicht mehr jung war und Erfahrung versprach. Und weil sie ihn an niemanden erinnerte. Sie glich keiner Frau, die er jemals zuvor gesehen hatte. Kräftig und zielgerichtet waren ihre Bewegungen, da war nichts Zierliches an ihr, nur das Wissen darum, was man geben musste, um zu überleben. Sie war eine Überlebende.

Zum ersten Mal hatte er sie an der Poststation gesehen, als er in Dresden eingetroffen war. Sie hatte einem Jungen hinterhergeschaut, der in eine der letzten Kutschen gestiegen war, die die Stadt an diesem Tag noch verlassen hatten. Dass sie eine Hure war, darüber hatte ihn niemand hinwegtäuschen können. Seine Entscheidung war innerhalb kurzer Frist gefallen. Er hatte sie angesprochen, sich ihre Adresse beschreiben lassen und war wenige Tage später bei ihr aufgetaucht. Damals, an jenem ersten Tag, hatten sie ihr Geschäft ausgehandelt. In dieser Woche war er häufiger bei ihr gewesen. Das erste Mal am frühen Morgen nach jenem Fest, als er Habar und Ibrahim im Gang beobachtet hatte.

Er nahm ihren Handspiegel – das Geschenk eines Freiers – vom Schemel neben dem Bett und betrachtete sich. Ein ernstes Gesicht schaute ihm entgegen, eine Stirn, in die sich früh Linien eingekerbt hatten. Ein sandfarbener Schopf, der von vereinzelten, wie ausgebleichten Strähnen durchzogen war. Er bleckte die Zähne, bewegte die Mundwinkel nach oben. Der Mund lächelte nun, doch die Augen wollten nicht folgen. Er legte den Spiegel zurück und schaute gegen die Decke. Das Lächeln war eine Kunst, die mit gleichem Ernst betrieben sein wollte, wie alles andere. Mit einem Lächeln konnte man alles gewinnen, oder zum falschen Zeitpunkt alles verlieren. Was wohl Knaup gerade machte? Bei jeder Begegnung fragte der Mann nach der kleinen Türkin, die er zurückhaben wollte, nach der es ihn verlangte, die ihm eines Tages den Alltag versüßen sollte. Der Mann hatte einfach keine Geduld, dabei galt es Dinge in Erfahrung zu bringen, bevor man losschlug. Das war keine Sache, die nur ihn, den Onkel Georg, die Türkin und ihren Bruder betraf.

Während die Frau vor ihm ihren Schnürleib löste und das Unterhemd von ihren Schultern rutschen ließ, erinnerte er sich mit seltsamer Intensität daran, wie Ibrahim auf dem Fest im Gang Habars Gesicht berührt hatte. Ärgerlich drehte er den Kopf und ließ den Blick durch das Zimmer schweifen. Irgendwie mochte er ihre saubere, aber einfach eingerichtete Kammer, dieses Zimmer ohne jeglichen Schnörkel, ohne Rocaillen oder Ranken, es war so direkt, wie sie selbst. Hier gab es keine überladenen Malereien an der Decke, keine Fabelwesen aus Übersee oder exotischen Früchte. Dem stabilen Bett gegenüber spendete lediglich ein kleines Fenster Licht. Dann gab es noch einen Tisch, einen Waschstand mit angeschlagener Waschschüssel und Krug, und die Truhe, in der sie ihre Habe aufbewahrte. Hier gab es nichts Verborgenes, nur Klarheit. Hier wusste man, woran man war, und das liebte er.

Sie sprachen wenig und niemals übereinander. Er hielt sich nicht auf mit unsinnigen Fragen über ihr Schicksal und erzählte ihr nichts von sich. Sie machte keine Bemerkungen über die Größe seines Geschlechts oder seine Fähigkeiten als Mann. Ihre Zusammentreffen waren nichts anderes, als die Arbeiten, die er in seinem Kabinett verrichtete und mit ähnlicher Präzision vollzog. Es war eine Aufgabe. Wie das Lächeln lernen.

Er verschränkte die Arme hinter dem Kopf und beobachtete, wie sie durch den Raum lief und sich dabei geschickt weiterer Kleidung entledigte. Im Laufe ihrer Begegnungen hatte das Zusammentreffen ihrer Körper jeglichen Schrecken verloren, der ihnen anfänglich innegewohnt hatte. Zuweilen berichtete sie ihm nach ihrer Vereinigung, was sie in der Stadt gehört hatte, und er ließ sie gewähren, solange ihre Worte nicht bloßes Geschwätz waren. Auf diese Weise erfuhr er, wie es mit den Bemühungen des Königs stand, Porzellan herstellen zu lassen; was man sich aus Polen erzählte und was man vom kommenden Krieg zu berichten wusste. Ebenso erfuhr er, welche Mätresse hoch in der Gunst stand und welcher Stern im Abstieg begriffen war. Zwar war der König seit 1693 mit Christiane Eberhardine von Brandenburg-Bayreuth verheiratet, mit der er seit 1696 einen Sohn hatte, doch er hatte nie auf andere Frauen verzichten wollen. In den ersten Jahren seiner Regentschaft hatte sich die schöne schwedische Gräfin Maria Aurora von Königsmarck an seiner Seite gezeigt, andere waren auf sie gefolgt.

Die Hure stand nun nackt mitten im Raum. Das Kerzenlicht schmeichelte ihrer Haut. Längst kannte er ihren Körper. Er kannte den Leberfleck auf ihrer linken Schulter, das weiche runzlige Fleisch ihres Bauches, die runden, leicht hängenden Brüste. So hätte er sie ohne Mühe beschreiben können, nur ihr Gesicht ließ ihn zögern. Aber was sollte er sie auch beschreiben wollen? Sie war eine Frau mit blondem Haar, hatte Augen, Nase und Mund.

Sie war wie das Mädchen am Brunnen, an dem er gestern sein Lächeln erprobt hatte, oder irgendjemand, den er an der Elbe gesehen hatte.

Habar – schon wieder war die Türkin in seinem Kopf. Bei ihrer letzten Begegnung war sie ihm etwas bleich erschienen, so dass sich ihre scharfgezeichneten, zu dichten Augenbrauen noch deutlicher von der Haut abgehoben hatten. Ihr Gesicht mit den hellbraunen Augen und dem schmalen, aber geschwungenen Mund hätte er jedem Maler beschreiben können, nur über ihren Körper wusste er nichts zu sagen.

Die Hure trat zu ihm und berührte seine Schulter mit ihrer rechten Hand. Eine Erinnerung schlich sich in seinen Kopf: fünf Fingerabdrücke auf seinem Gesicht, die Georg ihm als Dank dafür zugefügt hatte, dass er ihn um das Türkenmädchen gebracht hatte. Aber eines Tages würde Habar ihm gehören. Auch dieser Gedanke kam so unvermittelt, dass er ihn mit einem gewissen Erstaunen wahrnahm.

»Wollt Ihr Euch nicht ausziehen, Herr?«

Er ließ zu, dass ihm die Hure den Rock von den Schultern streifte, das Hemd auszog. Bei seinem letzten Besuch auf Hartleben hatte er Georgs Schreibtisch nach den gezinkten Würfeln durchsucht und nichts gefunden bis auf drei Schuldscheine mit dem Gut Hartleben als Sicherheit. Kaum merklich begann er zu zittern. *Aber es ist nicht dein Gut. Dein Vater hat es seinem Bruder vererbt. Dein Onkel kann damit tun, was ihm beliebt. Er kann es verspielen, er kann …* Die Hure gurrte etwas in sein Ohr. Er spürte ihre Finger auf dem Brustkorb und musste alle Kraft zusammennehmen, um nicht zurückzuweichen.

Das gehörte dazu. Er musste lernen, sich zu beherrschen, sich auf den wichtigen Punkt zu besinnen. Er schnallte das Holzbein ab und ließ es zu Boden poltern. Die flackernden Kerzen malten ein Spiel aus Licht und Schatten auf seine Narben. Das Bett schwankte, als sie sich neben ihn setzte. Er spürte die Berührung ihres Oberschenkels an seinem. Wärme durchströmte ihn, ein begehrliches Gefühl. Er stemmte sich hoch, um seine Hose auszuziehen.

Sie war nicht schön, aber sie bewegte sich geschmeidig, und ihre Berührungen, als sie endlich über ihm kauerte, waren weich. Danach zählte er ihr das Geld auf die Matratze und legte zum Schluss noch eine Münze darauf. Während er sich anzog, saß sie am Tisch, das Leintuch, das ihnen als Bettlaken gedient hatte, um sich geschlungen. Im Licht der Kerze waren die breiten, grauen Strähnen, die ihr blondes Haar durchzogen, deutlicher zu sehen. Ihre Mundwinkel wirkten müde. Am Bettpfosten zog er sich nach oben, endlich stand er. Sie hielt den Blick auf die Flamme gerichtet, achtete nicht auf das Tuch, das von ihren Schultern rutschte. Auch als er sich zur Tür bewegte, schaute sie nicht auf.

»Wann kommt Ihr wieder?«

Keine Verbindungen, dachte er, nichts, was man regelmäßig nennen konnte. Er antwortete nicht.

***

Rupert war spät in der Nacht eingetroffen und sah doch am frühen Morgen so frisch aus, als habe er ausreichend Schlaf gefunden. Das Privileg der Jugend, dachte Georg, während er sich die von zu viel Tabak brennenden Augen mit den Fingerspitzen rieb. Der Neffe war zudem rasiert, hatte die Haare sauber frisiert, und auch die Kleidung saß tadellos. Indem er den Blick auf die Papiere vor sich richtete, verbarg Georg das Lächeln, das sich ohne sein Zutun auf sein Gesicht stehlen wollte, hinter einem Gähnen. Elend sich zu fühlen, als könne man die Erwartungen eines halben Jungen nicht mehr erfüllen. Schon zum zweiten Mal war er die Aufstellungen durchgegangen und hatte keinen Grund zum Tadel gefunden. Der Neffe hatte seine Sache gut gemacht. Seltsam – Georg umfasste die Sessellehnen mit den Händen, bohrte die Fingerspitzen in den Stoff –, es hatte Zeiten gegeben, da hatte er einfach nicht glauben wollen, dass Betrug zur Gewohnheit werden konnte. Dass es irgendwann kein Zurück mehr gab. Er starrte auf die Schublade; ein neues Lächeln, von dem er nicht wusste, wo es herkam, stahl sich auf sein Gesicht, während er im Geiste das Geheimfach öffnete, das in ihrem Boden eingelassen war.

Wieder ein kurzer Blick auf den Neffen. Zu Anfang hatte er sich damit entschuldigt, dass der Junge nicht mehr als ein Gut verwalten könne, dass ihm dieses eine gewiss nicht fehlen würde. Vielleicht war es auch die Schuld der kleinen Türkin gewesen, vielleicht wäre nie etwas geschehen, wenn sie Unterschriften nicht so kunstvoll hätte nachahmen können?

Rupert wäre ein guter Verwalter. Er kratzte sich. Verdammt, er musste einfach weitergehen auf diesem Weg, sonst lief er Gefahr, sich in seinem eigenen Netz zu verfangen. Es gab kein Zurück mehr. Mit einem halben Satz fuhr Georg von seinem Sitz, so dass der Neffe verwundert den Blick von dem Buch hob, das ihm der Onkel zur

Überprüfung gereicht hatte. Ein- und Ausgaben waren dort in langen Reihen aufgeführt – Georg hielt sich am Rand des Tisches fest, um ein Zittern zu unterdrücken –, Zahlen und Erklärungen wie Fliegendreck auf dem festen Papier verteilt. Abende hatte er über diesem Buch zugebracht, hatte die Feder schaben lassen, Tintenflecke zu vermeiden gesucht, und doch war das, was er tat, niemals ohne Tadel gewesen. Ein jüngerer Sohn war und blieb er, jemand, von dem man nichts erwarten sollte. Er drehte den Kopf zur Seite, versuchte unauffällig an seinem Hemd zu schnuppern, dachte an die Schenke, in der er in der letzten Woche die Würfel hatte rollen lassen – nur einmal, er würde es nicht wieder tun. Bestimmt nicht.

Rupert widmete sich wieder dem Buch. Fester klammerte Georg die Finger um den Rand der Tischplatte und dachte an den Tag, als ihn der junge Mann zum ersten Mal darum gebeten hatte, mit nach Leipzig auf die Messe reisen zu dürfen.

Er hat gute Arbeit geleistet. Mit einem Ruck stieß er sich vom Tisch weg und brachte das wuchtige Möbelstück zum Beben.

»Entschuldigt, ich muss mich bewegen. Das Herumsitzen«, er tätschelte den Bauch, der in den letzten Jahren immer rundlicher geworden war, »es ist nicht mehr wie früher, als ich …«

Mit einem knappen Nicken widmete sich der Neffe seinen Studien.

Die Hand immer noch auf seinem Bauch, durchmaß Georg den Raum, polterte fast den zweiten Stuhl um, rückte ihn zurück an seinen Erkerplatz. Er musste sich darauf besinnen, was es als Nächstes zu tun galt, musste seine Aufgabe als Verwalter des Gutes erfüllen, doch seine Gedanken wanderten fort. Fleischig, dachte er, während sich seine Finger in den eigenen, speckigen Leib bohrten. Abends, wenn er sich auskleidete, vermisste er die Straffheit des jungen Georg, dessen Leben so weit entfernt war. *War ich glücklich?* Er ließ die Hand sinken. Vor der Darstellung einer wilden Landschaft, in deren Mitte eine wohl geordnete Stadt lag, blieb er stehen. Dort die Stadt und dort der Wald, in dem ein später Reisender von Räubern überfallen wurde. *Armer Bursche.* Wie von selbst wanderten Daumen und Zeigefinger in seine Westentasche und umfassten den kleinen Würfel. *Armer Bursche. Armer Georg.*

Erst der leere Beutel, dann das hier: Der erste Würfel hatte ihm eines Morgens vom Grund seiner Waschschüssel entgegengeschimmert. Wie er dorthin gekommen war, hatte er sich nicht erklären können. Niemand auf dem ganzen Gut hatte Fremde gesehen. Die Mägde nicht, die er befragt hatte, und auch kein anderer, von dem er Auskunft verlangte. Es gab keine Fremden auf Gut Hartleben.

Den zweiten Würfel hatte er zwischen Tintenfässchen und Sandbüchse gefunden. Er war sich sicher, dass ihn niemand gesehen hatte, ebenso wenig, wie den Würfel, der auf dem Altar der Kapelle aufgetaucht war – der bisher letzte in der Reihe. Bestimmt hatte er ihn aus dem Weg geräumt, bevor Ludwig Vosskamp ihn hatte bemerken können.

Langsam drehte er sich um und sah zum Schreibtisch hinüber, bekämpfte den Wunsch, die Schublade aufzureißen und zu sehen, ob die Würfel noch waren, wo er sie zurückgelassen hatte. Anfangs hatte er sich gefragt, ob Theodora etwas damit zu tun hatte, aber sie ahnte ja nichts. Nichts Ungewöhnliches hatte sie bemerkt und ihn dann noch einmal gebeten, der Tochter Wilhelmina ins Gewissen zu reden; Wilhelmina, von der er niemals gedacht hatte, dass sie über so viel Kraft und so viel Eigensinn verfügte, eine Heirat, die Theodora wünschte, einfach abzulehnen.

Wäre ich so stark? Er riss sich zusammen und ging zum Schreibtisch zurück. Rupert hatte seine Arbeit beendet und das Buch auf den Tisch gelegt. In seinem Stuhl zurückgelehnt – das Holzbein ragte in den Raum, das andere hatte er angewinkelt –, schaute er gegen die Wand, ganz, als sei er tief in Gedanken versunken.

»Gute Arbeit«, sagte Georg.

Rupert zeigte ein winziges Lächeln. Sein linker Arm lagerte nun locker auf der Sessellehne, während die rechte Hand mit einem Knopf an seiner Weste spielte. Gut, dachte Georg, er ist immer viel zu ernst gewesen.

»Also werde ich Euch weiter vertreten dürfen?«

Georg hatte den Tisch erreicht, rückte den Stuhl zurück und ließ sich mit einem Seufzer auf den Sitz fallen.

»Ich sehe nichts, was dagegen spricht.«

»Danke.« Ruperts Lächeln vertiefte sich. Er suchte eine bequemere Stellung. »Übrigens habe ich Habar in Dresden getroffen. Sie lässt Euch Grüße ausrichten.«

Georg, die Finger um den Knauf der Schublade gelegt, verharrte in der Bewegung. »Habar …«

»Sie sprach von Euch, Onkel.«

Georg starrte seinen Neffen an. Plötzlich war ihm, als

habe der ihn die ganze Zeit beobachtet. Langsam zog er die Schublade auf. Er musste sehen, wo diese Würfel waren.

***

»Und?« Hinnerk Knaup streifte dem Mädchen das Häubchen vom Kopf und legte dann die Hand in ihren Nacken, um sie enger an sich zu ziehen. Von seinem Beobachtungsplatz aus hatte er sie von den Feldern herbeihüpfen sehen, übermütig in ihren Bewegungen, den leeren Korb über den Arm gehängt. Man hatte sie geschickt, den Knechten, die das Heu machten, das Mittagsmahl zu bringen. Seit Wochen versorgte sie auch ihn mit allem Nötigen.

Ihre Gesichter waren sich nun sehr nahe. Wenn er die Augen nur ein wenig senkte, konnte er ihr Dekolleté sehen. Ihr festgeschnürter Busen bebte unter schnellen Atemzügen. Er genoss die Vorstellung, dass sie gerannt war, um bei ihm zu sein. Beim ersten Mal hatte er sie abgepasst, als sie ihren Gefährtinnen hinterhergetrödelt war, und kurz hatte es so ausgesehen, als müsse er ihren Mund mit seiner breiten Hand verschließen, um sie am Schreien zu hindern. Aber es war anders gekommen. Zuerst war da Neugier gewesen, dann Vertrauen. Sie war keine, der man viele Blicke schenkte. Ihr Gesicht war kaum bemerkenswert, rund und so nichtssagend, dass man es in einem Moment sah und schon im nächsten vergaß. Er ließ sie los. Sie war die, die nicht dazugehörte, grobknochig, farblos, von einer Krankheit entstellt, die ihre Haut mit roten Pusteln überzog. Sie war diejenige, die immer als Erste kam und als Letzte ging, weil sie sich davor fürchtete, mit den anderen gemein zu sein. Sie war ihm aufgefallen, weil sie sich abseits gehalten hatte, als befände sich eine unüberwindbare Grenze zwischen ihr und den anderen Mädchen. Er hatte ihr Vertrauen gewonnen – noch einmal rief er sich das Geschehnis in den Kopf wie eine erfolgreich geschlagene Schlacht –, dort im Garten hatte er sie abgefangen, hatte ihr geschmeichelt und sie endlich überzeugt.

Er schaute sie an: Vielleicht war ihr blondes Haar hübsch, die Brüste waren es jedenfalls zweifellos. Er streckte die Hände aus und umfasste ihre Rundungen. Jetzt lächelte sie. Er lächelte zurück, zeichnete mit der Fingerspitze ihren Mund nach. Er wusste, was den Weibern gefiel. Er hatte seine Erfahrungen gesammelt und keine Gelegenheit zum Lernen ausgelassen. Er hatte teure und billige Huren gehabt, ganz wie sein Glück stand. Im Krieg, erinnerte er sich wehmütig, hatte es die Weiber umsonst gegeben.

»Und?«, wiederholte er seine Frage.

Sie nickte, suchte in der Tasche der Halbschürze, die ihre zu schmalen Hüften betonte, und gab dann drei Würfel in seine Hand. In seiner Handfläche ließ Hinnerk Knaup sie gegeneinanderklacken, lauschte dem leisen Geräusch, das bei jeder Berührung entstand. Als er den Kopf hob, schlug die Kleine hastig die Augen nieder, doch es dauerte nicht lange und sie sah ihn wieder an: »Wozu brauchst du die?«

Knaups Augen verengten sich. »Ist das wichtig?«

Die Neugier der Weiber galt es stets im Blick zu halten. Erneut fand seine breite rechte Hand ihren Nacken, erneut zog er sie näher zu sich. Ihr Hals war so schmal, so verletzlich. Er spürte einen Leberfleck, den Haaransatz, das Beben ihres Atems. Dann beugte er sich vor, küsste sie.

»Ist das wichtig?«

»Nein.« Sie schüttelte den Kopf.

Er streichelte ihren Hals. »Was hat er gesagt, als die Würfel weg waren?«

Sie wollte sich aus seinem Griff befreien, gab aber noch in der Bewegung auf.

»Er war außer sich«, flüsterte sie, »außer sich.«

***

Sie achteten darauf, dass man sie möglichst nicht zusammen sah, um Geschwätz keine Nahrung zu geben. In der Kapelle, während der Predigt, traf sie sein Blick nicht öfter als irgendeinen anderen Gläubigen, und auch sie sah nicht häufiger zu ihm hin. Kürzlich hatte sie sogar gesagt, dass es ihr genüge, seine Stimme zu hören, und ihm erzählt, dass sie abends jene Stücke in der Bibel nachlese, über die er in der Kirche spreche.

Ob Wilhelmina überhaupt an ihn dachte, so wie er, Ludwig Vosskamp, unablässig an sie denken musste? Hochaufgerichtet stand er da und schaute auf ihren gekrümmten Rücken herunter. Sie trug ihr einfaches, taubengraues Kleid mit dem hellbraunen Saum, auf dem ein Gewirr dunkler Schmutzspritzer zu sehen war. Langsam ließ er den Blick zum Nacken der jungen Frau rutschen, hielt sich an den dünnen blonden Härchen fest, die der Frisur entkommen waren. Ein Windstoß brachte die Blätter der nahe stehenden Espe zum Rauschen. Von einem

Moment auf den anderen erschien eine schlecht gekalkte Wand vor ihm, Teil des Raumes, in dem der kleine Ludwig dem Unterricht gefolgt war, Teil des Dorfes, in dem man Hoffnungen in die Halbwaise gesetzt hatte. In seiner Erinnerung schloss jemand ein Fenster, damit die Erwachsenen seiner Predigt lauschen konnten. Mit gerade zehn Jahren fehlte seiner Stimme die Kraft, um gegen den Sturm draußen anzureden. Es war seine erste Predigt, die er zur Ergötzung der Erwachsenen, auf Einladung des wichtigsten Mannes im Ort, hielt, eines Ritters, den der Krieg reich gemacht hatte. Er dachte an den Applaus, der seinem Vortrag gefolgt war, an die Damen, die seinen Kopf tätschelten, die Herren, die ihm auf die Schultern klopften. Und an das unübertreffliche Gefühl in sich. Damals war er sich größer vorgekommen, so viel größer, als alles, was auf der Welt krauchte und fleuchte. In den folgenden Jahren kamen Scharen von Menschen zu seinen Monatspredigten, später schickte man ihn zum Studium, und auch da nahm der Erfolg seiner Worte kein Ende. Er hatte die Stellung auf Hartleben nur als eine Stufe auf dem Weg zu Höherem gesehen, und dann war er auf Wilhelmina von Hartleben gestoßen; zufällig, wie sie auch heute aufeinandergetroffen waren, im Park, wo sie sich um ein Blumenbeet kümmerte, Unkraut harkte und in der Sommersonne verdorrte Äste entfernte.

Sein nächster heftiger Atemzug brachte seinen Leib zum Zittern. Er starrte ihre weißen Hände an, die von Dreck überzogen waren, ließ den Blick dann zu dem schweren Nackenknoten wandern, schließlich zum Häubchen. Der Spitzenbesatz bewegte sich ganz leicht im Wind. Eine weitere Haarsträhne löste sich aus ihrer einfachen Frisur.

Wahrscheinlich hatte sie die Haare heute Morgen alleine aufgesteckt und war auch selbst in das Kleid geschlüpft. Unter dem Stoff konnte er ein einfaches, vorne geschnürtes Leibchen erahnen. Er befeuchtete seine trockenen Lippen, bekam mit den Zähnen Hautfetzchen zu fassen, während er weiter ihren zarten Nacken ansah. Mit dem schmutzigen Handrücken fuhr sie sich über die Stirn, bevor sie aufstand und sich zu ihm drehte. Er reichte ihr sein Taschentusch und brachte ein Lächeln um ihren Mund. Sorgsam entfernte sie die Erde von ihrer Stirn.

»Ich lasse es waschen«, entgegnete sie, als er seine Hand nach dem Tuch ausstreckte, und bückte sich nach dem Korb mit ihren Arbeitsgeräten.

Seine Hand schwebte in der Luft. Er zog sie gerade noch zurück, bevor sie ihn erneut ansah. Was, wenn ihr das genug war? Wenn es ihr genug war, seinen Predigten zu lauschen und ab und zu im Park aufeinanderzutreffen? Was, wenn sie ihn nicht begehrte, wie er sie? Er musste an ein Spinnennetz denken, das er neulich betrachtet hatte, und die Fliege, die sich darinnen zappelnd immer tiefer verstrickt hatte. War er nicht dumm zu glauben, es gäbe eine Zukunft für sie beide? Zu glauben, dass sie mit ihm fortlaufen würde, sie, die Tochter eines wohlhabenden Gutsbesitzers, Nachfahrin eines Rittergeschlechts, mit ihm, dem Namenlosen?

Ihre Hand auf seinem Arm ließ ihn zusammenzucken. »Morgen kriegst du es zurück«, sagte sie und lächelte. »Dann werde ich Gelegenheit haben, dich wiederzusehen.«

***

Die Kutsche schwankte. Jede Unebenheit durchfuhr das Gefährt wie ein Hieb und hinterließ eine schmerzende Erinnerung auch in seinem Körper. Bis er in Dresden ankommen würde, würden ihm wieder einmal sämtliche Glieder wehtun. Rupert seufzte, warf einen Blick nach draußen und schaute dann erneut auf das Holzbein, welches auf der anderen Sitzreihe zu lagern kam. Noch einmal nahm er sich die Mappe mit den Papieren zur Hand, legte sie aber kurze Zeit später zur Seite. Längst kannte er jedes der Schreiben auswendig. Er hatte sie schon in der Nacht zuvor gelesen, als ihn die Schmerzen in einem Bein, das es längst nicht mehr gab, nicht hatten schlafen lassen. Er konnte eines der Pferde draußen schnauben hören, dann ein leises Wiehern. Er war nicht mehr geritten, seit man ihn zum Krüppel gemacht hatte. Noch einmal beugte er sich vor, um durch die schwankende Scheibe zu spähen.

Hartleben lag hinter ihm, so wie auch die in der nächsten Umgebung liegenden Dörfer. Er musste das Ziel bald erreicht haben. Hinnerk Knaup hatte den Treffpunkt vorgeschlagen, einen Gasthof in einem der nächsten Orte. Leicht zu finden sei er, hatte er gesagt, leicht zu erkennen; eine Schenke am Ortsausgang, an der Gabelung zweier Wege.

Als er das Ziel erreichte, blieb Rupert noch kurz in der Kutsche sitzen. Der Gasthof war ein großzügiger Fachwerkbau, dessen beste Zeit ein paar Jahrzehnte zurückliegen mochte. Möglich, dass er, wie so viele Schenken, die in jenen Jahren wie Pilze aus dem Boden geschossen waren, während des langen, Dreißigjährigen Krieges erbaut worden war, in jener Zeit, in der ganze Landstriche verheert, Dörfer zerstört worden oder für immer vom

Erdboden verschwunden waren. Auch damals hatte es Bedarf zu feiern gegeben, vielleicht umso mehr angesichts all der Schrecken. Auch heute, so viele Jahre später, waren die Spuren der Verwüstung noch nicht gänzlich beseitigt. Vielleicht würden sie es nie sein. Er kannte sie, die Ruinen, die jungen Waldstücke, wüsten Siedlungen und allerorten fehlenden Scheunen.

Als er näher an das Gebäude trat, sah er, dass die Schicht zwischen den Balken teilweise abgeplatzt war. Die Tür hing schief in den Angeln, so dass Licht nach draußen drang und die ausgetretenen Stufen erhellte, die zum Eingang hinaufführten. Auch durch die gelben Butzenscheiben drang flackernder Kerzenschein, die Bewegungen dahinter waren schemenhaft, die Stimmen dagegen laut und prägnant.

Spätestens, als er die Tür öffnete, erkannte Rupert, dass sein Anblick an diesem Ort ungewöhnlich war. Das Geschwätz verstummte. Köpfe drehten sich in seine Richtung, Augen glotzten, und leise und stockend nur begannen die Gespräche von Neuem. Der Wirt, ein magerer Mann mit Halbglatze, kam geschäftig auf ihn zu und machte eine ungelenke Verbeugung: »Ich wage es kaum zu hoffen, dass Euch das Schicksal wirklich zu mir geführt hat, Herr.«

»Nun, dann hofft.« Rupert verschränkte die Arme. »Einen Tisch, ein Krug von Eurem besten Bier und was die Küche zu bieten hat.«

Sein rascher Blick hatte ihm keinen Hinnerk Knaup offenbart. Der kam wenig später, an seiner Hose nestelnd, von draußen herein. Ohne Umschweife gesellte er sich an den Tisch, den der Wirt näher an den Kamin hatte rücken lassen. Rupert grüßte nicht, trank von dem wässrigen Bier und stocherte in dem Teller mit Kraut und Bratwürsten herum.

»Ich habe gute Arbeit geleistet«, sagte Knaup.

Rupert aß einige Minuten schweigend, bevor er den Wirt mit einer Handbewegung herbeirief und ein zweites Abendessen bestellte. Während Knaup den Teller hungrig leerte, lehnte er sich zurück und nahm einen weiteren Schluck von seinem Bier. Offensichtlich hatte der alte Soldat in den letzten Tagen nicht allzu viel zu essen bekommen.

»Wir haben die Würfel zurück?«

Knaup nickte kauend. Mit Brot tunkte er den letzten Rest Flüssigkeit von seinem Teller auf und wischte sich dann mit dem Handrücken über den fettigen Mund. Dann grinste er breit. »Man hat mir berichtet, er sei außer sich gewesen.«

Rupert stellte den Bierkrug ab. Tatsächlich war der Onkel in den letzten Tagen nicht ganz bei sich gewesen. Oftmals hatte er sich unaufmerksam gezeigt, Fragen mehrmals gestellt und dann beschieden, der Neffe solle sich um alles kümmern.

Hinnerk Knaup richtete einen begehrlichen Blick auf den halb geleerten Teller seines Gegenübers.

»Wir sollten dir eine Stelle auf dem Gut verschaffen«, bemerkte Rupert, während er ihm die Reste zuschob.

Knaup schmatzte, spülte mit einem großen Schluck Bier herunter und rülpste dann. »Ja, es wird anstrengend, sich dort herumzutreiben, immer ungesehen. Ich bin nicht mehr der Jüngste. Jetzt ist Sommer, aber wenn es im Winter schneien wird …«

»Ich habe Zugang zu den Büchern und werde dich auf die Liste setzen. Könnte der Türke dich erkennen?«

Knaup zuckte die Achseln. Rupert lehnte sich zurück, die weißen, makellosen Hände ruhig in seinem Schoß verschränkt, wo sie sich deutlich von der dunklen Kleidung abhoben.

»Ich kenne ein paar von den Stallburschen«, fuhr er dann fort. »Du wirst dort unterschlüpfen können, wenn es dir gelingt, dich im Hintergrund zu halten. Er darf dich keinesfalls sehen.«

»Ich werde vorsichtig sein.«

Rupert unterdrückte ein Lächeln. Georg war ein Betrüger, oder etwa nicht? Ganz nahe würde er ihm von nun ab sein, und Kenntnis von allen Dingen bekommen, die der Onkel vor ihm verbergen wollte. Erfahren würde er, was er liebte, was er verabscheute und was er fürchtete. Dann würde er entscheiden, was zu tun war.

4. Kapitel

Dresden, Herbst 1699

Nicht zum ersten Mal kehrten Habars Gedanken zu jenem Tag in der Gasse zurück. War es tatsächlich möglich, dass Georg von Hartleben nach ihr gefragt hatte? Dass man sich an sie erinnerte? Mit einer unglaublichen Intensität erinnerte sie sich plötzlich an Herrn von Hartlebens Hand auf ihrem Kopf und daran, wie er wohlwollend gelächelt hatte. Damals hatte sie nicht verstanden, was es bedeutete, die Zeichen der *giaurs* so nachahmen zu können, dass man keinen Unterschied bemerkte. Sie trug jenes erste Zettelchen mit den Namen auch heute noch bei sich: Alexander von Hartleben, Georg von Hartleben – und schließlich ihr eigener Name, der darunter kaum sichtbar hervorlugte.

Sie schloss die Augen. Sie musste an Budin denken, das Einzige, was beständig war und die Erinnerung lohnte. Wenn sie sich anstrengte, konnte sie sich sogar vorstellen, die Hitze der Sommersonne auf ihren Wangen zu spüren. Sie hörte die Rufe der Frauen, sah Männer ins Gespräch vertieft, sich selbst rennend. Sie sah Ibrahim auf seinem ersten Pferd. Sie sah die Erwachsenen, die über das Herannahen der Christenarmee flüsterten, und die Boote, die Flüchtlinge von Pest nach Budin in den Schutz der Burg brachten. Sie sah sich selbst, wie sie an jenem Tag zur Mauer schlich und in die Ebene hinunterblickte, dorthin, wo sich die *giaur*-Soldaten in bunten Formationen sammelten. Sie hörte die Explosionen und Schüsse, sah Waffen in der Sonne glitzern und Fahnen im Wind flattern. Menschen starben. Als sie spätabends nach Hause kam, hatte der Vater mit ihr geschimpft, während die Mutter sie schluchzend in die Arme genommen hatte. Später hatte Ibrahim sie gefragt, was sie gesehen habe. Stolz hatte sie überlegt, was sie ihm, der doch ein Junge war, als Erstes erzählen wollte. Sie dachte an die bunten Farben, an die Sonne, die Explosionen, an die Schreie und fand keine Worte. Sie dachte an die Angst, die über allem geschwebt hatte, aber Angst war etwas, über das sie nicht sprechen wollte.

Gedankenverloren zuckte Habar zusammen. Mit einem Mal war der Festlärm wieder um sie, atmete sie die durch

Parfum und die Hitze unzähliger Kerzen stickige Luft ein. Sie hörte Stimmen, Gelächter, hörte Türen schlagen, von fern das Geräusch einer Musikkapelle. Hastig befingerte sie die feuchten Spuren, die Tränen auf ihren Wangen hinterlassen hatten, und rieb sich mit dem Handrücken über das Gesicht. Sie hatte sich halb von der brodelnden Menge weggedreht, so dass die Geräusche ihr Ohr etwas gedämpfter erreichten. In der nächsten Umgebung sprach man, wie so häufig, vom König, der in den letzten Monaten nur selten in seiner Stadt gewesen war. Von Warschau kommend hatte er im August den Landtag eröffnet, war danach nach Zehista gefahren und von dort nach Teplitz zur Kur. Auch Emmanuel von Schwarzbach war vor ein paar Tagen abgereist, würde aber bald zurückkommen. Monat für Monat war nun ein Jagdvergnügen auf das nächste gefolgt, war ein Festvergnügen von einer atemberaubenden Neuigkeit abgelöst worden, und Gerüchte hatte es so zahlreich gegeben, dass nur die besten im Gedächtnis blieben. Vorgestern war Ferdinand von Trottdorf aufgetaucht, den seine Grand Tour durch ganz Europa und bis nach Sizilien geführt hatte, und hatte Amalia ins Straucheln gebracht: Heulend hatte die kleine Herrin im Schwarzbachschen Haus am Tisch gesessen, während Christiane von Thann ihr die Schulter tätschelte, und sich geweigert, der Einladung zu dem kleinen Fest *à la turque* zu folgen, bei dem er sicherlich auch anwesend sein würde. Doch schon heute Abend hatten sie sich unweigerlich auf dem Weg befunden.

Dieses Mal trugen sie alle türkische Kleidung, und als Habar in den hell erleuchteten Festsaal getreten war, hätte sie am liebsten die Augen geschlossen: Auf Turbanen glitzerten Schmucknadeln, kunstvoll bestickte Kaftane wandelten an ihr vorüber. Bleichgesichter trugen *gömlek*, *şalvar*, *yelek* und *şişip*. Männer hatten Schmucksäbel umgegürtet. Frauen trugen aufwendigen Kopfputz; bestickte Schleier waren mit Schmucknadeln an einem Fes befestigt. Eine hatte ihr Gesicht hinter einem Tuch versteckt und nur einen Schlitz für die Augen gelassen. Von manchem Ohrläppchen tanzten lange Perlenohrgehänge herab. Armreifen klapperten. Einige Frauen bewegten sich unsicher in ihren flachen Pantoffeln, andere genossen die Freiheit der ungewohnten Kleidung.

Auf Silbertabletts wurden Speisen dargeboten, die Habar aus ihrer Kindheit kannte: pikantes *börek* und *köfte*, *gözleme*, ein Fladenbrot, gefüllte Zwiebeln, Reissuppen, Zitronen-, Rhabarber- und Birnenkonfitüre, Milchpudding, *helva*, *lokum* und *şerbet*. Man wisperte über einen Koch, den der Gastgeber aus den Türkenkriegen mitgebracht hatte. Diener trugen Torten aus Zuckerguss, Zeichen höchster Konditorenkunst, Liqueure, jene neue Kombination aus Branntwein, Zuckerlösung und Essenzen, und sogar Eis herbei, ganze Scharen von Lakaien präsentierten eine Köstlichkeit nach der anderen. Riesige Blumengebinde schmückten jede Ecke des Raumes, *kelims* hingen dieses Mal nicht nur an den Wänden, sondern bedeckten auch den Boden.

»Kaffee?«, riss eine Stimme Habar aus den Betrachtungen. Rupert von Hartleben war zurückgekehrt und reichte ihr ein Tässchen von dem Türkentrank, der im Nebenraum gebraut wurde. Mit einer leichten Bewegung schüttete er sich dann selbst etwas in seine Untertasse und schlürfte sie leer.

Ist dieser Kaffee aus dem Jemen geholt worden? So hatte ihr Vater immer gefragt, wenn er zu lange hatte warten müssen. *Aber ich will mich jetzt nicht erinnern.*

Sie biss sich auf die Unterlippe. Jetzt, wo Rupert von Hartleben vor ihr stand, bemerkte sie, dass er größer geworden war. Sein Körper war schlank, die Schultern wirkten breit unter dem maßgeschneiderten Rock. Er trug schwarz. Seit dem sie ihn zum zweiten Mal wieder begegnet war, damals, als er die Kutsche hatte anhalten lassen, hatte sie ihn in keiner anderen Farbe gesehen. Sie versuchte, sich noch besser an den Jungen zu erinnern, mit dem sie kurze Zeit gemeinsam auf Gut Hartleben gelebt hatte, aber es wollte ihr nicht gelingen, und der Mann in seinen Gesichtszügen war ihr ebenso unbekannt. Er hatte sie nicht gemocht, genauso wenig Ibrahim, aber heute schien alles vergessen. Er sprach mit ihr, lächelte, winkte Diener herbei und ließ sie Köstlichkeiten von den Tabletts wählen. Mit Leichtigkeit betrieb er Konversation, durchwanderte verschiedenste Themen, berührte Kunst, Musik, Mode und Literatur, sprach vom Theater und scherzte, aber da war etwas in seinen Augen, das sich niemals bewegte, eine Aufmerksamkeit, die stets auf sie gerichtet blieb und sie frösteln ließ. Sie hatte vermutet, dass er einige Zeit nicht in Dresden gewesen war, und ihre Frage mit einem Nicken beantwortet gesehen.

»Was sagt Emmanuel von Schwarzbach denn zu den Unternehmungen seiner Tochter?«, fragte er unvermittelt.

Habar spähte zu der Stelle hinüber, an der sie Amalia zuletzt gesehen hatte, doch die junge Herrin war fort. Ein junger Mann hatte ihre Stelle eingenommen, jemand, der sie quer durch den Raum hindurch anstarrte und dessen Blick wie ein scharfer Schmerz durch sie strahlte: Victor Amadeus von Schwarzbach.

***

Habar hätte schwören wollen, dass Emmanuel von Schwarzbachs Gebrüll die Wände des Hauses zum Zittern brachte. Erst noch stand sie starr, den Blick auf die Tür gerichtet, hinter der Amalia in Begleitung ihres Vaters verschwunden war.

Wenig später führte Victor sie mit einem festen Griff am Oberarm ins kleine Kaminzimmer. Ich habe ihn vermisst, dachte sie, während sie einander schweigend gegenüberstanden. Sein Gesicht war noch schmaler geworden, die Wangenknochen stachen deutlicher hervor. Schon in der Kutsche hatte er seine Perücke abgenommen. Nun bemerkte sie, dass sein hellbraunes Haar am Ansatz zurückwich. In knapp zwei Jahren war er älter geworden, als es ihr möglich schien. Stumm musterte sie seine einfache Kleidung, das grobe Hemd, den dunklen Rock. Das Leben auf Schwarzbach war einfacher gewesen, als sie ihn an ihrer Seite gewusst hatte. Der Gedanke daran tat weh, und sie hatte ihn so lange in sich verschlossen, dass es nun umso mehr schmerzte.

»Wo warst du?« Von allen Fragen, die ihr im Kopf herumschwirrten, erschien ihr diese doch die wichtigste. Einmal hatten sie Nachmittage gemeinsam verbracht. Sie hatte ihm von ihrem früheren Leben erzählt, vom *şeker bayramĭ*, dem Zuckerfest und dem *kurban bayramĭ*, dem Opferfest. Er hatte zu ihr vom christlichen Glauben gesprochen, von Dresden, vom König und dem Leben als Page. Er hatte sich gewünscht, dass sie sich taufen ließe, sie aber nie bedrängt. Sie musste sich auf die Lippen beißen, um die Tränen zurückzudrängen. »Wo bist du die ganze Zeit gewesen?«

Er sah sie nur an. Er hatte kaum etwas gesagt, seitdem er aufgetaucht war. Nur einmal hatte sie seine Stimme gehört, dicht an ihrem Ohr, kurz bevor sie in die Kutsche gestiegen war: »Meine Schwester ist ein dummes Kind, warum hast du das zugelassen? Du hättest etwas sagen müssen.«

»Wo warst du die ganze Zeit?«, wiederholte sie.

Victor zuckte zusammen. Seine Stirn legte sich in horizontale Falten. Zwei tiefe vertikale Linien erschienen über der Nase. »Fort«, murmelte er, holte so tief Luft, dass es seinen ganzen Körper zum Beben brachte, »fort.«

Habar starrte auf ihre zitternden Hände, schlang die Arme um den Leib. Ich war alleine, und du warst fort. Hast du einmal an mich gedacht? Hast du dich einmal gefragt, wie es der kleinen Türkin ergeht, die du hinter dem Sessel in der Bibliothek gefunden, deren Leben du aus dem Gleichgewicht gebracht hast? Ihre Knie zitterten, und sie hätte sich gerne auf die Chaiselongue fallen lassen. Ihre Stimme bebte, als sie sprach: »Was hast du gemacht?«

»Gott gesucht.«

Er berührte sie am Ellenbogen. Sie riss ihren Arm zurück. Als er sich setzte, tat sie es ihm gleich.

»Ich war allein«, flüsterte sie. Sie hatte die Beine in alter Gewohnheit angezogen und umklammerte die Knie mit den Armen.

»Ich weiß.« Auch er sprach leise, beugte sich zu ihr hin und streifte den Schleier von ihrem Kopf. »Ama Deus«, fuhr er fort, »das weißt du doch: Ama Deus, so heiße ich. Das ist mein Name und meine Aufgabe.«

Sie hätte gerne gelacht, doch die Ernsthaftigkeit seines Ausdrucks hinderte sie daran. Seine Finger spielten mit den kleinen Zöpfchen, die man ihr geflochten hatte. Zuerst bemerkte sie kaum, dass er seine Lippen auf ihren Kopf presste, dann schüttelte sie ihn ab.

»Ich war allein«, wiederholte sie. Er antwortete nicht. Sie hob den Kopf. »Was wird jetzt mit Amalia geschehen?«

Er schwieg noch einen Moment lang, räusperte sich dann.

»Es war nicht recht, dass sie auf dieses Fest gegangen ist. Vater ist außer sich. Zudem fürchtet er, dass man beginnt, ihrer überdrüssig zu werden. Sie wird Dresden für eine Weile verlassen, Verwandte unserer Mutter in Lothringen besuchen.«

Habar stand auf. So vieles war nicht recht. Er hatte nicht gesagt, wo er gewesen war. Die Wut breitete sich heiß in ihrem Unterleib aus. So vieles wollte sie ihm sagen, so viele Worte drängten in ihren Mund, und sie wusste nicht, welches sie zuerst wählen sollte. Vielleicht hatte er Frauen kennengelernt, die geschickter waren als sie, die neckten, scherzten und Zweideutigkeiten austauschten. Frauen, die zu einem jungen Herrn von Schwarzbach passten, so wie sie, eine hässliche Türkin, nie zu ihm passen würde. Sie hielt inne. Hatte sie daran tatsächlich auch nur einen Gedanken verschwendet? Habar und Victor. Victor und Habar. Sie schaute auf das Kaminfeuer. Aus einem Holzspalt löste sich ein glühendes Stückchen.

Flämmchen tanzten. Im letzten Frühjahr waren Verhandlungen, eine Eheschließung Amalias betreffend, zum wiederholten Mal gescheitert. Längst machten unschöne Gerüchte die Runde, und manchmal hatte sie tatsächlich den Eindruck, als seien die Blicke, die sich beim allwöchentlichen Sonntagsgottesdienst auf ihre Herrin richteten, abfälliger geworden.

»Werde ich sie begleiten?« Ihre Stimme klang sehr ruhig, ganz sicher hörte nur sie selbst das Beben in ihr.

»Ich gehe davon aus.«

Victor stand auf und kam zu ihr. Sie spürte seine Hand an ihrer Schläfe, schmale, knochige Finger. Eine Weile standen sie da, ohne sich zu regen. Nur ihre gemeinsamen Atemzüge waren da, die sich miteinander mischten, die Geräusche des Feuers, das im Kamin brannte.

»Warum bist du gekommen?«, fragte sie nach einer Weile.

»Ich suchte Versöhnung«, die Antwort kam so schnell, als habe er sie sich vor langer Zeit zurechtgelegt, »und fand meinen Vater außer sich vor Wut und Sorge um seine Tochter.«

Seine Hand war immer noch an ihrer Schläfe.

»Bleibst du?«

»Ich wäre gerne stärker.« Seine Fingerspitzen streiften über die feinen Haare an ihrem Haaransatz. »Ich bete zu Gott, mir beizustehen, aber ich bin schwach.«

Feigling. Hatte sie vorher je gewagt, so etwas zu denken? Sie war eine erwachsene Frau. Sie kannte ihre Stellung, er seine. Sie hatten Zeit miteinander verbracht, und sie hatte sich willkommen gefühlt. Während er redete, bewegte sich sein Blick von ihr fort, und auch sie wich ihm aus. Er war ihr näher gewesen, als jeder andere in dieser Welt, in der sie nun lebte. Amalia – sie fröstelte – würde sagen »ich liebe dich«, aber das konnte sie nicht.

Ich brauche dich, dachte sie, geh nicht fort. Alle ihre Sinne waren nun angespannt. Sie hörte, roch, spürte, sah, schmeckte mit seltener Intensität. Als sie ihn ansah, war sein Gesichtsausdruck ernster geworden. Ich habe ihm ja noch nicht gesagt, schoss es ihr durch den Kopf, wie sehr ich mich freue, ihn zu sehen. Sie öffnete den Mund. Er ließ sie los.

»Es ist wohl besser, wenn wir uns alle ein wenig ausruhen.«

»Wirst du bleiben?«, fragte sie nochmals, als er ihr den Rücken zuwandte.

Sie sah, wie sich seine Schultern unter einem tiefen Atemzug hoben und senkten. Erst dann drehte er sich um. Sie konnte seinen Gesichtsausdruck nicht lesen. Seine Augen waren einmal haselnussbraun gewesen und freundlich, nun lagen sie tief in den Höhlen, und die Kerze spendete nicht genügend Licht, um ihr einen genaueren Blick zu ermöglichen.

***

In den nächsten Tagen bereitete man im Haus Schwarzbach die Abreise vor. In allen Räumen war die Dienerschaft beschäftigt, Kisten mit Unverzichtbarem zu packen. Amalia von Schwarzbach ließ Kleidung herbeischaffen, Lieblingsgeschirr, Bettwäsche, alles, was sie in der Fremde um sich wissen wollte. Der junge Schwarzbach achtete auf einen reibungslosen Ablauf. Wenige Tage nach

Victors Rückkehr war die Einladung aus Lothringen wahrhaftig eingetroffen, ein kurzes Schreiben, auf teurem Papier eilig niedergeschrieben.

Seit jenem ersten Abend hatte Habar nicht mehr mit ihm gesprochen. Häufig sah sie ihn mit einer Bibel in der Hand. Stets las er in diesem Buch, wenn sie abends gemeinsam um den Kamin saßen. Gestern hatte er mit einem Gast über die Möglichkeiten eines gottgefälligen Lebens gesprochen, während Amalia zur gleichen Zeit den Kopf über ein Bildnis Ferdinand von Trottdorfs gesenkt gehalten hatte.

Mit zwei Fingern ihrer rechten Hand streifte Habar über die kleine Stickerei, die in ihrem Schoß ruhte. Nach getaner Arbeit hatte sie sich hierher zurückgezogen, doch schon seit geraumer Zeit war es in diesem Zimmer zu dunkel, um zu handarbeiten. Morgen würde sie die Kutsche aus Neustadt-Ostra fortbringen. Über Leipzig würden sie die via regia nach Frankfurt am Main nehmen, und dann weiter nach Westen reisen, würden auf dem Weg Päckchen und Briefe überbringen, Bekannte der Familie treffen, die man lange nicht gesehen hatte, und Grüße ausrichten. Ein Geräusch, und sie hob den Kopf. Sie hatte dieses Stockwerk gewählt, weil sie sich sicher gewesen war, hier allein zu sein, aber da war noch jemand. Aus dem Nachbarraum drang Gesang zu ihr. Sie horchte. Eine Männerstimme, dunkel, aber nicht kräftig.

»Erkenne mich, mein Hüter
Mein Hirte, nimm mich an!
Von dir, Quell aller Güter,
Ist mir viel Guts getan.«

Sie stand auf. Mit wenigen Schritten war sie im Flur. Hier war der Sänger deutlicher zu hören.

»Dein Mund hat mich gelabet
Mit Milch und süßer Kost;
Dein Geist hat mich begabet.
Mit mancher Himmelsluft.«

Sie presste ihre Stickerei fester in ihren Händen zusammen. Sie hatte viel gestickt in letzter Zeit; mit kurzen Fadenresten, wenn Amalia ihr den Nachschub verwehrt hatte. Der Mann sang immer noch. Längst hatte sie Victors Stimme erkannt.

Sie bemühte sich, die Tür zu der leer stehenden Dienstmädchenkammer so leise wie möglich zu öffnen. Victor stand, ihr den Rücken zugewandt, mitten im Raum wenige Schritte vom Fenster entfernt. Mit seiner rechten Hand stützte er sich auf ein Tischchen, das linke Schienbein stieß an das schmale Bett. Er war vollständig zum Ausreiten bekleidet, trug Umhang und Stiefel. Als sie die Tür hinter sich schloss, hörte er auf zu singen, sein Rücken straffte sich. Dann erst drehte er sich um. Während er sie ansah, zuckte sein Mund zwischen Ernsthaftigkeit und einem Lächeln hin und her. So hatte er sie einst in der Bibliothek von Schwarzbach angesehen, als sie sich zum ersten Mal begegnet waren. Für einen Moment kauerte sie wieder hinter dem Sessel, stieß mit den Fersen gegen eine Reihe Bücher.

»Habar«, sagte er nur.

Knapp an ihm vorbei war der Himmel perlgrau. Dann bewegte er sich, und sein Körper bedeckte das Fenster, ließ nur den flackernden Schein einer fast heruntergebrannten Kerze zur Beleuchtung.

»Habar«, wiederholte er. Sie sah ihm unverwandt ins Gesicht. »Ich werde nicht mitkommen.«

»Ich weiß«, hörte sie sich sagen, und während sich ein Teil von ihr darüber verwunderte, spürte ein anderer die Berührung seiner rechten Hand auf ihrer linken Wange.

»Ich werde heute noch fortgehen«, fuhr er fort.

Seine Fingerspitzen waren rau, als säße eine zweite Haut darauf. Sie dachte an das Bild des jungen Pagen, das sie einst gesehen hatte, dachte an große Augen und einen bestickten Rock. Seine Finger streiften über ihre Wangen und berührten ihren Hals. Sie schlug seine Hand beiseite. Er schien es gar nicht zu bemerken, beugte sich vielmehr näher zu ihr hin: »Ich möchte bei meinen Brüdern sein.«

Sie verstand nichts.

Er setzte sich auf das Bett, so dass sie mit einem Mal auf ihn herabsehen konnte. In ihr wirbelten Gedanken, stießen gegeneinander, verknoteten sich. Es dauerte eine Weile, bevor er erneut sprach, und dieses Mal tat er es mit gesenktem Kopf.

»Der Mensch ist hochmütig geworden, Habar, und auch wenn allüberall Katastrophen drohen, versucht er alles zu seinen Zwecken zu wenden. Der Mensch gibt sich Pracht und Völlerei hin und hat darüber ganz vergessen, dass er nur Gotteskind ist und dass es in allem gilt, ein tätiges, gottesfürchtiges Leben zu führen.«

Man sagt, dass Allah einem so nah ist wie die Drosselvene, dachte sie. Sie erinnerte sich nicht mehr an alles, es gab Dinge, die ihr nach langen Jahren nicht mehr gegenwärtig waren. Als er unvermittelt zu ihr aufsah, wich sie ihm aus.

»Ich war auch ein solcher Mensch, bis ich Herrn Spener bei Hofe predigen hörte«, fuhr er fort, »und auch wenn ich zuerst nicht bemerkte, dass er zu mir sprach, so verstand ich es doch nach und nach.«

Wieder machte er eine Pause. Sie spürte seine Hand an ihrem linken Arm. Ihre Finger drückten die kleine Stickerei fester zusammen.

»Ich will mein Leben Gott widmen, Habar, ich werde nicht mitkommen.« Mit den letzten Worten hatten sich seine Hände rechts und links um ihre Arme geschlossen. »Ich dachte, das bin ich dir schuldig. Dieses Mal wollte ich nicht einfach davonlaufen.«

Habar starrte ihn an, bevor sie sich mit einem Ruck von ihm losmachte.

»Gib mir deinen Segen«, bat er.

»Möge Allah deinen Weg beschützen.« Ihre Stimme hatte weder Höhen noch Tiefen, trotzdem lächelte er. Dann berührten seine Lippen ihre Stirn. »Gott segne dich, Habar!«

5. Kapitel

Rupert saß vor dem Kamin, die Beine von sich gestreckt und starrte auf den Holzblock, dessen Aussehen ihn an glühende Krokodilshaut erinnerte. Er war erst seit Kurzem zurück in Dresden. Noch war es den Dienern nicht gelungen, die herbstliche Feuchtigkeit aus den Mauern der Wohnung zu vertreiben. Auch die Bettwäsche war stockig, und morgens taten ihm manchmal die Knochen weh. Er verschränkte die Hände ineinander, um nicht nach dem Beinstumpf zu tasten. In den letzten Tagen war es besonders schlimm gewesen. Oft hatte er kaum schlafen können. Nur in einer Nacht war er nicht aufgewacht, und da träumte er davon, das Bein nicht verloren zu haben. Er hatte auf seinem Fuchs gesessen und war über eine weite, endlose Fläche galoppiert. Aus solchen Träumen aufzuwachen, war besonders schmerzlich.

Was wäre, wenn? Er hasste es, nur daran zu denken. Als er das Glas Branntwein vom Tischchen an seiner Seite nahm, zitterte er. Glas klirrte gegen Glas. Warum hatte er sich nicht besser im Griff?

Wie immer hatte er sich am frühen Morgen an die Arbeit begeben, war seine Unterlagen durchgegangen, hatte die Privatpapiere in der Ledermappe geordnet. Wieder einmal musste er an den Tag denken, als er Habar zurück in das Leben seines Onkels gebracht hatte. Georg hatte zuerst nur zugehört und dann Fragen gestellt. Einen Augenblick lang hatte es den Eindruck gemacht, als wolle er von Ofen erzählen. Er hatte die Schreibtischschublade geöffnet, war dann aber ein paar Schritte vom Schreibtisch weggetreten, als müsse er Abstand zwischen sich und das Möbelstück bringen.

Dieser Tage achtete Onkel Georg sorgfältig darauf, dass niemand außer ihm selbst Zugang zu den Unterlagen hatte. Nun, Rupert ließ neuen Alkohol über seine Zunge spielen, schüttelte sich, als das Getränk in seiner Kehle brannte. Er konnte warten, und Hinnerk Knaup war ein guter Mann, legte die Würfel aus und ließ sie verschwinden. Irgendwann würde der Onkel schon mürbe werden. Er trank noch einen Schluck; dachte an das Leben als Offizier, das er sich erträumt hatte, bis ihn kleine, pochende Laute aus den Gedanken riefen. Er sah zum Fenster hinüber, gegen das heftiger Regen zu trommeln begonnen hatte. Die Welt draußen war grau, bald würde es Schnee geben.

Vorsichtig stellte er das Glas zurück auf das Tischchen und verschränkte die Arme vor der Brust. Das Feuer im Kamin knackte leise. Eine Flamme flackerte hoch, über der Flammenzunge tanzte eine dünne Rauchsäule. Der Holzblock war zu mehreren kleinen Stücken auseinandergefallen.

Habar – für einen Augenblick malte er sich aus, sie zwischen sich und dem Kamin sitzen zu sehen. Sie hatte ihm den Rücken zugewandt, achtete darauf, das Feuer am Brennen zu halten. Mit einem Schürhaken schob sie die Glut enger zusammen. Sie trug keinen Schleier. Das dunkle Haar floss offen über ihren Rücken, ein paar dünne, krause Locken standen ab, so dass ihr Kopf von einer leuchtenden Aureole umstanden war.

Tatsächlich, es war ein seltsames Gefühl, sie nicht mehr in Dresden zu wissen. Mit einer Bewegung beugte er sich vor, nahm selbst den Schürhaken zur Hand und stocherte in der Glut herum. Die Hitze traf sein Gesicht unvermittelt. Sie brannte auf seinen Wangen, Rauch trieb ihm Tränen in die Augen.

Er musste sich auf das Geschäftliche besinnen. Das Mädchen sollte gleich das Zimmer aufräumen, sobald er das Haus verlassen hatte. Er stützte die Hände gegen den Tisch und schob sich in den Stand hoch. Erst angelte er mit der Hand nach der rechten Krücke, dann schob er die linke unter seine Achselhöhle. Heute, beim Aufwachen, hatte das amputierte Bein heftig geschmerzt, und er hatte sich gegen das Holzbein entschieden. Dreibeinig, wie der Alte in dem Rätsel, hinkte er durch den Raum auf das Fenster zu, vermied den Blick auf das Hosenbein, das man wie ein Säckchen zugenäht hatte. Ich hätte es Odysseus gleichgetan, hätte die Sphinx besiegt. Ein Grinsen verzerrte seine Lippen, das er gerne vermieden hätte. Unten begannen sich kleine Rinnsale zu ersten größeren Bächen zu vereinigen. Menschen hasteten vorüber. Ein Bettler mit nur einem Arm blieb stehen und schaute nach oben in den grauen Himmel, während ihm große Tropfen ins Gesicht platschten. Rupert hinkte zurück zum Schreibtisch und begann mit einer Hand Unterlagen in die Metallkassette zu räumen, alles, was ihm wichtig war, alle Erinnerungen an Vater und Mutter, alles, was er je verwenden wollte. Er spielte mit zwei von Hinnerk Knaups Würfeln. Vor wenigen Tagen waren die Schwarzbachs abgereist. Seine Hand ballte sich zur Faust. Wenn er es bedachte, war er tatsächlich wütend darüber – er lockerte die Finger, ließ die Würfel in die Kassette fallen –, aber er war geduldig. Er konnte warten. Wenigstens das hatte er über den Verlust gelernt.

6. Kapitel

Nancy, Herbst-Winter 1699

Ich habe mich verirrt. Die Erkenntnis traf Habar so unvermittelt, dass sie stehen blieb. Seit sie das Fest verlassen hatte, war sie durch Zimmerfluchten gelaufen, treppauf und treppab, ohne ihrer Umgebung wirklich Beachtung zu schenken. Nur laufen, nur fort von Lärm und Lichtern, fort von Amalia und Christiane von Thann. Sie drehte sich rückwärts, horchte. Nichts – die ersten Schritte hatte Festlärm begleitet, aber inzwischen war da nichts mehr. Unschlüssig schaute sie sich um. Der Gang fand hier in einem kleinen Raum sein Ende. Ein Schreibtisch stand darinnen, darauf eine Karaffe und ein Glas, daneben ein zierlicher Stuhl. Ein Teppich schmückte eine Wand, sie kannte das Blumenmuster aus der Kindheit. An den anderen Wänden zeigten Skizzen über Skizzen Landschaften, Gebäude, Soldaten in Uniform; manches Mal auch alles zusammen. Einige dieser Entwürfe waren zu Gemälden ausgearbeitet, andere nicht. Eines, das größte, von ihrem Standpunkt zuerst nur undeutlich zu sehen, zog sie beinahe magisch an. Es lehnte an der Wand der Tür gegenüber. Schritt für Schritt näherte sie sich, dann blieb sie stehen.

Sie kannte das Bild, oder zumindest das, was es darstellte. Es war eine Ansicht, die sie schon einmal gesehen hatte, etwas, das sie tief in sich vergraben hatte und das nun – unaufhaltsam – nach oben stieg. Es war ein Geruch in ihrer Nase, Geräusche, bei denen sie sich wünschte, taub zu sein, ein Anblick, der sie schreien lassen wollte, und Erinnerungen, von denen es mit einem Mal viel zu viele gab. Sie presste die flache Hand gegen ihren Mund, kämpfte gegen die Übelkeit an, die in ihr hochstieg und gegen dieses alles überwältigende Gefühl, Blut zu riechen. Sie war jetzt wieder kaum zwölf Jahre alt, ein zu dürres Mädchen, das bald eine Frau sein sollte.

Fröstelnd sog sie die Luft ein, doch die Kehle war ihr zu eng, der Atem wollte einfach nicht hineingelangen.

Angst – da war ein Druck, der sich in ihr ausbreitete, so stark, dass sie meinte, der Brustkorb wolle ihr zerspringen. Die Tränen bemerkte sie erst, als diese ihr warm und feucht über die Hand liefen. Dann stand mit einem Mal ein alter Mann neben ihr, die Schultern gebeugt, das Gesicht faltig, der sie aufmerksam betrachtete.

Unsicher straffte sie ihre Gestalt. Sie hatte seine Schritte nicht gehört. Er musste den Gang entlanggekommen sein, aber offensichtlich war sie taub für ihre Umgebung gewesen. Noch immer war da der Druck auf ihrer Brust. Sie konnte nichts sagen, starrte ihn nur an. Der Mann trug Kniehose, Hemd und eine Weste, dazu einen aufwendig bestickten Rock und eine ebenso prächtige Perücke. Sein Gesicht war weiß, die Wangen sorgfältig in Abstufungen zweier Rottöne geschminkt. Das dunklere Rot seiner Lippenfarbe ließ den Mund kleiner wirken, als er wohl wirklich war. Er musste sich auch auf dem Fest befunden haben, seine Kleidung trug noch dessen Geruch auf sich. Das Lächeln, das sich nun auf seinem Gesicht abzeichnete, war sanftmütig.

»Habar?«, fragte er, den Blick auf das kunstvolle Muster kleiner aufgehender Sonnen und bunter Frühlingsblüten gerichtet, das ihren *entari* zierte. »Amalia von Schwarzbachs kleine Türkin?«

Sie senkte den Kopf. Noch immer konnte sie sich nicht daran erinnern, ob sie ihn dort hinten gesehen hatte. Er trat näher an das Bild heran. »Es ist ein Karton, die Vorlage für einen Teppich«, erklärte er, streckte die Hand aus, zeichnete Abschnitt um Abschnitt nach, als wolle er alles Stück um Stück in sich aufnehmen, bevor er sich zu ihr drehte. »Du hast es dir angeschaut?«

Sie bestätigte mit einem knappen Nicken. Er betrachtete sie sinnend, halb von der Seite.

»Buda, Budin, Ofen ... So viele Namen für eine Stadt, ein Ereignis ...«, fuhr er endlich fort. »Und immer, wenn ich es betrachte, ist es, als sei es gestern gewesen.«

Er drehte sich ganz zu ihr hin. Habar spürte seinen Blick auf sich, ernsthaft, ein wenig bedauernd.

»Charles Herbel«, er verbeugte sich, »ich war damals dabei. Ich begleitete meinen Herrn, Charles von Lothringen, Gott hab ihn selig. Ich habe all das gesehen, allen Glanz, alle Schrecken. Ach, wie viele Jahre ist das jetzt her ...«

Seine rechte Hand beschrieb einen weiten Kreis. Ein neuerliches Frösteln überlief sie. Dreizehn Jahre, es war im 10. Monat des Hidschrajahres 1097. Die Erinnerungen waren jetzt überall, Habar konnte sie nicht mehr bewältigen. Der Mann trat einen Schritt zurück und starrte das Bild an, so wie sie es nun wieder anstarrte: eine brennende Stadt, Leichenberge, Soldaten. Fliehende Menschen. Sterbende Menschen. Männer, Frauen und Kinder, ermordet und ihrer Kleidung beraubt. Sie schluckte, drängte Saures die Kehle herunter, aber mit einem Mal war alles noch stärker: der Gestank, die Angst, die Schreie. Mit einem Mal saß sie hinter dem Vorhang, der Vater zum Greifen nah, der Geruch seines Todes in ihrer Nase. Unwillkürlich krümmte sie sich zusammen, etwas wie sprühender Funkenschlag tauchte vor ihren Augen auf, bevor die Beine unter ihr nachgaben und alles schwarz wurde.

Als sie die Augen wieder öffnete, sah sie ein besorgtes Gesicht über sich. Kalter Schweiß stand auf ihrer Stirn, und bei der kleinsten Bewegung drehte sich alles.

»Aber ich wusste ja nicht«, flüsterte er, »ich wusste ja nicht. Du warst dabei, nicht wahr? Du warst auch dort.«

Als sie endlich nicht mehr zitterte, stellte er sich als der Hofmaler Charles Herbel vor, der seinen Herrn damals vor so langen Jahren nach Ungarn gegen die Türken begleitet hatte. Bilder vom Feldzug hatte er malen sollen, von Triumphen und Siegen und mutigen Heerführern. Er hatte sie gemalt – und dieses Bild dort, von der Einnahme Ofens.

Charles Herbel lud die Schwarzbachs danach öfter ein. An einem dieser späteren Tage, nachdem die Gäste gegessen hatten und sich gerade zum Gespräch versammelten, führte er Habar in sein Atelier, zeigte ihr weitere Entwürfe und fertig gestellte Gemälde. Aus manchen seiner Vorlagen würden Tapisserien geschaffen werden, die später die Wände herzöglicher Räumlichkeiten schmücken sollten. In seinem Atelier sah Habar erstmals wieder Farben und erinnerte sich an Dinge, die sie fast vergessen hatte. Sie erzählte ihm von Budin. Er erzählte ihr vom Krieg. Später fragte sie ihn, ob er ihr ein Schilfrohr besorgen könne, denn sie wollte sich daraus das erste *kalem* seit Jahren schnitzen.

***

»Erzähl es mir.«

Habar spürte, wie Herbel sie von der Seite ansah. Ihr Spaziergang hatte sie heute durch die Grande rue zur Porte de Graffe geführt. Nun näherten sie sich der kleinen Franziskanerkirche in unmittelbarer Nachbarschaft des herzoglichen Palasts. Der alte Mann liebte Spaziergänge und hatte sich dazu schon mehrmals die Begleitung der kleinen Türkin erbeten. »Ich bin der Waffenherold der Lorraine, sie würden es nicht wagen, mir einen Wunsch abzuschlagen«, hatte er mit einem Augenzwinkern zu ihr gesagt, als sie ihre Überraschung über die Erlaubnis der Familie kundgetan hatte. Dass Herbel ein ruhiger, humorvoller Mensch war, hatte sie rasch bemerkt. Trotzdem waren sie die ersten Male nahezu ausschließlich schweigend unterwegs gewesen. Er hatte ihr das stolze Nancy gezeigt, das nach langen Jahren mit der Rückkehr seines Herzogs die Unabhängigkeit zurückgewinnen würde.

Für sie war mit Herbel die Vergangenheit sichtbar geworden. Sie beide waren in Budin gewesen: Wie von selbst hatte sie sich anfangs gefragt – sie verlangsamte ihre Schritte, passte sie denen des älteren Mannes an –, ob er auch getötet hatte. Und doch hatte sie in seinem Atelier etwas entdeckt, das sie längst verloren geglaubt hatte. Sie teilten Erinnerungen, sie wussten beide, wovon sie sprachen.

»Erzähl es mir, Habar«, sagte er nun ein zweites Mal.

»Nun, zuerst habe ich meinen Vater dabei beobachtet und ihm zugehört. Eigentlich sollte ich bei der Mutter im *haremlik* bleiben, aber dort hielt mich nichts, und mein Vater konnte mir genauso wenig widerstehen, wie der Diener, der den Frauenbereich bewachte. Als ich mich geschickt mit dem *kalem* anstellte, ließ er einen Lehrer kommen. Ich war seine jüngste Schülerin … Es gab berühmte Frauen, die das *kalem* führten. Ihnen wollte ich nacheifern.«

Sie dachte an die Geschichten, die ihr Vater erzählt hatte. Dann lauschte sie ihren knirschenden Schritten, fuhr endlich fort: »Mein Lehrer lehrte mich, dass die Schrift von Allah kommt, denn er lehrte Adam Buchstaben und Zahlen. Deshalb ist sie auch ein Zeichen seiner Vollkommenheit, mit ihrer Hilfe versuchen die Meister, sein verborgenes Antlitz zu verherrlichen.«

Herbel nickte. Habar zog ihren Umhang enger um sich. Schmutzspritzer überzogen ihre hellen Schuhe. Ganz leicht spürte sie das *kalem*, das sie sich in den Ärmel ihrer Jacke geschoben hatte, und dachte an den bronzenen Schreibkasten des Vaters. Dort hatte er seine Federn aufbewahrt, die schwarzen, farbigen und goldenen Tinten sowie den Streusand. Feine Verzierungen waren auf dem gewölbten Deckel aufgebracht gewesen, die sie mehr als einmal angesehen hatte. Buchstaben, die sich zu einem Satz formiert hatten: *Und kein Blatt fällt zu Boden, ohne dass er darüber Bescheid weiß.*

In ihrer Kindheit waren diese Buchstaben überall um sie gewesen, manche eher steif, manche weich geschwungen. Sie biss sich auf die Lippen, sah zu, wie der Saum ihres Rockes über dem Boden schwankte, sah auf den Stoff ihres Umhangs, wo sich eben ein heller Regentropfen gefangen hatte, erzitterte, bevor er zerplatzte und einen dunklen Fleck hinterließ.

»Dein Vater wäre sicherlich stolz auf dich.«

Habar lauschte erneut auf ihre knirschenden Schritte, versuchte, sich das Gesicht ihres Vaters vor Augen zu rufen, aber es wollte ihr nicht gelingen. Sein Ausdruck zerfaserte. Sein Lächeln zerbrach in tausend Stücke. Sein Gesicht verschwamm, als sähe sie es in einer Wasseroberfläche, auf die jemand unaufhörlich mit einem Holzprügel einschlug. Wie lange war es nun schon her, dass Hüseyin *beğ* zu ihren Füßen verblutet war?

»Ich weiß es nicht«, flüsterte sie endlich. »Ich war noch jung. Mein Vater hatte keine Zeit …«

Sie kniff die Augen enger zusammen, dachte an sein schwarzes Haar und an den Bart, der sie gekitzelt hatte. Mit den Fingerspitzen tupfte sie sich die Tränen aus den Augenwinkeln, bevor sie über ihre Wangen rinnen konnten. Angestrengt ließ sie den Blick über den großen Palast wandern, verfolgte zwei Franziskanerbrüder auf dem Weg in ihre Kirche. Eine mächtige Kutsche zwang sie beide, gegen eine Hauswand auszuweichen. Dann ratterte ein Bauer mit seinem Karren vorüber.

Es war gut, dass sie einander getroffen hatten. Herbel hatte ihren Blick für das Schöne aus seinem Schlaf erweckt. Zum ersten Mal seit längerer Zeit dachte sie wieder an das Papier, das sie in der Schwarzbachschen Bibliothek versteckt hatte. Unwillkürlich drückte sie die Hand des alten Mannes.

»Was ist?«

»Nichts.« Habar blinzelte neue Tränen fort. Sie würden Nancy bald verlassen. Alles hatte ein Ende, so war das, sie hatte keinen Einfluss darauf. *Wir sind die Feder in der Hand des Meisters; wir wissen selbst nicht, wohin wir gehen.*

***

Im Salon der Lothringer Familie saßen Amalias Tanten und spielten Pharao. Der Tisch war an diesem Abend reichlich gedeckt, doch längst suchten Amalias Finger das Angebot der zarten Schälchen auf, führten Zuckermandeln zum Mund, gefüllte Pflaumen und Leckereien aus

Marzipan. Ihr roter Mund war ohnehin unablässig in Bewegung, ob sie nun aß, trank oder mit den anderen Frauen plauderte.

Auch Habars Platz war heute bei den jungen Damen, die nebeneinander aufgereiht auf dem Sofa oder auf gepolsterten Stühlen saßen, und lächelnd den Empfehlungen der älteren Frauen lauschten, während sie die Augen rollten, sobald sie sich nicht beobachtet wähnten. Auf dem kleinen Schemel, den man ihr zugewiesen hatte, war ihr eigener Körper steif geworden im Bemühen, den Gesprächen der Männer zu lauschen. Die Stickarbeit in ihrem Schoß ließ sie ruhen. Zuletzt hatte sich die Gelegenheit geboten, zu horchen, als sie Amalia neue Zuckermandeln hatte holen müssen: Die Männer sprachen darüber, wie häufig man schon auf verschiedenen Seiten gestanden hatte; die Familie der Schwarzbachs und ihrer Anverwandten war groß, Protestanten und Katholiken fanden sich darunter, allzu oft hatte man gegnerischen Herren gedient. Während sie den Teller ihrer Herrin mit langsamster Sorgfalt füllte, brachte einer die Sprache auf die Trauerfeierlichkeiten, in deren Rahmen der Leichnam Charles V. an der Seite seiner Ahnen zur Ruhe gebettet werden sollte. Dies war der Moment, als sie sich fragte, wie hoch die Zypresse auf dem Grab ihres Vaters inzwischen wäre, wenn sie seinen toten Leib nicht unbestattet hätten zurücklassen müssen. Es schmerzte sie, dass keine der vorgeschriebenen Handlungen an den toten Eltern hatten vorgenommen werden können. Weder waren sie gewaschen, noch in Leichentücher geschlagen worden. Sie waren nicht mit dem Gesicht nach Mekka beerdigt worden. Kein Muezzin hatte von ihrem Tod gekündet, hatte ihre guten Eigenschaften und Taten hervorgehoben, um sie vor Gott zu entlasten. Kein Imam hatte sie darüber aufklären können, was sie den Grabesengeln zu sagen hatten.

»Auf Lothringen und seine Unabhängigkeit!«, rief einer und hob sein Glas. Amalias Tässchen zerklirrte die Antwort. Habar starrte auf das Stück Stoff in ihrem Schoß, drehte dann den Kopf und schaute direkt in Herbels Gesicht. Innerhalb eines Lidschlags schien sein Lächeln auf. Sie lächelte ebenfalls. Auch wenn die Erinnerungen an Budin schmerzhaft waren, hatte es ihr doch Erleichterung verschafft, darüber zu sprechen. Dabei hatte er sie niemals bedrängt. Er hatte gefragt, gewartet und zugehört. Er hatte davon erzählt, was er erlebt hatte. Er hatte vom Feldzug gesprochen, von seinem Herrn. Er hatte von den Bildern gesprochen, die in ihm gewesen waren und die er nicht hatte malen können; von Sieg und Triumph, Tod und Elend. Sie dachte an die Skizzen, die er ihr gezeigt hatte, grobe, rasch hingeworfene Zeichnungen von Soldaten, von Männern, die ihre Uniformen und Waffen säuberten oder ums Feuer saßen, Bilder von Verletzten und Toten.

Als sie später im Garten einem Feuerwerk folgten, stand er plötzlich neben ihr. Mit einem sanften Griff um den linken Oberarm zog er sie in die Schatten zwischen einem kleinen Gärtnerhaus und großen Buchsbäumen. »Das hatte ich vergessen.« Er hielt ihr einen kleinen Schreibkasten mit einem Rautenmuster aus helleren und dunkleren Hölzern hin, auf dessen Deckel eine Schrift eingelassen war. »Ich habe ihn mitgebracht damals; aus irgendeinem Haus mitgenommen.« Er hob bedauernd die

Schultern. »So war das, das haben wir alle gemacht. So ist der Krieg.«

Habar antwortete nicht, beugte den Kopf etwas näher heran, hielt die Hände aber still.

»So war das«, wiederholte er, »unsere Soldaten blickten dem Tod Tag für Tag ins Auge. Fern der Heimat hatten sie Freunde sterben oder verwundet am Boden liegen sehen. Sie verdienten Belohnung, also wurde die Stadt zur Plünderung freigegeben. So ist es Brauch seit Menschengedenken. Wer konnte ahnen …«

Er streckte ihr das Kästchen erneut hin. Habar schloss die Augen. Ich kenne diesen Kasten nicht, ich darf ihn anfassen. Das sind nicht meine Erinnerungen, sondern die eines anderen. Sie öffnete die Augen, nahm das Geschenk entgegen. Für einen Augenblick standen sie schweigend unter dem Farbenregen des Feuerwerks.

»Was steht hier?«, fragte Herbel dann und deutete auf den Schriftzug. Habar senkte den Blick auf den Deckel. Zuerst war ihr alles unbekannt, Bögen, Punkte und Linien ein schönes Muster ohne Bedeutung. »Ihr«, setzte sie an, fuhr mit den Fingerspitzen die Linien nach, holte tief Luft: »Ihr habt den großzügigsten Herrn, / Der die Menschen durch die Feder lehrte, / Was sie nicht wussten …« Sie schwieg, dann setzte hinzu: »Wir werden bald abreisen.«

Als sie den Kopf hob, sah Herbel müde aus. Er ist ein alter Mann, schoss es ihr durch den Kopf. Wieder wird sich alles ändern. Wieder werde ich niemanden haben, mit dem ich sprechen kann. Herbels nächster Atemzug ließ seinen ganzen Körper beben.

»Gefällt dir der Kasten, Habar? Wirst du ihn behalten?«

Sie nickte, während ihre Finger die Inschrift berührten. Etwas, was mir gehört. Sie würde unendlich vorsichtig damit umgehen.

Amalia hatte ihre Abwesenheit scheinbar nicht bemerkt, als Habar sich wenig später zu ihr gesellte. Aufmerksam verfolgte sie die letzten bunten Lichtspuren im Nachthimmel, hörte die Musikkapelle, die das Ereignis untermalte. Unter der Kleidung spürte sie das Kästchen hart an ihrem Leib. Dann brach Amalias spitze Stimme in ihre Gedanken: »Habar, würdest du mir wohl doch noch etwas von dem süßen Wein holen, oder willst du weiter Maulaffen feilhalten?«

7. Kapitel

Gut Hartleben, Anfang 1700

Karl hörte Wilhelmina lachen, bevor er den Baum mit der Schaukel erreichte. Er hatte sie selten lachen gehört in den letzten Tagen, die Nachrichten waren ernst. Der König schickte seine Truppen gegen den Schwedenkönig, und Ibrahim und er waren gekommen, sich zu verabschieden. Zum ersten Mal – er konnte sich nicht erklären, warum – hatte er mehr Aufmerksamkeit auf seine ältere Schwester gerichtet. Er hatte ihre ruhige Art beobachtet, ihre vornehme Zurückhaltung. Als Kinder hatten sie wenig miteinander gespielt. Sie war die Ältere gewesen, jemand, dessen Leben vollkommen anders aussah als seines. Dann hatte sie geheiratet und war zu ihrem Mann nach Leipzig gezogen. Man hatte wenig von dieser Ehe gehört, weder Schlechtes noch Gutes. Regelmäßig hatte sie geschrieben, Briefe, die abends vorgelesen wurden, wenn sie sich gemeinsam am Feuer versammelten.

Er ging ein paar Schritte weiter, ihren Spuren im Schnee folgend, dann um den Busch herum. Wilhelmina saß auf der Schaukel, die Fußknöchel übereinandergekreuzt. Sie trug ein einfaches Kleid, einen Umhang um die Schultern und ihre Wangen waren von der Kälte des Januartags gerötet. Ludwig stand an ihrer Seite, hielt sich mit einer Hand an den Aufhängungen fest und brachte die Schwester sachte in Schwingungen. Karl blieb stehen. Er konnte sich nicht erinnern, den Pfarrer und die Schwester jemals so dicht beieinander gesehen zu haben, und das Gefühl, das ihn mit einem Mal durchschwemmte, war die Ahnung von Verbotenem. Er räusperte sich, sah die beiden für einen Wimpernschlag auseinanderstreben, bevor sie sich fassten. Ludwig stützte die junge Frau, als sie sich von der Schaukel erhob.

»Karl!« Sie lächelte ihm so unbefangen zu, dass er sich schuldig fühlte, bevor das Misstrauen noch härter in seiner Brust pochte.

»Ich habe dich gesucht. Mutter will dich sprechen«, rief er ihr zu, ohne sich von der Stelle zu rühren.

Flüchtig verdüsterte sich Wilhelminas Gesicht. Karl sah, wie sich ihre Hand in den Stoff ihres Umhangs verkrampfte, dann ließ sie los und strich darüber, als müsste sie ihn glätten.

»Wartet sie auf mich?«

Karl nickte, den Blick nunmehr auf Ludwig Vosskamp gerichtet, der ein Stück zur Seite gegangen war und die Hände hinter dem Rücken verschränkt hielt. Seit der Kinderzeit war Vosskamps Haar dünner geworden und jährlich wich es stärker aus der Stirn zurück, so dass diese noch gewölbter wirkte. In den tief liegenden Augen des Pfarrers lag ein müder Ausdruck. Er war mager, aber das war er schon immer gewesen. Ein Pfaff – Karl bemerkte, dass sich seine Stirn gerunzelt hatte, fuhr mit einer Hand darüber, als müsse er sich kratzen.

»Darf ich mich zurückziehen?«

Vosskamp deutete eine Verbeugung an. Wilhelmina stimmte zu, bevor ihr Bruder etwas sagen konnte. Stumm sah er der hageren Gestalt hinterher, hörte, wie der Pfarrer durch den Schnee davonknirschte.

»Ich muss mich um die Vorbereitungen für das Fest kümmern«, sagte Wilhelmina endlich.

Karl stieß die Spitze seines Stiefels in den Boden. »Mutter hat gesagt, ich würde dich im Gewächshaus bei den Orangenbäumchen finden.«

Sie antwortete nicht. Auch auf dem Weg zum Haus schwiegen sie. Keines der Worte in seinem Mund wollte sich zu einem sinnvollen Satz formen lassen. Erst als sie die Haustür erreichten, drehte sich Wilhelmina noch einmal zu ihm. Sie lächelte und sah gleichzeitig etwas traurig aus.

»Eines Tages«, sagte sie, »wirst du es verstehen.«

***

Mit Worten hatte Georg die Festung von Budin zum wiederholten Mal erstürmt, und die Gäste klatschten ihm begeistert Beifall. In der Fensternische, in die sie sich schon als Jungen oft zurückgezogen hatten, saßen Karl und Ibrahim dicht beieinander.

»Stört es dich?«

Karl musterte den Freund von der Seite. Der schüttelte den Kopf.

»Nicht sonderlich.«

Eine Weile saßen sie beide reglos da, dann hob Karl den Bierkrug von dem breiten steinernen Sims, auf dem sie saßen, und nahm einen kräftigen Schluck. Ibrahim drehte das Gesicht zum Fenster. Vor der hell gekalkten Wand zeichnete sich sein Profil deutlich ab. Auf Kinn und Wangen schimmerten Spuren eines Bartes, vielleicht hatte er sich noch nicht rasiert. Anfangs war ein weicher, fremder Ton in seiner Stimme gewesen, den er längst verloren hatte. Hörte man ihn heute reden, hätte man schwören können, er sei hier in diesem Haus geboren worden. Nur sein Aussehen ließ manche zögern: dunklere Haut, schwarze Haare und Augen, dichte Augenbrauen, die über der Nasenwurzel zusammenwuchsen. Letzteres hatte er mit seiner Schwester gemein.

Ibrahim setzte den Bierkrug ebenfalls an, sein Adamsapfel bewegte sich unter großen, gierigen Schlucken. Im Saal untermalte Georg irgendeine Schilderung mit wilden Bewegungen des Hähnchenschenkels in seiner rechten Hand. Zu Beginn hatte sich die Tafel unter den Speisen fast gebogen. Es hatte zwei verschiedene Erbsensuppen gegeben, Schinken mit grünen Bohnen, gefülltes Huhn und gedämpften Fasan, Rinderschwanz in Petersiliensauce und hernach Apfelkrapfen und Konfekt. Ohne Unterlass achteten die Diener darauf, welches Gefäß nachgefüllt werden musste, während die Hitze der Kerzen die Gäste schwitzen ließ.

Auch eine Abordnung Bauern war zur Abschiedsfeier der beiden mutigen Dragoner eingelassen worden und wartete nun, angetan mit ihrer besten Staat, die Hüte in den Händen drehend, in ehrerbietiger Entfernung der vornehmen Herren. Einer der kräftigsten unter ihnen wechselte eben den Hut in die linke Hand und fuhr sich mit dem rechten Arm rasch über die Stirn. Immer wieder huschten ihre Blicke fort, fingen sich am Speiseangebot, an den großen Ölgemälden, am Geschirr, den Möbeln und nicht zuletzt an den prächtig gekleideten Gästen. Der dort, erinnerte sich Karl, hatte im letzten Jahr im Grenzstreit mit seinem Nachbarn gelegen. Vom Müller der Mühle, die Georg von Hartleben vor wenigen Jahren erstanden hatte, munkelte man, er versuche seinen Herrn, so gut es ginge, um den Mahlgroschen zu betrügen. Später, wenn die hohen Gäste sich gesättigt hatten, würde man sie verköstigen.

Karl lehnte sich zurück und spürte die kalte, feste Mauer in seinem Rücken. Mit etwa zehn Jahren, bevor der neue Hauslehrer gekommen war, hatte er sich manchmal davongemacht, war ins Dorf gelaufen und hatte mit den Kindern dort gespielt. Da hatte es kein Latein gegeben, kein Französisch oder Ähnliches, und Rupert war ihm nicht als leuchtendes, nie zu erreichendes Beispiel vorgehalten worden. Die Jungen dort zeigten ihm, wie man Flusskrebse fand und zubereitete, wie man Kaninchenfallen aufstellte und wo es Blaubeeren zu finden gab. Er wiederum brachte ihnen bei, wie man mit dem alten Degen des Großvaters focht. Ein paar seiner ehemaligen Spielkameraden sah er nun dort drüben. Einige von ihnen hatten das Handgeld genommen und würden mit in den Krieg ziehen. Theodoras Stimme schälte sich aus dem allgemeinen Gemurmel, während Wilhelmina zu ihrer linken den Erzählungen eines etwa fünfzigjährigen Mannes lauschte. Auf Ibrahims Räuspern hin drehte Karl den Kopf. Der Freund hatte sein Gesicht erneut zum Fenster gedreht und hob jetzt die Hand, als grüße er jemanden.

Karl folgte seinem Blick. Ach, eines der hübschen Küchenmädchen. Magda hieß sie, wenn er sich recht erinnerte. Im Spätsommer hatte er Ibrahim und sie zuletzt zusammen gesehen, aber so vertraut, wie das Mädchen tat, hatte der Freund sie wohl nicht aufgegeben.

»Manchmal wüsste ich gerne, was jetzt geschieht«, sagte Ibrahim leise, gegen die Scheibe hin.

»Na, wir werden Helden.« Karl hörte ein Beben in der eigenen Stimme und räusperte sich, bevor er einen neuen Schluck aus seinem Bierkrug nahm.

Ibrahim kratzte sich über das Kinn, ließ dann die Schultern kreisen und streckte den Nacken, als müsse er sich lockern.

»Hast du den Bettler letzte Woche gesehen, der nur noch einen Arm hatte, oder den Einbeinigen im Jahr zuvor? Der Krieg kann die dir gesunden Glieder nehmen – Augen, Finger, Hände … Beine …«

Sie schauten einander an. Karl grinste.

»Er kann dich zum Helden machen.«

»Oh, ja.« Ibrahim stellte seinen Bierkrug ab und grinste ebenfalls. »Davon habe ich gehört.«

***

»Auch wir können feiern, nicht wahr?«

Mit einem unbarmherzigen Griff im Nacken hielt Hinnerk Knaup den Kopf des Mädchens fest, so dass sie sich nicht zu rühren wagte, während er mit der anderen Hand ihre Hinterbacken spreizte. Er hatte dies schon tausend Mal gemacht, er war routiniert. Das Geschlecht in ihre Öffnung pressend, gab er ihr keine Zeit zu reagieren. Als sie zu wimmern begann, drückte er ihren Kopf ins Stroh.

»Jaulende Hündinnen ersäufe ich«, zischte er, »also halt das Maul.«

Er hörte, wie sie Luft einsog, dann war sie still. Er lächelte. Wenn die Stallburschen auch nicht wagten, hier aufzutauchen, so zog er doch die Stille vor. Ruckartig begann er sich zu bewegen, stieß und drängte sie in seinem Rhythmus vorwärts, als wolle er den schmalen Körper in den Boden drücken. Kurz bevor er sich in sie ergoss, versenkte er einen Schrei in ihr Haar und brach dann über ihr zusammen. Keuchend atmete er ein und aus, den ganzen Körper erfüllt von süßer Erschöpfung. Mit kleinen Bewegungen versuchte sie, sich zu befreien. Er ließ sie eine Weile gewähren, griff dann warnend in ihren Haarschopf, riss ihren Kopf so weit zurück, dass sie erstarrte, und ließ los. Auch als er sich erhob, blieb sie noch reglos auf dem Bauch liegen, dann setzte sie sich auf und zupfte sich Stroh aus ihren Haaren und von den Lippen, bevor sie nach ihrer Kleidung tastete. Er streckte einen Arm nach ihr aus, berührte eine Brust. Sie machte kein Anzeichen, dass sie es bemerkt hatte. Als sie das Hemd über den Kopf zog, musste er sie loslassen. Blitzschnell umschlang er ihren Leib danach mit einem Arm und streichelte mit der anderen über ihren Kopf. Erst versuchte sie, sich zu wehren, dann wurde ihr Körper weich.

Aus riesigen, blassen Augen sah sie ihn an. »Liebst du mich?«

»Aber natürlich.« Er sammelte Rotz und Spucke in seinem Mund und platzierte einen kräftigen Batzen an der Stallwand. Sie starrte ihn an, zog, als er sie endlich losließ, Schnürleibchen und Rock an. Sie war etwas fülliger geworden, seit dem er sie zum ersten Mal angesprochen hatte. Er zerrte sie zu sich. »Ich liebe dich«, sagte er und legte beide Hände auf ihr Dekolleté. Als er eine Münze aus ihrem Ausschnitt hervorzauberte, lächelte sie zaghaft.

»Kauf dir etwas Schönes, wenn der Krämer vorbeikommt.«

Er führte sie zur Tür. Durch die Fenster des großen Saales schimmerte Licht. Dort vergnügten sich die reichen Leute, fraßen sich voll, soffen und tanzten. Unvermittelt gab er ihr einen schmerzhaften Klaps auf den Hintern. Sie durfte niemals vergessen, wer der Herr war, und niemals ihre Furcht vor dem verlieren, zu dem er in der Lage war. Durch den Stalleingang sah er zu, wie sie über den Hof lief. Mariele, dachte er, so heißt sie, Mariele. Er vergaß das immer wieder. Sie war so schmal, ein kleines Dingelchen. Er dachte daran, wie es sich anfühlen würde, sie zu Boden zu schlagen, stellte sich vor, wie sie wimmernd vor ihm lag und um ihr Leben flehte. Unwirsch drehte er sich um und nahm die Mistgabel auf. Seine Hände zitterten. Es war lange her, dass ihn solche Gedanken erschreckt hatten. Auch noch Jahre, nachdem er den Krieg hinter sich gelassen hatte, tobte die Bestie in seinem Kopf.

***

Vosskamp soll die beiden begleiten. Georg verharrte noch reglos, als sich die Tür längst hinter seiner Frau geschlossen hatte. Einmal hatte er geglaubt, er könne seine Sorgen mit Theodora teilen, einmal hatte er geglaubt, dass es genau das war, was eine Ehe ausmachte. Er nahm die Perücke ab und fuhr sich mit den gespreizten Fingern durch das Haar, rieb sich das Gesicht dann mit den sauberen trockenen Tüchern ab, die einer der Diener bereitgelegt hatte. Das Fest war vorbei. Die letzten Gäste hatten ihr Bett aufgesucht oder waren nach Hause gegangen. Mit dem Saal würde morgen eine Schar Dienstmädchen ihre liebe Not haben. Er öffnete den Deckel eines kleinen Elfenbeinkästchens, betrachtete die Würfel und das Schmuckstück darinnen. Er konnte nicht sagen, wann er wieder richtig mit dem Spielen angefangen hatte. Sogar Nussbaum gegenüber hatte er nur angedeutet, was geschehen war, hatte von einem kleinen Würfelspiel und einer kleinen Wette erzählt. »Ich bete für Euch«, hatte der Alte gesagt und dabei die Hände seines Herrn zwischen die eigenen knotigen Finger genommen. Vor Kurzem hatten den treuen Diener wieder diese Schmerzen in der Brust geplagt, und Georg war besorgt gewesen.

Später, wieder alleine, nahm er das Medaillon seines Bruders aus der Schublade, musterte dessen Abbild: die Gesichtszüge, den seinen so ähnlich und doch weicher, pausbäckiger und weniger hager, der Blick strahlender, blauäugiger. Theodora hatte nie ein Wort über den Verlust des Medaillons verloren. Kein einziges Wort. Georg nahm das Schmuckstück aus dem Kästchen.

Ob es immer wehtun würde, sie zu lieben? Er drückte die Finger fester zusammen. Fast vermeinte er jetzt,

Würfel in seiner Hand zu spüren, die Kanten, die sich in die leicht schwitzige Handfläche prägten, und stellte sich das Geräusch vor, mit dem sie über den Tisch rollten. Ein warmes Gefühl breitete sich in seinem Unterleib aus. Die Würfel waren ehrlich, sie machten einem nichts vor. Aber er durfte nicht spielen, zumindest heute nicht. Morgen vielleicht.

Heute musste er eine Entscheidung treffen. Er setzte sich, öffnete die Schublade mit der freien Hand und zog ein Stück Pergament hervor. Fortuna war ihm in letzter Zeit nicht unbedingt hold gewesen. Nur eine Person würde ihm helfen können, und wenn er diesen Schriftzug ansah, sah er ein kleines Mädchen vor sich, das seine Beine gekreuzt hatte und deren Zungenspitze zwischen ihren Lippen hin- und herwanderte, während sie sich vollkommen auf ihre Arbeit konzentrierte. *Habar.*

8. Kapitel

Gut Hartleben, Frühjahr 1700

Die Eile hatte sich gelohnt, er war zur rechten Zeit eingetroffen. Schneller zu sein, bedeutete, den Überblick zu haben, von Veränderungen zu wissen, bevor diese von anderen bemerkt wurden. Rupert ließ sich auf den breiten Fenstersims nieder. Sorgsam lehnte er die Krücken an die Wand, bevor er sich näher zur Scheibe hinschob und zu dem erleuchteten Fenster spähte. Er konnte sich nicht mehr genau daran erinnern, wann er entdeckt hatte, dass man von diesem ungenutzten Flügel des neuen Hauses, von diesem Fenster aus, das Zimmer seines Onkels zumindest teilweise einsehen konnte. Es musste noch in der Zeit gewesen sein, bevor er das Bein verloren hatte. Anfangs maß er seinem Wissen wenig Bedeutung bei, er konnte noch nicht einmal sagen, warum er danach das erste Mal wieder hier heraufgekommen war. Der Aufstieg war mühsam. Ein wenig erfüllte ihn wohl die Tatsache mit Genugtuung, dass er es auch als Krüppel noch vermochte.

Er war also hier hinaufgekommen und hatte eine Weile nur dagesessen; hatte Muster in den Staub gezeichnet und an die Zeiten gedacht, als Karl und er hier gespielt hatten, in jenen Sommern, die in seiner Erinnerung längst verblasst waren. Fast fünf Monate war es jetzt schon her, dass der Cousin und der Türke den Hof verlassen hatten, um in den Kampf zu ziehen. Er konnte nicht umhin, zu bemerken, dass es das Leben war, das er einst auch für sich auserkoren hatte, für das er Begabung gezeigt hatte. Vielleicht waren die beiden auch schon tot.

Vor Tagen hatte er schon einmal hier gesessen und an das Gleiche gedacht. Das war an jenem Tag gewesen, als Habar, Amalia von Schwarzbach und Christiane von Thann angekommen waren. Schmaler und ein wenig blasser, als er sie in Erinnerung gehabt hatte, war die Türkin ihm beim ersten gemeinsamen Abendessen erschienen, und doch – da war etwas in ihren Augen, das ihn zu ihr hatte hinblicken lassen. Vielleicht war es der Mund, diese Ahnung eines Lächelns in ihren Mundwinkeln. Verwundert nahm er zur Kenntnis, dass er immer noch wütend darüber war, dass sie im Herbst einfach aus Dresden verschwunden war. Obwohl Amalia von Schwarzbachs Stimme sich immer wieder Aufmerksamkeit heischend in den Vordergrund drängte, wenn sie von der Lorraine, von Nancy und den Bautätigkeiten, dem Herzogspaar, der alten und der neuen Stadt erzählte, hatte er den Blick kaum von der Türkin nehmen können.

Man sagte, Theodora habe die junge Schwarzbach in Erinnerung an frühere Zeiten eingeladen. Was hatte Habar wohl gedacht, als man ihr sagte, dass Karl und Ibrahim schon seit Jahresanfang fort waren? Sie hatten nichts mehr von den beiden gehört, seitdem die Einnahme der Festung Riga gescheitert war. Nach der Kriegserklärung Dänemarks spitzte sich der Konflikt inzwischen auch auf der nördlichen See zu. Aber noch war alles am Anfang, noch fragte man sich, was von dem erst achtzehnjährigen schwedischen König zu erwarten war.

Fast verwundert hatte er ihr erstes Lachen gehört, ein sanfter, dunkler Ton, der nicht mehr kindlich klang. Ja, Habar hatte sich verändert. Als an jenem ersten Abend drüben im Kabinett des Onkels Licht aufschien, hatte er dem zunächst kaum Beachtung geschenkt – bis sie aufgetaucht war. Für wenige Augenblicke nur hatte sie am Fenster gestanden, gekleidet in diese weiten Hosen, die um die Knöchel eng waren, darüber das lange, westenartige Oberteil, unter dem ein feines, helles Hemd hervorschaute. Dann war sie im hinteren Teil des Zimmers verschwunden.

Auch in dieser Nacht stand sie kurz am Fenster; und wie auch in den Nächten zuvor wanderten seine Augen zu ihr herüber. In ein paar Tagen würde sie abreisen. Der Gedanke, wie unsicher ein Wiedersehen mit ihr war, beunruhigte ihn mit einem Mal. Ärgerlich versuchte er, sich auf etwas anderes zu besinnen.

Wann würde Georg auftauchen? In letzter Zeit hatte der Onkel müde gewirkt, oft sogar fahrig. Kaolin in der St. Andreas-Grube bei Schneeberg, eine neue Glashütte in Neustadt-Ostra; kaum eine Nachricht hatte seine Aufmerksamkeit halten können. Rupert stützte sich mit dem Ellenbogen gegen die Wand und tippte mit den Fingerknöcheln gegen seine Zähne. Gestern hatte Hanns Nussbaum ihn fast beim Durchsuchen des Schreibtischs seines Onkels erwischt. An einem der nächsten Tage musste er mit Knaup sprechen. Er schauderte, als er an das letzte fleckige, von Fehlern durchsetzte Schreiben des Mannes dachte. Bei allem, zu dem er nütze war, konnte er den alten Soldaten nicht ausstehen.

Drüben war inzwischen Georg eingetroffen. Kurz standen Habar und der Onkel beide am Fenster. Habars Bewegungen sind weich, dachte Rupert, während er sich dichter an die Wand schob. Jetzt, wo sie seinem Onkel gegenüberstand, hielt sie den Kopf gesenkt. Er konnte nicht sehen, wer von beiden etwas sagte. Der Onkel hielt erst ihre Hände fest, um dann über ihre Arme zu streichen. In Ruperts Nacken stellten sich die Haare auf, eine Gänsehaut ließ die Haut auf seinen Armen hart werden. Dann verschwand Georg aus seinem Blickfeld. Habar drehte sich noch einmal zum Fenster. Beleuchtet vom Kerzenschimmer, umrahmt von dunklem Haar sah er den hellen Fleck ihres Gesichts. Unwillkürlich zuckte er zurück, dann beruhigte er sich. Sie konnte ihn nicht sehen.

***

Auch heute hatte Habar die Namen auf die Papiere gemalt, so wie es sich Georg von Hartleben von ihr erbeten hatte. Anfangs war sie ein wenig aus der Übung gewesen; oder er nicht leicht zufriedenzustellen, so dass sie manche Unterschrift wieder und wieder kopiert hatte. Aber nun war die Arbeit erledigt. Sie bewegte den Nacken, streckte und reckte sich. Ein Stück Papier lag noch unberührt vor ihr, ob sie es später selbst würde benutzen können? Sie musste gähnen. Jeden Tag in der letzten Woche hatte sie sich am Abend hierher geschlichen, hatte die Feder in die Tinte getaucht und Buchstaben unter vorbereitete Blätter gesetzt. Am ersten Tag hatte sie noch gelesen, was sie kopierte, danach nicht mehr. Als sie vor Tagen eingetroffen waren, hatte sie daran denken müssen, wie sie als Kind das erste Mal an diesen Ort gekommen war. Damals hatte sie sich auf der Kutschbank zusammengerollt und nichts sehen wollen. Damals hatte sie nicht gewusst, was sie tat. Heute verstand sie es, aber sie konnte nicht vergessen, dass Georg von Hartleben ihr das Leben gerettet hatte. Er mochte ein Anrecht auf ihre Hilfe haben.

Das *kalem* in ihrer Hand zitterte. Habar, die Türkin. Habar, die Betrügerin. Dieses Mal hatte sie ihm per Vertrag ein kleines Stück Land überschrieben, Rupert von Hartleben war der Geschädigte. Sie dachte an seine grauen Augen, senkte den Blick auf das Muster aus dunklen und hellen Hölzern, das den Boden zierte. Sie konnte sich daran erinnern, wie sie damals vor langen Jahren dort gestanden hatte, als sie erstmals die Schrift der Christen kennenlernte. Sie musterte die Rillen, in denen der Staub saß, dachte an den *kelim*, den sie gestern durch die geöffnete

Tür an der Wand von Theodora von Hartlebens Zimmer gesehen hatte.

Vor etwa einer Woche hatte Hanns Nussbaum sie hierher in Georg von Hartlebens Kabinett geführt und gesagt, sein Herr käme sofort. Wartend hatte sie sich umgesehen. Sie bemerkte kaum eine Veränderung. Der Raum war einfach ausgestattet, praktisch, wie man es von einem Kabinett erwarten mochte, in dem die Geschicke eines Gutes verwaltet wurden. Eine Seite war immer noch bis zur Decke mit einem Regal bedeckt, in dem sich Foliant an Foliant drängte. Ein paar mochten inzwischen dazugekommen sein. Eine Wand schmückten Holzpaneele, an der anderen täuschten Gips und Farbe Marmor vor. Ihr fiel einer der neuen, beliebten Eckschränke auf. Wenige Schritte entfernt stand der Schreibtisch an seinem alten Platz, Georgs Sessel mit seinem dünnen, teilweise abgeschabten Blütenmuster dahinter, davor ein einfacher Stuhl, im Erker, neben einem kleinen Tischchen, ein weiterer.

Nur ein Bild hing an der Wand, der Stich einer befestigten Stadt und einiger Räuber, die einen späten Reisenden überfielen.

In Gedanken schaute Habar auf die Spitzen ihrer blütenbestickten Pantoffeln, die sich bunt vom Parkettboden absetzten. In einer raschen Bewegung ließ sie die Hände in den Ärmeln verschwinden und umarmte sich. Es war warm, und doch spross eine Gänsehaut auf ihren Armen.

»Ich freue mich, dich wiederzusehen«, hatte Georg gesagt, gleich nachdem er an jenem ersten Abend ins Zimmer getreten war, »du hast dich nicht verändert.«

Doch, Habar hob den Kopf, *doch, ich habe mich verändert*. So wie auch der Mann, der sie in dieses fremde

Land gebracht hat, älter geworden war. Das Geflecht feiner Fältchen um seine Augenwinkel war größer geworden, tiefere Falten hatten sich neben seiner Nase eingegraben. Er hatte an Gewicht zugelegt, zeigte heute sogar ein leichtes Doppelkinn.

»Ich brauche deine Hilfe, Habar.«

Sie stand abrupt auf. Das leere Stück Papier lag immer noch auf dem Tisch. Sie konnte die Feder nehmen und etwas darauf zeichnen. *Karalama*, schwärzen. Sie hatte lange nicht mehr geübt. In dem Kandelaber auf dem Tisch flackerte eine der drei Kerzen zum letzten Mal auf und erlosch. Habar zögerte, bevor sie weiter auf das Fenster zuging, dort stehen blieb und nach draußen blickte. Von Mondlicht übergossen wirkte Gut Hartleben fremd, als habe sie es noch nie zuvor gesehen. Alle Fenster waren dunkel. Sie lehnte den Kopf gegen die Scheibe und verharrte. Unten aus dem Stall drang ein schwacher Lichtschimmer. Dort wachten die Knechte abwechselnd bei einer fohlenden Stute. Sie ließ den Blick weiterwandern, hinüber zum ungenutzten Flügel des neuen Hauses. Gleich darauf ließ sie ein seltsames Gefühl vom Glas zurückweichen.

»Unsinn«, murmelte sie und rückte erneut vor, »da ist niemand.«

Die letzten Nächte mussten sie überanstrengt haben.

***

Georg hatte sich mit dem Stuhl vor das Erkerfenster gesetzt und sah zu der jungen Frau hinüber. Es war gelungen; ein Gefühl der Erleichterung durchströmte ihn. Vielleicht würde er heute noch zu Theodora gehen, vielleicht würde sie ihn wie der Sieger empfangen, der er war. Seine Augen wurden schmaler. Er hatte sich Luft verschafft, konnte endlich wieder atmen. Vielleicht würde er das Papier nicht einsetzen müssen, vielleicht nicht, aber jeder Spieler hatte doch gern eine Sicherheit in der Hinterhand. Am Tisch presste Habar die Lippen aufeinander. Die Feder in ihrer Hand zitterte über dem Tintenfass, während ihr Blick zwischen Federspitze und Papier hin- und herwechselte.

Sie ist eine junge Frau, kein Mädchen mehr, fuhr es ihm durch den Kopf, während er ihre schwarzen Locken betrachtete, die unter dem Kopftuch hervorkamen, und von denen sie jetzt eine mit einer ungehaltenen Bewegung zurückschob.

Sie hatte sich tatsächlich verändert, der Gesichtsausdruck war herber geworden, als er es erwartet hatte, die Augenbrauen dichter. Er ließ den Blick von ihrem festen Kinn über den Hals und die runden Schultern nach unten wandern. Hanns Nussbaum hatte sich geirrt, sie war keine Schönheit geworden, doch ihre Gestalt sprach von fernen Ländern, und das mochte etwas für sich haben. Und er? Hatte er sich verändert? *Georg von Hartleben, der Falschspieler.* Wie von selbst bewegten sich seine Finger zu der kleinen Westentasche, ertasteten die Würfel. Innerhalb weniger Tage waren sie wieder da gewesen, in der Waschküche, in der Kapelle, im Kabinett. Wie beim letzten Mal.

***

In ihrem Bett in einem der Gästezimmer auf Gut Hartleben drehte sich Amalia von Schwarzbach von einer Seite auf die andere. Angestrengt lauschte sie abwechselnd auf Schritte draußen und auf die Geräusche, die im Zimmer selbst zu hören waren. Immer wieder versuchte sie, das Zifferblatt auf der Uhr zu erkennen, die die Kommode auf der rechten Zimmerseite zierte, doch es war zu dunkel. Mit den Fingern betastete sie den mit dem Warten stetig rauer werdenden Stoff ihres Bettlakens, zog die Beine an und fühlte in der Bewegung die weiche, warme Haut ihres Bauches. Manchmal meinte sie etwas vom schnarrenden Mechanismus der Uhr zu hören. Ein dumpfer Seufzer ließ sie zusammenzucken, dann drehte sich Christiane von Thann in ihrem Bett herum und stieß einige gurgelnde Laute aus. Die Gesellschafterin neigte zum Schnarchen, wenn sie zu viel getrunken hatte, und Amalia hatte dafür gesorgt, dass dies am heutigen Abend der Fall war. Niemand sollte sie bei ihrem Vorhaben stören. Habar war – wie auch in den letzten Nächten – verschwunden. Zuerst hatte sie sich beschweren wollen, dann war ihr mit einem Mal nichts passender erschienen. Sie horchte, setzte sich endlich mit äußerster Behutsamkeit auf und tastete das Kleiderbündel unter der Decke hervor, das sie am späten Nachmittag dort versteckt hatte. Sie hatte eines der Leibchen gewählt, das sich vorne schnüren ließ, schlüpfte danach in Unterröcke, Rock und Jacke, die sie mit zitternden Fingern zuknöpfte und kroch endlich zurück unter die Decke. Mit der Kleidung war es ihr wärmer, und obwohl sie das Leibchen nur locker geschnürt hatte, hob und senkte sich der Brustkorb schwerfälliger.

Die Zeit rückte näher, bald gab es kein Zurück mehr. Kurz hintereinander flogen mehrere Schatten am Fenster vorüber, Fledermäuse wohl, ein paar Atemzüge später schrie ein Käuzchen. Die nun stetig dichter werdenden Wolken tauchten das Zimmer in tiefere Dunkelheit. Sie biss sich auf die Lippen. Angst durfte sie sich nicht erlauben. Oben am Rand der Matratze fanden ihre Finger ein Loch und bohrten sich in das Rosshaar hinein.

Als sie beim nächsten Mal hochschreckte, waren die dichtesten Wolken vor dem Mond verschwunden. Ein schwacher Schimmer erhellte den Boden des Zimmers. Habar war immer noch nicht da. Wie spät mochte es sein? Wieder schlief Amalia ein. Als sie zum dritten Mal aufwachte, war sie vorübergehend vollkommen orientierungslos. Der Mond war erneut hinter den Wolken verschwunden. Sie fragte sich, was sie geweckt haben mochte, dann hörte sie das Kratzen an der Tür. Beinahe wäre sie aufgesprungen, besann sich aber und schlich durch den Raum. Mit äußerster Vorsicht drehte sie den Knauf. Es knirschte. Sie erkannte ihn am Geruch, noch bevor sie ihn sehen konnte. Mit einer Bewegung legte sie den Kopf in den Nacken, schloss die Augen in Erwartung seines Kusses. Er berührte ihre Lippen flüchtig.

War es nicht unglaublich, dass sie einander gefunden hatten? Sie dachte an den Nachmittag, an dem sie mit Christiane von Thann in eines der nächsten Dörfer gefahren war, um Almosen zu verteilen. Sie hatte gerade in eine kleine, enge Kätnerhütte hineingehen wollen, deren entzückende Einwohner ihr von Theodora von Hartleben ans Herz gelegt worden waren, als sie ihn erblickte. Auf dem weißesten Schimmel, den sie je gesehen hatte, war er die Landstraße entlanggeritten. Nervös hatte sie den schattenspendenden Schirm in den Händen gedreht. Kurz hatte sie befürchtet, Christiane von Thann könne den Moment zerstören, aber die Frau wusste, wann sie den Mund zu halten hatte. Leise seufzend barg sie nun den zerzausten Kopf an seiner Brust: Gott hatte sie zusammengeführt. Gott war auf ihrer Seite. Gott liebte sie.

»Habt Ihr Eure Sachen gepackt?« Ferdinand von Trottdorfs Stimme riss sie aus den Gedanken. Statt einer Antwort huschte sie zurück in den Raum und kam mit einer Ledertasche und den Schuhen in der Hand zurück.

»Schläft sie?«, fragte er, mit einem Kopfnicken zu Fräulein Thann hin.

»Ja«, flüsterte Amalia. Mit einem Mal ahnte sie etwas von der Angst, die Christiane von Thann fühlen würde, wenn sie am Morgen erwachte.

»Hat sie getrunken?«

Amalia nickte, sah ein Grinsen auf Trottdorfs Gesicht.

»So etwas ist unverantwortlich«, bemerkte er dann. »Wie leicht vergisst man seine Pflichten.«

Sie hörte ihn leise lachen. Noch einmal wurde ihr Hals enger. Sie zögerte, aber es gab keine andere Möglichkeit.

»Es wird Zeit«, sagte Ferdinand von Trottdorf schärfer. Behutsam schloss er die Tür, drehte sich zu ihr und legte einen dunklen Umhang um ihre Schultern. Wenig später huschte sie, nunmehr in Schuhen, hinter ihm her durch den Garten. Um jeden Lärm zu vermeiden, würden sie das Pferd erst am hinteren Ausgang besteigen. Die Vorstellung, dass sie gleich hinter ihm im Sattel sitzen würde, durchströmte sie warm.

»Ferdinand?«, flüsterte sie, schmeckte den Namen auf

ihrer Zunge wie Konfekt. »Wir heiraten doch, sobald Ihr mich Euren Eltern vorgestellt habt?«

Er blieb stehen. »Aber natürlich, Täubchen, natürlich.«

Sie lächelte. Wenn ihr Vater morgen entdeckte, dass sie verschwunden war, würde er natürlich erst einmal entsetzt sein, aber dann würde er verstehen. Er würde stolz auf sie sein. Er liebte sie ja. Als er vor zwei Tagen auf Hartleben eingetroffen war, hatte er sie in die Arme genommen, so wie er es zuletzt getan hatte, als sie noch ein kleines Mädchen gewesen war. Amalia von Trottdorf, dachte sie. Amalia von Schwarzbach zu Trottdorf.

***

»Wo ist meine Tochter?« Emmanuel von Schwarzbachs Stimme zitterte vor Wut. Habar versuchte sich aufzurichten, doch der Schmerz, der von ihren Handgelenken ausging, krümmte ihren Körper. Wild huschten ihre Augen umher, fingen sich am blassen Gesicht von Christiane von Thann, die hoch aufgerichtet in der Nähe des Fensters stand. Warum sagt sie nicht, dass ich nicht hier war? Schwarzbachs Hände drückten ihre Handgelenke noch unbarmherziger zusammen, Habar schluckte einen Schmerzenslaut herunter. Eben noch hatte sie das Brüllen des Mannes von ihrem Platz an Georg von Hartlebens Schreibtisch hochgeschreckt, wo sie in der letzten Nacht eingeschlafen war. Beim Versuch, ungesehen zurück in das Schlafzimmer zu gelangen, war sie entdeckt worden.

»Wo ist meine Tochter?«

Emmanuel von Schwarzbach quetschte ihre Finger so fest zusammen, dass sie hätte schreien wollen. Georg blieb stumm. Fast gleichzeitig mit ihr hatte er den Gang erreicht, hatte flehend den Kopf geschüttelt.

»Ich weiß es nicht«, presste Habar zwischen zusammengebissenen Zähnen hervor, sah ein winziges Zucken über das Gesicht der Gesellschafterin huschen, bevor eine heftige Ohrfeige eine andere Aufmerksamkeit forderte.

»Dreckige, heidnische Lügnerin! Wo kommst du so früh her? Wo ist meine Tochter?«

»Ich habe sie nicht gesehen. Ich weiß nicht, wo sie ist. Ich war nur kurz ...«

»Du weißt es nicht?« Emmanuel von Schwarzbachs Hände umklammerten nun ihre Oberarme wie Schraubstöcke. Sein Gesicht war so nahe bei ihr, dass sie seinen warmen, fleischigen Atem spürte. »Du weißt es nicht?«

Im Bemühen, frische Luft zu bekommen, drehte sie den Kopf zur Seite.

»Schau mich an!«

Sie musste alle Kraft aufwenden, um der Aufforderung Folge zu leisten. Zwei Diener beendeten soeben erfolglos die Durchsuchung ihrer Habseligkeiten. Kleidungsstücke, etwas Schmuck, das Stickzeug – alles verteilte sich auf dem Boden. Nur der Schreibkasten, den sie hinten an der Wand unter das Bett geschoben hatte, war ihnen entgangen. Fast hätte Habar vor Erleichterung lachen wollen, aber Emmanuel von Schwarzbach schubste und stieß sie nun unbarmherzig auf Amalias Bett zu. Mit einem Knurren befahl er ihr, sich umzudrehen. Hart stießen ihre Schienbeine gegen den Bettkasten. Tränen schossen in ihre Augen.

»Wo ist sie?«

»Ich weiß es nicht.«

»Verstockte Heidin!«

Auf den nächsten Stoß hin hielt sie sich nur mühsam aufrecht. Die ganze Zeit über hatte Georg von Hartleben geschwiegen, jetzt aber musste er doch etwas sagen. Jetzt musste er ihr helfen, doch er blieb stumm.

»Halt dich fest«, zischte Schwarzbachs Stimme in ihr Ohr, die umso bedrohlicher klang, weil er nun leise sprach. Wütende, hastige Hände rissen ihr die Kleidung herunter, so dass sie nur noch mit ihrem *gömlek* bekleidet dastand. »Ich werde dir zeigen, was es heißt, mir zuwiderzuhandeln.«

»Ich …«, setzte Habar an, doch alle weiteren Worte wurden vom ersten, klatschenden Schlag der Gerte erstickt.

Sie schrie auf. Neue Tränen schossen ihr in die Augen. Mit aller Kraft klammerte sie sich an den Bettpfosten, der alte Stoff des Betthimmels stieß gegen ihr Gesicht. Sie wollte keinen Schmerzenslaut mehr von sich geben, aber sie war nicht so tapfer, wie sie es sich gewünscht hätte. Drei weitere Schläge folgten. Bei jedem schrie sie. Der vierte Schlag ging in einem Gurgeln unter.

»Herr von Schwarzbach!« Endlich war Georg aus seiner Erstarrung erwacht, doch auch sein Ausruf konnte die nächsten Schläge nicht verhindern.

»Herr von Schwarzbach«, versuchte er es noch einmal. Im vergeblichen Bemühen, die Schluchzer herunterzuschlucken, klammerte sich Habar fester um den Bettpfosten.

»Dieses verderbte, dreckige Türkenweib hat meine Tochter zum Fortlaufen verführt.« Die Gerte berührte Habars Rücken nur. Schwarzbachs Stimme zitterte, als er die nächsten Worte aussprach: »Ihr habt mir diese Hure zugeführt, Hartleben, ihr wart es!«

Georg von Hartleben schwieg. Habar wartete auf den nächsten Schlag, nichts kam. Nach einer Weile wagte sie es, über ihre Schulter hinwegzuspähen. Sie musste Tränen fortblinzeln, um genauer sehen zu können. Emmanuel von Schwarzbach hatte die Arme vor der Brust verschränkt. Eine Ader an seiner Stirn klopfte bedrohlich: »Sicher war es mein Fehler, das verderbte Weib nicht gründlicher im Glauben zu unterrichten, aber Ihr habt sie mir gebracht, von Euch verlange ich Entschädigung, ich …«

Christiane von Thann stand immer noch an derselben Stelle und rührte sich nicht, Habars Lippen bewegten sich tonlos, während sie die Frau anstarrte: Sag die Wahrheit, sag, dass ich nicht hier war. Die Blicke der beiden Frauen trafen sich, ein kaum merkliches Lächeln spaltete das Gesicht der anderen.

»Was ist hier los?«

Vielleicht war es die Anspannung gewesen, die Wut und die Angst, die sie die Laute nicht hatten hören lassen, die Rupert von Hartlebens Annäherung unverwechselbar machten.

Emmanuel von Schwarzbach fing sich als Erster: »Das Weib hat meine Tochter zum Fortlaufen verführt!« Eine kräftige Hand riss Habars Kopf an den Haaren zurück. Sie biss sich auf die Lippen. »Wenn ich mit ihr fertig bin«, zischte Schwarzbach dem Neuankömmling zu, »verkaufe ich sie, oder ich setze das Weib auf die Straße. Eine Stellung wird sie nie wieder einnehmen können, dafür sorge ich schon. Sie wird sich noch wünschen, nie geboren worden zu sein.«

Seine Wut sprühte kleine Speicheltröpfchen auf ihre Wangen. Als er sie losließ, musste Habar sich am Bettpfosten festhalten, um nicht zusammenzusacken. Ihre Knie waren so weich, dass es sie verwunderte, tatsächlich noch aufrecht zu stehen. Das pochende Geräusch der Krücken näherte sich, dann schob sich eine hochgewachsene Gestalt in ihr Blickfeld. Rupert von Hartlebens Gesicht sah blass aus. Schatten unter den Augen zeugten von Übermüdung. Flüchtig sahen sie einander an, dann wandte sich der junge Mann dem alten Schwarzbach zu.

»Ich kann Euch Eure Tochter nicht zurückgeben, aber ich werde Euch entschädigen, wenn Ihr das wünscht.«

»Ihr?« Emmanuel von Schwarzbach lachte auf.

»Ich kaufe sie«, sagte Rupert ruhig.

»Wie das?«

»Ich hatte etwas Glück im Spiel.« Der Jüngere lächelte. »Im Würfelspiel«, fügte er dann hinzu und warf seinem Onkel einen knappen Blick zu.

Emmanuel von Schwarzbach runzelte die Stirn, trat dann von Habar zurück und streckte die Hand aus. Rupert schlug ein. Der Ältere lachte: »Dann weiß ich wenigstens, dass ich auch gegen Euch niemals würfeln werde. Im Spiel hatten die Hartlebens immer ein geradezu unverschämtes Glück.«

***

Wieder ein neuer Herr. Habar hatte die Arme um die Knie geschlungen und schmiegte die Beine an ihren Leib. Hier an diesem Teich hatten Ibrahim und sie oft gesessen und ihre Flucht geplant. Mit einem zischenden Geräusch stieß sie Luft aus und wiegte sich in der Melodie eines alten Liedes aus ihrer Heimat hin und her. Früher hatte ihre *dadı* diese Weise abends gesungen, damals, als Ibrahim und sie klein gewesen waren, später nur noch zur Beruhigung, wenn sie sich verletzt hatten. Mit einem leisen Lächeln dachte sie an den Nachmittag zurück, an dem die Bogensehne gerissen und Ibrahim ins Gesicht geschnarrt war. Wer es wusste, bemerkte den feinen, etwas helleren Strich auf seiner rechten Wange. Auch damals hatte die *dadı* zu seinem Trost gesungen und sie, Habar, hatte versprechen müssen, seine Tränen nicht zu verraten.

Sie starrte auf den Teich, dessen Oberfläche ein leichter Wind kräuselte. Eine Ente schwamm ihre Kreise, tauchte ab und kam dann an anderer Stelle in die Höhe. Gegenüber, auf der anderen Seite der Wasserfläche, schwankte das Schilf hin und her. Habar verschränkte die Finger ineinander und rührte sich nicht, bis ein Geräusch in ihrem Rücken sie herumfahren ließ. Vom höher gelegenen Weg kam Rupert von Hartleben auf sie zu. Vorsichtig setzte er nacheinander die Krücken auf und stieß und hüpfte sich vorwärts. Der feuchte Boden bereitete ihm Mühe, aber seinem Gesicht war nichts anzumerken. Inzwischen hatte er sich ordentlich angezogen. Nur die Augen lagen ähnlich müde in ihren Höhlen wie vor Stunden. Seit der Kindheit, und seit sie ihn das letzte Mal in Dresden gesehen hatte, war sein Gesicht noch kantiger geworden, die Wangen schmaler. Wie ein Hund erschien er ihr, einer, der durch viele Kämpfe gegangen war, der dem Rudel nur am Rande zugehörte, immer auf der Hut und nichts von sich preisgebend. In ein Tuch geschlagen, trug er etwas unter den linken Arm geklemmt. Sie stand auf. Seine Augen waren ihr noch nie so grau vorgekommen, wie in diesem Moment. Die Ente in ihrem Rücken begann laut zu schnattern und verstummte genauso plötzlich.

Er ließ seinen Blick über sie schweifen. Sie folgte seinen tastenden Augen, bemerkte die Schmutzspritzer auf ihrer *şalvar*, spürte die Feuchtigkeit, die durch den Stoff gedrungen war. In einer Bewegung kreuzte sie die Hände über dem Oberkörper. Als er seine linke Krücke aus dem weichen Uferboden zog, schmatzte es leise.

»Wolltest du fort? Ich habe dem Herrn von Schwarzbach das Geld für dich gegeben.«

»Ich weiß. Ich wollte nicht fort.« Indem sie es aussprach, wusste sie, dass es wahr war. Sie konnte in diesem Land nicht alleine bestehen. Sie würde immer jemandem gehören. Neuer, kälterer Wind kam auf und ließ sie zittern. In einer Bewegung streckte Rupert die rechte Hand nach ihr aus. Die Krücke fiel zu Boden, er strich über ihren Arm, und ein flüchtiges Lächeln schwebte um seine Mundwinkel. Nur kurz spürte sie seine Wärme, dann bückte sie sich hastig und hob die Krücke auf. Noch immer ruhte sein Blick auf ihr. Er nahm den Gegenstand in die Hand, den er unter dem Arm getragen hatte, und hielt ihn ihr hin. Das Tuch rutschte zur Seite, der Schreibkasten kam zum Vorschein. Hastig nahm sie ihn entgegen, ließ die Finger über die Verzierungen streifen.

Als sie ihm die Krücke zurückreichte, lächelte er.

»Sehr gut, zweifelsohne zeigst du ein gewisses Talent für die Betreuung eines Krüppels. Mein Haushalt ist zwar noch klein, aber somit ausbaufähig, und ich komme langsam in das rechte Alter für eine Dienerschaft.« Habar rührte sich nicht. Rupert zog eine Augenbraue hoch. »Du verstehst doch, dass ich dich gekauft habe?«

Habar schaute zu Boden. Es gab Tage, da dachte sie immer noch über das Fortlaufen nach, aber welchen Sinn machte das: Ich kann mich nicht alleine erhalten, bin nie alleine gewesen.

Als sie den Kopf hob, hatte er sich von ihr abgewandt und schaute den Weg zurück, den er gekommen war. Er räusperte sich, bevor er den nächsten Satz sagte: »Meinen Onkel wird es sicher ganz besonders freuen, dass du wieder so nahe bei ihm bist, nicht wahr?«

***

Wieder war es Abend geworden. Im Haus wurden die letzten Arbeiten verrichtet, in der Küche schloss man die Vorbereitungen für den kommenden Tag ab. Vor einigen Stunden waren Emmanuel von Schwarzbach und sein Suchtrupp zurückgekehrt, doch von der Flüchtigen hatte sich keine Spur gefunden. Es stand zu vermuten, dass Amalia zu Pferd entkommen war. Polternd und immer noch bebend vor Wut hatte ihr Vater seine baldige Abreise angekündigt. Weder Georg von Hartleben noch seine Frau Theodora hatten ihn beschwichtigen können.

Rupert lehnte sich im Sessel zurück und betrachtete das Medaillon in seiner Hand, das er in der Schublade seines Onkels gefunden hatte. Bald nachdem sich die Älteren in den größeren Empfangsraum zurückgezogen hatten und ein Diener Branntwein hatte bringen müssen, war er hierher geschlichen.

Er musste vorsichtig sein, so wie Knaup angehalten

war, Vorsicht walten zu lassen, solange Habar hier war. Es war gut möglich, dass der Onkel seinen Gast Schwarzbach später noch in das Kabinett führen würde, wo er noch mehr Branntwein vorrätig hielt. Sein Blick streifte ein ihm bekanntes Würfelpaar, er holte ein paar Verträge heraus, überflog deren Inhalt. In letzter Zeit war der Onkel nachlässiger geworden. Das Kerzenlicht flackerte im Luftzug, als er das letzte Stück Papier hastig an seinen Platz zurücklegte. Einen Augenblick lang starrte er das kleine Licht an, beugte sich dann vor, um es mit seiner Hand zu beschirmen. Er war sich sicher, dass man das Licht von außen nur sah, wenn man genau darauf achtete. Trotzdem klopfte sein Herz kurzzeitig schneller.

Dann musste er an Habar denken und an die Onkelhände, die sich um ihre Arme spannten. Wie nahe sie sich gewesen waren. Als er sich zurücklehnte, bemerkte er, dass er die dünne Auflage auf dem Tisch verschoben hatte. Ein weiteres Stück Papier war zum Vorschein gekommen, vielleicht von jemandem dort vergessen. Oder versteckt. Er nahm das Schriftstück in die Hand. Offensichtlich war es noch feucht gewesen, als man es unter die Auflage geschoben hatte, denn die Schrift war teilweise verwischt. Er beugte sich näher zum Licht, las, auch dies ein Vertrag, der seinen Vater nannte, aber nicht vollendet worden war. Ein Entwurf? Wie lange mochte er dort gelegen haben? Ob der Vater ihn noch kurz vor seinem Tod berührt hatte? Nachdenklich drehte er das Blatt in den Händen, bevor er es zusammenfaltete und die Erinnerung in der Rocktasche verstaute.

9. Kapitel

Sie waren den ganzen Tag über gereist und erst gegen Abend auf Rupert von Hartlebens kleinem Rittergut eingetroffen. Vor langer Zeit waren hier die ersten Hartlebens geboren worden, diesem kargen Boden hatten sie unermüdlich Leben und Wohlstand abgetrotzt. Während sie einen Hügel hinab auf die kleine Anordnung der Gebäude zufuhren, begann sich das Graublau des Himmels hinter dem Anwesen rot zu verfärben. Wenig später verschwand alles hinter der Mauer, die das Gut umschloss. Die Kutsche rumpelte über eine Schwelle in das Torhaus hinein, erreichte dann durch das nächste Tor hindurch den Hof und blieb stehen. Rupert hörte, wie die Pagen, die er neu eingestellt hatte, hinten absprangen, hörte den Kutscher, der seinen Pferden etwas zurief, und krampfte die Hände in das verkrüppelte Bein.

Heute würde er seine Dienerschaft zum ersten Mal sehen. Heute würden sie ihren Herrn zum ersten Mal sehen. Die Tür öffnete sich. Er hörte Habar seufzen, nahm den Krückstock in die Hand und positionierte das Holzbein in der Türöffnung. Keinem Blick würde er ausweichen, und wehe dem, der es wagte zu starren. Langsam stieg er die ausgeklappte Treppe herunter, humpelte einige Schritte, während er die Augen schweifen ließ: Wirtschaftsgebäude, eine Scheune, Stallungen, eine kleine Kapelle und das Herrenhaus. Hinter den Fenstern des – er verbesserte sich in Gedanken – seines Hauses, schimmerte Licht. Die Tür stand weit geöffnet, wie ein Spalier hatten sich Mägde, Knechte und Hausdiener aufgereiht und säumten den Weg zum Eingang. Der Verwalter des Guts kam ihnen entgegen, eine Laterne in der Hand, und verbeugte sich so tief, dass Rupert das hässliche Muttermal in seinem Nacken zu sehen bekam. Scholz hieß er, so war es den Papieren zu entnehmen, die er auf dem Weg studiert hatte. Verwalter Scholz, Beschließerin Burmeister, Küchenpersonal, Diener … Während er lächelnd Scholz' Begrüßung entgegennahm, dachte er daran, dass er die gesamte Dienerschaft würde prüfen müssen, bevor er entschied, wer auf seinem Posten blieb und wen er auf die Straße schickte. Er würde keinen Spion seines Onkels auf diesem Gut dulden, und so musste er als Erstes herausfinden, wem er trauen konnte.

Aufmerksam lauschte er den Worten, mit denen der Verwalter die Dienerschaft vorstellte. Morgen, kündigte Scholz an, würden die Bauern kommen, die zum Gut gehörten, die Tagelöhner, der Jagdaufseher.

»Ich habe einen Jagdaufseher?« Rupert hob die Augenbrauen, während er ein knapp zwanzigjähriges Mädchen musterte. »Wie heißt sie?«

»Lene.« Das Mädchen knickste.

Rupert nickte. »Komm«, sagte er dann zu Habar gewandt.

Im Haus drinnen roch es muffig, als habe sich schon länger niemand mehr dort aufgehalten, aber das machte nichts: Das Gut auf Trab zu bringen, war eine Aufgabe, an der er Gefallen fand. Während er den Blick über die Einrichtung wandern ließ, überkam ihn sogar etwas wie Freude. Im Eingangsbereich schmückte ein Muster aus schwarzen und weißen Kacheln den Boden. Eine breite Steintreppe führte in den ersten Stock, wo sich, wie er schon in Erfahrung gebracht hatte, die Zimmer des Herrn befanden. Die Decke weit entfernt über ihren Köpfen schmückte eine altertümliche Jagdszene inmitten eines tosenden Himmels.

Er wandte sich Habar zu.

»Sorg dafür, dass das Gepäck in mein Zimmer gebracht wird und warte dort auf mich. Scholz, zeig er mir das Kabinett.«

»Sehr wohl. Der Herr von Hartleben hat …«

»Ich bin der Herr von Hartleben.«

Scholz verbeugte sich. »Wenn Ihr mir bitte folgen würdet?«

Mit Genugtuung vernahm Rupert das Zittern in seiner Stimme.

***

»Das Frühmahl wird um halb fünf serviert, danach werden die Anweisungen für den Tag verteilt.«

Habar nickte zum Zeichen, dass sie verstanden hatte.

Es war schon dunkel, als sie Ruperts Schritte auf der Treppe hörte. Lange bevor er die Tür aufstieß, stand sie bereits. Sie wechselten ein paar Worte. Dann schwieg er eine Weile und starrte in die Flammen des dreiarmigen Leuchters, den sie auf dem Tisch abgestellt hatte. Unwillkürlich zog sie die Schultern höher und unterdrückte ein Frösteln, gegen das auch die Wärme des Kachelofens in einer Ecke des Raumes nichts helfen wollte. Während sie auf ihn gewartet hatte, hatte sie die Reliefplatten mit ihren zahlreichen Figuren bewundert, die von Pilastern und Säulen gerahmt waren und die Initialen

A und H trugen. Seit dem Tag am Teich hatte Rupert kaum mehr als ein paar Dutzend Worte an sie gerichtet. Sie hörte, wie er zum Bett herüberhumpelte und sich setzte. Endlich räusperte er sich.

»Komm her!«

Nun, sie war nicht überrascht. Sie hatte es gewusst. Den Blick auf das Parkett gerichtet, wo hellere und dunklere Hölzer ein sternförmiges Muster bildeten, kam sie auf ihn zu. Der Boden unter ihren Füßen knarrte leicht, als sie die einstufige Estrade erklomm, auf der das Bett thronte. Falls ihn ihr Gehorsam mit Genugtuung erfüllte, so zeigte er es nicht. Als sie einander gegenüber waren, schaute er sie lediglich an, und sie fühlte sich, als wolle er Haut und Fleisch Schicht um Schicht von ihren Knochen abtragen. Während er sie beobachtete, ballten sich seine Hände zu Fäusten. Sie wartete. Nach einer Weile entspannte er sich, sah an sich herunter und zupfte eine Fluse von seinem Hemd.

»Darf ich?« Sie deutete auf ein weiteres Fädchen. Er wies sie nicht ab. Stumm beschäftigte sie sich damit, sein Hemd zu säubern. Sein Körper war warm unter ihren Fingern. Unter dem Stoff des Hosenbeins, das wie ein Säckchen zusammengenäht worden war, versteckte sich der Beinstumpf. Nur ab und an streifte ihr Blick darüber. Sie konnte ihn deutlicher atmen hören, dann hielt er ihre Hände fest. Ein Zucken, und er verschmälerte seine Augen.

»Mach es ab.«

Er deutete auf das Holzbein.

Habar gab keinen Laut von sich, als sie sich zu ihm herunterbeugte und tat, wie ihr geheißen. Ganz leicht spürte sie seine Finger in ihrem Schopf, wie sie das Kopftuch zurückstreiften und ihre Haare berührten.

Als sie die Lederriemen gelöst hatte, die das Holzbein am Stumpf befestigten, und wieder aufrecht stand, musterte Rupert sie. Die junge Frau zeigte keine Abscheu, stand nur da und erwiderte seinen Blick. Vielleicht sollte er besser aufhören, doch er hatte es satt, die Behinderung verstecken zu wollen, als wäre nie etwas gewesen, als wäre sein Leben nicht auf den Kopf gestellt, seine Zukunft nicht zerstört gewesen. In den nächsten Tagen würde er nach Dresden fahren müssen, wo er sich eine Garnmanufaktur anschauen wollte, danach ging es zur Michaelis-Messe nach Leipzig, wo er sich deutlich lieber aufhielt. Er konnte nicht sagen, warum er nichts auf die Lebendigkeit Dresdens gab, dessen Bevölkerung alljährlich zunahm. Vielleicht waren es die vielen Soldaten in ihren bunten Uniformröcken, oder die jungen Offiziersanwärter aus dem Kadettencorps, die ihn stets an das erinnerten, was er verloren hatte. Das pulsierende Leben, das ihm an den Leipziger Messen so lieb war, erfüllte ihn dort mit Gleichgültigkeit. Zu viele Kutschen ratterten durch die Gedanken, zu viele Bettler hofften auf Zuwendung. Die Stadt des Königs war zu eng, die alten Mauern wollten ihre Einwohner schon lange nicht mehr halten.

»Leg es hin«, er deutete auf den Boden.

Rascher als gedacht, führte sie seine Anweisungen aus.

»Zieh mir …« Er musste sich räuspern. »Zieh mir die Hose herunter.«

Zum ersten Mal vermeinte er, ein Zögern zu bemerken, aber es währte nur ein Hauch, dann spürte er ihre Finger an seinem Hosenbund. Ein unwillkommen warmes Gefühl durchströmte ihn. Er drehte den Kopf zur Seite, um sie nicht ansehen zu müssen, um den Duft nicht zu riechen, der von ihren Haaren aufstieg. War das Zitrone? Bergamotte? Rosenöl? Ihre Haut bot sich ihm vollkommen klar, ohne Creme, Rouge oder Puder. Sie hatte schöne Haut. Ihr Haar glänzte tiefschwarz. Ob sie sich ekeln würde? Er spürte, wie sein Mund trocken wurde.

»Sie halten dich sicherlich für meine Mätresse«, murmelte er deutlich genug, dass sie es hören konnte.

Sie sagte nichts. Während er sie anstarrte, waren ihre Augen eine spiegelnde Fläche, die jeden Blick auf ihn selbst zurückwarfen.

Als sie ihm die Hose über das Hinterteil herunterstreifte, stemmte er sich ein wenig vom Bett weg – aber nicht zu viel, schließlich sollte sie sich anstrengen. Dann stand sie über ihm. Noch bedeckte das Hemd sein Geschlecht. Er setzte sich gerader hin, verlagerte das Gewicht, so dass sich das amputierte Bein anhob. Die Stelle war gut vernarbt, er hatte sich daran gewöhnt. Aber es musste doch etwas geben, was dieses ruhige Gesicht aus den Fugen bringen konnte.

»Fass es an.« Sie zuckte zusammen. Er hätte aufschreien wollen. Zum ersten Mal zeigte sie etwas, zum ersten Mal … »Fass es an.«

Von einem Moment auf den anderen hatten ihre Gesichtszüge ihre Undurchdringlichkeit zurückgewonnen. Stumm legte sie die Finger auf den Stumpf. Er wusste nicht, warum er sich weiche Hände vorgestellt hatte, ihre waren trocken und eher rau. Langsam bewegten sich die Finger über das Narbengewebe. Es schien ihm so lange zu dauern, so lange, wie die Zeit, in der der Vater aus

Schmerz über den Verlust von Frau und Tochter fast den Verstand verloren hatte. *Ewig.*

»Tut es weh?«

»Ich …« Er wusste nicht, was er sagen sollte. Dass er ein Bein spürte, das es längst nicht mehr gab? Welche Angst er damals alleine im Wald verspürt hatte? Ihre Hände lagen immer noch auf seinem Stumpf. Er wollte sie beiseiteschieben, dann, plötzlich, war es wieder da, das kleine Mädchen, das sich vor so langer Zeit in sein Leben gestohlen hatte. Etwas Vertraulichkeit war zurück, ein Stück Geborgenheit, die er längst verloren geglaubt hatte.

»Nicht zu sehr«, log er und schob sie beiseite. »Du kannst jetzt schlafen gehen.«

***

In den nächsten Tagen widmete sich Rupert von Hartleben der Verwaltung. Zu jedem Frühmahl erzählte er Habar von den Dingen, die er in den Unterlagen gelesen hatte. Einige Gersten- und Haferfelder, mit deren Ertrag das teurere Brotgetreide gestreckt wurde, gehörten zum Gut, ebenso wurde Flachs angebaut. Es gab eine kleine Schafherde, wenige Rinder von der typischen braunen Farbe, ein paar Schweine, Hühner und einen Fischteich. Die Mühle hatte im letzten Winter aufgrund des starken Frostes lange stillgestanden, weniger Geld war eingenommen worden. Der Obst- und Gemüsegarten verdiente eine festere Hand. Einer der früheren Verwalter hatte mit Tartuffeln experimentiert, den Versuch jedoch abgebrochen. Einige Pflanzen hatten sich gehalten, aber niemand wusste so recht etwas damit anzufangen. Gerüchteweise sollten es genügsame Pflanzen sein. Rupert äußerte die Absicht, das Augenmerk auf sie zu lenken.

Immerhin, dachte Habar, während sie den Blick über die Umgebung wandern ließ, geben sie hübsche Blüten her. Wie jeden Tag waren sie mit dem Karren aufgebrochen, um zu prüfen, ob alles nach bestem Wissen versorgt war.

»Schau«, forderte Rupert nun ihre Aufmerksamkeit und deutete auf ein Hasenpaar, das sich auf einer frisch gemähten Wiese Haken schlagend ein Wettrennen lieferte. Es waren kräftige, große Tiere, die entweder keine Angst verspürten oder blind für ihre Umgebung waren. Mit einem Mal wanderte eine Gänsehaut über ihren Rücken. Rupert hatte einen Arm über die Länge der Rückenlehne gestreckt und sie wohl versehentlich berührt. Habar drehte den Kopf etwas weiter, schaute zum kleinsten der zum Gut gehörenden Dörfer hinüber. Oberhalb einer Niederung, durch die ein schmaler Bach floss, lagen wenige verstreute Höfe in sicherem Abstand zum Wasser. Die Mühle versorgte ein Mühlgraben. Die Felder hier waren sämtlich klein, dem kargen Boden ließ sich nur wenig abringen. Viele lebten von der Waldwirtschaft. Manche hielten sich ein paar Schafe, während die Frauen mit Spitzenklöppelei zum Verdienst beitrugen. Ein langes Regelwerk legte die Dienste fest, die auf Rupert von Hartlebens Gut zu leisten waren. An einer Linde auf dem Dorfplatz hängend hatte Habar hier, wie auch in den anderen Dörfern, die Sanduhr gesehen, die Beginn und Ende der Fronzeit anzeigte.

Die flüchtige Berührung war vorüber. Rupert hatte die

Zügel in beide Hände genommen und veranlasste das Pferd mit einem Schnalzen, weiterzugehen. Langsam erklomm der Karren den Hügel, hinter dem das Gut in einer Senke lag. Einst hatte hier noch ein einfaches Gehöft aus drei um einen Hof gegliederten Einzelgebäuden gestanden. Dann war das Torhaus dazugekommen, das zur Lagerung diente und sich bei Gefahr verriegeln ließ. Im Laufe der Zeit waren alle Holzgebäude Steinbauten gewichen, und ein eingeschossiges Wohnhaus war zu einem dreigeschossigen Herrenhaus umgebaut worden.

Habar richtete sich auf der Sitzbank auf. Sie war immer noch überrascht, dass er sie nicht einfach genommen hatte. Davon hatte sie gehört, darauf war sie vorbereitet gewesen. Sie drehte den Kopf, bemerkte zum ersten Mal, wie feinknochig sein Profil war. Seine Lippen wirkten etwas aufgeworfen unterhalb der schmalen Nase. Einfach gescheitelt fiel sein Haar glatt bis auf seine Schultern herab, von der Sonne des späten Nachmittags golden gepinselt.

An jenem ersten Tag hatte sie noch lange Zeit darauf gewartet, dass er zu ihr kam. Man hatte ihr ein Zimmer rechts der Treppe zugewiesen, in dem sich ein Bett, eine Truhe und sogar ein Kamin befanden. Zwei hölzerne Haken an der Wand warteten auf Kleidung. Sie hängte das Kleid, das Rupert von Hartleben ihr geschenkt hatte, an einen davon und ihre türkische Kleidung an den anderen. Auf drei Seiten bestanden die Wände aus Stein, auf der vierten aus einer geweißten Holzwand. Ein kleines Fenster spendete tagsüber Licht. Außer einem Kruzifix gab es nicht den geringsten Schmuck. Auf der Truhe stand ein kleiner Kerzenhalter, dessen Licht die Jesusfigur gerade noch erreichte. Als Kind hatte sie die Geschichte von Maryams Sohn gerne gehört.

Rupert trieb das Pferd zu größerer Schnelligkeit an. Sie wollte die Augen abwenden, aber sie konnte es nicht, und unweigerlich drehte auch er irgendwann den Kopf und erwiderte ihren Blick.

Er bat sie, auch am Abend bei ihm zu bleiben. Ins große Kaminzimmer hatte er die Bücher des Gutes bringen lassen und befragte Verwalter Scholz und Beschließerin Burmeister zu allem, was ihm wichtig erschien. Als er die beiden entlassen hatte, wandte er sich von Neuem den Büchern zu, las, machte Notizen. Später fragte er sie, was sie von seiner neuesten Perücke halte. Es war ihr immer schwergefallen, zu verstehen, warum man sich in diesem Land fremde Haare auf den Kopf setzte, etwas, was im Land ihrer Kindheit nicht nur ungehört gewesen war, sondern sogar verboten. Sie wusste nicht, ob sie ihm davon erzählen sollte. Also hatte sie mit den Achseln gezuckt, und er hatte gelacht.

In dieser Nacht waren hinter den Wolken nur wenige Sterne zu sehen, und auch der Mond, der hin und wieder hervorkam, zeigte sich lediglich als dünne Sichel. Als sie von der Ausfahrt zurückgekommen waren – Habar spürte noch jetzt die Blicke auf sich, die sie neugierig beglotzten –, hatte der Verwalter von Regen gesprochen, der in den nächsten Tagen drohte. Habar hob die Sticknadel und stichelte eiliger. Als kleines Mädchen hatte sie sich manchmal vorgestellt, wie es sein würde, eine Ehefrau zu sein. Sie hatte sich sogar ausgemalt, Kinder zu haben. Sie hatte von den Feiern und Gesängen geträumt, die die Säuglinge in der Welt willkommen hießen. Aber dazu würde es nie kommen. Sie hielt inne. Die letzten Stiche waren aus der Reihe getanzt. Sie verstaute die Arbeit fahrig in ihrem Körbchen und stand auf.

»Darf ich mich zurückziehen?«

Rupert sah überrascht auf, als habe er sie schon vergessen. Dann lächelte er. In ihrem ersten Jahr auf Hartleben hatte sie ihn so selten lächeln sehen, dass sie es fast nicht für möglich gehalten hätte. Flüchtig berührte er die Hand, die sie auf dem Tisch aufgestützt hatte.

»Ja, geh nur, ich habe noch etwas zu tun.«

Und damit wandte er sich wieder seinen Unterlagen zu.

Wider Erwarten sah sie Rupert am nächsten Tag nicht. Von morgens bis abends war er alleine unterwegs, inspizierte das Gut und die umliegenden Felder, überprüfte Stallungen, Scheunen und Vorratskammern. Am Abend kam Lene in ihre Kammer und beschied ihr, man habe ihr aufgetragen, der Türkin zur Hand zu gehen. Drei Tage später reiste Rupert von Hartleben ab.

10. Kapitel

Irgendwo in Sachsen, Herbst 1700

Amalia starrte auf den noch Licht spendenden Kerzenstummel, bis das Flämmchen sich noch einmal aufbäumte und danach den Raum verlöschend in Finsternis tauchte. Zuerst war sie sicher gewesen, dass die zuckenden Schatten sie wach gehalten hatten, während Ferdinand längst friedlich schlief, aber das war es nicht.

»Ferdinand«, flüsterte sie tonlos seinen Namen.

Er regte sich nicht.

»Täubchen«, hatte er gesagt, als sie zum ersten Mal gewagt hatte, seinen nackten Körper zu berühren, und seine große, kräftige Hand in ihr offenes Haar vergraben. »Täubchen, wart es nur ab, in ein paar Wochen sprechen wir mit deinem Vater, wenn er sich nur überzeugen lässt, ist alles Weitere ein Kinderspiel.«

Er hatte ihr nicht gesagt, dass auch seine Eltern die Zustimmung verweigerten, dass er ein Sohn war, der zu gehorchen hatte. Zumindest hatte er hilfreiche Freunde. Manchmal zeigte er sich wütend über die Hindernisse, die man ihnen in den Weg legte. Manchmal erschien es ihr, als sei das alles eine Spielerei für ihn. Fast sechs Monate wichen sie nun schon den elterlichen Nachstellungen aus. Erstmals kam ihr der Gedanke, dass sie dieses Weihnachten ohne den Segen des Vaters verbringen würde. In einer kaum merklichen Bewegung drückte sie ihren Kopf fester gegen das raue Kissen. Zu Hause, ging es ihr durch den Kopf, waren Laken und Kissen weicher gewesen und hatten geduftet. Den Betten dieser Herberge dagegen hing ein säuerlicher Schweißgeruch an, etwas süßlich-dumpf Fischiges, das sie anfangs hatte würgen lassen, aber das musste sie wohl auf sich nehmen. Das Wichtige war, dass hier niemand nachfragte. Wohl waren ihnen Blicke die enge Stiege hoch gefolgt, aber solange der Geldbetrag stimmte, hatte man nichts gesehen.

Seitdem sie nebeneinander im Bett lagen und Ferdinand sofort eingeschlafen war, rührte sie sich nicht. Die Arme über der Brust gekreuzt, hatte sie die Beine parallel ausgerichtet. Manchmal schnaufte Ferdinand im Schlaf, manchmal hätte sie es gerne gewagt, die Hand nach ihm auszustrecken. Er war sich so sicher. Sie wünschte sich, ebenso sicher zu sein wie er.

Langsam gewöhnten sich ihre Augen an das Dämmerlicht. Die Zimmerdecke war nah, durchzogen von dicken Balken, die sie nur noch schemenhaft erkennen konnte. Der Putz dazwischen war wohl einmal kalkweiß gewesen, im Laufe der Jahre jedoch nachgedunkelt. Im Hellen hatte sie dicht neben dem Fenster sogar kleine Zeichnungen entdeckt, Striche, Kreise und Bögen, ein am Galgen baumelndes Männchen. Vor dem Fenster, in dem mehrere runde Gläser fehlten, stand ein grober Tisch, auf dem Ferdinand ihre Habe abgestellt hatte.

Seine Habe verbesserte sie sich, während nun ein Arm von ihrer Brust rutschte, eine Hand sich auf die Suche nach dem warmen Körper an ihrer Seite machte. Als sie ihn berührte, knurrte er. Sie zuckte zurück.

Wieder ließ sie die Augen wandern. Dort hatte er ihr aus dem Kleid geholfen. Undeutlich konnte sie es in der Dunkelheit erkennen. Anfangs hatte sie sich noch gescheut, sich nur mit einem Unterhemd bekleidet zu ihm zu legen, doch etwas in ihr hatte es auch gewollt. Etwas in ihr war erschreckend warm geworden, wie an dem Tag, an dem sie von Hartleben geflüchtet war, oder damals, als sie in der Badewanne ihren Körper zum ersten Mal in einer Weise betrachtet hatte, wie sie es nie zuvor getan hatte: *Ich bin eine Frau.*

Herr, beschütze mich. Amalia ließ die Beine aus dem Bett rutschen und setzte sich aufrecht hin. Auf leisen Sohlen schlich sie zum Fenster, wäre beinahe über Ferdinands Reitstiefel gefallen und hielt sich gerade noch an der kleinen Fensterbank fest. Er war so sicher, dass ihr Vater einlenken würde, so sicher. Sie biss sich auf die Lippen. Was, wenn dem nicht so war?

11. Kapitel

Wie auch in den ersten Tagen weckte sie der Hahn. Für einen Moment noch blieb Habar auf dem Rücken liegen, stand dann auf und schlüpfte in ihre gewohnte türkische Kleidung. Während sie ihr Haar zu Zöpfen flocht und sich dann ein Tuch um den Kopf band, las sie in den Anweisungen, die Rupert von Hartleben für sie niedergeschrieben hatte. Er ließ keinen Zweifel daran, dass sie auch in seiner Abwesenheit ihre Pflichten hatte, und im Innersten erfüllte sie sein Vertrauen mit Zufriedenheit. Sie hatte nicht gedacht, dass er so lange fortbleiben würde oder dass er ihr fehlen würde. Von Dresden hatte ihn sein Weg nach Leipzig geführt und dann wieder in die Königsstadt zurück. Manchmal erschien es ihr, als vermeide er es, zurückzukommen. Das Gut und seine Umgebung waren für ihn kein Willkommen heißender Ort, jedenfalls nicht in der Weise, in der er es gewohnt gewesen sein musste.

Vermisste sie ihn tatsächlich? Im ersten Jahr hatte sie Angst vor den toten, blauen Augen der *giaurs* gehabt, auch vor seinen, heute … Vermisste sie ihn? Er hatte ihr geholfen. Sollte sie ihn also nicht vermissen? Sie blieb stehen. Noch jetzt wunderte sie sich über den Stich, den ihr jeder Tag versetzte, an dem sie nichts von ihm hörte. Er hatte Scholz davon in Kenntnis gesetzt, wo er sich aufhielt und wann er zurückzukehren gedachte, sie nicht. Er hatte ihr eine Aufgabe gegeben und sie doch alleine gelassen mit den Bewohnern des Gutes, mit Menschen, die sie nicht kannte und die sie nicht kannten, die ihr ins Gesicht starrten und hinter dem Rücken über sie wisperten, als sei sie kaum menschlich; mit Menschen, die aufgewachsen waren mit Türkenglocken, Türkensteuern und Türkengebeten. Die gelernt hatten, dass der Türke der grausame Erb- und Erzfeind war, Gottes Strafrute, Gottes Peitsche und Gottes Schwert, das jene, die sich gegen das göttliche Gesetz wandten, vernichtete. Für die sie eine Heidin war. Nun, sie lebte in einem Christenland, vielleicht war es an der Zeit, sich taufen zu lassen.

Mit einem Seufzer sank Habar auf das Bett zurück. Denk an Ibrahim, er würde es nicht dulden, dass du einem *giaur* hinterherjammerst. Sie verschränkte die Hände ineinander. Aber nur der Ibrahim, den sie gekannt hatte, hatte so gedacht. Der neue war ein Christ und kämpfte für den Christenkönig.

Ein Geräusch an der Tür schreckte sie aus den Gedanken. Ein kurzes Klopfen, dann trat Lene ein. Am ersten Tag hatte sie sie wegschicken wollen, doch das fröhliche Lachen des jungen Mädchens hatte sie umgestimmt. Vielleicht, hatte sie gedacht, kann sie mich etwas über die Menschen auf diesem Gut lehren, vielleicht kann sie mich lehren, was hier wichtig ist. Auf Schwarzbach hatte sie versucht, Amalia nachzueifern, aber das war hier nichts mehr wert. Hier würde sie von Neuem beginnen müssen.

»Aber, aber«, zwinkerte Lene fröhlich, während sie

Habars Kleidung musterte, »wie soll ich denn lernen, wie man einer Dame zur Hand geht, wenn Ihr alles alleine macht?«

Ich bin keine Dame. Habar starrte ihre Hände an, die, Hühnerfüßen gleich, gekrümmt in ihrem Schoß lagen. Was hatte Rupert von Hartleben dem Mädchen erzählt? Sie stand auf. Vielleicht hätte sie einfach fragen sollen, aber sie tat es nicht. Sie hatte nicht gelernt zu fragen. Sie würde ihre Kraft auf dieses Gut hier besinnen, würde arbeiten und die Aufgaben erfüllen, so dass er stolz auf sie sein konnte. Aber machte sie sich nicht viel zu viele Gedanken um ihn? Sie biss sich auf die Lippen. Mit flachen Händen strich sie ihr Oberteil glatt.

»Komm, wir wollen sehen, welchen Schaden der Frost angerichtet hat«, sagte sie zu der jungen Frau gewandt.

Sie waren schon an der Treppe angekommen, als Lene herumwirbelte und gleich darauf mit einem Umhang zurückkam.

»Entschuldigt, aber ich kenne solche Arbeit nicht. Früher war ich nur in der Küche.«

Habar nickte. Kurz rutschten ihre Finger in die Tasche des *yelek*, in dem ein Brief steckte, den Rupert von Hartleben an Scholz geschickt hatte und den sie an sich genommen hatte, ohne zu wissen, warum.

***

Meine Dresdner Hure. In den Jahren, seit Rupert sie kannte, waren ihre Haare vollkommen grau geworden. An ihrem Zimmer hatte sich seit dem ersten Tag nichts geändert. Immer noch war es sauber und schnörkellos wie sie selbst. Immer noch ging sie ihrem Gewerbe nach. Er hatte sie nie nach ihrem Namen gefragt und würde es auch jetzt nicht tun. Wie es von Anfang an seine Gewohnheit gewesen war, hatte er Kerzen mitgebracht, die sie nun in einen einfachen Kerzenhalter steckte und an ihrem kleinen Kamin entzündete, bevor sie ihre eigenen Unschlittlichter beiseiteräumte. Er mochte ihre ruhigen, jeder Aufgabe gemäßen Bewegungen. Da waren Worte auf seinen Lippen, Dinge, die er ihr sagen wollte, aber er blieb stumm. *Rette mich vor der Heidenhure. Heile mich von dem Begehren.*

Sie drehte sich um, als habe sie etwas gehört und kam näher. Ihr Hals, der aus dem Hemd hervorkam, war faltiger, als er ihn vom letzten Mal in Erinnerung hatte. Sie selbst war magerer geworden. Auch als er erstmals zu ihr gekommen war, war sie nicht mehr jung gewesen; heute erschien sie ihm wie eine alte Frau. Das Leben mochte unbarmherzig auch zu ihr gewesen sein. Ohne sie aus den Augen zu lassen, zählte er Münzen auf die Bettkante. Sie hob die Augenbrauen.

»Nimm es«, sagte er.

»So viel bin ich nicht wert.«

»Nimm es.« Er musste schlucken. Wir sind Überlebende, oder etwa nicht? Deshalb habe ich dich damals gewählt. Mit beiden Händen schob er sich weiter zurück auf das Bett. Sie begann sich auszuziehen. Knochiger war sie heute, sogar ihre Haut hatte sich grau gefärbt. Es war ihm gleichgültig. Als sie sich neben ihn setzte, streifte er mit einer Hand über die welke Haut ihres linken Oberschenkels.

»Wie ist es Euch ergangen, seit wir uns zuletzt sahen?«, flüsterte sie, während sie nach seinem Hosenbund griff.

Er schob ihre Hände weg von sich und fuhr fort, ihre Haut zu untersuchen, während er ihr von seinem Gut, von der Messe und von Habar erzählte. Auf dem Bauch fühlte sie sich weich und runzelig an. Ihr offenes Haar tanzte über ihren Brüsten. Der Hof um die Brustwarzen hob sich dunkel von der restlichen Haut ab. Er ließ den Finger darum wandern. Als sie sich auf dem Bett ausstreckte, legte er sich seitlich neben sie, stützte den Ellenbogen auf und den Kopf auf eine Hand. Wie sie so dalag, sah sie müde aus.

Wieder legte er eine Hand auf ihren Bauch, ließ seine Finger dann über ihren Körper nach oben wandern und umfasste ihre rechte Brust. Eine vollkommene Ruhe überkam ihn. Im Zimmer warf der Kerzenschein tanzende Schatten gegen die Wände. Von der Welt draußen war nichts zu hören. Sie hatte die Augen geschlossen und atmete so gleichmäßig, dass er schon vermutete, sie sei eingeschlafen, als er ihre Stimme hörte.

»Liebt Ihr sie?«

Sie ist eine Heidin, dachte er, sie ist ein dunkles Mädchen.

Er antwortete nicht.

12. Kapitel

Knaup war ihrem Weinen durch das Wäldchen gefolgt. Kurz vor dem Mühlteich hatte er sie eingeholt. Sie musste ihn gehört haben, hatte sich noch umgedreht, ihn aus halb überraschten, halb hoffnungsvollen Augen angestarrt, bevor der Stein in seiner Hand mit einem dumpfen Geräusch gegen ihren Schädel gekracht war. Ohne noch einen Laut von sich zu geben, war sie in den Knien eingeknickt und zusammengebrochen.

Noch immer lag sie reglos vor ihm. Knaup legte den Kopf in den Nacken. Ruhig ging sein Atem, wie der einer schlafenden Katze. Es war der Krieg, die Bestie, die auf immer diese Kälte in seine Adern geschickt hatte. Die fahle Helligkeit des Mondes würde es ihm ermöglichen, sein Werk zu vollenden. Er horchte, alles blieb still. Der Festlärm lag hinter ihnen. Niemand war ihnen gefolgt. Er kniete sich neben sie, roch, als er sich näher beugte, den Alkohol aus ihrem Atem.

Sie hatte zu viel getrunken, viel zu viel für solch ein kleines Mädchen. Er grinste, während er ihr wirre Haarsträhnen aus dem Gesicht streifte. An der rechten Seite ihres Kopfes konnte er eine Schwellung ertasten. Blinde Kuh hatte sie mit den anderen Mädchen gespielt, wie ein dummes Kind. Als sie im Schatten zweier Gebäude verschwand, war er ihr gefolgt. Dass sie auf sein Erscheinen hin zusammenzuckte, ließ ihn aufmerken. Auch in den Schatten hatte er den Ausdruck von Schuld auf ihrem kleinen Gesicht gesehen. Als er ihr bedeutete, zu ihm zu kommen, gehorchte sie sofort, hielt jedoch Abstand.

»Du hast geredet?«, hatte er in leichtem Tonfall gefragt.

Sie hatte den Kopf geschüttelt, so, wie auch er es tat, während er langsam auf sie zuging. Zuerst war sie wie erstarrt stehen geblieben, dann auf dem Fuß herumgefahren und zwischen den Hütten durch in Richtung des Waldes gelaufen, der dieses Dorf hier und Gut Hartleben voneinander trennte.

Falsche Richtung, Mariele, hatte er gedacht, während er ihr gemächlich folgte. Erst, als ihn der Wald schluckte und der Festlärm dumpfer wurde, beschleunigte er seine Schritte.

Und wenn sie heute nicht redete, wollte sie es vielleicht morgen tun. Er hatte keinesfalls die Absicht, sein Schicksal in ihre Hände zu legen. Mit einem Lächeln betrachtete er ihr Dekolleté, und das Leibchen, das sie in der Hoffnung auf ein Abenteuer lockerer geschnürt hatte. Ob sie dabei an ihn gedacht hatte? Er vermutete nicht. Sie war ihm abwehrender erschienen in den letzten Tagen, widerspenstiger. Sie war nicht mehr die Kleine, die er kennengelernt, auf die er sich hatte verlassen können. Er würde nicht erlauben, dass sie ihn verriet. Mit einem Blick überzeugte er sich, dass sie immer noch bewusstlos war. Dann massierte er kurz ihre Rundungen unter dem Stoff, bevor er sich den schlaffen Körper über die Schulter warf.

Sie war nicht schwer, die paar Schritte zum Teich waren schnell gelaufen. Behutsam legte er die Bewusstlose auf der Uferkante ab. Dann ließ er sie langsam, bemüht, jedes unnötige Geräusch zu vermeiden, mit dem Gesicht voran ins Wasser gleiten. Sorgsam hielt er sie beim Nacken fest, doch sie regte sich nicht. Ihre Arme trieben zur Seite, die Kleidung saugte sich mit Wasser voll. Er ließ sich Zeit, bevor er sie losließ und sich am Rand des Wassers niedersetzte. Die Ärmel seines Hemdes waren pitschnass, seine Hose vom Uferschlamm verschmiert. Dunkel erhob sich die Mühle gegen den mondbeschienenen Himmel. Niemand war da, alles blieb still. Heute waren sie alle auf dem Fest, um sich zu vergnügen. Der leblose Körper drohte abzudriften, er hielt ihn mit dem nackten Fuß fest.

Sie war tot. Er musste sich nicht versichern, er hatte schon genügend Menschen sterben sehen, darinnen war er ein Meister. In Ofen hatten die Leichen der Feinde zu Hunderten in der Donau getrieben. Die Erinnerung eines Lächelns malte sich auf seine Lippen. Unter der nackten Fußsohle bewegte sich der Körper des Mädchens mit dem Wasser.

Ach, Mariele! Du hättest mich nicht nach den Würfeln fragen dürfen. Er spuckte aus. Ausgerechnet jetzt kommst du damit, jetzt, wo ich deinen Herrn im Sumpf habe, wo ich ihn treten und strampeln sehe, und er sich tiefer und tiefer hineinbringt. Ausgerechnet jetzt musst du dir dein dummes Köpfchen zerbrechen. Wir hätten glücklich werden können, aber so sind sie die Weiber, neugierig und ohne Verlass.

Er schob sie tiefer ins Schilf, damit sie keiner zu früh bemerkte. Noch in der Dunkelheit kam er nach Hause, schlüpfte auf seinen Schlafplatz und schlief sehr rasch ein.

Gegen Mittag des nächsten Tages – Hinnerk Knaup war gerade dabei, Georg von Hartlebens Braunen aufzuzäumen – schleppten sie die Kleine vom Mühlteich herüber. Der Müller war auf sie aufmerksam geworden, als er spät am Tag mit pochendem Schädel über die Wasserfläche hinweggeblickt hatte. Manche erinnerten sich, dass sie viel getrunken hatte auf dem Fest. Niemand konnte sagen, wann sie gegangen war. Wohl hatte sie den schmalen, glitschigen Steg gewählt, der den Weg nach Hartleben abkürzte, und war unglücklich gestürzt, die Arme.

Hinnerk Knaup beobachtete das Geschehen über den Hals des Pferdes hinweg. Theodora von Hartleben war aus der Tür gekommen, mit energischen Schritten zu dem toten Mädchen hinübergegangen, das man auf eine Bank im Hof abgelegt hatte. Wasser tropfte von der Leiche auf den Boden. Bleichgesichtig gesellte sich Georg von Hartleben an ihre Seite.

Mariele, dachte Knaup, ach, Mariele, wir hätten glücklich werden können.

Aber jetzt musste er sich wieder auf seine Aufgabe besinnen. Er musste dafür sorgen, dass die Bestie Nahrung erhielt, die in ihm brüllte.

13. Kapitel

Habar glaubte kaum mehr daran, dass Rupert zurückkommen würde. An diesem Abend schlief sie bereits und erwachte von einem Rumpeln. Zuerst blieb sie auf dem Rücken liegen, lauschte auf die schweren Schritte, auf das Geräusch von Holz auf Holz. Stimmen waren im Flur zu hören, eine dunklere, die Rupert gehören musste, und die hellere einer Frau. Eine Tür wurde geöffnet und geschlossen. Unruhig streiften ihre Fingerspitzen über das Laken, dann schwang sie die Beine aus dem Bett und zog den Morgenmantel über. Als sie eintrat, wandte ihr Rupert den Rücken zu. Eine Dienerin war mit dem Ausräumen seiner Reisetruhe beschäftigt. Er sah ihr dabei zu, eine dunkle Gestalt vor dem hellen Grün des Betthimmels, die knappe Anweisungen gab. Er hatte das gesunde Bein leicht angewinkelt und hielt sich mit einer Hand an einem der gedrechselten Bettpfosten fest. Schon überlegte sie, ob sie sich zurückziehen sollte, da drehte er sich um.

»Habar.« In seinen Augen stand ehrliche Überraschung. Die Dienerin, eine schmale, braunhaarige Frau, an deren Namen sie sich nicht erinnerte, hielt in ihrer Arbeit inne.

Habar raffte den Morgenmantel enger über der Brust zusammen. »Ich freue mich, dass Ihr zurück seid, Herr«, sagte sie endlich. Ihre Stimme zitterte leicht, und sie fragte sich, ob es wohl alle hören konnten. Rupert von Hartleben schwieg. Seine Miene zeigte keine Regung, dann drehte er sich um und entließ die Braunhaarige mit einer Handbewegung.

»Es ist spät«, sagte er, als sie alleine waren, und schaute sie an. »Du musst müde sein. Man sagte mir, du wärst den ganzen Tag auf den Beinen gewesen.« Seine Stimme klang sanft, und doch ballten sich Habars Finger um den Stoff des Morgenmantels zu einer Faust. Spätestens morgen würden es alle wissen: Der Herr und seine Türkin waren alleine zurückgeblieben.

Ich habe ihn wirklich vermisst, schoss es ihr in den Kopf. Ich habe es vermisst, die zum Gut gehörenden Felder mit ihm abzufahren, den Wald, die Wiesen, die Mühle und den Fischteich. Ich habe es vermisst, ihn sprechen zu hören. Er ist ja der Einzige, der mich hier kennt. Unschlüssig wandte sie sich seinem Gepäck zu.

»Lass.« Er hob die Hand. »Du wirst mich ab morgen wieder begleiten. Du sollst mir alles erzählen, was hier in meiner Abwesenheit geschehen ist.«

Er hatte es als Befehl ausgesprochen, aber es klang wie eine Bitte. Ich werde sein Auge sein, sein Ohr … Ihre Hände glitten in die Ärmel ihres Morgenmantels, umfassten die Ellenbogen. Sie hatte vergessen, zu antworten und bemerkte nun den Schatten einer Verunsicherung in seinen Augen.

»Ja, Herr, das würde ich sehr gerne tun.«

Sie standen immer noch weiter voneinander entfernt, als es Menschen in einem Gespräch gewöhnlich taten. Er hielt sich immer noch am Bett fest. Sein gesundes Bein hatte leicht zu zittern begonnen, als sei es überlastet.

Er ist allein, dachte sie. Wie ich.

Ihre linke Hand glitt aus dem Ärmel hervor, die Finger knäulten erneut Stoff in der schwitzigen Handfläche.

»Hattet Ihr eine gute Reise, Herr?«

Er nickte. Das Holzbein schabte über die Dielen. Wie von unsichtbaren Fäden gezogen, trat sie einen zitternden Schritt auf ihn zu, noch einen und dann noch einen. Sie kannte das Gerede der Dienerschaft, der Knechte und Mägde, die von Anfang an unweigerlich gewusst hatten, zu welchem Zweck *die Türkin* diente.

»Du wirst dich taufen lassen«, sagte er unvermittelt. Sie sah, wie eine seiner Augenbrauen in die Höhe zuckte. Ihre Augen trafen sich. Sie nickte, sah wieder die Augenbraue zucken.

Er hat mir gefehlt. Sie stand nun so dicht bei ihm, dass er sie berühren konnte, und zu ihrer Überraschung tat er es, zuckte dann jedoch sofort zurück.

Wie fühlte sich eine Ehefrau, wenn man sie zum Brautbett führte?

Er berührte sie wieder. Seine Hände glitten unter ihren Morgenmantel, die Finger bewegten sich zart über den dünnen Stoff des Hemdes, das sie zur Nacht trug. Sie ließ ihn nicht aus den Augen. Sie hatte es vermisst, einem Menschen so nahe zu sein, und wunderte sich zugleich:

Wie konnte man etwas vermissen, das man noch niemals zuvor gespürt hatte?

Rupert hielt sie immer noch. Er hatte seine Hände rechts und links an ihre Taille gelegt. Nach anfänglichem Zögern bewegte er sich zielgerichteter. Bald saßen sie Seite an Seite auf seinem Bett. Er schnallte das Holzbein ab, zog Rock und Hemd aus. Sie half ihm aus der Hose. Zum zweiten Mal berührte sie seine Narben. Die Angst in ihr wurde durch ein Gefühl der Verbundenheit ergänzt. Er öffnete den Mund. Sie kam ihm zuvor: »Werdet Ihr mir erzählen, was Ihr erlebt habt, während Ihr fort wart?«

»Wirst du mir alles von hier erzählen?«

Sie nickte. Er beugte sich zu ihr hin, sein Gesicht ganz nah an ihrem, aber er küsste sie nicht.

»Ich habe Euch vermisst«, sagte sie.

Ein Schatten huschte über seine Gesichtszüge, dann schien Freude in ihnen auf.

Am Morgen erwachten sie Seite an Seite. Rupert lächelte, doch dieses Gemenge aus Vorsicht und Zärtlichkeit war zurück in seinen Augen. Habar holte tief Luft. Ich war allein. Er war allein. *Habe ich das Richtige getan?*

***

Er rief sie nach diesem Tag häufiger zu sich, besprach wie gewohnt die Arbeit auf dem Gut, jedoch auch den Haushalt mit ihr. Bei allem, was er tat, wirkte er entspannter. Zuweilen lauschte sie seinen Gesprächen mit Scholz. Zu Weihnachten verteilte er Süßigkeiten an die Kinder der zum Gut gehörigen Dörfer und hörte sich die Sorgen ihrer Eltern an. Niemals verlor er die Geduld. Manchmal, wenn sie abends gemeinsam im großen Kaminzimmer saßen, fühlte sie seine Winteraugen auf sich, unverwandt, als habe er etwas Kostbares entdeckt.

Im Juni 1701 empfing sie in der Gutskapelle die Taufe. Wenig später wusste Habar, dass sie ein Kind erwartete. Als sich ihr Leib zu runden begann, zog Rupert sich von ihr zurück. Die Geschäfte führten ihn nun wieder weiter fort, und die Messebesuche dehnten sich aus.

Im Januar des Jahres 1702 gebar Habar eine Tochter.

14. Kapitel

Bei Klissow, Juli 1702

Marschieren, marschieren, marschieren, Angriff, Rückzug, das scheuende Pferd in das dickste Getümmel hineintreiben, den Befehlen gehorchen, bevor sie noch herausgebrüllt waren. Sterben. Karl hielt die Hände vor sich über dem Sattel gekreuzt. Sein ganzer Körper war schweißüberströmt, Staub verfärbte seine Uniform. Wieder und wieder hatte er ein Manöver geübt, mit dem er unzufrieden gewesen war. Nun würde er das Pferd noch einige Schritte hin und her führen, bis es trocken war, es striegeln, füttern und tränken. Er rutschte aus dem Sattel, sah über den Pferderücken hinweg Ibrahim im leichten Trab auf sich zukommen, den Degen locker in der rechten Hand.

Kurz ließ der Freund die Zügel los, lenkte das Pferd nur noch mit den Schenkeln. Später am Abend würde er sich sicherlich mit seiner blonden Hure zurückziehen, jenem Mädchen, dem er die Treue hielt, seit sie Hartleben verlassen hatten. Ein leeres Gefühl breitete sich in Karl aus. Bisher war es ihm nicht gelungen, ebenfalls ein solches Mädchen zu finden. Immer wieder suchte er neue auf, aber sie verschafften ihm nur kurze Befriedigung. Mit einem Ruck wandte er sich seinem Pferd zu, klopfte ihm den Hals, murmelte Koseworte. Er hatte sich nicht vorstellen können, dass man sich inmitten einer Menschenmenge einsam fühlen konnte, aber so war es.

Der Hufschlag verklang.

»Karl!«

Ein Geräusch, und Ibrahim war aus dem Sattel gesprungen. Karl drehte sich um. Der Freund hatte Rock- und Hemdkragen geöffnet. Eine inzwischen dünnere, weiße Linie zog sich über das Schlüsselbein, dort, wo ihn bei Riga der Splitter einer Handgranate getroffen hatte. Bisher war nichts an diesem Krieg wie erwartet verlaufen. Der junge Schwedenkönig hatte sich als formidabler Gegner erwiesen, den Frieden mit Dänemark erzwungen und die Russen bei Narwa in die Schranken verwiesen. Nun wandte er sich seinem verbliebenen Gegner zu, dem sächsischen Kurfürsten und polnischen König.

Karl verdeckte einen zitternden Atemzug mit einem trockenen Husten. Noch immer erinnerte er sich genau daran, wie Ibrahim, Brust und Hals rot vom eigenem Blut auf ihn zugekommen war, und wie sich der eigene Magen wie zu einer Faust geballt hatte, bevor der Freund abgewinkt und lachend beteuert hatte, dass es ihm gut gehe.

Ich würde es nicht aushalten, dich zu verlieren. Vorübergehend konnte er nichts anderes denken. Manchmal erwischte er sich abends dabei, darauf zu hören, ob der Freund noch atmete. Oft sprachen sie von Hartleben. Vielleicht würde er ein besserer Soldat sein, wenn er vergaß, was es alles zu verlieren gab. Er drehte den Kopf. Sein Blick schweifte über Ibrahims starke Augenbrauen und die längliche Nase zum Mund, glitten dann über die kräftigen Schultern, die sich unter dem Rock abzeichneten. Wenn sie zum Kampf in Aufstellung gingen, saßen sie stets Schenkel an Schenkel auf ihren Pferden. Darauf achtete er genau. Ibrahim schien niemals Angst zu verspüren. Es war gut, ihn in der Nähe zu wissen.

»He, hörst du mich?« Ibrahim klopfte ihm auf den Arm. Die Pferde begrüßten einander schnaubend.

»Ibrahim.«

Er sah, wie sich der Freund mit dem ganzen Körper gegen sein Pferd lehnte, wie es die Ohren spielen ließ, wie er grinste. »So düster? Worüber machst du dir nun schon wieder Gedanken?«

Karls Blick glitt in die Ferne. Die Umgebung verschwamm vor seinen Augen. Nichts, ich denke an nichts. Tag für Tag suchte er sich Aufgaben, die er akribisch erledigte, um an nichts denken zu müssen. Tag für Tag tat er dies, um die Erinnerungen im Zaum zu halten, um nicht an die ersten Toten denken zu müssen, die er gesehen hatte und nicht an den Anblick von Feldschern bei der Arbeit. Seit seiner Kindheit hatte er sich auf dieses Leben vorbereitet, so wie es bei den Hartlebens über Generationen Brauch gewesen war. Und seit dem ersten Tag wusste er, dass er versagen würde. Er kniff die Augen zusammen und straffte den Rücken.

»Nein, es ist nichts. Ich habe geübt und muss nun das

Pferd versorgen.« Er schaute den Freund an, bis er dessen Blick ausweichen musste. »Außerdem habe ich einen verdammten Hunger. Morgen geht es wieder los, wir sollten stark sein. Fortuna war uns bisher wenig hold. Unser König hat dem Schwedenkönig Verhandlungen angeboten, aber man nennt ihn wohl nicht umsonst Eisenkopf. Man munkelt, es werde nichts dabei herauskommen.«

»Man sagt, dass er ihn hasst.« Ibrahim fuhr mit der rechten Hand über den Widerrist seines Braunen.

»Wer?«

»Der Schwedenkönig den unsrigen. Er nennt ihn einen Weichling und Renegaten.«

Karl spielte wieder mit dem Zaumzeug seines Pferdes. Als Jungen hatten sie die Wälder und Felder rund um Hartleben unsicher gemacht. Als Jungen hatten sie geübt, eine Strohpuppe rücklings gewandt vom Pferd aus mit einem Schauer von Pfeilen zu überschütten. Er konnte sich nicht erklären, warum er jetzt daran dachte.

»Aber dieses Mal«, setzte Ibrahim von Neuem an, »sind wir in einer guten Lage. Die Schweden haben Eilmärsche hinter sich. Glaubwürdige Quellen versicherten mir, sie seien krank und erschöpft. Der Schwedenkönig mag den Norden Polens besetzt halten, aber wir werden ihn Mores lehren.«

Er lachte. Karl blieb stumm. Der Freund hatte sich stets mutig gezeigt und war schnell befördert worden. Inzwischen war er Sergeant und würde sicherlich bald Fourier sein. Es war tröstlich, wenn er so überzeugt klang.

»Gehen wir?«, fragte er nun. Während Ibrahim vorausging, hefteten sich Karls Augen auf seinen Rücken. Mit einem Mal war die Angst zurück: Eines Tages würde er versagen, vielleicht nicht heute, vielleicht nicht morgen, aber irgendwann würde es unweigerlich so weit kommen.

***

Eisenkopf hatte sie überrascht. Kurz vor Mittag dieses heißen Julitages verbreitete sich die Nachricht: Vollkommen unerwartet waren die Schweden aus einem Waldgebiet in der Nähe des Dorfes Borczyn heraus erschienen. Die Meldereiter, die man doch so viel später erwartet hatte, brachten mit der Nachricht der raschen, schwedischen Annäherung Bewegung in die wartenden Truppen. In aller Eile postierte der sächsische König seine Armee auf einer Anhöhe nördlich des Lagers. Auf diese Weise machte der Fluss, der durch das morastige Tal zwischen den beiden Armeen lief, einen frontalen Angriff durch den Gegner zu einem riskanten Unternehmen, während sich die linke Flanke zur gleichen Zeit durch einen Sumpf geschützt zeigte. Die starke Stellung löste die Anspannung. Fröhlich und siegessicher sprach man vom Mittagessen, zu dem man gleich zurückkehren würde.

Aber dazu sollte es nicht kommen.

Karl griff die Zügel seines Pferdes fester, während er beobachtete, wie die Fußtruppen gegeneinander marschierten, wie sie ihre Ordnung verloren, sich die Reihen lichteten. In regelmäßigen Abständen war eine Salve Schüsse zu hören. Auch die Reihen der Kavallerie hatten sich längst auseinandergezogen, schon spürte er die Schenkel seiner Nachbarn nicht mehr. Ein Pferd wieherte. Dort drüben wurde eine Attacke geritten. Sein Körper spannte sich an. Er würde sich nie daran gewöhnen. Drauf, drauf, drauf würde es gleich heißen. Karl ließ den Blick schweifen, sah Soldaten ins zweite Glied treten, um den Kameraden in den hinteren Reihen ein freies Schussfeld zu gewähren, während sie selbst indessen ihre Waffen neu luden, und dort drüben eine Kanonenkugel Unheil in zwei Reihen Infanteristen brachte. Schreie schrillten durch die Luft, dann ein Signal. Karl trieb sein Pferd an, sah flüchtig Ibrahim an seiner Seite und feuerte seine Pistolen blindlings ab, bevor alles in einem Wirbel von Farben, Dreck und Pulverdampf unterging. Ein Schwede tauchte vor ihm auf. Er drängte sein Pferd an ihm vorbei, tauchte unter dem zum Schlag erhobenen Degen weg. Immer noch waren dünne Salven von Schüssen zu hören. Das Trommeln der Hufe setzte sich über sein Rückgrat bis in den Kopf fest. Wild schlug er um sich, ohne zu wissen, ob die Schneide ein Ziel fand.

Dass Eisenkopf den linken Flügel stärken ließ, um ihn mit voller Kraft gegen Lubomirskis polnische Kavallerie zu schicken, überraschte sie alle. Auf der rechten Seite wiederum war es dem geschwächten schwedischen Zentrum und dessen Flügel gelungen, einen sächsischen Angriff zurückzuschlagen und die natürlichen Gegebenheiten nunmehr zum eigenen Schutz zu nutzen. Erst als auf der feindlichen Seite eine Kanonenkugel den Herzog von Holstein traf, sah es kurz so aus, als zögen sich die Schweden zurück. Doch schnell hatten sie sich neu formiert und stürmten mit unverminderter Kraft drauflos.

Zum ungezählten Mal riss Karl sein Pferd herum. Schwere Hufeisen trampelten Gefallene in den Boden. Er sah die schwedischen Piken. Es hieß, Eisenkopf verlasse sich niemals ausschließlich auf Pulver. Auf sächsischer Seite drohte sich die Ordnung vollkommen aufzulösen. Eine Reihe schoss, die nächste trat ins Glied. Er sah einen Soldaten fallen, der gerade die Patrone aufgebissen hatte. Rechts erging der Befehl zu schießen, obwohl noch nicht alle nachgeladen hatten. Eine äußerst dünne Salve war zu hören.

Ein neues Signal zerriss die Luft. Karl rieb sich die vom Pulverdampf brennenden Augen. Wieder das Signal. Er hatte richtig gehört: Fürst Lubomirski ließ zum Rückzug blasen. Schon warfen sich seine Reiter herum und strebten vom Schlachtfeld weg, da ertönte eine kleine Explosion kaum zehn Schritte von Karl entfernt. Sein Pferd scheute. Mit einer Hand griff er die Zügel fester, gerade noch konnte er den Degen halten. Teile der sächsischen Infanterie waren in den Sumpf geraten. Das Sumpfgebiet im Rücken und zur linken Seite der sächsischen Armee war längst nicht mehr Schutz, sondern Hemmschuh. Eine neue Salve Schüsse zerriss die Luft. In nächster Nähe sah er zwei Soldaten in den Knien einknicken und stürzen. Die hinter ihnen gerieten ins Stolpern. Wieder ein Signal.

»Über die Nida«, war plötzlich Ibrahims Stimme an seiner Seite zu hören. »Flemming wurde verwundet. Schulenberg hat befohlen, auf eigene Verantwortung über die Nida zu dringen!«

Der Freund hatte sein Pferd schon in Richtung des Flusses getrieben, als Karl ihm noch hinterherstarrte. Manchmal erschien es ihm, als fühle sich Ibrahim nur im tiefsten Getümmel wohl, als verschaffe es ihm Genugtuung, den Degen durch Stoff und in die Haut seiner Gegner schneiden zu lassen.

Er schauderte, dann folgte er ihm. Der Gestank nach Blut und wütender Angst war immer noch kaum zu ertragen. Ein Pfeifen schrillte in seinen Ohren, während er sich den Weg frei hieb. Er sah nichts, er hörte nur. Die Welt war grau, roch nach Blut und Pulver und war angefüllt mit den unterschiedlichsten Geräuschen.

»Karl.«

Jemand rief ihn. Er bohrte den Degen in den dunklen Umriss vor sich, riss ihn heraus und spürte, wie etwas Feuchtes auf ihn spritzte.

»Karl, hier herüber.«

Ibrahim – er riss die Augen auf, sah, wie der Freund herumwirbelte und einem Schweden den Kopf fast von Rumpf trennte, und wollte lachen vor Erleichterung. Weiter trieb er sein Pferd auf Ibrahim und den Fluss zu. Der Degen, den er immer noch hoch erhoben hielt, war rot vor Blut. Wasser spritzte auf seine Beine, dann hatte er das jenseitige Ufer erreicht.

Am Sammelpunkt fielen sie mehr vom Pferderücken, als dass sie aus eigenen Kräften abstiegen. Mechanisch versorgten sie die Pferde, wie es Pflicht war, dann standen sie alleine im Gewirr von Stimmen, hörten das Geschrei der Verwundeten und die verebbenden Rufe der Todgeweihten. Immer noch kämpften sich Reste der sächsischen Armee aus dem Sumpf heraus. Karl spürte, wie Ibrahim den Arm um seine Schultern legte. »Wir leben!«

Seine Stimme war leise. Karl wollte den Arm wegschieben, aber er konnte es nicht, weil er ganz starr stehen musste, ohne sich zu rühren, weil er daran denken musste, dass Ibrahim einen Menschen getötet hatte, und er darüber hatte lachen wollen, weil Ibrahim ja noch lebte, und er selbst und …

»Karl, wir leben!«

Der Gestank – Karl atmete flach durch den Mund –, er hielt den Gestank nicht mehr aus. Und die Schreie. Er konnte die Schreie der Verwundeten nicht mehr hören, konnte keine Uniform mehr sehen, ohne dass es ihn würgte. Er riss sich los, stolperte drei Schritte zur Seite und übergab sich, bis nichts mehr als bittere Galle herauskam. Zitternd richtete er sich wieder auf, und dann war Ibrahim von Neuem bei ihm, drückte ihn fester an sich, trat von ihm zurück. Überall war Blut, Karl sah es erst jetzt, Blut auf der eigenen Uniform und auf der des Freundes.

Er spürte Ibrahims Hände auf seiner Brust.

»Ist auch noch alles dran, nichts verloren?«

»Ja, mir geht es gut.«

Karl räusperte sich. Wie flach seine Stimme klang. Er streckte die Hand aus, berührte den Schnitt, der Ibrahims rechte Wange zeichnete, tauchte seine Fingerspitzen in das Blut des Freundes. Noch bevor er etwas sagen konnte, hatte Ibrahim ihn erneut umschlungen. Sie hatten einen Schneesturm überlebt und die schwedische Armee an einem klaren Sommertag.

»Wir leben!«, rief Ibrahim und drückte den Freund an sich. Karl schloss die Augen. Ja, dachte er, ja, wir leben.

***

Die Besiegten saßen in kleinen Gruppen zusammen, redeten oder schwiegen. Manche waren, wo sie sich auch gerade hingesetzt hatten, in den Dreck gesunken und eingeschlafen. Frauen schlichen zwischen den Erschöpften umher, versprachen Frieden und Entspannung. Noch niemand konnte sagen, wie viele verwundet, gefallen oder in Gefangenschaft geraten waren. Gegen halb fünf hatte der schwedische König einen triumphalen Einzug in das sächsische Lager gemacht. Es hieß, die Kriegskasse sei verloren gegangen, das königliche Tafelgeschirr und einiges mehr. Es hieß, zweitausend Sachsen seien aus Rache für die schwedischen Verluste getötet worden und eintausend in Gefangenschaft geraten. Der sächsische König hatte sich nach Krakau zurückgezogen.

Als Ibrahim von einer kurzen Besprechung mit den ihm verbliebenen Männern zu ihrem Treffpunkt zurückkehrte, saß Karl immer noch an der gleichen Stelle. Immer noch trafen Verwundete ein, wurden mit Karren herbeigebracht oder humpelten aus eigenen Kräften. Immer enger saßen die erschöpften Soldaten. Ibrahim und Karl machten sich auf, nach den Pferden zu schauen. Als sie sich dem Zelt eines Feldschers näherten, verlangsamten sich ihre Schritte. Der Geruch von Blut und verletztem Fleisch verstärkte sich hier noch.

Verwundete warteten. Manche wimmerten vor Schmerzen. Manche hatten das Bewusstsein verloren. Manche waren schon tot. Drei umringten einen, dem der Unterschenkel zerfetzt worden war. Während der Feldscher die Knochensäge angesetzt hatte, hielten seine Gehilfen das Bein fest. Der verletzte Mann, schneeweiß im Gesicht, war ohnmächtig nach hinten gesunken. Rechter Hand hatte eben ein weiterer Feldscher einen Oberarm durchtrennt und vernähte den verbliebenen halbmondförmigen Hautlappen. Und während der starr in den sonnenhellen

Himmel gerichteten Blick eines weiteren Amputierten zeigte, dass alle Mühen umsonst gewesen waren, fuhr ein weiterer mit einem schrillen Schrei aus seiner Ohnmacht. Rupert – Karl verdrängte das Bild des Cousins, das vor ihm auftauchte. Er öffnete den Mund, riss die Augen von den Verletzten weg. Er musste jetzt einfach etwas sagen, musste sprechen. Ein neuerlicher schriller, lang gezogener Schrei erstickte seine Worte. Er holte noch einmal tief Luft.

»Was wird jetzt geschehen?«, wandte er sich an Ibrahim.

Der zuckte die Achseln.

Wie vollkommen die Niederlage war, verdeutlichte sich innerhalb weniger Stunden. Friedrich August, sächsischer Kurfürst und polnischer König, sammelte die verbliebenen Einheiten und zog sich nach Sandomierz, in den Osten Polens, zurück. Sein Angebot, dass Schweden polnisch Livland, Kurland und eine hohe Kriegsentschädigung erhalten könne, wenn er selbst nur polnischer König bliebe, lehnte Eisenkopf ab.

***

Polnischer Winter. Sie befanden sich auf der Flucht. Seit nunmehr zwei Jahren jagten die schwedischen Truppen sie kreuz und quer durch das Land. Mit Partisanenaktionen hatten königstreue Polen versucht, der Armee König Eisenkopfs entgegenzutreten, aber das waren nur Nadelstiche. Mit dem Winter waren Frost und Hunger gekommen, und die Armeen wurden zur Geißel des Landes.

Der andere war vorausgegangen. Karl schloss die Augen, so wie damals als Junge, wenn er sich an einen anderen Ort gewünscht hatte, und öffnete sie dann wieder, um dem Mann zu folgen. Gestern war er Zeuge geworden, wie der da und ein Häuflein abgerissener Soldaten einen Bauern aufgeknüpft hatten, um ihn zur Preisgabe seiner Vorräte zu zwingen. Immer und immer wieder zogen sie den Mann an dem Seil, das sie über einen Balken in seiner eigenen Scheune geworfen hatten, nach oben und ließen ihn erst herunter, wenn er zu ersticken drohte. Sie alle hatten Hunger, die Bevölkerung, die Soldaten. Er hatte Orte gesehen, deren Bewohner einen nur noch teilnahmslos ansahen, während der Hunger ihre Bäuche aufblähte. Was die Schweden nicht fanden, das nahmen sich die Sachsen und umgekehrt. Mancherorts war man sogar zu schwach gewesen, die Leichen zu beerdigen. Viele Gehöfte lagen verlassen da.

Als er dazu gestoßen war, war der Bauer schon bläulich angelaufen gewesen und hatte sich in die Hosen geschissen. Noch jetzt meinte Karl den Gestank zu riechen, drückend, wie den Pulvergeruch, der nach der Schlacht vom Stoff seiner Uniform aufstieg und sich brennend in Hals und Nase festsetzte. »Lasst ihn los«, hatte er gerufen, und da war diese winzige Stille gefolgt, wie kurz vor der Schlacht, wenn seine Nerven zum Zerreißen gespannt waren.

»Ich weiß nicht, wie es euch geht«, hatte einer der Männer gesagt und einen unbeholfenen Kratzfuß gemacht, »aber ich möchte dem Herrn sagen, dass ich was zum Fressen brauch.«

Vernehmlich hatte da Karls Magen geknurrt, und er hatte den schon zur Erwiderung geöffneten Mund geschlossen. Die Männer hatten ihn stumm angesehen, während der Bauer an seinem Strick gurgelte. Indem er durch das Scheunentor nach draußen sah, war Karl den aus dem Schädel quellenden Augen des Mannes ausgewichen. Ohne noch etwas zu sagen, war er hinausgegangen. Er hatte sich eine Pfeife gestopft und angezündet, während er den Blick über die Winterlandschaft schweifen ließ. Deutlich sah er, wo Wege und Straßen verliefen. In einiger Entfernung reckte ein Baum seine kahlen Äste in den Himmel. Da war ein dunkler Fleck in der Landschaft, um den sich eine Schar Krähen versammelt hatte. Schnee hatte unter seinen Füßen geknirscht, während Karl langsame Züge von seiner Pfeife nahm. Es ist nicht recht, hatte er gedacht, während er sich bemühte, nichts von dem zu hören, was drinnen geschah; nicht das Gurgeln des Bauern, nicht sein Flehen, Betteln, Bitten und Heulen. Lange und sorgfältig betrachtete er seine Stiefel von allen Seiten.

Etwas später gesellte sich jener Mann, dem Karl nun folgte, zu ihm. Er reichte ihm Brot und ein großes Stück salzigen Käses. Schweigend hatten sie gegessen. Er fragte nicht, ob der Mann tot war. Im Fortgehen erst hatte er es gesehen, als er mit leerem Blick die Scheune gestreift und die sich langsam am Seil um sich selbst drehende Gestalt erkannte.

Bei dem Gedanken daran musste Karl stehen bleiben und seinen fliegenden Atem beruhigen. Das Echo seines Herzens war bis in seinen Hals hinauf zu spüren. Aber er hatte das doch alles schon gesehen. Sie waren an Orten vorbeigekommen, die von Schweden geplündert worden waren. Sie hatten Tote gesehen, die man ob des starken Frosts einfach liegen gelassen hatte. An Neujahr hatten sie einen Bauer und seine Familie in einem verlassenen Weiler entdeckt, sämtlich mit durchschnittener Kehle. Damals hatte er noch Entsetzen verspürt, damals hatte er noch gebetet, dass Gott ihm helfen möge, alles zu ertragen, so wie manche Menschen, denen sie begegnet waren, die Gott, die Madonna und Jesus mit schreckensweit aufgerissenen Augen anriefen. Nur nicht verstummen. Nur die Hoffnung nicht verlieren.

Vorsichtig stieß er die Haustür auf. Dahinter tat sich ein dunkler, enger Gang auf. Der andere Soldat hatte schon eine weitere Tür aufgestoßen und war hindurchgegangen. Karl presste seine zitternden Hände gegen die Oberschenkel. So war es jedes Mal, bevor es losging, wenn er versuchte, nichts zu denken, nur den Körper reagieren zu lassen und dem Kopf, der Flucht schrie, nicht nachzugeben. Während er auf die Tür starrte, sah er die sorgfältig aufgestellten Fußtruppen vor sich. Er hörte das Knarren des Leders, Husten, das Rasseln der Säbel und Degen, die Befehle … Das Gewehr hoch … Ziehet den Hahn auf … Das Gewehr hoch … Schlagt an und gebt Feuer … Wenn er es bedachte, war es nie wirklich still … nie …

Hinter der Tür krachte etwas zu Boden. Er schreckte aus seinen Gedanken hoch. Die Tür aufreißen und in den Raum stürzen, waren eins. Der andere Soldat – er hatte seinen Namen genannt, aber er wollte ihm einfach nicht einfallen – drehte auf das Geräusch den Kopf zu ihm hin und grinste breit. Karl bemerkte es kaum. Ein Stuhl war zu Boden gegangen, der Soldat hielt ein Mädchen mit seinen kräftigen Armen umklammert. Die Hose hatte er schon heruntergelassen. Schemenhaft leuchtete sein weißes Hinterteil im Dämmerlicht.

Hier sind keine Männer, fuhr es Karl durch den Kopf, während er sich rasch umsah. Hier ist schon alles geplündert. Nur das Mädchen war da mit ihrem aufgeblähten Leib und den vom Hunger großen Augen. Der Soldat hielt seine breite Hand um ihre Kehle. Sie würgte.

Wir haben verloren, aber die Männer lechzen nach einem Sieg. Wer hatte das noch gesagt? Er konnte sich einfach nicht daran erinnern.

Der Soldat legte einen kräftigen Arm um den Brustkorb des Mädchens, während er mit der freien Hand an ihren Röcken fummelte. In dem kurzen Moment, bevor sich Karl abwenden wollte, drehte das Mädchen sein Gesicht zu ihm hin. Blondes Haar hatte sie, wie seine Schwester Wilhelmina. Kurz stand er wie erstarrt, aber nein, sie sah ihn nicht. Wie irre flatterten ihre Augen von ihm fort, keinen Laut gab sie von sich, und er hätte sich am liebsten die Ohren zugehalten ob der dröhnenden Stille.

Dass sich manche Soldaten die Weiber nahmen, davon hatte er gehört. Zeuge eines solchen Benehmens war er noch nicht geworden, und er wollte es auch jetzt nicht. Ob Ibrahim ihn suchte? Mit wenigen Schritten war er bei einem der Fenster, die dem Raum Licht spendeten, ließ den Blick in einen kleinen, wohl bestellten Garten fallen. Rechts sah man gerade noch die Ecke einer Scheune. Eine geköpfte Katze lag im Schnee neben einem Kessel, ein kleines Beil daneben. Krähen stritten sich um den Kadaver. Sie hatten alle Hunger. In einem Baum dem Fenster genau gegenüber saß ein einzelnes Huhn. Er dachte daran, dass er solches noch nicht gesehen hatte. Er dachte an sein Zuhause, an früher, an seine Kindheit, um das rhythmische Schaben des Tisches auf dem Steinfußboden nicht hören zu müssen.

Der Boden, sagte er sich, ist mit großen Steinplatten besetzt. Das würde er in seinem nächsten Brief schreiben. Karl hob ein Bein und stieß mit der Stiefelspitze herab. Der andere Soldat stöhnte gierig. Der Tisch ruckte in einem heftigeren Rhythmus über den Boden, klapperte laut gegen die Wand. Wieder das Stöhnen. Von ihr kam kein Laut, nicht das leiseste Klagen.

Wilhelmina ... Ob dieses Mädchen auch einen Bruder hatte? Wohnte sie alleine hier, wo war ihre Familie? Das Dorf schien verlassen zu sein, auf dem Weg hierher hatten sie niemand entdecken können.

Der Tisch krachte noch einmal gegen die Wand. Fluchend nahm Karl die Hand vom hölzernen Fensterkreuz. Er hatte sich einen Splitter ins Fleisch gerissen. Hinter ihm war es still. Als er sich umdrehte, nestelte der Soldat schon an seiner Hose. Das Mädchen war zu Boden gesunken, nicht mehr als ein Häufchen Stoff, umflossen von blonden Haarsträhnen: Wilhelmina. Jetzt hörte Karl sie doch schluchzen. Der Soldat knöpfte seine Uniformjacke zu. *1700 Riga vergebens belagert, 1702 bei Klissow verloren, 1703 Thorn, das nicht befreit werden konnte und Eisenkopf, der uns jagt: Die Männer dürsten nach einem Sieg.*

»Warum hast du das getan?«

Karl horchte der eigenen Stimme mit Erstaunen. Er hatte nichts sagen wollen. Der Mann, der eben noch den Staub von seinem Hut geschlagen hatte, hob den Kopf.

»Zieht's dir nie in den Lenden?«

»Aber es gibt Huren. Sie folgen dem Zug, sie sind da, wenn du sie brauchst.«

Nunmehr fast milde lächelnd schüttelte sein Gegenüber den Kopf.

»Eine Hure hast du offensichtlich noch nicht ausprobiert. Ausgeleiert sind die, Löcher so weit, dass man in sie hineinrutscht, ohne etwas zu spüren. Außerdem sind die meisten von ihnen schmutzig, stinken und übertragen die tollsten Krankheiten.«

Der Mann beugte sich zu seinem Säbel herunter. Ohne es zu bemerken, war Karl zum Fenster zurückgestolpert, spürte das harte Holzkreuz in seinem Rücken. »Kommst du?« Der Soldat ging zur Tür. »Hier gibt es nichts mehr zu holen.«

Zum ersten Mal starrte Karl ihm länger ins Gesicht. Der Mann war eher bleich, die Haut gelblich und bis über die hohen Wangenknochen von Pockennarben übersät. Vom rechten Augenlid über die Nase zog sich eine frische, rote Narbe, die das Auge jedoch nicht in Mitleidenschaft zog.

»Kommst du?«, wiederholte er.

Teufel, Satan … Karl schüttelte den Kopf. Das Mädchen lag immer noch zusammengekrümmt auf dem Boden und summte nun leise und unmelodisch vor sich hin. Auch auf die Entfernung konnte er sie zittern sehen.

»Sie ist nur eine Bäuerin, eine Kätnerin …«, setzte der Soldat an. Mit einer Handbewegung forderte Karl ihn auf, den Mund zu halten.

Mina, dachte er, als er alleine war, mein Minchen. Behutsam, die Fußspitzen zuerst aufsetzend, näherte er sich dem Stoffbündel. Fast geräuschlos ging er neben ihr in die Hocke. Zuerst wusste er nicht, wo er anfangen sollte, fand auch keine Worte. Er berührte eine ihrer Haarsträhnen, sie regte sich nicht. Er wurde mutiger, in dem er eine Hand auf ihren Rücken legte, dann über ihren Kopf strich. Mit einem unmenschlichen Schrei fuhr sie hoch. Niemals zuvor hatte er jemanden so schreien hören. Dann sprang sie auf, und er verlor den Halt, plumpste auf seinen Hintern wie ein kleines Kind. Schwankend kam er auf die Füße. Sie hatte sich zur Wand zurückgezogen. Rotfleckig leuchteten ihre Wangen unter einer dünnen Schmutzschicht hervor. Ihre Lippen waren weiß, so fest presste sie sie aufeinander. Mit zitternden Fingern schnürte sie das Oberteil zu, das ihre Brüste entblößte.

Er leckte sich über die Lippen.

»Es tut mir leid.«

Sie antwortete nicht, ging dazu über, mit den Fingern ihr strähniges Haar zu ordnen. Er dachte an Wilhelmina.

»Es tut mir leid«, wiederholte er. Sie schüttelte den Kopf. Als sie endlich sprach, tat sie es in einem leisen, fremdartig klingenden Singsang.

»Der Schnitter Tod war hier ... Jetzt holt er auch mich.«

Karl runzelte die Stirn. Sprach sie mit ihm?

»Heut morgen ist der Vater gestorben.« Sie streckte ihm die Hände entgegen. »Willst du nichts sagen? Ich red mit dir, Soldat.«

»Fräulein ...«

»Nein, kein Fräulein. Bin eine Kätnerin, hast du's nicht gehört? Und jetzt lauf, lauf so schnell du kannst, und lass mich in Frieden.«

Sie hob die Arme über den Kopf, die Ärmel ihrer Bluse rutschten zurück. Karl rührte sich nicht. Sie fletschte die Zähne: »Na, braver Mann, willst du mich nicht auch noch nehmen?«

»Nein, Fräulein.«

»Nein, Fräulein«, wiederholte sie in einem singenden, verächtlichen Tonfall, drehte sich von ihm weg und sprach in einer fremden Sprache weiter. Er ging zur Tür. Als er das Haus verlassen hatte, begann er zu rennen.

***

»Karl!«

Ibrahims Stimme. Jemand zerrte ihn von seinem Gegner weg. Er riss sich los, ließ die Fäuste von Neuem in das gelbe, narbige Gesicht wirbeln. Kaum bemerkte er den Faustschlag, der die eigenen Lippen und die Nase aufplatzen ließ. Mit aller Kraft warf er sich gegen den Soldaten. Gemeinsam krachten sie zu Boden, wälzten sich einander umklammernd im Schnee.

»Karl!«

Mehr Hände, die an ihm zerrten, seinen zappelnden Körper nach oben und rückwärts rissen. Noch einmal gelang es ihm, sich zu befreien. Der Tritt seines Gegners traf seinen Unterleib. Ein brennender Schmerz, und er krümmte sich zusammen, aber die Wut war unvermindert da. Er bäumte sich auf, um die Hände von sich abzuschütteln.

»Karl, beruhige dich, sonst muss ich den Steckenknecht holen«, zischte Ibrahims Stimme in sein Ohr. Etwas entfernt hörte er die Stimme des Soldaten. Kräftige Hände hielten ihn weiter fest, zerrten ihn fort vom Ort des Geschehens. Stolpernd brachte er den Weg hinter sich, dann wieder Ibrahims flüsternde Stimme: »Wirst du stehen bleiben, wenn wir dich jetzt loslassen?«

Karl nickte kaum merklich.

»Ihr könnt ihn loslassen.«

Er spürte, wie der Druck an seinen Armen nachließ. Einen Moment lang stand er nur da und starrte aus verklebten Augen zu Boden. Dann hob er den rechten Arm und wischte sich Blut, Schweiß und Tränen aus dem Gesicht.

»Was hast du dir dabei gedacht?« Ibrahim hatte die Arme vor der Brust verschränkt und starrte ihn an. Karl schluckte.

»Ein Mädchen in einem Dorf hier in der Nähe. Er hat sie einfach …« Er brach ab, fuhr sich erneut über das Gesicht. Ibrahim schüttelte den Kopf. »Es ist Krieg, Karl«, sagte er dann.

»Sie hat mich an Wilhelmina erinnert.« Karl hob das linke Bein leicht an und stieß die Stiefelspitze in den dreckigen Schnee.

»Hm.« Ibrahim verschränkte die Hände hinter dem Kopf und dehnte sich. »Du wirst dich von ihm fernhalten, ja? Ich muss im Lager für Zucht und Ordnung sorgen. Ich möchte dich nicht bestrafen müssen.«

»Das Mädchen …«

»Es ist Krieg, Karl.« Ibrahim ließ die Arme sinken. »Wir können nur versuchen, unser Bestes zu tun, nicht mehr und nicht weniger.« Er zögerte kurz. »Ich werde ein Auge auf ihn haben, mehr kann ich nicht versprechen. Es ist …«

»… Krieg, ich weiß.«

15. Kapitel

Lehngut Hartleben, Herbst 1705

Habar beugte sich über das Bettchen und betrachtete das kleine Mädchen. Esme, Anfang des nächsten Jahres 1706 vierjährig, hatte den Kopf zur Seite gedreht und nuckelte an ihrem rechten Daumen. Dunkel hoben sich ihre Locken vom weißen Kissen ab. Die Decke hatte sie, wie so oft, weggestrampelt. Sie hatte im Traum geweint, doch jetzt schlief die Kleine wieder. Habar schob behutsam einen Arm um ihren Körper, stützte mit der freien Hand den Kopf und hob das Kind hoch. Die Kleine gab einen tieferen Schnaufer von sich, erwachte aber nicht. Habar wiegte sie sanft hin und her.

Sag, was hast du geträumt, mein Augenstern, was hat dich beunruhigt, meine Seele? Esmes Beine schlugen gegen ihre Hüfte. Habar genoss es, den weichen Kinderkörper an ihrem zu fühlen. Nachdem sie sich zuerst nähergekommen waren, hatte Rupert sie über den größten Teil der Schwangerschaft hinweg alleine gelassen. Anfangs hatte sie sich in dieser Zeit häufig lange im Spiegel betrachtet: die viel zu lange, gekrümmte Nase, die zu dichten Augenbrauen, den zu schmalen Mund, die zu dunkle Haut. Ich bin eine Fremde, hatte sie gedacht, wie habe ich nur glauben können, dass in diesem Land auch nur irgendjemand an mir Gefallen finden könnte? In den späteren Monaten hatte sie den Spiegel gemieden. Sie war jeden Sonntag und jeden Abend in die Kapelle gegangen und hatte doch die Blicke der anderen im Nacken gespürt. Manche misstrauten der neuen Schwester in Christo. Es war keine leichte Zeit gewesen. Man hatte auch keine Hebamme ausgewählt, so wie sie es aus der Kindheit kannte, die die notwendigen Vorkehrungen gemeinsam mit ihr traf. Sie selbst hatte die Windeln, ein kleines Hemdchen und ein blaues Umschlagtuch genäht und Allah um Schutz und Beistand gebeten, wie sie es gewohnt war. Einmal, im letzten Monat ihrer Schwangerschaft, in dem sie sich unförmig und häufig müde gefühlt hatte, erkundigte Rupert sich nach ihrem Befinden, und ihr war für einen flüchtigen Augenblick, als bemerke sie Besorgnis in seinem Ausdruck. Er hatte nichts gegen den Namen Esme einzuwenden, gab dem Kind aber zwei weitere, also wurde das kleine Mädchen auf die Namen Aurora Katharina Esme getauft. Allah beschütze dich, hatte sie gedacht, als man ihr das Kind nach der Taufe zurück in den Arm gelegt hatte, und leise die *al-Fatiha* gesprochen.

Schnuppernd versenkte Habar ihre Nase in den Haaren ihrer Tochter. Sie mochte ihren weichen, sauberen Geruch und badete das Kind regelmäßig, auch wenn ihr der Doktor Mäßigung nahegelegt hatte. Da, wo ich herkomme, baden die Kinder. Da, wo ich herkomme, wären wir am vierzigsten Tag ins *hammam* gegangen. Die Hebamme hätte dich gewaschen und mit dem Inhalt eines Enteneis eingerieben, damit dir das Wasser vertraut werde, wie es jenem Vogel vertraut ist. Sie war froh, dass Esme warmes Wasser vom ersten Augenblick an gemocht hatte. Als Esme noch ein Säugling gewesen war, hatte sie dem kleinen Mädchen sogar von seiner Großmutter erzählt, von einer Zeit, als eine kleine Habar in das große Bad gegangen war; davon, wie sie zwischen Dampfschwaden und den Rufen der Frauen gespielt hatte. Später hörte sie damit auf. Was nützte es, sich auf früher zu besinnen?

Esme schnaufte im Schlaf. Habar gab ihrer Tochter einen Kuss. Alles in allem konnte sie sich nicht beschweren. Die Jahre, die auf die Geburt folgten, waren von einem angenehmen Gleichmaß erfüllt. Rupert war ein guter Herr. Sie sah ihm gerne bei der Arbeit zu; er behandelte sie nicht schlecht und jedes Mal, wenn er zurückkehrte, verbrachte er etwas Zeit mit seiner Tochter.

Von Neuem betrachtete Habar Esmes Gesicht. Was sie an den eigenen Gesichtszügen kannte, meinte sie weicher gezeichnet in jenen der Kleinen zu erkennen. Für einen Moment schaute sie auf ihre Hand, die sich dunkel von Esmes hellem Nachthemdchen abhob. Dass sie viele Dinge anders machte, häufig in Pantoffeln oder auf Strümpfen ging und Perücken verabscheute, erregte zwar immer noch Aufsehen, führte aber heute nicht mehr zu Streit.

»Sie ist eben eine Türkin«, hieß es zuweilen.

War sie das? War sie eine Türkin, wenn sie mit ihren knapp einunddreißig Jahren doch schon mehr Jahre in diesem Land verbracht hatte als in Budin? Die anderen sagten es, dabei konnte sie sich an vieles nicht mehr erinnern, und die Sprache der Kindheit ging ihr stetig schwerer von den Lippen.

Ich will Teil dieses Gutes sein. Hier ist mein Zuhause. Wenn Rupert nicht da war, hatte sie es sich zur Angewohnheit gemacht, die Felder und Wiesen des kleinen Gutes, genau wie er, abzufahren und zu sehen, was auf ihnen gearbeitet wurde und was demnächst zu tun war. An solchen Tagen freute sie sich darauf, abends zurückzukommen.

Sie drückte das Kind noch einmal fester an sich. Als Rupert das letzte Mal aus Dresden gekommen war, hatte er ihr von Fatima berichtet, der türkischen Mätresse, die dem König, zum Missfallen der Anna Constantia von Hoym einen gesunden Knaben geboren hatte. Also hatte sogar der König eine türkische Mätresse … Obwohl sie wusste, dass andere ihr Schicksal teilten, war sie in diesem Land noch nie einer anderen Türkin oder einem Türken begegnet.

Als sie das Kind zurück in sein Bettchen legte, überlief sie mit einem Mal eine Gänsehaut, ein Gefühl, als werde sie beobachtet. Sorgsam deckte sie Esme zu, bevor sie sich zur Tür wandte. Tatsächlich – Rupert stand da, einen Arm gegen den Türrahmen gestützt. Er musste eben zurückgekommen sein, aber hier, im hinteren Teil des Gebäudes, dessen Fenster auf den Garten hinausgingen, bekam man nicht mit, was vorne im Hof geschah. Sicher würde er sie heute Abend in sein Bett rufen; so verhielt es sich stets – abgesehen von den Monaten der Schwangerschaft –, wenn er von einer Reise zurückkam. Manchmal sprachen sie danach auch miteinander, und sie fühlte sich vertraut. Manchmal sagte er über Tage hinweg gar nichts; sein Blick kehrte sich nach innen, und er zog sich an einen Punkt zurück, an den ihm niemand folgen konnte. Im ersten gemeinsamen Jahr hatten sie seine Stimmungsschwankungen noch erschreckt, dann wurden sie zur Gewohnheit.

Sie bemerkte, dass sich ihre rechte Hand so fest um den Rand des Kinderbettchens klammerte, dass die Knöchel weiß hervortraten. Vielleicht sollte ich ihm von der Esme erzählen, von der seine Tochter ihren Namen hat, vielleicht … Der kurze Moment friedlicher Vertrautheit wurde von einem Gefühl des Unbehagens unterbrochen, das sie längst überwunden geglaubt hatte. Er durfte niemals erfahren, was sie getan hatte. Niemals.

16. Kapitel

Polen, 1705

Karl schaute zu, wie der Junge die Bürste über die glänzenden Stiefel fliegen ließ, wieder und wieder, als gelte es, immer noch mehr Schmutz zu entfernen. Seine Wangen glühten vor Anstrengung, die Augenbrauen wuchsen zueinander, und zwischen seinen Lippen wanderte die Zungenspitze hin und her. Schon seit geraumer Zeit wollte er ihm sagen, dass er aufhören könne, aber es war, als habe ihm jemand Blei in die Glieder gegossen und in den Mund gleich dazu. Er konnte nur dasitzen und zuschauen. Bei ihrem ersten Treffen hatte sich der Junge die Seele aus dem Leib gekotzt, beim zweiten hatte er beinahe ruhig von zu Hause gesprochen. Früher, so erfuhr Karl, da hatte er selbst manches Mal mit dem Bruder des Jungen gespielt, damals in der Zeit, bevor der Lehrer gekommen war, um den jungen Hartlebens beizubringen, wie sich Herren zu betragen hatten. Er erinnerte sich an Überfälle auf die Speisekammer, an Nachmittage im Obstgarten, wo sie sich den Wanst vollgestopft hatten, bis der Bauch gespannt hatte. Vor kaum zwei Jahren war der alte Spielkamerad an der Schwindsucht gestorben. »Erst war's, als würde er sich vor unseren Augen aufzehren«, hatte der Junge erzählt – er hieß Gertlein –, »dann ging es ihm besser, seine Wangen wurden rot wie Äpfelchen, und eines Morgens lag er tot im Bett, und alles war voller Blut.«

Karl gab sich einen Ruck, stand auf und klopfte mit der flachen Hand den Staub von seiner Uniformjacke. Der letzte Brief von zu Hause sprach von wachsendem Unmut wegen der rabiaten Rekrutenwerbung, während die Stände immer noch gegen die Akzisesteuer protestierten, die die Kriegskasse des in Bedrängnis geratenen sächsischen Königs füllen sollte. Nach dessen Niederlage bei Pultusk 1704 hatte der schwedische Karl Stanislaus Leszczynski zum neuen König von Polen ausrufen lassen. Die schwedische und Augusts Partei bekämpfte sich seither unablässig, bisher war es Eisenkopf jedoch nicht gelungen, die Anerkennung Leszczynskis durch den Adel zu erreichen.

Immer noch bewegte sich die Bürste, vor und zurück, vor und zurück, vor und zurück. »Die Mutter sagte mir, ich solle zur Armee gehen. Da gibt es Geld und den Magen voll«, hörte er Gertleins Stimme. Hatte sie dabei an dieses Leben hier gedacht? An lange Märsche, an Kampf, an das Warten und schlechtes Essen? Der größte Teil der Truppen bestand inzwischen aus zum Dienst gepressten, schlecht ausgebildeten Soldaten. Mehrere Regimenter waren aus Kriegsgefangenen zusammengesetzt. Zwar hatte Zar Peter den Schweden auf dem Baltikum wieder Verluste beigebracht, Narwa zurückerobert und im sumpfigen Delta der Newa mit dem Aufbau seiner neuen Hauptstadt begonnen, aber die eigene Lage war unverändert prekär.

Häufiger klopfte Karl dieser Tage das Herz bis in den Hals, und er musste würgen, wenn er nur eine Uniform sah. Immer noch gab es alte Soldaten, narbige Haudegen, die davon erzählten, wie es früher gewesen war, die sagten, dass man sich an alles gewöhne. Er wusste inzwischen, dass das niemals geschehen würde. Der Pulverdampf nahm ihm heute den Atem, ließ ihn fürchten, er müsse ohnmächtig werden und ersticken. Mehrmals in letzter Zeit hatte er aus heiterem Himmel unkontrolliert zu zittern begonnen. Manchmal träumte er von dem Mädchen in dem Dorf damals. Er ging zwei schwere Schritte näher an den Jungen heran. »Es ist gut«, sagte er und beugte sich zu ihm herunter, um nicht so laut sprechen zu müssen. »Es ist gut.«

Noch zwei-, dreimal huschte die Bürste hin und her, dann hielt der Junge inne. »Aber ich muss etwas mit meinen Händen tun«, sagte er endlich und bewegte die kräftigen Finger. »Ich kann nicht sitzen und warten, das bringt mich um. Ich muss etwas tun, bitte, Herr!«

Karl schloss die Augen. Ja, es war das Warten, das sie alle mürbe machte. Man gewöhnte sich nie daran, niemals. Er sah zu Ibrahim herüber, der den ehemals dicken Ast in seiner Hand mit dem Messer dünner und dünner schnitzte. Es gab kein Ziel, nur ein Stück Holz, das dünner und dünner wurde. Er sah, wie sich die Bürste erneut hin- und herbewegte, sah Holzspäne auf den Boden fallen. Dann stand der Freund auf.

Im Lager hatten sie sich mit seiner Hilfe die dicksten Holzspalte gesichert, auf denen sie Abend für Abend saßen, als befänden sie sich in einem Kaminzimmer auf Hartleben. Mit einer Handbewegung lenkte Ibrahim ihre Aufmerksamkeit auf sich, bevor er sich wieder setzte.

»Gertlein?«, sprach er den jungen Burschen an.

»Ja?«, stotterte der.

Eine Weile schwieg Ibrahim, den Blick auf das Feuer gerichtet. Dann begann er leise zu sprechen.

»An diesem Tag ließ mich schon der dichte, schwefelhaltige Dampf zurückschrecken, aber die Badesklavin meiner Mutter trug die Badetücher in das *bohça* geschlagen unter dem linken Arm und hielt mich fest bei der Hand. Bald würde ich zu einem Mann werden. Seit einer Woche hatte ich deshalb darüber nachgedacht, ob ich die Frauen wie stets an diesen Ort begleiten wollte, war aber zu keinem Schluss gekommen.«

Ibrahim hielt inne. Karl und er wechselten einen Blick, dann richtete er seine Augen wieder auf die züngelnden Flammen.

»An diesem Tag hörte ich das Geschrei, das Gelächter, das Gemurmel und das Glucksen, das von unterdrücktem Lachen sprach, die vielfachen Stimmen, die von der Kuppel der Badehalle widerhallten, schon, als wir das Gebäude betraten, deutlicher als je zuvor. Licht tanzte auf den Marmorwänden und auf dem Boden. Überall standen, lagerten und gingen Frauen. Herrinnen waren mit ihren Kindern da. Dienerinnen trugen Essen, Spielzeug und Badeutensilien.«

Ibrahims Blick, der in die Ferne geschweift war, wurde wieder klarer.

»Ich hatte meine Mutter schon hunderte Male in das Badehaus begleitet, doch erst an diesem Tag fiel mir auf, dass das feine Leinen, das manchen Frauenkörper umhüllte, dessen Konturen dampfgetränkt vollständig nachzeichnete. Erst an diesem Tag sah ich die Sklavinnen, nackt von der Hüfte aufwärts, auf ihren Köpfen Stapel von mit Fransen besetzten oder bestickten Tüchern balancierend ... Ich sah Sklavinnen, die ihren Herrinnen das Haar flochten, während ihre Brüste mit ihren geschmeidigen Bewegungen vor mir tanzten. Erst an diesem Tag wurde mir bewusst, dass sie nackt waren.«

Ibrahim schaute den jungen Burschen an. Der glotzte den Erzähler aus weit aufgerissenen Augen an.

»Du warst, ich meine ...«

Karl, der die Knie so nahe an den Körper gezogen hatte, dass er fast keine Luft mehr bekam, stand auf und bewegte Schultern und Nacken. Ibrahim beugte sich nach vorne und stocherte mit seinem Stock in der Glut.

»Dort, wo ich herkomme, begleiteten wir Kinder die Frauen stets ins Badehaus. Dort spielten wir, aßen Süßigkeiten, erfrischten uns mit *şerbet* und Limonaden. Während unsere Mütter zusammenhockten und redeten, liefen wir herum, spielten Verstecken in den Dampfschwaden. Die Dienerinnen waren angewiesen, auf uns achtzugeben und allen unseren Wünschen Folge zu leisten. Es war der schönste Ort, an dem man sein konnte, und bis zu jenem Tag damals hatte ich weder den Geheimnissen, die flüsternd weitergegeben wurden, noch den Vertraulichkeiten Aufmerksamkeit gezollt. Genauso wenig sah ich die Frauen an. An diesem Tag aber wurde ich zu Adam: *Da gingen beiden die Augen auf, und sie erkannten, dass sie nackt waren. Sie hefteten Feigenblätter zusammen und machten sich einen Schurz.*«

Ibrahim lächelte kurz in sich hinein und schwieg dann.

Gertlein hatte die Bürste zur Seite gelegt. Karl nahm ihm die Stiefel ab. Zunächst waren nur ihrer aller Atemzüge zu hören, das Knacken des Holzes. Gemurmel von benachbarten Gruppen. Es war dunkel geworden. Über ihren Köpfen jagten Fledermäuse hin und her. Vom Boden stieg die Feuchtigkeit des Regens der letzten Tage auf. Gertleins Stimme klang etwas atemlos, als er sprach: »Was hast du gemacht?«

Ibrahim beugte sich vor und stocherte erneut mit dem Stock in der Glut. Funken stoben auf, flogen gleich einem Feuerfluss in den dunklen Himmel.

»Ich setzte mich in den Schneidersitz und breitete ein Tuch über meine Lenden.«

Er drehte den Kopf zu seinen beiden Zuhörern hin. Trotz des abnehmenden Lichts konnte Karl das breite Grinsen auf dem Gesicht des Freundes deutlich erkennen. Gertlein bewegte sich unruhig. »Waren es schöne Frauen?«

»Das kann man wohl sagen.«

Ibrahim drehte den Stock in den Händen. Karl schaute auf dessen glühende Spitze. Der Bursche war ruhiger geworden. Kein Gedanke drehte sich mehr um das Hier und Jetzt.

»Wie sahen sie aus?«

»Die, auf die ich ein Auge geworfen hatte, war die Tochter eines Imams aus unserer Stadt …«

»Was ist ein Imam?«

Karl hätte schwören wollen, dass Ibrahim keine Antwort geben würde, aber er tat es.

»Etwas wie ein Pfarrer oder ein Priester der Moslems …«

»… der Ungläubigen …«, fiel der Junge ein.

Karl stand auf und legte ihm eine Hand auf die Schulter.

»Sie glauben an den gleichen Gott.«

Er wechselte einen Blick mit Ibrahim, und plötzlich waren sie sich wieder so nah wie damals als Jungen, als sie die Gegend um Hartleben unsicher gemacht hatten.

»Sie hatte Haar in der Farbe von Herbstlaub, ihre Augen waren hellblau«, fuhr Ibrahim fort. »Bis zu jenem Tag war mir das nicht aufgefallen, genauso wenig, wie ich jemals ihren Körper wahrgenommen hatte …«

Gertlein wippte auf den Fußballen.

»Und?«

Ibrahim legte den Kopf in den Nacken und betrachtete die ersten Sterne am Abendhimmel. »Bildhübsch war sie, etwa fünfzehn Jahre und damit älter als ich, anmutig gewachsen. Ihre Brüste ähnelten Zitronen …« Gertlein nickte zum Zeichen, dass er verstanden habe.

»Ich betrachtete sie«, fuhr Ibrahim fort, »und stellte mir vor, sie in meinen Armen zu halten. Ich sah unablässig zu ihr hin und verging fast vor Furcht, sie könnte mich bemerken.«

»Hat sie dich bemerkt?«

»Nein, und ich wurde danach zum Mann und begleitete die Frauen nicht mehr ins Badehaus. Ich hörte erst während der Bela–«

Ibrahim schloss den Mund und brach den Stock in seiner Hand in kleine Stücke. Als er wenig später aufstand und sich in die Dunkelheit entfernte, folgte Karl ihm. Eine Weile standen sie schweigend nebeneinander, dann räusperte Ibrahim sich: »Es hieß damals, sie sei gemeinsam mit der Familie des Pascha geflohen, gefasst und verkauft worden ...«

»Das tut mit leid.« Karl legte dem Freund den Arm um die Schultern. »Hast du sie wirklich nackt im Badehaus ...?«

Ibrahim zuckte die Achseln. »War es eine gute Geschichte?«

An einem der nächsten Tage wurde unvermutet Mehl ausgegeben, das Ibrahim, wie er es schon häufiger getan hatte, auf einem flachen Brett mit Wasser zu Teig knetete und zu Fladen formte, die sie in der Asche buken. Satt gegessen lagerten sie nebeneinander.

»Danke für das Brot«, flüsterte Gertlein, »ich fürchtete schon, ich würde heute Hungers sterben.«

Ibrahim stützte sich auf den Ellenbogen: »Wahrlich, sagte mein Vater immer, der Mensch ist härter als Stein und Holz!«

Kurz herrschte Stille. Gertlein wiegte sich hin und her, als müsse er sich selbst zur Ruhe schaukeln. Mechanisch, wie er es jeden Abend tat, kontrollierte Karl seine Waffen. Die Wachen hatten ihre Positionen eingenommen. Niemand wusste, wie weit die Schweden entfernt waren. Vielleicht hatten sie ihr Lager schon über dem nächsten Hügel aufgeschlagen. Kundschafter waren ausgeschickt worden, damit die Strategie der nächsten Tage geplant werden konnte. Er würde auch in dieser Nacht versuchen, sich fortzuträumen.

»Wart Ihr schon einmal in Konstantinopel?«, fragte Gertlein in die Stille hinein.

Ibrahim verschränkte die Hände im Nacken.

»Nein, mein Vater reiste ab und zu dorthin und brachte meiner Mutter Geschenke mit ... Ein Onkel unseres Großvaters war ein Groß- und Fernhändler, der Luxuswaren aus fernen exotischen Ländern einkaufte.« Ibrahim machte eine kurze Pause und sog zischend die Luft ein, als sei er erstaunt über das, was er da erzählte. »Er brachte ihr Wollstoffe aus dem Christenreich, Spiegel aus Frankreich und Italien, russische Pelze und deutsche Uhren. Ich erinnere mich an eine Uhr in der Form eines Turmes, auf dessen obersten Gang sich beim Stundenschlag viele Figuren sehen ließen, die sich umeinander drehten.«

In den nächsten Tagen, in denen sie das Lager wieder einmal nicht verließen, erzählte Ibrahim ihnen von den großen Basaren und den kleinen Straßenhändlern, die keinen Laden oder festen Stand besaßen und ihre Ware unablässig ausriefen. Er ließ den *mahalle sakkâ* vor ihnen erstehen, der im Stadtviertel frisches Trinkwasser anbot, den *kahvecı*, den Kaffeeausschenker, bei dem der Vater nur zu gerne anhielt, die *helvacı*, die Tellerzuckerbäcker, die von großen, runden Tabletts auf ihrem Kopf Spezialitäten wie Rosen-, Pistazien-, Nuss-, Mandel- und Sesamhelva verkauften, und mit einem Dreifuß als Untersatz für das Tablett an jeder Straßenecke einen Stand aufbauen konnten.

Als es dunkel wurde, erzählte Ibrahim die Geschichte von Ali Baba und den vierzig Räubern. In derselben Nacht träumte Karl, vor dem Eingang der Höhle zu stehen, doch das Wort, das sie öffnete, wollte und wollte ihm nicht einfallen.

***

Das Kriegsleben war dreckiger, als Ibrahim erwartet hatte, und für Heldenmut blieb selten Zeit. Über Jahre hinweg hatten sich stetig schlechter versorgte Truppen durch Kälte, Schlamm, Krankheit und Regen gekämpft. Wenn er durch die Soldaten hindurchging, ein Offizier, sauber angezogen und besser genährt, hielten sich Blicke an ihm fest. Manche schauten teilnahmslos, manche neidvoll. Müdigkeit sprach aus vielen Gesichtern. Immer wieder versuchten Soldaten zu fliehen, Bauern, die man mit großartigen Versprechungen von ihren Feldern weggelockt hatte und solche, die einfach genug hatten von Blut, Dreck, Sterben und Krankheit. Manche verloren auch den Verstand. Vor einigen Monaten, erinnerte er sich, hatte ein Gefreiter seinen Korporal erschossen. Manchmal versuchte er sich vorzustellen, wie es sein würde, wenn Karl und er nach Hause zurückkehrten. Wenn sie wieder ruhig schlafen konnten und gut essen. Wenn sie nachts keine Angstschreie mehr weckten.

Eine schmale, schwarz gekleidete Gestalt, die neben einem liegenden Mann kauerte, hieß ihn, seine Schritte zu verlangsamen. Die Haltung kam ihm bekannt vor, ebenso der stark gewölbte Schädel. Er blieb stehen. Der Schwarzrock, als habe er etwas bemerkt, drehte sich um und sah zu ihm hoch.

»Ibrahim.«

»Herr Vosskamp.«

Vosskamp stand auf. Sein Gesicht war schmaler geworden, unter der dünnen Haut zeichneten sich die Knochen so deutlich ab, dass seine Gesichtszüge einem Totenschädel glichen. Schwarze Ränder lagen unter seinen Augen, während die Augenfarbe wirkte, als sei sie ausgebleicht. Unter dem dunklen Rock sah der fleckige Kragen eines Hemdes hervor, die Strümpfe waren gestopft, jedoch nicht immer mit den passenden Farben. Ibrahims Blick fing sich an dem Flickmuster. Er musste sich zwingen, sich davon loszureißen.

Vosskamp, Karl und er waren damals gemeinsam von Gut Hartleben aufgebrochen, hatten einander jedoch bald aus den Augen verloren. Vielleicht war es aber so auch gar nicht gewesen, vielleicht hatten sie vielmehr die Ferne gesucht, um nicht von der Heimat sprechen zu müssen. Wenn er es recht bedachte, so hatte Karl die Gegenwart des Pfarrers gemieden. Vosskamp verschränkte die Arme vor der Brust und legte den Kopf schräg, als wolle er auf diese Weise vermeiden, sein Gegenüber direkt anzusehen.

»Wo ist Euer Schatten?«

»Karl?«

Ein verächtlicher Ausdruck zuckte über das Gesicht des Pfarrers, den Ibrahim dem Mann nicht zugetraut hatte, dann lächelte er.

»Ja, Karl …«

»Es geht ihm gut.«

Ibrahim ließ den Blick schweifen, hinüber zu einem Grüppchen neuer Rekruten, die das Exerzieren übten, hin zu einigen Offizieren, die neue Strategien besprechen mochten, und schließlich zu dem Kranken am Boden. Der Mann war nicht blass, seine Haut war grünlich-bleich und glänzte vor Schweißperlen.

»So gut es einem eben geht in einem solchen Krieg«, bemerkte Vosskamp, dessen Stimme nun leiser zu Ibrahim drang, da er wieder kniete. »Es gab Gerüchte, ein Herr Hartleben habe sich einige Tage auf dem Krankenbett aufhalten müssen, ohne dass man herausbringen konnte, was ihm fehlte?«

Ibrahim starrte den Kranken immer noch an, die dünnen, ausgezehrten Hände, die auf der groben Wolldecke ruhten, die Umrisse eines viel zu schmalen Körpers. Er musste seine Lippen befeuchten, bevor er etwas sagen konnte.

»Nein, Karl geht es gut.«

Vor ein paar Tagen, rief er sich ins Gedächtnis, hatte Karl ihm gestanden, dass ihm der Anblick von Uniformen Übelkeit verursache. Nachts schlief er immer schlechter. Er hatte den Freund auch schon zitternd angetroffen, schlotternd im hintersten Winkel eines leeren Zeltes. Bisher hatte Karl sich immer gefangen, trotzdem wich er, so weit möglich, nicht mehr von seiner Seite. Er räusperte sich.

»Es geht uns gut«, wiederholte er.

»So gut es einem eben geht im Krieg.« Ludwig Vosskamp beugte sich über den Kranken und wechselte noch ein paar Worte mit ihm, bevor er aufstand. Erst jetzt, bemerkte Ibrahim, dass dem Jungen im Oberkiefer einige Schneidezähne fehlten. Für einige Augenblicke stand er reglos. Erst vor wenigen Tagen waren fünf junge Männer zum Gassenlaufen verurteilt worden, die sich den Zeigefinger der rechten Hand hatten verstümmeln lassen, um kein Gewehr mehr bedienen zu können, oder sich einige Schneidezähne hatten ziehen lassen, so dass es ihnen nicht mehr möglich war, die Patronenhülsen aufzubeißen. Der Bader, der die Operationen ausgeführt hatte, hieß es, sei zur Festungshaft verurteilt und werde nach Dresden verbracht.

Ibrahim bemerkte, dass ihn Vosskamp von der Seite ansah.

»Gehen wir ein paar Schritte«, sagte er.

Schweigend schritten sie durch wartende, hockende, reglose Soldaten hindurch. Am Rand des Lagers blieb Vosskamp stehen. Unruhig verschränkte Ibrahim die Arme vor der Brust.

»Was fehlte ihm? Warum hat er …«

»Was dem Jungen da eben fehlte?« Ludwig Vosskamp riss einen längeren Grashalm aus, um ihn um seinen Finger zu wickeln. »Nichts würdet Ihr sagen, gar nichts …«

»Aber …«

»Er hat Angst.« Der Pfarrer starrte seinen vom Grashalm umwickelten Finger an, drehte den Kopf dann so rasch, dass Ibrahim zurückfuhr. »Er scheißt sich in die Hosen, wenn er das Signal zum Angriff hört. Wollte nie Soldat werden, das Bürschchen.« Er wickelte den Grashalm ab und ließ ihn zu Boden fallen. »Werber haben ihn im Wirtshaus zum Saufen eingeladen. Er hat die Münze genommen und fand sich hier wieder.« Vosskamp fuhr sich mit der Linken durch sein strähniges Haar. »Er war ein guter Bauer. Er liebte seine zwei Kühe, seine Frau, von der er seit Beginn des Krieges nichts gehört hat, das gemeinsame Kind. Er wollte zurück zu ihnen, deshalb ließ er sich die Zähne …« Vosskamp brach ab, hob die Hände und ließ sie sinken. »Verkehrte Welt«, murmelte er kaum hörbar, »verkehrte Welt.«

***

Theodora von Hartleben blickte auf die sich aneinanderreihenden Buchstaben. Bisher hatte ihr Karl eher selten geschrieben. Mit dürren Worten hatte sein erster Brief von der Belagerung Rigas gesprochen, immer mal wieder waren danach ein paar kurze, hingekratzte Zeilen in seiner ungelenken Schrift eingetroffen. Gestern war ein langer Brief überbracht worden. Auch Ibrahim hatte einen Gruß dazu gesetzt. Sie fragte sich, was wohl geschehen sein mochte, seit die beiden das Gut verlassen hatten. War es möglich, dass sie diesen Brief in den Händen hielt, während ihr Sohn längst tot war?

Mein Sohn. Es war seltsam, so von ihm zu denken. Sie sah dann einen pausbäckigen, kleinen Jungen vor sich, mit weit auseinanderstehenden Augen, die ihn immer etwas verträumt hatten aussehen lassen. Sie erinnerte sich dann an das jämmerliche Weinen, als er zum ersten Mal sein Knie aufgeschlagen hatte, an hellblonde Locken, die im Laufe der Jahre glatter und dunkler geworden waren.

Mein Sohn. Lange hatte sie nicht mehr in solchen Worten gedacht. Als er noch klein gewesen war, hatte sie sich gesagt, dass sie ihr Herz nicht an ihn hängen dürfe, weil man Kinder zu schnell verlieren konnte, und weil sie sich fürchtete vor diesem Schmerz. Also war sie kühl geblieben und hatte sich die Sticknadel in den Handballen gestochen, wenn er die Arme nach seiner Amme ausgestreckt hatte, anstatt sich über den Besuch seiner Mutter zu freuen. Alles in allem hatte sie nie viel mit kleinen Kindern anfangen können, danach war es zu spät gewesen: Sie waren sich fremd geblieben.

Wieder blickte sie auf den Brief, auf die Stelle, an der er ihren Namen geschrieben hatte, jeder einzelne Buchstabe wie gemalt. Mit einem Finger fuhr sie die Linien entlang. Er sagte ihr nicht, wie es ihm erging, so war er nicht erzogen worden. Sie schloss die Augen. *Wie geht es Euch, Karl? Ich wüsste so gerne, wie es Euch geht.*

17. Kapitel

Irgendwo in Sachsen, Winter 1705

Sein Faustschlag hatte sie gegen das Bett geschleudert – noch immer hielt Amalia sich fassungslos die schmerzende Wange. Warum war Ferdinand nur so wütend auf sie? Als sie einen Schritt näher zur Tür trat, raschelte der Brief unter ihren Füßen, den er vor ihr auf den Boden geworfen hatte. Sie bückte sich danach. Sie hatte das Wappen ihrer Familie auf dem Siegel erkannt, noch bevor Ferdinand das Schreiben in seinen breiten Händen zerknüllt hatte. Also sagte der Vater immer noch nein, also wollte er die Tochter nicht wieder in seine Arme schließen. Und damit würden sich auch seine Eltern unnachgiebig zeigen. Sie würden ihn nicht willkommen heißen, bevor die Angelegenheit nicht geregelt war. Erste Tränen zitterten an ihren Augenrändern. Sie konnte sich nicht daran erinnern, jemals geschlagen worden zu sein. Noch nicht einmal als kleines Mädchen war ihr so etwas widerfahren. Ihr Vater hatte sie geliebt, seine Schönste war sie gewesen, seine Beste. Niemals hatte sie sein Missfallen wecken können.

»Ferdinand …« Sie richtete sich auf.

»Schweig!«

»Aber ich …«

Drohend hob er die Hand. Amalia verstummte. In sechs Jahren war sie nicht ein Mal zu Hause gewesen. Ferdinand war der Einzige, den sie hatte. Im zweiten Jahr hatte sie den ersten gemeinsamen Sohn nach einer Fehlgeburt verloren, danach hatte er sie einige Monate gemieden, und sie war vor Angst, er könne sie verlassen, fast vergangen. Damals hatte sie gelernt, um ihr Leben zu beten. Aber vielleicht liebte er sie ja doch. Erst vor sechs Monaten, im Juni, hatte sie ihm einen zweiten Sohn geschenkt, den er Louis Ferdinand genannt hatte. Sie vergrub das Gesicht in den Händen. Längst hatten sie kein Geld mehr, längst war es eine Frage der Zeit, bis sie nicht mehr anschreiben durften.

Langsam ging sie zum Bett zurück, in dem Ferdinand Nacht für Nacht seine Hände über ihren Körper wandern ließ. Dies zu tun, wurde er nie müde. Sie setzte sich, bevor sie den Brief auseinanderfaltete, glatt strich und die kurzen Zeilen ihres Vaters las. Es gab keinen Gruß für sie, nur die Nachricht, dass er, Emmanuel von Schwarzbach, niemals nachgeben würde.

Das Gesicht ihres Vaters, das Doppelkinn, die fleischigen Wangen waren plötzlich so deutlich vor ihr, dass sie meinte, danach greifen zu können. Sie zuckte zusammen. Er lächelte sie an, so wie er gelächelt hatte, wenn er sein schönstes, kleines Mädchen auf den Arm genommen hatte. Mit ihm stand sie an dem dunklen, schattigen Bachlauf, der der Familie und dem Gut den Namen gegeben hatte; mit ihm drehte sie sich, erschauerte vor dem dichten, dunklen Wald, in dem viel Wild jede Jagd erfolgreich machte, und schaute über die Felder zu den wenigen verstreuten Häusern herüber, die man von Schwarzbach aus sehen konnte. Das Gut, das geblieben war, nachdem sie alles andere verloren hatten. Das Samenkorn ihres neuen Aufstiegs. Der Ort ihrer Kindheit. Ihre Heimat.

Ferdinand kratzte sich am Kopf, betrachtete dann seine Fingernägel und zerdrückte nachdrücklich etwas zwischen den Fingerspitzen. Schwer ließ er sich einen Augenblick später auf den Stuhl fallen, so dass das Möbelstück bedrohlich unter ihm knarrte. Das Bild des Vaters zerfiel vor ihren Augen.

»Es ist nicht meine verdammte Schuld, dass er sich an Beichlingen gehängt hat.«

Amalia starrte seinen zitternden Mund an. Es hatte Zeiten gegeben, da hatte sie nicht gewusst, wer Beichlingen war; Zeiten, in denen ihr auch ein Geldbeschaffer des Königs, der einen kometenhaften Aufstieg genommen hatte, ein Unbekannter geblieben wäre. Als Großkanzler, wusste sie heute, hatte Graf Beichlingen Landesteile veräußert und minderwertiges Geld, die sogenannten roten Sechser oder Seufzer, ausmünzen lassen, was ihm zum Verhängnis geworden war. Vor etwa zwei Jahren war er urplötzlich verhaftet und auf den Königstein gebracht worden, wo er sich immer noch befand. Offenbar hatte ihr Vater auf den Mann gesetzt. Die Schwarzbachs hatten wieder einmal die falsche Wahl getroffen.

Und er wird es mir nicht verzeihen, dass ich nicht an seiner Seite stand.

Ferdinand kniff wütend die Augen zusammen, als er bemerkte, dass sie ihn anstarrte, doch dieses Mal schlug er sie nicht. Grußlos verschwand er kurz später die Treppe hinunter. Als im Laufe des Abends das Gegröle aus dem Gastraum immer lauter wurde, zog sich Amalia wie stets in die hinterste Ecke des Bettes zurück. Spät, sehr spät, hörte sie ihn die Treppe hinaufpoltern. Sie hatte das Kind im Arm gehalten, legte es nun in die Wiege zurück und hastete in ihr Bett. Ein Geruch nach Tabakrauch, Alkohol und Fleisch ging von ihm aus, als er sich über sie beugte. Ganz still hielt sie unter seinen Berührungen. Vielleicht hatte er ihr etwas zu essen mitgebracht, bestimmt einen Kanten Brot wie in den letzten Tagen, der ihr auch sicher genügen würde. Sie wollte nicht klagen, keinesfalls. Ich liebe ihn doch, dachte sie, ich liebe ihn.

18. Kapitel

Lehngut Hartleben, Anfang 1706

Habar hatte geklopft und stand nun zögernd im Türrahmen, während die kleine Esme mit ihrem offen herabhängenden Haar spielte. Stumm sah Rupert den beiden vom Schreibtisch aus entgegen. Wenn er nicht auf Reisen war, hielt er sich meist in diesem Raum auf. Sie trat einen Schritt vor, schloss die Tür des Kabinetts hinter sich und kam näher. Als sie direkt vor ihm stand, hoben sich seine Augenbrauen fragend, dann schaute er das Kind an. Habar drückte das Mädchen an sich, welches die festen Arme nur kurz um sich duldete, bevor es sich zu befreien versuchte. Ruperts Augen lösten sich von dem Mädchen.

»Ich wollte sie gerade zu Bett bringen und habe Licht gesehen«, sagte Habar und setzte das zappelnde Kind auf den Boden. Sofort hüpfte die Kleine ein paar Schritte von ihr fort, das Nachthemd berührte ihre kleinen Füße, dann streifte sie sich mit beiden Händen das Haar über die Schultern zurück. Für einen winzigen Augenblick, bei dem sich Habar später nicht sicher war, ob sie tatsächlich etwas gesehen hatte, brachen Ruperts Gesichtszüge auseinander. Ein flüchtiges Lächeln grub sich in seine Mundwinkel.

»Komm her«, sagte er und streckte die Arme nach der Vierjährigen aus. Esme schaute den Mann am Schreibtisch eindringlich an, bevor sie sich mit einem Blick zurück der Anwesenheit ihrer Mutter versicherte. Vorübergehend herrschte vollkommene Stille, dann beugte Rupert sich auf die Höhe seiner Tochter, winkte ihr mit der Hand näher zu kommen: »Komm zu mir, Esme.«

Das Kind steckte den Daumen in den Mund, drehte sich auf dem Fuß um und patschte in die Arme seiner Mutter zurück. Ruperts Stuhl knarrte leise, als er sich zurücklehnte. Der Kinderkörper drängte sich fester gegen den Habars.

»Gib sie mir.« Dieses Mal breitete Rupert nicht die Arme aus, blieb in seinem Stuhl zurückgelehnt sitzen und schaute Mutter und Tochter lediglich an. Das Kind im Arm erhob Habar sich, bereit, seiner Aufforderung Folge zu leisten. Kaum merklich brachte sie ihre Nase näher an den Kopf der Kleinen, roch die duftende Seife, mit der sie ihr das Haar gewaschen hatte, Mandelöl und Milch, bevor sie das Kind auf den Schoß des Vaters setzte. Sehr zögerlich legte Rupert einen Arm um seine Tochter, die sich mit einer Hand am Stoff seines Hemdes festklammerte. Als er das kleine Mädchen mit dem Gesicht zu sich drehte, schaute Esme ihren Vater aus großen Augen an.

»Was ist mit deinem Bein?«, fragte sie dann.

Habar hielt die Luft an. Rupert strich über Esmes Haar. »Es war krank, da haben sie es mir abgenommen.«

Vorsichtig berührte die Kleine den Übergang zwischen Stumpf und Holzbein. »Hat das wehgetan?«

»Ja.«

»Warst du tapfer?«

»Ich hoffe es.«

Zu ihrer Verblüffung hörte Habar ihn lachen. Beim Frühstück am nächsten Morgen leistete er erstmals ihnen beiden Gesellschaft.

***

Mitten in der Nacht wachte Rupert auf. Der Vollmond drang durchs Fenster und beschien das Bett. Behutsam richtete er sich auf. Er war nicht alleine, und noch immer fühlte er Verwunderung darüber. Habar schlief neben ihm, ihr langes, dunkles Haar hatte sich auf dem hellen Kopfkissen ausgebreitet. Sie lag auf der Seite, ihm zugewandt, den Kopf auf den rechten Arm gebettet. Mit äußerster Vorsicht streckte er die rechte Hand aus und strich eine dünne Haarsträhne aus ihrer Stirn. Er hatte sie gestern also nicht fortgeschickt, wie er es gewohnt war. Kurz verharrte seine Hand über ihrer Wange, aber er wagte es nicht, sie nochmals zu berühren. Es hatte schon einmal eine Zeit gegeben, in der sie das Bett geteilt hatten, bevor Habars Leib sich gerundet hatte. Danach hatte er sich von ihr ferngehalten. Er benötigte nichts und niemanden, schon gar kein Türkenmädchen. Manchmal rief er sich ins Gedächtnis, dass sie seinen Onkel alleine in seinem Kabinett besucht hatte. Dass er sie berührt hatte. Sie war auch Schwarzbachs Türkin gewesen, und von dem erzählte man sich so einiges.

Ich brauche sie. Der Gedanke kam unerwartet, und er erschreckte ihn. Noch niemals zuvor hatte er einen Menschen gebraucht. Er setzte sich auf, schob sich zum Bettrand und angelte nach seinem Holzbein. Das Nachthemd nach oben zu schieben und es festzuschnallen, brauchte nur wenig Zeit. Mit der Hand am Bettpfosten zog er sich in den Stand, glitt durch den Vorhang, den er am Abend zuvor nicht vollkommen geschlossen hatte und bewegte sich so leise wie möglich zur Tür. Eine Weile dämpfte der Teppich, den Habar auf den Boden hatte legen lassen, seine Schritte, dann folgte ein sehr kurzer Abschnitt auf Parkett, aber aus der Richtung des Bettes kam keine Regung. Behutsam schloss er die Tür hinter sich. Draußen im Flur ging er schneller. Esmes Erkerzimmer, hübsch ausgestattet mit Spielzeug, einem *kelim*, der eine Wand schmückte, einer Truhe und einem kleinen Tisch nebst Stühlen befand sich am Ende des Ganges. Als er in den Raum trat, schreckte das Dienstmädchen von seiner Liege auf. Er bedeutete ihr, sich zurückzuziehen.

Erst als sie das Zimmer verlassen hatte, trat er an das Bett seiner Tochter. Auch in dieser Nacht hatte sich die Kleine im Schlaf von ihren Decken befreit. Der Daumen, an dem sie sicherlich gelutscht hatte, war ihr aus dem Mund gerutscht, ihre Wangen waren gerötet. Aber sie hatte kein Fieber mehr. Er spürte es, als er die Hand kurz auf Wangen und Stirn des Kindes legte, deckte die Kleine dann sorgfältig zu und zog sich endlich einen Stuhl heran, um sich neben das Bett zu setzen. Unverwandt schaute er seine Tochter an. Seine Augen zeichneten den

Schwung ihrer Lippen nach, die Wangen, die kleine Nase. Noch niemals hatte er sie mit so viel Ruhe betrachtet. Da war viel von Habar in ihrem Gesicht, aber auch einiges von ihm: die geraden, sich am Ende kaum merklich hebenden Augenbrauen, der Schnitt der Augen. Er beugte sich vor, stützte das Kinn auf den Bettrand. Mein Augapfel, dachte er, mein Augäpfelchen.

19. Kapitel

Polen, Anfang 1706

Ibrahim wälzte das schnarchende Mädchen von sich herunter, kam auf die Knie und richtete sich schwankend auf. Sein Kopf dröhnte noch von der letzten Nacht. Gesoffen hatten sie und Karten gespielt, danach erinnerte er sich an nichts mehr; weder daran, wie er in dieses Zelt gekommen, noch daran, wie das Mädchen in seinen Armen gelandet war. Er erinnerte sich an Karl, Gertlein und ein paar andere Männer. Einer hatte etwas zu essen und zu trinken aufgetrieben, und sie hatten um des Feierns willen gefeiert. Konnte nicht alles am Tag darauf schon vorbei sein? Sie hatten zu viele sterben sehen, um sich des Lebens zu sicher zu sein. Das Mädchen schnarchte etwas lauter. Jetzt erinnerte er sich, wie sie mit drei anderen Frauen aufgetaucht war. Kurze Zeit später hatte er sie im Arm gehalten. Ihren Namen kannte er nicht. Sie gehörte zu jenen, die dem Tross folgten – ein junges Ding mit strähnigem, schwarzem Haar, einem spitzen Mausegesicht und ausladenden Hüften.

Anfangs hatte er sich an ihren Schweißgeruch gewöhnen müssen. Sie atmete nochmals lautstark, rollte sich dann im Schlaf zur Seite. Unter dem zu kurzen Umhang schauten die Beine in grob gestrickten Strümpfen hervor. Ibrahim kroch gähnend aus dem Zelt heraus. Draußen stand sein Atem in Wölkchen vor seinem Gesicht. Eine eisige Schneedecke knirschte unter seinen Füßen. Sein Schädel dröhnte mit jeder Bewegung. Er hatte viel zu viel getrunken gestern, die Füße wollten sich kaum heben lassen, als klebten sie am Boden fest.

Wo ist Karl? Sie waren guter Stimmung gewesen, hatten lachend und hustend das Bier hinuntergeschluckt, das sie sich gegenseitig in die weit aufgerissenen Münder geschüttet hatten. Die Angst, die ihn vor Tagen noch gelähmt hatte, gestern war sie wie weggeblasen gewesen. Mit jedem Schritt etwas weniger unsicher, passierte Ibrahim den Pfahl, an dem die Namen der Deserteure auf kleinen Schildchen angebracht waren. Für einen Moment spürte er, wie Karl gestern die Arme um ihn geschlungen und ihn an sich gedrückt hatte. »Verlass mich nicht, Ibrahim, verlass mich nie.«

Sie waren ins Stolpern geraten. Der Bierhumpen war aus Karls Hand geflogen, der Inhalt hatte sich über den Boden ergossen. Sie hatten sich so lebendig gefühlt gestern, so glücklich zu leben. Ein Lachen stieg in seiner Kehle hoch. Er drängte es herunter.

Er hatte das eigene Zelt fast erreicht, noch ein paar Schritte … Dass Karls Lager leer war, erkannte er sofort, und doch ging er darauf zu, bis er direkt davorstand. Wie sein eigenes sah auch dieses Bett nicht aus, als wäre es in der letzten Nacht benutzt worden. Sorgsam gefaltet lag die Decke auf der Unterlage. Eilig kroch er wieder aus dem Zelt hervor. Ein Soldat salutierte. Ein anderer stand in kurzer Entfernung und erleichterte sich. Vor einem der Nachbarzelte saß ein Junge, die Beine überkreuzt, und pfiff ein Lied. Eine Marketenderin war an ihrem Wagen zugange. Karl war nirgendwo zu sehen.

***

Er hatte nicht gedacht, dass es so leicht sein würde. Ibrahim war mit den anderen weitergezogen, und er war einfach zurückgeblieben. Bald hatte er sie singen hören, streiten und mit viel zu lauten Stimmen reden, wie es manche taten, wenn eine Schlacht bevorstand, als könnten sie damit den Tod auf Abstand halten. In den letzten Tagen waren neue junge Rekruten hinzugekommen, die noch nichts vom Leben wussten und doch bald schon sterben konnten. Er hatte gewartet, bis Ibrahim und die anderen außer Sichtweise gewesen waren, und war dann in die entgegengesetzte Richtung gelaufen. Ohne dass ihn auch nur einer angesprochen hätte, erreichte er den Rand des Lagers und lief eiligen Schrittes auf die Latrinen zu und dann an ihnen vorbei. Niemand achtete auf ihn, niemand hielt ihn auf. Eine Weile bewegte er sich in geduckter Haltung, fiel dann in einen leichten Trab.

Die erste Zeit lief er ohne Pause in die Richtung, die er für Westen hielt. Er achtete darauf, sich abseits der Wege zu halten. Manchmal hörte er menschliche Stimmen und versteckte sich zur Sicherheit eine Weile hinter einem Baum oder in einem Graben. Einmal lief er fast ein paar Kindern in die Arme, die in der Nähe eines Dorfes an einem zugefrorenen Bachlauf spielten. Tatsächlich blieb sogar er eine Weile stehen, um die friedliche Szenerie zu betrachten.

Als es dämmerte und die letzten Reisenden einer Unterkunft für die Nacht zustrebten, wagte er sich endlich auf einen der Wege, der über die Jahre von Kutschen, Karren und Reitern in die Landschaft geprägt worden war. Vielleicht war auch er irgendwann schon einmal hier entlangmarschiert. Er erinnerte sich nicht. In einem Graben fand er eine leere schwedische Feldflasche. Dann, als es schon fast dunkel war, erregte eine verfallene Scheune seine Aufmerksamkeit. Geduckt schlich er auf das Gebäude zu, überzeugte sich davon, dass es leer stand und schlug endlich sein Lager dort auf. Er wagte es nicht, ein Feuer anzuzünden und so saß er, in seinen Umhang gewickelt, bald im Finstern. Innerhalb kurzer Zeit begannen sich die Gedanken in seinem Kopf zu jagen.

Ich bin nicht feige. Für einen Moment drückte Karl den Rücken fester gegen die hölzerne Scheunenwand. Er hatte sich vorgenommen, ein paar Stunden zu schlafen, um frühmorgens aufbrechen zu können, bisher jedoch keine Ruhe gefunden. Kaum hatte er seinen Kopf auf eine Lage alten Strohs gebettet, wirbelten die Gedanken erneut. Er musste an Ibrahim denken, an seinen Vater, die Mutter und Wilhelmina. Er würde sich bei seiner Schwester entschuldigen müssen, sobald er wieder auf Hartleben war.

Aber würde er überhaupt zurückkehren können? Er zog die Beine an. Wie zufällig glitt seine linke Hand zu der Stelle auf der Wange, wo eine Kugel ein Stück Fleisch herausgerissen hatte. Die immer noch rote, wenn auch inzwischen verheilte Narbe gebe ihm ein verwegenes Aussehen, hatte Ibrahim kürzlich gesagt und hinzugefügt: »Wirst schon sehen, die Mädchen fliegen auf so etwas.«

Ob Ibrahim inzwischen entdeckt hatte, dass der Freund verschwunden war? Hatte er jemanden davon in Kenntnis gesetzt?

Gestern hätte ich ihm sagen können, dass ich nicht mehr kämpfen will. Aber Ibrahim hatte ihm auf die Schulter geklopft, als er kurz davor gestanden hatte, und war dann den anderen gefolgt. Gestern hätte ich es ihm sagen können ... Ibrahims Atem hatte wie seiner nach Bier gerochen. Karl starrte vor sich in die Finsternis. Wie von selbst legten sich seine Finger über den eigenen Hals, spürten dem pulsierenden Leben unter der warmen Haut nach. Er wollte nicht mehr kämpfen.

Bin ich ein Feigling? Er zitterte, und mit einem Mal war es wie nachts, wenn er aus einem Traum fuhr, aus der Erinnerung an eine nicht endende Schlacht. *Aber ich will das nicht mehr.* Er verschränkte die Arme vor der Brust und zitterte dennoch unablässig, ob vor Kälte oder aus anderen Gründen. Es war Winter. Wenn man atmete, bildeten sich Wölkchen vor dem Mund, und die Welt draußen bot oft zu wenige Möglichkeiten, sich verborgen zu halten. Von einem Moment auf den anderen schmerzte sein Körper, und in seinen Ohren summte ein dumpfer Ton. Nochmals zog er die Beine enger an den Körper. Er hatte keine Decke mit sich nehmen können und fror nun erbärmlich. Der Boden war hart und eiskalt. Seine Finger tasteten nach Flint und Zunder, sanken wieder herab. Wer wusste schon, wen er damit auf sich aufmerksam machte, welches Gesindel in dieser Gegend wohnte. Das

Land war geplündert, der Krieg machte die Menschen zu Wölfen; besser, wenn ihn niemand entdeckte. Morgen würde er weiter nach Westen laufen, so lange, bis er Hartleben vor sich sah. Er rollte sich zusammen, zog die Beine an und schlang die Arme um seinen Oberkörper. Es dauerte noch eine Weile, bis er in einen unruhigen, kurzen Schlaf fiel.

Früh am nächsten Morgen brach er auf. Als er gegen Mittag, von Hunger und Kälte benommen, Hufschlag hinter sich hörte, war es zu spät. Mitten in der winterlichen Landschaft bot sich kein einziges Versteck.

***

Man fand Karl in der Nähe eines verlassenen Gehöfts, knapp eine Tagesreise entfernt. Mancher vermutete, dass er im Kreis gelaufen war. In Anbetracht der bevorstehenden Schlacht verzichtete man auf das Spießrutenlaufen. In den ersten zwei Tagen sprach er kein Wort, und auch, als sich Ibrahim an jenem späten Nachmittag neben ihn setzte, schwieg er zunächst beharrlich. Die meisten mieden ihn, und er selbst hielt sich seit seiner Rückkehr abseits. Stunden konnte er damit verbringen, mit einem angespitzten Stock Muster in den Boden zu malen. Er hatte kein Wort dazu gesagt, warum er geflohen war. Er hatte überhaupt nichts gesagt.

»Ich hätte Prügel verdient«, brachte er nun heraus.

»Vielleicht.«

Ibrahim starrte auf die Striche und Linien, die den Platz rund um Karl umgaben, und dachte an das Muster blutiger Striemen, das er im letzten Jahr auf dem Rücken eines seiner Männer gesehen hatte. Auch dieses Mal war er zur Befragung geholt worden, auch dieses Mal hatte man die Gründe für die Flucht erfahren wollen. Als Karl von Hartlebens Vertrauten hatte man ihn gefragt, ob er wisse, warum Hartleben geflohen sei; aus Leichtsinn, aus Furcht oder wegen einer Frau? Habe er sich überhaupt jemals als feige oder unzuverlässig erwiesen?

»Nein«, Ibrahim hatte den Kopf geschüttelt, »wir waren alle vollkommen überrascht.«

Jetzt hörte er, wie Karl zischend Luft zwischen seinen Zähnen durchzog und dann vernehmlich ausatmete. Ibrahim beugte sich etwas näher zu ihm hin. »Wir haben alle Angst, Karl. Wir zeigen sie nicht immer, aber wir haben Angst.«

»Nicht alle.« Karl stand auf. Ibrahim tat es ihm gleich. »Nun«, sagte er, »vielleicht gibt es welche, die nichts zu verlieren haben. Denkst du an morgen?«

Karl starrte in die Dämmerung. Morgen würden wieder die Schreie zu hören sein. Morgen würden sie wieder gegen den Feind marschieren, Salve um Salve abfeuern, während sich rechts und links die Reihen lichteten, während sich Schreie zwischen die Trommelwirbel der Tamboure mischten. Die Umgebung verschwamm zu Schemen, die ersten Sterne tauchten auf. Hinter ihnen züngelten die Flammen der ersten Feuer in den Himmel, brennendes Holz knackte. Flötenspiel drang durch die Dämmerung, ein Windstoß brachte Äste zum Zittern.

»Es ist so friedlich«, murmelte er, drehte sich um und ging zum Zelt.

20. Kapitel

Bei Fraustadt, 1706

Unvermittelt knickte sein Pferd in den Vorderläufen ein, so dass Ibrahim über den Hals des Tiers hinweg zu Boden stürzte. Im weiten Bogen flog sein Hut davon. Mehrmals überschlug er sich, ohne den Degen aus der Hand zu lassen, dann sprang er auf. Eine neue Salve Schüsse krachte los. In nächster Nähe brachen zwei Soldaten zusammen, wie Marionetten, denen man die Fäden durchtrennt hatte. Etwas Feuchtes spritzte auf sein Gesicht. Mechanisch wischte er mit dem Handrücken darüber, geriet nach wenigen Schritten schon ins Stolpern und stürzte über einen weiteren Gefallenen. Vorübergehend, während er auf dem Bauch lag, war der Kampflärm weit fort; nur das Stöhnen des Verwundeten drang dicht an sein Ohr, eine schwache Stimme und doch lauter als alles andere auf diesem Schlachtfeld. Ibrahim stützte sich auf eine Hand und versuchte sich aufzurappeln. Patronen drückten sich schmerzhaft in seinen Leib. In der Hand hielt er immer noch den Degen. Er hatte die Pistolen noch nicht gezogen gehabt, da war das Pferd bereits getroffen worden. Wiehernd warf der Braune den Kopf hoch, zeigte das Weiße seiner Augen. Vergebens suchten sich seine Vorderhufe in den Untergrund zu stemmen, er rutschte immer wieder ab. Es wollte ihm einfach nicht gelingen, aufzustehen. Von einer tiefen Wunde in der Brust sah Ibrahim unablässig Blut rinnen. Das ganze Fell war durchtränkt davon. Wieder bewegte das Tier den Kopf, Schaum stand vor seinem Maul, die Nüstern waren gebläht. Er hatte dieses Pferd aufgezogen, aus einem kleinen, wilden Fohlen ein Soldatenpferd gemacht, das auf den geringsten Schenkeldruck hörte. Stets hatte er ihn selbst gefüttert, selbst gestriegelt. Jeden Tag war er mit ihm ausgeritten, hatte jedes Kommando hunderte Male geübt. Er musste zu ihm, musste es erlösen, doch er wurde festgehalten.

»Herr!« Der Mann, über den er gestürzt war, griff nach seinem Handgelenk und hielt es umklammert. »Wie heißt Ihr, Herr?«

»Ibr…« Er musste sich räuspern. Zwischen seinen Zähnen, bemerkte er erst jetzt, schmeckte er Erde. »Ibrahim von Hartleben.«

»Ibrahim …«, wiederholte der Mann. Jetzt erst sah Ibrahim, dass der linke Arm des Mannes getroffen sein musste. Der Knochen war zerschmettert, der Ärmel blutgetränkt, ein riesiger Fleck zog sich von dort zur Brust hinüber, wo er sich mit dem Blut einer anderen Wunde mischte. Blutfleckchen flogen auch von den Lippen des Mannes, als er nun mühsam Worte herausbrachte. »Seid Ihr ein getaufter Türk?«

Ibrahim antwortete nicht. Der Kampflärm, der für ein Augenzwinkern weit weg gewesen war, tobte von Neuem in seinen Ohren. Karls Gesicht tauchte vor ihm auf. Sie hatten einander gleich zu Beginn aus den Augen verloren.

»Und, seid Ihr ein Türk?«

Ibrahim antwortete immer noch nicht. Sein Blick hatte sich auf das Pferd gerichtet, auf den Braunen, der ihn treu durch so viele Schlachten getragen hatte. Er musste zu ihm, musste ihn erlösen. Die Vorderläufe des Pferdes bewegten sich schon nicht mehr. Der Kopf war schwer herabgesunken, aber die Ohren regten sich noch, das

Maul stand geöffnet. Der Griff um sein Handgelenk verfestigte sich.

»Seid Ihr ein getaufter Türk?«, wiederholte der Verwundete.

»Ich bin ein Christ.«

Jetzt bemühte sich Ibrahim nicht mehr, dem Griff des Mannes zu entkommen. Der hatte von einem Moment auf den anderen die Augen geschlossen, keuchte Atem über blutbefleckte Lippen in den aufgesperrten Mund. Vereinzelt schlugen auch in ihrer Nähe Schüsse ein, doch die meisten zielten zu kurz, um eine Gefahr für sie darzustellen. Die Schlacht ging ohne sie weiter. Ibrahim warf einen Blick nach rechts, dann nach links. Die Armeen rückten weiter vor, dort drüben waren ein paar ins Stocken geraten. An seiner Seite ging der Atem des Mannes pfeifend, und eine Weile überdeckte dieses Geräusch alles andere. Er hörte keine Schüsse mehr, auch nicht das Geräusch der Kanonenkugeln, die klatschend in den weichen Untergrund schlugen. Er hörte keine Schreie und ganz besonders nicht die Stille zwischen den Explosionen. Das Wiehern eines Pferdes drang in seine Wahrnehmung. Der Griff um sein Handgelenk wurde wieder fester.

»Man soll mir den Arm nicht abnehmen.«

Die Stimme des Mannes war so schwach, dass sie kaum zu hören war. Unwillkürlich fiel Ibrahims Blick auf das Gemisch aus Fleisch und Knochen, das einmal ein Arm gewesen war. Er schluckte. Er konnte nichts sagen. Er hatte die Arbeit der Feldscher verfolgt, hatte zugesehen, wenn sie einen armen Teufel gemeinsam festhielten, wenn sich die Knochensäge durch das Fleisch in den Knochen grub und die Fleischlappen vernäht wurden. Als er weitersprach, war die Stimme des Mannes so zittrig, dass Ibrahim sich näher zu ihm beugte.

»Man mag Körbe flechten, wenn man das Augenlicht verloren hat, aber was macht man mit einem Arm? Soll ich betteln? Den Kindern und der Frau die Mäuler stopfen, mit dem, was man mir an Almosen gibt?«

Ibrahim wollte antworten, doch der Verwundete war mit einem Mal so blass geworden und atmete so flach, dass er dachte, es müsse mit ihm zu Ende gehen. Dann riss der Mann mit aller Kraft die Augen auf. »Sagt meiner Frau …«

Ein einzelner Schuss holte einen jungen Korporal kaum zwanzig Fuß entfernt von ihnen von seinem Pferd. Eine Reihe Soldaten folgte auf ihn, marschierte hinter einer weiteren Reihe auf, die eben das Gewehr anlegte. Ibrahim rappelte sich auf die Knie. Er musste weiter. Er war kein Feigling, auch wenn es unwiderstehlich erschien, sich flach auf dem Bauch auszustrecken und alles über sich hinwegbrausen zu lassen. Aber zuerst musste er das Pferd erlösen. Wieder riss er an seinem Handgelenk, dieses Mal gab es keinen Widerstand.

»Ich muss weiter. Ich komme später …«

Er schaute den Verwundeten an und stockte. Starre Augen glotzten in einen blassgrauen Himmel. Der Mann war tot.

***

Kapitulation. Besiegt. Am Ende. Aus. Nichts an diesem Krieg war gut verlaufen, große Siege gab es nicht zu vermelden. Die Geräusche waren die, die man hörte, nachdem die Schlacht geschlagen war, nachdem sich Anordnungen aufgelöst, Gewehrsalven ihren Takt verloren hatten. Irgendjemand berührte Ibrahim an der Schulter, aus den Augenwinkeln nahm er einen Krug Bier wahr und schüttelte den Kopf. Der schrille Schrei eines Mannes unter der Knochensäge des Feldschers zerriss die Luft um sie. Er zog die Beine an und drückte die Stirn gegen die Knie. Ja, er hatte Karl gefunden, hatte sich gefreut ihn inmitten eines kämpfenden Haufens zu entdecken, der noch nicht von den Truppen Rehnskjölds überrannt worden war, hatte, während er sich noch zu ihm durchgeschlagen hatte, gesehen, wie der Freund getroffen worden war.

Sie hatten verloren. Es hieß, die Schweden hätten wie die Teufel gekämpft. Es hieß, dass alle russischen Gefangenen niedergemacht worden seien. Er vergrub das Gesicht in den Händen, und wieder kam das Geräusch der Kugel zu ihm zurück, wieder hörte er das Aufstöhnen, mit dem Karl erst in die Knie gesunken und dann nach vorne gekippt war.

Brüllend war er da mitten unter den Feind gesprungen und hatte wild um sich geschlagen. Und als das Signal zum Rückzug erklang, warf er sich neben Karl in den Dreck. Es hatte ihn einige Mühe gekostet, den schlaffen Körper des Freundes auf den Rücken zu drehen. Beinahe ohne Vorwarnung musste er sich übergeben. Die Kugel hatte einen Teil von Karls Schädel abgesprengt, aber der Freund lebte noch. Für einen Lidschlag waren seine Augen weit aufgerissen, dann verlor er das Bewusstsein. Auf seinem Rücken trug Ibrahim ihn in das eigene Lager.

Während er sich erinnerte, zog Ibrahim die Beine enger an den Körper. *Ich muss zu ihm.* Er drückte auch die

Stirn fester gegen die Knie. Eine Zeit lang saß er so und bekam nichts von seiner Umgebung mit. Erst langsam drangen erneut Geräusche zu ihm vor. Einer in seiner Nähe stieß laute Atemzüge aus, als wollte er schreien. Jemand sang und pfiff abwechselnd irgendein Tanzlied. Irgendwo war eine säuselnde Frauenstimme zu hören. Dazwischen punktierten die Schreie der Verwundeten und der Sterbenden die Luft. Eine Hand berührte Ibrahims Schulter und ließ ihn zusammenzucken.

»Kommt.«

Ludwig Vosskamps Stimme klang rau, als habe er in den letzten Stunden oder sogar Tagen zu viel reden müssen. Ibrahim stemmte sich in die Höhe. Ich bin müde, dachte er, so müde. Ich will mich hinlegen und schlafen. In seinem Mund schmeckte es säuerlich.

Sie hatten Karl in das Zelt eines Capitains gebracht und ihn auf dessen Feldbett aufgebahrt. Ibrahim meinte sich zu erinnern, dass der Mann Georg von Hartleben gekannt hatte und dessen Sohn nicht den gewöhnlichen Feldschern überlassen wollte. Den besten von ihnen hatte er geholt. Ibrahim ließ den Blick schweifen. Das Zelt war geräumig. Im hinteren Teil kniete ein Mann an Karls Seite. Ein schmaler Mann in Livree beugte sich kurz näher zum Besitzer des Zeltes hin: »Ibrahim von Hartleben«, sagte er mit halblauter Stimme.

Der Offizier nickte. »Er kann gehen«, sagte er dann und schwieg, bis der Leibdiener das Zelt mit einem Rock seines Herrn über dem Arm verlassen hatte. Wenig später vermeinte Ibrahim draußen das Geräusch einer Bürste zu hören, die mit kräftigen Bewegungen über Stoff gezogen wurde. Dann bemerkte er, dass ihn jemand ansah.

»Kommt näher«, sagte der Capitain, der ein Freund Georg von Hartlebens war.

Ibrahim hielt den Blick starr auf Karl gerichtet. Das flackernde Licht einer Öllampe beschien sein Gesicht. Er war sich sicher, dass er noch nie jemanden gesehen hatte, der so bleich gewesen war. Dann fragte er sich, ob er ihn wohl zurück nach Hause bringen würde. Er war mehr als dankbar, dass jemand ein Tuch über den Schädel des Verletzten gebreitet hatte, so dass er das Loch darinnen nicht sehen musste. Karl atmete immer noch, leise und, wie Ibrahim schien, nunmehr beschwerlicher, aber er atmete.

»Ist er ...« Er musste schlucken.

Der Capitain sah ihn an. »Ob er erwacht ist? Nein, und mein guter Freund hier meint«, er deutete auf den knienden Mann, der sich inzwischen erhoben hatte und die Hände an einem Tuch abrieb, »es ist ein Wunder, dass er überhaupt noch lebt.«

Ein Wunder ... Aber er wollte nicht hier sein, er wollte zurück nach Hause, nach Hartleben. Er wollte ein Bier in einer Schenke trinken und mit seiner Schwester tanzen. Es gibt so viel, wofür man leben muss. Ibrahim starrte den Freund an: Die Augen, die unter den geschlossenen Lidern in den Kopf zurückgesunken waren; den halb geöffneten Mund, aus dem Speichel über das Kinn auf Hemd und Uniformrock geronnen war. Es drängte ihn, die tiefer ausgeprägten Falten um Mund und Nase zu berühren, die aussahen, als habe jemand Kerben in ein bleiches Stück Ton getrieben, aber er beherrschte sich.

»Er stirbt, oder etwa nicht? Er stirbt ...« Ibrahims Augen zuckten zwischen Karl und dem Offizier hin und her. Jemand legte eine schwere Hand auf seine Schulter.

»Kommt«, sagte die Stimme Ludwig Vosskamps, »lasst uns beten.«

»Ich …« Er wollte sich wehren und ließ sich doch auf die Knie drücken. Der Offizier sank elegant auf einen kleinen Teppich. Vosskamp und er neigten die Köpfe, während Ibrahim gegen das Zeltdach blickte.

Mit einem Mal war die Zeltwand kostbar bestickt und nicht mehr aus festem, hellem Leinen. Mit einem Mal war er neun Jahre alt und zitterte vor Stolz, weil er den Vater begleiten durfte. Sie hatten gebetet. Niemals hatte Hüseyin *beğ* eines der fünf täglichen Gebete vergessen, auch nicht draußen in der Wildnis. Er selbst hatte sich ein wenig gefürchtet vor den fremden Geräuschen, aber der Vater hatte ihm befohlen, zu schlafen, und er hatte ihn keinesfalls verärgern wollen. Auch die Falken, die er und sein Vater zur Jagd mitgenommen hatten, ruhten schon längst, er selbst hatte sich auf seinen Decken zusammengerollt. Aber er konnte nicht schlafen, und dann war da plötzlich der Vater an seiner Seite gewesen, bedeutete ihm mit einer Handbewegung, mit nach draußen zu kommen. Es war der Monat *schaban* und der Himmel über ihnen ein nachtblaues Tuch, besetzt mit funkelnden Diamanten. Der Vater hatte ihm über den Kopf gestrichen und nach oben geschaut, die Handflächen gegen den Himmel gedreht: *Im Namen Allahs, des Erbarmers, des Barmherzigen …*

»Vater unser, der du bist im Himmel …«

Ibrahim zuckte aus seinen Gedanken, legte die Hände gegeneinander und senkte ebenfalls den Kopf.

Ich bin ein Christ. Ich war ein Türk und war verdammt. Ich bin ein Christ. Ich bin Christoph Ibrahim von Hartleben.

Ein lauterer, beschwerlicher Atemzug Karls ließ ihn innehalten. Auch die anderen hoben die Köpfe, doch der Verletzte erwachte nicht.

Später, es schienen ihm schon Stunden vergangen zu sein, verabschiedete sich der Capitain, der zu einer Beratung gerufen worden war. Wenig danach musste Ludwig Vosskamp einem Verwundeten beistehen, mit dem es zu Ende ging. Ibrahim unterbrach sein Gebet, stand auf und ging einige Schritte auf und ab, um seine schmerzenden Knie zu entlasten. Der Feldscher hatte das Gesicht in den Händen vergraben, sah auf, als Ibrahim zum wiederholten Mal kurz vor ihm kehrtmachte, um zum Zelteingang zurückzugehen und dort wieder umzudrehen.

»War … Ist er Euer Freund?«

Ibrahim blieb stehen, nickte und warf zum ersten Mal seit längerer Zeit einen Blick auf Karl. Ja, ein Freund, der, von dem Habar die ersten Worte der fremden Sprache erlernt hatte. Habar – er schüttelte den Kopf, als könne er die Gedanken damit verjagen, drückte, rieb und knetete die gegeneinandergelegten Hände, bis ihm der Schmerz Einhalt gebot. Etwas tropfte auf den Boden. Mit wenigen Schritten war der Feldscher bei ihm und hielt seine rechte Hand fest. Zum ersten Mal bemerkte Ibrahim die tiefe Wunde, die sich vom rechten Ringfinger über den Handrücken zog. Rasch war die Blutung gestillt, die Wunde gesäubert und verbunden.

»Das solltet Ihr behandeln lassen.«

Ibrahim schüttelte den Mann ab. »Wie steht es um ihn?«, nickte er zu Karl hin.

»Er wird sterben.«

Obwohl ihn die Antwort nicht überraschte, zuckte er

zusammen. Kurz stellte er sich vor, wie er diese Worte mit beiden Händen packte und sie dem müden Mann da vor ihm in den Rachen stopfte.

»Es ist etwas anderes, wenn jemand vor einem liegt, den man kennt, nicht wahr?« Die Stimme des Feldschers klang jetzt etwas abgehackt. Ibrahim trat näher zu Karl hin.

»Wie lange?«

»Das liegt in Gottes Hand.«

Ibrahims Schultern sanken nach vorne, er verschränkte die Arme vor der Brust. Karl, sagte er tonlos, Karl ... Erinnerst du dich an den Tag, als wir Äpfel aus dem Garten stibitzten?

Karl rührte sich nicht. Wie lange würde er so daliegen? Plötzlich verspürte er Durst. Auch Karl musste durstig sein, sie hatten seit heute Morgen nichts mehr getrunken.

»Bleibt Ihr hier, während ich nach meinen anderen Verwundeten schaue?« Der Feldscher stand auf.

Ibrahim nickte. Kein Wort hätte er herausgebracht. Da war nur noch ein Würgen in seinem Hals. Der Zeltvorhang fiel zu. Langsam näherte er sich dem Bett, um sich an der Seite des Freundes niederzulassen. Erst horchte er nur auf Karls leises Atmen, dann griff er nach dessen linker Hand. Schlaff war sie, aber doch warm und nur an den Fingerspitzen etwas ausgekühlt.

Erinnerst du dich daran, wie wir im Fischteich des Nachbarn badeten und Georg unsere Rückseiten gerbte? Erinnerst du dich, wie ich im Mühlteich fast ertrunken wäre, weil ich ein Kätzchen retten wollte? Mohammed, Allahs Segen und Frieden sei über ihm, liebt Katzen, habe ich dir damals erzählt. Meine Mutter, und das erzählte ich dir nicht, kaufte gerne Leber, um die Streuner zu füttern. Allah liebt Katzen, weißt du. Und Tauben.

Er hielt inne, horchte auf den unverändert schwachen Atem des Freundes. Karl würde sterben. Noch lag er nur da und atmete, doch bald würde sich sein Körper nach Flüssigkeit sehnen. Er würde sterben.

Ibrahim schloss die Augen. Er war müde. Das schwache Luftholen des Freundes erschien ihm mit einem Mal überlaut. Wie lange noch? Obgleich seine Augenlider zuckten, hielt er die Augen weiterhin geschlossen. Ein quälend langsamer Atemzug, ein zitterndes Ausatmen. Man sollte ihn erlösen, ihm die Hand über Mund und Nase legen und ihn ersticken. Alles wäre einfacher. Nur die Hand über Mund und Nase legen. Seit dem frühen Morgen waren sie beide auf den Beinen gewesen, jetzt waren sie müde. Sie würden beide schlafen müssen. Ein. Aus. Ein …

Er schreckte hoch, als er Stimmen vor dem Zelteingang hörte. War er eingeschlafen? Hastig sprang er auf und rieb sich die Augen. Kurz später wurde die Plane des Eingangs zurückgeschlagen. Der Capitain kam mit forschen Schritten auf ihn zu, den Blick auf das Feldbett gerichtet.

»Wie geht …« Er brach ab. Ibrahim starrte ihn an, drehte sich dann um und folgte seinem Blick.

Er ist tot. Die Erkenntnis durchfuhr ihn, als habe man sie ihm mit der Faust in den Magen geschlagen. Karls linke Hand war vom Bett gerutscht. Sein Brustkorb bewegte sich nicht mehr.

»Wann ist das geschehen?«

»Ich …«, Ibrahim starrte den Toten an, »ich weiß nicht. Er hat geatmet, eben noch.«

Er beugte sich vor und faltete Karls Hände auf dessen Brust. Hatte sich die Hautfarbe des Toten geändert? Er kniff die Augen zusammen. Mit aller Kraft krallte er die Finger in seine Handflächen und konnte doch die Tränen nicht zurückhalten.

***

Man erfüllte seinen Wunsch, Karl nicht gemeinsam mit den anderen Toten in einem Massengrab zu bestatten, sondern fand einen Ort abseits, am Rande eines verlassenen Kirchhofs. Man hatte seine Uniform gesäubert, so gut es ging, und den Hut über das Loch in seinem Schädel gestülpt. Das herabhängende Kinn wurde mittels eines Bandes an Ort und Stelle gehalten. Die Reitstiefel schimmerten, so gewissenhaft hatte der junge Gertlein sie geputzt. Für einen Moment noch, bevor man Karls Gesicht mit Leinenstoff bedeckte, stand Ibrahim über den Freund gebeugt, legte eine Hand gegen dessen kalte linke Wange.

Gestern, als sie ihn eine Weile alleine gelassen hatten, hatte er vorsichtig eines von Karls Augenlidern angehoben, als könne er dort noch etwas von seinem Freund erhaschen. Doch das Auge war starr gewesen, und wenn es einen Anblick gab, der ihm sagte, dass Karl wirklich tot war, dann war es dieser gewesen. Er ließ ihn los, erhob sich und trat einen Schritt zurück. Kurz sah er einen weißblonden Jungen, der ihn neugierig anstarrte, so deutlich vor sich, dass er zusammenzuckte und einen weiteren Schritt zurückwich.

Was werde ich Georg sagen, was Theodora? Reglos sah

Ibrahim zu, wie der Leichnam in die Grube gesenkt wurde. Er tat es den anderen gleich und faltete die Hände, sprach die Worte Vosskamps nach. Unten in der Grube verschwammen die Umrisse des Toten mit dem feuchten Boden. Die erste Ladung Erde stürzte auf den reglosen Körper hinab. Zu Hause hätte man dich mit dem Kopf nach Mekka beerdigt. Zu Hause hätte man dir eine Zypresse aufs Grab gepflanzt. Nein, Ibrahim kniff die Augen zusammen, bewegte die Lippen im Gebet, ohne die Worte zu ahnen. Nein, nicht zu Hause. Das war Vergangenheit, fort und vorbei.

Gemeinsam mit einer kleinen Gruppe Soldaten machte er sich eine Woche später auf die Reise. Die Verwundung an seiner Hand hatte ihn vom Kampf befreit, außerdem wusste vorerst niemand, wie es weiterging. Während der Reise hielt er sich die meiste Zeit abseits, hatte keinen Sinn für ihre Gespräche und nahm nur an den gemeinsamen Gebeten teil. Manchmal dachte er an Vosskamp, der zurückgeblieben war.

»Warum sollte ich mit Euch kommen?«, hatte der Pfarrer gefragt und traurig gelächelt. »Ich habe seit Jahren nichts mehr von Hartleben gehört.«

Im Laufe der Reise wurde die Gruppe immer kleiner, bis nur noch er übrig blieb. Man hörte allenthalben, dass die Schweden bald in Sachsen einfallen würden. Als Pferd und Reiter Ende März von Plauen kommend Raun passierten und den Hügel erklommen, blieb Ibrahim eine Weile dort stehen. Es war den ganzen Tag über regnerisch gewesen, es dämmerte bereits. In der Talsenke lag grau verschleiert Gut Hartleben. Um diese Zeit überprüfte Theodora üblicherweise die Räume. Jetzt wurden Kerzen und Öllampen angezündet, das Gesinde saß in der Küche um die Schüssel mit Eintopf oder Grütze.

Als er in den Hof ritt, hielten diejenigen inne, die dort ihrer Arbeit nachgingen. Wenig später stürzte Georg aus der Tür, gefolgt von Wilhelmina. Ibrahim bewegte die Lippen. Sie sahen ja, dass er alleine war. Sie sahen es doch. Er musste nichts sagen. Er rutschte vom Pferderücken, schwankte einige Schritte auf sie zu, bis Georg auf ihn zueilte und ihn bei den Unterarmen packte. Kurz starrten die beiden Männer einander in die Augen. Ibrahim blinzelte. »Karl ist tot«, sagte er dann.

VIERTER TEIL

1706–1709

1. Kapitel

Lehngut Hartleben, Herbst 1706

Die Schweden waren im Laufe des Vormittags eingetroffen, unvermittelt hatten die Männer im Haus gestanden. Rupert war von ihnen im Kabinett überrascht worden, Habar und Verwalter Scholz in der Küche, wo man eben dabei war, sich auf das Kommende vorzubereiten. Man war gewarnt worden. Schon Anfang September hatte der Schwedenkönig alle Einwohner Sachsens aufgefordert, auf ihren Besitzungen zu bleiben und seine Truppen mit allem Erforderlichen zu versorgen. In den Jahren zuvor hatte Friedrich August selbst Vorkehrungen zum Schutz seiner Erblande getroffen, hatte Waffen und Vorräte gesammelt und Dresden in den Verteidigungszustand versetzt, doch die ablehnende Haltung gegenüber seiner Polenpolitik hatte dazu geführt, dass viele der zur Verteidigung bestimmten festen Plätze nur notdürftig verschanzt worden waren. Mahnungen, sich mit Hab und Gut in den Städten in Sicherheit zu bringen, hatten auch in ihrem Haus wenig Beachtung gefunden, bis es hieß, der Schwede sei auf dem Weg. Einige waren daraufhin Hals über Kopf über das nahe gelegene Gebirge in das böhmische oder bairische Gebiet geflüchtet. Rupert hatte bestimmt, dass sie bleiben würden.

Habar spürte, wie eine Gänsehaut über sie kroch, wie sich ihr Unterleib krampfartig zusammenzog. Unsicher ließ sie ihren Blick über verhärmte Männergesichter und blaugelbe Uniformen wandern, horchte den gutturalen Lauten einer fremden Sprache nach. Die Schweden waren schon während des Dreißigjährigen Krieges hier gewesen, und sie hatte die Menschen mit einem solchen Entsetzen von ihrer Unbarmherzigkeit sprechen hören, als sei alles erst gestern geschehen.

An diesem ersten Tag kochten, buken, sotten und brieten sie bis in den späten Abend hinein, um die hungrigen Männer satt zu bekommen. Dann zogen sich die einfachen Soldaten in die Scheune zurück, während sich ihr blonder Anführer in einem der unteren Räume zur Ruhe legte. Auch Habar, zum Erbarmen erschöpft, war in ihr Zimmer geschwankt, konnte jedoch keinen Schlaf finden. Immer wieder wälzte sie sich hin und her, lauschte endlich, auf dem Rücken liegend, dem Schnaufen ihrer Tochter, die sie in dieser Nacht bei sich wissen wollte, horchte auf die langsam verklingenden Stimmen der Schweden und sehnte das unverwechselbare Tocktocktock von Ruperts Schritten herbei. Aber Rupert kam nicht. Erst am nächsten Tag, zur Mittagsmahlzeit, ließ er sich sehen, zog es jedoch vor, sich alsbald in sein Kabinett zurückzuziehen.

Dem sonstigen Kriegsbrauch entgegen, bezogen die Schweden in diesem Herbst 1706 ihre Winterquartiere zeitig. Nach und nach nahmen die Soldaten weitere Teile des Hofes und auch einige Zimmer des Gutshauses für sich in Anspruch. Manchmal befahl ihr Anführer sie zurück, meistens ließ er sie gewähren. Offensichtlich gönnte er ihnen die Erholung nach den Anstrengungen der vergangenen Jahre, und die Männer, die über so lange Zeit hinweg nur Krieg kennengelernt hatten, genossen die sich lockernden Zügel. Sie gehörten zum ostgotischen Regiment, das seine Hauptstandorte in Reichenbach und Plauen hatte. Häufig wurden Exerzitien und Waffenübungen vorgenommen, zweimal täglich kamen sie zur Betstunde zusammen. Bei sonnigem Wetter verbrachten sie Stunden im Hof.

In den ersten Tagen ihrer Anwesenheit beobachtete Habar die Männer aufmerksam: Abgemattet waren sie, mager, manche gelbgesichtig vor Erschöpfung, abgerissen sogar die Offiziere, aber sie benahmen sich besser als die sächsischen Soldaten, die wenige Wochen vor ihnen durchs Land geflüchtet waren. Groß- und eher Kleingewachsene waren unter ihnen, viele blonde, rote, weniger braune Schöpfe. Vierschrötige Männer mit narbigen Gesichtern zählten dazu, magere Kerle, denen die Knochen durch die Haut stießen; Männer, die mit Pferden umzugehen wussten und solche, denen auch das Handwerk eines Bauern nicht unbekannt war. Ein Schmied war ebenfalls darunter, der sich ohne Federlesens daranmachte, schadhafte Gerätschaften auszubessern. Fast unablässig schallte bald der Klang seines Schmiedehammers über den Hof, und im Feuerschein der kleinen Esse entspannten sich die Gesichtszüge des Mannes. Stück um Stück verschwand die Müdigkeit aus allen Gesichtern.

Die meisten von ihnen sprachen ein passables Deutsch. Einige der Männer beschäftigten sich mit Esme, die mit ihrem fröhlichen Lachen, den schwarzen Locken und den dunklen Kulleraugen mehr als einen Haudegen um ihren kleinen Finger wickelte. Wieder andere stellten den Mägden nach. Jeder Soldat war täglich mit Fleisch, Brot, Zugemüse, Butter oder Speck und drei Kannen Bier zu versorgen, so dass Habar schnell befürchtete, dass die

Vorräte nicht ewig halten würden. Was dann geschehen mochte, wusste sie nicht. Sie hatte von Bestrafungen gehört, die in solchen Fällen griffen, und die einem, so hieß es, oft nichts als das nackte Leben ließen.

Sie beschloss, mit dem Anführer zu sprechen, der sich ihr in einem weich klingenden Deutsch als Sven Magnusson vorgestellt hatte.

So weit aber war alles gut, wenn auch mit den Soldaten die Erinnerungen zurückgekommen waren. Sie hatte nicht gedacht, dass Budin noch einmal so nah sein würde. Zum ersten Mal seit langer Zeit nahm sie Papier an sich. Heimlich fertigte sie Tinte aus Ruß an, schnitt eine neue Rohrfeder zurecht. Als sie sich daranmachte, es zu benutzen, schmiegte sich das *kalem* in ihre Hand, als sei es nie fort gewesen. Es tanzte über das Papier, folgte ihren Eingaben, bis kein Fleck mehr frei war, bis sich Linien umeinanderschlangen, Striche und Punkte miteinander tanzten. Danach betete sie, vollführte die traditionellen Handlungen mit einer Umsicht, die sie verloren geglaubt hatte. Vielleicht hatten die Leute auf dem Gut recht, und sie würde ihre türkischen Wurzeln nie verlieren.

Beinahe jede Nacht schlich sie in den folgenden Tagen nach draußen, jedes Mal trug sie einen neuen Bogen Papier klein gefaltet in ihren Händen. Trotz der Dunkelheit war es nicht schwer, den Weg zu finden. Ihre Füße kannten ihn, begrüßten die harten Kiesel unter den weichen Sohlen wie altvertraute Freunde. Auch an diesem Ort gab es einen Teich mit einem Bachlauf, dazu eine Weide, deren Samen einst Händler mitgebracht hatten. Der trauernde Baum, der weinende Baum; am Fuß seines

Stammes grub sie eine Höhlung und schob ihre Schätze hinein. Sie war Habar, gebürtig aus Budin, aufgewachsen in Sachsen, eine, die Allahs ewiges Wort schrieb.

***

Habar hörte die Stimmen der beiden draußen im Hof, zuerst Ruperts dunklere und dann die hellere ihrer Tochter, und sah von dem Buch auf, in dem sie tagtäglich Ein- und Ausgänge notierte, um einen Überblick über die Vorräte zu behalten. Es war Ende Oktober und schon kühl, aber wenn die Fenster offen standen, bekam sie hier alles mit, was unten geschah. Sie überlegte, ob sie aufstehen sollte, blieb dann aber sitzen. Sven Magnusson, ihr gegenüber auf der anderen Seite des Tisches, hatte den Kopf nicht von den Auflistungen gehoben, die sie ihm wie jeden Tag, vorgelegt hatte. Winzige Schweißperlen schimmerten an seinem Haaransatz. Er war fast den ganzen Tag draußen gewesen, um den letzten Abschnitt der Ernte zu überwachen.

Sie werden uns alles stehlen. Wir werden hungern. Sie hatte von solcherlei gehört. Gerüchte, Wahrheiten, vielleicht auch Lügen waren dieser Tage schnell unterwegs und sorgten für Unsicherheit. Aus den Augenwinkeln beobachtete sie, wie sich Magnusson mit einer fahrigen Hand über die Stirn fuhr, wobei sich eine schweißfeuchte Strähne aus dem Zopf löste, zu dem er sein Haar locker im Nacken gebunden hatte. Sie hatte noch nie vorher einen Menschen gekannt, der so sehr schwitzte. Jetzt stand er auf und rückte seinen Stuhl von dem Kachelofen weg, in dem sie am Morgen selbst das Feuer entzündet hatte. Von Neuem tauchte sie die Feder in die Tinte, zog das Buch näher zu sich hin und nahm sich den nächsten Eintrag vor. Die Spitze der Feder kratzte über das Papier, spreizte sich, weil sie zu fest aufgedrückt hatte und hinterließ einen Schauer winziger Tintentröpfchen. Sie lehnte sich zurück, um zu warten, bis alles getrocknet war.

Unsere Ernte. Noch nie hatte sie an diesem Ort über etwas gedacht, als gehöre es ihr, aber das hatte sich geändert, seit Rupert sich zurückgezogen und Scholz und ihr den Großteil der Verwaltung überlassen hatte. Sie beschwerte sich nicht, nach ersten Unsicherheiten hatte sie sogar Gefallen daran gefunden. Jeden Tag führte sie ihr Weg in jede Ecke des Hauses. Inzwischen kannte sie jeden Knecht und jede Magd mit Namen. Manchmal nahm sie sogar das Essen gemeinsam mit ihnen ein. Seit Rupert und sie die Tartuffelzucht erfolgreich betrieben, gab es häufiger Tartuffeln und Sauermilch. Im ersten Versuchsjahr, kurz nach Esmes Geburt, waren sie bis nach Schönberg und ins Ascher Ländchen gefahren, wo die Tartuffel schon einige Jahre angebaut wurde, um sich von der Güte dieser Pflanze auch für den menschlichen Gebrauch überzeugen zu lassen. Schnell hatte sich gezeigt, dass es kaum etwas gab, was auf diesen Böden besser wuchs. Mancher Prediger pries die Knolle heute gar von der Kanzel herab. Die Köchin hatte begonnen, die Tartuffeln in verschiedenen Varianten zuzubereiten. Viel Anklang hatte ein Brei gefunden. Gern gegessen wurden auch die Tartuffelklöße, sie ersetzten sogar jene aus Gerstenmehl in der Beliebtheit.

Habar horchte wieder, draußen herrschte nunmehr Stille. Sie reckte den Nacken, bewegte die Schultern. Sven

Magnusson hob den Kopf. Eines frühen Morgens, einige Tage nach dem Eintreffen der Soldaten, hatte er sie auf dem Weg zu dem Baum getroffen, der ihre Geheimnisse bewahrte. Er hatte sie nicht begrüßt, hatte sie lediglich angesehen und dann in seinem langsamen, etwas fremd klingenden Deutsch festgestellt: »Du bist nicht von hier.«

Doch, hatte sie gedacht, ich bin von hier, ich lebe schon länger hier, als mein ganzes voriges Leben. Dies ist mein Heim, hier lebt meine Tochter. Aber sie schaute ihn nur an, während er weitersprach. Auch am nächsten Tag war er da. In den darauffolgenden erzählte er ihr vom Meer, von dunkelblauem Wasser, das in der Sonne funkelte; von einem Land, in dem sich der Himmel so nah über dem Boden wölbte, dass man ihn mit Händen greifen konnte und von einer Stadt am Meer, auf grünen Inseln gebaut und über Brücken miteinander verbunden: »Karlskrona heißt sie, nach dem Vater unseres Königs. Es ist ein großer, prächtiger Hafen.«

Am Tag darauf tauchte er persönlich im Kabinett auf. Er überreichte ihr ein Exemplar der Vorschriften des Schwedenkönigs, Regeln, nach denen sich die Soldaten zu richten hatten und deren Einhaltung jeder Quartiergeber auf diese Weise überprüfen konnte. Sie nutzte die Gelegenheit, sich über zwei Soldaten zu beschweren, bevor er anhand ihrer Bücher überprüfte, ob sie den Schwedenkönig nicht betrüge. Sie hatte gehört, dass es an anderen Orten zum Streit über unterschiedliche Maße und minderwertige ausländische Münzen gekommen war, die besonders in den Grenzorten kursierten. Magnusson verdeutlichte ihr, dass die Abgaben nach Leipziger Maß zu erfolgen hatten, das im Verhältnis fünf zu vier zum schwedischen stand, so wie es festgelegt war. Nach ein paar Wochen überflog er ihre Eintragungen nur noch halbherzig.

Und heute reichte er ihr das Buch gleich zu Anfang zurück und nahm sich nur ein paar Listen vorn.

Habar befeuchtete sich die Lippen. »Sehnt Ihr Euch manchmal nach Eurer Heimat, Herr Magnusson?«

Zuerst blickte er so eindringlich auf seine Papiere, dass sie schon dachte, er wolle nicht antworten. Irgendwann hob er den Kopf. Er hatte Augen so blau wie die Schale aus Türkisen, die ihr Vater damals der Mutter geschenkt hatte. Seine Haut war hell, nicht bleich, wie die vieler Menschen hier, sondern durchscheinend. Die kurze Nase war von Sommersprossen übersät, die sich mit den üblichen Pockennarben mischten, die auch hier so viele Menschen trugen.

»Nein«, erwiderte er. »Ich denke manchmal an zu Hause. Ich denke über die Dinge nach, die ich vermisse – aber …« Er schob die Papiere zusammen und verstaute sie in der Ledermappe, die er stets bei sich trug, wenn er zu ihr kam. »Wir waren zu viele Menschen in einem zu kleinen Holzhaus. Wir hatten zu wenig zu essen und einen Vater, den wir am liebsten besoffen sahen, weil er uns dann nicht schlug. Ich bin weggelaufen und wollte nie zurück, aber da oben«, er tippte sich an den Schädel, »sind die verdammten schönen Dinge, die nicht herauswollen, also träume ich manchmal.« Die kräftigen Hände, die er vor sich auf dem Tisch platziert hatte, zitterten. Sie dachte an Seen wie dunkle Perlen im Grün der Wälder, von denen er ihr berichtet hatte. Sie dachte an Fisch, den man über einem Lagerfeuer grillte.

Sie wusste nicht, wie lange sie geschwiegen hatten, als er wieder sprach: »Und du, Frau Habar?«

Sie zuckte die Achseln. *Nichts, ich erinnere mich an nichts. Ich war doch noch ein Kind.*

***

Rupert hörte sie. Er hörte Habars Worte durch das geöffnete Fenster des benachbarten Kabinetts dringen, ohne dass er sich sonderlich anstrengen musste. Sie sprach mit dem großen, blonden Schweden, mit diesem kräftigen Mann mit seinen zwei gesunden Beinen, der seine Soldaten gut im Griff hatte. Jeden Tag waren sie dort, und er hörte sie über sein Gut sprechen. Habar und Scholz machten ihre Sache gut, aber er konnte nicht umhin, ihre Arbeit zu überprüfen, wenn sich die seltene Gelegenheit dazu gab. Die Ernte war in diesem Jahr nicht schlecht ausgefallen, aber es würde diesen Winter auch mehr Mäuler zu stopfen geben.

Er keuchte leise auf, als er die Finger von der Tischplatte löste, die er mit jedem neuen Gedanken fester umklammert hatte. Jeden Tag waren der Schwede und sie dort in seinem Kabinett, während er nur an die Erzählungen denken konnte, mit denen er aufgewachsen war, von den Grausamkeiten der Nordmänner, von der Wurzener Marterwoche und dem Pirnaer Elend. Seit sie sich täglich dort aufhielten, zog er sich oft in das kleinere Nachbarzimmer zurück. Seine Schreibarbeit erledigte er im Schlafzimmer. Anfangs hatten Habar und der Schwede viel geschwiegen, doch nun war es anders.

»Bist du seine Frau?«, hatte der Schwedensoldat sie

irgendwann in diesem hinterhältigen, weichen Tonfall gefragt.

Er hatte sie nicht antworten hören. Vielleicht hatte er es auch überhört.

Am späten Nachmittag, als sie das gemeinsame Abendbrot einnahmen, beobachtete er sie, konnte jedoch nichts feststellen. Mit gutem Appetit aß sie Quetschtartuffeln und Bratfleisch und war – wie immer – freundlich zu ihm.

Doch sie bat ihn auch nicht zu bleiben. Immerhin, er war das Alleinsein gewohnt. Es war selten, dass er das Haus verließ, denn er hasste die Blicke der Soldaten mit ihren gesunden Gliedern. Er hasste das Grinsen, das sich auf ihre Gesichter malte, die unverhohlene Freude darüber, dass bei ihnen noch alles war, wie es immer gewesen war. Aber irgendwann würde man sie wieder in den Krieg schicken, irgendwann mochten sie in seiner Lage sein.

Erneut musste er die Finger von der Tischplatte lösen. Er rieb die Handflächen gegeneinander, sah den Stapel Briefe durch, den der Bote am vereinbarten Platz hinterlegt hatte. Wenigstens das war ihm gelungen. Er würde es nicht zulassen, dass der Feind seine Korrespondenz las. Freunde, alte Handelspartner brachten ihm Nachrichten aus allen Teilen des Landes, vom Schwedenkönig, der in Altranstädt bei Leipzig saß, von den Soldaten, die sich überall eingenistet hatten und von denen erstaunlich wenig Schlechtes zu hören war. Die Furcht, die sich auf die Nachricht hin ausgebreitet hatte, dass der Schwede sächsischen Boden betreten habe, die Hysterie, mit der Menschen mit Sack und Pack in die Wälder und die nächsten Städte geflüchtet waren, hatte sich längst gelegt.

Offensichtlich hatten der Schwedenkönig und seine Offiziere ihre Männer gut im Griff. Jedenfalls hieß es, dass sie stets höflich fragten, wenn sie auch kein Nein akzeptierten.

23 000 Mann zählte, seinen Kenntnissen zufolge, Eisenkopfs Armee. Man munkelte, es seien Pläne geschmiedet worden, den schwedischen König auf einem seiner Ausritte gefangen zu nehmen. Man erzählte sich auch, dass Eisenkopf eines Abends unverhofft und alleine im Dresdner Schloss aufgetaucht sei. Einige berichteten hinter vorgehaltener Hand, dass Friedrich August seinem Cousin eine Eisenstange um den Leib gebogen habe, als dieser ein Beispiel seiner viel gerühmten Kraft gefordert habe. Der Schwede selbst war hässlich, grobschlächtig und hatte keinen Sinn für die Schönheiten des Lebens. Er verweigerte sich Hoffesten und sprach lieber über gute Stiefel.

Ich könnte sie heiraten, dann wäre sie mein. Rupert beugte sich vor, bewegte seine Finger über die Einlegearbeiten aus hellen und dunkleren Hölzern, ließ sie über rötlichbraun schimmerndes Kirschholz gleiten. Dann besann er sich auf Esme. Mit ihren bald fünf Jahren war sie größer geworden und ernsthafter. Längst hatte er ihr den ersten Schnürleib gekauft und ein Kleid, das eine kleinere Ausgabe eines Kleides ihrer Mutter war. Er hatte auch schon daran gedacht, einen Hauslehrer für sie einzustellen, aber der Einfall der Schweden hatte ihm einen Strich durch die Rechnung gemacht. Er hasste es, wenn sie mit den fremden Soldaten sprach oder ihnen gar Blumen brachte. Gestern war sie dem Trommler der Schweden, der selbst noch ein halbes Kind war, überallhin gefolgt. Als er sie zu sich gerufen hatte, wollte sie erst nicht hören und senkte dann den Kopf wie ein angriffslustiges Böckchen. Erst ein paar leise, bestimmte Worte ihrer Mutter hatten sie gehorchen lassen.

»Wir wurden nicht dazu erzogen, respektlos gegenüber Älteren zu sein«, hatte Habar gesagt, als sie später ein paar Augenblicke für sich gewesen waren. Er wusste, dass sie von ihrem Bruder sprach. Ibrahim war aus dem Krieg zurückgekehrt. Georg hatte ihn in einer kurzen Nachricht davon in Kenntnis gesetzt. Karl war tot.

Seine Fingerspitze ertastete ein Stück helleres Holz. Er hinterließ einen winzigen Streifen, der jedoch sofort verschwand. Wenn die Schweden fort waren, würde er sein Kabinett von Neuem in Besitz nehmen. Und wenn sie mit ihnen ging? Man hatte von Frauen gehört, die dem Tross folgten, und sie? Was hielt sie hier? Vielleicht würde sie auch Esme mit sich nehmen. Er zog seinen Krückstock zu sich heran, stemmte sich in die Höhe, um zum Fenster zu humpeln.

Aber sie ist dein, und sie ist dankbar, dass sie hier leben darf. Wo sollte sie hingehen? Sie ist immer noch eine Fremde. Wer sie nicht kennt, glotzt sie an. Sie wird sich nirgends verstecken können, nirgends Schutz finden.

Während er am Fenster stand, achtete er darauf, genügend Abstand zu halten. Niemand sollte ihn sehen. Vor der Scheune saßen trotz der Kälte ein paar Soldaten und schmauchten ihr Pfeifchen. Der Schmied hatte sich eine Sense zum Schärfen zur Hand genommen. Zwei Mägde huschten mit Wassereimern über den Hof, den Blick zu Boden gesenkt. Er hatte gehört, wie Habar um besseren Schutz für sie gebeten hatte. Aber alles in allem gab es wenige Beschwerden. Sie achtete auf ihre Mädchen, würde doch jeder Fehltritt auf das Gut und seinen Besitzer zurückfallen. Sie war eine gute Verwalterin.

Sie braucht dich nicht, braucht keinen Krüppel an ihrer Seite. Die Gedanken hämmerten in seinem Kopf, dass er dachte, der Schädel müsse ihm zerspringen. Fest verschränkte er die Arme vor der Brust. Eben hüpfte seine Tochter die wenigen Stufen hinunter, gefolgt von ihrer ehemaligen Amme, an deren üppigem Busen sich das Mädchen immer noch gerne ausweinte. Wenn die Schweden fort waren, würde er endlich einen Lehrer für sie einstellen. Sie würde Tanzunterricht erhalten. Er selbst würde sie Konversation lehren. Auch ein Musikinstrument schwebte ihm vor, ein Cembalo vielleicht, mit dem sie ihren Vater abends unterhalten mochte.

Im Hof war Esmes Eintreffen nicht unbemerkt geblieben. Einer der Soldaten stand auf und drückte ihr etwas in die Hand, bevor er ihr über den Kopf streichelte. Rupert presste sich mit dem Rücken flach gegen die Wand und hätte am liebsten aufgeschrien. Der Atem schien ihm quer in der Kehle zu sitzen, der nächste Atemzug kam keuchend.

Heirate sie … Unten im Hof war mit einem Mal ihre Stimme zu hören. Er löste sich von der Wand. Lene hatte ihr das dunkle Haar heute kunstvoll aufgesteckt. Ein dünner Schleier lag über dem Hinterkopf. Sie trug das Kleid aus grünem Stoff, das er ihr geschenkt hatte, kurz bevor die Schweden gekommen waren. Nur von den Pantoffeln wollte sie nicht lassen, bunt bestickt konnte er sie unter dem Saum hervorlugen sehen. Er beobachtete, wie sie sich von der Kleinen zeigen ließ, was der Schwede ihr geschenkt hatte. Aber die Schweden würden wieder gehen, womöglich würden sie das Land schon im nächsten Sommer verlassen. Er konnte den Blick nicht von ihr nehmen. Sosehr er es auch wollte, konnte er sich doch nicht von ihr lösen, weder vom Anblick ihres schmalen Nackens noch von der Taille. Sie gehörte ihm. Er würde sie niemals gehen lassen.

2. Kapitel

Gut Hartleben, Herbst 1707

»Wisst Ihr, was mich krank macht? Dass Ihr uns in den Dreck reißen könnt, wenn Euch danach ist. Dass es immer und überall Eure Unterschrift braucht.« Theodora tat ein paar schnelle Schritte auf die Wand zu, dann wirbelte sie auf dem Fuß herum. »Dabei habe ich mehr Verstand als Ihr, viel mehr!«

Endlich blieb sie stehen. Georg atmete auf. Er hatte schon befürchtet, sie würde niemals mehr stillhalten. Noch einmal atmete er durch. Es war nicht das erste Mal, dass ihn Theodora auf diese Art und Weise belangte. Sie war niemals mit ihm zufrieden gewesen und sah heute wohl stetig weniger Sinn darin, ihn über ihr Empfinden hinwegzutäuschen. Aus ihrem weiß geschminkten, starren Gesicht schauten ihn einzig ihre Augen lebendig an. Man schrieb das Jahr 1707 – waren sie wirklich schon über vierzig Jahre verheiratet? Mit einem Mal wünschte er sich, ihr sagen zu können, dass sie sich zu Alexander gesellen solle, der tot war und längst von Maden zerfressen. Dass er sie nicht mehr brauchte, nicht mehr liebte, gar verabscheute. Er öffnete den Mund. Jemand räusperte sich.

»Noch etwas Wein, mein Herr?«

»Ja, schenk er ein, Knaup.«

Georg ließ sein Glas nachfüllen, trank mit bedächtigen Schlucken, was er gerne heruntergeschüttet hätte. Theodora stand immer noch an derselben Stelle. Rot leuchteten ihn die kreisrunden Flecken auf ihren Wangen an. Obwohl man keine Gäste erwartete und keine Besuche anstanden, hatte sie sich auch das Haar leicht gepudert. Unvermittelt dachte er an Habars Gesicht, dessen Haut sich ihm immer ohne Schminke dargeboten hatte, so dass man ihr Erröten oder Erblassen sofort bemerkt hatte.

»Schenk er meiner Frau nach, Knaup.«

Theodora schüttelte den Kopf. »Schickt ihn hinaus.«

Georg biss sich auf die Lippen, drehte sich dann zu dem Diener hin.

»Sorg er dafür, dass meine Stiefel zum Ausritt poliert sind.«

Sie schwiegen noch längere Zeit, nachdem die Tür hinter Knaup zugeschlagen und seine stets zu lauten Schritte den Gang entlang verklungen waren. Dann drehte Theodora den Kopf zu ihrem Mann hin. »Wo ist Hanns?«

Georg schaute auf die Tischplatte. »Er wird alt, ist nicht mehr so gut zu Fuß. Ich wollte ihn schonen.«

»Und er«, sie nickte zur Tür hin, Fassungslosigkeit in der Stimme, »soll ihn ersetzen?«

Georg umfasste sein leeres Glas mit beiden Händen, fragte sich, wo Wilhelmina war, mit der er jetzt, in diesem Moment, gerne gesprochen hätte. Er mochte ihre bedächtige Art, die Ruhe, mit der sie jeden Aspekt des Lebens anging. Gerne wollte er sie fragen, ob sie den Bruder vermisste, was sie von ihm erinnerte, so dass sie ihn gemeinsam in ihren Herzen bewahren konnten. Er hob das Glas, stellte es dann mitten auf die Papiere auf seinem Schreibtisch ab.

»Er ist ein guter Mann. Ich bin zufrieden mit ihm, Ihr werdet es auch sein.«

Theodora schnaubte leise, die Antwort eines jungen Mädchens, der er sie nicht mehr für fähig gehalten hatte. Behutsam ließ er drei Finger seiner rechten Hand in seine Westentasche gleiten und berührte die drei Würfel darinnen. Manchmal fragte er sich, worauf Knaup warten mochte. Er täuschte nur, dessen war er sich fast sicher. Seine Finger drückten sich fester gegen die Würfel.

Theodora hat recht, ich sollte ihn vor die Tür setzen. Aber das kann ich nicht tun. Es wäre zu gefährlich. Ich muss ihn im Auge behalten. Seine Frau, aus ihrer Starre erwacht, stand nun so dicht vor ihm, dass er die schlaffe Haut an Hals und Dekolleté bemerkte. So war also auch sie älter geworden, sie, die ihm immer so unveränderlich erschienen war. Indem er sie genauer betrachtete, entdeckte er Falten um Augen und Mund. Am Kinn, das sie vorreckte, war in der Wärme des Zimmers Schminke abgeplatzt wie die Glasur von schlechter Tonware.

»Stimmt es, dass Ihr wieder spielt?«

Georg zuckte die Achseln. »Macht Euch keine Sorgen, ich habe alles im Griff.«

Kurz sah es so aus, als wolle sie etwas erwidern, dann ging sie zu einem Sessel und ließ sich hineinfallen.

»Ich will nicht, dass er bei Tisch aufträgt«, sagte sie nach einer Weile.

Georg lächelte zustimmend, dabei war es ihm so verdammt gleichgültig. Polternd schob er den Stuhl zurück und stand auf. »Wir sehen uns zum Nachtmahl«, sagte er und war schon bei der Tür. Er musste zumindest so tun, als ob er sich noch um irgendetwas sorgte, als ob ihm das Gut, für das er so lange gekämpft hatte, noch am Herzen lag. Heute Abend würde er spielen, würde das Einzige tun, was irgendeinen Sinn machte.

Ibrahim stand vor dem Stall, als Georg aus dem Gutshaus trat. In der letzten Nacht hatte es zum ersten Mal gefroren, und auch am Tag waren die Temperaturen niedrig geblieben. Reif knirschte unter den Füßen. Helles Winterlicht ließ die tieferen Kerben und feinen Falten in Ibrahims Gesicht stärker hervortreten. Mit einer Hand hielt er sein Pferd bei den Zügeln und hatte die andere auf dessen Hals gelegt. Das Fell des Rappen glänzte, so sorgsam hatte sein Reiter ihn gestriegelt. Kurz nach seiner Rückkehr hatte er damit begonnen, den jungen Hengst zu trainieren.

»Ibrahim.« Georg legte ihm eine Hand auf die Schulter, verwunderte sich darüber, wie brüchig die eigene Stimme klang. Unter seiner leichten Berührung versteifte sich die Schulter des jüngeren Mannes.

»Ich kann Euch nicht mehr sagen, Herr von Hartleben«, sagte er, ohne einen Gruß ausgesprochen zu haben, »Euer Sohn war an meiner Seite. Er wurde getroffen und war tot.«

Das Pferd warf den Kopf hoch. Ibrahim nutzte die Gelegenheit, das Tier zu beruhigen, um sich wegzudrehen.

Georg rührte sich nicht von der Stelle, bis sich der Jüngere ihm erneut zuwandte. Kurz durchströmte ihn ein Gefühl, als beobachte ihn jemand, aber er tat nichts, um sich zu versichern. Wieder bewegte sich seine Hand behutsam auf die Schulter des Adoptivsohnes.

»Ich wollte nicht von Ka… Ich wollte nicht von ihm sprechen.« Von einem Moment auf den anderen hatten sich Schweißperlen an seinem Haaransatz gebildet. Georg fuhr sich mit dem Handrücken darüber, verschränkte dann den rechten Arm so, dass eine Hand auf dem Rücken zu lagern kam. Ibrahim ließ ihn nicht aus den Augen.

»Zieht es dich wieder hinaus?« Georg lächelte ihn müde an.

Erst rührte Ibrahim sich nicht, dann drehte er sich zum Sattel und überprüfte dessen Sitz. Georg zog eine flache silberne Flasche aus seiner Rocktasche und nahm einen tiefen Schluck. Der Alkohol wärmte seine Mundhöhle, verbrannte den Rachen, und gleich atmete er ruhiger. Das kaum merkliche Zittern seiner Hände hörte auf.

»Glaubt nicht, dass ich nicht wüsste, wohin es einen zieht. Manche überfällt die Sehnsucht schon in der ersten Nacht, manche erwischt es später. Wenn man im Krieg ist, kann man sich nicht vorstellen, dorthin zurückkehren zu wollen, aber dann …«

Er setzte die Flasche zum zweiten Mal an. Ibrahim vergrub die Linke in der Mähne seines Rappen. Das Tier stand stocksteif. Jeden Tag hatten sich Ross und Reiter geübt, das Pferd reagierte inzwischen schon auf den leisesten Schenkeldruck.

Georg betrachtete Ibrahim. Über dem Hemd aus ungefärbtem Leinen trug er eine alte, mit einem schwarzen Blumenmuster bestickte, krapprote Weste. Seine Kniehosen waren aus Bockleder, die Stiefel schmutzig und rissig. Die Uniform hatte er nicht mehr getragen, seitdem er auf Gut Hartleben eingetroffen war. Unberührt hing sie über einem Stuhl in dem Zimmer, das er sich früher mit Karl geteilt hatte. Ob er sich einsam fühlte?

Unvermittelt fiel sein Blick auf Ibrahims rechten Ringfinger. Als er hier angekommen war, hatte der Wundbrand schon eingesetzt. Zwei Glieder waren nicht mehr zu retten gewesen, aber die Wunde war am Ende gut verheilt. Es stand außer Frage, dass er seinen Platz in einem neuen Regiment finden konnte. Kaum zwei Monate war es jetzt her, dass die Schweden endgültig das Land verlassen hatten, um sich erneut in den Kampf mit der russischen Armee zu begeben. Schon im Frühsommer 1707 hatte alles zum Aufbruch gedrängt, im Juni hatten sich der schwedische und der sächsische König höchstpersönlich zur Regimentsmusterung nach Reichenbach begeben. In der Folge eines allgemeinen Buß- und Bettags am 19. August schließlich hatte die Bewegung des schwedischen Heeres zur Grenze begonnen. Aus abgerissenen, erschöpften Soldaten war eine über die Zeit des Aufenthalts wohlgenährte und gut gerüstete Armee geworden. In Dresden erholte sich Friedrich August derweil mit seinen Mätressen, mit Fatima, der Türkin, mit der Gräfin von Cosel, mit Henriette, der Tochter eines Weinhändlers, und vielen mehr. Nach einer langen Zeit des Darbens feierte man wieder, suchte zu vergessen, was vergangen und verloren war. Georg verschränkte beide Arme hinter dem Rücken, schaute zu, wie Ibrahim den Sitz des

Zaumzeugs und des Sattels überprüfte, bevor er sich auf den Pferderücken schwang und die Hand zum stummen Gruß hob.

Eines Tages wird auch er gehen. Georg lächelte, und es war ihm dabei, als wolle sein Gesicht in viele Teile zerbrechen. Eines Tages werde ich alleine zurückbleiben.

»Reite nicht zu weit«, mahnte er, »es sieht heute nach Schnee aus.«

***

Wie damals, als er noch ein Junge gewesen war, verbrachte Ibrahim seit seiner Rückkehr aus dem Krieg viel Zeit damit, die Gegend zu Pferd zu erkundigen. Ein warmer Umhang und gefütterte Stiefel schützten ihn dieser Tage gegen die Winterkälte, ohnehin war er im Laufe der Jahre unempfindlicher gegen sie geworden. Anfangs ließ er das Pferd kreuz und quer laufen, genoss es einfach, die Bewegungen des warmen Körpers unter sich zu spüren. Im Spätherbst und Winter sah die Landschaft stets verlassen aus. Ackerfurchen zogen sich erst unter zartem, silbrigem Frost dahin und verschwanden dann unter Schneeverwehungen. In Talmulden froren Bachläufe zu, und die Behausungen von Bauern, Kätnern und Häuslern duckten sich unter zunehmender Kälte. Früher hatte ihn keines der Häuser gekümmert, heute betrachtete er jedes, als wolle er es unauslöschlich ins Gedächtnis bannen. Manche waren Wohnhaus und Stall in einem. Bei anderen gesellten sich Scheune und Remise zu einer dreiseitigen Hofanlage hinzu.

Die Frau traf er eher zufällig, als er durch Raun ritt,

und erkannte sie zuerst nicht. Doch als er ihr tags darauf am Ufer des Fischteichs begegnete, wo er sich als Junge oft aufgehalten hatte, zögerte er. Noch bevor er das Pferd wenden konnte, drehte sie sich um. Ein jüngeres Gesicht zuckte vor ihm auf, braunes Haar mit Bändern geschmückt.

»Ibrahim.«

»Magda.«

Er sprang aus dem Sattel. Mit jedem Schritt, den er ihr näher kam, wurde seine Erinnerung deutlicher. Er erinnerte sich an ein Muster von zarten Leberflecken, das ihre rechte Brust zierte und an die Sommersprossen, die im Sommer ihr ganzes Gesicht befleckten. Er erinnerte sich, dass er sie geliebt hatte, bevor er in den Krieg gezogen war.

In den nächsten Tagen gingen sie spazieren. Er erfuhr, dass sie geheiratet hatte und gemeinsam mit ihren drei Kindern und ihrem Mann in einem engen Haus wohnte. Im Raum über dem Schafstall direkt nebenan hatte der Schwiegervater, ein missmutiger Kerl, das Ausgedinge gefunden. Sie war fröhlich, und Ibrahim hörte ihr gerne zu. Er erzählte ihr von Karl.

Ihre nächsten Spaziergänge führten sie weiter und weiter fort. Magda sammelte Tannenzapfen für den Ofen. Er schaute ihr dabei zu. Sie war nicht mehr rank und schlank wie als junges Mädchen, aber sie bewegte sich geschmeidig. Als sie eines Tages vor der alten Köhlerhütte standen, war sie es, die ihn hineinführte. Es liegt nicht so viel Schnee wie damals, dachte er, während Magda vor der Feuerstelle stand und sich gegen die eisigen Hände hauchte.

Wenig später hatten sie ein Feuerchen zum Brennen gebracht und kauerten eng nebeneinander auf einer Lage Laub.

»Dies hier wird nur einmal geschehen«, sagte sie unvermittelt in die Stille hinein, »ich bin eine verheiratete Frau.«

»Ich weiß.« Ibrahim löste ihr Haar aus dem Knoten, strich es ihr über die Schulter zurück. Sie schnürte ihr Leibchen auf, er schlüpfte aus der Hose. Die Kinder hatten Spuren an ihrem Leib gelassen. Eine Narbe quer über dem rechten Arm zeugte von einem Unfall mit einem Kessel brühheißen Wassers. Ihrer beider Hände suchten ihren Weg wie von selbst. Er umfasste ihre schweren Brüste, ließ dann eine Hand unter ihren Rock gleiten. Als er in sie eindrang, war ihr Körper, der sich seinem entgegenwölbte, das Letzte, was er wahrnahm.

Danach lagen sie aneinandergeschmiegt unter seinem Umhang, und er fühlte sich erleichtert, wie seit der Zeit vor Karls Tod nicht mehr. Jetzt konnte er von ihm lassen, konnte Karl endlich ruhen lassen, wo man ihn beerdigt hatte, und nur noch manchmal an die schönen Dinge denken, die er erinnerte. »Danke«, atmete er unhörbar in Magdas Haar. Wortlos barg sie den Kopf an seiner Brust.

3. Kapitel

Lehngut Hartleben, Winter 1707

Schnee … Die Luft, die durch das geöffnete Fenster drang, roch nach Schnee. Rupert zog den Umhang enger um die Schultern und starrte in den Kamin in der unteren Halle, in dem das Feuer schon vor Stunden niedergebrannt sein musste. Seit dem Unfall hatte er Schnee niemals mehr mit den Augen sehen können, mit denen er ihn als Kind gesehen hatte. Die Freude daran, auf frisch gefallenem Schnee die ersten Spuren zu hinterlassen, auf das Knirschen der eigenen Schritte zu lauschen, das Glitzern von Schnee im Sonnenschein zu bewundern, hatte es für ihn nicht mehr gegeben. Heute sah er Schnee und fühlte nichts als Kälte, spürte, wie er sich lähmend über ihn legte, Mund und Nase füllte, über die er mit letzter Kraft schützend die Hand legte, dann die Müdigkeit und endlich nichts mehr.

Er war früh an diesem Morgen mit dem kleinen Karren aufgebrochen, um festzustellen, welche Schäden der Winter angerichtet hatte, war an brachen Feldern vorbeigefahren, während Atemwolken vor seinem Gesicht und den Mäulern der Pferde standen. In den letzten Tagen war etwas Schnee geschmolzen, jetzt kündigte sich neuer an, und die Mühle würde wohl auf weitere Zeit stillstehen.

Als er zurückgekommen war, hatte er Habars Stimme irgendwo im Haus gehört und darauf die raschen Schritte seiner Tochter. Dann hatte sich Esme in seine Arme geworfen, so dass er beinahe gestürzt wäre. Vorsichtig hielt er ihren kleinen Körper, seinen Mund auf ihren dunklen Kopf gedrückt.

War es wirklich schon vier Monate her, dass die Schweden abgezogen waren? Ein paar Tage lang war Esme ihm damals böse gewesen, weil er das grob geschnitzte Holztier eines Schweden ins Feuer geworfen hatte, aber nun war das wohl vergessen, und sie war ihm wieder gut. Er hatte ihr Stoff für einen Umhang von der letzten Messe aus Leipzig mitgebracht und würde ihr beim nächsten Mal eine Puppe kaufen. Ein Geräusch an der Tür. Der Diener, den er gerufen hatte, huschte hinein, um ein Feuer zu entzünden. Züngelnd eroberte sich Flämmchen um Flämmchen den Holzstoß. Rasch wurde es wärmer. Er ließ den Umhang von den Schultern rutschen, warf ihn auf das Fußschemelchen und griff erneut nach seinen Krückstock.

Die Schweden waren endlich fort, das Gut erneut unter seiner Aufsicht. Nun war es Habar, die ihn im Kabinett besuchte, und er freute sich jeden Tag darauf. Auch heute wartete sie dort, saß am Schreibtisch, hielt den Kopf jedoch nicht über die Bücher gebeugt, sondern malte Schnörkel und Linien auf das vor ihr liegende Papier. So vertieft war sie in ihre Aufgabe, dass sie seine Anwesenheit zuerst nicht bemerkte. Eine Locke hatte sich aus ihrer Frisur gelöst und tanzte vor ihrer linken Wange. Auf ihrer Stirn war eine kleine, steile Falte zu sehen. Ab und zu presste sie die Lippen aufeinander, so dass sie ganz weiß wurden. Er wagte es nicht, sie anzusprechen, fürchtete, sie könne erschrecken und das Muster zerstören. Reglos wartete er darauf, dass sie die Feder zur Seite legte.

»Habar?«, fragte er dann.

Sie hob den Kopf, lächelte so unvermittelt, dass sogar er glauben konnte, dass sie sich freute, ihn zu sehen.

»Rupert.«

»Was machst du da?«

Sie sah auf das Papier vor sich, ihr Lächeln vertiefte sich. »Etwas, bei dem ich meinem Vater früher gerne zugesehen habe.«

Sie sah ihn an, er stellte keine weiteren Fragen. Schweigend sah er zu, wie sie die Locke zurück in ihren Haarschopf schob und den feinen Schleier zurechtzog, den sie anstelle des Häubchens trug. Ihre Wangen röteten sich, und ihre Zähne schauten wie feine Perlen zwischen den halb geöffneten Lippen hervor. Wenn sie ihre dichten Augenbrauen runzelte, konnte sie streng aussehen, aber ihre fein geschwungen Lippen gaben ihr etwas Weiches. Sie machte Anstalten, aufzustehen.

»Bleib«, sagte er und fügte hinzu: »Du hast in der Zeit der Besetzung gute Arbeit geleistet.«

Dieses Mal war es an ihr, ihn anzuschauen und nicht zu antworten. Der Gedanke daran, wie vertraut ihm ihr Gesicht war, ließ einen warmen Schauer durch ihn rieseln. Ja, vertraut, er vertraute ihr.

Er bemerkte, dass sie heute eines ihrer weiteren Hauskleider trug, darüber einen mit einem Blütenmuster bestickten Mantel. Es war eine Mischung aus türkischer und hiesiger Kleidung, die ihn schmunzeln ließ. Nun stand sie auf, war mit einem Mal so dicht bei ihm, dass er ihren Duft riechen konnte, ein Gemisch aus ihr selbst und dem Geruch von Mandeln und Honig. Unwillkürlich streckte er die Hand nach einer weiteren Stütze aus, einem Sessel oder einem Stuhl, doch da war nichts. Sie hielt ihn an seinem Ellenbogen fest, er ließ es zu.

»Ich bin froh, dass die Schweden fort sind.«

Er sah auf sie herunter, auf das Gesicht, das sie ihm zuwandte, den in den Nacken gelegten Kopf. Etwas in ihm gab nach, und kurz fürchtete er, sein verbliebenes Bein würde ihn nicht mehr halten können. Er streckte die freie

Hand zu ihr hin, berührte ihre Wange. Dann nahm er ihre Hand von seinem Ellenbogen und küsste sie.

»Ich habe den großen Kamin beheizen lassen und werde gleich eine kleine Mahlzeit zu mir nehmen. Willst du mir Gesellschaft leisten?«

Er hielt ihre Hand noch immer fest. Niemals zuvor hatte er sie auf die Weise angesehen. Er hatte sie zu sich befohlen. Sie hatte sein Bett geteilt, wenn ihm danach war. Das hier war anders. Sie nickte, trat einen Schritt zurück und legte die Hand auf Stirn, Kinn und Brust, bevor sie sich kurz verbeugte, um ihn dann verschmitzt anzulächeln. »Ich werde kommen.«

Die Tür klappte hinter ihr zu. Rupert ging zum Tisch hinüber, um sich noch einmal ihre Zeichnung anzusehen, betrachtete die Feder, die aus einem Stück Schilfrohr bestand, schloss sorgsam den Deckel der Tinte.

»Allah«, riet er und schaute auf die schwungvollen Bögen, Schnörkel und Punkte, die beinahe das ganze Blatt ausfüllten. Etwas, das er erst nur aus dem Augenwinkel wahrnahm, forderte gleich darauf seine Aufmerksamkeit. Ein kleines Stück Papier lag neben dem Stuhl auf dem Boden. Er bückte sich, um das Fetzchen aufzuheben, kämpfte sich mühsam nach oben. Abgegriffen lag es in seiner Hand. Als er es auseinanderfaltete, wollte ihm der Atem stocken. Namen standen darauf. Georg von Hartleben, entzifferte er, Alexander von Hartleben und darunter, klein und fast verdeckt von den anderen Buchstaben: Habar.

***

Habar erwachte von dem Geräusch von Rädern, die über das vor Kurzem erneuerte Pflaster des Innenhofs rollten. Rascher Hufschlag war zu hören, ein Pferd wieherte, dann ging es rumpelnd über die Schwelle des Torhauses und wenig später zum Hofeingang hinaus. Stille folgte. Zu langsam schien das, was sie hörte, in ihren Schädel vorzudringen. Bevor sie noch aufsprang, nahm sie wahr, dass sie auf dem Bett lag. Sie spürte die schwere Decke auf sich, die sie vor der zunehmenden Kälte schützen sollte. Sie bemerkte einen letzten Rest Wärme, der vom Kamin zu ihr kam. Fast übergangslos erschien Ruperts Gesicht vor ihr, und sie erinnerte sich an den Blick, mit dem er sie gestern bedacht hatte, als sie sich für die Nacht voneinander verabschiedet hatten. Sie hatte nach seiner Hand greifen wollen. Er hatte etwas von Papieren gemurmelt, die noch auf ihn warteten. So flüchtig hatten seine Finger über ihre linke Wange gestreift, dass sie sich nicht sicher gewesen war, ob er sie überhaupt berührt hatte. Auch wenn sie sich nach ihrem nachmittäglichen Zusammentreffen anderes erhofft hatte, war er doch den ganzen Abend über sehr ruhig gewesen. Sie hatte es auf die neuen Umstände geschoben, auf die Veränderungen, die sich ankündigten.

Mit einem dumpfen Laut setzten ihre Fußsohlen auf, die Füße schienen den Weg zu Ruperts Schlafzimmer zu suchen, noch bevor der Kopf daran dachte. Die Tür klapperte laut gegen die Wand. Im ersten grauen Morgenlicht war alles gut zu erkennen. Der Raum war leer, das Bett unberührt. Alle Papiere, die sie in den vorausgegangenen Tagen auf dem kleinen Tisch dort gesehen hatte, waren verschwunden. In der Schwedenzeit hatte er sich angewöhnt, dort zu arbeiten, und hatte noch immer nicht vollkommen davon abgelassen. Eine Truhe stand mit geöffnetem Deckel mitten im Raum, ebenfalls leer. Auch an der Kommode waren sämtliche Schubladen herausgezogen. Der einzige Stuhl stand vom Tisch zurückgeschoben, als sei sein Besitzer gerade erst aufgestanden. Ein einzelnes leeres Blatt Papier lag auf der schmalen Tischplatte, daneben eine gesplitterte Gänsefeder. Sonstige Schreibutensilien waren nicht zu sehen. Auch die zweite Truhe fehlte. Nichts war in dem Raum geblieben, außer der Ahnung eines Mannes, der eben noch an seinem Schreibtisch gesessen haben mochte. Schritt für Schritt trat sie näher an den Tisch heran, nahm das Stück Papier in die Hand, aber es war tatsächlich unbeschrieben. Ein-, zweimal drehte sie es unschlüssig hin und her, dann klapperten draußen im Gang Holzschuhe näher.

»Frau Habar!«

Sie erkannte Lenes Stimme und rührte sich nicht. *Esme, ich muss nach meiner Tochter schauen.* Eine Tür wurde aufgerissen, sicherlich die zu ihrem eigenen Schlafzimmer. Habar zerknüllte das Papier in den Händen, ließ es fallen. Die Holzschuhe klapperten von Neuem. Sie ging zur Tür, Arme und Beine fühlten sich so schwer an, als hingen Gewichte an ihnen.

»Frau Habar!«

Fast wären die beiden Frauen zusammengestoßen. Lene hielt so abrupt an, als sei sie gegen einen Felsen gerannt.

»Was ist?« Mechanisch öffneten und schlossen sich Habars Finger. Sie hatte nicht geglaubt, dass sie noch sprechen konnte, aber man konnte so viel. Aus weiten Augen sah die junge Frau sie an: »Er ist fort, Frau Habar.«

»Esme?« Sie brachte nicht mehr heraus als den Namen ihrer Tochter. Ihre Finger bewegten sich immer noch. Auf. Zu. Auf. Zu. Sie schwitzte. Lene wich ihrem Blick aus.

»Er hat sie mitgenommen.«

Meine Tochter … Die Worte drangen langsam zu ihr vor, klebten fest wie Fliegen, die sich im Honig gefangen hatten. Sie rührte sich nicht, wollte nicht verstehen. Mit einem Mal sehnte sie sich danach, die Hände an die Ohren pressen und die Augen fest zu verschließen, nichts zu hören, nichts zu sehen, nicht zu sprechen. Als Lene ihren Arm berührte, fuhr sie zusammen.

»Habt Ihr mich verstanden? Er hat sie mitgenommen.«

Die Dienerin sprach leise, als befürchte sie, die andere zu erschrecken, aber, wenngleich Habar selbst einen Schrei erwartete, kam doch nichts. Sie schrie nicht, da war nichts in ihr. Irgendetwas hatte sich aus ihrem Körper zurückgezogen und beobachtete, was diese Frau mit ihrem Namen dort tat.

»Frau Habar?«

Ganz vorsichtig berührte Lene ihren Arm. Habar schüttelte sie ab. »Ich habe verstanden.«

Ihre Stimme kam ihr blechern vor. Die ersten Schritte führten sie in den Hof hinunter. Mehr Diener hatten sich dort versammelt, Mägde und Knechte hatten ihre Arbeit liegen lassen. Verwalter Scholz trug eine Laterne in der Hand. Stimmen waren zu hören, wurden leiser, dann lauter. Alles schien ohne Regel und Ordnung. Rupert würde das nicht mögen, fuhr es ihr durch den Kopf, er würde sie alle zurück an die Arbeit scheuchen, keinen Müßiggang dulden. Sie stolperte, jemand hielt sie. Ihre Lippen zitterten, als sie die nächsten Worte zu formen suchte: Folgt ihnen!

Doch kein Ton kam aus ihrem Mund. Ihre Stimme war nicht zu hören. Sie schluckte, holte Luft, versuchte es noch einmal.

Nichts. Immer noch wurde sie festgehalten, dabei bewegte sie sich doch gar nicht. Nur ihre Knie wurden weich, der Arm schmerzte. Sie versuchte sich loszureißen. Sattelt die Pferde!

Und immer noch Stille. Hatte sie die Sprache verloren? Sie schluckte, musste husten und spürte, wie ihr jemand zaghaft auf den Rücken klopfte. Die Laterne in Scholz' Hand schwankte. »Bitte, geht hinein, Frau Habar.«

Nein. Sie schüttelte den Kopf, krächzte, brachte endlich den ersten Ton heraus: »Wo ist meine Tochter?«

Scholz ließ sie los. Als sie ihn ansah, fiel ihr auf, dass der sonst so makellose Mann seine Perücke in großer Hast einfach auf den Kopf gestülpt hatte und diese nun schief darauf saß. Flackerndes Laternenlicht ließ Krater, Täler und Ebenen aus den Pockennarben auf seinem Gesicht entstehen. Unsicherheit sprach aus seinen Zügen.

»Der Herr hat beschieden, dass du hierbleiben musst.«

Ohne meine Tochter? Erneut schüttelte Habar den Kopf, aber da waren immer noch die Gewichte, diese Schwere, die sie augenblicklich lähmte. Wieder griff man nach ihrem Arm. Sie bemerkte kaum, dass Lene sie zurück ins Haus und die Treppe nach oben leitete. Erst in ihrem Zimmer erwachte sie aus ihrer Erstarrung. Scholz, der ihnen gefolgt war, wartete an der Tür. Lene ging zum Bett, schüttelte Decken und Kissen auf. Im Kamin schlief die Glut unter einer Schicht grauer Asche.

»Soll ich die Morgensuppe bringen lassen?«, fragte Scholz. Habar verschränkte die Arme und drehte sich zum Fenster hin. Kurzzeitig blieb es still hinter ihr, dann räusperte sich der Verwalter: »Ich werde dann die Morgensuppe an das Gesinde ausgeben lassen, wenn es recht ist?«

Habar schwieg weiter, schüttelte eine neuerliche Berührung Lenes ab. Fragte er sie, was zu tun war? Sie wusste es nicht. Sie wusste ja auch nicht, was geschehen war. Und was auch immer sie sagen wollten, sie wussten ebenso nichts. Es dauerte eine Weile, bis Lenes klappernde Schritte sich denen von Scholz anschlossen. Die Tür wurde zugezogen, der Schlüssel drehte sich im Schloss. Sie war allein.

***

Auf der Bank gegenüber schlief die Kleine. Zu Beginn der Fahrt hatte sie noch aufrecht dagesessen, steif in ihren Pluderhosen und dem Oberteil, das ihre Mutter für sie bestickt hatte. Als er hastig aufgebrochen war, hatte er die erstbesten Kleidungsstücke gegriffen, die er vorgefunden hatte. Rupert starrte auf das Blütenmuster, das sich erst um einen Arm herum und dann zur Schulter hinaufrankte. Auf Vorder- und Rückseite des Gewandes waren kleine Rosen aufgestickt. Wie mechanisch begann er, sie zu zählen und gab irgendwann wieder auf.

Sie hatte nicht geweint, und er fürchtete sich vor dem Moment, an dem sie es tun würde. Kurz schwankte die Kutsche hin und her, so dass er sich am Sitz festhalten musste. Trotz der schlechten Witterung hatte er dem Kutscher befohlen, weiterzufahren. Von Zeit zu Zeit hatte er den Mann fluchen hören, jetzt war es schon länger still. Eben fuhr die Kutsche einen kleinen Abhang hinauf. *Immerhin schneit es nicht. Vielleicht haben wir Glück.* Rupert schaute in das Gesicht seiner Tochter. Schläfrig geworden war die knapp Sechsjährige auf die Sitzfläche gesunken, die linke Wange schmiegte sich auf ihre Hände. Ihr Mund stand leicht geöffnet. Im Rhythmus ihrer Atemzüge bewegte sich eine dunkle Haarsträhne.

Sie waren schon den ganzen Tag über gereist, er hatte nur kurze Pausen erlaubt. Inzwischen wurde es dämmrig, bald würde nichts mehr zu sehen sein. Es half nichts, dachte er, während er keinen Blick von seiner Tochter ließ, sie mussten bald Einkehr halten. Schon konnte er das wolkige Rot auf ihren Wangen nicht mehr sehen. Von einem Atemzug zum anderen schienen ihm die Pferde langsamer zu trotten. Durch die Scheibe versuchte er zu erkennen, wo sie waren, doch es war unmöglich – die Schemen der Landschaft gingen im diesigen Abendlicht ineinander über. Vielleicht war der Kutscher eingeschlafen? Er überlegte, ob er klopfen sollte, entschied sich aber dagegen, um Esme nicht zu wecken.

Esme – seit er sie in diese Kutsche gesetzt hatte, drehten sich seine Gedanken nur darum, was er vermeiden musste, um sie nicht zu erschrecken. Zweifelsohne würde sie weinen, würde fragen, nach der Mutter rufen. Er biss auf einen seiner Fingerknöchel, unterdrückte das leise, verzweifelte Lachen, das in seiner Kehle aufsteigen wollte. Er musste sich vorbereiten, musste dafür gewappnet sein.

Wenn sie nur bald in Dresden waren. Wenn sie nur bald

in der Wohnung waren, wenn er das Mädchen nur bald einer Kinderfrau übergeben konnte. Er wusste ja nichts von Kindern, noch weniger von kleinen Mädchen. Schon morgen würde er sich darum kümmern. Er würde alle Sorgfalt auf die Auswahl verwenden. Dies war seine Tochter, auch wenn er sich nicht häufig um sie gekümmert hatte. Sie war ihm niemals gleichgültig gewesen, er hatte immer Pläne für sie gehabt. Wie lange sie in Dresden bleiben würden, konnte er noch nicht sagen. Das Geschäft mochte ihn dort halten, oder – spätestens zur nächsten Messe – nach Leipzig locken.

Esmes leises Schnaufen ließ ihn zusammenzucken. Kurz öffnete sie die Augen, murmelte etwas, schien sich sogar aufsetzen zu wollen, rollte sich dann neu zusammen und war schon wieder eingeschlafen. Sein Körper entspannte sich. Ich habe Angst – er kniff die Augen zusammen –, ich sollte keine Angst davor haben, dass sie mir Fragen stellt.

Er schaute nach draußen. Von der Fensterscheibe wanderte sein Blick zurück zu dem schlafenden Kind. Plötzlich erschien es ihm, als fröstelte sie. Vorsichtig nahm er den Umhang von seinen Knien und legte ihn über das Mädchen. Dann lehnte er sich gegen das Sitzpolster, verschränkte die Arme und versuchte ebenfalls ein wenig zu schlafen.

4. Kapitel

Lehngut Hartleben, Anfang 1708

Warum hat er das getan? Habar kauerte auf dem Boden und schaute auf den Lichtstrahl, der durch das geöffnete Fenster auf die Schicht hellgrauer Asche vor dem Kamin fiel. Zu Anfang hatte sie versucht, die Tage zu zählen, inzwischen hatte sie es aufgegeben. Sie teilte die Zeit in die Ereignisse ein, an die sie sich erinnerte. Der Tag, an dem Esme verschwunden war. Der Tag, an dem sie alle Kleider und alle Geschenke Ruperts in den Hof geworfen hatte. Der Tag, an dem man ihr Papier und *kalem* verweigert hatte. Der Tag, an dem sie dazu übergegangen war, die Asche aus dem Kamin auf dem Boden zu verteilen und ihre Buchstaben dorthinein zu zeichnen. Seitdem waren ihre Hände niemals mehr sauber geworden. Wenn sie sich zu hastig bewegte, wirbelte die Asche auf, schmeckte scharf im Hals und ließ sie husten. Manchmal wollte sie nur schreien wie ein kleines Kind. Einmal tat sie es. Sie schrie, und als Scholz herbeieilte, warf sie den Schürhaken nach ihm, er verfehlte den Mann nur knapp.

Doch auch an jenem Abend kam Lene zu ihr, schüttelte die Decken und Kissen auf und brachte eine wärmende Bettpfanne für die Nacht. Jedes Mal erzählte sie eine Geschichte, und es schien ihr gleichgültig zu sein, ob Habar zuhörte. Sie erzählte davon, was am Tag geschehen war oder davon, dass sie ihre Geschwister vermisste und darauf hoffte, sie bald wiederzusehen. Während der ersten Wochen hatte Habar mit keiner Bewegung gezeigt, dass sie etwas davon vernahm. Häufig hatte sie sich einige Schritte vom Fenster entfernt auf den

Boden gesetzt, die Beine überkreuzt und sich nicht gerührt, bis sie wieder alleine war. Manchmal begann sie danach auf- und abzugehen, so lange, bis sie vollkommen erschöpft war und ins Bett fallen konnte, ohne dass ihre Gedanken quälend durch ihren Kopf wirbelten. Manchmal saß sie abends auch am Fenster und verharrte dort, wenn sie keinen Schlaf finden konnte, auch noch morgens. Anfangs erschien ihr jeder Gedanke gleichgültig, nur der an die Tochter nicht. Sie fragte sich, ob sie die Mutter wohl vermissen würde, ob sie sich verändert hatte, denn in diesem Alter veränderten sich die Kleinen noch so schnell. Das erste Jahr mit dem kleinen Mädchen war wie mit Sieben-Meilen-Stiefeln vergangen. Eben noch hatte Esme in ihren Armen gelegen, dann waren die ersten Zähnchen gekommen, sie hatte Laufen und Sprechen gelernt.

Mehrmals überprüfte sie in der ersten Zeit, ob die Tür offen stünde, aber dem war nicht so. Unmissverständlich hatte Scholz ihr zu verstehen gegeben, dass er den Auftrag habe, die Türkin hier festzuhalten. Sie rechnete es ihm an, dass er sich trotz des Schürhakens zu ihr wagte. Natürlich dachte sie immer noch an Flucht. Neben Esme gab es kaum etwas, woran sie häufiger dachte, aber alles wollte wohlvorbereitet sein. Es galt, ihre Wächter in Sicherheit zu wiegen. Deshalb hatte sie die Tartuffelspalten der Köchin heute mit einem Lächeln gegessen, obwohl es ihr immer noch schier die Kehle zuschnürte. Sollten sie nur glauben, dass sie vergaß, wie ein dummes Tier vergessen mochte.

Habar drehte den Kopf zum Fenster. Vier Monate, ein neues Jahr war angebrochen. Der Frühling näherte sich unverzüglich. Heute Morgen hatte der Frühnebel wie ein zartes Kleid über den Wiesen gelegen. Heute Abend überschüttete die Sonne das ganze Gut mit rotem Gold. Aber es war immer noch kühl. Als sie das Fenster erreichte, um es zu schließen, hielt sie inne. Eben war ein Grüppchen Bauern und Tagelöhner durch das Tor gekommen. Aufgeregt riefen die Männer und Frauen durcheinander, sie stammten aus dem nächst gelegenen Weiler, wie sie wusste. Nur eine Frau in der Mitte der Gruppe hielt sich stumm und aufrecht und zog Habars Aufmerksamkeit auf sich. Sie hielt etwas im Arm, ein Bündel, das sie fest gegen den Körper gedrückt hatte.

Die Exulantin. Sie hatte die Frau bisher erst einmal gesehen und kannte ihren Namen nicht. Aus Markneukirchen war die Fremde zugewandert.

Unten trat Scholz aus der Tür, ging auf die Gruppe zu, wich aber gleich zurück und gab den Pferdeknechten ein Zeichen, die Männer und Frauen mit ihren Mistgabeln zurückzudrängen. Als auch die Frau rückwärts wankte, rutschte das Tuch über dem Bündel auseinander. Mit einem Mal waren die nackten, dünnen Arme eines Kindes zu sehen. Ohne weiter zu überlegen, eilte Habar zur Tür. Nachdem sie sich in den letzten Tagen ruhig verhalten hatte, hatte man heute erstmals darauf verzichtet, sie tagsüber einzusperren. Sie hatte es als ersten Schritt zur Flucht hin betrachtet, aber nun wollte sie sich zuerst als jemand zeigen, der Anteil am Geschick des Gutes nahm. Entschlossen rannte sie den Flur entlang, die Treppe hinunter und auf den Hof hinaus. Die ersten Gesichter wandten sich ihr zu. Scholz kam ihr entgegen.

»Frau Habar, sie trägt ein krankes Kind bei sich. Ich wollte sie gerade nach Hause schicken.«

»Was ist mit dem Kind?«

Obwohl Scholz sie abzudrängen versuchte, lief Habar unbeirrt weiter auf die Gruppe zu. Sie kannte die meisten hier. Sie hatte sie in ihren Dörfern besucht, hatte in ihren schwarzen Küchen und in den Stuben auf der Höllbank gesessen und Brot mit ihnen geteilt. Sie hatte Streit geschlichtet, Ratschläge gegeben und Bitten an den Herrn weitergeleitet. Sie lächelte, doch heute fand das Lächeln keine Erwiderung, und die meisten Gesichter kamen ihr mit einem Mal fratzenhaft unvertraut vor.

»Aber, so bleib doch stehen, Frau Habar. Keinesfalls soll dir etwas passieren, der Herr … Bleib stehen.«

Habar hielt so abrupt an, dass Scholz fast gegen sie prallte. »Nichts passieren soll mir? Hat er das gesagt?« Der Verwalter errötete, statt Antwort zu geben. Sie musterte ihn etwas länger, bevor sie sich Lene zuwandte, die nur knapp hinter ihr aus dem Haus gekommen war. »Geh nach oben, mach mein Zimmer bereit. Wir brauchen heißes und kaltes Wasser, ein kräftiges Feuer im Kamin …« Sie wedelte mit der Hand. »Schnell, mach schon.«

»Aber …«, fiel Scholz dazwischen. Aus der Gruppe hatten sich zwei Frauen gelöst, von denen eine ein mageres, totes Huhn in die Luft hielt. Man hatte es gerupft, die Haut war blassgrau verfärbt, Kopf und Füße fehlten.

»Sie hat unsere Tiere verhext«, sagte die eine Frau.

»Ihre Hühner werden fett, während unsere herumtaumeln, keine Eier legen und sterben«, fügte die andere hinzu.

»Gestern hat mich mein Hahn angegriffen.« Empörung klang in der Stimme der Ersten mit, als sie den Rock bis zu den Knien lüpfte und auf rote Hackspuren zeigte. Habar erinnerte sich, dass sie die Frau eines Häuslers war, dessen Hütte am Anfang des Weilers stand. Im letzten Jahr hatte sie sich, zu Ruperts Missfallen, als Wirkerin verdingt. Es hatte Mühe gekostet, ihn zu besänftigen.

»Das Kind ist unmöglich krank, sie will sich davonmachen. Das ist es«, mischte sich die zweite Frau ein. Die Erste öffnete den Mund. Habar brachte sie mit einer Handbewegung zum Schweigen. »Zeig es mir.« Mit einer entschlossenen Bewegung wandte sie sich der Frau mit dem Kind zu.

»Frau Habar!«, fiel Scholz ein.

»Was hat er?« Sie lüpfte das Tuch vom Gesicht des Kindes. Der Junge war nicht bei Sinnen und glühte vor Fieber. Sie betrachtete ihn genauer und bedurfte keiner Antwort mehr. Längst hatten sich die ersten verräterischen Flecken auf seiner Haut gebildet. Habar drehte sich zu Scholz um. Seitdem sie ihm den Rücken zugekehrt hatte, hatte sich die Blässe auf seinem Gesicht noch deutlicher ausgeprägt. Er musste sich mehrfach räuspern, bevor er einen Ton herausbrachte.

»Die Pocken …« Die folgende Stille breitete sich wie ein Leichentuch über dem Hof aus. »Seine Mutter sagt, der Junge könnte die Pocken haben.«

***

Die beiden Frauen hatten die Nacht hindurch gewacht. Erst am frühen Morgen war die Mutter vor Erschöpfung neben das Bett gesunken, in dem ihr Kind ruhte, und kurze Zeit später eingeschlafen. Noch eine Weile hatte Habar ausgeharrt – sie brauchte wenig Schlaf, seit Esme fort war –, dann hatte sie sich selbst auf der Chaiselongue zusammengerollt, die sie hatte bringen lassen. Als sich die junge Frau rührte, war sie sofort wach und reichte ihr wenig später einen Becher des Kräutertees, der in einem Kessel über dem Kaminfeuer siedete. Die Mutter des Jungen trank, die Lider gesenkt, wobei sie den Blick kaum von dem Kleinkind zwischen den Decken nehmen konnte. Aus einigen Flecken waren Bläschen geworden, die bald mit stinkendem Eiter gefüllt sein würden. Habar bemerkte, wie sich der Körper der Mutter verkrampfte. Wirr hing ihr das dicke, kastanienbraune Haar um das flächige Gesicht mit den hohen Wangenknochen und über die Schultern herab. Ihre Augen waren klein, braun und mandelförmig, der Mund wirkte im Vergleich dazu großzügig. Habar nahm ihr den Becher aus der schlaff herabhängenden Hand und füllte ihn neu.

»Wie heißt er?«

»Michal …« Die Frau leckte sich über die Lippen. Sie hielt den Becher kurz mit beiden Händen umklammert, den Habar ihr gereicht hatte, bevor sie mit tiefen, fast verzweifelten Schlucken daraus trank. Wieder sank die Hand mit dem Becher schlaff herab.

»Das schmeckt gut«, sagte sie endlich mit einer vollkommen abwesenden Stimme. Habar füllte sich selbst einen Becher, zog einen Stuhl heran und setzte sich auf die andere Seite des Bettes. »Ich habe getrocknete Apfelstücke hinzugegeben. Unsere Köchin hat das früher gemacht.«

»Ja, das ist es. Der Geschmack, ich hatte mich schon

gefragt …« Die junge Frau klang immer noch abwesend. Eine Weile schwiegen sie. »Ich bin Eliska«, sagte sie dann unvermittelt.

»Habar.« Habar stellte ihren Becher ab und ließ die Hände mechanisch in die Ärmel ihres Hemdes gleiten. Eliska stand auf und trat näher an das Bett ihres Sohnes heran. Der Junge fieberte stark.

Als sie später die Decke von seinem Körper nahmen, sahen sie, dass sich die Bläschen besonders an den Füßen und den Händen ausgebildet hatten. Stumm machte sich Habar daran, ihm neue Wadenwickel anzulegen. Eliska sah dabei zu.

»Du bist nicht von hier«, sagte sie, als sie sich gemeinsam an den kleinen Tisch setzten, von dem aus Habar das Geschehen im Hof zu beobachten pflegte.

»Nein.« Habar schaute in ihren Teebecher, bewegte ihn und verfolgte das Spiel des Lichts in der Flüssigkeit. »Ich bin einmal Türkin gewesen. Man hat mich in Budin gefangen genommen. Hier nennt man es Ofen. Als ich hierhergebracht wurde, war ich elf Jahre alt.«

Eliska verschränkte die Hände in ihrem Schoß. Habar musterte ihr braunes Kleid, den Kragen ihres Leinenhemdes, den sie mit einer Schleife gebunden hatte.

»Dann bist du aber doch schon eine ganze Weile hier.«

»Oh, ja.« Habar trank einen Schluck Tee und sprach weiter, bevor die andere etwas sagen konnte. »Ich habe auch ein Kind, eine Tochter. Sie heißt Esme.«

Zum ersten Mal seit Esmes Verschwinden sprach sie deren Namen aus. Ein wenig verwunderte es sie, dass es sie nicht zerriss, wie sie vermutet hatte. Nein, sie wollte darüber sprechen. Sie wollte sich daran erinnern, wie sie sich angefühlt, wie sie gerochen, wie ihre Stimme geklungen hatte.

Ein Geräusch holte sie aus den Gedanken. Eliska war wieder aufgestanden und an das Bett des kleinen Michal getreten. Schweißfeucht klebte das Haar an seiner Stirn, trotzdem schlotterte er vor Kälte. Es dauerte eine Weile, bevor seine Mutter sich umdrehte.

Mit einer Bewegung schüttelte sie ihr Haar zurück. »Hast du keine Angst?«

»Nein.« Habar stand ebenfalls auf. »Ich hatte diese Krankheit schon«, fügte sie dann hinzu.

»Sie hat keine Spuren hinterlassen.« Eliska zog die Stirn kraus. »Das habe ich noch nie gesehen.«

»Es passiert sehr selten.« Habar nahm den Becher, drehte ihn in den Händen, spielte mit ihm. Der Vater hatte damals einen Arzt holen lassen, damit seine Kinder gegen die Krankheit geschützt seien. Hierzulande hatte sie von dergleichen noch nichts gehört und vermutete, dass es besser sein mochte, darüber zu schweigen. Wie schnell gab es Gerede über Zauberei, die Menschen waren schnell misstrauisch.

Wieder wechselten sie Michals Wadenwickel, wieder saßen die Frauen schweigend beieinander. Habar horchte auf die Geräusche draußen im Hof.

Eliska starrte ihren Sohn an.

»Ich weiß nicht, wie es geschehen konnte«, sagte sie nach einer Weile mit belegter Stimme, fuhr sich mit dem Handrücken über die Stirn, auf der sich inzwischen kleine Schweißtropfen gebildet hatten. »Manche sagen, es waren die Fremden, die vor ein paar Wochen da waren, fahrendes Volk, Zigeuner, weißt du? Michal wollte so gerne den Seiltänzern zusehen. Ich habe zugehört, wie sie singen. Ihre Lieder klingen so traurig, ich mag das. Manche sagen ja, man solle sie totschlagen, wo man sie trifft.« Sie krümmte die Schultern, holte tief Luft. »Ich war einmal in einer Gegend, da machte man Jagd auf sie, wie auf Rehe und Hasen. So hat der wohl recht, der gesagt hat: Es ist der Mensch, der dem Menschen ein Wolf ist. Wo ist deine Tochter?«

Habar bemerkte, wie ihre Schultern steif wurden, wie ein Schmerz vom Nacken in ihren Kopf zog.

»Ich weiß es nicht.«

Nachdenklich schaute Eliska sie an.

»Ich werde nach ihr suchen«, sagte Habar.

»Ja«, Eliska legte eine Hand auf ihren Arm, »das wirst du.«

***

Die nächsten Tage und Nächte hindurch hatte der kleine Michal so hohes Fieber, dass Habar und Eliska mit jedem keuchenden Atemzug fürchteten, ihn zu verlieren. Unablässig verabreichten sie ihm Wadenwickel, wischten ihm den Schweiß von der Stirn oder versuchten, Flüssigkeit in seinen Mund zu zwingen. Mehrmals musste die durchschwitzte, von Kot und Urin beschmutzte Bettwäsche gereinigt werden. In den Bläschen sammelte sich Eiter, der einen üblen Geruch verbreitete. Sie wickelten die Hände des Jungen mit Stoffbinden ein, um ihn am Kratzen zu hindern. Er war nicht mehr bei klarem Verstand, weinte und jammerte abwechselnd oder lag wie tot da. Etwa eine Woche später – Habar hatte längst jegliches

Zeitgefühl verloren – schlief er zum ersten Mal tief und fest. Wie sie schon am Tag zuvor erleichtert bemerkt hatte, nahm die Krankheit offenbar einen weniger schweren Verlauf, so wie das zuweilen geschah, denn die Pusteln zeigten erste Anzeichen, einzutrocknen.

Als sie am frühen Morgen darauf erwachte, wusste sie nicht, wo sie sich befand. Ihr Rücken schmerzte, denn sie war, wie auch den vorigen Nächten, nicht zu Bett gegangen. Vorsichtig reckte und streckte sie sich, stand endlich gähnend von der Chaiselongue auf. Als sie ans Bett trat, hatte der kleine Junge den Kopf zur Seite gedreht und nuckelte an seinem Daumen. Auf den sich über seine Augen wölbenden Lidern zeichneten sich blassblaue Adern ab. Der Wimpernkranz zuckte nur hin und wieder im Schlaf. Noch längst waren nicht alle Pusteln abgeheilt, und er würde für sein Leben gezeichnet bleiben, aber er fieberte nicht mehr.

Ein erschöpftes Grinsen prägte sich in Habars Mundwinkel. Im nächsten Moment musste sie sich auf die Lippen beißen, um nicht in lautes, erleichtertes Lachen auszubrechen. Alle Anspannung fiel so plötzlich von ihr ab, dass ihre Knie zitterten. Der ganze Körper bebte wie unter großer Kälte.

»Eliska«, brachte sie hervor, und als die sich nicht regte, rief sie es noch einmal und lauter: »Eliska, er lebt. Michal wird leben!«

Sie hatten viel geredet in den Stunden des Kampfes um den kleinen Jungen, hatten viel voneinander erfahren und sogar miteinander gelacht. Habar kannte die steile Falte, die an Eliskas Nasenwurzel entstand, wenn sie etwas abwägte. Sie kannte die leicht brüchige Stimme, mit der die junge Frau Wiegenlieder sang. In der zweiten Nacht hatte sie von ihrer Mutter berichtet, die eine schöne Frau war und vom Vater, der als Geigenbauer in Markneukirchen lebte. »Früher«, hatte sie gesagt, »haben wir alle mit anpacken müssen. Wenn's an den Wirbel ging, da schlug der Bruder das Holz zurecht, der Vater fräste mit dem Eisen Kopf und Hals heraus, Mutter und ich beizten mit Vitriol und Blauholzlösung, und die Kleinsten rieben alles mit Öl und Sand ab.« Stets hatten sie zusammengehalten, und es hatte auch schon einen Geigenbauer-Gesellen gegeben, den der Vater für sie auserkoren hatte. Fuchsteufelswild sei er deshalb geworden, als sie diesen sächsischen Bauern habe heiraten wollen, und habe der Tochter doch nichts abschlagen können. Von ihrem Mann hatte sie nichts mehr gehört, seitdem er sich vor einem Jahr von einem Oberst Görz zu den Schweden hatte werben lassen. Im Jahr der Schweden hatten sie einiges von der Ernte eingebüßt, zudem zwei Kühe verloren. Geld hatten sie also bitter nötig, und als ihrem Mann ein Werbezettel jenes schwedischen Oberst in die Hände fiel, hatte er seine Gelegenheit erkannt. Zuerst erschien es ihnen beiden wie ein Glücksfall, denn es hieß, dass die Schweden eigentlich keine Sachsen in ihren Reihen leiden mochten. Inzwischen zweifelte Eliska daran, dass sie Michals Vater jemals wiedersehen würde.

»Eliska!«, rief Habar noch einmal.

Nichts. Noch indem sie sich von Michal wegdrehte, erstarrte sie. Eliska, die auf dem Stuhl eingeschlafen sein musste, war von dort zu Boden gerutscht. Auch auf die Entfernung konnte Habar sehen, dass die junge Frau vor Kälte schlotterte, während ihr Gesicht glühte. Einen Lidschlag lang stand Habar reglos, dann kniete sie auch schon neben der Kranken.

»Eliska«, flüsterte sie. Eliskas Lider zitterten, unter Aufwendung aller Kraft öffnete die junge Frau die Augen.

»Habar ...« Ihre krächzende Stimme war kaum zu hören. »Mir ist so heiß.«

Habar war schon auf den Füßen, bevor die Kranke den Satz vollendet hatte, und rief Hilfe herbei. Als es klopfte, wiegte sie bereits das Kind im Arm und vertraute es wenig später der verdutzten Lene an.

»Er ist gesund. Sorg dafür, dass man sich um ihn kümmert. Mir bring Tee, einen Kessel Wasser und neue Leintücher.«

»Frau Habar ...«

»Seine Mutter ist krank, und jetzt beeil dich.«

Lene gehorchte ohne ein weiteres Wort. Mit Habars Hilfe schaffte Eliska es, das Bett zu erreichen.

»Michal«, stieß sie hervor.

»Es geht ihm gut.« Habar stopfte das Federbett so fest um Eliskas Körper, dass die sich nicht mehr rühren konnte.

Die Nachricht, dass auch die Mutter erkrankt war, sprach sich in Windeseile herum, und in ähnlicher Geschwindigkeit brach die Krankheit aus: Flecken, dann Bläschen, endlich Pusteln breiteten sich wie vorher bei Michal über Gesicht und Körper der jungen Frau aus. Anders als bei ihrem Sohn wollte und wollte das Fieber jedoch nicht sinken, und manchmal schloss sich der Kiefer der Kranken wie in einem Krampf. Unablässig wechselte Habar die kalten Tücher auf ihrer Stirn und die Wickel um ihre Waden, doch es stellte sich keine Besserung ein.

Während der kleine Michal das Bett längst nicht mehr hüten musste, verschlechterte sich der Zustand der Mutter stetig. Immer wieder flüsterte Habar der im Fieberwahn Wimmernden die guten Neuigkeiten zu, erzählte von der Schüssel Tartuffelbrei, die der Junge alleine gegessen habe, davon, dass er die Pferdeknechte auf die Weide begleiten werde, oder dass er sie fragen lasse, ob er auf dem Pony reiten dürfe.

Manchmal saß sie aber auch einfach nur da und schaute in Eliskas Gesicht. Fünfundzwanzig Jahre alt war sie. Im letzten Jahr hatte sie einen zusätzlichen Hahn und eine Henne vom Handgeld ihres Mannes angezahlt. Alle hatten ihr davon abgeraten, aber ihr Federvieh war wider Erwarten gut gediehen. Rupert von Hartleben, der Herr, habe ihr Häuschen sogar einmal besucht. Im Frühjahr letzten Jahres, als die Schweden noch da gewesen waren, hatte er ihr die Abgaben gestundet, die sie ihm dieses Jahr noch zurückzahlen wolle. Dieser Tage hatten ihre Hühner mehr Eier gelegt, als je zuvor. Manche im Dorf hatten von Zauberei gemunkelt, aber sie ließ sich nicht einschüchtern. Leise stöhnte die Kranke auf.

»Eliska«, flüsterte Habar, »ach, Eliska …«

Was würde geschehen, wenn sie gesundete? Kurz schienen die verzerrten Fratzen der Frauen von jenem Tag vor ihr auf, als Eliska zum ersten Mal im Hof gestanden hatte. Am Abend hörte sie von Scholz, dass das Wort Hexe gefallen war und dass es Forderungen gäbe, Eliska vor ein Gericht zu stellen. Da schloss Habar die Augen und wünschte sich für einen Moment, sich nicht regen zu müssen, einfach ewig in diesem von muffiger Krankheit erfüllten Raum zu sitzen und keine Entscheidungen zu treffen. Immerhin: Seit das Leben des Jungen bewahrt worden war, behandelten sie die Menschen auf dem Gut, als habe sie etwas zu sagen, als habe sie über ihr Geschick zu bestimmen und Lösungen zu finden. Täglich, so auch heute, kam Scholz zur Tür, um sich mit ihr zu beraten.

»Frau Habar?« Seine Stimme hatte einen unruhigen Klang angenommen. Sie öffnete die Augen. »Was sollen wir tun, Frau Habar?«

Sie zögerte und schob die Tür dann einen Spalt weiter auf. Der Verwalter stand seitlich der Tür vor dem Fenster. Heute trug er keine Perücke. Unter den dünnen Strähnen, die er sich über den Schädel zurückgekämmt hatte, leuchtete die Haut rot hervor. Seine buschigen Augenbrauen bewegten sich. Die Falten in seinem Gesicht, fiel ihr zum ersten Mal auf, verliefen alle senkrecht. Das Blau seiner Augen schien der Farbpalette eines Malers entsprungen. Während der schwedischen Besetzung hatte sie eng mit ihm zusammengearbeitet und doch hatte sie ihn nie so genau angesehen. Sie runzelte die Stirn.

»Geht es gut, Frau Habar?«

Sie zuckte die Achseln. Flüchtig wanderte der Blick des Mannes über ihre Schulter in Richtung des halbdunklen Raumes in ihrem Rücken. Seine Nasenflügel blähten sich, und Habar fragte sich, ob er den stechenden Geruch nach Krankheit auch hier im Flur riechen konnte. »Sie ist immer noch krank.«

Scholz räusperte sich. »Ich weiß. Die Leute sind verwirrt. Man fürchtet, sie könne fliehen wollen.«

Habar löste den Blick von ihrem Gegenüber und schaute knapp an ihm vorbei in Richtung des Fensters, durch das Licht in den Gang vor den Zimmern geleitet wurde. Als sie hier angekommen waren, hatte sie manchmal dort gestanden und nach draußen gesehen. Man hatte den besten Blick von dieser Stelle aus, konnte morgens sehen, wenn der Himmel von rosa Pinselstrichen betupft war und am Horizont ein goldener Rand glänzte.

»Habt Ihr mich gehört, Frau Habar?«

»Ja, ich habe gehört. Glaubt Ihr an Hexen, Scholz?«

Er zögerte. Es gab keinen, so schien es ihr, der in diesem Land nicht an Zauberei glaubte.

»Ich glaube«, sagte er dann, »dass es Dinge zwischen Himmel und Erde gibt, die wir nicht erklären können, aber …«, seine blauen Augen verließen ihr Gesicht jetzt nicht mehr, »aber nein, ich glaube nicht an Hexen.«

»Ihr werdet mir helfen?« Habar hielt sich an seinem ruhigen Blick fest. Wieder antwortete er nicht gleich, dann holte er tief Luft.

»Ja.«

Sie sah ihm noch nach, als er längst nach unten verschwunden war. Zuerst achtete sie nicht auf die flüsternde, kaum hörbare Stimme in ihrem Rücken.

»Habar!«, kam es eindringlicher.

Sie drehte sich um. Vom Bett der Kranken starrten ihr zwei weit aufgerissene Augen entgegen. »Ich war's nicht, bin keine, die Zauberei kann. Weiß wohl, dass es solche gibt – ich hab nur ein geschicktes Händchen mit dem Federvieh.«

Das Reden hatte Eliska ermüdet, erschöpft fiel sie zurück in die Kissen. Habar kam zum Bett, rückte den Stuhl zurecht, auf dem sie die letzten Nächte zwischen Wachen und Schlafen verbracht hatte. Die Kranke hatte die Augen geschlossen, öffnete sie aber erneut, als Habar ihre Hände gegen das Bett stützte und es damit in Bewegung versetzte.

»Sie sind neidisch, konnten nicht verstehen, warum eine wie ich so gut mit den Hühnern kann. Wie eine wie ich, die noch nie mit Tieren zu tun hatte, eine Fremde, eine Exulantin …« Eliska brach ab. Die jungen Frauen sahen einander an. Eliskas Augen waren braun, doch im helleren Licht, so wusste Habar, waren kleine rötliche Flecken in ihnen zu sehen. Sie legte der Kranken eine Hand auf die rechte Schulter.

»Ruhig, niemand wird dir etwas tun.«

Ihre Augen wanderten über das Gesicht der jungen Frau, kaum mehr nahm sie den Geruch der Krankheit wahr. Auch in ihrer Kindheit hatte es Hexen gegeben, Zauberer, böse Dschinns. Die *dadı* hatte davon berichtet, das Dienstpersonal hatte geschwatzt, und besonders die Küchenmädchen hatten immer Neues zu erzählen gewusst. Hierzulande verbrannte man die Zauberinnen und all jene, die mit dem Teufel im Bunde waren. Sie blinzelte, sah die Welt klarer, die kurz vor ihrem starren Blick verschwommen war.

Eliska öffnete die Augen nicht noch einmal. Ihre Brust hob und senkte sich unter schweren Atemzügen, das Gesicht war von einer dünnen Schweißschicht überzogen. Habar ging mit schweren Gliedern zu der Waschschüssel, um das Tuch zu befeuchten, mit dem sie die Stirn der jungen Frau kühlen würde. Wieder verlor sie sich in Erinnerungen.

Eliska starb leise, ohne noch einmal das Bewusstsein erlangt zu haben. Nur für einen kurzen Augenblick hatte sich Habar vom Bett abgewandt, hatte die Arme über den Kopf gereckt und sich gestreckt, und als sie sich umwandte, schauten die Augen der Kranken starr gegen die Decke. Da fröstelte es sie, aber sie konnte immer noch nicht weinen.

Mit leiser Stimme ordnete sie später an, die junge Frau auf dem Gottesacker des kleinen Gutes zu begraben. Zurück im Krankenzimmer riss sie alle Fenster auf, um den Geruch zu vertreiben, ließ Kräuter in großen Kesseln verbrennen und verbrannte Bettwäsche und Betttücher auf einem Scheiterhaufen im Hof. Am Kopfende, an einem Bettsparren befestigt, fand sie ein kleines Medaillon mit Strichen und seltsamen Zeichen darauf. Hatten die Leute aus dem Dorf recht gehabt? Hatte Eliska etwas von der Zauberei verstanden? Habar wog das kleine Medaillon in den Händen. Aber es mochte etwas sein, das Schutz bringen sollte, es mochte Gutes verheißen.

Als Scholz mit der Nachricht kam, dass sich weitere aus dem Dorf angesteckt hatten und auch zwei Mägde fiebernd in ihrem Betten lagen, fühlte Habar sich am Ende ihrer Kräfte. Sie würde kommen, versprach sie, nur etwas später. Mit einem Seufzer sank sie auf die Chaiselongue, auf der sie so viele Nächte verbracht hatte; dann endlich kamen die Tränen, und sie weinte und weinte und befürchtete schon, es würde nie wieder aufhören. Aber es hörte auf, und wie alle Wunden würde sie auch diese mit einer Schicht überdecken, die es ihr ermöglichte, weiterzuleben.

5. Kapitel

Gut Hartleben, Frühjahr 1708

»Es hat mir Vergnügen bereitet.«

»Was?«

Nur unwillig hob Rupert den Kopf von den Papieren auf dem Tisch weg und sah Knaup an. Der Mann hatte es sich auf dem Sessel bequem gemacht, die schmutzigen Füße auf der Fußbank platziert, und kaute nun am Mundstück seiner erloschenen Pfeife. Es war Sonntag. Rupert zog die Stirn kraus. Dass Knaup nicht zum Gottesdienst gehen würde, hatte er nicht erwartet – solche, wie der gingen doch gerne in die Kirche, als fürchteten sie sich davor, dem Herrn in ihrer ganzen Erbärmlichkeit alleine zu begegnen.

»Das Töten. Das hat mir gefallen.« Knaup grinste breit.

Ruperts Hand mit der Feder verharrte über dem Schriftstück, auf dem er sich gerade einige Notizen gemacht hatte. Noch mehr Papiere verteilten sich auf dem Tisch im großen Kaminzimmer. Er hörte das winzige Knistern der Kerze, nur eine Elle entfernt. Die Tinte an der Feder würde trocknen, wenn er zu lange wartete.

Knaup kaute weiter an seiner Pfeife, dann richtete er sich gerader in seinem Sessel auf, drückte den mit jedem Jahr dünner behaarten Schädel gegen die Sessellehne. Rupert legte die Feder aus der Hand. Irgendwie war dieser Mann durch sein Zutun in sein Leben gedrungen, und er tat sich nun schwer, ihn wieder daraus zu entlassen. Dass sie nichts gemein hatten, störte Knaup nicht. Wenn sie beisammensaßen, erzählte er unablässig von sich, von früher. Vom Krieg.

»Selbst Hand anlegen, darum geht es«, murmelte er nun undeutlich, nahm dann die Pfeife aus dem Mund. »Stellt Euch vor, wie es ist, dem Feind die Hände um den Hals zu legen und zuzudrücken. Ihr spürt, wie er sich wehrt, aber es gibt kein Entrinnen. Seine Kräfte lassen nach. Erst müssen Sie noch darum kämpfen, ihn zu bändigen, dann haben Sie gewonnen. Der Körper erschlafft.« Knaup sog Luft zwischen seinen Zahnlücken hindurch. »Mann gegen Mann. Es gibt keine größere Sache.«

Rupert betrachtete die tintendunkle Spitze der Feder, tauchte sie erneut ein und malte den nächsten Buchstaben.

Georg war ein wenig überrascht gewesen, als er vor knapp zwei Wochen, zu Beginn des Monats April 1708, gemeinsam mit Esme eingetroffen war. Er hatte darauf gewartet, aber nach Habar fragte der Onkel nicht. Rupert selbst berichtete ihm, dass sie sich um das Gut kümmere, und betastete dabei mit den Fingerspitzen die Hälfte des Zettelchens in seiner Westentasche. Ein geschicktes Weib sei sie, welches sich in der Zeit der schwedischen Besatzung durch klugen Verstand hervorgetan habe. Der Onkel, der einmal allein mit ihr im Kabinett gewesen war, hatte nichts dazu gesagt.

Georg, der Betrüger.

Ein wenig hatten sie sich über die Schwedenzeit ausgetauscht. Georg hatte davon berichtet, wie man angewiesen worden war, Vorräte nach Zwickau zu bringen, hatte von Abgaben erzählt, die zu entrichten gewesen waren, und Exekutionen, die man erlitten hatte.

Abends im Bett dachte er stets an Habar. Seit er das Gut verlassen hatte, hörte er regelmäßig von dort. Dass Karl tot war, war umso ungewohnter, als er sich nun am Ort der gemeinsamen Kindheit befand. Für einen Augenblick versuchte er, sich den weißblonden Jungen ins Gedächtnis zu rufen, mit dem er als Kind gespielt hatte. Ibrahim war geblieben, der Einzige, der hätte berichten können, aber er weigerte sich, vom Krieg zu sprechen. Früh am Morgen gehörte er zu den Ersten, die aufstanden. Wenn sie abends beisammensaßen, nahm er höflich an ihren Gesprächen teil. Mit beinahe verbissener Disziplin sorgte er für die Ausbildung der Pferde Hartlebens. Er war viel unterwegs. Es hieß, er habe eine seiner alten Liebschaften wieder aufgenommen. Man munkelte, dass er heute noch großen Erfolg bei Frauen hätte, wenn er es nur zuließe. Von Knaup hielt er sich fern.

Zum zweiten Mal legte Rupert die Feder beiseite. Schon ganze Tage hatte er in der Bibliothek zugebracht, in Büchern blätternd, während seine Augen in die Ferne gerichtet blieben. Von Knaups Seite gab es nichts Neues zu berichten, nur das immer gleiche Geschwätz. Dass er sich Georg in Erinnerung gebracht hatte, machte ihn wütend, doch anscheinend lief alles nach Plan. Unübersehbar hatte der Onkel wieder zu spielen begonnen. Er würde dafür sorgen, dass die Zwinge nun langsam enger gezogen wurde.

Georg, der Betrüger, und – er zögerte – Habar, die Betrügerin. Die neuen Mosaiksteine ließen sich zu einem fast vollständigen Bild zusammenfügen. Nachdenklich zupfte Rupert den Papierfetzen aus seiner Rocktasche und las zum wer wusste schon wievielten Mal die Namen darauf.

Das durfte er nicht vergessen. Er hatte immer recht gehabt, war stets auf dem richtigen Weg gewesen. Er war sich nun sicher, dass man ihn um Gut Hartleben gebracht hatte, das Gut, das der Vater so liebte. Georgs Vertrag würde keiner Überprüfung standhalten. Wenn er die Zeugen befragte, welcher Aufwand dafür auch immer vonnöten war … Georg, der Betrüger. Habar, die Betrügerin.

Hatte es ihn überrascht, wie sehr ihn ihr Verrat geschmerzt hatte? Einem Fälscher konnte der Kopf abgeschlagen werden, wenn der Schaden unwiederbringlich groß war. Er konnte aber auch mit Staupenschlägen oder ewiger Landesverweisung gestraft werden. Er ballte die Linke zur Faust, lockerte die Finger wieder. Schon einmal hatte er alles verloren, was er sich je gewünscht hatte. Es war nicht gut zu wünschen oder zu begehren. Schon einmal war sein ganzes Leben umgeworfen worden. Nichts und niemandem wollte er je wieder so viel Gewalt über sich gestatten.

Sorgsam malte er ein ganzes Wort auf das Papier, doch seine Gedanken schwirrten fort. Weit entfernt war Knaups Stimme zu hören. Heute Vormittag hatte Esme ihre erste Tanzstunde genommen. In den ersten Tagen ohne die Mutter hatte sie sich fast jeden Abend in den Schlaf geweint. In den darauffolgenden Wochen war sie verstummt. Langsam und geduldig hatte er um ihr Vertrauen werben müssen. Inzwischen hatte die Sechsjährige ihre Unbeschwertheit zurückgewonnen. Bei dem Gedanken an ihr fröhliches Gesicht zog sich ihm der Magen zusammen. Wenigstens sie liebte ihn, für sie war er jetzt der Einzige. Sie würde ihn nicht verlassen, niemals. Der Schreibtisch, der vor seinen Augen verschwommen war, nahm Konturen an. Er schaute Knaup scharf an.

»Konnte er unterdessen den Schreibtisch durchsuchen?«

Knaup nahm mit einer langsamen Bewegung die Pfeife aus dem Mund und schüttelte den Kopf.

»Der Herr hält ihn stets verschlossen.«

Während er ein Schaudern unterdrückte, steckte Rupert den Papierfetzen zurück an seinen Platz. Auf seine Weise freute er sich darüber, dass der Onkel nicht dumm zu nennen war, wie ein Tier, das die Jagd lohnte, ein würdiger Gegner. Als Junge hatte er sich immer vorgestellt, eine Kompanie in die Schlacht zu führen. Damals war er ein Meister der Strategie gewesen, hatte alle bedeutenden Schlachtaufstellungen der letzten Jahre auswendig gekannt.

Ein Schlag dröhnte gegen die Zimmertür. Die Männer zuckten zusammen. Knaup sprang auf, um sich in einer Ecke zu verbergen. Der Türknauf bewegte sich, dann wurde die Tür aufgestoßen. Das dunkellockige Mädchen, das ins Zimmer kam, hing noch mit einer Hand am Knauf, ließ los und sprang mit nackten Füßen auf ihn zu.

»Papa!«

Rupert schaute seine Tochter an. Er hatte ihr verbieten wollen, ihn Papa zu nennen. In den ersten schweren Tagen hatte er sogar überlegt, sie in Dresden zu lassen und brachte es dann doch nicht über sich. Er vermisste sie, sobald er sie nicht in seiner Nähe wusste. Mit einer Hand winkte er sie näher. Sie kam seiner Aufforderung hüpfend nach, ließ sich ohne Protest auf seinen Schoß ziehen. Ihr Körper fühlte sich warm an unter seinen Händen und erschreckend zart. Er musste immer auf sie aufpassen, immer. In seinen Atemzügen bewegten sich ihre dunklen Locken. Sie roch nach einem Gemisch aus Mandeln und Rosenwasser, sicherlich hatte sie sich wieder über das Verbot hinweggesetzt und in Theodoras Zimmer gespielt. Sie streckte die Hände nach der Feder aus, die er abgelegt hatte, um sie auf den Schoß zu heben. Knaup hatte ihrer ansichtig sein Versteck verlassen. Vorübergehend bog sie den ganzen Körper im Bemühen, ihn in den Blick zu bekommen. Als er ihr über den Kopf strich, verzog sie den kleinen Mund. Ihre schwarzen, schon recht dichten Augenbrauen runzelten sich.

»Lass das!« Sie schaute ihn eindringlich an. Knaup bewegte seine Hand über ihre weichen Wangen nach unten und kam auf ihren Schultern zum Halt. »Lass das!«

Das Mädchen wand sich auf dem Schoß ihres Vaters hin und her, so dass der sie kaum halten konnte. Auch Rupert empfand Widerwillen angesichts der groben Finger, die seine Tochter berührten. Er öffnete den Mund. Die Blicke der Männer trafen sich, er kämpfte die Zurückweisung herunter. Für einen Lidschlag glimmte etwas in Knaups Augen, das ihm Unbehagen bereitete, und kurz fürchtete er sich vor dem, was vonnöten sein mochte, um diesen Mann loszuwerden.

Knaup ließ von dem Mädchen ab und trat einen Schritt zurück. Esme drehte den Kopf gegen die Brust ihres Vaters, die Arme fest um dessen Hals geklammert. Der weiche, begehrliche Ausdruck auf Knaups Gesicht machte der gewohnten Härte Platz. Er hatte davon erzählt, wie sie Männer, Frauen und Kinder totgeschlagen hatten, damals im Sturm auf Ofen. Er hatte berichtet, wie Rauch und Qualm der brennenden Stadt das Atmen erschwert hatten. Wie man allenthalben über nackte Leichen gestolpert sei, Juden und türkisches Pack, wie jeder Beute hatte machen können, soviel er wollte. Rupert drückte seine Tochter fest an sich. Wieder trafen sich die Blicke der Männer.

»Er kann gehen«, sagte Rupert mit flacher Stimme, wartete, bis Knaup das Zimmer verlassen hatte, bevor er behutsam die Lippen auf Esmes weiches Haar drückte.

»Papa …«, setzte sie an.

Einen Moment lang fürchtete er sich so sehr davor, dass sie nach ihrer Mutter fragen würde, dass er sie kurz noch fester umklammerte.

»Papa«, protestierte sie. Er lockerte seinen Griff. Knaups ungelenke Reverenz tauchte vor seinem inneren Auge auf. Der Kerl nahm sich zu viel heraus. Es musste darauf achten, ihn von Esme fernzuhalten.

***

Hinnerk Knaup packte die Frau bei ihrem Haarschopf und ließ Bier in ihren lachenden Mund laufen. Als er vorhin die Münzen auf den Tisch gezählt hatte, war es ein Leichtes gewesen, für Begleitung zu sorgen. Er hatte nicht lange benötigt, um die jüngste unter den Bauernweibern auszuwählen, die hier im Gasthof mehr oder weniger öffentlich um die Gunst der männlichen Gäste buhlten. Der Boden in dieser Gegend war einfach zu schlecht, es reichte für die Viehzucht, für Tartuffeln – angeekelt verzog er den Mund – und Holz.

Er setzte den Bierkrug ab und küsste die Frau auf den

Mund. Sie hatte blonde Haare, ein grobes Gesicht und eine Art, die dicke Unterlippe schmatzend zwischen die Zähne zu ziehen, wenn man ihr etwas erzählte, aber ihre blauen Augen blitzten angriffslustig, und ihn gelüstete es mal wieder nach einer, die mehr sein mochte, als das letzte brave Schafsgesicht. Mit einem festen Griff zerrte er sie in den Stand, im gleichen Moment schon hielt er sie umschlungen, tastete mit der einen Hand nach ihren Brüsten, während die andere über ihrem Schoß lagerte.

»Soll ich dir was erzählen?«, raunte er in ihr Ohr. »Einem großen Herrn helf ich, zu seinem Recht zu kommen.«

Er drehte sie um, ließ eine Hand über ihren Hals wandern und versenkte sie dann in der Spalte zwischen ihren Brüsten. Der Stoff ihres großzügigen Dekolletés dehnte sich. Er ruckelte die Verschnürung weiter auf, seine Finger ruhten auf ihrer schweißfeuchten Haut. Die Frau lehnte den Kopf zurück gegen seinen Körper. Sie roch dumpf nach einem Gemisch aus Feuchtigkeit, Kohl und Zwiebeln. Fauliger Atem streifte sein Gesicht, als sie ihn gurrend um mehr bat.

Er streckte die Hand nach dem Bierkrug aus und nahm einen tiefen Schluck. Aber der Herr Rupert hat unser Ziel vergessen, ging es ihm durch den Kopf, während er das Bier zurück auf den Tisch stellte. Er nahm die Hand von ihrem Schoß und wischte sich mit dem Handrücken über die Lippen. Hatte der feine Herr vorher schon wenig gesagt, so war er bei ihren heutigen Begegnungen meist stumm. Er verbrachte viel Zeit mit dem Kind, das er mitgebracht hatte, diesem dunkellockigen Mädchen, von dem es hieß, es sei der Bastard der Türkin, seiner Mätresse.

Nun gut, er würde auch das Mädchen bekommen, wenn dies hier alles vorbei war. Knaup spuckte einen dicken Batzen auf den Boden. Wie viele Mätressen Rupert von Hartleben insgesamt hatte, war nicht bekannt. Die Zahlen schwankten zwischen einer und zwanzig. Und dabei war er nichts als ein verdammter, reicher Krüppel, so wie die anderen reichen Offiziere, die selbst mit fehlenden Beinen, Armen und Händen stets auf dem Hintern landeten.

Nur wir nicht. Hinnerk Knaup wühlte die Rechte tiefer zwischen die Brüste der Frau. *Wir ackern und kämpfen und mühen uns und haben nichts.* Er zerrte die Frau näher zu sich, senkte sein Gesicht grunzend auf ihr Dekolleté, roch scharfen Schweiß, brachte sie mit seiner Zunge zum Lachen. Es war ihm nicht entgangen, mit welcher Abscheu ihn Rupert von Hartleben zuweilen betrachtete und wie zögerlich er mittlerweile agierte. So wie es aussah, würde er die Sache alleine zu Ende bringen müssen. Der Herr Rupert war nachlässig geworden, mochte denjenigen, der im Dreck für ihn arbeitete, vergessen haben, wie die Herren gerne jene vergaßen, denen das gute Leben nicht täglich geschenkt wurde. Er drehte den Kopf zur Seite und spuckte einen neuerlichen kräftigen Batzen auf den Boden. Seine Hand in ihrem Nacken drückte ihr Gesicht in seine Richtung. Für einen Moment malten sich Ruperts Gesichtszüge auf ihre, und die Wut überkam ihn so stark und mächtig, dass er sie auf der Stelle hätte töten können. Dann ließ er sie los. Er wusste, was zu tun war. Er wusste, was Rupert von Hartleben liebte. Er war nicht dumm.

***

Der Regen hatte erst vor Kurzem aufgehört, so dass die Abdrücke von Schuhen zu sehen waren. Wilhelmina hob den Kopf höher und spähte den Weg entlang, zu jenem etwas abseitig gelegenen Bereich des Gartens hin, wo sich seit etwa hundert Jahren die letzte Ruhestätte derer von Hartleben befand. Als sie noch klein gewesen war, waren ihr die Bäume, die rechts und links des Weges standen, wie eine riesige Mauer erschienen, durch die es kein Durchkommen gab. Von Zeit zu Zeit klatschten schwere Tropfen auf den Boden, glitten von den dürren Ästen und schlugen dann mit einem dumpfen Geräusch auf dem Boden auf oder landeten mit einem winzigen hellen Laut in einer Pfütze.

Die Fußtritte, denen sie folgte, verliefen zielstrebig. Als sie das kleine schmiedeeiserne Tor erreichte, es aufschob und hindurchging, blieb sie stehen. Sie hatte erwartet, ihre Mutter hier zu finden, und doch fröstelte es sie, als sie sich Theodora von Hartleben gegenüber sah.

Kurz nach Ibrahims Rückkehr hatten sie dort eine Zeremonie zum Gedenken ihres Bruders abgehalten. Der neue Pfarrer, der ein Haus im nahe gelegenen Dorf bewohnte, hatte ein paar Worte gesprochen. Dem Sarg waren Karls zweite Uniform und ein Degen beigefügt worden. Sie erinnerte sich daran, dass es ein kalter, aber strahlend sonniger Tag gewesen war, ein Tag von einer geradezu unglaublichen, funkelnden Schönheit. Als etwas später der Stein auf das Grab gesetzt wurde, hatte es in Strömen geregnet, so wie heute Morgen.

Mit ein paar Schritten war sie an der Seite ihrer Mutter. Seit sie von Karls Tod wussten, war das Wort Hochzeit kein einziges Mal mehr gefallen. Sie hatte sich gefragt, ob Theodora wohl Unterstützung brauchte, aber die Mutter wirkte so selbstgenügsam und unnachgiebig wie immer. Sicher war sie älter geworden, das Kinn weicher, die Falten ausgeprägter, aber sie hatte etwas Eisernes an sich, das es einem schwer machte, ihr nahe zu sein. Wilhelmina starrte auf den Totenkopf, der den Grabstein schmückte. *Mitten im Leben sind wir vom Tod umfangen.* Sie versuchte sich an den Bruder zu erinnern, der von ihr fortgegangen war, doch dann, wie so oft, schob sich Ludwig Vosskamp in ihre Gedanken. Einst war sie hiergeblieben, weil er hier war. Nun hatte sie keinen anderen Ort mehr. *Vielleicht ist es auch gut, dass Ludwig fort ist. Vielleicht hätte ich niemals die Kraft gehabt. Vielleicht sollten sich manche Wünsche nicht erfüllen.* Ihr Blick fing sich in den Augenhöhlen des Schädelreliefs. Theodora stand reglos. Unvermittelt musste Wilhelmina an die Kleine denken, an Esme, die Rupert so völlig überraschend mitgebracht hatte, rieb die Finger gegeneinander, als spüre sie wieder die zuckerklebrigen Finger des Mädchens.

Ruperts Tochter. Der Cousin war noch schweigsamer geworden, noch abweisender, als sie ihn von früher kannte. Gleich zu Anfang hatte er davon gesprochen, bald wieder gehen zu wollen, doch er war immer noch da. Meist hielt er sich in seinem alten Zimmer auf. Manchmal stand er am Tor und sah den Weg entlang, der auf das Gut zuführte, als warte er auf jemanden. Manchmal fragte sie sich, ob er Hartleben so sehr liebte, wie sie das Gut hier alle auf die eine oder andere Art und Weise liebten. Aber sie konnte sich schwer vorstellen, dass der Cousin überhaupt irgendetwas begehrte. Schon als Kind war er ihr kalt erschienen. Wenige Tage nach seiner Ankunft war ein neues Holzbein geliefert worden, eines aus dunklem poliertem Holz. Beinahe jeden Tag stützte er sich auf einen anderen Stock. Manche waren aus einfachem Holz, einer hatte einen silbernen Knauf. Auch er war älter geworden. Tiefe Kerben zogen sich von der Nase zu den Mundwinkeln.

»Es sollte wohl wehtun, nicht wahr?« Theodora, die sich mit einem Mal vorgebeugt hatte, richtete sich abrupt auf und sah ihre Tochter an. Ihre Lippen waren schmal und zuckten ein wenig, bevor sie von Neuem zu sprechen anhob: »Es sollte wehtun, am Grab des eigenen Sohnes zu stehen. Die Kinder sterben, wenn sie klein sind, hieß es immer. Aber wisst Ihr was, meine Teure? Wisst Ihr, was bemerkenswert ist? Es tut mir nicht weh.« Sie krümmte die Hand und hielt die Faust in Höhe der Taille gegen ihren Leib gedrückt. Dann senkte sie den Kopf. Wilhelmina schlang die Arme um sich. Mit einem Mal fröstelte es sie wieder.

6. Kapitel

Lehngut Hartleben, Frühjahr 1708

Habar hatte sich auf den Teppich vor den Kamin gesetzt, eine leichte Decke wie einen Umhang um sich geschlungen und die Beine angezogen. Sie war müde, ihre Füße schmerzten. Von früh bis spät, treppauf, treppab war sie heute auf den Beinen gewesen. Seit einer Woche hatte es keinen neuen Krankheitsfall gegeben. Vorsichtig begannen die Bewohner des Gutes die Köpfe zu heben und die

Hälse zu recken. Endlich waren wieder fröhliche Stimmen zu hören und erste, noch etwas zaghafte Scherze machten die Runde. Gegen Nachmittag hatte einer der Männer eine zerschrammte Fiedel unter seinen Habseligkeiten hervorgeholt und zu einem Tanz aufgespielt, und umeinanderwirbelnd hatten Männer und Frauen das Vergangene von sich geschüttelt.

Habar umfing ihr rechtes Knie mit beiden Händen und starrte in die Glut. Die Hitze des Feuers war fast unerträglich, aber sie ertrug sie. Während der wenigen Tage, die sie gemeinsam verbracht hatten, war ihr Eliska wie eine Freundin gewesen, aber auch sie war gegangen. Immerhin hatte der kleine Michal überlebt, der nun in der Küche des Hauses mit Milch, Hafer- oder Tartuffelbrei hochgepäppelt wurde und längst von allen ins Herz geschlossen worden war.

»Ich kann Hilfe gebrauchen«, hatte die Köchin gleich am ersten Tag gesagt und hinzugefügt, dass sich der Junge nicht dumm anstelle. Zuweilen fragte er noch nach seiner Mutter, zuweilen weinte und rief er sogar nach ihr, aber im Laufe der Jahre würde er sie vergessen.

Esme. Unwillkürlich suchten Habars Finger nach Eliskas Medaillon, das sie unter dem *yelek* um den Hals trug. Dann starrte sie wieder in die Flammen. Es war nicht mehr wie in den ersten Tagen ihres Aufenthalts hier. Es war noch nicht einmal mehr wie in den Tagen der Besatzung durch die Schweden. Sie war nicht mehr die Türkin. Seit die Krankheit die Leute heimgesucht hatte, war es zur Gewohnheit geworden, sie zu fragen, wenn Entscheidungen anstanden. Man hatte sie auch gefragt, wann die Saat ausgebracht werden sollte. Neuerdings besprach sie sogar den Küchenplan mit der Köchin und richtete die kleinen Feste aus, die für Entspannung im Arbeitsalltag sorgten. Wenn sie abends nach getaner Arbeit noch beieinandersaßen, erzählte sie manchmal eine der Geschichten von Nasreddin Hodscha, und es war das Gelächter der Anwesenden, das ihr das Gefühl gab, zu Hause zu sein. Es waren jene Stunden, in denen man sie bat, vom Sultan zu erzählen und von einem Leben, das inzwischen länger als ein Menschenalter entfernt schien. Dann sprach sie von Desserts, die mit Honig und Traubensirup gesüßt wurden, von dicker, cremiger Büffelmilchcreme. Sie berichtete von den Vorräten aus Öl, Honig, Marmeladen und Fruchtsirup, getrockneten Früchten und Nüssen, die man im Herbst anlegte. Sie lehrte die Köchin, wie man Sesamkringel zubereitete. Die Alten lachten darüber, dass sie sich einmal vor dem Türkenweib gefürchtet hatten, die Jungen hingen an ihren Lippen. Ab und an besuchte sie sogar die zum Gut gehörenden Dörfer. Einmal hatte Scholz sie in die Kapelle geführt, ein gedrungenes weißes Gebäude mit einem Turm, der sich spitz und stolz in den Himmel reckte.

»Hier könnt Ihr beten, Frau Habar, hier wird der Herr Euch erhören.«

Habars Blick folgte einem Ascheflöckchen, das aus dem Kamin flog und etwa drei Handspannen von ihr entfernt zu Boden ging. Als sich die Tür hinter ihr öffnete, erwog sie, einfach still zu sein, doch der Hereinkommende wusste offenbar, wo sie sich befand, und kam mit entschlossenen Schritten näher.

»Frau Habar!«

»Herr Scholz.«

In Budin, dachte sie, hätte kein Mann das Haus betreten, ohne die Frauen zu warnen. Erst, als sie sich an einem Sessel nach oben zog, bemerkte sie ihre Erschöpfung. Der Verwalter blieb ein paar Schritte von ihr entfernt stehen. Sie zog sich den Schleier zurück über den Kopf, der im Laufe des Abends von dort in den Nacken gerutscht war.

»Ihr wollt fort?« Er kam ohne Umschweife zum Ziel.

»Wer sagt das?« Die Finger von Habars linker Hand schlossen sich so fest um das Medaillon, dass sich die Kanten des Schmuckstücks schmerzhaft in ihre Handfläche prägten. Der Verwalter machte eine beschwichtigende Bewegung.

»Lene … Bitte, sie macht sich Sorgen.« Er lächelte sie hilflos an. Habar ließ das Medaillon los, ihre Hand glitt unter dem Stoff des *yelek* hervor, streifte glättend über dessen Vorderseite. »Es ist schon länger her, dass ich davon gesprochen habe.«

Sie fasste nach der Sessellehne, hielt sich daran fest.

»Wir brauchen Euch, Frau Habar.«

»Ich habe nicht gesagt, dass ich fortgehe.« Sie schaute ihn fest an. »Außerdem: Würde man mich denn gehen lassen?«

Er zuckte die Achseln. In ihren Ohren war Kindergeschrei zu hören, die empörte Stimme eines kleinen Mädchens, dann Stille, nur das Knacken des Holzes im Kaminfeuer. Sie ließ die Sessellehne los, ging ein paar Schritte um das Möbel herum und ließ sich auf den Sitz fallen.

»Ich vermisse meine Tochter, Herr Scholz.«

Steif stand er nun vor ihr und vermied ihren Blick. So

hatte er sie auch bei ihrer Ankunft begrüßt, gekleidet in einen tadellos sauberen Rock, mit Kniehosen und sauberen Strümpfen. Auch heute blitzten seine Schuhschnallen, die Schuhe glänzten. Seine Perücke saß nur einen Deut zu tief in seiner Stirn. Blitzschnell zuckte seine Zunge vor, er fuhr sich über die Lippen.

»Ich weiß, Frau Habar, wir möchten Euch nur bitten, noch zu bleiben, bis die Schafschur vorüber ist, die gerade begonnen hat. Wir werden es Euch danken, unbedingt.«

Habar schaute auf ihre rechte Faust, an der sich die Knöchel weiß abzeichneten. Dann mochte es zu spät sein, sie wollte nicht so lange warten. Was, wenn sie Esme nie wieder sehen würde? Ihr Blick schweifte zum Fenster. Sie holte tief Luft und nickte.

7. Kapitel

Gut Schwarzbach, Frühjahr 1708

Zuerst hatte Amalia nicht glauben wollen, dass sie sich einmal in ihr eigenes Geburtshaus schleichen würde, dann hatte sie bezweifelt, dass es ihr gelingen würde. Acht Jahre waren es in diesem Mai 1708 her, und alles war noch so schmerzhaft vertraut, als sei sie nie fort gewesen. Als sie das Zimmer ihres Bruders Konrad unbeschadet erreicht hatte, erschien es ihr, als würde sie zum ersten Mal wieder Luft holen. Zu wenig und schmerzend füllte der Atem Brust und Kehle aus. Ferdinand hatte ihr gesagt, dass dieser Tag der richtige wäre. Ihr Vater war früh zur Jagd aufgebrochen und würde erst spät am Nachmittag zurückkommen. Wie immer würde er dann seinen jüngsten Sohn besuchen. Amalia verharrte zunächst an der Tür, trat dann näher an Konrads Bett heran. Der Junge, eher ein junger Mann mittlerweile, lag auf dem Rücken und hatte die Augen starr gegen die Decke gedreht. Beide Hände waren locker am Bettgestell festgebunden und bewegten sich leicht. Die aus dem Mundwinkel rinnende Spucke färbte den Kragen seines Nachthemdes dunkler. Seine Lippen wirkten rot und entzündet. Schon kurz, nachdem sie eingetreten war, hatte sie bemerkt, dass sein Bett ein anderes war, auch die Bettdecke und die Kissen. Jemand hatte dieses Zimmer neu ausgestattet und sich einige Mühe damit gegeben. Sie hielt sich mit einer Hand am Bettpfosten fest und starrte das Wesen an, das ihr Bruder war. Er war dünner geworden, die Haut wirkte ein wenig wie graues Papier. Sie hatte nie verstanden, warum er so hartnäckig weiterlebte. Es hatte hübsche Geschwisterchen gegeben, die keinen Tag oder nur wenige Monate alt geworden waren. Kräftige Menschen, die mitten im Leben gestanden hatten, waren den Pocken oder einem Fieber zum Opfer gefallen, doch der hier, der ihr doch kaum wie ein Mensch erschien, klammerte sich an sein Leben, wie eine alte, räudige Katze, die nicht sterben wollte. Sie tastete nach dem Häubchen auf ihrem Kopf, strich den Rock ihres Reisekostüms glatt. Ein Geruch nach Pferd stieg von dem Stoff auf, vor wenigen Tagen erst hatte sie den letzten Rest Duftwasser verbraucht. Sie fragte sich, was der Vater wohl während der Zeit der Besatzung getan hatte, in der Ferdinand sich den schwedischen Herren angedient hatte. Was für ein Haufen das doch gewesen war, Männer, die über Jahre hinweg nichts als Krieg kennengelernt hatten. Sie schauderte. Und doch war es eine gute Zeit. Die Schweden hatten sich Mühe gegeben, ihrem schlechten Ruf nicht gerecht zu werden. Man hatte sie bewundert, ihr kleine Geschenke gemacht. Es war eine gute Zeit. Einzig, dass man Ferdinand von Trottdorf nach dem Abzug der schwedischen Armee davongejagt hatte, war nicht nach seinem Geschmack gewesen.

»Ich hätte mit ihnen gehen können«, sagte er manchmal und küsste sie so hart, dass es schmerzte. Zu Anfang hatte sie sich davon erschrecken lassen, aber bald hatte sie erkannt, dass er das Leben eines Soldaten niemals in Erwägung gezogen hatte. Niemals hätte er sich jenen angeschlossen, die nun mit den Schweden gegen die Russen zogen. Und doch musste sie sich immer wieder klarmachen, dass ihre Versöhnung mit dem Vater für ihn die einzige Möglichkeit war, wieder Aufnahme im eigenen Elternhaus zu finden. Er war ein jüngerer Sohn, niemand, auf den man nicht verzichten konnte. Sie seufzte. War es nicht eine seltsame Vorstellung, dass vielleicht irgendwann irgendwo Sachsen gegen Sachsen stehen mochten? Aber der Krieg war ja vorbei, und in Dresden bekämpfte der König seine Niederlage mit Festen, schönen Dingen und Mätressen, von denen die erste heute die Gräfin Cosel war, einst eine bloße von Hoym. Auf dem Taschenberg stand ihr Palais, anstelle des alten Haugwitzschen Hauses.

»Konrad«, flüsterte sie, rief dann lauter: »Konrad!«

Der Bruder zeigte keine Regung. Früher hatte er manchmal reagiert, wenn sie mit Victor zusammen in dieses Zimmer geschlichen war. Wenn der Vater sie erwischte, hatte es für den Bruder eine Tracht Prügel gesetzt, während sie stets so davongekommen war. Sie ließ den Bettpfosten los und trat direkt neben das Bett. Konrads Augen rollten, aber sie wusste nicht, ob es war, weil er sie bemerkt hatte oder weil er die Augen alle paar Atemzüge rollen ließ.

»Kennst du mich noch? Bist du jetzt sein braves Kind, sein guter Junge?«

Bist du jetzt an meiner Stelle? Sogar der Gedanke schmerzte. Sie zog den Schemel heran und setzte sich darauf. Über Jahre hinweg war sie das liebste Kind gewesen. Früher gab es nichts, was sie hatte falsch machen können. Dafür hatte es den älteren Bruder gegeben, der die Wut des Vaters mit absoluter Leichtigkeit auf sich zog.

Wenn er doch jetzt nur hier wäre. Ob er immer noch diesem Spener anhing? Sie hatte gehört, dass man dessen Anhänger einst aus Leipzig fortgejagt hatte. Konrad gab ein gurgelndes Geräusch von sich. »Ist gut, ist gut …«, murmelte Amalia und lehnte sich gegen das Gitter. »Alt siehst du aus.« Sie lächelte. »Ja, auch ich, ich weiß. Auch in bin älter geworden.«

Aber ich werde immer schön sein. Sie tastete nach ihrem blonden Kraushaar, zupfte am Häubchen, widerstand der Versuchung, ihren Anblick im Spiegel zu überprüfen. Da ihr keine Dienerin zur Seite stand, hatte sie selbst Bleiweiß und Wangenrot aufgetragen. Neben ihrem linken Mundwinkel verbarg ein Mouche die kleine Narbe, die ein Ring Ferdinand von Trottdorfs ihr beigebracht hatte.

Warum bin ich damals nicht gegangen? Sie wusste nicht mehr, warum er zugeschlagen hatte, eine der vielen Nichtigkeiten, derentwegen ihm die Hand ausrutschte. Vielleicht war sie aus Stolz geblieben. Noch niemals zuvor war ihr ein Wunsch verwehrt worden, hatte sie etwas nicht bekommen, was sie gefordert hatte. Doch jeder Tag mit Ferdinand hatte ihr etwas genommen – wie eine Blume war sie, von der man Blütenblatt um Blütenblatt abgerissen hatte, um nur einen verdorrten Fruchtknoten übrig zu lassen. Wenn sie es recht besah, war es heute sein Lob, das sie leben ließ. Das Lob des Mannes, der draußen im Wald mit ihren beiden Kindern – nach Louis Ferdinand im Juni 1706 war im Januar 1708 Victoria geboren worden – auf das Ergebnis ihrer Verhandlungen wartete. Die letzte Geburt war schwer gewesen, und sie hoffte sehr, dass sie nicht gleich wieder schwanger werden würde. Ganz abgesehen davon, dass ihr Ferdinand in den Monaten der Schwangerschaft stets noch abweisender als gewöhnlich gegenübertrat. Die Geburt war die letzte schreckliche Erinnerung. Sie hatten gerade beim Abendessen gesessen, als etwas Feuchtes aus ihr herausgeschossen war. Während sie den ersten Schrei noch unterdrückt hatte, war der zweite umso lauter herausgeschrillt. Ferdinand war mit einem Satz bei der Tür gewesen.

»Ich hole Hilfe.« Er hatte sie missmutig angesehen. »Mach um Gottes willen nicht so ein Theater. Du schreist ja das ganze Haus zusammen.«

Im nächsten Moment hatte sie sich die Lippen blutig gebissen, um den nächsten Schrei zu unterdrücken. Dann war die Tür hinter Ferdinand ins Schloss gefallen, und sie war zu Boden gesunken. *Ich bin Amalia von Schwarzbach. Ich bin Amalia von Schwarzbach. Ich bin Amalia von Schwarzbach.* Immer und immer wieder hatte sie diesen Satz wiederholt, während sich der Schmerz Eisenringen gleich um ihren Leib gelegt hatte, von irgendeiner Kraft enger und enger zusammengezogen. Flüchtig hatte sie damals die Vorstellung überkommen, sie müsse platzen, müsse sterben auf dem dreckigen Boden einer dreckigen Herberge. Irgendwann hatte sie auf dem Rücken gelegen, den Kopf zum Bett hingedreht. Schmutz hatte sich in ihre Handflächen geprägt. Unter dem Bett war eine Maus aufgetaucht, ein kleines Tier mit Knopfäuglein.

»Ich bin Amalia von Schwarzbach«, hatte sie zwischen zusammengebissenen Zähnen hervor dem Tier entgegengezischt. »Mein Vater ist ein bedeutender Mann. Ich bin Amalia von Schwarzbach.«

Ferdinand mochte keine Schreihälse. An Louis Ferdinand hatte er erst Gefallen gefunden, als der Junge dem Wickelkindalter entwachsen war. Vorher schon hatte er befunden, dass der Junge nicht wissen müsse, dass sie seine Mutter sei. Erst vor einem Monat hatte er sie wieder berührt. Und wie sehr hatte sie es genossen, neben ihm zu liegen. Es war nicht schwergefallen, die Gedanken an jene zu verdrängen, die es neben ihr geben mochte. Dass er kein Mann sei, der monatelang wie ein verdammtes Mönchlein lebe, hatte er ihr schon öfter zu verstehen gegeben. Ihre Bitte, er könne eine Schafsblase benutzen, hatte er mit großer Geste verworfen. Sicher, der Gedanke, dass sie hier, im Haus des Vaters, bleiben könne, hatte sie gleich zu Anfang überkommen. Das mochte eine Möglichkeit sein. Sie konnte hierbleiben, bis man vergessen hatte, bis der Vater einen Mann für sie gefunden hatte.

Mit den Daumen massierte sie ihre geschlossenen Lider. Das Schwierige war, dass sie sich nicht mehr vorstellen konnte, ohne Ferdinand zu leben. Es gab nichts mehr, was sie nicht aus seinen Augen betrachtete. Sie lehnte die Stirn gegen das Gitter. Konrads Lippen warfen blubbernd Speichelblasen.

Sie konnte nicht sagen, wie lange sie so gesessen hatte, als sie ein Poltern vor der Tür hochschrecken ließ. Der Vater war zurück, eben gab er dem Diener mit lauter Stimme Anweisungen. Im Aufspringen warf Amalia den Schemel um. Sogleich öffnete sich die Tür, und Vater und Tochter schauten einander an. Dann bedeutete Emmanuel von Schwarzbach ihr, zur Seite zu gehen. Gefolgt von seinem Diener trat er an das Bett seines Sohnes. Der Diener setzte sich ohne ein weiteres Wort auf den Schemel und begann, den Jungen zu füttern. Vorübergehend regte sich niemand, dann drehte sich der alte Schwarzbach sehr langsam zu ihr um. Seine Stirn war zerfurcht, die Haut unter den Augen dunkler verfärbt, als sie es gewohnt war. Das immer noch dichte Haar umstand den Kopf, wie es der Wind draußen geformt hatte.

»Wie seid Ihr hier hereingekommen?«

»Ich …« Alles, was sie hatte sagen wollen, zerplatzte in ihrem Kopf. Sie dachte an Victor, der sich darüber erregt hatte, dass man sie an den Hof schicken wollte, aber nichts kam über ihre Lippen. Mit einer Bewegung strichen ihre gespreizten Finger über Jupe und Manteau. Ihr Vater hob die Augenbrauen. Die Falten an der Nasenwurzel furchten sich tiefer, als sie seinen Arm berührte.

»Antwortet.«

Sie zuckte zurück.

»Ich wollte Euch sehen.«

Er erwiderte nichts, den Blick auf die Stelle gerichtet, auf der eben noch ihre Hand gelagert hatte.

»Seid Ihr zur Hure geworden?«

Vor Augustus, der die Hufeisen verbiegt, ist keine Frau sicher. »Nein, nein, gewiss nicht …« Sie stockte, schob den störenden Gedanken beiseite.

»Was macht Ihr hier?«

»Ferdinand … Herr von Trottdorf …«

Der Vater zog eine Augenbraue hoch. »… schickt ein Weib?«

Sie schloss den Mund, wusste mit einem Mal gar nichts mehr zu sagen. Emmanuel von Schwarzbach wandte sich seinem Diener zu. »Schafft sie hinaus, ich will sie hier nicht sehen.«

8. Kapitel

Gut Hartleben, Frühjahr 1708

»Lasst uns über Ofen sprechen, über Budin, Buda, wie immer man es nennen will.«

Georg kniff die Augen zusammen, öffnete die Tür weiter, um den Mann davor aus dem Schatten zu treiben. Das flackernde Licht der kleinen Laterne in seiner Hand schälte Hinnerk Knaups Totenschädel aus der Nacht. Er hatte seine unverwechselbare Stimme sofort erkannt und es nicht wahrhaben wollen. Nein, dachte er auch jetzt, ich will nicht darüber sprechen. Er neigte den Kopf zur Seite. Im Haus war es still. Der größte Teil der Dienerschaft hatte seine Schlafplätze aufgesucht. Theodora hatte sich in ihr Kabinett zurückgezogen. Hanns Nussbaum laborierte an einem schweren Husten. Ein Geräusch weckte

Georgs Aufmerksamkeit. Knaup hielt einen Würfelbecher in der Hand, den er sachte schüttelte: »Erinnert Ihr Euch?«

»Was will er?«

»Nennt mich Herr Knaup. Einst war ich Korporal in der Armee des Kurfürsten Johann Georg III. und ein wichtiger Mann. Wie Ihr wisst, hatte ich ein wenig Pech, seit der Krieg vorüber ist. Nicht, dass ich viel Glück hatte, bevor er anfing … Na, man hätte mich fast befördert, weil ich so ein mutiger Kerl war, einer, der zu kämpfen verstand. Und bevor mir das widerfahren war«, er hob seine verstümmelte, rechte Hand, »da hieß es immer zwischen die Gegner, immer hinein in die Bresche und kein Erbarmen!«

Er vollführte einige imaginäre Säbelhiebe, bevor er den Würfelbecher erneut schüttelte und sich dann an Georg vorbei ins Kabinett schob, wo er sich auf den nächsten Stuhl fläzte. Während Knaup ihn nicht aus dem Blick ließ, sagte Georg immer noch kein Wort. Umständlich schloss er die Tür hinter sich. Eine Weile glotzte Knaup ihn stumm an.

»Ihr dachtet«, zischte er dann, »genug ist's, wenn ich ihm einen Schlafplatz geb und jeden Tag Suppe und donnerstags, an Sonn- und Feiertagen Klöße, damit der Magen nicht leer bleibt. Mehr muss ich ihm nicht tun, muss auch nicht zu genau wissen, wer er ist.« Er schüttelte den Kopf. »Aber nein, das ist nicht genug. Das ist es nicht. Man wächst mit seinen Ansprüchen, so sagt man doch.« Er streckte die Beine aus, kreuzte die Füße übereinander. »Wenn ich nur wüsste, wo ich heute wär, wenn man mich damals nicht betrogen hätte. Setzt Euch doch.«

Georg blieb stehen.

»Setzt Euch«, wiederholte Knaup schärfer.

Der Angesprochene zuckte zusammen, schob einen Stuhl zu dem kleinen Tischchen mit der Kupferkanne und leistete der Aufforderung Folge. Knaup rückte den zweiten Stuhl auf die andere Seite des Tischchens und setzte sich dann aufrechter hin.

»Ihr wisst, was ich von Euch möchte?«

Georg zuckte die Achseln.

»Ich möchte mit Euch spielen.« Knaup lächelte. »So, wie Ihr es damals mit mir getan habt.«

Georg öffnete den Mund. Knaup hob die Hand mit dem Würfelbecher.

»Wusstet Ihr eigentlich, wie misstrauisch Euer Neffe ist? Er würde mir alles glauben, was ich ihm über Euch sage.«

Georg spürte, wie seine Hände feucht wurden. Rupert? Als er den Kopf hob, schob Hinnerk Knaup ihm den Becher zu. Ein Grinsen fletschte seine Zähne.

***

Sie hatten dem Wein zugesprochen, dem Schnaps. Sie hatten ihre Justaucorps geöffnet, Georg dazu die Weste. Auch im trunkenen Zustand bemerkte er noch, dass Knaup lediglich ein dünn gescheuertes Hemd unter seinem braunen Rock trug, und dass dessen Ärmel an den Ellenbogen abgerieben schimmerten. Sie lachten viel, ließen die Würfel über die glatte, mit Intarsien aus verschiedenen kostbaren Hölzern verzierte Oberfläche des kleinen Tisches rollen, während ihnen der Schweiß über den Rücken rann und sich die Haare im Nacken aufstellten. Würfelbecher schütteln, werfen, Augen zählen, alles im flackernden Schein der Kerzen, deren Wachs honigsüß duftend heruntertropfte. Es war wie immer, wenn er spielte. Einmal musste es gelingen, einmal musste er den Wurf machen, der ihn erlöste. Nur hier nicht. Aber er musste spielen, immer weiterspielen.

Hinnerk Knaup saß seitlich zum Tisch gedreht, die Beine ausgestreckt, die Fersen gegen den Fußboden gestemmt. Mit gespreizten Fingern fuhr sich Georg durch das graublonde Haar. Die Perücke hatte er längst abgeworfen, zu sehr hatte sie ihn beengt. Mit dem Handrücken fuhr er sich über die schweißfeuchte Stirn, wischte Bleiweiß beiseite, kratzte abwesend über das falsche Wangenrot, während es in einem dunkleren Rot von seinen Lippen blätterte. Heute Morgen hatte er etwas gegen die Müdigkeit auf seinem Gesicht tun wollen, hatte Farbe aufgetragen, die ihn frischer aussehen lassen sollte. Aber er war immer noch furchtbar müde. Mit zitternden Fingern beförderte er die Würfel zurück in den Becher, schüttelte, warf, zählte.

Verloren, wieder verloren. Aber er konnte ja nicht aufhören, der da hatte es ihm gesagt. Hinnerk Knaup tauchte die Feder in das Tintenfässchen, um Georgs Verlust mit groben Strichen zu verzeichnen. Während der sich mit zwei Fingern unter den eng gewordenen Hemdkragen griff, daran zerrte, verwunderte er sich darüber, dass Knaup den seinen gut geschlossen hielt.

Mit abgemessenen Bewegungen griff nun der andere nach dem Würfelbecher, warf, gewann und verzeichnete das Ergebnis. Georg nahm einen tiefen Schluck aus seinem Humpen, öffnete den Mund nicht weit genug, spürte einen Teil des Biers über sein Kinn rinnen, hinein in den geöffneten Kragen. Auf dem Blatt waren seine Verluste in einer einzigen Reihe aufgeführt. Aber er durfte nicht aufhören.

»Ihr spielt mit mir, bis ich Euch entlasse«, hatte Knaup gesagt, »dann entscheide ich, was zu tun ist. Lehnt Ihr ab, werde ich Eurem Neffen auch das erzählen, was er noch nicht weiß.«

Eine Gänsehaut hatte sich da von Georgs Nacken über Rücken und Arme ausgebreitet, und er hatte die Schublade aufreißen wollen, um sich zu überzeugen, dass alles noch an Ort und Stelle war. *Georg, der Betrüger. Georg, der Fälscher.* Was wusste Rupert? Er würde später nachschauen, wenn das Spiel vorbei war. Wenn er allein war. Er machte seinen Wurf, stellte den Würfelbecher ab, presste die Daumen gegen seine Schläfen. Zu Anfang hatte er ein paar Mal gewonnen, ab und an. Er starrte auf Knaups ungelenke Striche. Zu Anfang hatte er tatsächlich geglaubt, dass nicht alles verloren war. Er spielte immer noch gerne. Jahrelang war er der jüngere Sohn gewesen, hatte nichts anderes getan und keine Verantwortung getragen. Was wusste Knaup? Georgs Blick schweifte zum Schreibtisch hinüber. Er würde sich gedulden müssen, bevor er sich Gewissheit verschaffen konnte.

»Ihr werdet mir doch einen Schuldschein ausstellen, oder nicht, Herr von Hartleben?«

»Was?«

»Einen Schuldschein«, Knaup lächelte, »es sieht dieses Mal verdammt noch mal so aus, als ob ich es bin, der gewinnt.«

Georg nickte. Er wollte erneut den Becher ergreifen. Was würde sein, wenn diese Nacht vorbei war? Würden sie in der nächsten Nacht weiterspielen, immer weiter und weiter? Was würde der da sich dann nehmen wollen? Den Justaucorps, diesen Tisch, die Schuhe, die neuesten Perücken, die er sich hatte liefern lassen? Theodora? Wenn es so weiterging, würde er bald nichts mehr sein Eigen nennen, und doch konnte er nicht aufhören. Das hatte man ihm deutlich gemacht. Er hielt inne, starrte Knaup an, dessen Hemd nun offen stand und den Blick auf eine kräftige, behaarte Brust freigab, auf der noch etwas zu sehen war: ein Schmuckstück an einem Lederband, ein kleiner Würfel in Silber gefasst. Georg öffnete den Mund, brachte keinen Ton heraus. Knaup stützte beide Ellenbogen auf den Tisch.

»Ihr solltet nie vergessen, was Ihr getan habt. Versteht Ihr?«

Georg musste schlucken. Aus diesem zu trockenen Mund würde sich kein Ton herausbringen lassen. Er schluckte noch einmal, würgte, stieß den alten Zinnbecher mit zitternden Fingern um.

»Was meint er?« Die Stimme war so klein. Eine hastige Zunge fuhr über ausgedörrte Lippen, als seien es nicht die eigenen. Mit den Fingerspitzen der rechten Hand kratzte er mehr Schminke von seinen Wangen, zerrieb sie zwischen Daumen und Zeigefinger.

»Er?« Für einen flüchtigen Augenblick zeichnete sich Wut auf Hinnerk Knaups Gesicht ab. »Er, Mann! Nein, nennt mich Ihr, *Herr*, denn ich weiß viel über Euch …«

Er deutete auf das Lederband mit Anhänger. Georgs Mund wurde zu einer schmalen Linie. Nein, meine Würfel liegen auf dem Grund der Donau. Er hat nichts, er weiß von nichts. Das sind alles Vermutungen. Wieder leckte er sich über die Lippen. Und wenn da doch mehr war? In Knaups Atemzügen bewegte sich der kleine Würfel am Lederband auf und ab. Er ähnelte seinen Geschwistern, so, wie jeder Würfel dem anderen ähnelte.

»Niemand wird … ihm glauben.« Georg hörte seine Stimme krächzen, räusperte sich, rieb den Hals, als könne er die Kehle damit geschmeidiger, die Worte süßer und überzeugender machen, so wie es ihm früher gelungen war.

»Aber ja doch, man wird mir glauben.« Knaup hatte den Würfel zwischen zwei Finger genommen, ließ ihn weiß aufleuchten zwischen brauner Haut. »Euer Neffe zum Beispiel hat mir geglaubt. Ein Wort von mir …« Er lachte.

»Was will er?«

Georg beobachtete, wie sich der andere zurücklehnte, wie er die Stirn runzelte. »Immer noch aufmüpfig, immer noch hochnäsig, dabei hat er nichts, der Herr von Hartleben, was er mir bieten könnte. Der Herr von Hartleben hat alles verspielt, hat sich Geld geliehen, hier und dort und da drüben, und längst liegt das Gespinst seiner Schuldner wie ein Spinnennetz über ihm, in dem er sich zappelnd verfangen hat …« Der Ausdruck seines Gesichts wurde düster. Mit einem Mal beugte er sich vor, wischte Würfelbecher, Würfel und Kupferkanne vom Tisch, brüllte: »Und nenn er mich nicht er! Das ist vorbei. Ich bin Hinnerk Knaup, ehemaliger Korporal der sächsischen Armee, und den Herrn Rupert von Hartleben nenn ich meinen Freund. Versteht er? Meinen Freund!«

Georg hatte ein Zurückzucken nicht verhindern können, versuchte, sich zu sammeln und sprach doch zitternd, als er antwortete: »Was will … wollt …«

»Ich mach's ihm nicht zu schwer.« Knaup grinste. »Das Mädchen, ich will die kleine Türkin zurück, die er mir gestohlen hat. Bis ihm das gelingt, spielt er jeden Abend mit mir, und wenn er verliert, schreibt er mir einen Schuldschein, und wenn er gewinnt …« Er lachte auf.

Georg schluckte. »Aber das geht nicht. Sie gehört mir nicht mehr. Mein Neffe …«

»Sie hat ihm nie gehört. Er hatte kein Recht, sie zu verkaufen.«

»Vielleicht, ja, vielleicht …« Georg stand auf. Die letzten paar Augenblicke hatten ihn ernüchtert. Sein Körper schmerzte, aber seine Bewegungen waren zielgerichtet, und er bemerkte mehr, als ihm lieb war. Eine Fliege summte durch den Raum, schlug gegen die Scheiben, durch die schon eine Ahnung ersten Morgenlichts kam. Hinnerk Knaup kratzte sich hinter dem linken Ohr und zerdrückte abwesend etwas zwischen den Fingerspitzen.

Ich werde ihm für den Rest meines Lebens ausgeliefert sein. Georg legte die gespreizten Finger der rechten Hand über sein Gesicht. *Ihm und Rupert?* Die bleiweißverschmierte Hand sank herab. Sein Gegner bot der Welt das vom Leben verwüstete Gesicht ungeschminkt dar: tiefe Falten und schwarze Pulverpunkte, Narben um das linke Auge, eine weitere, kleinere Narbe auf der linken Wange, wo Säbel oder Pistole ein Stück Fleisch mitgenommen hatten. Zwischen den dünnen Strähnen seines aschfarbenen Haars schimmerte die Kopfhaut hindurch.

Ich werde dem dort für immer ausgeliefert sein. Sein Blick rutschte auf Knaups knotige Finger, die die Würfel nun sorgsam einsammelten. Dann stand er auf, schwankte ein paar Schritte weit, bis er beim Kamin angekommen festeren Tritt gewonnen hatte. Theodora im Stile Mignards gemalt: Wie von selbst suchten Georgs Augen die Frauengestalt über dem Kaminsims auf. Seine Frau lag auf einer Chaiselongue, unter dem glänzenden Wust von starkfarbigem Stoff schaute ein Spitzlein ihres linken Fußes hervor. Sehr weiß hoben sich ihre Schultern gegen das helle Grün des Obergewandes ab. Im Gesicht darüber strahlten ihre Augen in der unglaublichen Schönheit, die er von ihr kannte, anmutig, königlich, verheißungsvoll.

Er senkte den Kopf, lehnte die Stirn gegen den Kaminsims, spürte das Wüten in seinem Schädel. Kopfschmerzen. Ein schwacher Geruch nach Rauch zog in seine Nase, Erinnerungen an ein Feuer, das zu Anfang des Abends dort gebrannt hatte.

Die Nacht hat ihre Kerzen ausgebrannt. Es ist vorbei. Draußen krähte zum ersten Mal der Hahn. Er verharrte, unfähig sich zu bewegen. Theodora würde wissen, was zu tun war. Immer noch blieb er stehen, atmete dann tief ein und aus, öffnete die Augen, ging zu seinem Schreibtisch hinüber, streifte mit einem flüchtigen Blick die ungeladene Pistole, blieb an einem anderen Gegenstand hängen. Am Tisch hatte Knaup die Beine ausgestreckt, lachte breit und zufrieden. »Überschreib er mir das Mädchen auf einen Schuldschein. Ich habe Zeit.«

»Sehr wohl.« Georg öffnete die Schublade, um ein neues Blatt Papier zu suchen, musste es hervorwühlen zwischen alten Schuldscheinen, während sein Blick wie unabsichtlich den Gegenstand auf dem Tisch berührte, sich Gedanken zu winden, begannen um das schmale Messer, mit dem Hanns vor ein paar Tagen neue Bogen Papiers zurechtgeschnitten hatte. Endlich hatte er ein sauberes Blatt gefunden, griff es, nahm auch das Messer und hielt es versteckt gegen die eigene Brust gekehrt, packte noch Tintenfässchen und Feder dazu.

In seinem Kopf hämmerte es Trommelwirbel. Theodora wüsste, was zu tun ist. Sie würde nicht zögern. Das Messer stach durch sein dünnes Hemd. Hinnerk Knaup kratzte sich am Kopf. Im Kerzenschein sah Georg mehrere blutige Stiche, eine dünne gezackte Narbe knapp unter dem linken Schlüsselbein. Das Blatt Papier in seiner Hand knisterte unter seinem festen Griff. Knaup pochte auf den Tisch.

»Beeil er sich. Schreib er.«

Schreib er. Mit seinem Blut. Georg war mit einem Mal so übel, dass er fürchtete, sich hier und an dieser Stelle übergeben zu müssen. Mit einer leichten Bewegung trieb er die Messerspitze in seinen Bauch, konnte wieder freier atmen. *Er wird dich für immer in seiner Hand haben. Tue es, handle. Jetzt.*

»Überschreib er mir das Mädchen. Ich habe Geduld, nur haben will und werde ich sie.«

Das Mädchen. Habar. Georg spürte, wie er kaum merklich zu zittern begann. Sie dem dort auszuliefern, diesem schmutzigen Tier, diesem ... Mit einem Mal waren seine Sinne klar und eisig. Mit einem Mal hörte er alles in diesem Zimmer: das Rascheln von Mäusen, das Gesumm der Fliegen, das Knarren der Dielen, sogar einen

Floh, der dunkel über Knaups Ärmel huschte. Auch die Geschäftigkeit draußen nahm zu, denn der neue Tag nahte, das Haus erwachte: Schritte, Rufe, Anweisungen. Theodoras Stimme, geschliffen scharf. Er hörte alles, sah alles, auch Knaups erwartungsvolles Lächeln, die Bewegungen, mit denen er sich dehnte und spreizte wie ein Pfau.

Ich muss eine Entscheidung treffen. Das Papier raschelte leise, als er es hob, das Messer hinter dem Bogen nur noch schlecht verborgen, als handele es sich um ein Kinderspiel. Das Tintenfässchen krachte zu Boden. An ein Kinderspiel musste er auch denken, als er Hinnerk Knaup die schmale Schneide in die Brust rammte; daran, wie Karl als kleiner Junge hinter der Tür im Kabinett gestanden hatte, die Augen fest geschlossen, überzeugt, dass ihn niemand sehen könne. Er riss das Messer heraus, Blut quoll hervor. Wieder stach er zu, prallte an einem Widerstand ab, zog das Messer heraus, um neu anzusetzen. Die erste Überraschung hatte Knaup seiner Stimme beraubt, nun aber riss er den Mund auf. Ohne zu zögern rammte ihm Georg das Messer in den Hals und beließ es dort. Knaup gurgelte. Noch einmal trafen sich ihre Augen, dann fiel Georg auf die Knie, legte die Stirn gegen die Beine des ehemaligen Soldaten, die Hände gegen die eigene Brust. Vergeblich versuchte Knaup, sich aufrecht zu halten, stemmte die Fersen zitternd in den Boden, doch sein Körper erschlaffte bereits. Die Augen schlossen sich. Langsam, inzwischen von Georg gehalten, rutschte er zu Boden. Noch ein paar Mal hob und senkte sich seine Brust, dann nichts mehr. Inmitten des Getöses seiner eigenen Gedanken hörte Georg die Stimme seines Sohnes: *Papa, schau, du siehst mich nicht, so siehst du mich nicht, nicht wahr?*

Es klopfte.

***

Ich habe von ihr geträumt. Rupert legte sich die flache Hand auf das Gesicht und rieb seine Augen mit Daumen und Zeigefinger. Wie so oft fühlte er sich, als habe er kaum geschlafen. Immer noch stand Habar vor ihm, als sei sie nicht weit fort auf dem Gut, sondern hier in diesem Zimmer. In den ersten Tagen, nachdem er sie verlassen hatte, hatte er sich des Öfteren ausgemalt, sie anzuzeigen. Eine Fälscherin war sie, eine Betrügerin, eine, die ihr Schicksal verdiente. Manchmal, nach eben solchen Nächten, war er kurz davor, sie der Strafe zuzuführen, die das Gesetz für sie vorsah. Dann sah er sie zu Staupenschlag und Landesverweis verurteilt, sah ihren Kopf unter dem Schwert fallen. Doch bisher hatte er nichts unternommen.

Auch jetzt betrachtete er den Beweis ihres Betrugs und unternahm nichts.

Schwächling. Er ließ die Hand sinken, starrte gegen die Decke. Dunkle Holzbalken ließen die Räume auf dieser Seite des Hauses kleiner wirken, aber er hatte lange Jungenjahre in diesem Zimmer verbracht, und er kehrte stets gerne dorthin zurück. Auch Esme hatte in diesem Zimmer schon am Fenster gestanden, den Körper gereckt, um den ganzen Hof überblicken zu können. Er stützte sich mit beiden Händen ab und setzte sich auf. Der Morgenmantel hing über dem Bettpfosten. Er zog ihn über. Vom Boden hob er das Holzbein auf, dass er nie weit von sich ablegte, und schnallte es an den Stumpf. Im Haus war schon einiger Lärm zu hören. Er konnte die mahnende Stimme der Kinderfrau hören, dann kleine schnelle Schritte und die Tür zu seinem Zimmer wurde aufgestoßen: »Papa, bist du wach?«

Wieder einmal dachte er daran, ihr zu verbieten, ihn so zu nennen, stattdessen streckte er die Arme aus. Ihr Mund schmeckte nach Orangen, und wie zum Beweis, dass er richtig wahrgenommen hatte, streckte sie ihm einen Orangenspalt hin.

»Hanns hat sie mir gegeben, und der hat sie von Großvater, der sie für mich gekauft hat.«

Rupert biss sich auf die Lippen und strich ihr über die dunklen Locken. Wie oft schon hatte er sie jetzt berichtigt, doch sie ging darüber hinweg, als habe er nie etwas gesagt. Auffordernd streckte sie ihm die Orange hin. Er schob sich den Spalt unter ihrem aufmerksamen Blick in den Mund. Ach, er musste endlich wieder fort hier, würde in den nächsten Tagen einfach zurück nach Dresden fahren, oder nach Leipzig, um den Geschäften nachzugehen. Er spielte mit einer ihrer Haarsträhnen. Draußen krähte der Hahn zum zweiten Mal.

»Was meinst du, wollen wir in die Stadt fahren und dir ein neues Kleid anfertigen lassen?«

Esme nahm den Finger aus dem Mund. Langsam nickte sie.

»Aber, du wirst nicht wieder böse sein, wenn ich mich schmutzig mache?«

»Nein.« Er lachte und setzte sie vorsichtig auf den Boden. *Du bist doch mein Schatz, meine Einzige. Du gehörst zu mir.*

Kaum hatte er sie losgelassen, rannte sie in die Ecke des Zimmers, wo sie am Vortag ihre Puppe zurückgelassen hatte.

»Was wollen wir spielen, Papa?«

***

»Ich habe ihn umgebracht.«

Im Aufspringen stolperte Georg über Knaups Beine und stürzte wieder zu Boden. Vorübergehend wie erstarrt, blieb Theodora in der Tür zum Kabinett stehen, dann zog sie dieselbe energisch hinter sich zu und verriegelte sie. Das musste ein Albtraum sein, das konnte nicht sein, dass sie hier stand und ihren Mann neben einer Leiche kauern sah. Dass er eben nach dem Messer tastete, das dem Toten im Hals steckte. Mit einem Blick hatte sie die Würfel auf dem Tisch bemerkt, die Papiere, Humpen und einen umgekippten Würfelbecher. Tinte auf dem Boden. Blut.

»Steht auf!« Sie bedachte ihn mit einem harten Blick. Georg machte keine Anstalten, ihrer Aufforderung Folge zu leisten. Er setzte sich lediglich auf, hielt sich die blutigen Hände vor das Gesicht, drehte sie ungläubig vor und zurück. Tränen bahnten Streifen in die Reste von Bleiweiß auf seinem Gesicht. Die Gegend um seinen Mund war rotverschmiert von Lippenfarbe. Auf Hemd und Justaucorps klebte Blut. Sein Körper bebte unter immer neuen Schluchzern. Der Hahn krähte zum dritten Mal.

»Steht auf!«, herrschte sie ihn an. Erst jetzt schien er sie wahrzunehmen, sah sie an, die Augen weit geöffnet, wie ein Kind, das zum ersten Mal dem Tod begegnete. Mit dem neuerlichen Krähen des Hahns sanken Theodoras Hände herab. Ihre eigenen Beine wollten nachgeben, aber sie hielt sich aufrecht. Um den toten Mann nicht sehen zu müssen, hielt sie den Kopf sehr gerade, das Kinn nach vorne gereckt. Irgendwo in ihrer Erinnerung war da etwas, der Tag, als ihr kleiner Kater Casimir, das Schnäuzchen blutig, tot in seinem Körbchen gelegen hatte. Sie reckte das Kinn noch energischer.

»Nehmt Euch zusammen.«

Ihr Mann rührte sich nicht. In Wien hatte er gekämpft, hatte geholfen, den Türken aus Ungarn zu jagen, hatte Tod und Verwundung gesehen und konnte sie jetzt ob eines einzigen Toten nur bleichgesichtig anstarren? Mit einer Bewegung schlang sie die Arme um den Leib, hielt sich selbst daran fest. Nicht ich bin es, die hier Entscheidungen treffen sollte, er ist es.

»Er muss fort.« Sie vermied es, den Toten anzusehen; lauschte ihren Worten nach, selbst erstaunt darüber, dass sie sie ausgesprochen hatte. Aber sie war wohl immer noch die Alte, hatte ihre Kraft nicht verloren. Georgs Stimme wiederum klang zart wie das Silberglöckchen um Casimirs Hals, als er endlich wieder sprach. »Theodora, ich bin ein Mörder. Ich habe einen Menschen getötet!«

Mit einer neuerlichen leichten Bewegung des Kopfes drehte sie ihr Gesicht dem Leichnam zu, der wohl vom Stuhl auf den Boden gerutscht war: Blut verfärbte das Hemd des Toten und war auch auf den Boden gelangt. In seinem Hals stak grotesk eines jener Messer, mit denen man Papierbögen zurechtschnitt. Es war dieser Knaup, dieser Pferdeknecht. Noch im Tode erschien ihr der Mann abstoßend, so wie sie die von ihm ausgehende Gefahr von dem Tag an gespürt hatte, als sie ihn erstmals an Georgs Seite bemerkt hatte. Ein Spieler, ja – und doch viel mehr als das. Er war ihr stets zuwider gewesen.

»Er«, ihre Zungenspitze schnellte vor und zurück, »muss fort.«

Georg rührte sich nicht von der Stelle. »Ich kann nicht.«

Immer noch diese zarte Glockenstimme. Er weinte stärker. Theodora verschränkte die Hände ineinander, spürte, wie sie sich versteifte.

»Ihr werdet müssen. Er muss fort. Wollt Ihr uns alle ins Unglück stoßen?« Sie beobachtete, wie sich ihr Mann mit dem Handrücken Tränen und Rotz aus dem Gesicht wischte.

»Steht auf.«

Ihr Tonfall duldete nunmehr keinen Widerspruch. Er gehorchte.

Als sie wieder sprach, lauschte sie der eigenen Stimme nach, als gehöre sie einer Fremden.

»Wollt Ihr aufgeben? Wollt Ihr Euch geschlagen geben? Sorgt dafür, dass er hier verschwindet und kleidet Euch neu an.«

Sie ließ ihren Mann nicht aus dem Blick. Georg fuhr sich mit dem Ärmel seines Hemdes über das verschmierte Gesicht. Es gab Ziele, Aufgaben, Entscheidungen waren zu treffen. Ihr Blick fiel auf die alte Truhe, die er von seinem Vater geerbt hatte, ein Einfall durchzuckte sie.

»Dort hinein muss er, und dann …«

»Was?«

Sie vermeinte immer noch, Tränen in Georgs Stimme

zu hören, die sie augenblicklich so wütend machten, dass sie ihn am liebsten geschlagen hätte.

»Er muss in diese Truhe. Helft mir!«

Sie hatte den Deckel schon krachend aufgeklappt. Wenn sie befürchtet hatte, dass er sich nicht regen würde, dass er weiter da kauern würde, wie ein Kaninchen vor der Schlange, so irrte sie sich. Seine Augen blickten starr drein, aber er ließ sich kein weiteres Mal bitten. Stumm packte er die Leiche bei den Schultern, während sie die Füße des Mannes nahm.

Hinnerk Knaup war niemals in seinem Leben dick gewesen, und als sie ihn mit dem Gesäß voran in den Kasten senkten, fand sein Körper Platz darin. Schwer atmend setzte sich Theodora auf den Stuhl, während sie ihrem Mann dabei zusah, wie er die Beine und Arme des Toten anwinkelte. Der Kopf stak noch über den Truhenrand. Die Augen waren geschlossen. Sie war froh, den toten blassblauen Blick des Mannes nie mehr sehen zu müssen. Knaups Kinnlade hatte den Halt verloren und war ihm gegen die Brust gesunken. Flüchtig war sie fasziniert von der leblosen Leere seines Gesichts. Georg drückte den Truhendeckel zu. Es knirschte. Ihr Mann achtete nicht darauf, drückte noch fester, bis sich der Deckel schließen ließ. Erst, als er sich auf die Truhe setzte, schien von Neuem alle Kraft von ihm zu weichen.

»Und was nun?«

Seine Stimme klang flach und irgendwie kindlich. Was dachte er, dass sie seine Probleme für ihn lösen würde, dass sie aus der Welt schaffte, was er angerichtet hatte? Sie bewegte sich mit kleinen, wütend abgezirkelten Schritten zum Fenster herüber. Ein Knecht war dabei, ein Pferd zu striegeln. Eine Magd kümmerte sich um das Geflügel. Zwei Bauern standen schwatzend neben einem großen Karren. Ein Hausierer steuerte auf die Beschließerin zu, die eben mit dem Koch den Speiseplan des heutigen Tages durchging. Hanns stand vor dem Dienstboteneingang und schmauchte sein Morgenpfeifchen.

Hanns – vorübergehend bildeten Theodoras Augenbrauen eine feste gerade Linie, dann drehte sie sich zu Georg um.

»Hanns soll die Truhe in die Jagdhütte bringen. Sagt ihm, dass Ihr ein paar Tage dort verbringen wollt. Zur Erholung.«

»Aber ich kann ihn doch jetzt nicht hierherrufen?«

Georg schwankte unsicher wie ein Betrunkener. Am liebsten hätte sie ihn angeschrien, stattdessen sprach sie leise, wie man zu einem weinenden Kind sprechen mochte.

»Ruf Hanns herbei. Er soll sich um alles Weitere kümmern.«

»Aber was sage ich ihm?«

»Nichts, gar nichts. Ihr bringt die Truhe gemeinsam hinunter und ladet sie auf den Wagen. Wenn wir sie vorher zur Tür schieben, muss er den Raum auch nicht betreten.« Sie war sehr rasch neben ihm, legte eine Hand auf seine Schulter und lächelte. »Er ist jemand, dem ihr im Notfall vertrauen könnt, nicht wahr?«

»Natürlich.« Georg presste seine Hände gegen die Oberschenkel, als könne er sie damit vom Zittern abhalten. Hanns hatte ihn aufwachsen sehen. Er hatte die ersten Begegnungen mit Dirnen eingefädelt, den *postillon d'amour* gespielt. Hanns hatte ihn niemals getadelt.

»Hanns ist der Einzige, dem Ihr voll und ganz vertraut, nicht wahr?« Theodora ließ ihre Stimme weich klingen.

»Außer Euch, Theodora.«

Sie schenkte ihm die Freude eines kleinen Lächelns. Dann winkte sie ihn näher; gleich darauf hörte er wieder ihre Stimme, sanft, einfühlend, liebevoll.

»Ich verstehe, wenn er einen besonderen Platz in Eurem Herzen einnimmt. Zieht Euch jetzt Euren Morgenmantel über und geht frühstücken, danach kümmert Ihr Euch um das hier.« Sie deutete auf den Boden.

Georg schüttelte den Kopf. »Aber ich kann jetzt unmöglich etwas essen.«

Sie schüttelte den Kopf. »Ihr müsst.«

***

Als er endlich das Blut entfernt hatte, war die Haut an Georgs Händen abgeschürft, aber es war geschafft. Von der vergangenen Nacht zeugte nur noch ein schwacher Fleck auf dem Boden. Er hatte einen kleinen Teppich darübergelegt, ein Mitbringsel aus dem Krieg. Er hatte auch Hanns gerufen. Gemeinsam hatten sie die Truhe heruntergetragen, und er hatte dem alten Diener, ohne mit der Wimper zu zucken, den Auftrag gegeben, diese zur Jagdhütte zu bringen. Ein wenig war es gewesen, als beobachte er sich bei dem, was er tat. Er war sich so fremd, wie man sich nur sein konnte. Aber er hatte es getan. Theodora würde stolz auf ihn sein.

Georg nahm den Stopfen aus der Weinkaraffe und schüttete sich sein Glas großzügig zum wiederholten Male voll. Schon schwankte er, aber dies war ein Tag, um sich zu betrinken. Mit tiefen Schlucken leerte er das Gefäß, schenkte nach. Während der ersten Tage als Soldat hatte er ein ähnliches Bedürfnis gehabt, sich ins Vergessen zu saufen. Damals, als sein Herz noch bei jedem Einsatz ängstlich gegen die Rippen gepocht hatte, als wolle es dahinter hervorspringen. Er drückte die Hand gegen seine Brust: Nichts, alles war ruhig. Da war nichts mehr. Vielleicht war sein Herz ja in der Nacht zerrissen, in der er zum Mörder geworden war?

Sein Kopf sank nach vorne auf die Tischplatte, die Arme hielt er über den Kopf gestreckt. Dann richtete er sich mit einem Ruck auf. Ein Mörder war er jetzt also auch noch, ein Fälscher, ein Betrüger, der niemals mehr Ruhe finden konnte. Einer, der seinem Namen Schande gemacht hatte. Einer, der nicht mehr zurückkonnte. Mit weit aufgerissenen Augen betrachtete er den Stuhl, auf dem in der letzten Nacht noch Hinnerk Knaup gesessen hatte. Es drängte ihn, etwas zu sagen, ein Gebet zu sprechen, aber seine Zunge war unbeweglich und die Lippen wollten die Worte nicht formen. Vielleicht, dachte er, hätte ich Hanns sagen sollen, was geschehen ist. Er streckte die Hand nach dem Glas aus, verfehlte es, und dann war Theodora zurück und hinderte ihn daran, zu stürzen.

»Georg!«

Ihre Stimme … Ich will, dass er stolz auf mich ist. Nein, Hanns hätte ich es nicht sagen können. Ein Spieler bin ich, ein Betrüger, ein Mörder. Und er war immer für mich da, immer auf meiner Seite, seit Vater ihn in meine Dienste stellte.

»Georg! Ist alles auf dem Weg?«

Er umklammerte den Becher fester, dann nickte er. Ein Lachen drängte seine Kehle hinauf, er unterdrückte es mit Mühe. Ja, ja, alles war gerettet, wenn nur kein Blut durch eine Ritze tropfte. Er sah zur Seite, bemerkte, dass Theodora über der Stelle stand, an der die Leiche gelegen hatte. Die Spitze ihres rechten Fußes bewegte sich über dem neuen Teppich hin und her. Er stemmte sich in die Höhe.

»Wollt Ihr wissen, wie's geschehen konnte? Ich weiß es nicht. Ich kann's nicht sagen ... Ich ...« Wie er eben noch den Wunsch gehabt hatte, zu schweigen, drängten sich die Worte nun in seinem Kopf, schoben und schubsten sich darum, welches zuerst hinausdurfte. »Wir würfelten ...«

Theodora schaute auf den Boden. Sie trug eine ihrer einfachen Perücken, dazu ein Häubchen mit Zierbändeln, die ihren Hals umschmeichelten. Sie ist so schön, ging es ihm durch den Kopf, und ich werde sie niemals für mich gewinnen können.

»Ihr wollt es gar nicht wissen, nicht wahr?« Er starrte sie an. Sie antwortete nicht. Erst nach geraumer Zeit trat sie auf ihn zu. Ihr Gesicht schien ihm klar und glatt und – wie das einer Marmorstatue – vollkommen unbewegt.

»Ihr werdet jetzt ein wenig in Eurem Kabinett arbeiten. Am Nachmittag werdet Ihr ausreiten, danach ...«

»Aber ich ...«

»Es wird sein, wie immer, versteht Ihr? Ganz einfach wie immer.«

***

Erst als Theodora die Tür hinter sich zugezogen hatte, begann sie zu zittern. Ihr ganzer Körper bebte. Der verkrampfte Kiefer sandte Schmerzwellen über ihren Schopf bis zu den Haarwurzeln. Flüchtig stellte sie sich vor, wie es wäre, einfach auf dem Boden zusammenzusacken, nur einmal im Leben schwach zu sein. Aber das durfte nicht sein, weil immer nur Schwächlinge um sie herum gewesen waren, weil sie immer stark hatte sein müssen. Flüchtig schlang sie die Arme so fest um den Körper, dass es schmerzte. Dann schwankte sie auf die Treppe zu.

Seltsam, es hatte sie kaum erschreckt, einen Toten zu sehen, dem noch das Messer im Hals steckte. Mit einer gewissen Verwunderung hatte sie wahrgenommen, dass ihre Welt nicht stehen geblieben war. Aber lag nicht alles in Gottes Hand, und war der Tod nicht überall? Sie hatte Kinder sterben sehen, war selbst nur knapp der Pest entkommen, damals, in Dresden im Jahr 1680, und jedes Jahr aufs Neue schreckten die Pocken. Sie griff nach dem Geländer, dachte daran, wie sie den schlaffen Körper in den Kasten gedrängt hatten, an das Geräusch, als Georg den Deckel geschlossen hatte.

Nicht auszudenken, wenn ein anderer das Zimmer betreten hätte.

Während sie die Treppe hinunterschritt, ließ sie nichts und niemanden aus den Augen. Ihr scharfer Blick sah den Fleck, der von einem Dienstmädchen übersehen worden war. Entschlossen scheuchte sie die Siedemädchen zurück in die Küche. Es war wie immer, alles wie immer.

Als sie kurz darauf in den Hof trat, standen noch zwei Pferdeknechte da. Einen dritten hatte sie, als Georg zurück im Haus war, Nussbaum hinterhergeschickt, der

Hilfe gebrauchen mochte mit der Kiste. Womöglich hatten sie beide die Jagdhütte schon erreicht. Morgen früh würde Georg aufbrechen, so, wie sie es verabredet hatten. Er würde die Leiche in der Nähe der Hütte verscharren, und dann einige Tage dort bleiben. Sie würde froh sein, wenn er fort war. Wenn sie allein sein konnte. Rupert hatte angekündigt, heute noch abreisen zu wollen.

Mit einer Bewegung scheuchte sie die Knechte zurück an die Arbeit. Es würde gut gehen, zweifellos, alles lag in ihrer Hand. Langsam ging sie die Treppe zum Haupteingang hinauf. Leichter Hufschlag schreckte sie auf. Unmittelbar lief ein Schauer über ihren Rücken, aber schon einen Bruchteil später hatte sie sich gefangen. Es war nur Ibrahim, der durchs Torhaus geritten kam und grüßend den Hut vom Kopf lüpfte. Es war gut. Alles war in ihrer Hand.

9. Kapitel

Mit einem Schnalzen trieb Hanns Nussbaum Pferd und Karren den Hügel hinauf. Es war ein schöner Tag, und er genoss es, seinen Gedanken ungestört nachhängen zu können. Georg war schon lange nicht mehr in der Jagdhütte gewesen. Dass sich sein Herr nun wieder Zeit dafür nehmen wollte, war erfreulich. Zu bedrückt war er ihm in letzter Zeit vorgekommen. Über Karls Tod hatte er kaum ein Wort verloren. Die Hütte war ein gutes Ziel, um Frieden zu finden. Als junger Bursche war Georg von Hartleben ein ausnehmend geschickter Jäger gewesen.

Einer, der sauber zielte und traf. Hanns Nussbaum kniff die Augen zusammen und ließ den Blick über die Landschaft rechts und links des Weges gleiten, über grasige Hügel und kleine Felder, über Waldstücke und Bachläufe. Er erinnerte sich gern an jene Tage, auch an Georgs Lachen, das er schon so lange nicht mehr gehört hatte. Mit einem leisen Pfiff trieb er das Pferd an, das in einen langsameren Trott verfallen war. Unter den Karrenrädern knirschte der Kies, der nach dem letzten Regen zur Befestigung des Weges aufgeschüttet worden war. Hanns lauschte dem Geräusch, dachte zurück an die Laute des Trosses, der den Soldaten gefolgt war, an das Knarren der Wagen, an die Stimmen der Frauen, das Geschnatter der Kinder; dachte noch weiter zurück an den Jungen, dem er zur Seite gestellt worden war. An dem Tag, als sie einander kennengelernt hatten, hatte Georg im verschlammten Zufluss des kleinen Teichs von Hartleben gespielt und war von oben bis unten mit Dreck überzogen gewesen. Der Vater hatte ihm Prügel angedroht, und trotzdem wirkte der Junge unbeschwert, grüßte ihn freundlich. Er hatte das blonde Kind sofort ins Herz geschlossen, vielleicht, weil der junge Georg ihn an den eigenen, kleinen Bruder erinnerte.

Hanns Nussbaum schreckte hoch, als Holzräder über Holz ratterten, doch schon hatte er den Steg überquert. Kurz meinte er, Hufschläge hinter sich zu hören, Stimmen, doch als er sich umwandte, war niemand da. Eins-, zweimal hatte er Bauern auf ihren Feldern gesehen, eine Kätnerin in ihrem kleinen Garten, den Schäfer des Gutes mit seiner Herde. Endlich tauchte das Waldstück vor ihm auf. Als ihn das dunkle Grün der Bäume umfing, atmete er tief durch. Er mochte diesen Geruch nach feuchtem Holz und Tannennadeln. Er mochte es auch, über den Waldboden zu gehen, der so weich war, wie er sich den feinsten Teppich aus Indien vorstellte. Bald würde er die Jagdhütte erreichen.

Nachdenklich sah er über seine Schulter zurück, drehte den Körper so weit, wie es seine alten Knochen erlaubten. Georg hatte ihn früh am Morgen – das Haus war gerade erst erwacht – zu sich gerufen und den Auftrag erteilt, zur Hütte zu fahren. Gemeinsam hatten sie die Truhe heruntergeschleppt und auf den Karren gehievt. Es würde schwierig sein, sie alleine von der Karrenfläche zu bringen. Daran hatten sie beide nicht gedacht.

Eines der Räder rumpelte über eine Wurzel hinweg, der Wagen drohte zu kippen, stand aber sofort wieder gerade. Hanns lenkte den Karren die letzte Steigung hinunter und brachte Wagen und Pferd vor der kleinen Hütte zum Halten. Vorsichtig kletterte er vom Bock herunter auf den Boden. Ein alter Mann war er heute, dem es in den Knochen knirschte und in der Brust schmerzte. Die Handballen gegen den Rücken gestützt, betrachtete er das Gebäude, in dem er so viele gute Tage verbracht hatte. Fast hörte er noch das Gelächter der Brüder, sah Georg mit seinem ersten Hirsch vor sich, sah, wie die Männer um das Lagerfeuer herumstanden, wie sie mit den Fingern vom Bratfleisch nahmen und mit vollen Backen kauten. Dort hatte man die Pferde untergebracht, dort hatte Georg seine erste Hure geküsst.

Er schaute zum Türfirst hoch, über dem ein prächtiges Geweih grüßte. Mit einem Seufzer fingerte er den Schlüssel hervor und öffnete. Dann stand er einfach nur da und nahm Anblick und Geruch in sich auf. Endlose schöne Tage hatten sie hier verbracht. Auch im Feuer des Kamins war schon manches Wildbret geröstet worden.

Er drehte sich um und ging zum Wagen zurück. Es würde nicht leicht sein, den Kasten herunterzuheben, aber der Waldboden war weich und würde die Kiste abfedern, sollte sie fallen. Mit in die Hände gestemmten Seiten überlegte er, nahm dann die Zügel des Pferdes, um den Karren zu einer Stelle hinüberzulenken, die ihm besonders geeignet erschien. Vorsichtig musste er dabei sein, mancherorts machten Wurzeln und alte Baumstümpfe den Boden uneben. Während er noch überlegte, erklang Hufschlag hinter ihm, dann eine Stimme: »Nussbaum?«

Einer der jungen Pferdeknechte tauchte aus den grünen Schatten auf. Hanns Nussbaum ließ die Arme sinken.

»Was …?«

»Die Herrin sagte, du würdest Hilfe benötigen.«

Er nickte langsam. Der junge Knecht spuckte aus. Gemeinsam manövrierten sie den Karren zu der geeigneten Stelle.

»Bereit?«

Der junge Knecht nickte. Hanns seufzte, sandte ein kurzes Gebet an den Herrgott, dass er ein Auge auf sein Vorhaben haben solle und brachte die Truhe in Position. Mit der Kraft seiner Beine schob er sie zum Rand, um dann den zu ihm weisenden Griff zu packen, während der junge Mann die andere Seite festhielt. Er sah, wie die Truhe nach vorne abkippte, sah, wie der junge Mann den Griff zu packen bekam. Er selbst war es, der zu spät kam. Ihm selbst rutschte das Gewicht aus den Händen. Der junge Knecht sprang schimpfend beiseite. Hanns hörte den dumpfen Schlag, mit dem die Truhe aufkam. Holz splitterte. Er fluchte. Der junge Knecht schaute stumm auf das, was zu seinen Füßen lag, bevor er einen Schritt rückwärts stolperte, über eine Baumwurzel stürzte und zu Boden ging. Hanns folgte seinem Blick. Eine Seite der Truhe war aufgebrochen. Mechanisch schob er sich zum Rand, kam auf den Füßen auf. Dann spürte er, wie seine Knie weich wurden, wie die Beine unter ihm nachgeben wollten: Inmitten von schmutzigen Leinenweiß ragte eine Hand aus dem gesplitterten Holz hervor.

***

»Seit er sich schuldig bekannte, hat er kein Wort gesagt, doch alle glauben nun, dass er es war. Man sagt, die beiden hätten vor gerade zwei Tagen Streit gehabt. Nussbaum ...« Vorsichtig streckte Theodora die Hand zu ihrem Mann hin. »Nussbaum hat Knaup gedroht, er ...«

Georg schüttelte ihre Berührung im Aufspringen ab. »Aber er war es ja nicht. Wir wissen, dass er es nicht war. Ich muss zu ihm, gleich jetzt noch ...«

»Georg!« Fast hätte Theodora einen Satz getan, um ihn festzuhalten. Ihre Finger krallten sich in seine Oberarme. Unter ihrem vereinten Gewicht knarrte der Boden zu ihren Füßen. Vorübergehend gerieten sie beide ins Wanken. In der folgenden Stille schnarrte irgendwo die Zeit leise voran. »Georg! Er will nichts sagen!«

Wieder wollte er sich von ihr losmachen, sie ließ es nicht zu. Ihre Finger, knochig, wie die eines Skeletts, bohrten sich unnachgiebig in sein weiches Fleisch. Einige Minuten lang setzte er seinen Kampf fort, dann hielt er inne.

»Wir wissen, dass es nicht wahr ist, Theodora.«

Sie ließ ihn los und trat von ihm zurück. »Ja, aber das ist unsere Gelegenheit, versteht Ihr? Wer hätte denn wissen können, dass es sich so entwickelt? Als ich den Mann losschickte, handelte ich in der besten Absicht. Natürlich werden wir Hanns helfen, natürlich, aber … Könnt Ihr Euer Glück nicht erkennen?«

Er hätte schwören können, dass nun ein leichtes Lächeln um ihre Lippen spielte, kaum merklich, nicht zu fassen und doch da. Ihre Finger lockerten sich. Endlich sanken ihre Arme herab. Nichts an ihrem Äußeren ließ etwas davon ahnen, was in den letzten Tagen geschehen war. Ihre Zofe hatte sie auch heute geschminkt und ihr das Haar gerichtet. Den ganzen Tag über war sie ihren üblichen Arbeiten nachgegangen, ihr Kleid wies weder Fleck noch Riss auf. Sogar an ihrer Stimme war nichts von den Aufregungen haften geblieben.

»Ihr habt ihn geschickt?«

»Das ist jetzt unwichtig. Die Geschichte ist schon überall auf dem Gut zu hören. Er hat damit begonnen. Irgendjemand hat sie weitererzählt. Sie lässt sich nicht mehr so einfach aus der Welt schaffen.«

»Aber es ist nicht die Wahrheit. Er wollte mir helfen. Er hat mich immer beschützt.«

»Und er ist ein alter Mann, ohne Familie. Natürlich liegt es an Euch zu entscheiden, aber …«

Georg drehte sich von seiner Frau weg und ging zum Fenster. Er musste die Arme vor der Brust verschränken, damit er nicht zitterte. *Ich will es aber nicht. Ich will nicht entscheiden. Sollen das andere tun. Ich bin der zweite Sohn, von mir kann man nichts erwarten.*

Er trat noch näher ans Fenster, ließ seine Augen über den Hof wandern, über die ganze Anlage, für die sein Bruder Alexander verantwortlich zeichnete, und an der es nichts gab, was er beigesteuert hatte. Aus dem Flügel, in dem die Wolle gelagert wurde, kamen zwei Mägde hervor, reckten und streckten ihre Glieder und gingen dann zum Brunnen im Schatten der Linde, um einen Schluck zu trinken. Er starrte den Baum an. Die Linde der Hartlebens: am Tag, als er zum Mörder geworden war, hatten sie Rupert und seine Tochter dort unten verabschiedet. Rupert hatte die Kleine während des Besuchs kaum aus den Augen gelassen. Sie war sein Augapfel. Es war gut, wenn man ein Augäpfelchen hatte, es machte das Leben leichter. *Wo man Hanns wohl hingebracht hatte?*

»Bis Ihr entscheidet, ist Nussbaum im kleinen Eckzimmer im zweiten Stock …«

So, dahin also … War es jetzt schon so weit, dass man seine Gedanken lesen konnte? Kurz spürte Georg den Herzschlag bis in seinen Hals hinauf. Immer noch mied er ihren Blick. Theodora hatte die Entscheidung getroffen, und er würde weitermachen müssen mit dem Spiel, das sie begonnen hatte. In die Spiegelung der Scheibe malte sich flüchtig Hanns Nussbaums Antlitz. Georg kniff die Augen zusammen, um es zu verjagen. Hartleben ist nicht mein, fuhr es ihm durch den Kopf, ich gehöre nicht hierher, hätte niemals zurückkommen sollen. Wenn Alexander nicht gestorben wäre, dann wäre ich nicht zum Betrüger geworden, dann hätte ich nicht … verdammt … Er hob die Hand und ballte sie zur Faust. Sein Gesicht, nunmehr dicht am Glas, ließ die kleine runde Scheibe unter seinen Atemzügen beschlagen. Wie hätte mein anderes Leben ausgesehen? Keine Verpflichtungen. Spielen, saufen und in den Tag hineinleben. Vielleicht eine kleine Reise machen, Frankreich besuchen, Italien. Er hatte davon geträumt, als Alexander auf seiner Grand Tour gewesen war, hatte die Berichte aus Rom, Florenz und Paris verschlungen. Vielleicht hätte ich auch mit Theodora in Wien bleiben, mich in die Dienste des Kaisers stellen sollen, dachte er weiter. Fern von hier hätten wir unsere Kinder bekommen, unser Haus ausgestattet, unser Leben gestaltet, und ich hätte keine Fälschungen in der Schublade, dächte nicht daran, dem Tod einen Freund auszuliefern. Denn das war es ja: Hanns Nussbaum würde sterben, wenn er, Georg, den Mund hielt.

Als er sich umdrehte, bemerkte er, dass Theodora ihn nicht aus den Augen gelassen hatte. Noch immer war ihr Anblick makellos, noch immer war er darüber verwundert. Kein Härchen hatte den ihm zugedachten Platz verlassen. Vielleicht hätte ich sie nicht lieben sollen – Georgs Lippen zuckten –, aber das war keine Entscheidung, die man selbst traf. Für einen kurzen Augenblick vermeinte er etwas Weiches in ihren Gesichtszügen zu erkennen. Er streckte seine Hand zu ihr hin, streifte mit den Fingern über ihren Arm.

»Habt keine Angst«, sagte er und wusste schon im gleichen Moment, dass er sich wie immer geirrt hatte.

Sie hatte keine Angst. Sie hatte niemals welche gehabt.

***

Es erschien ihm, als sei Hanns Nussbaum über die letzten Nächte um Jahre gealtert. Als Georg ins Zimmer trat, saß er auf dem Bett und starrte auf den Boden. Er regte sich auch nicht, als sein Herr die Tür hinter sich schloss und vor ihn hintrat. Lange schwiegen sie beide. Georg schaute auf den sonnenverbrannten Schädel des alten Dieners herunter, auf die wenigen Strähnen silbrig weißen Haars, auf die Schultern, die sich unter dem Hemd nach vorne krümmten.

Seinen Rock hatte der Gefangene ausgezogen und über den einzigen Stuhl gelegt, auch wenn er unablässig zitterte, als ob er friere. *Ich habe ihm diesen Rock geschenkt. Zum Christfest.* Vorübergehend konnte Georg den Blick nicht von dem sauberen, dunkelbraunen Stoff wenden. Er war nicht da gewesen, als dieser Knecht, dessen Namen er gar nicht kannte, Hanns zurück nach Hartleben gebracht hatte. *Vielleicht hätte ich etwas gesagt, wenn ich da gewesen wäre. Warum hat er sich schuldig bekannt?* Die Gedanken gingen ihm träge durch den Kopf, während er den alten Diener nicht aus den Augen ließ. Auch Hanns Nussbaum war einmal jung gewesen, damals, als er an die Seite des jungen Hartleben gestellt worden war, aber er hatte sicherlich niemals unüberlegt gehandelt. Georg trat einen Schritt näher an den Sitzenden heran. Den ganzen Weg hierher hatte er nach Worten gesucht, es ließen sich keine finden. Er räusperte sich.

»Hat er mir etwas zu sagen, Nussbaum?«

Hanns beugte den Kopf so weit vor, dass Georg auf seinen schmalen, sehnigen Altmännernacken sehen konnte. Dann reckte er sich und drehte dem jüngeren Mann das Gesicht zu.

»Nein, Herr.«

Seine Stimme klang entschlossen und nur ganz leicht spröde. Georg überlief ein Frösteln. Mit einer unruhigen Bewegung fuhren seine Finger über die Knopfreihe seines Rocks, berührten Stickereien und Ärmelaufschläge. *Sag es, sag die Wahrheit, denn ich kann es nicht. Sag es, sag …*

Hanns hatte den Kopf erneut gesenkt und präsentierte seinen Nacken. Georg stützte eine Hand in die Hüfte und winkelte den anderen Arm elegant an. Aber auch das war falsch. Nichts wollte ihm gelingen, für nichts fand er den richtigen Ausdruck. Wieder räusperte er sich. »Er hat mich nie alleine gelassen. Ich will ihm helfen, Nussbaum. Will er sprechen?«

»Nein.« Hanns schüttelte den Kopf so heftig, dass eine dickere Strähne von seinem Schädel glitt und wie eine alte Spinnwebe in der Luft schwebte. Seine Schultern zuckten mit einem Mal, dann begann er zu röcheln, endlich hustete er. Georg griff den Rock vom Stuhl und machte Anstalten, ihn um Nussbaums Schultern zu legen. Der wehrte ab.

»Was wollt Ihr von mir?«

Georg, den Rock in der Hand, blieb reglos stehen. Der alte Diener schaute ihn nunmehr unverwandt an. Unvermittelt trat er einen Schritt zurück. Kurz vermeinte er, einen Schauder über Hanns' Körper laufen zu sehen. Dann begann der Alte wieder zu husten.

Warum sagte er nichts, verdammt noch eins, sie hatten doch ein Leben miteinander verbracht. Warum sagte er nichts?

»Er kann mich jederzeit rufen lassen«, hörte Georg

sich sagen, während er schon die Hand nach der Tür ausstreckte, »jederzeit.«

***

In dieser Nacht träumte Hanns Nussbaum von der Donau. Gemeinsam mit seinem Herrn befand er sich auf einem Boot, auf dem Weg nach Hause. Zu ihren Füßen klammerten sich zwei Türkenkinder aneinander, schreckensstarr von dem, was sie erlebt hatten. Er hatte sich nach den ersten Tagen an das ständige Schwanken des Schiffes gewöhnt, aber es blieb verdammt feucht auf dem Wasser. Die Kleidung war klamm, das Brot verschimmelte schneller. Irgendwo war immer Wasser zu hören, ob es das Rauschen des Flusses oder das Tropfen eines Regengusses war. Ab dem frühen Morgen kroch dann die Kälte unbarmherzig in die Glieder.

Nussbaum bewegte die Schultern, stieß gegen Holz. Aus dem Übergang zwischen Schlafen und Wachen riss ihn schließlich die Helligkeit empor. Der Vollmond leuchtete sein kleines Eckzimmer aus. Vom gestrigen Regen musste sich irgendwo Wasser gesammelt haben und tropfte nun mit dumpfen Schlägen auf das Fenstersims. Seine Augen wichen der Helligkeit aus, wanderten zu dem Holztisch hinüber, auf dem vom Abendbrot noch Zinnbecher und Teller standen. Er hatte geschwitzt, sein Hemd klebte am Körper. Er würde nicht mehr schlafen können. Langsam setzte er sich auf und schlüpfte in seine Schuhe. Den ganzen Tag über war er in diesem Zimmer auf und ab gewandert. Zehn Schritte hin, zehn Schritte zurück. Zehn Schritte hin, zehn zurück. Manchmal drängte sich Georg in seine Gedanken. Es gelang ihm nicht, ihn abzuwehren. Zehn Schritte hin. Zehn Schritte zurück.

Was würde jetzt geschehen? Es stand wohl außer Zweifel, dass man ihn verurteilen würde. Wenn er nichts sagte, wenn … Hastig presste er die Hand gegen die Brust. Mehrmals in den letzten Jahren hatte er solche Schmerzen verspürt, doch sie hatten wieder nachgelassen. Er setzte sich, versuchte, ruhig zu atmen. Wieder krallte sich der Schmerz in seiner Brust fest. Ihm wurde übel. Dann musste er husten. Er würde diesen Husten nie mehr loswerden. Als der Anfall vorüber war, horchte er. Im Haus war es so still, als sei er alleine auf Gottes Welt. Er hatte beten wollen, jedoch nicht die richtigen Worte gefunden.

Durst … Auf unsicheren Beinen schwankte er zum Tisch, um den letzten Rest gewässerten Weins aus dem Becher zu leeren. Wenn man ihn verurteilte, würde er das Henkersmahl essen. So hielt man es mit denen, die dem Tod geweiht waren.

Der Herr wird nichts sagen. Wir sind durch viele Schlachten gegangen, sind dem Tod von der Schippe gesprungen und haben gefeiert, aber er wird nichts sagen. Er starrte seine kräftigen Hände an, mit denen er sich nunmehr auf dem Tisch abstützte.

Ich werde sterben. Er biss sich auf die zitternden Lippen. Ein Mann war er, der viel von der Welt gesehen hatte. Ein Mann, der Geschichten zu erzählen wusste. Abwesend fuhr er sich mit den Fingerspitzen der rechten Hand über den Hals, ließ schluckend den Adamsapfel hüpfen.

Nussbäumchen, Nussbäumchen, bring er mich zum Lachen, mir ist elend.

Nein, heute nicht, denn heute ist mir elend, Herr von Hartleben.

Früher hatte er mit Georg zuweilen über den Krieg geredet, über diesen Moment kurz vor der Schlacht, an dem Tausende von Männern dicht an dicht standen und doch alleine waren. Der Moment, in dem man an das dachte, was man liebte: ein Mädchen, den Kampf, den Sieg … das Leben … Er stützte die Hände gegen die Tischkante. Aber war es nicht so, dass man letztlich immer alleine starb?

Er runzelte die Stirn. Man hatte ihm Tabak und eine Pfeife dagelassen. Mit bedächtigen Bewegungen ging er daran, sich ein Pfeifchen zu stopfen. Der erste Zug, der zweite … Beim dritten griff wieder diese eiserne Faust nach seiner Brust und presste sein Herz zusammen. Seine Knie wurden weich, er verlor den Halt. Im Sturz krachte sein Schädel hart gegen die Eckbank. Ein Schweif Sterne funkelte vor ihm auf. Der gleichzeitige Schmerz war so heftig, dass es ihm den Atem verschlug, dann lag er auf dem Boden. Von den Steinplatten stieg Kälte in ihn. Seine Augen schlossen sich. Es war dunkel.

***

Am Tag nach Hanns Nussbaums Tod erwachte Georg lange, bevor ihm die Morgensuppe gebracht wurde. Am Fenster stehend, beobachtete er die frühen Nebelschleier, die im blassen Morgenlicht weit hinter dem Herrenhaus schwebten. Zu diesem Zeitpunkt war die Sonne noch kaum mehr als ein Versprechen des kommenden Tages. Dass es ein schöner Tag werden würde, daran bestand kein Zweifel.

Heute werden wir Hanns beerdigen. Er hatte den Leichnam nicht mehr gesehen, den einer der Diener am gestrigen Morgen gefunden hatte. Längst ging das Gerücht, dass der Teufel den alten Diener gegen die Wand geschleudert habe, so dass ihm der Schädel zerplatzt sei. Er war immer wieder überrascht, wie schnell sich Geschwätz verbreitete. Er hatte etwas sagen wollen, doch Theodora hatte ihm bedeutet zu schweigen.

Später, als sie alleine waren, schaute sie ihn an.

»Wäre es Euch lieber gewesen, man hätte ihn gehängt?«

»Mir wäre es lieber gewesen, wenn ich die Wahrheit gesagt hätte.«

Ein Sonnenstrahl hatte sich zwischen sie geschoben. Staub tanzte im Licht. Theodora setzte sich und ordnete ihr Kleid sorgsam um sich. Eine Weile hielt sie den Kopf gesenkt, die Hände reglos in ihrem Schoß.

»Denkt Ihr einmal in Eurem Leben nicht an Euch?«, hatte sie dann gefragt. »Nur ein einziges Mal?«

In Gedanken umrundete Georg mit der Fingerspitze ein Bläschen in der Fensterscheibe. Er konnte sich nicht vorstellen, wie er die Beerdigung hinter sich bringen sollte. Sicher erwartete man ihn schon längst, ihn, den Herrn auf Hartleben. Er setzte die halb leere Flasche mit Branntwein an, die auf dem Tisch stand, nahm einen tiefen Schluck, hustete, nahm einen zweiten Schluck. Aber vielleicht hatte Theodora ja recht. Vielleicht stand gewöhnliches Handeln nur gewöhnlichen Menschen an.

Ich darf sie nicht enttäuschen. Mit einer Bewegung straffte er den Rücken. Unten überquerte eine Katze den Hof, den Schwanz hoch erhoben. Er sah eine Magd aus dem Dienstboteneingang treten. Ein Diener folgte, trat an ihre Seite und umfing sie verstohlen mit einem Arm. Sie drehte den Kopf zur Seite, lachte über das ganze pausbäckige Gesicht. Einen Moment lang genossen es die beiden, beieinanderzustehen. Dann zupfte der Diener ihr Häubchen zurecht, bevor er sie mit einem Klaps lachend auf den Weg schickte. Georg sah ihr hinterher. Mit jedem ihrer Schritte verlor sich das Lächeln auf seinem Gesicht ein wenig mehr, bis es vollends verschwunden war. Gleich würde er der Beschließerin Bescheid geben, die dafür sorgen würde, dass die beiden ihre Strafe erhielten und sich fortan mieden. Er konnte es nicht zulassen, dass lose Sitten auf Hartleben einrissen. Er würde hart durchgreifen. Er würde Nussbaum vergessen.

Nussbaum, Nussbäumchen, erzähl er mir eine Geschichte.

Er legte die Fingerspitzen an die Schläfen. Schritte kamen den Gang entlang, und er versteifte sich in Gedanken an die erste Begegnung des Tages. Wenig später trat Theodora durch die Tür, begleitet von einer Dienerin mit dem Frühstück: eine kräftige Morgensuppe, Dünnbier, Fleisch und Brot. Als sie einander gegenübersaßen, konnte er nicht umhin, auf ihren Hals zu starren, auf die Atemzüge, die ihre Kehle in Bewegung hielten. Ab jetzt würden sie immer zusammengehören, wie das hässliche Ding, dass er damals auf dem Jahrmarkt gesehen hatte, dieses Menschwesen mit seinen zwei Köpfen.

»Frau von Hartleben.«

Er lächelte sie an. Gleich würde er ihre Wärme spüren, ihre Schönheit an seinen Fingerspitzen, das, was das Leben lebenswert machte. Er würde ihre Stärke spüren. Als er sie berührte, setzte seine Atmung für einen Lidschlag aus. Dann zuckte er zurück. Er spürte nichts. Er spürte gar nichts mehr.

10. Kapitel

Lehngut Hartleben, Sommer 1708

»Ihr werdet uns also verlassen, Frau Habar?«

Scholz sprach so leise, dass Habar, den Kopf gesenkt, das *kalem* locker in der Hand, kurz glaubte, sie habe sich verhört. Gegen Ende des Monats Mai hatten sie die Schafschur abgeschlossen, auch die Wolle war versorgt. Gestern hatte sie sich eine neue Rohrfeder geschnitten, heute früh mit den ersten Sonnenstrahlen das letzte Stück Papier aus Ruperts Kabinett geholt.

Ich habe lange nicht mehr an ihn gedacht, schoss es ihr durch den Kopf und gleich darauf: Nein, das stimmt nicht. Ich denke oft an ihn. Sie drehte das *kalem* in den Händen, versuchte die Wut aus sich hervorzuzwingen, die sie in den ersten Tagen nach seiner Abreise verspürt hatte, aber da war nichts. Ein halbes Jahr war seitdem vergangen. Esme war inzwischen sechs Jahre alt, ein großes Mädchen.

»Wenn es mir gestattet wird.« Habar hob den Kopf. »Esme ist mein Kind, Scholz, ich möchte sie wiedersehen.«

Sie sahen einander an. Der sonst so steife Scholz spreizte die Finger, wedelte mit einer Hand. »Vielleicht kommt der Herr ja bald zurück.«

Habar spitzte die Lippen, um etwas zu sagen, schwieg dann doch. Nein, dachte sie, er ist gegangen, um nicht zurückzukommen. Da ist etwas geschehen, damals ... Sie hatte das alte Papierfetzchen schon am ersten Tag nach seiner Abreise vermisst; hatte sich gesagt, dass es verloren gegangen sein musste. Dass eine Dienstmagd es gefunden und entfernt hatte. Irgendwann, Stück um Stück, hatte sie sich mit dem Gedanken vertraut gemacht, dass Rupert es an sich genommen hatte.

Und dann waren die Pocken gekommen, und da war zu viel gewesen, über das sie sich Gedanken hatte machen müssen. Sie schaute auf das Papier, das sie im Laufe des Abends geschwärzt hatte, erinnerte sich daran, wie Scholz sich eines Tages auf den Stuhl an ihre Seite gesetzt hatte, um zu beobachten, wie sie das *kalem* in die Tinte tauchte und den ersten Bogen aufs Papier malte. Keinen Laut hatte er von sich gegeben, als habe er sie nicht stören wollen, bis sie ihm ein knappes »Ja?« zugeworfen hatte.

Beim nächsten Mal hatten sie geredet. Längst hatte sie sich an seine Gegenwart gewöhnt, hatte ihm sogar von Hüseyin *beğ* erzählt, ihrem Vater, und davon, wie sie bei ihm gesessen und keinen Blick von dem *kalem* in seiner Hand hatte nehmen können. Scholz war ein guter Zuhörer.

Sie hob den kurzzeitig gesenkten Kopf, berührte seinen rechten Rockärmel mit den Fingerspitzen.

»Man braucht mich hier nicht mehr, Scholz. Die Wolle ist sauber gelagert. Was es gilt, dieses Gut zu führen, das wusstet Ihr lange besser als ich.«

Wieder sahen sie einander an. Habar musterte die saubere, vollkommen fleckenlose Kleidung des Mannes. Nur auf einer Wange war eine winzige Verletzung zu sehen, er musste sich beim Rasieren geschnitten haben.

Er öffnete den Mund, seine Lippen zitterten leicht: »Ich müsste den Herrn davon in Kenntnis setzen, dass …«

Habar legte das *kalem* aus der Hand. »Ich weiß. Lasst Euch nur etwas Zeit. Ich möchte meine Tochter wiedersehen.«

Für einen Augenblick erschlaffte Scholz' Körper, der Kopf sank nach vorne, wurde sacht hin- und hergewiegt.

»Der Herr hat gesagt …« Er brach ab und schaute sie an. »Werdet Ihr Euren Weg kennen?«

Habar platzierte ihre Hände vor sich auf dem Tisch und starrte sie an. Recht hatte er. Noch nie war sie alleine in diesem Land unterwegs gewesen, und war sie nicht immer noch die Fremde? Wenn man sie ohne Freilassungspapiere antraf, würde man sie einsperren.

»Freilich könnte ich Euch ein Stück begleiten«, sagte Scholz so leise wie zu Beginn.

Habar straffte die Schultern. »Danke, Scholz, aber Euer Platz ist hier, auf diesem Gut. Wer sollte dafür sorgen, solange ich weg bin?«

***

Habar ließ die Kutsche noch einmal anhalten, als das Gefährt die kleine Anhöhe über der Mulde erreichte, in der das Gut lag. Still lagen die Gebäude da. Zuerst war kein Lebenszeichen festzustellen, außer dem Rauch, der aus dem Kamin des Hauptgebäudes in den blassblauen Himmel stieg, dann verließ eine kleine Gänsemagd den Hof, um ihre Tiere zu der Wiese am nahe gelegenen Bachlauf zu führen. Nur einen Atemzug später folgte ihr der Schafhirt mit seiner Herde. Der Wind trug das Blöken der Tiere zu Habar hinauf, dann kam Scholz aus dem Haus. Kurz noch verharrte sie reglos und nahm den Frieden in sich auf, den dieser Ort mit einem Mal ausstrahlte.

Man hatte ihr einen jungen Diener zur Seite gestellt, dessen Papiere bezeugten, dass sich die junge Türkin auf dem Weg zu ihrem Herrn befände. Sie hatte sich etwas von dem Geld geben lassen, das der Verkauf der letzten Wolle eingebracht hatte, um Notwendiges wie Nahrung, Unterkunft und Passiergelder zu bezahlen. Nun wollte sie überlegen, was als Nächstes zu tun war. Rupert von Hartlebens letzter Brief, hatte Scholz ihr berichtet, war aus Dresden abgeschickt worden.

Ungeduldig hielt Habar den Kutscher zu größtmöglicher Eile an, doch nach einem heftigen Regenguss waren die Wege verschlammt. Als sie die Stadt fast zwei Tage später erreichten, war dort kein Rupert von Hartleben mehr zu finden. Es dämmerte schon, als sie wiederum zwei Tage später Torgau erreichten, wo Scholz Verwandte hatte, die der Reisenden Obdach bieten konnten, bevor sie sich weiter nach Leipzig aufmachen wollte.

Scholz' Empfehlungsbrief knisterte zwischen ihren nervösen Fingern, als sie in den Ort einfuhren. Es war die Zeit des Abendbrotes, und kein Mensch war auf der Straße. Unschlüssig hielt Habar Ausschau. Erst als sie die Kirche passierten, gewahrte sie eine Frau in einem Gärtchen rechts des Gebäudes, hieß den Kutscher anhalten und sprang hinaus. Mit raschen Schritten näherte sie sich dem

Zaun. Schon als die Kutsche auf den Garten zugefahren war, hatte sich die Frau vorübergehend aufgerichtet. Nun stand sie da, eine kleine Hacke in der rechten Hand, die linke in die Seite gestemmt, während sich die Äste eines Apfelbaumes über sie neigten. Während sie sich noch näherte, bemerkte Habar, dass das Gesicht der Gärtnerin dunkler war als gewöhnlich in dieser Gegend, ihre Gesichtszüge schärfer gezeichnet. Als sie an den Zaun trat, kam auch die Frau näher. Große schwarze Augen musterten Habar, dichte gleichfarbige Augenbrauen runzelten sich über einer länglichen, gekrümmten Nase. Um nicht zu sehr aufzufallen, trug Habar eines der Kleider, das Rupert ihr hatte schneidern lassen, doch ein bestickter Schleier, den sie dem Häubchen vorzog, lag über dem dunklen Haar, und auf diesen richtete sich nachdenklich der Blick der Fremden. Verwirrt nahm Habar ihre Aufmerksamkeit zur Kenntnis.

»Entschuldigt«, setzte sie mit rauer Stimme an, »wir suchen …«

»*Osmanlı*?«

Es war, als habe sie ein Stein mitten zwischen die Augen getroffen. Sie konnte nichts sagen, sie konnte sich auch nicht regen.

»*Osmanlı*?«, wiederholte die Frau.

»*Osmanlı*«, bestätigte Habar nach einer weiteren Verzögerung.

Sie hatte dieses Wort so lange nicht mehr im Mund gehabt, so lange hatte sie nicht mehr die Sprache ihrer Kindheit gesprochen, dass es sich seltsam anfühlte. Der Frau mochte es ähnlich gehen, denn die Worte, mit denen sie sich nun betasteten, kamen unbeholfen auch aus ihrem

Mund, und manchmal schmuggelte sich ein deutsches Wort dazwischen. Als Pfarrersfrau stellte sich die Fremde vor, Anna Christina Vidan geheißen.

»Kommt herein, kommt herein!«, bat sie gleich darauf und hieß den Kutscher hinter das Gebäude fahren.

Habar folgte ihren einladenden Bewegungen, grüßte bald den Pfarrer, der in einem kleinen Zimmer über seiner nächsten Predigt brütete und ging hinter seiner Frau her in die Wohnstube. Ein hübsch verzierter Kachelofen sorgte dort für angenehme Wärme.

Vorsichtig erst, dann mutiger fragten sie einander aus. Habar nannte nochmals ihren Namen, ergänzte, dass sie aus Budin stamme und berichtete von den ersten Jahren in diesem Land. Auch Vidan wusste Befremdliches zu berichten, sprach von wunderlichen Gebräuchen, Heimweh und Fluchtgedanken. Ihre gemeinsame Sprache war ein Mischmasch von osmanischen, bosnischen, ungarischen und deutschen Wörtern, und irgendwann, die Frauen bemerkten es kaum, wechselten sie beide in die neue Sprache.

»Ach, weh, dachte ich am Anfang. Sie stinken und waschen sich nie. Sie sind grob und essen hässliche Dinge, denn offensichtlich wissen sie nicht, dass es Speisen gibt, die ein Mensch nicht essen darf!«, sagte Habar lächelnd.

»Und ihre Frauen haben kein Schamgefühl. Sie spazieren auf den Straßen herum, und alle zeigen ihre Gesichter, auch die Vornehmen, und die Brüste tragen sie vor sich her wie ein Höker das Gemüse in seiner Auslage.«

Vidan, wie Habar sie bei ihrem türkischen Namen nannte, lachte ebenfalls. Gerade war sie mit einer kleinen Kanne Kaffee zurück zum Tisch gekommen und schenkte ihnen beiden ein. »Das habe ich noch von früher«, bemerkte sie. »Mein Herr hat sich den Kaffee nur von mir zubereiten lassen, ich war das beste seiner Mädchen. Und du?«

Habar senkte den Blick auf die Finger, die die Tasse umklammert hielten. »Wir wohnten in einem großen Haus in Budin. Mein Vater, Hüseyin *beğ*, war Berater des Paschas, ein guter Moslem. Er betete fünfmal am Tag, heiligte den *ramadan* und gab Almosen. Bald wäre er nach Mekka …«

»Die *hadsch*«, murmelte die Pfarrersfrau ehrfürchtig, sah dann kurz zur Tür herüber und schlang das wollene Umschlagtuch enger um ihren Oberkörper. »Leise«, sie machte eine Bewegung, »er mag es nicht, wenn ich darüber rede. Meine türkischen Wege soll ich vergessen, jetzt, wo Gott mich an diesen Ort hier gesetzt hat. Ich bin ein Zeichen dafür, sagt er, dass es niemals zu spät ist, Gottes Vergebung zu erlangen.« Als sie weitersprach, hatte sie ihre Stimme noch tiefer gesenkt. »Aber ich werde nie vergessen, wie sehr ich es liebte, wenn die Pilger zurückkamen. Ich liebte es, wenn wir auf die Straße liefen und darauf hofften, dass sie uns berühren, und ›Allah, verzeihe ihm‹ sagten. Als mein Herr von der *hadsch* zurückkam, wurde das heilige Wasser am besten Platz des Hauses aufgestellt, und dann gab es Süßigkeiten und Geschenke für alle.«

Vidan verstummte. Habar schaute immer noch auf ihre Hände. Draußen war es still. Der Abend kroch über die Dächer und in die Gassen hinein. Bald würden Kerzen angezündet werden müssen, aber sie bemerkten es kaum. Nach einer Weile fingen sie wieder an zu erzählen, sie tranken mehr Kaffee und aßen süßes Gebäck dazu. Vidan, die Dienerin, hatte ihren mächtigen Herrn stets begleiten müssen.

»Damals wären wir einander wohl kaum begegnet.« Die Pfarrersfrau schaute Habar sinnend an. »Ihr wart *osmanlı*, ich gehörte zu den *raya*. Bevor sie sich verschuldeten, hatten meine Eltern einen winzigen Bauernhof.« Kurz verhärteten sich ihre Gesichtszüge, dann machte sie eine Handbewegung, als wische sie etwas fort. »Aber das ist vorbei, unser *kismet* hat uns zusammengeführt. Mein Herr ließ uns übrigens zurück, als unsere Stadt eingenommen wurde. Lipova, die Stadt der Kirschen. Noch heute höre ich das Geschrei der anderen Frauen und Mädchen. Ich glaube, wir alle schrien und weinten vor Angst, aber ich hatte nicht die Kraft, mir das Leben zu nehmen oder zu kämpfen wie manch andere. Einige von uns starben mit dem Krummschwert in der Hand … Frauen mit dem Krummschwert, man stelle sich das vor. Als wir besiegt und entwaffnet waren, wurden immer Gruppen von vier oder fünf aus der Festung herausgelassen. Draußen wurden wir von Soldaten zur Seite gezerrt und ausgeraubt. Wer sich widersetzte, wurde bis auf die nackte Haut ausgeplündert, vollkommen gleichgültig, ob es sich um Männer, Frauen oder Kinder handelte. Manche, die sich allzu sehr wehrten, wurden ermordet und auf der Suche nach Geld aufgeschlitzt.«

Vidan erschauerte. Habar schloss die Augen. Ja, auch sie erinnerte sich. Sie erinnerte sich an die vom Feind entblößten, toten Leiber von Frauen, die sich dem Ansturm der Christentruppen entgegengeworfen hatten. Sie erinnerte sich an von Geschossen zerfetzte Körper, hörte wieder das Dröhnen der Explosionen und schmeckte den Pulverdampf auf den Lippen.

Als sie die Augen öffnete, hatte Vidan Kaffee nachgeschenkt. Habar wählte ein Mandelpastetchen. »Und was geschah danach?«

Vidan starrte in die Ferne. »Ein einfacher Soldat nahm mich an jenem Tag mit. Wenig später forderte mich ein Offizier für sich ein. Der brachte mich nach Wien, wo ich ihm ein paar Jahre als Köchin diente, und den Kaffee für seine Gäste bereiten musste.« Ihre Augen verengten sich. »Weißt du, dass ich ein Kind hatte?«, sagte sie unvermittelt und machte dann eine Handbewegung, als wischte sie etwas fort. »Kehren wir zurück nach Wien. Mein Herr kaufte mir Kaffeebohnen, ich musste sie vor den Augen der Gäste mahlen und rösten. Nie durfte ich ihre Kleidung tragen, immer musste ich türkisch aussehen. Eines Tages, da war der Krieg vorbei und viel von Freilassungen die Rede, da sagte ich, dass ich gerne mein Kind suchen und meine alten Eltern noch einmal sehen wolle. Da schimpfte mein Herr mich eine undankbare, verstockte Ungläubige und verschenkte mich an einen alten Freund aus dem sächsischen Kontingent weiter. Als ich begriff, dass man mich weiter nach Norden bringen würde, weinte ich den ganzen Tag. Ich hatte an Flucht gedacht, aber das schien nun unmöglich.« Vidan zupfte an ihrem Ärmel und strich ihren Rock glatt, bevor sie weitersprach. »Auf der Reise hierher erkrankte ich. Mein neuer Herr fuhr lange Zeit, ohne dem Beachtung zu schenken, doch als wir in Torgau einfuhren, hatte ich so hohes Fieber, dass ich keinen mehr erkannte. In einer fremden Sprache hätte ich geredet, erzählte man mir später. Vielleicht hätte man mich am Straßenrand zurückgelassen, aber zufällig lief ihnen der Pfarrer über den Weg.« Sie leckte sich über die Lippen. »Ich wollte nicht mehr leben, bis ich hierherkam. Mein Mann hat mir gezeigt, dass Gott mich liebt.«

»Bist du auch Christin?«

Vidan lächelte. »Ich wurde es, wir leben in einem Christenland. Zuerst habe ich mich gewehrt, aber mein Mann kann sehr überzeugend sein. Deshalb bin ich heute wohl seine Frau.« Sie stand auf und schenkte Habar ein leichtes Lächeln. »Auch du wirst deinen Weg finden, das weiß ich.«

An diesem Abend gab es *pilav*, den Vidan auf einem Zinntablett angerichtet hatte, und sie alle aßen mit Appetit. Auch der Pfarrer stellte nun einige Fragen und gab Ratschläge für den weiteren Weg. Nach dem Essen zog er sich zurück, nicht ohne jedoch seine Frau liebevoll auf die Stirn geküsst zu haben. Kurze Zeit später brachte ein junges Mädchen zwei kleine Kinder zu ihnen herein, von denen der Junge noch einen von Brei verschmierten Mund hatte, während das etwas ältere Mädchen mit einem Löffel fuchtelte. Vidan legte ihn auf den Tisch. Habar betrachtete ihn. Es war ein hübscher Löffel. Florale Goldmalerei schmückte seine Laffen, Perlmuttstückchen war im Lack eingebettet. Ihr Vater hatte einen ähnlichen sein Eigen genannt. Während Vidan die Kinder herzte und küsste, streifte Habar mit den Fingerspitzen über die Verzierungen. Das Mädchen wie auch der Junge hatten blonde Haare wie ihr Vater, doch die Augen waren die ihrer Mutter und auch ihre Haut hatte eine dunklere Tönung. Als Habar beobachtete, wie Vidan die Lippen auf den

Schopf des Mädchens legte, durchfuhr sie ein scharfer Schmerz. Wie groß war Esme heute? Dachte sie noch an ihre Mutter?

Sie musste schlucken. »Hast du deine ältere Tochter je wiedergesehen?«

Vidan schüttelte den Kopf, ohne das Mädchen loszulassen. Die drückte sich mit dem ganzen Körper an die Beine ihrer Mutter.

»Mein Mann hat mir versprochen, dass wir eines Tages nach ihr suchen werden.« Sie nahm ihren kleinen Sohn in den Arm, küsste und herzte ihn und stand dann auf. »Komm, ich muss dir etwas zeigen.«

***

Das kleine Holzhaus stand etwas abseits des Pfarrhauses am hinteren Eingang des Gartens. Als Vidan die Tür öffnete, stieg ein Duft aus dem kleinen Raum, der Habar vorübergehend alles vergessen ließ: Blütenduft, Mandeln, Honig … Es war ein Badehaus, in das die Pfarrersfrau sie geführt hatte. Mit einem Blick nahm sie den Badezuber in sich auf, die weichen Leintücher, die Sandalen. Vidan hängte die mitgebrachte Öllampe an einen Haken.

»Das Wasser kommt vom Brunnen und wird dort draußen erhitzt«, sagte sie und deutete auf die kleine Scheibe, durch die tagsüber Licht in das Gebäude fiel. Habar trat näher an den Badezuber heran, der mit einem Tuch ausgeschlagen war und bis oben hin gefüllt war mit duftendem, warmem Wasser. Vorsichtig tauchte sie eine Hand hinein und bewegte sie langsam. Mit einem Mal spürte sie, wie steif ihr Körper nach der langen Fahrt war.

»Ich habe es für meinen Mann vorbereiten lassen«, Vidan berührte sie sacht, »aber es wird ihn nicht stören, wenn du es heute benutzt. Du musst müde sein.«

Sie legte nunmehr beide Hände auf Habars verkrampfte Schultern. Mit halb gesenkten Lidern nahm die nur noch den Duft wahr. In ihren Erinnerungen stiegen lachende Stimmen auf, das Geschrei von Kindern. Ihre Mutter tauchte vor ihr auf, der man nach dem Bad Essenzen in das Haar rieb, um es dann mit schönen Tüchern aus besticktem Musselin zuzudecken; bevor die erschöpfte Badende in einen Schlummer sinken konnte. Sanft massierten Vidans Hände ihre Schultern. Im *hammam*, dachte Habar, hatte es Säfte gegeben, Süßes, eingelegte Früchte und *şerbet*. Dort hatte man sich in den Dampfschwaden verstecken können und hatte darauf achten müssen, nicht auf dem nassen Marmorboden auszugleiten.

»Danke«, sagte sie leise und schlüpfte aus ihrer Kleidung. Als sie in den Zuber stieg, entspannten sich ihre Glieder, und zum ersten Mal seit Langem atmete sie tief durch. Vidan nahm auf einem Schemel neben ihr Platz und sah sinnend in die Ferne.

»Habt ihr im Sommer auch immer das Zelt im Garten aufgeschlagen und das gute Wetter genossen?«, fragte sie irgendwann leise. Habar bewegte die Hände über die Wasseroberfläche, hörte dem gluckernden Geräusch des Wassers zu und nickte. Es war sinnlos, sich dagegen zu wehren. Es ließ sich wohl kaum vermeiden, dass jene Gedanken zurückkamen.

»Wollt Ihr eines Tages zurückkehren?«

Habar schöpfte eine Handvoll Wasser und ließ es zurückplätschern. »Wir werden sehen. Es ist …« Sie suchte nach Worten. »Mein Vater nannte es das Schicksal, die Vorherbestimmung des Göttlichen, die göttliche Fügung, die unser Leben bestimmt.«

Vidan nickte langsam, dann stand sie auf. »Setz dich gerade hin, ich will deine Haare waschen.«

11. Kapitel

Gut Hartleben, Sommer 1708

Georg war müde. Er war betrunken. Die Wut in ihm biss und kämpfte sich vorwärts, wie ein tollwütiger Hund. Keiner konnte es ihm heute recht tun, der kleine Bursche, der aus heiterem Himmel stolperte und den Wein über den Boden ergoss, gab ihm das Letzte. Brüllend fuhr er aus seinem Sitz hoch. Eine Backpfeife warf den Jungen zu Boden, der sich noch im Aufspringen heulend davonmachte. So war es also, er würde spielen gehen. Was sollte er schon dagegen tun? Das war es, was er konnte: spielen und die Münzen durch seine Finger rinnen lassen, bis sie alle fort waren. Er hatte Glück gehabt. Und er hatte Pech gehabt. Aus den Augenwinkeln sah er, wie Theodora den Dienern bedeutete, den Raum zu verlassen, wollte sie ebenfalls anbrüllen und sackte dann auf dem Stuhl zusammen. Stille, für einen zu kurzen Moment.

»Was denkt Ihr, was Ihr hier tut?« Theodora stand vor

ihm und starrte ihn an. »Wollt Ihr, dass sie glauben, Ihr wärt vom Teufel besessen, oder dem Wahnsinn nah? Wollt Ihr, dass die Leute reden?«

Georg betrachtete seine Frau von unten herauf. Etwas Speichel rann von seinen Lippen über sein Kinn. Er wischte ihn mit dem Handrücken fort. »Dabei gäbe es doch so viel mehr über Euch zu reden, oder etwa nicht?« Er lachte keckernd auf. Es hatte Zeiten gegeben, da hatte er sich nicht vorstellen können, so zu ihr zu sprechen, Zeiten, da er vor ihr auf den Knien gelegen hätte, um nur einen wohlwollenden Blick zu erhaschen. Ganz leicht zog Theodora die Schultern hoch.

»Wie war das denn mit meinem Bruder?«, fuhr er fort, sah, wie sie den Mund verzog, und lachte lauthals. »Ich weiß, meine Liebe, ich weiß. Von den Toten soll man nichts Übles reden, aber vielleicht frage ich mich ja, ob ihr ihm den Tod gebracht habt, wie damals die Neitschützin unserem Herrn?«

Er konnte sehen, wie Theodora erschauerte. »Sie wurde freigesprochen.« Die Worte kamen so langsam aus ihrem Mund, als klebten sie ihr am Gaumen fest. Georgs Lachen keckerte wieder. »Eine Hexe war sie, meine liebe Theodora, jeder weiß es. Vielleicht hätte man sie verbrannt, wenn sie nicht gestorben wäre.«

Mit den letzten Silben sprühte Spucke aus seinem Mund, noch einmal wischte er sich über das Kinn. Theodora stand sehr aufrecht da, so wie an dem Tag, als er sie zum ersten Mal gesehen hatte, aber das wusste sie ja nicht, daran erinnerte sie sich nicht. Ein Sommerfest bei einem ihrer Onkel war es gewesen. Sein Blick rutschte von ihrem Gesicht hinunter auf ihren Körper. Damals war sie dünner gewesen, doch auch noch heute wirkte ihr fester Körper wohl auf die meisten Männer wenig anziehend. Sie hatte kein Talent dazu, Speck anzusetzen. Ihr Hintern war klein und rund, wie ein Winteräpfelchen, nicht breit und einladend. War sie nackt, konnte man die Rippen sehen, die sich unter der Haut abzeichneten. Damals hatte sie mit den anderen Mädchen den Aufbruch der Jäger verfolgt, und mit nur einem Blick war es um ihn geschehen gewesen. Keinen Schuss hat er an diesem Tag setzen können, keine Beute nach Haus getragen, nur Theodora in seinem Herzen. Als er sie für sich gewonnen hatte, konnte er sein Glück nicht fassen. Er wollte die Hand ausstrecken und sie berühren, aber er wagte es nicht. Mit einem unwirschen Laut warf er sich gegen das Polster seines Sessels zurück.

»Und, wo habt ihr es getrieben? In unserem Bett? Im Stroh, wie die Tiere? Vielleicht im Wald?« Ihr Gesicht war nunmehr verschlossen, aber sie wich ihm nicht aus.

Er dachte an Alexander, an den fröhlichen, kräftigen Bruder, dessen Träume immer zu groß gewesen waren für Hartleben. Während er sie ansah, bemerkte er, dass sie fast unmerklich den Körper straffte, als wollte sie sich größer machen. Er versuchte, sie sich beide in dem großen Bett vorzustellen, das er mit ihr geteilt hatte. Alexander und Theodora. Theodora und Alexander. Neuer Speichel sammelte sich in seinem Mund, er schluckte ihn herunter. Die Stärke, die er empfunden hatte, zerplatzte, wie ein Wasserbläschen.

»Theodora«, bat er sie.

Sie drehte den Kopf weg. Ihre Stimme klang farblos,

als sie sprach: »Es ist so, wie es ist, oder etwa nicht? Wir sollten einander in Frieden lassen.«

Er fiel in sich zusammen, als habe man ihm alle Knochen aus seinem Körper gerissen. »Ja, vielleicht habt Ihr recht, vielleicht ist es einfach vorbei.«

***

Theodora hatte in ihr Kabinett gehen wollen, jedoch auf halbem Weg die Treppe zur Küche gewählt. Vorbei, hatte er gesagt, dass es vorbei war? Mit leeren Augen öffnete sie die Tür zur Speisekammer, überprüfte mechanisch die Vorräte. Es war still geworden, nachdem sie die Küche betreten hatte. Die Mägde nahe der Tür waren als Erste verstummt, Schritt um Schritt verbreitete sich die Nachricht ihrer Anwesenheit. Sie bedeutete ihnen weiterzuarbeiten, doch es brauchte seine Zeit, bis niemand mehr auf sie achtete. Ihre Augen brannten. Sie blinzelte, während sie das Säckchen mit den Erbsen öffnete. Am frühen Morgen hatte sie aufgegeben, was es zum Abend geben sollte, und konnte sich jetzt nicht daran erinnern. Aber sie konnte es riechen, und die ersten Platten standen schon angerichtet, als sie durch die Tür kam. Jemand polterte herein, sie drehte sich nicht um. Eine Handvoll getrockneter Erbsen rann durch ihre gespreizten Finger zurück in den Vorratssack.

»Der Herr ist ausgeritten«, teilte einer der Diener mit, als sei das in irgendeiner Weise wesentlich.

Aber sie haben dich immer alleine gelassen. Alexander und Georg hatten sie beide alleine gelassen. Als junges Mädchen hatte sie noch davon geträumt, mit dem Älteren fortzugehen, aber das war heute bedeutungslos. Das Leben hatte sie an einen anderen Mann gekettet. Sie spürte die Blicke der Dienerschaft in ihrem Rücken. Die Stille, die darauf wartete, mit ihren Worten gefüllt zu werden. Im Umdrehen schweiften ihre Augen über Suppenkessel, Hühnchen und Pasteten. Alles hatte seine Ordnung. Durch die geöffnete Tür konnte sie die Wolkenfront sehen, die sich im Westen aufgetürmt hatte. Es würde bald regnen.

***

Wie aus dem Nichts war das Weib da, im strömenden Regen bemerkte Georg sie viel zu spät. Das Geräusch, mit dem der massige Körper seines Pferdes auf ihre schmale Gestalt traf, ging ihm durch und durch. Ein spitzer Schrei, dann ging sie in einem Wirbel von Stoff zu Boden. Er riss das Pferd noch herum und erwischte den Körper so ein zweites Mal hart, bevor er endgültig liegen blieb. Kurz war ein Wimmern zu hören, jetzt war es still. Nur noch das Rauschen des Regens war zu hören, der ihn schon vollkommen durchnässt hatte. Georg wusste nicht, wie lange er auf dem Pferderücken verharrte, ohne sich zu rühren, wie viele Male er den Moment erlebte, in dem die schweren Hufe auf das Hindernis getroffen waren. Regenwasser troff von seinem Hut, Wasser rann ihm in den Kragen und den Rücken herunter. Rinnsale bewegten sich von seinen Ärmeln herunter über die Hände herab. Es machte den Anschein, als wolle der Regen niemals mehr aufhören. Es wunderte ihn nicht: Das Schiff, das er betrat, würde untergehen. Die Kutsche, in der er saß, würde überfallen werden. Die Würfel, die er benutzte, würden sich gegen ihn wenden. Jetzt schnaubte das Pferd, warf seinen Kopf herum, als wolle es seinen Reiter in den Blick nehmen. Es wartete darauf, was er tun würde. Alle warteten darauf, was er tun würde. Georg starrte das reglose Bündel zu seinen Füßen an, das er im Dämmerlicht gerade noch sehen konnte.

Er konnte später nicht sagen, wie er aus dem Sattel gelangt war. Als er vom Rücken des Pferdes glitt und sich der reglosen Gestalt näherte, war sie ihm irgendwie vertraut; neben ihr kniend, erkannte er sie. Vor einem Jahr hatte sie für ihren Sohn gebeten, der sich im jugendlichen Leichtsinn den Schweden angeschlossen hatte. Der Vater sei doch schon im Krieg geblieben, und sie habe niemanden, der ihr auf dem kleinen Hof helfe. Er konnte sich nicht erinnern, was er ihr gesagt hatte. Manchmal trank er zu viel, dann wurde die Erinnerung fadenscheinig wie häufig getragener Stoff. Mit einer Hand umgriff er seinen schmerzenden Nacken und lehnte den Kopf zurück.

»Frau«, flüsterte er und horchte. Sie regte sich nicht. »Frau«, versuchte er es noch einmal, streckte die Hand aus und berührte ihren Kopf. Etwas Feuchtes schmierte über seine Finger. Über ihm rissen die Regenwolken auf und gaben den Blick auf starr nach oben gerichtete Augen frei. Von einem Moment auf den anderen verlor er den Halt und stürzte auf den Hintern, wie ein kleines Kind, das gerade laufen lernte. Dreck schmierte über Rock, Kniehosen und Hände. Er rappelte sich hoch, stolperte gegen sein Pferd und hielt sich mit einem Griff in dessen Mähne aufrecht. Das Tier schnaubte.

»Still!«, schluchzte Georg mit überschlagender Stimme und dann: »Verschwinde!«

Der Hengst ließ die Ohren spielen.

»Verschwinde, lass mich alle alleine!«

Das Tier führte den Kopf nahe an den Körper seines Herrn. *Es vertraut dir.* Auf Georgs Gesicht mischten sich Tränen mit Regenwasser. *Es vertraut dir. Du bist ein verdammter Mörder.*

12. Kapitel

Leipzig, Sommer 1708

»Esme.«

Er hatte ein zweites Mal rufen müssen, bevor sie den Kopf hob. Obwohl sie schon zu spielen begonnen hatte, trug sie noch immer ihren kleinen Umhang. Am Naschmarkt hatten sie heute eine Sänfte gemietet, um sich zum Georgenhaus tragen zu lassen. Seine Tochter hatte vor Freude und Aufregung gezappelt. Nur mit Mühe hatte er sie zur Ruhe bringen können, erst am Ziel hielt sie endlich still. Die ersten Schritte lief sie alleine, dann kam sie zu ihm, schob ihre kleine Hand fest in seine und wich ihm nicht mehr von der Seite.

Hatte er richtig gehandelt? Er hatte ihr zeigen wollen, dass es Menschen gab, die Gott ins Elend gestürzt hatte. Keinesfalls wollte er sie erschrecken, doch über den ganzen Rückweg hinweg war sie stiller gewesen als gewöhnlich. Er bedeutete der Dienerin, ihr den Umhang abzunehmen, sah, wie sich seine Tochter abwesend eine

Haarsträhne hinter das kleine Ohr strich. Dann schaute sie auf die Spielsachen, die sie auf dem Boden aufgereiht hatte. Das Klapplädchen aus Holz mit seinen kleinen Figuren mit Wachsköpfchen und Haaren aus Werg hatte er ihr zu ihrem Geburtstag geschenkt. Die Holztiere hatte sie damals mitgenommen, die meisten mochten von Schweden geschnitzt worden sein. In einer Hand hielt sie ihre Puppe.

»Papa?«

Sie richtete sich auf den Knien in die Höhe, stützte sich auf beide Hände und stand auf. Wenn er in diesem Raum arbeitete, war sie stets an seiner Seite. Ein paar Schritte von seinem Schreibtisch entfernt blieb sie stehen. Man hatte versucht, ihre dunklen Locken zu bändigen und ein grünes Band um ihren Kopf geflochten. Als sie vor ihm stand, klopfte er mechanisch den Staub von ihrem Rock. Ihre zierlichen Füße waren nackt, gleich nach ihrer Rückkunft war sie aus den Schuhen geschlüpft. In dieser Beziehung ähnelte sie ihre Mutter. Er schüttelte den Kopf, als könne er die unliebsamen Erinnerungen auf diese Weise verjagen. Esme bewegte die Zehen.

»Können diese Kinder niemals spielen, Papa?«

Er zuckte die Schultern. »Nein, aber denk einmal, vorher haben sie auf der Straße gelebt. Sie haben gebettelt und gestohlen. Dort können sie sich nützlich machen. Du weißt doch, dass Gott es mag, wenn der Mensch sich nützlich macht?«

Sie nickte, wich seinem Blick jedoch aus. Er beugte sich näher zu ihr hin.

»Würde es dir gefallen, wenn wir zum König nach Dresden reisen?«

Ihre dunklen Augenbrauen kräuselten sich leicht, ihr Mund wurde spitz. Sie sah ihn immer noch nicht an. »Aber hier ist es schöner«, murmelte sie undeutlich, »hier bist du nicht so oft fort.«

Rupert lächelte. »Magst du das denn? Von früh bis spät in diesem Zimmer?«

Sie nickte. Als er die Arme ausbreitete, zögerte sie nicht, und stürzte sich mit einem kleinen Freudenschrei hinein. Vorsichtig hob er sie auf seinen Schoß. Kurz berührte sie die Stelle, an der das Holzbein am Beinstumpf befestigt war. Sie durfte das. Von ihr hatte er sich alle Fragen gefallen lassen. Mit einem Seufzer ließ sie sich gegen seine Brust sinken. Aus der Dämmerung schien mit einem Mal Helligkeit auf, die Straßenlaternen wurden in Betrieb genommen. Es war an einem Weihnachtstag gewesen, als er zum ersten Mal Zeuge davon gewesen war, und er hatte dabei an sie gedacht.

»1701«, murmelte er halblaut.

»Was, Papa?«

»Nichts. Du magst Leipzig auch lieber, nicht wahr?«

Esme spielte mit den Knöpfen seiner Weste. Rupert schaute auf das Leuchten hinter dem Fenster. Seit Jahren wurde in der Handelsstadt gebaut. Ein prächtiges Bürgerhaus begann sich an das nächste zu reihen. Großzügige Parkanlagen und Promenaden entstanden. Auch in Dresden verschwanden die alten Holzkonstruktionen Stück um Stück, eines Tages würde die königliche Stadt vollkommen aus Stein erbaut sein. Er nahm seine Tochter beim Kinn.

»Ich aber sage, wer Dresden nicht gesehen hat, der hat nichts gesehen.« Er lächelte. »Sagt Herr Limberg. Und der hat's gedruckt in seinen *Denkwürdigen Reisebeschrei-*

bungen Durch Teutschland, Italien etc, es besteht also kein Zweifel.«

Esme schaute ihn verständnislos an. Während Rupert sie mit einem Arm festhielt, drehte er sich halb zum Tisch zurück, legte den anderen Arm auf die Tischplatte und bewegte die Finger über die beutelförmige Feldflasche mit ihren Stickereien auf einem Grund von rotem Seidensamt. *Ihre Flasche*. Aus irgendeinem Grund hatte er sie damals mitgenommen, als er Habar zurückließ, und es immer noch nicht über sich gebracht, sie wegzuwerfen. Er brachte seinen Mund näher an das Ohr seiner Tochter.

»Ich würde gerne ein Bild von dir malen lassen. Würde dir das gefallen?«

Esme zupfte angelegentlich an der Kleidung ihrer Puppe, strich über deren Häubchen. »Wie das von Mama?«

Er musste sich beherrschen, nicht zusammenzuzucken. Er hatte sich gewünscht, dass sie vergäße, dass diese Frau auf der Leinwand ihr unbekannt wäre, aber das war nicht geschehen.

Aber sie wird vergessen, irgendwann wird es nicht mehr wichtig sein. Während er sie fester hielt, ihre Bewegungen und ihren Atem an seinem Körper spürte, ließ er den Blick zu dem Bildnis wandern. Er hatte dem Maler von Habars dichten, energischen Augenbrauen erzählt und von ihren hellbraunen Augen. Er hatte ihren Mund beschrieben, die schmalen und doch geschwungenen Lippen und die gebogene, längliche Nase. Er hatte davon gesprochen, dass sie sich fein bewegte, tänzerisch und leise. Der Mann hatte ihm schweigend zugehört, und er hatte nicht aufhören können, von ihr zu sprechen. Gestern war ein Brief eingetroffen, in dem Scholz davon berichtete, dass sie das Gut heimlich verlassen habe. Er sorgte sich nicht, sie war nicht fort. Eines Tages würde sie in der Tür stehen. Bis dahin musste er eine Entscheidung getroffen haben. Er musste vorbereitet sein. Habar, die Fälscherin. Habar, die Betrügerin. Habar … Auf seinem Schoß zappelte Esme so heftig, dass er sie von seinen Knien herunterklettern ließ. Sie ist meine Tochter, ein Christenkind von Geburt.

»Papa«, protestierte eine Kinderstimme, und er bemerkte, dass er ihre Hand immer noch festhielt. Er ließ sie los, sah zu, wie sie zurück zu ihren Spielzeugen lief, zu der Schar kleiner Holztiere, mittels derer sie ein Hofgut nachgestellt hatte, aber gleich mit einem Buch zurückkam. Gestern hatte sie ihm daraus auf Französisch geradebrecht, das sie neuerdings lernte. Er hatte verstanden, dass es sich um 1001 Erzählungen einer schönen Sklavin handeln sollte, die sich damit Abend für Abend ihr Leben gerettet hatte. Mit einem Lächeln nahm er das Buch entgegen.

»Liest du, Papa?«

»Wenn du möchtest.« Er strich ihr über das Haar.

Morgen früh würden sie abreisen; ob Habar ihnen schon auf den Fersen war? Ganz zu Anfang hatte er ihr einmal einen Brief geschrieben, ohne ihn jedoch abzuschicken. Gestern erst hatte er ihn verbrannt. Er musste eine Entscheidung treffen, was Georg betraf. Über Knaups Tod hatte er Erleichterung verspürt, als er davon gehört hatte. Und dann blieb noch Habar. Ganz zu Anfang hatte er darüber nachgedacht, sie dem Gesetz zu überantworten. Vielleicht sollte er das noch tun. Sie hatte ihn verraten, das durfte er niemals vergessen.

***

Habar hielt den Apfel, den ihr die Pfarrersfrau gegeben hatte, noch in der Hand, als Leipzig vor ihnen auftauchte. Es hatte gut getan, ihre Geschichte zu erzählen. Den Apfel hatte man ihr zum Abschied gegeben, doch während sie an den vorhergehenden Tagen kaum genug von den rotwangigen Früchten hatte bekommen können, hatte sie heute noch keinen Bissen heruntergebracht. Sie hob die Frucht näher zu ihrer Nase hin, schnupperte daran, bevor sie die Hand zurück in den Schoß sinken ließ. Der Gedanke an Esme zog ihr den Magen zusammen. Sie hatte sich häufig gefragt, wie sich ihre Tochter verändert haben mochte. Sicher war sie größer geworden, hatte den Kleinkindspeck verloren. Ob Rupert die Lehrer für sie angestellt hatte, von denen er immer sprach? Ob ihre Haare immer noch lockig waren?

Geschrei draußen ließ sie aus dem Fenster spähen. Auf dem engen Weg war der Kutscher zu dicht an einer älteren Frau mit Kiepe vorbeigefahren, die sich nun lauthals beschwerte. Habar sah einen viereckigen Mund mit großen Zähnen, graues Haar, das unter einer schmutzigen Haube hervorkam. Die Frau hatte eine Faust erhoben, die sie nun angesichts Habars sinken ließ, um zu glotzen. Habar lehnte sich in ihren Sitz zurück und betrachtete ihre im Schoß lagernden Hände. Die Kutsche ließ die Alte hinter sich. *Fremd, ich bin eine Fremde …*

Sie erreichten Leipzig aus nordöstlicher Richtung kommend. Der junge Diener, in dessen Begleitung sie reiste, kümmerte sich wie stets um das Wesentliche. Er war es auch gewesen, der Scholz' Verwandte besucht hatte, während sie das Pfarrershaus und den Garten über mehrere Tage hinweg nicht verlassen hatte. Jetzt, wo das

Wiedersehen so kurz bevorstand, war es wichtig, alle Kräfte zu sammeln, die nächsten Schritte zu planen. Was wenn das Kind die Mutter vergessen hatte, wenn es ihr, die sie nicht zur Stelle gewesen war, Vorwürfe machte?

Als die Kutsche etwas später über Kopfsteinpflaster ratterte und dann stehen blieb, schreckte sie aus einem wahren Strudel von Gedanken. So waren sie also angekommen. Zuerst konnte sie sich nicht rühren, dann ergriff sie den Beutel mit ihren Habseligkeiten und nahm die kleine Puppe in die Hand, die sie für ihre Tochter gekauft hatte. Würde er dort sein? Man hatte ihr gesagt, er habe Dresden verlassen, um nach Leipzig zurückzukehren. Sie zitterte so sehr, dass es ihr kaum gelingen wollte, aus der Kutsche zu steigen. Sie wusste nicht, wie sie es schaffte, die Stufen zu der angegebenen Wohnung hinaufzusteigen. Nachdem sie geklopft hatte, dauerte es eine Weile, bevor man ihr öffnete.

»Frau Habar?« Ein ihr fremder Diener musterte sie eingehend, wies, auf ihr Nicken hin, zu einer weiteren schmalen Treppe. »Wir haben Euch erwartet. Folgt mir.«

Sie nickte nur, sagte immer noch nichts. Wo war Esme? Würde sie ihre Tochter heute noch in die Arme schließen können? Wie in einem Traum bewältigte sie Stufen, wenngleich sie stark zitterte. Vor einer der Türen im oberen Stockwerk blieb der Diener stehen und legte den Finger auf die Lippen.

»Hier?« Ihre Stimme krächzte. Sie konnte das Lächeln auf seinem Gesicht nicht deuten. Als die Tür geöffnet wurde, war sie kurzzeitig geblendet von dem Licht, das durch ein großes Fenster fiel. Ehe sie sich versehen hatte, schickte sie ein kräftiger Stoß in den Raum und zu Boden. Sie hatte keine Zeit, sich zu sammeln, bevor die Tür hinter ihr zuschlug. Knirschend drehte sich der Schlüssel im Schloss.

»Nein!« Mit einem Satz war sie auf den Beinen und hämmerte gegen das Holz, das ihren Weg nach draußen versperrte. Als sie nach einer Weile innehielt, blieb es kurz still, dann war die Stimme des Dieners zu hören. »Habt Ihr Euch jetzt beruhigt? Ich sagte doch, wir haben Euch erwartet. Keine Sorge, es wird Euch an nichts mangeln. Wir haben strikte Anweisungen.«

Das Geräusch sich entfernender Schritte war zu hören. Noch einmal ließ Habar die Faust gegen die Tür krachen.

»Wo ist meine Tochter?«, brüllte sie. Es blieb still. Wieder hob sie die Faust, dann schwand mit einem Mal alle Kraft aus ihr. Mit weichen Knien schwankte sie auf das Fenster zu. Fern, weit unten, gingen die Menschen ihren Geschäften nach. Man hatte sie gefangen gesetzt.

13. Kapitel

Gut Hartleben, Sommer 1708

Man feierte auf Hartleben, als Rupert das nächste Mal dorthin zurückkehrte. Zu einem Fest, zu dem der Onkel die Menschen aus den nächsten Dörfern eingeladen hatte, hatte man Tische im Garten aufbauen lassen, die sich unter Speis und Trank bogen. Während Rupert von seinen Plänen für eine Manufaktur berichtete, befeuchtete frisches Bier raue Kehlen. Unablässig waren Theodora und Wilhelmina unterwegs, hielten die Mägde zur Arbeit an, damit alles zum Besten bestellt sei. Die ersten Dörfler waren noch zögerlich eingetroffen, dann war der Damm gebrochen.

Davon wird man reden, dachte Theodora, während sie dastand, diese Nachrichten würden bis weit über die Umgebung hinaus dringen und vom Reichtum Hartlebens zeugen. Ein Raunen ließ sie den Kopf drehen. Georg, der sich kurz mit seinem Neffen zurückgezogen hatte, war aus der Tür getreten. Dass er schwitzte, erkannte sie schon aus der Entfernung. Die Schminke auf seinem Gesicht war bis über den Hals verschmiert, nur die rote Lippenfarbe zauberte ein wenig Lebendigkeit auf seinen Mund. Für einen seltsamen Moment musste sie an jenen Abend vor wenigen Wochen denken, als er vollkommen durchnässt nach Hause gekommen war. Seit damals war er magerer geworden, längst sah die faltige, schlaffe Haut aus, als sei sie zu groß für ihren einstmals kräftigen Träger. Nun hatte er sie erreicht und streckte die rechte Hand zu ihr hin.

»Geht es Euch gut? Seid Ihr zufrieden?«

Theodora wollte nicken, aber da war mit einem Mal noch etwas, hinter Georgs linker Schulter, ein grauer Schatten, ein alter Mann, der ihrem die Hand auf die Schulter legte. *Nussbaum.* Ihr Mund formte das Wort, doch kein Laut kam über ihre Lippen, während ihr der Bierkrug aus den Fingern glitt und auf den Steinstufen zerschellte. Sie schwankte. Ihr Mann stützte sie. »Theodora, was ist Euch?«

Sie sah Rupert aus Georgs Schatten treten und entzog sich dem Griff ihres Mannes. »Nein, nein, nichts, nur ein kleiner Schwindelanfall.«

Sie drückte eine Hand gegen ihren Schnürleib, dachte, dass Ruperts graue Augen doch ein wenig zu lange auf sie gerichtet blieben. Als sie den Kopf drehte, nahm Ibrahim gerade ein Getränk aus Wilhelminas Händen entgegen. *Mina, meine Kleine.* Wann hatte sie eigentlich aufgehört, einen neuen Ehemann für die Tochter zu suchen? Vielleicht war auch das nur einer der vielen Wünsche, die einen das Leben aufzugeben zwang.

»Gehen wir?«, drang Georgs Stimme in ihre Gedanken. »Rupert will aus Dresden berichten und von den Manufakturen aus Plauen. Manufakturen sind die Zukunft, versteht Ihr?«

Sie nickte. Ein Platz an einem Tisch ward schnell gefunden. Georg ließ Bier holen. Fast kam er ihr zu fröhlich vor.

***

Er war nicht allein. Im Erker stand jemand gegen die Wand gelehnt. Für einen Moment tat Georg, als bemerke er es nicht, lief mit bedächtigen Schritten auf seinen Schreibtisch zu. Er hatte weniger Zeit hier verbracht, seit ein Mensch in diesem Zimmer gestorben war. Oft war er auch zu müde, aber es war keine Müdigkeit, die von zu wenig Schlaf herrührte. Es war die alles umfassende Müdigkeit, die ihn ausfüllte, seit Hanns gestorben war. Mit der rechten Hand knöpfte er die Weste auf, öffnete dann den Hemdkragen, kratzte sich über die haarige Brust: Altmännerhaare, grau und steif. Unglaublich, wie man sich als junger Mann nicht vorstellen konnte, einmal alt zu werden.

Sechzig Jahre. Er stützte die Hände auf die Tischplatte und versenkte sich kurz in das Flackern des Kerzenlichts, bevor er die Aufmerksamkeit auf den Schreibtisch richtete. Jemand hatte sich an seinen Unterlagen zu schaffen gemacht. Sie waren neu geordnet worden, und obenauf lag ein schmales, abgegriffenes Stück Papier: Alexander von Hartleben, Georg von Hartleben, Habar. Er hielt inne. Solange hatte er dieses Zettelchen nicht gesehen, ein halbes Leben, wie ihm schien. Ein scharrendes Geräusch drang in seine Aufmerksamkeit.

»Rupert?«

Die Gestalt des Neffen schälte sich aus dem Schatten des Erkerfensters. Einen Augenblick lang stellte sich Georg vor, den schlaksigen Jungen zu sehen, den Neffen mit dem wirren Haar und den stählernen Augen. Tock, tock, tock, kam der Neffe auf ihn zu. Er hatte sein überschulterlanges Haar mit einem Band zusammengebunden, so dass sein Gesicht schmaler wirkte, der Kiefer kantiger. Tiefere Linien kerbten sich von seinen Nasenflügeln zu den Mundwinkeln. Linien zerfurchten die Stirn. Auch er war nicht jünger geworden.

»Ich habe Euch erwartet … Onkel …«

Unvermittelt schaute Georg auf den kleinen Zettel, den er in der Hand hielt. Ein Bild schien in ihm auf, ein kleines türkisches Mädchen, die Stirn vor Anstrengung gerunzelt, ein Kind, dessen Können ihm Gerechtigkeit versprach. Er hob das Papier in die Höhe.

»Ihr wollt hierüber reden?«

Ruperts Lippen verzogen sich. Georg vergewisserte sich, aber der Jüngere lächelte tatsächlich.

»Das wird nicht nötig sein, Onkel.«

»Habt Ihr mit ihr gesprochen?«

»Nein«, Ruperts Finger klammerten sich fester um den Krückstock, an der Hand traten die Knöchel deutlicher hervor. Georg schaute den Zettel an. »Es war nicht ihre Schuld.«

Der Neffe antwortete nicht. Langsam bewegte sich der Blick seines Onkels auf das Holzbein. *Wäre meine Lage eine andere, hätte ich ihn damals sterben lassen?* Das Holzbein scharrte über den Boden, und Georg dachte an den Jungen, den er einst auf seinem Schoß gehalten hatte, den Erstgeborenen, auf den der Bruder so stolz gewesen war. *Hätte ich damals anders entscheiden können?*

Er hob den Kopf, suchte in Ruperts Gesicht nach den Spuren des Jungen, den er gekannt hatte, dort in den Augen und um den Mund. »Euer Bein, ich …«

»Ich weiß, Ihr habt mir das Leben gerettet … Ihr habt es mir ermöglicht … wie soll ich es nennen … weiterzuleben.« Rupert lächelte zum zweiten Mal. Georg überlief ein Frösteln. Es war vorbei, endgültig vorbei. Er hoffte nur, dass er die kleine Türkin nicht mit ins Verderben gezogen hatte.

14. Kapitel

Dresden, Sommer 1708

Amalia hatte sich auf den Fußschemel gekauert und schaute ihren beiden Blondschöpfen zu. Manchmal verwunderte es sie, dass die Kinder so überhaupt nichts von ihr hatten. Sowohl der mittlerweile fast dreijährige Junge, als auch das knapp sieben Monate alte Mädchen waren Abbilder ihres Vaters.

Zumindest ist er ein gut aussehender Mann. Wenigstens, was das angeht, habe ich keinen Fehler gemacht. Amalia strich ihrem Sohn eine widerspenstige Haarsträhne aus der Stirn. Unwirsch schlug er ihre Hand zur Seite. Er konnte schon heute genauso fordernd sein, wie sein Vater und ähnlich jähzornig, wenn ihm ein Wunsch nicht erfüllt wurde. Seine kleine Schwester war da leichter zu nehmen. Amalia richtete sich mit einem leisen Stöhnen auf und ordnete ihre Röcke um sich. Ihre Jüngste hatte sich auf den Rücken gerollt und versuchte eben, sich den großen Zeh ihres rechten Füßchens in den Mund zu stecken. Der Junge ließ ein Holzpferdchen durch sorgsam aufgestellte Zinnsoldaten galoppieren, so dass die Figürchen rechts und links davonspritzten. Sie schaute auf den Wirbel am Hinterkopf, den er von seinem Vater hatte und den sie so gerne berührte, aber sie tat es nicht. Als ob er ihren Blick bemerkt habe, hob der Junge den Kopf und schaute sie herausfordernd an.

Amalia wich ihm aus. Für ihn war sie die Kinderfrau, ihm zu Diensten, er kannte es nicht anders. Schwankend ging sie hinüber zu den Zinnfigürchen. Sie hatte eines ihrer Schmuckstücke versetzt, um sie kaufen zu können, und manchmal wünschte sie sich, ihm sagen zu können, wessen Geschenk dies war. Aber das würde sie nicht tun, nicht, solange er klein war und das Geschwätz nicht verstehen konnte. Sie schaute zu ihrer Tochter hinüber, die nunmehr selig an ihrem großen Zeh nuckelte. Sie war von jeher ein zufriedenes Kind gewesen, anders als ihr Bruder, der sich eben eine Süßigkeit vom Tisch stibitzte. Draußen kündigte Glockenschlag die nächste Stunde an.

Um diese Zeit, so hatte Ferdinand gesagt, könne sie ihn heute erwarten. Amalia drehte den Kopf und erhaschte ihren Anblick im Spiegel an der gegenüberliegenden Wand. Das Kleid war schon älter, aber sie hatte es ändern lassen und hoffte, dass er es nicht bemerken würde. Sie hatte es auf der Jagdgesellschaft damals getragen, auf der die Türkin … War sie schön genug, um seinen Gefallen zu finden? Sie konnte sich nicht mehr daran erinnern, wann der Gedanke daran sich entwickelt hatte, ihr Leben von Neuem selbst zu bestimmen. Aber sie wusste nicht, ob es ihr gelingen konnte. Einmal war sie die schöne Amalia gewesen, die sich ihrer Wirkung immer sicher sein konnte. Sie war schmaler geworden seit Victorias Geburt. Sie berührte erst den Schönheitsfleck, den sie neben ihrem rechten Auge angebracht hatte, dann jenen – die *enjouée* – in der beim Lachen entstehenden linken Falte, und schließlich die *galante* mitten auf der Wange. Monde, hatte sie früher getragen, Kometen, Sicheln und Sterne. Sie spitzte die Lippen, lächelte sich zu, während sie die Finger wie einen imaginären Fächer vor dem Gesicht bewegte. Obwohl sie sich nun schon seit Monaten in Dresden aufhielten, waren sie noch kein einziges Mal tanzen gewesen. Keine Einladung hatte sie erreicht. Sogar Ferdinand mied oft ihre Gegenwart, möglicherweise hatte er eine Neue gefunden. Wenn er dablieb, verfluchte er ihren Vater, und sie hatte kaum mehr die Kraft, etwas dagegen zu sagen. Sie hasste ihn und kam doch nicht von ihm los.

Immerhin konnte sie noch seinen Gefallen wecken. Als er heute zu ihr kam, wanderten Ferdinands Augen genüsslich von ihrem kunstvoll geschminkten Gesicht zum Dekolleté, in dem sich die Brüste wie in einer Auslage präsentierten. Mit einem Grinsen streckte er die Hand aus und ließ seine Finger um den Spitzenkragen spielen, der ihr Fleisch säumte.

»Ihr werdet mir doch kein neues Balg anhängen wollen?«, er grinste. »So appetitlich, wie Ihr Euch zurechtgemacht habt.«

Errötend schüttelte sie den Kopf, während sie an die kleinen Blondschöpfe nebenan dachte. Sie hatte sich schon häufig gefragt, ob Ferdinand von Trottdorf Pläne mit seinem Sohn haben mochte, ob er schon darüber nachdachte, was später mit ihm werden würde. Nur einmal hatte sie das Gespräch darauf bringen wollen, aber er hatte sie unmissverständlich darauf hingewiesen, dass dies keine Sache war, die er mit ihr zu besprechen gedachte.

»Schaut einmal«, hatte er damals gesagt, als sie sich zum Abendbrot gesetzt hatten und zur Ecke des Raumes hingenickt, »ich habe meinem Sohn sogar etwas mitgebracht. Seht es Euch an.«

Sie war aufgestanden, hatte auf sein Geheiß das längliche, in Stoff gewickelte Bündel aufgehoben und ausgepackt. Ein Holzpferdchen und ein Holzschwert waren zum Vorschein gekommen. Ohne sich zu rühren, hatte sie beides in den Händen gehalten. Als sie zu ihm hinsah, hatte sich Ferdinand gerade eine süße Pastete in den Mund gestopft. Seit sie gemeinsam unterwegs waren, hatte er drei Zähne verloren. In letzter Zeit hatte er öfter an heftigen Zahnschmerzen gelitten, die ihn noch unleidlicher und unberechenbarer machten als ohnehin schon.

»Louis Ferdinand wird ein guter Soldat werden.« Er hatte sie breit angegrinst. Aber er ist doch noch so klein, hatte sie sagen wollen, doch sie hatte gelernt zu schweigen.

***

Im ersten Moment war Amalia zu verblüfft, um zu schreien. Die Finger, die ihr Handgelenk umklammerten und quetschten, waren so umbarmherzig, dass sie meinte, ihre Knochen splittern zu hören. Tränen schossen ihr in die Augen. Eine Ohrfeige schmetterte ihren Kopf zur Seite. Ferdinand, wollte sie sagen, aber nichts kam aus ihrem Mund außer Speichel, der nach Blut schmeckte. Ihr Mann – ja, er war doch ihr Mann, oder etwa nicht? – trieb sie mit wütenden Stößen vorwärts in die kleine Kammer hinein, die sie gestern gemietet hatten. Während der Dresdner Tage war das Geld knapp geworden. Die Geschäfte, bei denen Ferdinand stets auf Kredit hatte kaufen können, hatten neuerdings ein Schreiben seines Vaters vorzuweisen, in dem dieser jede Übernahme weiterer Schulden ablehnte. Ihr eigener Vater zahlte schon seit Jahren nicht mehr. Er kennt noch nicht einmal seinen Enkelsohn, schoss es ihr inmitten der Schmerzen durch den Kopf. Dann ließ Ferdinand ihren Arm los: »Das ist alles dein Fehler!«

Sie öffnete den Mund, doch seine Hand verschloss ihn gleich darauf. »Sei still! Ich will nicht, dass du redest, oder irgendeine weitere Dummheit von dir gibst!«

Er starrte ihr in die weit aufgerissenen Augen. Sie nickte, wobei sie kaum den Kopf zu bewegen wagte.

»Wo sind die Kinder?« Er hatte ihren Mund freigegeben.

Zitternd schlang sie die Arme um den Körper. »Victoria schläft. Louis Ferdinand spielt im Hof.«

»Ich hoffe, jemand passt auf ihn auf. Er mag ein Bastard sein, aber er ist mein Sohn. Fleisch von meinem Fleisch, Blut von meinem Blut.«

Er lächelte sie an. Sie nickte, bemüht, seinen Blick zu halten. Ferdinand liebte seine Kinder. Niemals war er so zärtlich mit ihr gewesen wie mit Louis Ferdinand, dem kleinen, properen Blondschopf, und auch Victoria brachte ihn neuerdings zum Lächeln.

Unvermittelt krallte sich seine kräftige Hand in ihren Nacken, als sei sie eine räudige Katze, und sie biss sich auf die Lippen, um keinen Schmerzenslaut von sich zu geben.

»Also, sind sie sicher?«

»Es sind Leute da. Man passt auf sie auf.«

»Gut.« Sein Gesicht näherte sich dem ihren. Sie spürte den heißen, feuchten Atem aus seinem Mund auf ihrer Wange. Kurz wagte sie es, ihn anzusehen. Er hatte immer noch das Gesicht, in das sie sich verliebt hatte. Die Falten um die Nase waren womöglich ein wenig tiefer geworden, ein Faltenkranz um seine Augen zeugte davon, dass er gerne lachte, auch wenn sich seine Mundwinkel nach unten wölbten. Aber gerade das hatte ihm ja diesen stets so überlegenen Ausdruck gegeben, den sie immer bewundert hatte.

»Wirst du deinem Bruder schreiben?«

Ihre Arme hingen nunmehr schlaff an ihren Seiten. Vor Tagen war Ferdinand lachend mit einer Adresse aufgetaucht, über die man Victor erreichen konnte. Voller Stolz war er gewesen, ob seines Überredungstalents, hatte sich aufgeplustert wie ein Hahn. *Soll Victor wissen, was aus mir geworden ist?* Mit einem Mal zitterte sie, ganz leicht kam die Bewegung wie in bebenden Wellen. Dann wurde ihr schlecht. Sie wollte zur Tür hinaus, aber sie schaffte es nicht mehr. Noch vorher krümmte sich ihr Leib, sie musste sich übergeben. Als sie sich wieder aufrichtete, starrte Ferdinand sie angeekelt an.

»Du bist doch nicht etwa schwanger?«

»Nein.«

Das Wort kam zitternd aus ihrem Mund. Säuerlich trat der Geruch von Erbrochenem in ihre Nase. Ferdinand zögerte noch, dann deutete er mit einem Kopfnicken auf den Krug mit Bier, den sie morgens im Schankraum hatte holen müssen.

»Spül dir den Mund aus und dann komm.«

Als sie bei ihm stand, legte sich seine breite Hand auf den harten Panzer ihres Schnürleibs.

»Du sagst doch die Wahrheit, oder?«

Sie konnte nichts sagen. Mit einem Mal konnte sie sich noch nicht einmal bewegen. Fieberhaft überlegte sie, wann sie das letzte Mal geblutet hatte.

»Hast du die Sprache verloren?«

»Nein.«

Amalia hielt den Blick starr auf das Fenster gerichtet. Ferdinands Hände wanderten zu ihrem Hals und legten sich ganz zart darum. Seine Haut war rau.

»Ich fände es unschön, wenn du mich belügst. Verstehst du das?«

Sie nickte, spürte, wie sich seine Hände nunmehr auf ihr Dekolleté legten. Seine Fingerspitzen waren von

Hornhaut überzogen. Langsam ließ er sie in den Spalt zwischen ihren Brüsten wandern. Erneut näherte sich sein Gesicht dem ihren.

»Zieh dich aus.«

Wie erstarrt sah sie dabei zu, wie er seinen Rock von den Schultern gleiten ließ. Zitternd verschränkte sie die Arme. Aber vielleicht trug sie ja doch sein Kind, vielleicht … Sie würde niemals ein prunkvoll verziertes Wochenbett ihr Eigen nennen, niemals ein Bettzeug aus kostbaren Stoffen, wie sie es von der Mutter gekannt hatte.

»Worauf wartest du? Oder hast du mir etwas zu sagen?«

Sie schüttelte den Kopf. Ein Schauder ließ ihre Zähne klappern. Seine Hand drückte sich gegen ihren Rücken. Sie spürte seinen Körper unter dem dünnen Hemd, süßlicher Parfumgeruch stieg in ihre Nase. Als er sie mit beiden Armen umfasste, stemmte sich ihr Körper rückwärts. Ein seltsamer Ausdruck huschte über Ferdinands Gesicht.

»Gut, so mag ich es.«

Er beließ eine Hand auf ihrem Rücken, legte die andere in ihren Nacken, hob ihr schweres Haar an, so dass ein leichter Luftzug ihre Haut traf. Ich will nicht, dachte sie, und ließ sich stumm zum Bett hin drängen, ließ zu, dass er sie aus den restlichen Kleidern und Unterröcken schälte, bis sie nur noch ihr Hemd trug. Einen Moment später wälzte er sich auf sie, und der Schmerz verbrannte sie.

***

Amalia lag noch auf dem Rücken, lange, nachdem er gegangen war, um in der Schankstube etwas zu essen und zu trinken und nach seinem kleinen Louis Ferdinand zu sehen. Zuerst horchte sie nur auf den Schmerz zwischen ihren Beinen. Sah man von der ersten Zeit ab, hatte er sie eigentlich nie zärtlich behandelt. Es nützte auch nichts, Unpässlichkeit vorzuschützen. Er war gewohnt, das zu bekommen, was er sich in den Kopf gesetzt hatte. Hätte sie nicht so große Angst vor ihm gehabt, er hätte ihr wie ein verzogenes Hündchen vorkommen können, aber inzwischen ließ sie schon jeder lautere Tonfall zusammenschrecken.

»Bleich bist du geworden wie der Tod«, hatte er sie gestern verhöhnt, »wo sind deine rosigen Wangen, wo ist das Fleisch auf deinen Knochen? Halb verhungert siehst du aus.«

Sie setzte sich auf. Immer noch schmerzte alles: Arme und Rücken, wo er sie gegen den Boden gedrückt hatte, der Kopf, den er gegen den Türrahmen gestoßen hatte. Zwischen den Beinen brannte es wie Feuer. Er hatte ihr keine Zeit gelassen, hatte sich genommen, wonach ihm gelüstet hatte.

Amalia winkelte ihre Beine an, zog ihr Hemd darüber. Es dämmerte schon, als sie in Strümpfe, Röcke und das Kleid schlüpfte. Nachher würde sie ihn bitten müssen, sie zu schnüren.

Sehr langsam ging sie zum Tisch herüber, wo Ferdinand einen Bogen Papier, Tinte und eine Feder zurückgelassen hatte. Um den Fleck Erbrochenes summten die Fliegen. Ihr Unterleib zog sich zusammen und bittere Galle stieg in ihrer Kehle hoch. Sie schloss die Augen, die Finger auf dem groben Holz des Tisches gespreizt. Als sie sie wieder öffnete, verschwammen Feder und Tintenfass vor ihrem Blick. Dann tauchte sie die Federspitze in die

Tinte. Ihre Hand zitterte so stark, dass sie nichts tun konnte, dann malte sie die ersten Buchstaben auf das Papier: Mein lieber Victor …

15. Kapitel

Gut Hartleben, Sommer 1708

Georg musste den Raum nur vorübergehend verlassen haben, denn auf dem Tisch stand eine brennende Kerze. Vielleicht war er aber auch unachtsam geworden, vieles schien ihm in letzter Zeit gleichgültig. Die Hand auf dem Türknauf blieb Theodora stehen. Auch mich schaut er nicht mehr an, wie er es früher getan hat, ging es ihr durch den Kopf. Er freute sich nicht mehr, zeigte weder Angst noch Hoffnung. Indem sie tief Luft holte, zog sie die Tür hinter sich zu. Die Kerzenflamme flackerte leicht in ihren Bewegungen. Unterlagen bedeckten den Schreibtisch ihres Mannes dicht an dicht.

Zweifellos war er nur kurz fortgegangen. Sie sortierte einen Stapel Rechnungen und platzierte ihn außer Reichweite der Kerzenflamme, berührte dann kurz die Oberfläche des Tisches. Weich war das Holz, aber unverwüstlich, das Möbel war seit langen Zeiten im Besitz der Hartlebens. An diesem Tisch war das Gut verwaltet worden, auf diesem Tisch waren Münzen gezählt worden, die der Urgroßvater Hartleben am Krieg verdient hatte. Dass Blut an diesem Metall klebe, hatte seine Ehefrau später jedem erzählt und war irgendwann von morgens bis abends in der Kirche gewesen.

Theodora schaute auf die feuchten ovalen Abdrücke, die ihre Fingerspitzen auf dem polierten Holz hinterlassen hatten. Kurz stand sie ganz still. In Georgs Arbeitszimmer roch es nach Tabak, nach Tinte und feuchtem Papier. Sie streckte die Hand aus, berührte mit der Fingerspitze eine Spur Löschsand: Wo blieb er? Es gab so viel zu besprechen, und sie hoffte, dass er zu dieser frühen Stunde noch nüchtern sein mochte. Ruperts Abreise war kaum eine Woche her. Häufig hatten Onkel und Neffe während Ruperts Aufenthalt in diesem Zimmer hier gesessen und … Ihr fiel ein Glas neben einem Stapel Haushaltsbücher ins Auge. Ein Rest einer klaren Flüssigkeit bedeckte den Boden. Sie schnupperte daran, verzog angewidert das Gesicht: Klargebranntes. Man traf Georg heute kaum mehr ohne ein solches Getränk an. Flüchtig horchte sie auf die gewohnten Geräusche des Hauses, auf ferne Rufe, auf Anweisungen. Irgendwo schepperte etwas zu Boden. Harte, schnelle Schritte kamen den Gang entlang.

Sie starrte wieder auf die Tischplatte. Georg hatte sich wohl mit den Einnahmen beschäftigt, die der Verkauf der letzten Wolle eingebracht hatte, aber sie konnte keine Ordnung in seinem Vorgehen entdecken. Kunterbunt gemischt lagen Rechnungen, Notizen und Wechsel durcheinander. Er war nachlässig geworden, und seit der Neffe sein eigenes Gut zu verwalten hatte, war auch von dieser Seite keine Hilfe mehr zu erwarten. Sie nahm den obersten Vertrag in die Hand und studierte ihn mit zusammengekniffenen Augen. Im letzten Jahr hatte es einen Prozess um die Nutzungsrechte einer Mühle gegeben, der nur sehr knapp zugunsten der Hartlebens ausgegangen war. Immer und überall galt es, die Augen offen zu halten.

Der Schlag, mit dem die Tür in ihrem Rücken gegen die Wand krachte, hätte jede andere zusammenfahren lassen, doch es gelang ihr, die Papiere ruhig zurück auf den Tisch zu legen. Schon während sie sich umdrehte, erkannte sie, dass er getrunken hatte. Seine Haut wies eine ungesunde Farbe auf, die Augen waren blutunterlaufen. Sie starrte ihn an, wusste nichts zu sagen und wies dann doch mit ausgestrecktem Finger auf die Kerze: »Wollt Ihr, dass hier alles in Flammen aufgeht?«

»Wäre das schlimm?« Er stand rascher neben ihr, als sie erwartet hatte und hauchte ihr seinen Alkoholatem ins Gesicht. »Oder ginge es Euch etwas an?« Er hatte nach ihrer rechten Hand gegriffen und hielt sie umklammert. Seine Augen waren glasig, Schweiß glänzte auf seiner durchscheinenden Haut. Vergeblich versuchte sie, sich loszumachen.

»Ihr tut mir weh.«

»Seid Ihr meine Frau?«

»Beherrscht Euch!« Sie entriss ihm ihre Hand mit einem Ruck, der ihr Tränen in die Augen schießen ließ. Er blieb kurz stehen, griff dann erneut nach ihr: »Glaubt Ihr, dass einer wie ich sich von einer wie Euch etwas sagen lässt?« Er ließ seinen rechten Zeigefinger ihren Haaransatz entlangwandern, halb um das Gesicht, machte bei den Ohren halt und packte dann ihr Kinn, so dass sich ihr Unterkiefer nach vorne schob. »Wollt Ihr mir etwas sagen?«

»Lasst mich los.« Sie wollte ihre Stimme kraftvoll klingen lassen, doch nur jammervolle Laute kamen heraus. »Was bildet Ihr Euch ein?«

Lachend stieß er sie gegen den Schreibtisch. Dieses Mal versuchte sie vergebens, den Schmerzenslaut zu unterdrücken. Leise flatterten ein paar Papiere zu Boden, dazwischen eine Zeichnung, die Karl als Junge angefertigt hatte. Sie wollte sich danach bücken.

»Bleibt stehen!«

»Was, um Himmels willen, ist in Euch gefahren?«

Sie war froh, dass ihre Stimme nun fester klang, ein wenig schrill vielleicht, aber sicher genug. Er schaute sie einen Moment lang nur an, dann lachte er so laut, dass der Speichel aus seinem weit geöffneten Mund sprühte.

»Ich bin ein Mörder, habt Ihr das schon vergessen?« Wieder packte er sie beim Kinn, ließ seine Hand näher zu ihrem Hals hin wandern, drückte endlich leicht zu.

»Ihr tut mir weh.«

»Das sagtet Ihr schon. Glaubt Ihr, das ficht einen an, der drei Menschen auf dem Gewissen hat?«

»Drei?« Sie hustete. Er ließ sie los, um sich gegen die Brust zu schlagen. »Ja, drei. Das alte Weib, erinnert Ihr Euch?«

Sie stolperte aus seiner Reichweite, doch ohnehin war alle Kraft aus seinem Körper gewichen. Kaum, dass er sich aufrecht halten konnte. Mit dem Handrücken wischte er sich über Nase und Mund, schüttelte dann mehrmals den Kopf.

»Ich kann nicht mehr, Theodora, ich kann nicht mehr. Ich habe keine Kraft mehr.«

»Reißt Euch zusammen.« Das kannte sie. Jetzt wusste sie wieder, was zu tun war. Indem sie zusah, wie er auf den Stuhl sank, die Arme auf den Tisch stützte und kaum den Kopf zu halten vermochte, strömte die alte Kraft in sie zurück. Sie war Theodora von Hartleben, die ihre Liebe verloren hatte, deren Kinder gestorben waren, die ihre Träume begraben hatte. Sie war stärker, als sie alle hier. Georg drehte den Kopf zur Seite, so dass er sie ansehen konnte.

»Ich bin ein Mörder«, wimmerte er.

»Haltet bei Christi Liebe den Mund, oder wollt Ihr, dass Euch alle Welt hört?« Mit energischen Schritten ging Theodora zur Tür und verschloss sie. Lange hatte sie sie nicht mehr verspürt, aber jetzt war die alte Wut da. »Reißt Euch zusammen!« Georg sagte nichts, regte sich nicht, blieb nur sitzen und starrte sie an. Mit flinken Fingern ordnete sie die Kleider, die er in Unordnung gebracht hatte. »Ich erwarte Euch, wenn Ihr wieder nüchtern seid.«

***

Er kam nicht an diesem Abend. Längst hatte die Glocke geklingelt, die die Dienerschaft ins Bett schickte, erst spät legte sie sich selbst zur Ruhe. Georg hatte sein Kabinett die ganze Zeit über nicht mehr verlassen. Es kam ihr vor, als habe sie erst wenige Minuten geschlafen, als sie etwas weckte. Jemand schrie. Eine Frau, die sich im Hof direkt unter ihrem Fenster befinden musste. Wenig später klopfte es.

»Frau von Hartleben, kommt bitte. Der Herr von Hartleben, Ihr Mann … Es ist etwas geschehen.«

16. Kapitel

Seine löchrigen Strümpfe waren das Erste, was Theodora auffiel. Die Füße ihres Mannes baumelten in etwa halber Manneshöhe über dem Boden. Als sei sie gegen ein

Hindernis geprallt, blieb sie stehen. Die Frau, deren Schrei sie aus einem unruhigen Schlaf hatte fahren lassen, stand unbeweglich da, das Gesicht in den Händen vergraben. Diener waren längst von überallher geeilt, Knechte und Mägde sammelten sich um die alte Linde im Hof. Auch Ibrahim stand da, Wilhelmina an seiner Seite. Mit beiden Händen raffte Theodora den Morgenmantel über ihrer Kehle zusammen. Nach einem ersten knappen Schreckenslaut hatte ihre Tochter das Gesicht zu Ibrahims Schultern gedreht und gab nur noch leise Klagelaute von sich.

Theodora schwankte, taumelte dann einige Schritte weiter. Das stimmt nicht, das ist nicht richtig, wälzten sich die Worte immer wieder von Neuem durch ihren Kopf, wie sich ein Mühlstein bewegen mochte, für den es keine Pause gab. Er sollte nicht dort sein, ich sollte nicht hier sein. Noch nie zuvor war ihr die Linde so groß und so mächtig vorgekommen.

Sie schwankte ein zweites Mal, jemand – Wilhelmina – stützte sie, und Theodora erlaubte es sich, einen Augenblick lang den Kopf gegen die Schulter ihrer Tochter zu lehnen. Wilhelmina war zu groß, doch zum ersten Mal empfand sie dies nicht als Nachteil.

Er hat sich selbst gerichtet. Schwere, unbewegliche, unaussprechliche Worte, die ihre Mundhöhle ausfüllten wie ein zähes Stück Fleisch, das sie nicht herunterzuschlucken vermochte. Ihr Blick rutschte zurück auf seine Füße, kletterte dann über die Kniehose, die erst vor wenigen Tagen geliefert worden war, zurück nach oben. Ein Teil seines Hemds hing über dem Hosenbund, der Hemdkragen stand offen, so dass man die Haare auf seiner Brust sah.

Er hatte tatsächlich seinen besten Rock angezogen, den blaugrauen mit den silbergrauen Stickereien. Das Seil wand sich schlangenartig um seinen Hals. Das Haar fiel unfrisiert über seine Schultern herab, der Kopf war gegen die Brust gesunken, sein Gesicht …

Theodora sah zu Boden. Hatten sie gestritten gestern? Nein, es war doch alles wie immer gewesen. Sie riss ihren Kopf ruckartig zurück, so dass sie ein leises Knacken hörte, nahm seinen Anblick erneut in sich auf und war froh, Wilhelmina neben sich zu spüren. Georgs nur halb geschlossene Augen schienen aus dem Schädel springen zu wollen. Aus seinem Mund quoll die Zunge wie etwas Fremdes hervor.

»Sollen wir ihn abschneiden, Herrin?«

Von der anderen Seite des Baumes näherte sich der Verwalter. Einer der Knechte stieß versehentlich gegen den Leichnam, der Tote begann sich langsam im Kreis zu drehen. Theodora presste die Lippen aufeinander. Von Neuem konnte sie die Blicke der anderen spüren, wie Widerhaken, die sich in ihren Körper krallten. Wilhelmina löste sich von ihr und trat näher zu ihrem toten Vater hin.

Ich hätte sie ins Haus schicken sollen, das ist nicht ihre Sache. Das ist unsere Sache, sie geht nur Georg und mich etwas an. Mann und Frau. Adam und Eva. Sie straffte die Schultern.

»Ja, nehmt ihn ab.«

Sie hatte nicht erwartet, dass ihre Stimme so klar und deutlich klingen würde, aber sie hatte immer stark sein müssen. Zwei Männer packten Georgs Beine, während einer der Stalljungen über den Tisch behände auf den Baum kletterte, um das Seil durchzuschneiden.

»Bringt meinen Mann in die Halle. Sie …«, Theodora machte eine Bewegung, die die Wartenden im Hof einschloss, »sollen an die Arbeit gehen.«

Sie wollte gerade die Stufen zum Eingang hinaufgehen, als Wilhelmina wieder neben ihr war. Die junge Frau war bleich, wirkte aber gefasst.

»So schnell? Wohin wollt Ihr? Wollt Ihr Euch nicht mehr ansehen, was Ihr angerichtet habt?«

***

Theodora beobachtete ihre Tochter durch die halb geöffnete Tür, bevor sie zögerlich den Raum betrat. Die Leichenwäscherinnen grüßten ehrerbietig. Wilhelmina würdigte sie keines Blickes. Sie hatte darauf bestanden, dabei zu sein, wenn ihr Vater für die Beerdigung bereit gemacht wurde. In einem der leeren Räume im Erdgeschoss stand der Marmortisch, der schon seit Langem zu diesen Zwecken diente.

Theodora verharrte erneut. Wenn sie hier stehen blieb, konnte sie sich der Illusion hingeben, dass er schliefe. Vor Jahren hatte sie an ebendieser Stelle von seinem Bruder Abschied nehmen müssen. Ich muss Karl schreiben, fuhr es ihr durch den Kopf. Aber nein, der Sohn war ja auch tot, und sie war alleine, alleine, alleine. Sie hob die rechte Hand, um sich die brennenden Augen zu reiben. Vielleicht wäre alles einfacher gewesen, wenn ich nicht geliebt, nicht begehrt hätte. Vielleicht hätten wir glücklicher werden können.

Sie gab sich einen Ruck, trat zum Kopf des Toten hin. In einem Kessel hatte man Wasser herbeigeschleppt. Die

Frauen gingen mit routinierten Griffen ihrer Arbeit nach. Theodora legte die Fingerspitzen an Georgs Haaransatz. Die Haut fühlte sich kalt an. Das war nicht mehr ihr Mann, der da vor ihr lag. Der war fort und hatte eine Hülle zurückgelassen.

Indem sie die Finger durch sein Haar spielen ließ, schaute sie auf das Totenhemd, das schon auf dem Stuhl bereitlag. Die Kleidung, in der er gestorben war, hatte man zu Boden geworfen. Sie würde sie später verbrennen. Mit einem Mal musste sie tief Luft holen, um die Tränen zurückzudrängen, dann legte sie dem Toten eine Hand über die Augen. Wenn es doch nur gelingen wollte, seine Gesichtszüge zu glätten, damit er nicht aussah wie ein Gespenst, vor dem sich die Kinder erschrecken würden. Zuvorderst war es die Zunge, die sie entsetzte, dieses Stück Fleisch, das dick aus seinem Mund herausquoll und ihm ein groteskes Aussehen verlieh. Sie ließ den Blick weiterwandern, bemerkte Schrammen an seinen Händen und einige abgebrochene Nägel. Unter dem Daumennagel hing eine Faser des Seils. Vielleicht hatte er sich bemüht, die Finger unter das Seil zu bringen, das ihm die Luft abgeschnürt hatte. Vielleicht hatte er nicht sterben wollen. Sie mussten den Pfarrer in Kenntnis setzen, dass er sich um eine Beerdigung zu kümmern hatte. Aber Georg hatte sich ja selbst entleibt, was sollte sie nur tun, was …? Sie erinnerte sich mit einem Mal daran, wie sie draußen auf die grünen Flecken auf seiner Kleidung gestarrt hatte. Sie hatte sich nicht vorstellen können, dass er, wie ein kleiner Junge, auf den Baum geklettert war, doch er musste es getan haben. Irgendwann, nachdem er sie gestern verlassen hatte, war er dort hinaus in den Hof gegangen. Er war auf den Baum geklettert, hatte das Seil um den Ast gewickelt und sich um den Hals geknüpft und war gesprungen. Wohl hatte er damit gerechnet, dass sein Genick brechen würde, aber das war nicht geschehen. Sie streckte die Finger aus, berührte seine Kehle, spürte Abschürfungen auf der Haut. *Ihr wart zu stark, Georg, zu viele Muskeln …* Kurz traf sich ihr Blick mit dem ihrer Tochter, dann starrte sie wieder den Toten an.

Georg, ihr Mann. Sie betrachtete seine breiten Schultern, den dicken Bauch. Am rechten Bein trug er eine tiefe Narbe, die ihr noch nie zuvor aufgefallen war. Er musste sie im Krieg davongetragen haben, hatte ihr aber nichts davon erzählt. Er hatte überhaupt wenig davon erzählt, was geschehen war, bevor er die Türkenbälger gefangen genommen hatte. Und sie hatte ebenso wenig danach gefragt wie danach, warum er manchmal schreiend aus dem Schlaf gefahren war.

Abwesend legte sie die Hand auf ihre eigene Kehle. Sie schwitzte. Der Stoff ihres Kleides klebte an Schultern und Armen. Unter ihren feuchten Fingerspitzen bewegte der Atem ihre Kehle auf und ab, auf und ab. Das Zittern kam erst langsam, dann stärker und stärker, so dass sie sich kaum mehr auf den Beinen halten konnte. Als es endlich aufhörte, ließ sie sich auf einen freien Schemel sinken. Wilhelmina, die ihre Mutter immer noch keines Blickes würdigte, hatte einen Schwamm zur Hand genommen und rieb den Oberkörper ihres Vaters ab. Graublondes Haar ringelte sich feucht auf der nackten Haut des Toten.

Ich muss mit ihr sprechen. Theodora schlang die Arme fester um ihren Leib. Sie hatte ihn niemals geliebt, aber sie hatte ihr Leben mit ihm verbracht. War das etwas? Sie schlang die Arme noch fester um ihren Körper, spürte das harte Leibchen, wie es sich in die Haut presste. Erneut tauchte Wilhelmina den Schwamm in den Kessel mit Wasser. Tropfendes Wasser war zu hören, als sie ihn auswrang.

»Wilhelmina …«

Wilhelminas Augen streiften Theodora, ausdruckslos erst, dann vorwurfsvoll, dann wich sie zurück.

Theodora wandte sich ab. Gleich morgen würde sie die Linde fällen lassen, unter der sich seit so vielen Jahren das Leben der Hartlebens abgespielt hatte, die Feuersbrünste gesehen hatte, Feste und Kriege. Wilhelmina würde ihr niemals verzeihen.

***

Die Morgendämmerung dieses Tages war eine der schönsten gewesen, die Rupert seit Langem hatte beobachten können. Inzwischen hatte die Sonne schon einen Teil ihres Weges bewältigt. Es ging auf Mittag zu. Wie stets nahm die Geschäftigkeit im Haus zu. Er kniff die Augen zusammen und versuchte ins gleißende Sonnenlicht zu blicken – vergebens. Dann wandte er sich ab. Auf der anderen Seite des Zimmers war Esme ins Spiel mit ihren Puppen versunken. Er hörte, wie sie die Stimme ihrer schwarzen Liesl nachahmte.

Gestern hatten sie Georg beerdigt. Von Dresden herüber waren er und Esme fast zwei Tage lang gefahren. Er hatte nicht gedacht, dass er so schnell wieder hier sein würde. Noch immer war ihm nicht klar, was er mit dem Papierfetzchen anfangen wollte. Es hieß, Georg von Hartleben habe Hand an sich gelegt, trotzdem war er wie alle Hartlebens beerdigt worden. Der Pfarrer hatte von der großen Melancholie gesprochen, die den Herrn von Hartleben erfüllt habe, von seiner Lebensmüdigkeit und der großen Traurigkeit, die ihn zu dieser äußersten Entscheidung getrieben habe. »Wir sind es nicht, die über ihn richten«, hatte er gesagt, »und an Gott allein ist es, ihm zu verzeihen.«

Er hat dir die Entscheidung abgenommen. Abwesend kratzte Rupert sich den Haaransatz. War es jetzt tatsächlich so weit, würde er nun Besitzer auch dieses Gutes werden? Ein Schauder überlief ihn. Zugegeben, er war überrascht. Jahrelang hatte er sich danach gesehnt, aber hatte er jemals darüber nachgedacht, wie es sich anfühlen würde, am Ziel zu sein? Er schwankte, sein gesundes Bein schien unter ihm nachgeben zu wollen, nur das Holzbein stemmte sich energisch in den Teppich. Mühsam wankte er gleich darauf zu einem Sessel und ließ sich mit einem tiefen Seufzer auf den Sitz fallen. Auf das Geräusch hin hob Esme den Kopf.

»Geht es dir gut, Papa?«

Er nickte lächelnd. Sie begab sich wieder ans Spiel. Ein warmes Gefühl breitete sich in ihm aus, als er ihr kleines, rosig erhitztes Gesicht betrachtete. Heute hatte man ihr das Haar zu einem Zopf geflochten, aus dem sich schon wieder Strähnen gelöst hatten. Mit seltsamer Intensität erinnerte er sich an den Säugling, dessen Haar sich am Hinterkopf angefühlt hatte wie flusige Seide. Sie war das Einzige, was wichtig war.

Ich muss entscheiden, was mit Habar geschehen soll.

Man hatte ihn natürlich sofort benachrichtigt, nachdem man sie im Juni in Leipzig festgesetzt hatte. Seitdem hatte er diese Stadt gemieden. Er wusste einfach immer noch nicht, was zu tun war. Er stützte seinen linken Arm auf die Sessellehne, beugte sich näher zu Esme hin.

»Morgen fahren wir nach Leipzig, wie findest du das?«

Das Mädchen sah ihn nicht an. Ihr Mund bewegte sich, die Unterlippe schob sich nach vorne. Gerade aufgerichtet hatte sie die schwarze Liesl vor sich hingestellt und schaute sie an, ging dann endlich zu ihm hin. Ihre Unterlippe schob sich vor, als sie ihn in den Blick nahm.

»Aber wir kommen wieder hierher, nicht wahr? Onkel Georg hat mir doch ein kleines Pferdchen versprochen.«

»Onkel Georg ist …« Seine Hand auf ihrem Kopf verharrte für einen Wimpernschlag, dann fasste er sie unter den Armen und setzte sie auf seinen Schoß. »Natürlich kriegst du dein Pferdchen.«

Während er sie mit beiden Armen umschlungen hielt und ihren Kinderduft einatmete, hörte er, wie sich die Tür in seinem Rücken öffnete. Theodora trat ein, gefolgt von Wilhelmina. Er musste auch entscheiden, was mit diesen beiden geschehen sollte.

***

»Was werdet Ihr tun?«

Theodora lehnte an der Tür der Pferdebox, das Kinn auf die verschränkten Arme gestützt, und beobachtete den jungen Mann.

Ibrahim fuhr mit seiner Arbeit fort. Seit er aus dem Krieg zurückgekehrt war, hatten sie kaum ein Wort miteinander gewechselt. Er hatte den Hartlebens vom Tod ihres Sohnes berichtet, Theodora von Hartleben hatte ihn geflissentlich übersehen. Zuweilen hatte Georg von Hartleben seine Gegenwart gesucht, hatte hören wollen, was geschehen war, hatte alles zu wissen begehrt; auch, ob sich Ibrahim an früher erinnere, an jenen Tag, an dem sie einander zum ersten Mal begegnet waren.

Die Bewegungen, mit denen Ibrahim das Pferd striegelte, verlangsamten sich. Er warf Theodora von Hartleben einen knappen Blick zu.

»Ihr müsst das nicht tun, das wisst Ihr. Wir haben Pferdeburschen für so etwas«, bemerkte sie, legte dann nachdenklich die Stirn in Falten. »Er hat immer so etwas wie einen zweiten Sohn in Euch gesehen. Christoph Ibrahim von Hartleben, so steht es im Taufbuch.«

Ibrahim wandte ihr erneut den Rücken zu, fuhr dem Pferd mit der Bürste über den Leib. Es lahmte; möglich, dass er das Tier in den letzten Tagen zu hart rangenommen hatte. Früh, wie immer, war er am heutigen Morgen aufgestanden, hatte das Pferd gesattelt und gezäumt und war über die Wiesen und Felder Hartlebens geritten. Der Herbst stand vor der Tür, das Laub begann, sich bunt zu verfärben. Er ging um das Pferd herum, damit er die andere Seite striegeln konnte. Theodora räusperte sich. Er sah sie über den Hals des Tieres an.

»Mein Neffe Rupert hat das Gut geerbt«, sagte sie, »wir wissen nicht, wie er entscheiden wird. Keiner hier weiß, was wird.«

Also darüber wollte sie sprechen. Ohne ihr Antwort zu geben, ging Ibrahim in die Hocke und bewegte beide Hände sachte über die vordere rechte Fessel des Pferdes. Der Rappe zuckte schnaubend zurück. Er würde ihn in den nächsten Tagen schonen müssen. Das Tier senkte den

Kopf zu ihm herab. Ibrahim spürte seinen warmen Atem auf seinem Kopf und am Haaransatz. Als der Rappe ihn beknabbern wollte, holte er stattdessen einen Apfel aus seiner Rocktasche und bot ihm den Tier an. Krachend zermalmte es das Obst.

Ibrahim streifte seine Hände an Hemd und Hosen ab und drehte sich zu Theodora hin. Frau von Hartlebens Haltung war unverändert, sie hatte ihn wohl nicht aus dem Blick gelassen. Heute Morgen, als er vom ersten Ausritt zurückgekommen war, hatte er sie gemeinsam mit Wilhelmina in der großen Halle gesehen. Nahe, doch ohne einander zu berühren, hatten Mutter und Tochter beieinandergestanden, bis Wilhelmina ihre Mutter mit einer Handbewegung abgewehrt hatte. Langsam drehte Theodora das Gesicht in Richtung der Decke und musterte ein Schwalbennest in einer Mauerecke.

»Auch nächstes Jahr werden sie zurückkommen«, murmelte sie. Ihr Tonfall war eine Mischung aus Erstaunen und Überzeugung, »und wenn sie da sind, sagt man, dann kommt der Sommer …« Sie schaute ihn an. »Es geht weiter, was auch immer geschieht. Ich werde einen Burschen beauftragen, mir Bescheid zu sagen, wenn die Schwalben zurück sind …« Wieder machte sie eine Pause. Als sie erneut sprach, hatte sich der abwesende Tonfall verloren. »Sollte ich dann noch hier sein«, vollendete sie.

***

Beim zweiten Mal hatte das Eingesperrtsein etwas von seinem Schrecken verloren. Auch wenn diese Kammer kleiner war als das Zimmer auf dem Gut, gelang es Habar, ihr Unbehagen so gut wie möglich zu bezwingen. Abend für Abend wartete sie darauf, dass die Laternen angezündet wurden, die sie vom Fenster aus sehen konnte. Unten auf den Gassen gingen Leipziger Bürger ihren Geschäften nach. Kinder spielten. Frauen tratschten. Am Haus auf der anderen Seite konnte sie ein Schwalbennest sehen und fragte sich, ob sie immer noch hier sein würde, wenn die Tiere im nächsten Jahr brüteten.

Seit Beginn ihrer Gefangenschaft hatte sie es nicht mehr über sich gebracht, das *kalem* anzurühren. Jeden Tag fragte sie sich, wann Rupert endlich kommen und was er dann tun würde. An dem Tag, an dem er schließlich auftauchte, schlief Habar schon. Sie erwachte von der flackernden Wärme der Kerzen, die sie zuerst verwirrte, dann setzte sie sich auf.

»Bleib, wo du bist«, hörte sie Ruperts Stimme. Sie erkannte seine Silhouette in dem Sessel neben ihrem Bett. Verunsichert sank sie zurück in die Kissen. Wie lange war er schon hier? Wo war Esme?

»Esme …«

»Pst.«

Er legte den Finger auf die Lippen. Für den Moment des Schweigens, der folgte, fühlte sie seine Augen auf ihrem Gesicht, sanft, fast liebkosend, berührten sie ihre Wangen, betasteten die verletzliche Stelle an den Schläfen. Dann verhärtete sich sein Ausdruck.

»Keine Fragen, denn ich werde keine beantworten. Halte dich morgen früh bereit.«

17. Kapitel

Lehngut Hartleben, Herbst 1708 bis Frühjahr 1709

Rupert hatte die ganze Strecke über geschwiegen und sie kaum einmal angesehen. Irgendwann war Habar selbst dazu übergegangen, gegen die Kutschenwand zu starren. Vielleicht erinnerte sich Esme an sie, aber ihre Tochter hatte es vorgezogen, an der Seite ihres Vaters zu sitzen und war irgendwann an ihn geschmiegt eingeschlafen. Fast sieben Jahre war sie, ein großes Mädchen. Habar konnte nicht umhin, ihre Tochter hin und wieder stolz anzuschauen. Als sie noch vor Hartleben den Weg nach Westen nahmen, wusste sie, dass er sie zurück auf das Gut brachte.

Die Frage, was mit ihr geschehen würde, beschäftigte Habar in den ersten Tagen der Rückkehr, von denen sie die meiste Zeit alleine in ihrem Zimmer verbrachte. Zwar war die Tür nicht abgeschlossen, aber sie brachte es nicht über sich, den Raum zu verlassen. Am zweiten Tag kam Scholz, um sie zu begrüßen. Wie nebenbei berichtete Rupert ihr zum Abendessen von Georg von Hartlebens Tod. Am dritten Tag ließ er sich in ihrer Anwesenheit die Bücher vorlegen. Morgens gehörte er stets zu den Ersten, die aufstanden. Abends war er der Letzte, der zu Bett ging. Sie sah ihn genauso selten, wie ihre Tochter. Manchmal beobachtete sie die beiden im Hof, wenn sie zu einer gemeinsamen Inspektion des Gutsbesitzes aufbrachen, so wie sie es einst selbst getan hatten. Wann immer sie im Laufe der Zeit nach ihm fragte, beschied ihr Scholz, er sei schon unterwegs.

Monate vergingen. Der Winter kam mit tiefem Schnee,

dann tanzte helles Grün auf dunklen Winterbäumen, Blüten bildeten sich aus. Blätter färbten sich dunkler. Auf einem Gut voller Menschen blieb sie einsam und hatte schon alle Hoffnung aufgegeben, als Rupert eines Tages in ihrem Zimmer stand.

Wie von selbst erhob sich ihr Körper von seinem vertrauten Platz am Fenster, als er sich auf sie zubewegte. Wie stets war er sorgfältig gekleidet. Das sandfarbene Haar, noch stärker gebleicht, war mit einem dunklen Band im Nacken zusammengebunden. Sie hätte ihn gerade so mit den ausgestreckten Fingern berühren können, da blieb er stehen. Reglos verharrte er, nur die Hand, die den Knauf seines Krückstocks umklammert hielt, zitterte kaum merklich. Seine Augen streiften über sie, als suchten sie nach einem Halt, der nicht zu finden war. Mit unruhigen Fingern zupfte sie den hauchfeinen Schleier über ihrem Haar zurecht.

»Ich habe auf Euch gewartet.«

Kurz sah er von ihr weg auf das Fenster, durch das zu dieser Tageszeit die Nachmittagssonne fiel, dann schaute er ihr zum ersten Mal länger in die Augen.

»Warum?«

Habar wollte auf ihn zugehen, er bedeutete ihr mit einer knappen Handbewegung stehen zu bleiben.

»Ihr seid mir nicht gleichgültig, versteht Ihr?« Sie holte tief Luft. »Ihr …«

Seine rechte Augenbraue krümmte sich. Wieder schnitt ihr eine Handbewegung das Wort ab. »Das meine ich nicht. Mein Onkel hat mir alles erzählt, verstehst du? Ich will wissen, warum du das für ihn getan hast?«

Sie öffnete den Mund, bekam aber keinen Ton heraus. Unruhig beobachtete sie, wie er nun auf ihren kleinen Schreibtisch zuhumpelte. Gestern hatte sie zum ersten Mal seit Langem wieder das *kalem* hervorgeholt, das Ergebnis ihrer Tätigkeit lag noch immer auf der Tischplatte. Rupert würdigte es mit keinem Blick. Ein kleiner Fetzen Papier tauchte zwischen seinen Fingern auf. Er hielt ihn so lange hoch, dass er sich sicher sein konnte, dass sie ihn gesehen hatte. Dann legte er ihn auf den Tisch.

»Das hier meine ich.«

Er winkte sie näher. Sie gehorchte. Das Papierstück war abgegriffen, hatte sich über die Jahre dunkler verfärbt. Sogar Fingerspuren konnte sie darauf erkennen. Einmal war das Stück Teil eines ganzen Bogens gewesen, auf den sie die Zeichen der Fremden gemalt hatte, ohne zu ahnen, was sie da tat. Ein Kind war sie gewesen, das sich gefreut hatte, dankbar, seinem Lebensretter von Nutzen zu sein. Für einen Moment erinnerte sie sich an Georg von Hartlebens Lächeln, daran, dass er sie für einen flüchtigen Moment an sich gezogen und sie sich geborgen gefühlt hatte. Sie legte das Papier zurück auf den Tisch: Alexander – Georg – Habar …

»Also, warum?«

Ruperts Stimme bebte. Sie schloss die Augen. Noch heute sah sie den Raum genau vor sich: Georg von Hartlebens Kabinett. Ihn tot zu wissen, krampfte ihre Eingeweide zusammen, aber es war ein Schmerz, der sich Tag für Tag besser ertragen ließ. Und Ibrahim? Es war Jahre her, dass sie zuletzt von ihm gehört hatte …

»Warum?«

Ruperts Stimme war schärfer geworden. Habar riss die Augen auf.

»Weil Euer Onkel mir das Leben gerettet hat. Weil ich ohne ihn nicht das wäre, was ich heute bin.«

»Eine Betrügerin?«

»Eine, die Allahs ewiges Wort schreibt.«

Mit leisem Erstaunen lauschte sie ihren Worten nach, sah ihn an, doch seine unruhigen Augen konnten den Blick nicht halten. Es dauerte lange, bevor er wieder sprach, Zeit, während derer er durch den kleinen Raum humpelte, ihre Habseligkeiten begutachtete, aus dem Fenster sah und endlich wieder vor ihr stehen blieb.

»Er hat sich genommen, was mir gehörte, Habar. Verstehst du das? Das beste Stück meines Erbes hat er zu seinem gemacht, mit einem Federstrich von dir. Und das soll mir recht sein?«

Sein Blick zuckte von ihrer Stirn, über Augen und Kinn auf ihren Hals und fand dann Halt über ihrem linken Ohr. Sie konnte seinen Atem hören. Seine rechte Hand streifte über ihren Arm. Plötzlich fielen ihr die silbergrauen Verzierungen auf seinem schwarzen Rock ins Auge, auf solcherlei hatte er früher keinen Wert gelegt. Sie musste den Kopf zurücklegen, um ihn genau in den Blick nehmen zu können. Er hatte sich also verändert.

Nun war ihre Stimme dunkel und kräftig: »Was wollt Ihr von mir hören? Was fragt Ihr Euch? Ob Euer Leben sonst anders verlaufen wäre? Ist es das, Herr von Hartleben?«

***

Über die nächsten Tage ließ er sie alleine. Am frühen Morgen des sechsten Tages nach ihrem Zusammentreffen hörte sie das vertraute Knirschen der Räder im Hof. Zum Frühmahl teilte Scholz ihr mit, dass Rupert von Hartleben zu einem Besuch seiner Tante aufgebrochen sei. Bis zum nächsten Mahl, das sie in der großen Gesindestube einnahm, sah sie niemanden mehr. Als sie ihren alten Platz zwischen Knechten, Mägden und Dienstboten einnahm, erinnerte sie sich daran, wie sie das letzte Mal dort gesessen hatte. Damals war die Schafschur in vollem Gang gewesen. In einer großen irdenen Schüssel auf dem Tisch hatte Grütze und Sauerkraut für alle gestanden. Eine Weile war nur das Klappern der Löffel, Schlucken und Schmatzen zu hören gewesen. Später hatte der alte Schafhirt seinen zu gierigen, jüngeren Gehilfen mit den Worten zurechtgewiesen, er solle vor seiner eigenen Tür kehren. Unter dem Gemurmel der Anwesenden setzte sie sich. Scholz ließ es sich nicht nehmen, ihr eine eigene Schüssel mit Tartuffelbrei zu füllen. Ein Schluck von der Sauermilch verriet ihr, dass man Zimt hineingemischt hatte. Sie lächelte Scholz an. Das Wissen darum, dass man ihre Vorlieben nicht vergessen hatte, ließ sie mit größerem Appetit essen.

Als die Knechte und Mägde ihre Arbeit wieder aufnahmen, ging Habar zurück in ihr Zimmer und setzte sich ans Fenster. Sie sah zu, wie zwei Mägde Hühner rupften, wie vier Stallburschen zwei neue Kutschpferde probehalber aufzäumten. Sie verfolgte den Weg der kleinen Gänsemagd aus dem Tor hinaus, bis sie das Mädchen nicht mehr sehen konnte. Dann ließ sie den Blick über die Landschaft wandern, von der man auch von hier aus noch einen Gutteil sehen konnte. Erst das Geräusch der gegen die Wand klappernden Tür ließ sie aus ihren Gedanken fahren. Im Türrahmen stand Esme, ein Kätzchen unter den Arm geklemmt, und starrte ihre Mutter an. Habar unterdrückte den Wunsch, aufzuspringen, ihre Tochter einfach zu packen und in die Arme zu schließen. Wortlos schaute sie das Mädchen stattdessen an. Über die letzten Tage hatte Esme sie hinter dem Rücken des Vaters hervor beobachtet, war manchmal im Hof stehen geblieben und hatte zu Habar am Fenster hinaufgesehen. Sie selbst war Habar nicht mehr fremd. Längst hatte sie alles in sich aufgenommen, was sich an ihrem Kind geändert hatte.

Zögernd machte Esme den nächsten Schritt, wobei sie mit einem Mal mit einem fauchenden, heftig zappelnden Kätzchen zu kämpfen hatte. Schon fast entkommen, konnte Habar das Tierchen am Genick packen und fand sich, auf den Knien, Auge in Auge mit ihrer Tochter. Ernst schaute das Mädchen sie an. Habar versuchte das Kätzchen zu beruhigen, ließ es aber los, als das Tier seine kleinen Zähne in ihre linke Hand schlug, um gleich darauf Schutz hinter dem Vorhang zu suchen. Esme machte keine Anstalten, sie wieder einzufangen. Auch als sich das Tierchen wenig später aus dem Versteck hervorwagte und seine Umgebung mit hoch erhobenem Schwanz erkundete, bekümmerte sie sich nicht darum.

»Magst du Katzen?«

Esme verschränkte die Hände hinter dem Rücken und drehte sich wie zum Tanz nach rechts und nach links, bevor sie nickte. Zum zweiten Mal widerstand Habar dem Wunsch, sie zu berühren. Als sie ebenfalls aufstand und sich an den Tisch begab, folgte Esme ihr.

»Deine Großmutter liebte Katzen«, sagte Habar und setzte sich. Ihre Tochter nahm auf dem verbliebenen Stuhl Platz und rutschte zur Vorderkante der Sitzfläche.

»Tante Theodora?«

»Nein, eine andere Großmutter. Sie ist schon gestorben. Sie liebte Katzen, weil Mohammed Katzen liebte. Sie hat ihnen immer Leber gegeben, und ich saß mitten unter ihnen, und es waren viele, so viele ...«

»Wer ist Mohammed?« Esme runzelte die Stirn.

»Er war der beste Mann von allen, einer mit reinem Herzen.« Habar legte die Hand auf den Tisch, so dass sie der ihrer Tochter ganz nahe war. »Möchtest du dein Kätzchen auf den Schoß nehmen?«

Esme hatte die Stirn immer noch kraus gezogen. »Wie viele Kätzchen waren es?«

»Ach, zehn oder zwanzig?«

»So viele?« Esmes Augen weiteten sich. Habar sah zu, wie ihre Tochter vom Stuhl hüpfte und das Kätzchen einfing. Mit ihm auf dem Arm nahm sie wieder Platz. »Papa hat mir Caspar geschenkt, weil ich noch kein Pferdchen haben darf«, sagte sie nach einer Weile.

»Ein hübscher Name.« Habar zog das Schälchen mit Marzipan heran, das ihr Scholz gebracht hatte, und bot ihrer Tochter ein Stück davon an. »Soll ich dir etwas von deinen Großeltern erzählen?«

Esme fuhr das getigerte Muster auf Caspars spitzem Köpfchen nach, während sich dessen Aufmerksamkeit auf das eigene zuckende Schwänzchen richtete. Dann nickte sie.

»Was möchtest du als Erstes wissen?«

Die Hand des kleinen Mädchens bewegte sich über das

Fell des kleinen Kätzchens. Sie spitzte die Lippen, zögerte und hob dann entschlossen den Kopf.

»Wie hieß meine Großmutter?«

Habar lächelte.

»Esme, so wie du.«

18. Kapitel

Irgendwo in Sachsen, Sommer 1709

Wie lange hatten sie einander nicht gesehen? Victor konnte den Blick nicht von seiner Schwester nehmen, als sie näher kam. Nun standen sie sich gegenüber. Amalia war sehr viel schmaler, als er sie in Erinnerung hatte und, wie er fand, stand ihr diese Magerkeit nicht gut. Ihr einst kindliches, nunmehr schmales Gesicht wirkte hart, die vormals weichen Arme mit ihren Speckfältchen waren dünn und knochig. Das blonde, strähnige Haar hatte sie im Nacken zu einem Knoten gewunden. Sie war einfach gekleidet, trug eine Art Reisekostüm. Der Rock war aus einem blaugrauen, festen Material, der Saum schmutzbespritzt. Die Jacke war in der Farbe etwas heller, um den Hals hatte sie ein leichtes Tuch gelegt. Noch niemals zuvor hatte er sie in solch nüchternen Farben gesehen. Der Hut, der keck auf ihrem Hinterkopf saß, war die einzige Erinnerung an die Frau, die er einmal gekannt hatte. Es musste fast zehn Jahre her sein, dass sie einander zuletzt gesehen hatten. Aus der kleinen Schwester war eine erwachsene Frau geworden. In seinen Fingern knisterte der Brief, der von ihrer Anwesenheit in einem Gasthof wenige Meilen von seinem Wohnort entfernt gekündet hatte. Er faltete ihn zusammen und verstaute ihn in der Rocktasche.

Sie war außer Haus gewesen, als er angekommen war, aber der Wirt hatte nichts dagegen gehabt, dass er sie auf dem Zimmer erwartete. Nur zwei kleine Münzen hatten ihm die stickige Gaststube erspart.

Oben in der Stube stellte er sich auf das übliche Durcheinander ein, das er von ihr gewohnt war, aber der Raum war kärglich eingerichtet, und er konnte kaum Spuren der Schwester entdecken. Neben dem Bett stand eine abgegriffene Tasche, ein Reiseumhang hing über einem der Bettpfosten. Auf dem Tisch stand eine fast niedergebrannte Kerze. Er fragte sich, was sie wohl getan hatte, seit er von Zuhause fortgegangen und sie von dort geflohen war. Ein Brief des Vaters hatte ihn darüber informiert, in knappen Worten, so, wie es Emmanuel von Schwarzbachs Art war. Man hatte ihm nie verziehen, dass er gegangen war.

Mit einem Schauder bemerkte er jetzt, dass sie einander immer noch wortlos gegenüberstanden. Ihr forschender Blick bewegte sich über seine Kleidung. Auch an ihm gab es nirgendwo Zierrat. Er trug keine Spitze mehr, keine kunstvollen Porzellan- oder Silberknöpfe. Einen dunklen Rock nannte er sein Eigen, gleichfarbige Kniehosen und Strümpfe. Auf dem Kopf trotzte ein breitkrempiger Hut der Witterung. Die Amalia, die er kannte, hätte ihn erbarmungslos damit aufgezogen. Tatsächlich bemerkte er, dass sie ihn immer noch betrachtete – ein wenig abschätzig nun, wie er es von früher gewohnt war, dann aber änderte sich ihr Gesichtsausdruck, und mit einem Mal wirkte sie nachdenklich. Vielleicht hätte ich damals nicht gehen dürfen? Er blickte auf seine schlammbespritzten Stiefel. Durch steten Nieselregen hindurch war er hierhergeritten.

»Was willst du noch von mir wissen, Victor?« Amalias Tonfall hatte etwas Herausforderndes angenommen. »Willst du wissen, ob es sich lohnt, deiner Schwester zu helfen?«

Er runzelte die Stirn. Vielleicht lag es daran, dass sie einander vertraut waren und dass keiner von beiden wusste, was der jeweils andere in den letzten Jahren getan hatte.

»Hast du mit Vater gesprochen?«

Sie zuckte die Achseln. »Ich hatte furchtbare Angst, aber ich habe ihm geschrieben, genauso wie dir …«

»Erzähl mir etwas von dir.«

Kurz sah sie ihn verwirrt an. »Du hast einen Neffen, Victor, und eine Nichte.«

Er machte eine ungelenke Bewegung, die ihr zeigen sollte, dass er zuhörte.

»Louis Ferdinand ist drei Jahre alt«, fuhr sie fort, »Victoria ist im Januar ein Jahr alt geworden.« Sie lachte so plötzlich und so heiter, dass er zusammenzuckte. »Wissen konnt ich's nicht, und am Anfang hätte ich keinen Heller darauf wetten wollen, aber deine Nichte sieht dir ähnlich. Der Knabe dagegen ist meinem … ist ihrem Vater wie aus dem Gesicht geschnitten.«

»Sind sie hier?« Victor sah seiner Schwester ins Gesicht.

»Nein.« Kurz erschienen ihm die Schatten unter ihren Augen dunkler, das Gesicht von Linien gezeichnet, die dort nicht sein sollten. »Ich habe Vater geschrieben«, wiederholte sie dann, »obwohl ich Angst hatte.«

Er senkte den Blick. Jetzt würde sie ihn bitten, ihm zu helfen, jetzt …

»Ich hatte schreckliche Angst, Ferdinand könnte es bemerken, aber unser Vater hat sich nicht einmal zu einem ›nein‹ herabgelassen.«

Sie schwiegen, dann räusperte Victor sich. »Wird Herr von Trottdorf dich heiraten?«

Amalia antwortete nicht. Unten wurde die Tür zur Schankstube geöffnet. Lärm drang heraus. Er hatte schon gedacht, sie würde nichts mehr sagen, als sie plötzlich vor ihm kniete.

»Hilf mir, Victor. Bitte.«

»Amalia«, er zerrte hilflos an ihren Armen, die seine Beine umfingen, »geh zurück zu Vater. Wirf dich vor ihm auf die Knie, so, wie jetzt vor mir, flehe ihn an, dich zurückzunehmen.«

Einen Moment lang sah sie ihn nur an. »So, wie du es getan hast?«

»Zeig ihm seine Enkelkinder.«

Sie hatte den Mund geöffnet und schloss ihn wieder. Er wich von ihr zurück. Mühsam stemmte sie sich auf die Füße.

»Danke, dass du gekommen bist.« Sie strich über ihren Rock. »Und jetzt geh bitte, ich …«

»Konrad ist tot.«

Sie hielt inne und starrte ihren Bruder an.

Der zuckte die Achseln. »Vater ist alleine, verstehst du. Wenn du Geld brauchst, sorge dich nicht, ich gebe dir welches. Ich …«

Sie sagte nichts, streckte nur stumm die Hand aus.

***

Es war schon dämmrig, als Victor auf den Hof zuritt. Als er das Tor passierte, weitete sich seine Brust, und er saugte Luft in die Kehle, als sei er ein Ertrinkender, den man gerade aus dem Wasser gezogen hatte. Im Stall grüßten die Pferde schnaubend und leise wiehernd ihren Gefährten. Sorgfältig rieb er seinen Schimmel mit Stroh ab. Er hatte dem Tier heute einiges abgefordert. Erschöpft blieb er nach getaner Arbeit selbst noch etwas stehen, beide Hände auf dem warmen, atmenden Leib des Tiers.

Über die erste Wegstrecke hatte ihn Amalias schrilles Lachen verfolgt. Sie hatte nicht geweint, wie er es befürchtet hatte. Lachend hatte sie das Geld für den Wirt entgegengenommen, hatte die Münzen gezählt, wie ein altes Marktweib und sie irgendwo zwischen ihren Rockfalten verschwinden lassen. Als er Anstalten machte, sie zu berühren, war sie steif einen Schritt von ihm zurückgetreten und hatte höflich den Kopf geneigt, als seien sie und er Fremde. Nun, vielleicht kannten sie einander wirklich nicht, vielleicht lag die Kindheit zu lange zurück.

Das Pferd hob den Kopf von der Futterkrippe und bog den Hals, um den Mann an seiner Seite in den Blick zu nehmen. Sanft klopfte Victor ihm den Hals. Und vielleicht war auch er davongelaufen. Vielleicht hatte er sie wieder alleine gelassen. Er würde ihr morgen mehr Geld schicken, hier benötigte er es ja nicht. Hier hatte er alles, was er brauchte, und alles ging seinen guten Weg. Er würde auch mit dem Vater sprechen.

Fester lehnte er den Körper gegen den Schimmel, vergrub seine Hände in seiner Mähne. Er hatte es vorher nicht bemerkt, aber von draußen drang der leise Gesang von Männerstimmen zu ihm herüber. Er trat zurück, brachte Abstand zwischen sich und das Tier. Dann ging er hinaus, den Stimmen entgegen, die Gott priesen.

19. Kapitel

Gut Hartleben, Sommer 1709

»Du warst die Einzige, die damals geweint hat.«

Halb sitzend, halb stehend lehnte Rupert an der halbhohen Mauer und ließ seine Cousine nicht aus dem Blick. Über die Jahre hatten sie selten miteinander gesprochen, er hatte Wilhelmina nie viel Aufmerksamkeit geschenkt.

Sie hatte sich kaum überrascht gezeigt, ihn hier im Garten anzutreffen. Vorübergehend richtete sie den Blick auf den Korb, den sie im Arm hielt. Auf einem Bett aus Moos ruhten weiße Tarfuffelblumen. Sie musste auf dem Weg zum Friedhof gewesen sein.

Jetzt hob sie den Kopf und musterte ihn ernst. »Er war mein Bruder.«

»Du weißt, was er getan hat?« Rupert drückte die Hände fester gegen die Mauer, fühlte, wie sich der raue Stein in seine Handflächen prägte. Als die Sonne hinter einer Wolke hervorkam, verschwand Wilhelmina hinter flirrendem Licht. Er kniff die Augen zusammen, bemerkte, wie sie sich neben ihn lehnte. Kurzzeitig bedauerte er es, sein Pulver so zeitig verschießen zu müssen, doch er würde sie nicht mit Nichtigkeiten hier halten können. »Hast du dich nie gefragt, warum Herr Vosskamp ihn begleiten musste?«

»Doch.« Ihr Antwort kam leise, schnell und bestimmt. Eine neue Wolke ließ ihr Gesicht aus dem grellen Licht hervortauchen. Er hörte Wasser zu Boden tropfen. In der Nacht zuvor hatte es geregnet.

»Und?«

Ihre Lippen verzogen sich zu einem solch feinen Lächeln, dass er es zuerst kaum bemerkte. »Meinst du nicht, dass genügend Zeit vergangen ist? Dass man irgendwann verzeihen muss?«

»Aber«, Rupert stieß seinen Stock fester in den Boden, »aber er war es, der euch verraten hat.«

Er fröstelte. Wilhelmina schaute wieder auf die weißen Blütenköpfe auf ihrem Moosbett. Als sie nach längerer Zeit sprach, zitterte ihre Stimme. »Ich war mir nicht sicher.«

Rupert hob seinen Stock an und bohrte dann die Spitze in den Boden. »Bedauerst du es also, um ihn geweint zu haben?«

Wilhelmina fuhr sich mit dem Handrücken über die Augen, schaute den Cousin dann lange an. Was dachte sie? Flüchtig kam es ihm, dass sie ihn wie einen geliebten Hund ansah, der überraschenderweise zugebissen hatte. Vielleicht war er tatsächlich wie ein Hund, den das Leben bissig gemacht hatte.

Sie neigte den Kopf zur Seite. »Ob ich es nach allem bedaure, meinen Bruder geliebt zu haben, meinst du das?« Sie schüttelte den Kopf. »Nein, das tue ich nicht.«

20. Kapitel

Irgendwo in Sachsen, Sommer 1709

Das Feuer roch angenehm würzig nach den Kräutern, die sie hineingeworfen hatte. Einen Moment lang sah Amalia den züngelnden, hüpfenden Flammen aufmerksam zu, wie damals, als sie als kleines Kind mit der Amme vor dem großen Kamin gesessen und sich so sehr gewünscht hatte, diesen goldenen Glanz mit beiden Händen packen zu können. Wärme und Licht umspielten ihren Körper und erwärmten ihn, wie sie schon lange nichts mehr erwärmt hatte. Wenn sie sich bewegte, knisterte das Papier, das, unter ihrem Schnürleib verborgen, erneut Vaters Gnade erflehte. Sie starrte in die Flammen. Es hatte Zeiten gegeben, da hatte sie beim Anblick dieses Feuers an nichts denken können, als an die Feste, die sie besucht hatte, an die großen Lüster voller Kerzen, die den Schmuck der Gäste zum Funkeln gebracht hatten, an goldene Gesichter und schimmernden Stoff. Heute konnte sie sich schon nicht mehr daran erinnern, wann sie das letzte Mal getanzt hatte. Ein Menuett: ein Fuß hob sich leicht zum ersten Schritt. Das Kleinkind in ihrem Arm bewegte unruhig den Kopf, öffnete die Augen und schaute sie an.

»Schlaf, Victoria, schlaf«, flüsterte Amalia und senkte die Stirn auf die weichen Wangen des Kindes herab. Die Nase der Kleinen kräuselte sich. Amalia strich mit dem Finger darüber. »Mein Goldstück.«

Sie schaute zum Sessel, wo Louis Ferdinand, vom Spielen erhitzt, ebenfalls eingeschlafen war.

»Stell dir vor«, ihre Aufmerksamkeit richtete sich wieder auf das kleine Mädchen, »der Onkel hat euch Geld geschickt, damit ihr nicht in Lumpen geht.«

Sie bot der Kleinen den Daumen an, sofort begann das Kind zu saugen. Victoria im Arm ging sie einige Schritte durch den kleinen Raum. Bald, nachdem sie vom Treffen mit ihrem Bruder zurückgekommen war, waren sie hierhergereist, in das Sommerhaus eines Freundes, der es Ferdinand für ein paar Wochen zur Verfügung gestellt hatte.

Ein paar Wochen? Amalia drückte ein Lachen die Kehle herunter. Wie viele Tage mochten davon nun schon vorbei sein, wie viele, seit Ferdinand sie zurückgelassen hatte? Schon bald nach ihrer Ankunft war er abgereist, Victors Münzen in den Taschen, die er inzwischen längst verspielt haben mochte.

Sie war alleine zurückgeblieben. In den ersten Tagen hatte sie die Einsamkeit gefürchtet wie eine gefährliche Krankheit, dann hatte sie sich daran gewöhnt. Heute war ein Bote mit einen kurzen Brief gekommen und mehr Münzen ihres Bruders. Gottes Segen wünschte er ihr. Den würde sie brauchen. Mit ein paar Schritten war sie an Louis Ferdinands Seite und strich ihm die von Schweiß verklebten Haarsträhnen aus der Stirn und von den Wangen.

»Vielleicht sollte euer Großvater euch kennenlernen, vielleicht hat er dann ein Einsehen«, flüsterte sie, über ihn gebeugt. Er bewegte sich im Schlaf, drängte sich fester an die Sessellehne. Etwas Speichel rann aus seinem geöffneten Mund über sein Kinn.

Konrad ist tot. Sie musste oft daran denken. Der Bruder war tot, der Vater allein.

In ihrem Rücken öffnete sich leise die Tür. Ein junger, einfach gekleideter Mann trat ein. »Frau von Schwarzbach?«

»Ja, ich komme«, sagte sie und dreht sich um, »ich habe ihn schon erwartet.« Mit einer Kopfbewegung zeigte sie auf den Jungen. »Trag er meinen Sohn.«

Der Mann folgte ihren Anweisungen. Als sie hinter ihm aus dem Gebäude trat, überlief sie Eiseskälte, gefolgt von einer Hitze, die ihren ganzen Körper durchstrahlte und ihr überall den Schweiß ausbrechen ließ.

Aber Ferdinand war nicht da. Sie musste keine Angst haben. Nur eine einfache Kutsche wartete vor dem Haus. Sie schloss die Augen und öffnete sie, denn im nächsten Moment begehrte ihr Sohn lauthals schreiend, vom Arm des Mannes heruntergelassen zu werden.

»Louis Ferdinand«, beruhigte sie ihn. Fast mechanisch schob er seine Kinderhand in ihre. »Gefällt dir die Kutsche?« Sie lenkte seine Aufmerksamkeit auf das Gefährt. »Wir werden einen Ausflug machen. Freust du dich?«

Der Junge runzelte die Stirn. »Wohin?«

Amalia drückte ihre Tochter gegen ihre Brust. »Zu deinem Großvater.«

***

Sie hatten die Nacht in einer Herberge verbracht und trafen Emmanuel von Schwarzbach am Nachmittag des folgenden Tages im Park an, wo er soeben den Gärtnern Anweisungen gab. Eine Zeit lang brachte Amalia hinter einem Busch zu, während sie die gebeugte Gestalt ihres Vaters beobachtete. Obwohl Victor von schlechten Zeiten gesprochen hatte, die auf Beichlingens Fall gefolgt waren, kam er ihr noch mächtiger vor, als vor Jahren. Seine massige Gestalt, sorgsam gekleidet in einen goldgelben Rock, der nur etwas aus der Mode gekommen war, stand wie ein unverrückbares Denkmal im Park von Schwarzbach. Auch die Anlage zeigte kein Zeichen von Verfall. Einzig, dass der Vater keine Perücke trug, machte sie stutzig. Kurzes, graues Haar umstand seinen Schädel. Als er sich umdrehte, bemerkte sie, dass er aß. Ein Junge in Livree, der an seiner Seite wohl noch schmaler wirkte, hielt seinem Herrn eine Silberschale hin, aus der Emmanuel von Schwarzbach von Zeit zu Zeit etwas nahm, um es in seinem Mund verschwinden zu lassen. Mahlend bewegten sich seine mächtigen Kinnbacken, während er mit der rechten Hand Anweisungen gab. Amalia, die für einen Moment in seinem Anblick versunken war, spürte nun, dass ihr Sohn ungeduldig an ihrer Hand zerrte. Lächelnd gab sie ihm einen leichten Klaps auf das Hinterteil.

»Nun geh, begrüß deinen Großvater.«

»Ihr bleibt doch hier, Fräulein?«, versicherte sich Louis Ferdinand, plötzlich kleinlaut geworden, mit einem Blick in ihr Gesicht. Amalia strich ihm über das wirre blonde Haar. Sie hatte ihn niemals zuvor so ängstlich erlebt.

»Natürlich.« Sie nickte ihm aufmunternd zu.

Die ersten paar Schritte lief er unsicher, dann wurden seine Bewegungen fester. Als er sein Ziel fast erreicht hatte, drehte sich Emmanuel von Schwarzbach in seine Richtung. Louis Ferdinand blieb stehen. Sie konnte sein Gesicht nicht sehen, aber Schultern und Beine zuckten, und womöglich überlegte er gerade, ob es ratsam war, den Rückzug anzutreten.

Er hatte zu lange überlegt. Emmanuel von Schwarzbach war schneller bei ihm, als man es von seiner massigen Gestalt hatte erwarten können. Eine schwere Hand legte sich auf die linke Schulter ihres Sohnes, dann beugte sich sein Großvater zu ihm herunter und sagte etwas. Louis Ferdinand nickte, drehte sich dann um, soweit es der feste Griff des Großvaters gestattete und deutete in ihre Richtung. Von den Zweigen des Busches halb verdeckt, sah Amalia die Augen ihres Vaters wie zwei Rosinen aus einem bleichen Hefeteiggesicht leuchten. Als sie ganz aus ihrem Versteck hervortrat, verdüsterte sich das väterliche Antlitz. Der Junge an seiner Seite sah sie fassungslos an, wie einen Geist, der ihm am helllichten Tag erschienen war. Auch die Gärtner hatten ihre Arbeit unterbrochen. Es hatte Zeiten gegeben, da hatten sie sich gegenseitig darin übertroffen, dem Sonnenschein, der sie gewesen war, Gutes zu tun. Noch immer wagte sie es nicht, sich zu rühren.

»Er ist allein«, erinnerte sie sich daran, was Victor gesagt hatte, »und er ist alt. Besuch ihn, bitte ihn um Verzeihung.«

Amalia wartete. Keinen Moment hatte ihr Vater sie aus den Augen gelassen, nun nahm er den Jungen bei der Hand, drehte sich um und schlurfte auf das Haus zu. Zögernd, Victoria fest gegen die Brust gedrückt, folgte sie ihm. Er hatte sie nicht fortgejagt, hatte die Hunde nicht auf sie gehetzt. Sie würde bleiben, und doch wusste sie, dass sie hier nie wieder willkommen sein würde.

21. Kapitel

Lehngut Hartleben, Sommer 1709

Habar tauchte das *kalem* in die Tinte und legte mit wenigen Strichen die Maße fest für das, was sie zu schreiben gedachte. Dies war ihre Maßeinheit, dies war ihr Übungsblatt. Es war Sommer, und das Wetter war schön. In der Nähe des Weidenbaums, der so lange Jahre ihre Geheimnisse bewahrt hatte, war ein Tisch für sie aufgestellt worden, an dem sie nun jeden Tag saß. Warm schien die Sonne auf sie herab. Das Wasser des kleinen Teichs glitzerte. Manchmal bewegten sich die Äste der Weide in einem Windstoß. Es war eine Szenerie, die sie an früher denken ließ, daran, wenn Vater, Mutter, Ibrahim und sie selbst zum Sommerhaus aufgebrochen waren. Wenn ein Zelt im Garten aufgebaut worden war und sie sich daran erinnert hatten, wie ihre Vorfahren gelebt hatten. In nunmehr über neun Monaten, die sie hier weilte, hatte sie behutsam das alte Leben wieder aufgenommen. Sie überwachte die Organisation der Arbeiten im Haus und besprach neue Ideen mit der Beschließerin Burmeister und dem Verwalter Scholz. Sie hatte neue Tartuffelfelder anlegen lassen, erzählte Esme die Geschichten von Nasreddin Hodscha und ließ sich von ihr die Tänze vorführen, die ihr der Tanzlehrer beigebracht hatte. Abends stickte sie. Sie hatte einen neuen Gürtel für sich verziert und den Saum einer Jupe für Esme. Rupert sagte nichts dazu. Oft war er unterwegs, fuhr nach Dresden und nach Plauen, um Manufakturen zu besuchen, und nach Leipzig zur Messe. Anfangs hatte sie sich ausgemalt, ihm Esme fortzunehmen, so, wie er es mit ihr getan hatte. Anfangs hatte sie sich gewünscht, ihm ebensolches Leid zufügen zu können. Aber Esme liebte ihren Vater, sie sah es jeden Tag.

Manchmal bemerkte sie neuerdings auch, dass Rupert sie beobachtete. Niemals aber richtete er mehr als die nötigsten Worte an sie. Gestern war er erstmals hier aufgetaucht und hatte ihre einige Minuten dabei zugesehen, wie sie das auf das Papier brachte, was für ihn nur Linien, Punkte und Bögen waren. Auch heute war er aufgetaucht. Wieder hatte er sie beobachtet, hatte sich dann daran gemacht, den Teich zu umrunden. Sie tauchte das *kalem* ein und malte den nächsten Buchstaben. Gestern hatte sich die Nachricht verbreitet, dass der schwedische König bei Poltawa besiegt worden sei und sich nach Konstantinopel geflüchtet habe. Rupert hatte es von einem Mann auf dem Weg nach Plauen erfahren und es in ihrer Anwesenheit Scholz weitererzählt. Mit keinem Blick hatte er sie dabei aus den Augen gelassen.

Konstantinopel – Istanbul ... Habar tauchte das *kalem* in die Tinte. Hinter ihr näherten sich Ruperts unverkennbare Schritte, dann stand er neben ihr. Sie war sich sicher, dass er, wie gestern und an den Tagen zuvor, gleich wieder gehen würde und schenkte ihm keine Beachtung. Er räusperte sich, dann schabte sein Holzbein über den Boden, und nun sah sie ihn doch an. Er hielt ein Zettelchen in seiner Hand, das ihr nicht unbekannt war. Nicht selten hatte sie in den letzten Monaten daran gedacht, hatte sich gefragt, was geschehen würde, wenn er sie anklagte. Behutsam legte sie das *kalem* zur Seite und schaute ihn an. Ruhig erwiderte er ihren Blick.

Als er das Papierchen vor sie auf den Tisch legte, starrte sie ihn sprachlos an. Seine Miene war unbewegt.

»Es gehört Euch«, sagte er, drehte sich um und humpelte langsam in Richtung Gut davon.

Epilog, 1721

Das dumpfe Pochen von Holz auf Holz ließ Habar den Kopf heben. Seit dem frühen Morgen saß sie hier in ihrem Lieblingssessel. Schon als sie in der vergangenen Nacht nicht hatte schlafen können, war sie hierhergekommen, um zu sticken, doch ihre Hände ruhten nun seit geraumer Zeit in ihrem Schoß.

»Rupert!«

»Bleib sitzen.« Er humpelte ganz zu ihr heran, stand einen Augenblick lang schweigend da, bis sie ihm den Platz an ihrer Seite anbot. So hatten sie oft gemeinsam gesessen in den vergangenen Jahren, wenn es Dinge zu besprechen gab. Entscheidungen, die das Gut betrafen, Feste, die es auszurichten galt, und auch die bevorstehende Hochzeit der Tochter war unweigerlich in diesen Zimmern besprochen worden, die ihr – wie auch eine kleine, vertraglich zugesicherte Rente – als ihr zu Eigen überlassen worden waren.

»Wie geht es ihr?«

»Wie immer. Ich glaube, sie wird sich niemals verunsichern lassen. Ganz anders der gute Julius.« Rupert schüttelte den Kopf. Mit einem Schmunzeln musste Habar an den zukünftigen Ehemann ihrer Tochter denken. Es war jetzt schon über vier Jahre her, dass Esme den rothaarigen Schlaks von einem Ausritt mitgebracht hatte, wie etwas, das sie im Wald gefunden hatte. Habar legte den Stickrahmen neben sich auf den Boden.

»Steht alles zum Besten? Gibt es noch etwas zu tun?«

Rupert schüttelte den Kopf. Die Vorbereitungen für das große Fest hatten Wochen in Anspruch genommen, und die Tafeln würden sich zweifelsohne unter den zubereiteten Speisen biegen. Es sollte Tartuffeln in einer Sauce aus Hühnerbrühe, Muskatblüten, Cardamon und Zitronensaft geben, Lammkoteletts in süß-sauer Sauce, mit Parmesan gefüllte Eierkuchen, die, wie es hieß, der König in Dresden gerne aß, saures Hirsch- und Rehfleisch, Pilzragouts, *pilav* und tscherkessisches Huhn, das zu Ruperts Lieblingsspeisen gehörte. Mewe, die türkische Köchin, die ihr zuliebe eingestellt worden war, hatte ihre beliebten Fruchtkompotte zubereitet, *çörek*, *helva*, rosenduftendes *lokum* und *şerbet* und vieles mehr. Gestern waren endlich Ibrahim und seine Frau Annie aus England eingetroffen. Abends hatten sie darüber gesprochen, dass Eisenkopf gefallen und der Krieg endlich zu Ende war, der so lange und schmerzhaft auch ihr Leben bestimmt hatte. Sie seufzte, spürte mit einem Mal Ruperts rechte Hand beruhigend und fest auf ihrem linken Arm. Dankbar erwiderte sie seine Berührung. Wir sind alt geworden, dachte sie, und da ist so viel Vertrauen, das ich nie für möglich gehalten hätte. Er beugte sich näher zu ihr hin. Die ungestüm aufgerissene Tür am Ende des Zimmers ließ sie auseinanderfahren, wie ein junges Liebespaar.

»Komm schon, Onkel, natürlich hat sie nichts dagegen, dass du sie hier besuchst.«

Eine hübsche schwarzhaarige junge Frau zerrte einen grauhaarigen Mann mittleren Alters hinter sich her.

»Esme, lass deinen Onkel los«, schalt Rupert sie halbherzig, während Habar aufstand, um den Bruder zu begrüßen.

»Sie hat mir noch nicht einmal Zeit gelassen, meine Perücke aufzuziehen«, rief der eben mit gespieltem Entsetzen aus.

Habar lachte. »Wo ist Annie?«

»Sie wollte sich noch etwas von der Reise erholen. Es war anstrengend, und sie ist nicht dafür gemacht, ihr Heim zu verlassen. Annie mag ihr Nest.«

Für einen Moment schauten sie einander an, ohne etwas zu sagen. Dann drehte sich Habar zu den anderen beiden.

»Entschuldigt ihr uns kurz?«

Rupert nickte. Esme wedelte mit der Hand. Habar hakte sich bei ihrem Bruder unter und zog ihn in die benachbarte kleine Kammer. Auf einem Schreibtisch lagen dort Kalligraphien, die sie ausgeführt hatte, Blätter, die sie geschwärzt hatte, und solche, die noch auf die Benutzung warteten. Herbels Kästchen stand dort ebenso, wie das Fässchen goldener Tinte, das ihr Rupert geschenkt hatte. Sie zog eine Schreibtischschublade auf und entnahm ihr ein Blatt, das sie ihrem Bruder überreichte. Mit beiden Händen langte Ibrahim danach. Stumm entzifferte er erst die Worte, sprach sie dann laut: »Im Gedenken Gottes findet das Herz Ruhe.«

Habar nickte bestätigend. »Es soll mein Hochzeitsgeschenk an euch sein. Ich wusste nicht, dass du die Schrift noch lesen kannst.«

»Natürlich. Wirst du mir von deinem Leben hier erzählen?«

»Und du von deinem in England?«

»Sicher. Gehen wir jetzt erst einmal wieder zu den anderen?«

Als sie aus der Kammer traten, sprachen Rupert und seine Tochter miteinander. In einer Woche würde Esme sie verlassen, würde mit ihrem Mann auf das Gut ziehen, auf dem sie ihr erstes Jahr in diesem Land verbracht hatte. Theodora war im letzten Jahr gestorben, aber Wilhelmina war noch dort und würde dem jungen Paar alles Nötige erklären. Sie hatte auch überlegt, ob sie den beiden Scholz zur Seite stellen sollte, doch der war nun schon über siebzig Jahre und viel zu alt für solche Aufregungen, wie er gesagt hatte.

Sie stand wieder an Ruperts Seite und legte eine Hand auf seine linke Schulter. Gestern hatte sie ihn gefragt, ob er sich vorstellen könne, nach Budin zu reisen, in die Stadt, in der sie geboren worden war. Er hatte nichts gesagt. Sie würde wieder davon sprechen, irgendwann in den nächsten Tagen. Sie wusste, dass er ihr dann antworten würde. Plötzlich begannen ihr Gedanken zu wirbeln. Sie sah einen kleinen Garten mit Mandelbäumchen und einem kleinen Brunnen. Sie fühlte kühlen Marmor unter nackten Füßen, während sie durch das kunstvoll geschnitzte Gitter des *haremliks* zu spähen versuchte. Sie sah die Minarette, höher als jeder Kirchturm, und den Fluss mit seinen Handelsschiffen.

Draußen war eine Kutsche zu hören.

»Julius und seine Eltern sind eingetroffen!« Esme sprang von dem Fußhocker auf, auf dem sie gekauert hatte.

»Gehen wir und empfangen die Gäste?«, fuhr Ruperts Stimme in ihre Gedanken.

Im gleichen Moment fühlte Habar schon ihre Tochter

an ihrer Seite. Esme hatte die Größe ihres Vaters geerbt, Haar- und Augenfarbe jedoch von der Mutter, was sich gut zu ihrer hellen Haut machte. Sie wurde mit jedem Jahr schöner. Seit geraumer Zeit schon erschien es Habar, als beobachte sie einen Schmetterling, der sich von seinem Kokon befreite. Esme hatte das Türkische nie gelernt. Sie war eine Christin, Tochter ihres Vaters. Sie fiel weder auf, wenn man sie reden hörte, noch wenn sie sich bewegte oder tanzte. Sie war ein fröhliches Kind dieses Landes, das niemals von Erinnerungen gequält wurde, die schon so lange zurücklagen. Aurora ließ sie sich heute nennen. Aurora Katharina Esme. Für einen Augenblick schlang Habar die Arme um ihre Tochter und drückte sie an sich. Die Tochter wusste kaum etwas von dem, was gewesen war, bevor ihre Mutter in dieses Land gekommen war, und ihre Kinder würden noch weniger wissen. Irgendwann würde es vergessen sein, das kleine Mädchen aus Budin und sein Bruder, die ein sächsischer Soldat in seine Heimat gebracht hatte. Sie nahm das Gesicht ihrer Tochter zwischen beide Hände und küsste sie rechts und links auf die Wangen.

»Geht es dir gut, mein Augenstern, bist du glücklich?«

Esme lachte. »Natürlich«, sagte sie.

Zeittafel

1683 12. September: Schlacht am Kahlenberg; Sieg über das osmanische Heer unter Beteiligung der kursächsischen Armee. Ende der Belagerung Wiens. Im folgenden Jahr wird durch Vermittlung Papst Innozenz XI. die »Heilige Liga« als Kampfbund gegen das Osmanische Reich gegründet.

1686 Ofen (Buda, Budin) wird eingenommen, ein Großteil der türkischen und jüdischen Einwohner massakriert.

1694 Friedrich August I. (August II., August der Starke) wird Kurfürst, nachdem sein Bruder an den Pocken verstirbt. Der neue Kurfürst will die Macht des Adels zurückdrängen. Auf dem ersten Landtag kommt es zur Konfrontation, als die Stände die Bewilligung einer indirekten Steuer ablehnen, die von allen Einwohnern beim Kauf jedweder Ware gezahlt werden soll (Generalkonsumoptionsakzise; die Steuer wird 1702 in den Städten, 1707 in ganz Sachsen eingeführt). Widerstand regt sich auch gegen die angeordnete »Inventarisation der Landeskräfte« (genaue Auflistung der wirtschaftlichen Leistungsfähigkeit).

1695 bis 1696 Friedrich August I. nimmt als Oberbefehlshaber des kaiserlichen Heeres mit sächsischen Truppen in Ungarn an einem erfolglosen Kriegszug gegen die Türken teil.

1697 1./2. Juni: zunächst geheim gehaltener Übertritt Friedrich Augusts I. zum Katholizismus, um die Kandidatur für die polnische Krone möglich zu machen, die nach dem Tod des polnischen Königs Johann III. Sobieski vakant ist.

26./27. Juni: Der sächsische Kurfürst wird vom polnischen Adel gewählt (Krönung 15. September in Krakau). Der Franzose Prinz François Louis de Conti erhält etwa die gleiche Stimmenzahl, wird jedoch von sächsischen Truppen vertrieben.
Für die Zeit seiner Abwesenheit von Sachsen setzt der Kurfürst den Reichsfürsten Anton Egon Fürst zu Fürstenberg als Statthalter ein. Ohne vorherige Befragung der Stände kommt die Einsetzung einem Staatsstreich gleich.

29. September: Religionsversicherungsdekret; der Übertritt des Kurfürsten zum Katholizismus hat keine Folgen für seine Untertanen. Trotzdem löst der Glaubenswechsel Empörung aus. Außenpolitisch verliert Sachsen seinen Einfluss auf die evangelischen Reichsstände.

30. Oktober: Vertrag von Ryswick; die Unabhängigkeit Lothringens wird wiederhergestellt.
In Sachsen wird ein Revisionsrat mit außerordentlichen Vollmachten eingesetzt. Die Überprüfung von Personen und Institutionen soll Steuerveruntreuungen, unberechtigte Geldausgaben, Bestechungen oder finanzielle Misswirtschaft aufdecken. Das Vorgehen des Kurfürsten ist ein erneuter Affront gegen Stände, die an den Revisionen hätten beteiligt werden müssen.

1698 10. November: Leopold I. von Lothringen kehrt gemeinsam mit seiner Frau Elisabeth-Charlotte d'Orléans in die lothringische Hauptstadt Nancy zurück.
Die Steuerrevision in Sachsen erreicht ihren Höhepunkt.

1699 26. Januar: Friede zu Karlowitz zwischen der »Heiligen Liga« und dem Osmanischen Reich.
Bündnis Friedrich Augusts I. mit Dänemark-Norwegen und Russland gegen Schweden. Kampf um die Vorherrschaft im Ostseeraum.

1700 Wolfgang Dietrich Graf von Beichlingen wird Oberster Kanzler und ist damit der zweitwichtigste Mann im Staat.

Februar: Einmarsch Sachsen-Polens in Livland. Beginn des Nordischen Krieges mit der Belagerung von Riga.

18. Februar bis 1. März: Einführung des Gregorianischen Kalenders in Sachsen.

März: Einstellung der Steuerrevision

28. August: Friede von Traventhal zwischen Schweden und Dänemark, das aus dem Krieg ausscheidet.

30. November: Karl XII. schlägt die russischen Truppen in der Schlacht bei Narwa.
Erster Kaolinfund in der St. Andreas-Grube bei Schneeberg. Dieser Rohstoff gewinnt einige Jahre später für die Porzellanherstellung an Bedeutung.

1702 19. Juli: Sieg der Schweden über das sächsisch-polnische Heer bei Klissow (Kliszów).

1703 Peter I. gründet St. Petersburg.
Die sächsischen Truppen werden in Pultusk geschlagen.
Graf Beichlingen fällt in Ungnade.
Die schwedischen Truppen erobern Thorn nach Belagerung.

1704 Auf Veranlassung Karl XII. wird Stanislaus Leszczynski zum König von Polen gewählt.
Anna Constantia von Hoym, die spätere Gräfin Cosel, wird zur ersten Mätresse des sächsischen Königs.

1706 14. Februar: Das sächsisch-polnische Heer wird in der Schlacht bei Fraustadt (Wschówa) vernichtet, Friedrich August I. soll die polnische Krone niederlegen.

5. September: schwedischer Einmarsch in Sachsen.

31. Dezember: Frieden von Altranstädt; Friedrich August I. muss das Bündnis mit Russland auflösen und behält den Königstitel.

1707 Juni: Karl XII. mustert seine im Vogtland stehenden Truppen. Anwesend sind Friedrich August I. und vielleicht auch Stanislas Leszczynski.

19. August: Nach einem allgemeinen Buß- und Bettag beginnt der Abmarsch des schwedischen Heeres zur Grenze. Anfang September bricht auch das ostgotische Kavallerieregiment (Standorte Reichenbach und Plauen) auf.
Friedrich August I. erhält für den Einsatz sächsischer Truppen gegen Frankreich von England und Holland 900 000 holländische Gulden.

1709 8. Juli: Peter I. von Russland schlägt die Schweden bei Poltawa. Karl XII. flieht ins Osmanische Reich.

1721 Der Friede zu Nystadt beendet den Nordischen Krieg.

Glossar

AL-FATIHA die Eröffnende, erste Sure des Koran; fester Bestandteil der regelmäßigen rituellen Gebete

ANNECIĞIM Mutter

BABA Vater

BAUMÖL Olivenöl

BEĞ Herr, Fürst, Befehlshaber, Gouverneur eines Sanğak (Provinz), Ehrentitel

BEICHLINGEN, WOLF DIETRICH GRAF VON Großkanzler und Oberhofmarschall des Friedrich Augusts I.; fiel in Ungnade und wurde von 1703–1709 auf der Festung Königstein gefangen gehalten

BÖREK gefüllte Teigtasche

BOHÇA ein großes quadratisches Stück Tuch, das zum Transport oder zur Verwahrung diente

BOUFFANTEN 1685–1710 ein Gesäßpolster zur Hebung des zurückgerafften Manteaus

BUDIN türkisch für die damalige Stadt Ofen (Buda)

Dadi Amme

Exulant Bezeichnung für einen zumeist protestantischen Flüchtling

Fontange Frauenkopfputz etwa 1685–1713; benannt nach der Herzogin von Fontanges; nach 1690 auch Commode.

Georgenhaus Zucht- und Waisenhaus

Giaur »Ungläubiger«; Bezeichnung für Nichtmuslime, besonders für Christen, die außerhalb der Grenzen des Osmanischen Reichs lebten

Gömlek meist weißes, weit geschnittenes Frauen- oder Männerhemd aus Leinen oder Baumwolle

Guéridon kleiner Anbietetisch in Form eines tabletthaltenden Afrikaners, der seinen Namen einem berühmten Sklaven verdankt

Hammam türkisches Bad

Helva Süßigkeit aus Sesammehl, Butter und Honig

Herbel, Charles (1656–1702) Hofmaler Charles V. von Lothringen, der den Herzog auf seinen Feldzügen begleitete; kehrte 1698 mit Leopold I. nach Nancy zurück; malte ein eindrückliches Bild von der Eroberung Ofens

Imam Vorbeter, Leiter des Freitagsgebets

Jupe Rock, der unter dem vorne offenen Manteau herausschaute

Kadettencorps 1691 von Johann Georg IV. zur Ausbildung von Offiziersanwärtern in Dresden gegründet

Kadin Frau, höfliche Anrede

Kaftan einfach geschnittene, meist dreiviertel lange Hauptbekleidung für Männer und Frauen, bei der vor allem auf die Qualität des Stoffs Wert gelegt wurde

Kalligraphie In Verbindung mit der großen Bedeutung des Wortes im Islam, das gleichsam Träger der Offenbarung ist, führt das Vermeiden bildlicher Darstellungen zu einer überragenden Rolle von Schrift und Ornament in der islamischen Kunst.

Karalama wörtlich »schwärzen«; Schüler, aber auch Meister der Kalligraphie fertigten regelmäßig Übungsblätter zur Verfeinerung der eigenen künstlerischen Fähigkeiten an. Diese wurden in vollständiger Ausnutzung des Papiers kunstvoll beschrieben.

Lehen Gegenleistung für die Ritterdienste des adligen Vasallen; Mannlehen konnten nur an die männlichen Nachkommen des belehnten Besitzers vererbt werden. Seitenverwandte besaßen kein Erbrecht. Kriterien der Lehnsfähigkeit in Sachsen: Lutherische Konfession, eheliche Geburt und Unbescholtenheit. Zur Belehnung hatte sich der Vasall persönlich am Lehnhof in Dresden einzufinden und die Erbhuldigung und den Lehnseid vor dem Kanzler abzulegen.

Lokum Süßigkeit

Manteau Frauenoberkleid (Mantelkleid). Um 1685–1715 wurde das Mieder vorne geöffnet und mit dem Stecker unterlegt. Der Rock wurde in Hüfthöhe nach hinten geschlagen und mit künstlichen Einlagen über dem Gesäß (Bouffanten) unterstützt.

Manufaktur Der Übergang zur Manufaktur, also der arbeitsteiligen Herstellung gewerblicher Produkte, bahnt sich Ende des 17. Jahrhunderts an. Zwischen 1694 und 1733 entstanden Manufakturen vor allem im Textilgewerbe und in der Metallverarbeitung.

Mercure galant erstes »Modemagazin«

Mescid kleine Moschee, bei den Osmanen eine Moschee ohne Kanzel

Millet Religionsgemeinschaft

Mouche Schönheitsfleck in Form von Herzen, Monden, Kometen, Sicheln, die an verschiedenen Stellen im Gesicht angebracht wurden

Neitschütz, Magdalena Sybilla möglicherweise uneheliche Tochter von Ursula Margarethe von Haugwitz und Johann Georg III; erste »offizielle« Mätresse Johann Georg

IV., später zur Reichsgräfin von Rochlitz erhoben; starb am 4. April 1694 an den Pocken, der Kurfürst kurz darauf. Nach seinem Tod wurde ein Prozess wegen Hexerei gegen die Familie Neitschütz angestrengt, der jedoch niedergeschlagen wurde.

Ofen siehe Budin

Opferfest auf türkisch kurban Bayramĭ; höchstes islamisches Fest, das zum Höhepunkt der jährlichen Wallfahrt nach Mekka gefeiert wird und des Propheten Ibrahim (Abraham) gedenkt, der die göttliche Probe bestand, indem er bereit war, seinen Sohn Ismael (Isaak) Allah zu opfern. Als Allah seine Bereitschaft und sein Gottvertrauen sah, gebot er ihm Einhalt und Ibrahim und Ismail opferten daraufhin voller Dankbarkeit im Kreis von Freunden und Bedürftigen einen Widder. Zur Erinnerung daran opfert an diesem Tag jeder Muslim, der es sich leisten kann, Schafe und Ziegen, deren Fleisch an die Armen verteilt wird.

Osmanli privilegierte Oberschicht, herrschende Klasse, eine Art Amts- oder Leistungsadel aus Zivil- und Militärbürokraten, die mit dem Sultanshof in enger Verbindung standen

Padişah Großherr, Titel des regierenden Sultans

Pascha Titel für Prinzen, später für andere höchste Reichswürdenträger

Pietismus im 17. Jahrhundert einsetzende Bewegung innerhalb des Protestantismus; der Pietismus betonte das Ideal eines an der Bibel orientierten praktischen Christentums, das sich in lebendiger Frömmigkeit und tätiger Nächstenliebe äußert und seine Grundlagen im regelmäßigen Bibelstudium und der vom einzelnen Christen bewusst erlebten geistlichen Wiedergeburt hat. Wichtige Vertreter des Pietismus waren Philipp Jakob Spener, August Hermann Franke und Paul Anton.

Poudreuse schreibtischartiger Toiletten- oder Frisiertisch

Ramadan Monat, in dem der Koran offenbart wurde; Fastenmonat

Raya »die Beaufsichtigten«; tributpflichtige Untertanen des Osmanischen Reiches, im Allgemeinen der Bauernstand

Rittergut, amtssässig dem landesherrlichen Amt unterstellt; der Amtssasse musste seine Angelegenheiten über den Amtsverwalter vortragen und konnte sich nicht direkt an die Landesherrschaft wenden.

Rittergut, kanzleischriftsässig unmittelbar den oberen Landesbehörden unterstellt; Verpflichtung und Erlaubnis zum Besuch des Landtags

Sachsen Das Kurfürstentum Sachsen ist Ende des 17. Jahrhunderts eine Verbindung halb selbstständiger Gebiete, die nur durch das Fürstenhaus (Hauptlinie) zusammengehalten wird, aber keine staatsrechtliche Einheit bildet. Das Vogtland gehört zur Nebenlinie Sachsen-Zeitz.

ŞALVAR Männer- oder Frauenhose aus Satin, Seide oder leichter Baumwolle, die die Beine locker umspielte und um die Knöchel enger wurde

ŞERBET süßes Getränk

ŞEYTAN der Teufel

ŞIŞIP weiche, leichte Pantoffeln

SPENER, PHILIPP JAKOB (1635–1705) Begründer des Pietismus; ab 1686 Oberhofprediger in Dresden, das er nach Konflikten mit dem Kurfürsten 1691 verließ. Seine erbaulichen Bibelstunden waren viel besucht.

STECKENKNECHT bei der Armee für die Bestrafungen zuständig

STECKER Miedereinsatz; ein über einen schmalen, dreieckigen Hartkarton gezogener Stoff

TARTUFFELN Kartoffeln

TUGHRA Namenszug des *padişah*, beglaubigte Dokumente und offizielle Schriftstücke

WEISSENBURG Belgrad

Weissling auf türkisch akce oder aqce; erste und lange Zeit einzige Silbermünze der Osmanen. Der Name geht auf die Farbe der Münze zurück und bedeutet »weißlich« oder silbern.

Yelek ein enges Kleid, das mit kleinen Knöpfen vorne geschlossen wird; die vorne offene Variante heißt *entari* (anteri)

Zibeben getrocknete Weintrauben

Zuckerfest Fest des Fastenbrechens; beendet den islamischen Fastenmonat Ramadan. In der Türkei auch als şeker bayramĭ, Zuckerfest, bezeichnet.

Nachwort

Über Jahrhunderte war die Bedrohung durch das Osmanische Reich im christlichen Europa allgegenwärtig. Man zelebrierte Messen gegen die Türken, setzte Bußtage an, sprach Türkengebete und läutete Türkenglocken. Als Wendepunkt in der langen Geschichte der Türkenkriege stellt sich die gescheiterte Belagerung Wiens 1683 dar: In den Jahren darauf gelang es der »Heiligen Liga« die osmanische Herrschaft in Ungarn und auf dem Balkan Stück um Stück zurückzudrängen. Im Verlauf dieser Feldzüge gerieten auch immer wieder muslimische Einwohner der eroberten Gebiete in Gefangenschaft. Hartmut Heller hat für diese Menschen den Begriff »Beutetürken« geprägt. Hinweise auf ihr Schicksal finden sich zumeist in den Kirchenbüchern, die über ihre Taufe berichten. Ihre Erlebnisse dürften einander vielfach geglichen haben: Sie wurden verschleppt, oft verschenkt und dann von ihren jeweiligen Besitzern im christlichen Glauben »erzogen«. Die Taufe, die in der Regel nach zwei oder drei Jahren erfolgte, war zumeist ein Großereignis und lockte viele Zuschauer an. Mit dem Glaubenswechsel wurde der entscheidende Schritt zu einer bald völligen Einbürgerung getan, es blieb aber ein bis zwei Generationen üblich, die neuen Christen in amtlichen Dokumenten als »vormalige Türkin« oder als Sohn oder Tochter eines »gewesten Türken« zu klassifizieren.

Die meisten blieben auch nach der Taufe in den Diensten ihres oft adligen Besitzers. Andere verselbstständigten sich, wurden Soldaten, Tagelöhner, Branntweinbrenner, Schuster, aber auch Bürgermeister, Pfarrer und Student. Selbst Erhebungen in den Adelsstand waren möglich, wie die Geschichte des vom Hannoveraner Kurfürsten geadelten Mehmed von Königstreu zeigt oder die von Verwandten beklagte Vermählung eines Grafen Castell mit einer Fatme.

Den ersten Anstoß zu diesem Roman gaben ein Artikel in der *Zeit* (Hartmut Heller: Carl Osman und das Türkenmariandl, Nr. 37 vom 04. September 2003) sowie ein Bericht im *Vogtländischen Jahrbuch 2002*, in dem ich auf folgende Auszüge aus Kirchenbüchern stieß und damit auf die Idee für zwei meiner späteren Hauptfiguren:

»1. Brambach. 1692 den 16. Decembris ist nach der Adventspredigt ein türkischer Knabe, dessen Vater weiland ein Schiffsmann zu Griechisch-Weißenburg (Belgrad) gewesen, in Diensten p. t. bei Herrn Carl Urban von Lindenfels auf Weidenberg … ex annuente divina gratia (nachdem er aus geneigter göttlicher Gnade) zum Sacrament der Heiligen Taufe gediehen, er vor offener Gemeinde getaufet und Carl Christof genennet worden. Sonsten hat er Ibrahim geheißen.

2. Ebenda am selben Tage wurde getaufet eine Türkin, eines türkischen Kaufmanns Tochter zu Griechisch-Weißenburg, Habar genennet, bei obgedachter gnäd. Herrschaft auch in Diensten, und bekam in der Heiligen Taufe den Namen Maria Dorothea.«

Warum aber verschleppte man diese Menschen überhaupt nach Deutschland? Aus Grausamkeit gegenüber dem »Erbfeind«? Christlicher Barmherzigkeit? Eitelkeit?

Um sich mit einer exotischen Kuriosität zu schmücken? Die Quellen schweigen sich darüber ebenso aus, wie über die Frage, wie die Verschleppten ihre neue Heimat erlebten, ob sie je Heimweh hatten, ob es ihnen schwerfiel, sich an die neuen Gegebenheiten anzupassen, und wie sie von der Altbevölkerung empfangen wurden. Diese Lücke zu füllen, ist das Anliegen des vorliegenden Romans.

Quellenangabe Zitate

Zitate aus der Bibel: Die Bibel. Einheitsübersetzung; Altes und Neues Testament, Herder 2005

»Da gingen beiden die Augen auf und sie erkannten, dass sie nackt waren. Sie hefteten Feigenblätter zusammen und machten sich einen Schurz.« *(Genesis 3,7)*

»Darauf wird der König ihnen antworten: Amen, ich sage euch: Was ihr für einen meiner geringsten Brüder getan habt, das habt ihr mir getan.«
(Matthäus Evangelium 25, 40)

Zitate aus dem Koran: El Koran, Komet Verlag 1920

»Bei ihm sind die Schlüssel des Geheimnisses, nur er kennt sie. Er weiß, was auf dem Festland ist und was im Meer. Kein Blättchen fällt, ohne dass er es wüsste, kein Körnlein in der Erde Finsternis, kein Grünes und kein Dürres, das nicht im deutlichen Buch wäre.«
(Sure 6, Vers 59)

»Die da glauben und deren Herzen sich beruhigen bei der Erinnerung Gottes. (…)« *(Sure 13, Vers 28)*

Auszüge aus dem Passionslied von Paul Gerhardt (http://hor.de/gedichte/paul_gerhardt/passionslied.htm)

Folgenden Menschen möchte ich dieses Mal ganz besonders danken:

Laila El Omari,
die mich mehr als einmal
auf den rechten Weg zurückführte.

Susann Patzelt sowie ihrer ganzen Familie
und Maria Uebel – den Vogtländern!

Tobias Pfaff,
weil er die Nerven behält, wenn ich es nicht tue.

Sigrun Rahner, Leseverführerin.

Rolf Schützhofer, für seinen Einsatz.

Bastian Schlück, meinem Agenten,
Dr. Andrea Müller und Barbara Raschig,
die *Die Kalligraphin* auf den Weg gebracht haben.

Kirsten Schützhofer
21. Juli 2008